問世間，情是何物

唐宋詞鑑賞辭典

【第五卷】

南宋、遼、金

宛敏灝、夏承燾、唐圭璋、繆鉞、施蟄存、周汝昌、葉嘉瑩等

吳文英、**陳人傑**、文及翁、謝枋得、趙聞禮、曹邍、趙汝茪、江開

李好古、**劉辰翁**、張林、蜀中妓、**周密**、朱嗣發、**文天祥**、鄧剡

楊僉判、汪元量、王清惠、袁正真、金德淑、詹玉、**王沂孫**、仇遠

醴陵士人、褚生、徐君寶妻、王易簡、唐珏、**蔣捷**、陳德武、**張炎**

王炎午、劉將孫、徐一初、鄭文妻、無名氏、吳城小龍女、蕭觀音

吳激、張中孚、蔡松年、完顏亮、蔡珪、劉著、趙可、王寂、鄧千江、

劉迎、党懷英、王庭筠、完顏璹、王磵、**趙秉文**、許古、完顏璟、辛愿、

王渥、李俊民、**元好問**、段克己、段成己

目錄

撰稿人（以姓氏筆畫為序）

丁稚鴻、于　飛、王元明、王少華、王中華、王水照、王玉麟、王延梯、王汝瀾、王步高
王季思、王思宇、王達津、王運熙、王筱芸、王學太、王錫九、王雙啟、王鎮遠、毛　慶
方智范、艾治平、史雙元、朱世英、朱易安、朱金城、朱德才、羊春秋、江辛眉、李廷先
李向菲、李家欣、李國章、李達武、李維新、李濟阻、呂智敏、吳丈蜀、吳小如、吳小林
吳世昌、吳企明、吳汝煜、吳奔星、吳庚舜、吳曼青、吳惠娟、吳無聞、吳翠芬、吳熊和
吳調公、吳戰壘、吳　錦、邱俊鵬、丘鳴皋、何均地、何林天、何林輝、何念龍、何國治
何滿子、余恕誠、汪耀明、沈文凡、沈祖棻、宋　廓、范之麟、林東海、林昭德、林家英
林從龍、周汝昌、周振甫、周家群、周義敢、周溶泉、周滿江、周嘯天、周篤文、周錫韍
宛敏灝、宛新彬、胡中行、胡國瑞、秋如春、侯　健、俞平伯、施紹文、施蟄存、施議對
姜書閣、姜逸波、洪柏昭、祝振玉、韋　樂、秦惠民、馬以珍、馬承五、馬祖熙、馬　群
馬興榮、袁行霈、連弘輝、夏承燾、倪木興、徐少舟、徐永年、徐永瑞、徐培均、徐　樺
徐翰逢、徐應佩、高建中、高　原、高章采、唐圭璋、唐玲玲、唐葆祥、陸永品、陸　堅
陳仁鳳、陳允吉、陳永正、陳邦炎、陳志明、陳　忻、陳長明、陳來生、陳祖美、陳振寰
陳華昌、陳祥耀、陳書錄、陳順智、陳慶元、陳耀東、孫映逵、孫綠江、孫藝秋、陶爾夫
黃拔荊、黃進德、黃清士、黃墨谷、黃寶華、曹光甫、曹慕樊、曹濟平、崔海正、許永璋
許理珣、許　雁、梁守中、梁鑒江、張仲謀、張　旭、張宏生、張明非、張忠綱、張秉戍
張清華、張撝之、張燕瑾、葉嘉瑩、萬雲駿、董乃斌、董扶其、程千帆、程中原、程郁綴
曾紹皇、湯易水、湯華泉、湯貴仁、蓋國梁、楊鍾賢、楊牧之、楊海明、雷履平、趙其鈞
趙昌平、趙義山、趙興勤、蔡厚示、蔡義江、蔡　毅、蔣　凡、蔣哲倫、臧克家、臧維熙
鄭臨川、鄧小軍、鄧喬彬、鄧廣銘、劉乃昌、劉　刈、劉文忠、劉立人、劉衍文、劉逸生
劉揚忠、劉德重、劉慶雲、劉燕歌、劉學鍇、劉競飛、潘君昭、薛祥生、蕭　鵬、賴漢屏
霍松林、錢仲聯、錢鴻瑛、魏同賢、謝桃坊、謝楚發、繆　鉞、鍾振振、鍾　陵、聶在富
羅忠族、蘇者聰、顧易生、顧偉列、顧復生

凡　例

一、《唐宋詞鑑賞辭典》於一九八八年首次出版，本套書以其為基礎，全新增修校勘，收錄唐、五代十國、南北宋，及遼、金三百三十餘位詞人的詞作共一千五百餘篇。

二、本套書正文中作家、作品的先後排列次序，以及選收作品一般參照張璋、黃畬編《全唐五代詞》和唐圭璋編《全宋詞》、《全金元詞》。對於其他版本出現的字詞句異文，一般不作校勘說明，必要時在註釋和賞析文章中略作交代。

三、每位作家的首篇作品前，均載其小傳，無名氏從略。

四、本套書由二百二十餘位學者、專家及詩人，就其專長分別撰寫賞析文章。原則上採用一首詞配一篇鑑賞文章的形式，也有少數作品幾首合在一起賞析，並於文末括註撰稿人姓名。

五、詞中的疑難詞句和掌故史實，一般在賞析文章中串釋，個別在原作末酌加簡釋。

六、涉及古代史部分的歷史紀年，一般用舊紀年，夾註公元紀年，但省略「年」字。涉及的古代地名，夾註今地名。

七、本套書別冊有詞人年表、詞學名詞解釋、名句索引以及詞牌簡介等。

問世間，情是何物

啟動文化

吳文英

【作者小傳】（一二〇〇？～一二六〇？）字君特，號夢窗，晚號覺翁，本姓翁，入繼吳氏，四明（今浙江寧波）人。宋理宗紹定中入蘇州倉幕。曾任浙東安撫使吳潛幕僚，復為榮王府門客。出入賈似道、史宅之（史彌遠之子）之門。知音律，能自度曲。詞名極重，以綿麗為尚，思深語麗，多從李賀詩中來。有《夢窗甲乙丙丁稿》傳世。存詞三百四十一首。

霜葉飛　吳文英

重九

斷煙離緒。關心事，斜陽紅隱霜樹。半壺秋水薦黃花，香噀①西風雨。縱玉勒、輕飛迅羽，淒涼誰弔荒臺古？記醉踏南屏②，彩扇咽寒蟬，倦夢不知蠻素③。

聊對舊節傳杯，塵箋蠹管，斷闋經歲慵賦。小蟾斜影轉東籬，夜冷殘蛩語。早白髮、緣愁萬縷。驚飆從卷烏紗去。漫細將、茱萸看，但約明年，翠微高處。

〔註〕①噀（音同迅）：噴濺。②南屏：杭州城西諸山之一，因位於西湖之南，故又稱南山。③《舊唐書・白居易傳》：「家妓樊素、蠻子者，能歌善舞。」此處代指姬人。

此是夢窗節日憶亡姬之作。「斷煙離緒」，起四字情景雙起，精鍊而形象，籠蓋全篇。「斷煙」是景，「離緒」是情。「斜陽紅隱霜樹」是寫重九日間風雨，因風雨，故傍晚還不見斜陽，隱沒於霜樹之中。淒涼的心情，逢著淒涼的時節，已把滿腔情懷初步托出。重陽佳節，正是菊花盛開之時，詞人在風雨中從東籬折來數枝黃花，插在壺中，花的香氣還在帶雨噴出。但是孤坐對著黃花，不免無聊。而且在此風風雨雨之中誰還會驟馬去登上荒臺弔古呢？「誰」包括詞人自己在內；「弔古」，則包括傷逝之痛。這樣，又不禁回憶起當年與姬人重九登高相處時的歌舞之樂。當時伊人執扇清歌，扇底歌聲與寒蟬共咽（意謂其聲悲涼）而我則酒酣倦夢，幾乎忘卻姬人在旁。上片寫雙雙登高的情景如此。

下片轉入今情。如今人已逝矣，事已去矣，對此佳節，還有什麼賞心樂事？還有什麼心情「傳杯」飲酒？但無「傳杯」的心情而仍復「傳杯」者，無聊之極思也。（參見陳匪石《宋詞舉》）「沉飲聊自遣，放歌破愁絕」（杜甫〈自京赴奉先縣詠懷五百字〉），飲酒可以忘憂，寫詞可以抒悶，但心灰意懶之極，自從姬亡之後，連未寫完的歌詞（斷闋）也沒有心情再續，何況重寫新詞呢！天氣入夜轉晴，月影斜照東籬，寒蛩宵語，似亦向人訴說心事。「早白髮、緣愁萬縷。驚飆從卷烏紗去。」這是從杜甫〈九日藍田崔氏莊〉「羞將短髮還吹帽，笑倩旁人為正冠」二句脫化而來。重九日晉人孟嘉落帽的故事，後世傳為美談。杜甫這兩句的意思是：如果登高時風吹帽落，露出了滿頭白髮，我就把帽子重新戴上，加以遮掩，並且還會請旁人給我整理一下。這兩句詩表現杜甫的灑脫曠達的態度。但是夢窗這兩句詞意思和杜甫不同。夢窗已經不以風吹帽落、露出滿頭白髮為可羞了；他這兩句的意思是，反正人亡身老，無一可歡，一切都隨它去吧！這表現了詞人極端沉痛的心情。結語「漫細將、茱萸看，但約明年，翠微高處」三句也化用杜詩〈九日藍田崔氏莊〉：「明年此會知誰健，醉把茱萸仔細看。」杜詩之意謂今年重九，強樂自寬，但不知明年此會何如耳。夢窗今年未能登高，但空想明年能有機會。老杜細看茱萸，夢窗雖也看茱萸，著一「漫」字，就自覺無謂。那麼明年翠微高處之約，也不過說說而已。杜甫逢佳節而強作歡笑，夢窗則欲強作歡笑而不能，其無聊、沉痛，實更倍於少陵，這也是時代、身世使然。

吳梅〈蔡嵩雲《樂府指迷箋釋》序〉：「吳詞潛氣內轉，上下映帶，有天梯石棧之妙。」夢窗詞脈絡貫通，形象完整。上下映帶尚是其形象的表面，潛氣內轉則是其形象的裡面；「天梯石棧」，則說的是夢窗詞的大起大落，突接突轉，也有潛氣在內溝通。這一方面，陳匪石《宋詞舉》分析極細。他說：「『霜樹』『黃花』，就『傳杯』前所見言之；『蟾影』『蛩語』，就『傳杯』後所遇言之：皆用實寫，而各是一境。『斜陽』『雨』『蠻素』『翠微』，則均游刃於虛，極虛實相間之妙。『斷闋』與前之咽涼蟬，後之『殘蛩語』，『舊節』與前之『記醉踏』、後之『明年』，線索分明，尤見細針密縷。」這些都可以說明夢窗詞的「上下映帶」，脈絡貫通。西方文論說「美是雜多和整一的結合」，於夢窗詞可以得到印證。又如清戈載《宋七家詞選》說夢窗詞，「以綿麗為尚，運意深遠，用筆幽邃，鍊字鍊句，迥不猶人。」在這一方面，《宋詞舉》分析此詞說：「即『隱』字、『噀』字、『輕飛』字、『咽』字、『轉』字、『冷』字、『緣』字、『從卷』字，亦各有意義。其千錘百鍊，是鍊意，非僅琢句，非沉晦，亦不質實。」夢窗不但鍊字、鍊句，而且都能和鍊意相結合，戈載說這和李商隱詩「藻采組織，而神韻流轉，旨趣永長」相同。讀夢窗詞，不可不注意它的這些藝術特長。（萬雲駿）

瑞鶴仙

吳文英

晴絲牽緒亂。對滄江斜日，花飛人遠。垂楊暗吳苑。正旗亭煙冷，河橋風暖。蘭情蕙盼。惹相思，春根酒畔。又爭知、吟骨縈銷，漸把舊衫重剪。

淒斷。流紅千浪，缺月孤樓，總難留燕。歌塵凝扇。待憑信，拌分鈿。試挑燈欲寫，還依不忍，箋幅偷和淚捲。寄殘雲剩雨蓬萊，也應夢見。

這一首詞在夢窗詞中是別具一格的，上闋寫江湖飄泊的文人苦相思。下闋寫女子懷念他的一片幽怨。在用語上雅俗融一，也屬於不隱晦難懂的一類，並且和曲有相通的地方。夢窗當時當是旅住吳門（蘇州），季節正逢寒食。詞寫的是距離美，反映一種彼此因消息難通而產生了隔膜的猜疑心理。相反相成，是遞進一步寫法。

古代飄泊文人對自然景物有感，詞起首就是寫暮春三月引起的離情別緒。「晴絲牽緒亂」三句所寫景物略似葉夢得〈虞美人〉：「落花已作風前舞。又送黃昏雨。曉來庭院半殘紅，唯有遊絲，千丈裊晴空。」清明、寒食可以看到蟲類所吐在春空中遊蕩的絲。第一句緒字就是離情別緒，朱敦儒〈念奴嬌〉：「別離情緒。奈一番好景，一番悲戚。燕語鶯啼人乍遠，還是他鄉寒食。」和第三句「花飛人遠」可以相對照。不同的是這裡還對夕陽下清澈的吳江。第四句「垂楊暗吳苑」是由斜日滄江更增一句寫。吳苑是吳王闔閭所建林苑，包括姑蘇臺、長洲、石城等地（見《吳越春秋》）。韋莊〈憶江南〉「柳暗魏王堤」，鄧肅〈南歌子〉「玉樓依舊暗垂楊，樓下落花流水自斜陽」，和這滄江斜日，柳暗長洲相似，自然倍增情懷的黯淡。呂本中〈減字木蘭花〉「月暗長堤柳暗船」，也喜歡用暗字，寫暮色對心情的感染。

下二句點時序：「正旗亭煙冷，河橋風暖。」旗亭是酒樓，煙冷點明是寒食節。河橋是姑蘇的河橋，春風正暖。周邦彥〈瑣窗寒〉寒食時：「正店舍無煙，禁城百五。旗亭喚酒，付與高陽儔侶。」與夢窗詞景色同。

下一句就是寫旗亭所見歌女了。「蘭情蕙盼」句寫旗亭所遇歌女流目傳情，周邦彥〈長相思慢〉「美盼柔情」，〈拜星月慢〉「水盼蘭情，總平生稀見」，都是這樣寫法。但他不理會新的相逢，卻惹起對舊相知的相思，說：「惹相思，春根酒畔。」春根就是春末，酒畔即酒邊。上闋結尾寫：「又爭知，吟骨縈銷，漸把舊衫重剪。」形容舊相知並不瞭解他的相思之苦，詞人因牽縈思念而骨體消瘦，已把嫌寬了的春衫重新裁剪。「又爭（怎）知」，含怨意。

下闋卻轉而寫舊相知那一邊。全從女子一面下筆「淒斷。流紅千浪，缺月孤樓，總難留燕。」寫女子淒涼魂斷，目對層層細浪，漫捲殘紅，一鉤弦月伴照孤樓，象徵離別後的孤單，而「總難留燕」句寫女子所居之淒寂，連呢喃雙燕，也不願進樓中作巢。女子相思之苦也到了生怨程度。下面遞進寫「歌塵凝扇」，往日歌塵，久凝在舞扇上。很像周邦彥〈解連環〉「暗塵鎖，一床絃索」，一樣是停歌罷舞。下五句寫準擬訣絕：「待憑信，拌分鈿。試挑燈欲寫，還依不忍，箋幅偷和淚捲。」分鈿，本白居易〈長恨歌〉「釵留一股合一扇，釵擘黃金合分鈿」。這裡分鈿當永訣意用，即拚出去分金飾盒的一半給你表示分離。拌即判、拚的意思。但又很矛盾，所以說試著挑亮燈心想寫這樣的信，卻依舊不忍，又把寫上了字的信箋，帶著淚偷偷捲起。心理層次寫得針線極密。顧敻〈訴衷情〉：「換我心，為你心，始知相憶深。」似乎異曲同工。

結尾寫：「寄殘雲、剩雨蓬萊，也應夢見。」詞筆拓展開，以極痴語作結束。意思是說：即使寄魂魄於蓬萊山的殘雲剩雨，也應該能和你夢中相見。用極不合理語作極痴情的自我寬慰。正如清陳洵《海綃說詞》云：「『應夢見』，尚不曾夢見也。含思悽惋，低迴無盡。」

這首詞詞人和情人相思的兩種不同心理，寫得恰如其分。「晴絲牽緒亂，對滄江斜日，花飛人遠。垂楊暗吳苑」，與「流紅千浪，缺月孤樓，總難留燕」等句寫景境處處入畫，清逸動人。「蘭情蕙盼」、「箋幅偷和淚捲」等句，較通俗，有曲意，刻畫形象傳神。上下闋都有波折、頓挫，然後用層層遞進筆，寫到盡致處，就寫成了無聲的呼喚，別成一種意在言外的藝術構思，並不是一般習見的鋪敘。本詞也見出夢窗用字眼的特色。如「春根」一詞就很新，同他寫溪邊有時用「溪根」，雲邊有時用「雲根」一樣。夢窗也善用「偷」字，「箋幅偷和淚捲」，偷是暗暗之意，和史達祖〈綺羅香〉春雨「千里偷催春暮」，用偷字都很工巧。（王達津）

解連環

吳文英

暮簷涼薄。疑清風動竹，故人來邈。漸夜久、閒引流螢，弄微照素懷，暗呈纖白。夢遠雙成，鳳笙杳、玉繩西落。掩練帷倦入，又惹舊愁，汗香闌角。
銀瓶恨沉斷索。嘆梧桐未秋，露井先覺。抱素影、明月空閒，早塵損丹青，楚山依約。翠冷紅衰，怕驚起、西池魚躍。記湘娥、絳綃暗解，褪花墜萼。

吳文英早年在蘇州曾認識某女子。近世詞家據吳詞作過許多分析，認為他在蘇州有一妾，後被遣去。但將他關於蘇州情事的詞串連合參，可以確定那位女子並非其朝夕相處之妾，應是一位民間歌妓。他們的愛情注定是以悲劇告終的。吳文英對她的情感是真摯而深厚的，在詞作裡常以極晦澀的方式抒寫其無盡的哀怨。這首詞是詞人寓居蘇州後期所作，在其戀愛悲劇發生之後。

詞的起筆「暮簷涼薄」，點明抒情的環境和時間。暮色已降，人在簷下，感覺秋涼之意，造成寂寞淒涼的氛圍。清風吹動庭竹，使抒情主人公產生故人到來的幻覺。但實際上並非有人來，而是內心的懷疑。「疑」字將詞意帶入恍惚迷離的境界，有似夢非夢之感。此兩句用唐李益「開門復動竹，疑是故人來」（〈竹窗聞風寄苗發司空曙〉）詩句，「故人」即所識的那位女子。她同從前一樣穿過疏竹，前來西池與他相會。「邈」，渺遠之意；

猜想她當是從很遠的地方而來。這些描寫都表現為非現實的夢幻般的情景。「漸夜久」表示時間由暮入夜的過渡。「閒引流螢」乃用唐代詩人杜牧〈秋夕〉「輕羅小扇撲流螢」句意，寫出故人天真可愛的情態；借著微弱的螢光，從她的「素懷」暗裡見到「纖白」。這幾句詞意較為模糊，作者有意以某些優美的細節片段巧妙地暗示幽會時所留下的難忘印象。傳說西王母的侍女董雙成能吹雲和之笙，詞中的「雙成」即以仙子借指故人。雙成在夢中去遠，鳳笙之音漸杳遠了。這可見，故人前來幽會全是由主體思念所致的夢境。夢被驚醒時已是「玉繩西落」。吳文英喜用生僻事典，詞語十分難解。「玉繩」乃玉衡的北兩星，玉衡為緯書中所指的北斗七星的第五星，那便是斗柄的部分了。玉繩西落便標誌時間是下半夜過了。這時抒情主人公才由外室進到內室。練帷即布帷，未用羅幃或珠簾，用布屬之帷可想見其境況的清苦。放下布帷，欲進內室，卻又「倦入」，當是夢境歷歷觸動了對往事的思憶，故「又惹舊愁」。不能忘記，在庭闌的角落還留有故人的粉汗的香氣。或許那已是某個夏天的事了。

由於對往事的思念，令詞人撫今追昔倍加悲痛。詞的過變以特殊的意象深刻地表達這種悲痛的情感。「銀瓶」是古時汲水用的器具。「銀瓶恨沉斷索」乃用白居易〈新樂府：井底引銀瓶〉詩「井底引銀瓶，銀瓶欲上絲繩絕」句意。汲水時絲繩意外地斷絕，白詩以喻「似妾今朝與君別」，言中道分離，留下遺恨。他們戀愛悲劇的發生，似乎早已在預料之中：「梧桐未秋，露井先覺」，飄零搖落的命運是必然的了。這些悲痛的情感又由目睹舊物而加深。「抱素影、明月空閒」即葉夢得〈賀新郎〉「寶扇重尋明月影，暗塵侵、上有乘鸞女」之意。團扇如月，扇面繪有素女的小影，已積有灰塵。「抱」，持也；團扇曾經是她持以「閒引流螢」的，「明月空閒」意為它已閒著無人用了。這紀念物上以丹青繪的小影「早塵損」，可是那秀眉尚「楚山依約」十分動人。詞筆至此忽然一轉。「翠冷紅衰」是凋殘的景象，由睹物而生的聯想。「西池」在吳文英關於蘇州情事的詞中多次提到，當即詞人寓所閶門外西園之內的池。在這凋殘衰謝的季節、冷清的秋夜，怕有輕微的聲響驚起西池裡的睡魚，西池的魚躍將擾亂靜寂的秋夜和人的思緒。因為抒情主人公正因西池的落花而回味著故人留下的一個銷魂的印象：「記湘娥、絳綃暗解，褪花墜萼。」「湘娥」本為傳說中的湘妃。近世詞家考證，以為吳文英在蘇州所戀者原籍為湘人，所以「湘娥」或「湘女」皆借指蘇州故人。記得那次幽會時，她偷偷解下輕薄的絳色綃衣。詞的結尾頗為奇特，幸福美好的形象用以作為悲傷之詞的結尾，但這在今昔的鮮明對比之下，將產生迴環往復的藝術效果。

吳文英是屬於那種情感豐富而纖細的人，最善於捕捉到瞬間的、形象鮮明的主觀感受。在他的作品裡的許多意象具有纖細的主觀感受性質，加以晦澀的語句表現出來，其詞意往往較為朦朧，就像唐代李商隱的〈無題〉詩一樣。這首詞的整個表現都如夢境一般，如故人團扇撲螢，令人難辨其是夢還是往事；銀瓶斷索、梧葉早墜，未知喻其人是離是亡。在詞的結構上雖注意時間關係的交代，但意群之間有一定的跳躍或較大的轉折，而且往往不甚連貫。如下闋的四個意群之間便缺乏應有的順序聯繫，結尾則有詞意未盡之感。這正是夢窗詞結構奇幻的特點。理解夢窗詞較為困難，如果細讀便會發現作者在藝術上的慘淡經營，其表現方式是藝術化的，所表達的情感則是複雜、真摯和纏綿的。（謝桃坊）

宴清都 吳文英

連理海棠

繡幄鴛鴦柱。紅情密，膩雲低護秦樹。芳根兼倚，花梢鈿合①，錦屏人妒。東風睡足交枝，正夢枕、瑤釵燕股。障灩蠟、滿照歡叢，嫠蟾②冷落羞度。

人間萬感幽單，華清③慣浴，春盎風露。連鬟並暖，同心共結，向承恩處。憑誰為歌長恨，暗殿鎖、秋燈夜雨。敘舊期、不負春盟，紅朝翠暮。

〔註〕①鈿合：鈿為金飾之盒，有上下兩扇，兩扇相合叫鈿合。②嫠（音同離）蟾：嫠，寡婦，蟾指月中蟾蜍。南朝梁劉昭注《後漢書．天文志》：「姮娥遂託身於月，是為蟾蜍。」「嫠蟾」借指月中孤獨的嫦娥。③華清：指華清宮，此處有溫泉，為唐玄宗避寒之地。

連理海棠是雙本相連的海棠。唐玄宗李隆基寵愛楊貴妃，一次玄宗登沉香亭，召楊妃，楊妃酒醉未醒，高力士從侍兒扶之而至，玄宗笑曰：「豈是妃子醉耶？海棠睡未足耳。」（見宋施元之《施註蘇詩》引《明皇雜錄》註蘇軾〈寓居定惠院之東，雜花滿山，有海棠一株，土人不知貴也〉詩）玄宗與楊妃又有世世代代為夫婦的盟誓，即白居易在〈長恨歌〉中寫的「在天願作比翼鳥，在地願為連理枝」，因此這篇詠連理海棠的詞就以李楊情事為線索而展開。上片詠花，處處關合李楊事跡，下片敘李楊事，又處處照應題面的連理海棠。

「繡幄鴛鴦柱。紅情密，膩雲低護秦樹」三句點明海棠花及所處的環境。「繡幄」，彩繡的大帳，富貴人家用來護花，以免為風雨所敗。「鴛鴦柱」指成雙成對的立柱，用以支大帳。花為連理，柱也成雙。「紅情密」言海棠花花團錦簇，十分繁茂，這是海棠花的特點。以「情密」寫花，擬人稱物。「膩雲」常用來描寫女子雲鬢，這裡以雲鬢襯香腮來比喻翠葉護紅花。「秦樹」指連理海棠。明張所望《閱耕餘錄》中記載宋時秦中有雙株海棠，高數丈（清《陝西通志》引）。此三句雖寫花，但處處照應人事，柱為「鴛鴦」，花為「紅情」、「膩雲」，花色之中已見人面。「秦樹」影射此事發生於長安一帶，於是李楊故事剛一開篇就隱見於中了。「芳根兼倚，花梢鈿合，錦屏人妒」，三句正面描寫連理海棠。下面兩根相倚，上面花梢交合，「錦屏人」指深閨孤棲女子。海棠上下都連在一起，十分親密，使得閨中曠女羨妒不已。「東風睡足交枝，正夢枕、瑤釵燕股」，二句描寫海棠花的嬌態，她在交合的枝頭睡足，而這交枝在她的夢中變成了燕股玉釵。蘇軾〈寓居定惠院之東……〉也有詠海棠名句：「林深霧暗曉光遲，日暖風輕春睡足。」但沒有夢窗如此細膩。「夢枕」句又關合〈長恨歌〉中所寫「雲鬢花顏金步搖，芙蓉帳暖度春宵。春宵苦短日高起，從此君王不早朝」。「障灩蠟，滿照歡叢，嫠蟾冷落羞度。」蘇軾〈海棠〉有句云：「只恐夜深花睡去，更燒高燭照紅妝。」詞中這三句化用東坡詩意，寫人們連夜秉燭賞花的情景。「障」字寫出在戶外看花，必須障燭以避風。「灩蠟」形容蠟燭大、蠟淚多。「滿照」的「滿」字形容燭光明亮，「歡叢」指海棠交合的枝葉。「嫠蟾」的「嫠」凸出嫦娥的孤單冷落，因自慚而羞見連枝海棠。詞的上片重在描摹連枝海棠的形態，但又是句句關聯美人神態。詞人體物工細，運筆渾化，花光之中處處見人影，人情物態，水乳交融。

過片宕開一筆，從詠花過渡到敘人事。「人間萬感幽單，華清慣浴，春盎風露。」人間句言世間有多少不成連理的夫婦，他們過著孤獨寂寞的生活。此句與「嫠蟾」句相呼應，與此形成對比。「華清」二句描寫貴妃占盡風情雨露，獨自為春，溫泉蒸騰，池水蕩漾，彷彿置身於春風雨露之中。「連鬟並暖，同心共結，向承恩處。」古代女子出嫁後，將雙鬟合為一髻，示有所歸，夫妻恩愛，還要綰結羅帶同心。楊妃承恩得寵，與玄宗形影不離。「連」、「同」又扣合題面「連理」，並照應上片的「兼倚」、「鈿合」二句，寫人亦不離花的特點。「憑誰為歌長恨，暗殿鎖、秋燈夜雨。」李楊情事建築在「人間萬感幽單」的基礎上，自然也不會久長。漁陽鼙鼓，驚破李楊好夢。他們愴惶西逃，楊終於死在馬嵬事變中。詞寫到李楊最歡樂處，筆鋒突然轉到「長恨」的悲劇，化用〈長恨歌〉詩意，內容更深厚，聯想更豐富。〈長恨歌〉中寫長恨處很多，而詞只把「夕殿螢飛思悄然，孤燈挑盡未成眠。遲遲鐘鼓初長夜，耿耿星河欲曙天」隱括到詞中只七個字「暗殿鎖、秋燈夜雨」，卻寫出了玄宗回京後為太上皇，楊妃已死，他又受到肅宗的軟禁，孤獨寂寞的情景。「鎖」字形容高大深邃的宮殿為夜氣籠罩，也兼有被軟禁之意，又值夜雨燈昏，則更為淒涼。和上片的「障灩蠟，滿照歡叢」形成鮮明對照。「敘舊期、不負春盟，紅朝翠暮」三句花人合寫。從寫李楊愛情的角度看，前二句是化用〈長恨歌〉中的「臨別殷勤重寄詞，詞中有誓兩心知。七月七日長生殿，夜半無人私語時。在天願作比翼鳥，在地願為連理枝」等句，這是李楊二人的願望，「舊期」就是七月七日，「春盟」就是生生世世為夫婦的願望。「紅朝翠暮」就是朝朝暮暮、倚紅偎翠，永不分離。從寫花的角度看，就是賞花者與海棠相約，希望能與紅花翠葉長相對。

這首詞堪稱詠物詞中的神品，詞作描寫連枝海棠時，扣住描寫對象的特徵，寫得工細貼切。如「芳根兼倚，花梢鈿合」、「交枝」、「瑤釵燕股」，或描摹，或比喻，或借代，從正面扣合「連枝」特點。「錦屏人妒」、「嫠蟾冷落」，又以對比反襯的手法來寫「連枝」，扣題而不直露。另外，這首詞詠物而不粘滯於物，物態人情，難分彼此，花中有人，人不離花，如結尾幾句，若確指李楊，則盟誓在七月七日，不在春日；若坐實指海棠，花不能言，難以踐約，但是細細品味，又是句句寫花，句句寫人，妙處只在一片化機。

這首詞寫得精緻含蓄，不顯露，不淺薄。結構十分嚴謹，詞中上下片、起句結尾互相呼應拍合，極為精當。過去一些詞論家稱道夢窗善用麗字，初看起來，雕繪滿眼，實際上夢窗能「令無數麗字一一生動飛舞，如萬花為春」（清況周頤《蕙風詞話》）。此篇用麗字極多，如繡、鴛鴦、紅、芳、花、鈿等等，運用這些麗字時詞人注意到這些麗字和表現題材的結合，而不是游離於內容之外，它們都是扣緊連理海棠和李楊事，是為表現詞的內容服務的。並且詞人還善於用動詞調動這些麗字，這樣就不會「若琱（音同雕）璠蹙繡，毫無生氣」④了。（王學太）

〔註〕④清況周頤《蕙風詞話》：「近人學夢窗，輒從密處入手。夢窗密處，能令無數麗字，一一生動飛舞，如萬花為春，非若琱璠蹙繡，毫無生氣也。如何能運動無數麗字，恃聰明，尤恃魄力。如何能有魄力，唯厚乃有魄力。夢窗密處易學，厚處難學。」

齊天樂　吳文英

與馮深居登禹陵

三千年事殘鴉外，無言倦憑秋樹。逝水移川，高陵變谷，那識當時神禹。幽雲怪雨。翠蓱濕空梁，夜深飛去。雁起青天，數行書似舊藏處。

寂寥西窗坐久，故人慳會遇，同剪燈語。積蘚殘碑，零圭斷璧，重拂人間塵土。霜紅罷舞。漫山色青青，霧朝煙暮。岸鎖春船，畫旗喧賽鼓。

吳文英詞一向以晦澀見稱，譏評者不少，但清代的一些詞評家，都曾經對吳詞備致推崇，如戈載之《宋七家詞選》即曾稱其「運意深遠，用筆幽邃，鍊字鍊句，迥不猶人。貌觀之雕繢滿眼，而實有靈氣行乎其間」。周濟之《宋四家詞選．序論》亦稱其「立意高，取徑遠，皆非餘子所及」，又云「夢窗奇思壯采，騰天潛淵，返南宋之清泚，為北宋之穠摯」。吳詞之往往予人以晦澀難解之印象，主要蓋有二因，其一是在敘寫方面往往以時間與空間做交錯之雜糅，其二是在修辭方面往往但憑一己直覺之感受，再加之以喜歡運用生僻典故，遂使一般讀者驟讀之不能體會其意旨所在。但如果加以仔細研讀，能尋得入門之途徑，便可發現吳詞在「雕繢滿眼」的「晦澀」、「堆砌」之外表之內，確實有一片「靈氣行乎其間」，而且「立意」之「高」，「取徑」之「遠」，也是確實具有一份「奇思壯采」的。現在以這首〈齊天樂〉詞為例證，來對吳文英詞略加賞析。

先對題目中的馮深居及禹陵略加說明。馮深居名去非，在南宋理宗寶祐年間曾為宗學諭，因為反對當時的權臣丁大全而被免官。與吳文英相交甚久。所以這首詞中頗有言外之深慨，這是從馮氏之為人及其與吳文英之交誼而可以推知的。至於禹陵則為夏禹之陵，在浙江紹興之會稽山。吳文英為四明人，是禹陵固正在其故鄉附近之地。所以吳氏對禹陵所流傳之古跡名勝，乃特別有一種親切之感情，這也是可以想見的。何況夏禹王之憂民治水，在古代帝王中又是功績最為卓偉，用力最為勤勞。而南宋的理宗之世則任用權臣，國事日非，感今懷古，吳文英在與馮深居同登禹陵之際，自當有無限滄桑之深慨。所以一開端便以「三千年事殘鴉外」七個字，把讀者引向了一片遠古蒼茫之中。所謂「三千年」者，一則為歷史年代之實據，蓋自夏禹之世至南宋理宗之世，固已實有三千數百年之久。再則「三」字與「千」字之數目，在直感上亦足以予讀者一種久遠無窮之感。而「三千年」之下又加一個「事」字，則千古興亡之史跡，乃大有觸緒紛來之勢矣。而又繼之「殘鴉外」三個字，就「殘鴉」而言，固當是登臨時之所見。昔杜牧〈登樂遊原〉詩有句云「長空澹澹孤鳥沒，萬古銷沉向此中」，此正為「殘鴉」二字所予人之景象與感受。至於「外」字，則歐陽脩〈踏莎行〉詞有句云「平蕪盡處是春山，行人更在春山外」。就夢窗此詞而言，則是殘鴉蹤影之沒固已在長空澹澹之盡頭，而三千年往事之銷沉則更在此已消逝之殘鴉影外，於是時間與空間，往古與今日乃於此七字中結成一片，以無際之荒遠寥漠之感，向讀者侵逼包籠而來。其所以彌深此無可追尋之荒遠之感者，蓋因夢窗當日曾抱有無限追懷之一念耳。然則夢窗當日所登臨者何地？則禹陵也；所追懷者何人？則禹王也。蓋在遠古帝王之中，就史書之所載，固以夏禹之功績最為卓偉，而其用力亦最為勤勞。是禹王固正有其可以引人懷思追念者在也。蓋在夏禹當世，人民之所患者，厥唯洪水猛獸而已；而禹王之所致力者，即正在消滅此一人類之大患。而人世之戰亂流離、憂患苦難，乃有千百倍於當年之洪水猛獸者。然則今日之世，豈復能更有一人，如當日禹王之具有拯拔人類、消滅大患之宏願偉力者乎？此正夢窗之所以望殘鴉而追懷三千年之往事者也。

然而禹王不復作，前功不可尋，所見者唯殘鴉影沒，天地蒼茫，則何地可為託身之所乎。故繼之則云「無言倦憑秋樹」也。語有之云「予欲無言」；又曰「夫復何言」。其所以「無言」者，正自有無窮不忍明言、不能盡言之痛也。然則今日之登臨，於追懷感慨之餘，其所能為者，亦唯「倦憑秋樹」而已。此處著一「倦」字，其疲倦之感，自可由登臨之勞倦而來，此近人楊鐵夫《夢窗詞全集箋釋》之所以云「次句落到『登』字」也。然而此句緊承於首句「三千年事」之下，則其所負荷者，固隱然亦正有千古人類於此憂患勞生中所感受之茶然疲役之悲在也。是則於此心身交憊之餘，豈不欲得一依倚棲傍之所？而其所憑倚者，則唯有此一蕭瑟凋零之秋樹而已。人生至此，更復何言，故曰「無言」也。其下繼云「逝水移川，高陵變谷，那識當時神禹」，乃與首一句之「三千年事」遙遙相應，故知其「倦憑秋樹」之時，必正兼有此三千年之滄桑深慨在也。曰「逝水移川」，則東流之逝水，其水道固已幾經遷移；曰「高陵變谷」，則聳拔之高山乃竟淪為深谷。是禹王之宏願偉力，雖有足以使千百世下仰若神人者，然而其當年孜孜矻矻所疏鑿，欲以垂悠悠萬世之功者，其往跡乃竟谷變川移、一毫而不可識矣，故曰「那識當時神禹」也。三千年事，無限滄桑，而河清難俟，世變如斯，則夢窗之所慨者，又何止逝水、高陵而已哉。

以下陡接「幽雲怪雨。翠萍濕空梁，夜深飛去」三句，貌觀之，此等句固正不免於「雕繢滿眼」、「堆垛」、「晦澀」之譏，蓋以此數句中之「翠萍濕空梁」一句，極難索解也。夫「梁」者，固當為禹廟之梁。據《大明一統志·紹興府志》載云：「禹廟在會稽山禹陵側。」又云：「梅梁，在禹廟。梁時修廟，忽風雨飄一梁至，乃梅梁也。」又引《四明圖經》：「鄞縣大梅山頂有梅木，伐為會稽禹廟之梁。張僧繇畫龍於其上，夜或風雨，飛入鏡湖與龍鬥。後人見梁上水淋漓，始駭異之，以鐵索鎖於柱。然今所存乃他木，猶絆以鐵索，存故事耳。」夫禹廟既在禹陵側，則夢窗當日登臨足跡之所至，或瞻望之所及，必曾及於此廟，所可斷言者也。至於禹廟之梅梁及張僧繇畫龍於風雨中飛去之說，則以生為四明人之夢窗，必當極熟悉於此種種有關四明之神話及傳說，故此詞乃有「幽雲怪雨，翠蓱濕空梁，夜深飛去」之言。「蓱」字原與「萍」字相通，然而「萍」乃水中植物，梁上何得有「萍」？及見《一統志》及《四明圖經》所載，然後乃知此句必非泛指萍藻彩繪，原來禹廟之梁乃有如許神怪之傳聞在也。梁上果然有水中之萍藻，而此萍藻則為飛入鏡湖之梁上之神龍所沾帶之鏡湖之萍藻。美國哈佛燕京圖書館中藏有一極珍貴之資料，即嘉慶戊辰重鐫采鞠軒藏版之陸游序本南宋嘉泰《會稽志》，其卷六〈禹廟〉一條載有禹廟梁上有水草之記載，云：「禹廟在縣東南一十二里。《越絕書》云：少康立祠於禹陵所，梁時修廟，唯欠一梁，俄風雨大至，湖中得一木，取以為梁，即梅梁也。夜或大雷雨，梁輒失去，比復歸，水草被其上，人以為神，縻以大鐵繩，然猶時一失之。」此條所敘，《大明一統志》、《大清一統志》、康熙《會稽志》並皆不載。然而嘉泰《會稽志》則又不載張僧繇畫龍事，故必須以嘉泰《會稽志》與《四明圖經》合看，然後方知夢窗此詞之「翠蓱濕空梁，夜深飛去」數語乃真可謂無一字無來歷矣。是此數句，乃正寫禹廟梁上神龍於風雨中「飛入鏡湖與龍鬥」，「比復歸，水草被其上」之一段神話傳聞也。而夢窗之用字造句，則極恍惚幽怪之能事。蓋「翠蓱濕空梁」一句，原當為神梁化龍飛返以後之現象，而次句「夜深飛去」方為此現象發生之原因，是神梁先飛去入鏡湖與龍鬥，飛返時始有湖中水藻沾帶於梁上也；而夢窗卻將時間因果顛倒，先置「翠蓱濕空梁」一句突兀怪異之現象於前，又用一不常見之「蓱」字以代習用之「萍」字。夫「蓱」與「萍」二字雖通用，然而一則用險僻之字始更增幽怪之感，再則「蓱」字又可使人聯想及於《楚辭．天問》之「蓱號起雨」一句，乃大有「幽雲怪雨」一時驚起之意。彊村先生（清朱祖謀）於夢窗詞校勘最精，且曾獲睹明萬曆年間太原張廷璋氏舊鈔本，其校本之獨取「荓」字，自非無見。總之，此三句所予人之一片恍惚幽怪之感及渺茫懷古之思，固極為真切鮮明，讀者正可自此數句中對此充滿神話色彩之古廟生無窮之想像。蓋夢窗之詞所予人者，往往但重感受，而不重說明，神理意味極活潑而深切，唯不作明言確指耳。此正詆夢窗者之所以譏之為晦澀，譽夢窗者之所以稱其詞為「天光雲影，搖蕩綠波，撫玩無斁，追尋已遠」（清周濟《介存齋論詞雜著》）者也。

後二句，則又就眼前景物寄慨。曰「雁起青天」，形象色彩均極鮮明，知此景必為白晝而非黑夜所見，然後知前三句「夜深」云云者，全為作者懸空想像憑弔之言，並非實有也。此正前三句之運筆之所以出之以如許幻變神奇之故。而此句「雁起青天」四字，乃又就眼前景物以興發無限今古蒼茫之慨，故繼之云「數行書似舊藏處」也。據《大明一統志．紹興府志》載：「石匱山，在府城東南一十五里，山形如匱。相傳禹治水畢，藏書於此。」又《大清一統志．紹興府志》載：「宛委山，在會稽縣東南十五里，會稽山東三里。上有石匱，壁立干雲，升者累梯而上。《十道志》：『石匱山，一名宛委，一名玉笥，亦名天柱，昔禹得金簡玉字於此。』《遁甲開山圖》云：『禹治水，至會稽，宿衡嶺。宛委之神奏玉匱書十二卷，禹開之，得赤珪如日，碧珪如月，是也。』」是會稽之宛委石匱山，固舊傳有藏書之說；雖然所傳者有夏禹於此得書或於此藏書二說之不同，然而要之此地之傳有藏書則一也。然而遠古荒忽，傳聞悠邈，唯於青天雁起之處，想像其藏書之地耳。而雁行之飛，其排列又正有如書上之文字，此在夢窗詞〈高陽臺〉其一中，即有「山色誰題，樓前有雁斜書」之句可以為證。是則三千年前當日所傳之藏書固已渺不可尋；今日所見者，唯青天外之斜飛雁陣彷彿猶作當年書中之文字而已。時移世往，遼闊蒼茫，無限滄桑之慨，正與開端「三千年事殘鴉外」及「那識當時神禹」諸句遙遙相應，而予讀者以無窮悵惘追尋之深痛。以上前半闋全以「登禹陵」之所慨為主。

後半闋「寂寥西窗坐久，故人慳會遇，同剪燈語」，始寫入馮深居，呼應題面「與馮深居」四字。以章法言，固屬用筆周至；而以意境言，則以下數句，乃合三千餘年歷史滄桑之感，與個人一己離合今昔之悲，融為一體，錯綜並舉，而與前半闋之登臨遙遙相應，於是而馮深居遂與吳夢窗同在此登臨之深慨之中。而三千年往事乃亦倏然而來至此西窗燈下矣。此三句詞，乃用李義山〈夜雨寄北〉「何當共剪西窗燭，卻話巴山夜雨時」之詩句，自無可疑。夫西窗剪燭共話，原當為何等溫馨之人事，而夢窗乃於開端即著以「寂寥」二字，又接以「久坐」二字，其所以久坐不寐之故，正緣於此一片寂寥之感耳。昔杜甫〈羌村三首〉其一詩有句云：「夜闌更秉燭，相對如夢寐。」其〈贈衛八處士〉又有句云：「人生不相見，動如參與商。今夕復何夕？共此燈燭光。少壯能幾時？鬢髮各已蒼。」其如夢、參商之感，其少壯幾時之悲，正皆為足以令人興寂寥之感者也。故夢窗於「寂寥西窗坐久」之下，乃接云「故人慳會遇，同剪燈語」；此情此景，豈非與杜詩所云「人生不相見」及「夜闌更秉燭」之情景，正相似乎？此三句，一氣貫下，全寫寂寥人世今昔離別之悲。

以下陡接「積蘚殘碑，零圭斷璧，重拂人間塵土」三句，初觀之，此三句似與前三句全然不相銜接，然而此種常人以為晦澀不通之處，實正為夢窗詞之特色所在。蓋夢窗詞往往但以感性為其連貫之脈絡，而極難以理性為明白之界劃及說明。此種特色原為長於觸發及聯想之一類詩人之所獨具。此詞「積蘚殘碑，零圭斷璧」諸句，一方面固全就感性抒寫，予人以一片時空錯綜之感；一方面則又以靈氣運轉，使無數故實翩翩起舞生姿。茲就其所用之故實而言，所謂「積蘚殘碑」者，楊鐵夫《箋釋》以為「碑指窆（音同貶）石言」，引《金石萃編》云：「禹葬會稽，取石為窆石，石本無字，高五尺，形如秤錘，蓋禹葬時下棺之豐碑。」據《大明一統志．紹興府志》載：「窆石，在禹陵。舊經云：禹葬會稽山，取此石為窆，上有古隸，不可讀，今以亭覆之。」知楊氏《箋釋》以碑指窆石之說為可信。昔李白〈襄陽歌〉云：「君不見晉朝羊公一片石碑材，龜頭剝落生莓苔。」自晉之羊祜迄唐之李白，不過四百餘年而已，而太白所見羊公碑下之石龜，則固已剝落而生莓苔矣。然則自夏禹以迄於夢窗，其為時既已有三千餘年之久，則其窆石之早已莓苔滿布，斷裂斑剝，固屬事之當然者矣。著一「積」字，足見苔蘚之厚，令人慨歷年之久；著一「殘」字，又足見其圮毀之甚，令人興覽物之悲。而其發人悲慨者，尚不僅此也，因又繼之以「零圭斷璧」云云。前釋「數行書似舊藏處」一句時，已曾引《大清一統志》，知有「宛委之神奏玉匱書十二卷，……得赤珪如日，碧珪如月」之說。又據《大明一統志》載：「宋紹興間，廟前一夕忽光焰閃爍，即其處之，得古珪璧珮環藏於廟。然今所存，非其真矣。」按「珪」古「圭」字。是關於夏禹之陵廟既早有圭璧之傳說，而在南宋當時，或者廟藏之中果然亦尚留有圭璧之遺物。夫圭璧者，原為古代侯王朝會祭祀之所用，而今著一「零」字，著一「斷」字，則零落斷裂，無限荒涼，然則禹王之功績無尋，英靈何在？徒只古物殘存，供人憑弔而已。故繼之云：「重拂人間塵土。」於是前所舉之積蘚之殘碑，與夫零斷之圭璧，乃盡在夢窗親手摩挲拂拭之憑弔中矣。「拂」字上更著一「重」字，有無限低迴往復多情憑弔之意，其滿腹懷思，一腔深慨，固已盡在言外。

然而此句之尤妙者，則在夢窗於前半闋自「三千年事」迄「舊藏處」，全寫日間登臨之所見、所感；後半闋開端「寂寥西窗坐久」三句，則全寫夜間故人燈下之晤對，然後陡接「積蘚殘碑」三句，又回至日間之登臨。全不作此層次分明之敘述與交代。於是，忽而為西窗之剪燈共語，忽而為禹廟之斷璧殘碑；忽而為黑夜，忽而為白晝；忽而為人事之離合，忽而為歷史之今古。而夢窗之所以不為之作明白之劃分者，正緣在夢窗之感覺中，此時空之隔閡固早經泯滅而融為一體矣。蓋殘碑斷璧之實物，雖在白晝登臨之陵廟之上，而殘碑斷璧之哀感，則正在深宵共語者之深心之內也。夫以「慳」於「會遇」之故人，於「剪燈」夜「語」之際，念及年華之不返、往事之難尋，其心中固已早有此一份類似斷璧殘碑之哀感在也。故其下乃接云：「重拂人間塵土。」「塵土」而曰「人間」者，正以其並不但指物質上之塵土而已，同時乃兼指人事間之種種塵勞之汙染而言者也。夫人之一生，固曾有多少往事、多少舊夢、多少理想與熱情，然而年去歲來，塵勞汙染，乃漸漸磨損消亡，於今在記憶之中，亦不過一一皆如塵封之斷壁殘碑而已。而當故人話舊之際，此久經塵埋之種種，乃復依稀重現；然則豈非剪燈共語之際，亦復正即為拂拭塵土之時？是則「積蘚殘碑」三句，雖為日間登臨之所見，然實亦正為夜語時心中之所感。此正所以夢窗乃以此三句陡接上三句，而全不作劃分說明之故。於是而一己之人事，乃因此而融會於三千年歷史之中，而更加深廣；而三千年之歷史，亦因其融會於一己人事之中，而更加切近。此種時空交糅之寫法，正為夢窗特長之所在，未可遽以晦澀目之也。

其後「霜紅罷舞。漫山色青青，霧朝煙暮」三句，又以飛揚之筆，另開出一新境界。自情事之中跳出，別從景物著筆，而以「霜紅」句，隱隱與開端次句之「秋樹」相呼應。然此三句之妙，尚不僅在其承轉呼應之陡峻靈活而已，而更在其意境所包籠之深遠高妙。昔東坡〈赤壁賦〉有云：「自其變者而觀之，則天地曾不能以一瞬；自其不變者而觀之，則物與我皆無盡也。」夢窗此二句之意境，實與之大為相似。然而東坡仍只是理性之說明，而夢窗則全為意象之表現。「霜紅罷舞」，其變者也；「山色青青」，其不變者也。彼經霜之葉，其生命固已無多，竟仍能飾以紅之色、弄以舞之姿；唯此紅而舞者，亦何能更為久長，瞬臨罷舞之時，是則雖有無限留連愛戀之意，而亦終歸於空滅無有而已，故曰「霜紅罷舞」。此一無常變滅之悲，而夢窗竟寫得如此哀豔淒迷。又繼之云「山色青青，霧朝煙暮」，則其不變者也。是無論其為霧之晨，為煙之夕，而此青青之山色，則亙古不變者也。又於其上著一「漫」字，「漫」字有任隨、枉自之口氣，其意若謂霜紅罷舞之後，唯有任隨山色之枉自青青於霧朝煙暮之中而已。逝者已矣，而人世長存，其間原已有無窮今古滄桑之感；而此二句，乃又正為禹陵所見之景色，而此景色又並不限於登臨時當日之所見而已。霜紅有一朝罷舞之時，山色無改其青青之日，其情意之深廣，乃有包容千古興亡之悲，而又躍出於千古興亡之外之感。夢窗運筆之妙、託意之遠，於此可見。

結二句「岸鎖春船，畫旗喧賽鼓」，初觀之，亦不免有突兀之感。蓋前此所言，如「秋樹」，如「霜紅」，明明皆為秋日之景色；而此句竟然於承接時突然著一「春」字，若此等處，唯大作者始能不為硜硜瑣瑣但知拘守之小家態，而後能有此騰躍籠罩之筆。如杜甫之〈秋興八首〉，前七首皆從秋景著筆，而於第八首乃突然湧現一「佳人拾翠春相問」之句；清翁方綱評杜甫此句曾有「彩筆干氣象，轉於春字繫出，此則神光離合之妙也……一彈三嘆」（《手批鈔本杜詩》）之言。夢窗此句之妙，庶幾近之。蓋開端之「倦憑秋樹」，乃是當日之實景；至於「霜紅罷舞」，則已不僅當日之所見而已，而乃包容秋季之全部變化於其中；至於「山色青青」，則更於其中透出暮往朝來、時移節替之意。於是而秋去冬來，於是而冬殘春至，則年年春日之時，於此山前當可見岸鎖舟船，處處有畫旗之招展，時時聞賽鼓之喧譁。然則此何事也，據《紹興府志·祠祀志》載：「禹廟之建，起於無余祀禹之日。《吳越春秋》：『無余從民所居，春秋祀禹於會稽。』……宋（太祖）建隆二年，詔先代帝王陵寢令所屬州縣遣近戶守視，其陵墓有墮毀者亦加修葺。（太祖）乾德四年，詔吳越立禹廟於會稽，置守陵五戶，長吏春秋奉祀。（高宗）紹興元年，詔祀禹於越州。（光宗）紹熙三年十月，修大禹陵廟。」又《大清一統志·紹興府志·大禹廟》載：「宋元以來，皆祀禹於此。」然則此詞之「畫旗」、「賽鼓」，必當指祀禹之祭神賽會也。蓋舊稱祭神之會曰賽會，而於賽會中多有簫鼓雜戲等之表演，故曰「畫旗喧賽鼓」。「畫旗」，當指舟船儀仗之盛；「喧」字，當指「賽鼓」之喧譁。然而夢窗乃將原屬於「鼓」字之動詞「喧」字置於「畫旗」二字之下，作「畫旗」與「賽鼓」中間一聯繫結合之字面，則畫旗招展於喧譁之賽鼓聲中，乃彌增其盛美之感；旗之色與鼓之聲遂結合而為一矣。

至於必曰「岸鎖『春』船」者，雖然據《大清一統志》所載，歷代之祀禹多有春、秋二次之祠祀，然而一則可能今歲秋祠之期已過，則繼之而來者自當為明歲之春祠，故曰「春船」。此最淺拙之解釋也。而且根據嘉泰《會稽志》卷十三〈節序〉條記載云：「三月五日，俗傳禹生之日，禹廟遊人最盛。無貧富貴賤傾城俱出，士民皆乘畫舫，丹堊鮮明，酒樽食具甚盛，賓主列坐，前設歌舞。小民尤相矜尚，雖非富饒，亦終歲儲蓄以為下湖之行。（原註：下湖，蓋鄉語也。）」是則年年春日禹廟前歌舞賽會之盛，猶可想見。此正所以上一句「岸鎖春船」之必著一「春」字也。再則，此詞通首以秋日為主，其情調全屬於寥落淒涼之感，曰「殘鴉」，曰「秋樹」，曰「寂寥」，曰「霜紅」，今於結尾之處突然著一「春」字，而且以「旗」、「鼓」之美盛喧譁，為全篇寥落淒涼之反襯，餘波蕩漾，用筆悠閒，一若果然可以春日之美盛移代而忘懷此秋日之淒涼者；然而細味詞意，則前所云「霧朝煙暮」句，已有無限節序推移之意，則春日之美盛豈不仍復有歸於秋日淒涼之時，則此處之一「春」字，夢窗固於其中隱有無限盛衰更迭之感也。抑且更有言者，則今年於「秋樹」、「霜紅」之時，夢窗固曾來此登臨憑弔，然而明年春日之時，縱有旗鼓之盛，而此日登臨之夢窗乃或者竟不知何往矣。故爾蕩開筆墨，遙遙著一「春」字，無限哀感盡寄託於遙想之中，則年去歲來，春秋代序，此盛衰今古之悲乃層出而不窮，因之夢窗之所慨乃亦不限於此一日之登臨而已矣。夫禹王不作，往跡難尋，而人世之陵夷遷替，乃正復如春秋節序之無常，此二句出語極閒遠，一若悠然有忘愁之意，然而含意則極深切，足以包籠歷史與人事種種之盛衰成敗於其中。昔清周濟《介存齋論詞雜著》稱夢窗詞云：「意思甚感慨，而寄情閒散，使人不易測其中之所有。」觀夫此詞之結尾二句，其信然矣。（葉嘉瑩）

齊天樂　吳文英

煙波桃葉西陵路，十年斷魂潮尾。古柳重攀，輕鷗驟別①，陳跡危亭獨倚。涼颸乍起。渺煙磧飛帆，暮山橫翠。但有江花，共臨秋鏡照憔悴。華堂燭暗送客，眼波回盼處，芳豔流水。素骨凝冰，柔蔥蘸雪，猶憶分瓜深意。清尊未洗。夢不濕行雲，漫沾殘淚。可惜秋宵，亂蛩疏雨裡。

〔註〕①明萬曆鈔本《夢窗詞集》、汲古閣《夢窗甲稿》「驟」作「聚」，據杜文瀾校閣本、周濟《宋四家詞選》改。

這是一首懷人的詞。上片寫別後白晝倚亭的相思，下片寫夜間獨處的懷念。傷今感昔，無限留連。

「煙波」二句，化用王獻之〈桃葉歌〉「桃葉復桃葉，渡江不用楫」，寫十年後重新來到與情人分手的渡口，不勝傷感。「斷魂潮尾」，不僅說明了別後懷念之殷，相思之苦，也為下片十年前的相見留下伏筆，使上下片西陵渡口的留別與西湖上華堂送客的兩個畫面，遙相映帶，兩兩相形，悲歡交織，情深語至，極為精警。

「古柳」三句，傷今感昔。亭上聚首，攀柳話別，是當日情事。「驟」、「重」二字，寫出了當時別離的匆匆和今日舊地重遊，見柳不見人、獨倚危亭時的感慨。

「涼颸（音同絲）」以下五句，則寫倚亭時所見。先寫遠眺所見：涼風天末，急送飛舟，掠過水中沙洲，留下的只是黃昏時的遠山翠影。「乍」指大自然的突然變化，「渺」指煙波的遼闊，「煙磧」指朦朧的沙洲，「飛」指輕舟遠逝的速度。「橫」字見暮山凸出之妙，令人想起李白〈送友人〉詩「青山橫北郭」的「橫」字的使用。遠處山光水色，一片迷濛。再看近處，江水江花，江面如鏡，映花照人。江水裡的花影是憔悴的，江水中的人影也是憔悴的。「但有」二句，憐花惜人，借花托人，用江水如鏡面的平靜與內心的潮水似的波瀾相形，益見相思憔悴之苦。

下片轉入回憶。「華堂」句蓋用《史記．滑稽列傳》淳於髡語：「堂上燭滅，主人留髡而送客。」堂上，即華堂。燭滅，即燭暗。乃追憶初見時的情景：送走別的客人，單獨留下自己。美目顧盼，傳達出柔情蜜意。《詩經．衛風．碩人》：「美目盼兮。」用黑白分明的眼睛，傳一盼的神情，已曲盡目光之美。「芳豔流水」則是對回盼的眼波更為傳神的描繪：「流水」，狀回盼時眼波的轉動，「芳豔」則是回盼時留下的美的感受。「豔」狀眼波的光采；「芳」則是從視覺引起嗅覺的通感，隨眼波的傳情而彷彿感到一種美人溫馨的芳香。

「素骨」三句，寫玉腕纖指分瓜時的情景。「素骨凝冰」，從《莊子．逍遙遊》「肌膚若冰雪」語意化出，亦即蘇軾〈洞仙歌〉所說的「冰肌玉骨」，用以狀手腕的潔白；「柔蔥蘸（音同站）雪」，即方干〈採蓮〉詩所說的「指剝春蔥」，用以狀纖指的潔白，用字非常凝練。「分瓜」句即周邦彥〈少年遊〉中「并刀如水，吳鹽勝雪，纖手破新橙」之意。

以下遞入秋宵的懷念。「清尊」三句，含意極深。不洗清尊，是想留下殘酒銷愁。「夢不濕行雲」二句化用宋玉〈高唐賦〉巫山神女「旦為朝雲，暮為行雨」的話，而語言清雅，多情而不輕佻，表現夢中與情人相會，未及歡會即風流雲散，醒來殘淚沾衣的情景。結句寫秋宵雨聲，窗下蛩聲，伴人無眠。結句淒涼的景色與淒涼的心境融合為一，加強了懷人這一主題的感染力量。

這首詞脈絡細密，組織精工，用意尤為綿密。「但有江花」二句、「清尊未洗」三句的鍊句，「渺煙磧飛帆」三句、「素骨凝冰」二句的鍊字，並獨闢蹊徑。「眼波回盼處」二句、「可惜秋宵」二句的寫情，既研煉，又空靈，於縝密中見疏快，在夢窗詞中為別調。（雷履平）

過秦樓　吳文英

芙蓉

藻國淒迷，麴瀾澄映，怨入粉煙藍霧。香籠麝水，膩漲紅波，一鏡萬妝爭妒。湘女歸魂，珮環玉冷無聲，凝情誰訴。又江空月墮，凌波塵起，彩鴛愁舞。還暗憶、鈿合蘭橈，絲牽瓊腕，見的更憐心苦。玲瓏翠屋，輕薄冰綃，穩稱錦雲留住。生怕哀蟬，暗驚秋被紅衰，啼珠零露。能（去聲）西風老盡，羞趁東風嫁與。

此詞題為「芙蓉」。芙蓉為荷花的別稱，此為詠荷花之作。吳文英詠物往往賦予物以人格化，抒情色彩很濃重，寄寓了自己的情事。這首詞裡，他將荷花寫成了一位美豔的女子，著重表達她一生的哀怨。她所生活的環境有富麗非凡的仙境。「藻」為池間的水生植物。荷池飄浮著青綠色的萍藻，充滿冷的色調，景色迷茫。「麴」為黃桑色，「麴瀾」即青黃色的水波。這是「藻國」，也是水中仙子生活的地方。「怨」字為全篇主旨。月夜裡池上的「粉煙藍霧」具有童話世界或夢境一樣的神祕奇幻。這奇幻的彩色煙霧，作者以為正是曾經在「藻國」的女子的積怨所致，所以是「怨入粉煙藍霧」。唐代杜牧〈阿房宮賦〉寫宮女們梳妝的情形：「綠雲擾擾，梳曉鬟也；渭流漲膩，棄脂水也；煙斜霧橫，焚椒蘭也。」詞中的「香籠麝水，膩漲紅波」是設想許多的荷花如同眾女一樣。那位怨女在如鏡的池裡曾是「萬妝爭妒」的對象，可見其美豔出眾了。這也隱含著其不幸的原因，而今她芳魂月夜歸來，正說明她的冤魂不散。「湘女歸魂」乃用唐代陳玄祐《離魂記》倩女離魂的故事。倩娘因其父張鎰遊宦而家於湘中衡陽，為愛情不遂而離魂追趕所戀者，私與之結合。吳文英〈鳳棲梧〉的「湘水煙中相見早，羅蓋低籠，紅拂猶嬌小」，〈滿江紅〉的「湘水離魂菰葉怨」，〈解連環〉的「記湘娥、絳綃暗解」，都是借指其在蘇州所識的湘籍歌妓。這裡詞人詠芙蓉，再次以倩女離魂之事暗寓舊情，描繪出湘女含愁而舞以發抒積怨的形象。古時婦女們行走時總是環佩叮咚的，湘女歸魂卻是「珮環玉冷無聲」，陰冷虛飄，有形無聲，鬼氣森森，兩句用杜甫〈詠懷古跡五首〉其三「環珮空歸月夜魂」字面而略加變化。「凝情誰訴」，是她一腔悲怨，無人可訴的精神痛苦情狀。「江空月墮」使淒迷的藻國更加暗淡陰森。由於怨情無可告訴，湘女遂趁月落之時便愁舞起來。「凌波塵起」是融化曹植〈洛神賦〉的名句「凌波微步，羅襪生塵」。凌波，形容女子的步履輕盈；生塵，是說走過的水面如有微塵揚起。「彩鴛」本以女鞋所繡之鴛鴦紋樣指代繡鞋，夢窗詞〈風入松〉「惆悵雙鴛不到」的「雙鴛」也指繡鞋，但又都借指女性。這裡的「彩鴛」自然是湘女的歸魂了。她在池邊帶著愁容，以舞蹈發抒積怨。「江空月墮，凌波塵起，彩鴛愁舞」，很成功地描繪了一個含冤女鬼的形象，但由詞題又使人們聯想到荷花在風中搖舞的形象。

詞的下闋擬託湘女的語氣抒情。過變的「還暗憶」是詞意的轉折，引起對當初情事的追訴。「鈿合」是鑲嵌金花的盒子，為古代男女定情的信物：「定情之夕，授金釵鈿合以固之」（唐陳鴻〈長恨歌傳〉）。「蘭橈」借指木蘭舟。「絲牽瓊腕」，謂以紅絲或紅紗繫於女子手腕上，為古代男女定情時的一種表示。「的」為古代婦女一種面飾，即以朱色點注於面。「見的更憐心苦」，用意為雙關，乃樂府民歌的一種表現手法。「的」，也是蓮子，又寫作「菂」（音同滴）。「憐心苦」即「蓮心苦」。以此切合詞題。這幾句回憶舊事，寫得很晦澀，意為在舟上定情，結為同心，見到她之「的」飾而更加相憐，但也留下難言的遺憾。當初便在「玲瓏翠屋」留住，記得那時她還身著「輕薄冰綃」。這些情景都是難忘的。詠物須不離物性，詞中的「絲牽」與藕絲、「心苦」與蓮心、「翠屋」與荷葉都極貼切詞題。她的情事始終籠罩著不幸的陰影，擔心好景不長，秋風一到，便紅衰翠減，「啼珠零露」，傷心暗泣。北宋詞人賀鑄詠荷的〈踏莎行〉有「當年不肯嫁東風，無端卻被西風誤」。吳文英反用賀鑄詞句之意結尾，「能西風老盡，羞趁東風嫁與」，表現了湘女高傲忠貞的品格。「能」字下原註云「去聲」，即「寧可」之「寧」。寧願在西風中老去，羞於像桃李那樣趁逐春光，嫁與東風，這又好似荷花的命運了。全詞處處不離荷花的物性，又處處在寫人。讀後真難辨作者是在寫物還是寫人。顯然作者是借詠荷而寓寄了個人情事的，否則難以寫得如此情辭懇切、哀怨動人的。

宋季詞家張炎說：「吳夢窗詞如七寶樓臺，眩人眼目。」（《詞源》卷下）這是就夢窗詞的字面而言。清代詞家戈載說：「夢窗以綿密為尚，運意深遠，用筆幽邃，鍊字鍊句，迥不猶人，貌觀之雕繢滿眼，而實有靈氣行乎其間。」（《宋七家詞選》）他們都指出了夢窗詞語言穠麗而富於雕飾的特色。這首〈過秦樓〉較能體現夢窗詞的這一特色。詞語具有鮮明色彩感，一首中用了表示色彩的「麴」、「粉」、「藍」、「紅」、「彩」、「翠」、「錦」等字，著色豔麗，真如七寶樓臺。華美的詞語都是經過詞人精心雕飾的，如「藻國」、「麴瀾」、「麝水」、「彩鴛」、「瓊腕」、「翠屋」、「秋被」、「零露」等。詞語處處都見雕飾痕跡，加上著色的濃重，因而有雕繢滿眼之感。夢窗詞的語言最有個性，如果以「天然去雕飾」（李白〈經亂離後天恩流夜郎，憶舊遊書懷，贈江夏韋太守良宰〉）的審美原則來評價夢窗詞，便會採取否定的態度，但藝術給人的美感總是豐富多樣的。夢窗詞華美穠麗的形式包藏著真摯深厚的熱情，形成了獨特的藝術風格，故為詞苑不可缺少的一株奇花。（謝桃坊）

浣溪沙

吳文英

門隔花深夢舊遊，夕陽無語燕歸愁。玉纖香動小簾鉤。
落絮無聲春墮淚，行雲有影月含羞。東風臨夜冷於秋。

這是懷人感夢之詞，所懷所夢何人，難以查考。舊日情人，一度繾綣，而今離隔，欲見無由。思之深故形之於夢，不寫回憶舊遊如何，而寫所夢如何，已是深入了一層。

「門隔花深」，指所夢舊遊之地。當時花徑通幽，春意濃郁。不料我去尋訪她時，本擬歡聚，卻成話別。為什麼要離別，詞中並未明說。時則斜照在庭，燕子方歸，也因同情人們離別之故，黯然無語，相對生愁。不寫人的傷別，而寫慘淡的自然環境，正是烘雲托月的妙筆。前結「玉纖香動小簾鉤」，則已是二人即將分手的情景了。伊人纖手開簾，二人相偕出戶，彼此留戀，不忍分離。「造分手而銜涕，感寂寞而傷神。」（南朝梁江淹〈別賦〉）下片就是深入刻畫這種離別的痛苦。

下片用的是興、比兼陳的藝術手法。「落絮無聲春墮淚」，這兼有兩個方面的形象，一是寫人，「執手相看淚眼，竟無語凝噎」（柳永〈雨霖鈴〉），寫離別時人的吞聲飲泣。絮花在空中飄落，好像替人無聲墮淚，這是寫春的墮淚，而人即包含其中。「行雲有影月含羞」，和上句相同，也是一個形象表現為兩個方面：一是寫人，「別君時，忍淚佯低面，含羞半斂眉」（韋莊〈女冠子〉），是寫婦女言別時的形象，以手遮面，主要倒不是為了含羞，而是為了掩淚怕被人知，增加對方的悲傷。二是寫自然，行雲遮月，地上便有影子，雲遮月是由於月含羞。清劉熙載說：「詞之妙，莫妙於以不言言之，非不言也，寄言也。」（《藝概．詞曲概》）又說：「詞以不犯本位為高。」此詞「落絮」、「行雲」一聯就是「寄言」，就是「不犯本位」。表面是寫自然，骨子裡是寫人。詞人把人的感情移入自然界的「落絮」與「行雲」，造成了人化的大自然。而大自然的「墮淚」與「含羞」，也正是表現了人的離別悲感的深度，那就是說二人離別，連大自然也深深感動了。這兩句把離愁幻化成情天淚海，真乃廣深而又迷離的至美的藝術境界。「悲莫悲兮生別離，樂莫樂兮新相知」（屈原《九歌．少司命》），「死別已吞聲，生別常惻惻」（杜甫〈夢李白二首〉其一）。這種黯然銷魂，心折骨驚的離情，怎麼能忘懷呢！有所思，故有所夢；有所夢，更有所思。無明無夜，度日如年，這刻骨相思是夠受的。

如此心情，如此環境，自然完全感覺不到一絲春意，所以臨夜的東風吹來，比蕭瑟淒冷的秋天還蕭瑟淒冷了。這是當日離別時的情景，也是夢中的情景，而且也是今日夢醒時的情景。古人有暖然如春、淒然如秋的話，詞人因離愁的沉重，他的主觀感覺卻把它倒轉過來，語極警策。

清陳廷焯《白雨齋詞話》：「〈浣溪沙〉結句貴情餘言外，含蓄不盡，如吳夢窗之『東風臨夜冷於秋』，賀方回之『行雲可是渡江難』，皆耐人玩味。」隋薛道衡〈奉和月夜聽軍樂應詔〉詩：「月冷疑秋夜。」韓偓〈惜春〉詩：「節過清明卻似秋。」春天月夜風冷，是自然現象；加上人的淒寂，是心理現象，二者交織交融，就釀成了「東風臨夜冷於秋」的蕭瑟淒冷的景象，這種氣氛籠罩全篇，這是〈浣溪沙〉一調在結構上得力的地方。

（萬雲駿）

玉樓春　吳文英

京市舞女

茸茸狸帽遮梅額，金蟬羅剪胡衫窄。乘肩爭看小腰身，倦態強隨閒鼓笛。問稱家住城東陌，欲買千金應不惜。歸來困頓殢春眠，猶夢婆娑斜趁拍。

這是寫京城的年小舞女。京市，即指南宋都城臨安。宋周密《武林舊事》卷二「元夕」條：「都城自舊歲冬孟駕回，則已有乘肩小女，鼓吹舞綰者數十隊，以供貴邸豪家幕次之玩。而天街茶肆，漸已羅列燈毬等求售，謂之燈市。自此以後，每夕皆然。三橋等處，客邸最盛，舞者往來最多。每夕樓燈初上，則簫鼓已紛然自獻於下。酒邊一笑，所費殊不多，往往至四鼓乃還。」這些小女舞隊，每逢佳節，遊人眾多，就穿街過市，到天街茶肆，簫鼓齊鳴，為遊客演出。

這詞上片寫舞女列隊過街的情況。「茸茸狸帽遮梅額，金蟬羅剪胡衫窄」，這是寫舞女的裝束與打扮。先寫頭面。頭戴著細毛茸茸的狸皮帽子，它遮掩了妝飾著梅花的額角。梅妝，是額妝。據《太平御覽·時序部》引《雜五行書》：「宋武帝女壽陽公主，人日臥於含章殿檐下。梅花落公主額上，成五出花，拂之不去。皇后留之，看得幾時。經三日，洗之乃落。宮女奇其異，競效之。今梅花妝是也。」把梅花瓣的樣子畫在額上就是梅花妝。狸帽沒有全掩額角，故美麗的梅妝仍隱約可見。接著是寫舞女身上的穿著。她們穿著金色的薄如蟬翼的羅衫，窄小稱身。再接著是寫到這些小女騎在大人肩上，細腰嫋娜，但由於平時一直太累而顯出倦態；又不得不隨著鼓笛的節拍而勉強做出與之相適應的姿勢。

下片寫小女們的舞技，但不從正面而從側面寫出：一是年少的觀眾爭相問訊舞女們的家住何處，問後才知她們住在城東的街巷裡。二是那些小女們的舞技實在精妙，所以詞人觀賞困倦回來以後，在夢中還彷彿見到她們婆娑起舞呢。柳永有四首〈木蘭花〉都是寫藝妓們的歌舞的，其中第三首云：「蟲娘舉措皆溫潤，每到婆娑偏恃俊。香檀敲緩玉纖遲，畫鼓聲催蓮步緊。貪為顧盼誇風韻，往往曲終情未盡。坐中年少暗銷魂，爭問青鸞家遠近。」這首柳詞，可說是吳文英〈玉樓春〉的藍本。不過柳詞寫得明顯，吳詞則含蓄。柳詞中正面寫蟲娘舞技的語句很多，如說她舉止溫雅，動作準確，手足的一舉一動和檀板、畫鼓的節奏快慢密切配合；她跳舞時喜歡顯示自己的美妙技藝，顧盼生姿，風韻不盡，到了歌曲終結時好像還沒有舞得過癮。這詞共八句，卻用了六句正面寫舞蹈。末了兩句是年少的觀眾由於對蟲娘色藝的欣賞而爭問她家的住處，是側面襯托的筆法。我們再把吳詞和柳詞比較一下，寫法便覺得有較大的不同。吳詞正面寫小女舞蹈的句子不多，只有「倦態強隨閒鼓笛」一句，而且我認為這只是她們乘肩時的姿態，只是過街時作「廣告」性質，還談不上正式的表演。過片「問稱家住城東陌，欲買千金應不惜」，是寫觀眾的反應，藉以襯托她們舞技的精妙。而結句「歸來困頓殢（音同替，沉溺）春眠，猶夢婆娑斜趁拍」，則是作者觀賞小女們舞蹈後印象極深，夢中還重現她們依著音樂節拍婆娑起舞的姿態。這兩句看來是閒筆，卻比正面寫舞技的精妙還要有力量。正好像聽到傳說中韓娥的歌唱，餘音繞梁三日不絕一樣，耳朵裡的美妙歌聲久久未能消歇。吳文英善於用夢幻來襯托真實，反映真實。「襯托不是閒言語，乃相形相勘緊要之文，非幫助題旨，即反對題旨，所謂客筆主意也。」（清劉熙載《藝概．經義概》）吳文英的詞善於寫夢，善於用「客筆」來表現「主意」。如他有名的〈點絳脣．試燈夜初晴〉，下片「輦路重來，彷彿燈前事。情如水。小樓熏被，春夢笙歌裡」，結處「情如水」三句清譚獻極加欣賞，說是「足當『咳唾珠玉』四字」（譚評《詞辨》）。這詞精警處在於結尾，因為「情如水」三句透過夢境，把元宵前夕憶舊傷今的感傷情緒非常含蓄地反映出來了。〈玉樓春〉結句「歸來困頓殢春眠，猶夢婆娑斜趁拍」二句寫的夢境，一方面固然是讚美這些年小舞女們姿色藝技的高超，但另一方面也未嘗不包蘊著詞人對她們隨人擺布的不自由的生活遭遇的憐惜。讀第四、五、六句可見。這樣就使這詞的思想境界提高一步了。（萬雲駿）

點絳脣　吳文英

試燈夜初晴

捲盡愁雲，素娥臨夜新梳洗。暗塵不起，酥潤淩波地。
輦路重來，彷彿燈前事。情如水。小樓熏被，春夢笙歌裡。

南宋都城臨安的燈市，在每年元宵節以前就已極其熱鬧。據宋周密《武林舊事》卷二記載：「禁中自去歲九月賞菊燈之後，迤邐試燈，謂之『預賞』。一入新正，燈火日盛……天街茶肆，漸已羅列燈毬等求售，謂之『燈市』。自此以後，每夕皆然……終夕天街鼓吹不絕。都民士女，羅綺如雲。」都城的燈市，是詞人所熟悉的，當年良辰美景、人月雙圓的賞心樂事，仍然歷歷在目，難以忘懷；如今韶華逝去，人事滄桑，孤身隻影，每遇佳節，但覺慨恨良多，興味索然，真可謂是「少年情事老來悲」（姜夔〈鷓鴣天·正月十一日觀燈〉）了。本詞調名下題云「試燈夜初晴」，據清徐崧《百城煙水》云：「（吳俗）十三日試燈。」可見是寫燈節之事；但詞人並未從正面落筆描繪燈市的盛況，而是以試燈夜的景象作為陪襯，用悵惘的筆調透露自己逢佳節而倍覺神傷的落寞情懷，雖僅寥寥數語，卻寫得紆徐頓挫，舒捲自如，從而宛轉地道出內心的萬千感慨。

上片「捲盡」兩句，寫試燈日有雨，而入夜雨散雲收，天青月朗氣象；以月宮仙女「素娥」代指月亮，即以「新梳洗」形況月容明淨，比擬渾成，三字兼帶出「雨後」之意。這是寫天上。「暗塵」兩句寫地上，化用唐蘇味道「暗塵隨馬去，明月逐人來」（〈正月十五日夜〉）和韓愈「天街小雨潤如酥」（〈早春呈水部張十八員外二首〉其二）詩句，而又有所變化、增益，切合都城燈夜雨後光景。「凌波地」，是靚裝舞兒行經的街道。〈洛神賦〉：「凌波微步，羅襪生塵。」凌波原本是形容洛神亭出現於水上的姿態，後來就借指步履輕盈的美女。《武林舊事》卷二「元夕」又載姜白石詩云：「南陌東城盡舞兒，畫金刺繡滿羅衣。也知愛惜春遊夜，舞落銀蟾不肯歸。」形象地刻畫了天街月夜的歌舞場面。上片不用一個雨字、燈字、人字，讀後便覺燈月交輝，地潤無塵，舞兒歌童，結隊而至，賞燈士女，往來不絕，這是巧用語言之功。

清譚獻說此詞云：「起稍平，換頭見拗怒，『情如水』三句，足當『咳唾珠玉』四字。」（譚評《詞辨》）說「起稍平」，這是由於上片只是客觀地描敘場景；下片才是密切結合自己的回憶、聯想，抒發感慨，借此反映出不平靜也即「拗怒」的心理狀態。「輦路」兩句，寫詞人重遊舊地，沉入回憶之中。「輦路」，是帝王車駕經過之路，這裡指京城繁華的大街。「重來」，說明詞人對眼前的景象曾經相識，從而引起聯想，又以「彷彿」兩字形容觸景念舊的心境。「燈前事」，即賞燈往事。那時自己春衫年少，風致翩翩，記得也是這樣的夜晚，月色燈光，交相輝映，簫鼓舞隊，綿連數里，真是燈若連珠，人同比翼。在今夜熒煌炫轉的燈影下，往昔相偕遊賞的鏡頭又浮現眼前，但「重來」、「彷彿」，點出眼前景不是舊時歡，只能引起無限惆悵和感喟。

末尾三句，寫往事如煙、柔情似水；月與燈依舊，伊人無覓處，自己一往情深的淒涼心事，又向何人去訴說呢？賞燈不能解愁遣懷，反而增添無限慨恨，只好踽踽而行，廢然而返，獨上小樓，熏被而眠，遙想伊人此刻，心情亦復如是，「誰教歲歲紅蓮夜，兩處沉吟各自知」（姜夔〈鷓鴣天‧元夕有所夢〉）。「春夢」句緊接上文，描繪深夜入睡以後，那悠揚的歌聲樂聲，縈迴蕩漾在夢的漣漪中。這裡將「拗怒」的詞意，融入流轉悠忽、委婉多情的筆調之中，形成惝怳迷離的朦朧意境，顯得餘音嫋嫋，真可稱得上是「咳唾珠玉」。（潘君昭）

定風波　吳文英

密約偷香□踏青，小車隨馬過南屏。回首東風銷鬢影，重省，十年心事夜船燈。離骨漸塵橋下水，到頭難滅景中情。兩岸落花殘酒醒，煙冷，人家垂柳未清明。

吳文英中年時客寓杭州，在一個春天乘馬郊遊，行至西陵路偶然遇見某貴家歌姬，由婢女傳送書信，即與定情。此後，他們曾春江同宿，共遊南屏，往來西陵、六橋，享受著愛情的幸福。他們這種愛情也注定是以悲劇收場的。最後一次分別，雙方都預感到不幸陰影的跟隨，別情甚是悲傷。待到吳文英重訪六橋時，那位貴家歌姬已含恨死去。許多年後，詞人也不能忘記這段情事，重到西湖總是痛心徹骨地傷悼。這首小令便是吳文英晚年在杭州的悼念之作。

詞人最難忘的一段情景是：「密約偷香□踏青，小車隨馬過南屏。」「踏青」前缺失一字，但無礙於詞意的理解。自清末以來詞家們考證吳文英的詞事，都以為其杭州情詞都是為其「亡妾」而作。從此兩句和〈鶯啼序〉的「溯紅漸、招入仙溪，錦兒偷寄幽素」看，可推翻其為夢窗「姬妾」的假說。南宋和北宋一樣很重視清明節。這正是暮春之初，江南雜花生樹，群鶯亂飛，城中士庶都到郊外去踏青。周密記述南宋杭州清明盛況云：「南北兩山之間，車馬紛然……若玉津、富景御園，包家山之桃關，東青門之菜市，東西馬塍，尼庵道院，尋芳討勝，極意縱遊，隨處各有買賣趕趁等人，野果山花，別有幽趣。」（《武林舊事》卷三）吳文英是以主觀抒情方式敘寫往事的。他們是借踏青的機會來實踐「密約」，達到「偷香」目的。「密約」為雙方祕密的約會；「偷香」是指男女非法結合的偷情。晉時韓壽與權貴賈充之女私通，衣染賈氏奇香，為賈充發覺，後遂稱「韓壽偷香」。「密約偷香」表明他們不是正當的戀愛關係，而雙方卻又情感熱烈，只得採取為禮法所不容許的祕密而大膽的行為來實現對幸福的追求。如果吳文英這位踏青的女伴是其妾，就不會如此祕密而浪漫了。「南屏」為杭州城西諸山之一，因位於西湖之南，故又稱南山，「南屏晚鐘」為南宋西湖十景之一。山「在興教寺後，怪石秀聳，松竹森茂，間以亭榭。中穿一洞，崎嶇直上，石壁高崖，若屏障然，故謂之南屏」（宋施諤《淳祐臨安志》卷八）。這個地方是人們喜去的踏青之地，而且距貴家歌姬住處甚遠，一北一南，西湖橫隔，不易為人發覺。「小車隨馬」也是較祕密的辦法。北宋時就有一種棕蓋車，為宅眷乘坐的車子，有勾欄和垂簾，用牛牽引；南宋時製作得更精緻小巧。〈清明上河圖〉裡也有這種車，婦女坐在車內，男子乘馬在車前導引，或在車後跟隨。南屏踏青偷香的情節，在夢窗戀愛過程中是值得紀念的，這種回憶是甜蜜的。詞意忽然轉變，「回首東風銷鬢影」。以「回首」二字連接今昔的關係，既表示南屏之事屬於往昔，又表示時間過得真快，回首之間東風銷盡花容鬢影，當年踏青女伴早已不在了。這句淡語卻有著人世滄桑的深沉感慨。「重省」這個短句，有力地緊承滄桑之感，表示回憶和省認，欲認真地重新審視往事。當春夜在船上對著孤燈，「十年心事」一一湧上心頭。詞的上闋由幸福的回憶到深沉的反思，逐漸將詞情向高潮推進。

苦苦縈繞的「十年心事」是無盡的痛苦悔恨：「離骨漸塵橋下水，到頭難滅景中情。」這迸發出作者多年的積恨，沉痛的至情經過藝術的千錘百鍊，以精整工穩的語句濃縮而出。「離骨」，謂伊人已死之遺骨；「塵」，名詞作動詞用，即成塵，謂其死已久；「橋下水」，橋當是西湖六橋，即〈鶯啼序〉「別後訪、六橋無信，事往花委，瘞玉埋香」所述，其人或竟葬身西湖。此句與陸游悼憶唐氏的「玉骨久成泉下土」（〈十二月二日夜夢遊沈氏園亭二首〉其二）絕相類。「到頭」即「到底」、「畢竟」之意；「難滅景中情」即上闋首兩句南屏踏青的密約偷香之情，其人雖杳，舊事難忘。詞情在高潮之後忽由強烈的抒情轉到紆徐的寫景，從另一側面更含蓄和形象地深化詞意：「兩岸」與上闋之「夜船」呼應，暗示抒情的現實環境；「落花」當是虛擬，象徵人亡；「殘酒醒」提示結尾的線索。「煙冷，人家垂柳未清明」，是「殘酒醒」後對景物的感受。春夜湖上的寒煙，襯托情緒的淒涼。傳統習俗，「清明前三日為寒食節，都城人家，皆插柳滿簷，雖小坊幽曲，亦青青可愛，大家則加棗餾於柳上，然多取之湖堤」（《武林舊事》卷三）。「人家垂柳未清明」顯為寒食日。詞人來到六橋之下悼念情人，這也是十年前踏青的時節，所以重省南屏舊事。三日後即是清明，按照傳統習慣應當去為亡故的親友掃祭，可是作者又能到何處去掃祭情人的芳冢呢！可見他是怕到清明的，那將會更加傷心。

這首小詞裡，往昔與現實，抒情與寫景，錯綜交替；上闋與下闋開始兩句，今昔對比；結構曲折多變，但轉折關係又是較清楚的。詞中所表達的悲傷而真摯的情感，亦至動人。（謝桃坊）

祝英臺近　吳文英

春日客龜溪遊廢園

採幽香，巡古苑，竹冷翠微路。鬥草溪根，沙印小蓮步。自憐兩鬢清霜，一年寒食，又身在、雲山深處。

晝閒度。因甚天也慳春，輕陰便成雨。綠暗長亭，歸夢趁風絮。有情花影欄杆，鶯聲門徑，解留我、霎時凝佇。

從詞題看，本詞是吳文英作客龜溪，在寒食節遊春時所寫。龜溪在浙江德清縣，古名孔愉澤，即餘不溪之上流。而廢園，是當地一個荒蕪冷落的所在，本來已經引不起人們的注意，但詞人卻在這繁華衰歇之地度過了寒食節。家有盛衰，園有興廢，人也有哀樂；廢園笙歌悠揚的盛時已如過眼煙雲，如今只餘下苔徑野花；詞人即以廢園的景物作為陪襯，抒發自己的身世之感，兩者起著主次分明而又相互襯映的作用。詞人黯然的思鄉之情就是在四周清幽的環境描寫中逐步地透露出來。

廢園是個怎麼樣的所在呢？詞人進入園中，但見野花自在地發出幽香，引他伸手去攀摘；叢竹掩映之下的小徑，由於人跡罕至而長滿了青苔，顯得那樣清冷淒寂。這裡對「古苑」也即廢園的景色描寫，是著重在一個

「廢」字。

詞人漫步來到龜溪之畔，四顧悄然無人，但是沙灘上卻留著不少女子的腳印（小蓮步），還有許多棄擲在地的花草，使他意識到由於今天是寒食節，當地女子曾來這兒踏青鬥草。寒食節踏青鬥草是當時習俗。眼前所見，引起作者一系列的聯想。自己遠別親人，作客他鄉，逢此節日，不能不觸動愁思，由此又生發出下面「自憐」三句詞意。

「自憐」三句含有三層意思。作者此次重來德清，已是晚年，所以有兩鬢斑白、自傷人老之嘆，這是第一層；逢此一年一度的寒食節，又有光陰似箭之嘆，這是第二層；再看自己，置身家人遙望不到的異鄉，徒增兩地相思之嘆，這是第三層。各種思緒，交織在一起，真可以說是百感交集了。

換頭繼續寫詞人在園中的所見所感。先說長日閒度，十分無聊；這是由於春天氣候多變，忽然間小陰成雨，因此埋怨天公太不作美，為什麼如此吝惜春光，使人被雨所阻而不能盡情遊賞。在無聊之餘，思鄉之念倍增，正如唐代無名氏〈雜詩〉所道：「近寒食雨草萋萋，著麥苗風柳映堤；等是有家歸未得，杜鵑休向耳邊啼。」這也就是所謂的「每逢佳節倍思親」（王維〈九月九日憶山東兄弟〉）罷。此處雖然是寫天氣陰雨無常，但卻上接「雲山深處」，下開「歸夢」，貫串思鄉之情，亦非閒筆。

雨絲風片，引出歸夢，接著用想像手法加深詞意。歸期無定，一片鄉情只能寄於夢中，但幽思飄渺，猶如隨風輕揚的飛絮；自己的歸夢也彷彿悠然飄蕩在綠陰滿地的長亭路上。一個「趁」字極言歸夢之迫切。這種寫法極富暗示性，並且形象地說明了詞人當時苦於有家歸未得的內心活動。

異鄉的寒食節是在龜溪廢園中度過的，在結尾詞人是用什麼手法來總括詞意並收合題目中的「遊」字呢？他以擬人化的手法將無情之物化為有情，如杜甫〈春望〉詩所云「感時花濺淚，恨別鳥驚心」，即是將無情之物化為有情：在詞人眼裡，那欄杆邊扶疏的花影，小門畔宛轉的鶯語，都好像滿含情思，其中不僅有對思鄉客子同情的慰安，還有殷勤的挽留；使得詞人佇立凝思，戀戀不忍離去。這樣的結局，亦是別開生面，除了將題意交代清楚，同時又點出園雖廢而仍能在客子心頭留下美好的回憶，因此也就更其耐人尋味了。（潘君昭）

祝英臺近

吳文英

除夜立春

剪紅情，裁綠意，花信上釵股。殘日東風，不放歲華去。有人添燭西窗，不眠侵曉，笑聲轉、新年鶯語。

舊尊俎，玉纖曾擘黃柑，柔香繫幽素。歸夢湖邊，還迷鏡中路。可憐千點吳霜，寒銷不盡，又相對、落梅如雨。

「每逢佳節倍思親」（王維〈九月九日憶山東兄弟〉），這是人之常情。除夕，恰恰又逢立春，浪跡異鄉的客子，心情是難堪的。這首詞上片極寫節日的氣氛和他人的歡樂，從中反襯出自己的淒苦。

先寫立春。「剪紅情，裁綠意，花信上釵股。」「紅情」、「綠意」指紅花、綠葉；唐趙彥昭〈奉和聖製立春日侍宴內殿出剪綵花應制〉詩：「花隨紅意發，葉就綠情新」。花信，指花信風，應花期而來的風。立春，標誌著春天的到來，人們剪彩為紅花綠葉，作成春幡，插鬢戴髮，以應時令。春風吹上了釵股，像是吹開了滿頭花朵。「花信上釵股」，著一「上」字，用筆婉細，可與溫飛卿詞「玉釵頭上風」（〈菩薩蠻〉）媲美，似比辛稼軒詞「看美人頭上，裊裊春幡」（〈漢宮春．立春〉）更為蘊藉風流。

再寫除夕守歲。「殘日東風，不放歲華去。」在歲暮的最後一天，西墜的夕陽欲下未下，仍在空中留戀；東風緩緩地吹拂，既送來了新春的氣息，又好像在挽留將盡的年華，不想讓它溜走。這兩句寫歲月匆匆，時不待人，且切合「除夕立春」的題意。「放」字用得妙。宋人方岳〈春晚〉詩云：「只有小橋楊柳外，杏花未肯放春歸。」可與此句參讀。「有人添燭西窗，不眠侵曉，笑聲轉、新年鶯語。」終於，除夕之夜降臨，守歲的人們徹夜不眠，剪燭夜話，笑聲不絕，在鶯啼聲中迎來了新歲的清晨。「新年鶯語」，用杜甫「鶯入新年語」（〈傷春五首〉其二）詩意。

以上的一切，歡歡喜喜，笑語喧喧，都是客中過節者的眼中所見、耳中所聞，則其人自身的孤寂愁苦，自在不言中了。從熱鬧中寫出寂寞，從歡樂中寫出淒涼，從笑語中寫出辛酸。這位客居在外、有家難歸的人，失去了與親人相聚之樂，是「花無人戴，酒無人勸，醉也無人管」（無名氏，或作黃公紹〈青玉案〉）啊。

上片渲染了濃厚的節日歡樂氣氛，不能不喚起下片對家庭溫馨生活的回憶。清陳洵評此詞云：「前闋極寫人家守歲之樂，全為換頭三句追攝遠神。」（《海綃說詞》）換頭云「舊尊俎，玉纖曾擘黃柑，柔香繫幽素。」尊俎：古代盛酒肉的器皿，代指宴席。回憶舊日與家人迎春飲宴，伊人以黃柑薦酒，「纖手破新橙」（周邦彥〈少年遊〉），香霧噀人，那光景至今仍縈繞心頭。客中回憶及此，當然別是一番滋味。上片以景之可喜反襯己情之可悲，人之歡樂反襯己之愁苦，此處又以昔之溫馨反襯今之淒清。

對往事的追憶、神往，終於逼出了夢境。而阻隔既久，山水迢遞，過去的美好情事，連夢中也難以尋到了：「歸夢湖邊，還迷鏡中路。」湖水如鏡，夢影朦朧，離魂遊蕩，難覓歸路。往事，散如輕煙，徒覺無窮迷惘而已。

往事已矣，而今，與誰相對呢？「可憐千點吳霜，寒銷不盡，又相對、落梅如雨。」吳霜，用李賀〈還自會稽歌〉字面：「吳霜點歸鬢。」如今是春風吹融了冰雪，可是永遠不能消去飛上鬢毛的寒霜，這已經夠可悲的了；更何況，落梅如雨，紛飛砌下，斑斑白髮與點點白梅相對，這豈不令人淒絕！杜甫詠梅詩〈和裴迪登蜀州東亭送客逢早梅相憶見寄〉：「江邊一樹垂垂發，朝夕催人自白頭。」在此又一現。

夢窗此詞委曲吞吐，欲藏還露，頗得清真風神，而其抒情線索，了然可尋。清戈載論夢窗詞云：「貌觀之，雕繢滿眼，而實有靈氣行乎其間。細心吟繹，覺味美於方回，引人入勝，既不病其晦澀，亦不見其堆垛。」（《宋七家詞選》）自是研討有得之言。真情實感是藝術的生命。有一股真情流貫其中，則無論出之以何種形式與風格，都有其動人之處。此詞後半，愈出愈奇。「歸夢湖邊，還迷鏡中路」，意境的幽深冷峭，詞中少見，唯白石名句「淮南皓月冷千山，冥冥歸去無人管」（〈踏莎行〉），可與比並。歇拍處，情意的痛切，設想的靈巧，堪與東坡詠榴花詞「若待得君來向此，花前對酒不忍觸。共粉淚、兩簌簌」（〈賀新郎〉）前後輝映。（孫映逵）

澡蘭香 吳文英

淮安重午

盤絲繫腕，巧篆垂簪，玉隱紺紗睡覺。銀瓶露井，彩箑雲窗，往事少年依約。為當時曾寫榴裙，傷心紅綃褪蕚。黍夢光陰，漸老汀洲煙蒻。

莫唱江南古調，怨抑難招，楚江沉魄。熏風燕乳，暗雨梅黃，午鏡澡蘭簾幕。念秦樓也擬人歸，應剪菖蒲自酌。但悵望、一縷新蟾，隨人天角。

這首詞，從內容來看是懷念作者的一位能歌善舞的姬妾。此時他作客淮安（今屬江蘇），又逢端午佳節，不免思念家中的親人，因而寫了這首詞。

詞寫於端午節，所以詞中以端午的節候、風俗作為線索貫穿所敘之事和所抒之情。

「盤絲繫腕，巧篆垂簪，玉隱紺紗睡覺。」「盤絲」指盤曲的五色絲。端午節古人有以五色絲繫臂的風俗，認為這樣可以驅鬼祛邪。「巧篆」指書寫了咒語或符籙的小箋，姬人把它戴在自己的髮簪上，古人認為端午佩帶符籙可以避兵氣。「紺紗」指天青色的紗帳，此物也正當時令。三句為倒裝句，從追懷往昔情事寫起：過去每逢端午佳節這位冰肌玉膚的人兒都要早早推帳攬衣而起，準備好應節的飾物，打扮得當，歡度佳節。這裡顛倒敘述次序，意在強調題面之「重午」。「銀瓶露井，彩箑雲窗，往事少年依約。」「銀瓶」本指酒器，這裡借代為宴飲，「露井」本指沒有覆蓋的井，因樂府古辭有「桃生露井上」句，這裡泛指花前樹下。「彩箑（音同霎）」，彩扇，歌兒舞女所持，這裡代指歌舞。「雲窗」指鏤刻精美的花窗。「銀瓶」三句詞人用了四個富於色彩的名詞來描繪往昔的賞心樂事：樹下花前的觴往杯來，華堂之中的輕歌曼舞，這一切都隨著端午的來臨而湧上心頭，好像就在眼前；又因時地懸絕，而恍如隔世，令人隱約難辨。「為當時曾寫榴裙，傷心紅綃褪萼。」「寫榴裙」，用《宋書．羊欣傳》典。書法家王獻之到羊欣家，羊著新絹裙午睡，獻之在裙上書寫數幅而去。這故事反映南朝士人灑脫的性格，詞人用來表現他和姬人的愛情生活。這兩句也是倒裝，詞人看到窗外榴花將謝，由榴花想到石榴裙，於是自然想起在姬人裙上書寫的韻事。石榴花謝，人分兩地，樂事難再，不由得使人傷感。「黍夢光陰，漸老汀洲煙蒻」。「黍夢」指黃粱夢，典出唐沈既濟的傳奇小說《枕中記》。本指人生如夢，這裡形容光陰似箭，也暗切端午節吃粽子（也叫角黍）的習俗。「煙蒻」形容嫩蒲的細弱，蒲草也是當令植物。此二句言時如轉瞬，連細弱的嫩蒲都要變老，更不要說石榴花了。這也是詞人看到外面景色所引起的聯想。清陳洵說：「『榴』字融人事入風景，『褪萼』見人事都非，卻以『風景不殊』作結。」（《海綃說詞》）也就是說從景物的衰敗中見人事的變遷，但上片結句點明的「漸老汀洲煙蒻」卻是當令景象，風景不殊，更使人感慨人事全非。

「莫唱江南古調，怨抑難招，楚江沉魄。」過片一句也是當時淮安端午日景象，「汀洲煙蒻」是詞人眼中所見，「江南古調」則是他耳中所聞，用此緊接上片。「沉魄」指屈原。端午節是紀念屈原的，所以後人哀怨抑鬱地唱著懷念屈原並為他招魂的歌曲。詞人的心情已經非常沉重，這陣陣襲來的「江南古調」，更加使之不堪。因此，下片第一韻雖是緊承上片末韻寫淮安端午景象，但冠以「莫唱」，實際上是表達詞人的心緒。「熏風燕乳，暗雨梅黃，午鏡澡蘭簾幕。」前兩句以景物烘托時令。「燕乳」即燕生新雛，東漢許慎《說文解字》：「人及鳥生子曰乳。」周邦彥〈荔枝香近〉「看兩兩相依燕新乳」，也用此義。燕子春末夏初生雛，五月梅子黃，梅熟時雨曰黃梅雨。此非必當時實見，故陳洵謂之「空中設景」。「午鏡」也是當令物品。端午最重「午」時，宋吳自牧《夢粱錄》中記載端午這天書寫符籙、燒香都要正逢午時。白居易在〈新樂府·百鍊鏡〉中說：「百鍊鏡，鎔範非常規，日辰處所靈且奇。江心波上舟中鑄，五月五日日午時。」此日此時所鑄之鏡才能「靈且奇」，具有驅鬼避邪之功能，所以在端午日要高懸此鏡。「澡蘭」，古代風俗，端午節人們要用蘭湯洗浴（見《大戴禮記·夏小正》），因此《夢粱錄》中記載端午又稱為「浴蘭令節」。「簾幕」設以避人。「午鏡澡蘭」都是室內情景，為簾幕所遮避。這是作者看到家家簾幕低垂而引起的聯想，他想自己所思念的人這時也正在洗浴吧。此句又轉回到端午，逼出下兩句：「念秦樓也擬人歸，應剪菖蒲自酌。」「秦樓」指女子所居。「日出東南隅，照我秦氏樓。」（漢樂府〈陌上桑〉）這裡用以代指姬人。「擬」，盤算。「菖蒲」為端午當令物品。南朝梁宗懍《荊楚歲時記》言：「端午歲以昌蒲一寸九節者或鏤或屑泛酒，以避瘟氣。」《夢粱錄》中記載端午這天「正是葵榴鬥豔、梔艾爭香，角黍包金，菖蒲切玉」，可見宋代還有端午剪碎菖蒲泡酒的習俗。此二句意為我想姬人也在獨酌菖蒲酒的時候盤算著我何時才能歸來吧！「但悵望、一縷新蟾，隨人天角。」「新蟾」指新月，照應端午，「天角」，天涯海角，指淮安，當時已是南宋北部邊界。二句言她的等待也是徒然，她只能同我一樣望著天邊的新月苦苦相思吧！結句用共望新月表達了無窮無盡的思念之情。

這首詞頗能體現夢窗詞的特點，它在鋪寫展開過程中打亂了時間、空間的順序，也就是說時間、空間可以任意變換。從時間上說是現在和過去的交叉，從空間上說是詞人居處淮安和姬人所居之處的交叉。這些片段畫面圍繞著端午節的風物、景色、風俗組合在一起，似斷實續。在風格上也體現了吳詞綿密縝麗的特點，詞中多意象而少動作，好像它們中間缺少必要的勾連。並愛用麗字和典故，顯得意深而詞奧。但是抓住了詞人感情的脈絡和吳詞在結構上的特點，還是可以弄明白的。（王學太）

風入松

吳文英

聽風聽雨過清明，愁草瘞①花銘。樓前綠暗分攜路，一絲柳，一寸柔情。料峭春寒中酒，交加曉夢啼鶯。

西園日日掃林亭，依舊賞新晴。黃蜂頻撲秋千索，有當時、纖手香凝。惆悵雙鴛不到，幽階一夜苔生。

〔註〕①瘞（音同意）：掩埋。

唐圭璋《唐宋詞簡釋》云「此首西園懷人之作」，良是。西園為詞人寓居之地。夢窗詞中屢提到西園，如〈風入松〉詠桂「暮煙疏雨西園路」，〈鶯啼序〉詠荷「殘蟬度曲，唱徹西園」，〈浪淘沙〉「往事一潸然，莫過西園」。西園在吳地，是夢窗和情人寓居之處，而二人分手也在這裡，故詞中屢及之。

此詞上片情景兩融，所造形象意境有獨到之處，勿泛泛讀過。首二句是傷春，三、四兩句即寫到傷別，五、六兩句則是傷春與傷別的交織交融，形象豐滿，意蘊深厚。「聽風聽雨過清明」，「清明」點時令，不錯，但還應深入形象，探得詞意所在。「清明時節雨紛紛」（杜牧〈清明〉），寒食、清明淒冷的禁煙時節，連續颳風下雨，那是更夠淒涼的。風雨不寫「見」而寫「聽」，值得注意。日夜風雨，摧殘鮮花，「林花謝了春紅，太匆匆，無奈朝來寒雨晚來風」（李煜〈相見歡〉），這是說白天。「夜來風雨聲，花落知多少」（孟浩然〈春曉〉），這是說晚上。白天對風雨中落花，不忍見，但不能不聽到；晚上則為花無眠、以聽風聽雨為常。首句四個字就寫出了詞人在清明節前後，聽風聽雨，愁風愁雨的惜花傷春情緒，使讀者生淒神撼魄之感。「愁草瘞花銘」一句緊承首句而來，五字千錘百鍊，意密而情濃。落花滿地，應加收拾，遂把它打掃成堆，給以埋葬，這是一層意思；葬花已畢而仍不愜於心，心想應該為它草就一個瘞花銘，南北朝庾信有〈瘞花銘〉，此借用之，這是二層意思；草（此為動詞）銘時為花傷心，為花墮淚，愁緒橫生，故曰「愁草」，這是三層意思。詞人為花而悲，為春而傷，情波千疊，都集中反映在此五字中了。「樓前綠暗分攜路，一絲柳，一寸柔情」，接著寫傷別。夢窗和情人分手，就在這裡。「暮煙疏雨」的「西園路」，「感紅怨翠」的西園，是詞人終生不能忘的地方，所以說「往事一潸然，莫過西園」。這裡是抓住依依楊柳來敘寫別情。「紅稀」自然「綠暗」，此二句和首二句仍有內在聯繫。楊柳是多情的，一枝柳含一寸柔情，萬絲柳有千尺柔情，睹此柔絲婀娜的楊柳，能不回想別時，痛傷別後！「料峭春寒中酒，交加曉夢啼鶯」，二句可對可不對，此用對偶，意象更為密集。春寒病酒，是為春傷，意重傷春，但何嘗不包括別情在內？曉鶯破夢，是夢中惜別，是傷別，但也何嘗不包括傷春在內。「料峭」、「交加」用得好，病酒往往畏寒，而「料峭」的春寒又復侵襲之，真是「殘寒正欺病酒」（〈鶯啼序〉）。「交加」，雜多重沓貌，此指夢境，亦指鶯聲，人迷困在雜沓的夢境之中，鶯啼聲聲，時醒時夢，寫出愁夢困擾情況，他筆所不能到。上片是愁風雨，惜年華，傷離別，意象集中精鍊，而又感人至深，顯出夢窗詞密中有疏的特色。

下片寫清明已過，風雨已止，天氣放晴了。但思念已別的情人，何能忘懷！有一種寫法，是因深念情人，故不忍再去園中平時二人一同遊賞之處了，以免觸景生悲，睹物思人。但夢窗卻用進一層的寫法，那就是寫照樣（依舊）去遊賞林亭。「依舊」者，雖不忍去，而仍不忍不去也。及其去後，見秋千索而思舊日盪秋千之人，但卻不正面寫，而從側面寫，寫黃蜂因索上凝著盪秋千的人的纖手香氣而頻頻撲去。黃蜂如此，則人可知矣。這就是前人詞話中常說的「不犯本位」（清劉熙載《藝概．詞曲概》）。清譚獻云：「此是夢窗極經意詞，有五季（五代）遺響。『黃蜂』二句，是痴語，是深語。結處見溫厚。」（譚評《詞辨》）懷人之情至深，「日日掃林亭」，就是雖毫無希望而仍望著她來。離別已久，秋千索上的香氣未必能留，但仍寫黃蜂的頻撲，這是幻境而非實境。清陳洵說：「見秋千而思纖手，因蜂撲而念香凝，純是痴望神理。」（《海綃說詞》）這也可說是詩的真實和生活的真實的區別吧？結句「雙鴛不到」（雙鴛是一雙繡有鴛鴦的鞋子），明寫其不再來而生出惆悵。而這惆悵之情，仍不抽象地說出，而用形象來表達。「幽階一夜苔生」，語含誇張。南朝梁庾肩吾〈詠長信宮中草〉：「全由履跡少，並欲上階生。」李白〈長干行〉：「門前遲行跡，一一生綠苔。」夢窗此句似從上二詩脫化而來。不怨其不來，而只說「苔生」，這就是譚獻所說的溫厚。又當時伊人常來此處時，階上是不會生出青苔來的，現在人去已久，所以青苔滋生，但不說經時而說「一夜」，也見出二人雙棲之時，歡愛異常，印象深刻，彷彿如在昨日，故云「一夜苔生」，這樣的誇張，在事實上並不如此，而在情理上卻是真實的，所以說「見溫厚」。

（萬雲駿）

鶯啼序

吳文英

殘寒正欺病酒，掩沉香繡戶。燕來晚、飛入西城，似說春事遲暮。畫船載、清明過卻，晴煙冉冉吳宮樹。念羈情、遊蕩隨風，化為輕絮。

十載西湖，傍柳繫馬，趁嬌塵軟霧。溯紅漸、招入仙溪，錦兒偷寄幽素。倚銀屏、春寬夢窄，斷紅濕、歌紈金縷。暝堤空，輕把斜陽，總還鷗鷺。

幽蘭旋老，杜若還生，水鄉尚寄旅。別後訪、六橋無信，事往花委，瘞①玉埋香，幾番風雨。長波妒盼，遙山羞黛，漁燈分影春江宿，記當時、短楫桃根渡。青樓彷彿，臨分敗壁題詩，淚墨慘淡塵土。

危亭望極，草色天涯，嘆鬢侵半苧。暗點檢：離痕歡唾，尚染鮫綃，嚲②鳳迷歸，破鸞慵舞。殷勤待寫，書中長恨，藍霞遼海沉過雁，漫相思、彈入哀箏柱。傷心千里江南，怨曲重招，斷魂在否？

〔註〕①瘞（音同意）：掩埋。②嚲（音同朵）：下垂狀。

〈鶯啼序〉是詞中最長的調子。夢窗有三首〈鶯啼序〉。此詞集中地表現了他的傷春傷別之情，藝術地、形象地概括了宋玉〈招魂〉的「目極千里兮傷春心，魂兮歸來哀江南」，曹植〈洛神賦〉的「超長吟以永慕兮」、「恨人神之道殊兮」，江淹〈別賦〉的「春草碧色，春水淥波，送君南浦，傷如之何」。它在思想、藝術上達到了很高的層次，可說是擷古代辭賦的菁英，熔慨身與慨世於一爐，堪稱吳文英的代表作。夏承燾說：「集中懷人諸作，其時夏秋，其地蘇州者，殆皆憶蘇州遣妾；其時春，其地杭者，則悼杭州亡妾。」（《吳夢窗繫年》）對方是妾還是所戀歌妓，尚可商榷，因其中所憶「招入仙溪，偷寄幽素」等似僅是豔遇範圍之內的事而已。此詞美不勝收，我們先從其抒情結構入手，串講其大意。清陳廷焯評〈鶯啼序〉說：「全章精粹，空絕古今。」（《雲韶集》）清陳洵評此詞也說：「通篇離合變幻，一片淒迷，細繹之，正字字有脈絡，然得其門者寡矣。」（《海綃說詞》）從篇章結構入手，此詞典範性就更凸出，故陳廷焯、陳洵的分析，也頗有中肯處。

全詞分為四段。

第一段，閒閒敘起，「傷春起，卻藏過傷別」（《海綃說詞》），這是對的。因為把傷別放在傷春的情境中寫，也可說在典型環境中表現典型情緒吧。時值春暮，殘寒病酒。「病酒」屬人事，「殘寒」屬天時，「天時人事日相催」（杜甫〈小至〉）。開頭第一句淒緊，已把典型環境中的典型情緒寫出，並以此籠罩全篇，筆力遒勁，寄正於閒，寓剛於柔，是夢窗詞結構上的特色之一。這時詞人閉門不出，但燕子飛來喚我出遊，好像說，春天已快過去了。於是「駕言出遊，以寫我憂」（《詩經．竹竿》）。在湖中看到岸上的行行煙柳，不禁羈思飛揚起來。「念羈情、遊蕩隨風，化為輕絮」兩句是警句，不但為了束上生下的需要，也為了抒情造境的需要。試想，傷春傷別，思緒萬端，從何寫出，現在把羈情融化在茫茫飛絮中，便覺對此蒼茫，百感交集，所謂煙水迷離之致，所謂推隱之顯，就是指這樣一種境界。詞的承接處大都在前段之末或後段之前，多數用領字或虛字作轉換。周邦彥和吳文英的詞，則往往用實句作承轉，不大用領字。這就是所謂「潛氣內轉」，非具大氣力不可，這是他們和其他詞人不同的地方。何謂「潛氣」？就是人的內心深處日積月累而形成的潛意識，它具有深微幽隱而非表達出來不可的情感力量。作者寫到這裡，便有一片羈情，像輕絮一樣隨風遊蕩，隨風展開；而下面三段所寫內容，便都包含在此三句中了。西方美學理論，對於形象創造有「在特殊中顯示一般」和「為一般而尋找特殊」的區別，這也就是歌德和席勒的區別，莎士比亞和席勒的區別。夢窗詞擅長於即物託興，於特殊景物中顯示一般的情意，因此能從有限中顯示無限，言有盡而意無窮。這是特別適合於詩詞的表達。

第二段便追溯別前情事，寫初遇時的歡情。時節在清明，地點在西湖，這在吳詞中屢次寫到。如〈渡江雲．西湖清明〉：「舊堤分燕尾，桂棹輕鷗，寶勒倚殘雲。千絲怨碧，漸路入、仙塢迷津。腸漫回，隔花時見，背面楚腰身。」地點在西湖的蘇堤與白堤交叉之處，故云「舊堤分燕尾」。當時詞人捨陸而舟，故云「千絲怨碧」、「寶勒倚殘雲」，又云「桂棹輕鷗」「漸路入、仙塢迷津」；而在此詞中則云「傍柳繫馬」，又云「溯紅漸、招入仙溪」，也是捨陸而舟，借錦婢傳情示意，招入「仙溪」的伊人居處。詞人其他詞中寫此事還有的是。「倚銀屏、春寬夢窄，斷紅濕、歌紈金縷」二句，是寫初遇時悲喜交集之狀。「春寬夢窄」是說春色無邊而歡事無多；「斷紅濕、歌紈金縷」，「斷紅」，指紅淚，因歡喜感激而淚濕歌扇與金縷衣。「暝堤空，輕把斜陽，總還鷗鷺」三句，也是警句，是進一步寫歡情，但含蓄不露，周邦彥寫愛情也是如此。這是同樣寫男女歡情，品格自高。我們不妨將秦觀〈望海潮〉前結「柳下桃蹊，亂分春色到人家」來對比一下，同樣寫男女歡遇，也是十分含蓄的。這三句用寫景寓人事，意謂時間已近黃昏，暮色籠罩的湖堤上，遊人盡去，而我幸得在「仙溪」留宿：「斜陽只與黃昏近。」（趙令時〈蝶戀花〉）斜陽原是添愁惹恨之物，如今卻與我無分。「今夕何夕，見此粲者。」（《詩經·綢繆》）斜陽啊，你還是伴著湖中鷗鷺，一同憩息去吧！陳洵說：「熔人事入風景，則實處皆空。」這三句既蘊藉而又空靈，意味無窮，足供尋味。

第三段寫別後情事。「幽蘭旋老」三句突接，跳接，峰斷雲連。因這裡和上片結處，從事實說，還有較大距離。如歡會之後，如何分手；分手之後，其人如何謝世；等等。但這些放在三段中寫。此段先寫暮春又至，自己依然客處水鄉。這既與二段「十載西湖」相應，又喚起了傷春傷別之情。於是從別後重尋舊地時展開一片想像，在頭腦中再現初遇、臨分等難以忘懷的種種情景。「別後訪」四句是逆溯之筆，即一層層地倒敘上去。先是寫花謝春空，芳事已付流水，「瘞玉埋香」，是寫風雨葬花，實也暗示其人已經去世。這也是賦而比也，是寫風景而兼寫人事，所謂一筆而兩面俱到的。於是逆溯上去，追敘初遇。「長波妒盼」至「記當時、短楫桃根渡」，這是倒裝句，依文法次序應是：「記當時、短楫桃根渡」，「長波妒盼，遙山羞黛，漁燈分影春江宿」。這幾句是寫當時豔遇。伊人顧盼生情，多麼豔麗，即使是瀲灩的春波，也要妒忌她的眼色之美；蒼翠的遠山也羞比她的蛾眉，而自愧不如。因為這是最難忘的事，所以在重訪時思想中又會出現此印象。這幾句於第二段為複筆：「短楫桃根渡」即是「溯紅漸、招入仙溪，錦兒偷寄幽素」；「漁燈分影春江宿」，即是「暝堤空，輕把斜陽，總還鷗鷺」。複筆的妙處，在於事件複而意象不複。但那裡是實寫（雖然也是追敘），而這裡是在生離死別的心情下的追寫。還有，這裡所寫，又和第一段無一筆犯複，述事不殊，而形象各別，這是詞人在藝術技巧上的非常高明之處。如「暝堤空，輕把斜陽，總還鷗鷺」，是寫初遇時自幸、歡快的心情，未將伊人的奇麗絕豔寫出，而「長波妒盼，遙山羞黛」二句則將此寫出了。這是複筆中的補筆。「漁燈分影春江宿」，即是「暝堤空，輕把斜陽，總還鷗鷺」，但前一句寫景，後二句寫情，深得情景雙融之妙。此段結處寫臨分，承上幾句而是順敘。第二段末寫分手情況，此則為補寫。「青樓彷彿」四字，則把渡頭短楫桃根、春江留宿，俱一掃而空，僅供今日的憑弔而已。離情永鐫腦海，而人天永隔，真是「此恨綿綿無絕期」（白居易〈長恨歌〉）了。

接著第四段淋漓盡致地寫對逝者的憑弔之情。此段感情更為深沉，意境更為開闊。因伊人逝去，已非一日，詞人對她的悼念，也已經歲經年。但綿綿長恨，不隨伊人的逝去日久、自己的逐漸衰老而有所遺忘。於是詞人便在更長的時間中，更為廣闊的空間內，極目傷心，長歌當哭，繼續抒寫他胸中的無限悲痛之情。這裡主要是悵望：「危亭望極，草色天涯，嘆鬢侵半苧。」是寄恨：「殷勤待寫，書中長恨，藍霞遼海沉過雁。」是憑弔：「傷心千里江南，怨曲重招，斷魂在否？」也有睹物思人的回憶：「暗點檢：離痕歡唾，尚染鮫綃，嚲鳳（釵）迷歸，破鸞（鏡）慵舞。」鸞鏡是婦女日常梳洗的鏡臺，「鸞鏡與花枝，此情誰得知？」（溫庭筠〈菩薩蠻〉）鏡臺上飾物鳳翅已下垂，而鸞已殘破，暗示鏡破人亡，已無從團聚。陳洵說：「『歡唾』是第二段之歡會，『離痕』是第三段之臨分。」這樣論詞，可謂心細如髮。

最後談談比興寄託問題，這也是深入理解、欣賞優秀詞篇的關鍵問題之一。詞中的比興對詩來說有很大的發展。比興二字可以連讀，也可以叫做「興」。《詩經》中有賦、比、興，賦與比都容易搞清楚，只有興比較難明，比較曲折隱蔽。自後屈原《離騷》對興的運用起了具有本質意義的變化。在《詩經》中，興有兩個特點：一是「先言他物以引起所詠之辭」，如「關關雎鳩，在河之洲。窈窕淑女，君子好逑」（〈關雎〉），以「他物」關雎，興起所詠之辭「淑女」是君子的好匹配。二是《詩經》的興有時是單純起興，不含比意。而屈原以後文人作品中的興，沒有不含比意的。而且興到了屈原手裡，在形式上發展到更為高級的程度，即以「他物」包括「所詠之辭」。如以香草比賢人，省去了賢人，把他即包含在香草之中。自此以後，在詩、詞、曲中，興總是含有比意，總是用高級的形式，是賦而比也，故也連稱比興。而《詩經》的那種形式，除民歌外，已經捨棄不用了。

這種比興手法，在詞中得到了很大發展，如此詞中寫「遊蕩隨風」的柳絮是賦，但也有比，以它比羈旅之情。「瘞玉埋香，幾番風雨」，是寫風雨葬花，是賦，但也比伊人的逝世，她墓上已經宿草離離了。

從比興傳統的歷史發展看，詞中對傷春傷別的傳統，發展得最為充分。所謂傷春，不僅傷春光的消失，而且還傷華年的消逝，甚至傷王朝的衰頹。傷別，包括生別與死別，還意味著與京都、君王的暌離。故吳文英此詞，也寄寓著家國身世之慨。南宋當吳文英時，內則佞臣弄權（賈似道），外則蒙古入犯，國勢已處於風雨飄搖之中。晚唐詩人的作品，往往「以豔情寓慨」，唐宋詞因之，有更大的發展。「將身世之感，打併入豔情」（周濟《宋四家詞選》評秦觀詞），更為常見。「唯草木之零落兮，恐美人之遲暮」（〈離騷〉），這種美人香草的優良的比興傳統，至周邦彥、吳文英而極。屈原〈招魂〉，「入後異采驚華，繽紛繁會」，「幽邑沓亂，覺此身無頓放處」（清蔣驥《山帶閣註楚辭．餘論．招魂》）；而曹植〈洛神賦〉的「無良媒以接歡兮，託微波而通辭」，聯繫他的〈美女篇〉的「盛年處房室，中夜起長嘆」，誰能說一賦一詩絕無懷才不遇之恨？清沈祥龍《論詞隨筆》說：「詩有賦比興，詞則比興多於賦。」用傷春傷別的比興傳統來分析唐宋詞，才能深入理解其中豐富的意蘊。本文在開頭時說，夢窗〈鶯啼序〉集屈原〈招魂〉、曹植〈洛神賦〉、江淹〈別賦〉的大成。如今讀至終篇，可以見到詞中人去春空、美人遲暮之感，紛至沓來，確含《楚騷》的遺意；而蒿目時艱，風雨如晦，王室式微，身世之慨，君國之憂，也洋溢於字裡行間。但這些都不直接說出，而寄託於傷春傷別的形象之中，使此詞具有多義性、複疊性、多層次性與朦朧不確定性，而又能從特殊中顯示一般，從有限中表現出無限。所以讀周邦彥、吳文英的詞，不能停留在欣賞它們的名章俊語、繽紛詞藻上，而必須掌握其中的比興深意，否則是會如入寶山空手歸的。（萬雲駿）

鶯啼序

吳文英

橫塘棹穿豔錦，引鴛鴦弄水。斷霞晚、笑折花歸，紺紗低護燈蕊。潤玉瘦，冰輕倦浴，斜拖鳳股盤雲墜。聽銀床、聲細梧桐，漸攪涼思。

窗隙流光，冉冉迅羽，訴空梁燕子。誤驚起、風竹敲門，故人還又不至。記琅玕、新詩細掐，早陳跡、香痕纖指。怕因循，羅扇恩疏，又生秋意。

西湖舊日，畫舸頻移，嘆幾縈夢寐。霞珮冷，疊瀾不定，麝靄飛雨，乍濕鮫綃，暗盛紅淚。綀單夜共，波心宿處，瓊簫吹月霓裳舞，向明朝、未覺花容悴。嫣香易落，回頭淡碧銷煙，鏡空畫羅屏裡。

殘蟬度曲，唱徹西園，也感紅怨翠。念省慣、吳宮幽憩，暗柳追涼，曉岸參斜，露零漚起。絲縈寸藕，留連歡事，桃笙平展湘浪影，有昭華穠李冰相倚。如今鬢點淒霜，半篋秋詞，恨盈蠹紙。

夢窗詞今存三百四十首，戀情詞約一百二十餘首，約占總數的百分之三十五，絕對數則超過了兩宋詞人。這一百二十餘首詞中，有關兩個抒情對象的詞就占了三分之二，情感較為執著。吳文英戀情詞的抒情對象是蘇州的一位民間歌妓和杭州的一位貴家歌姬。她們都是傳統社會中的不幸婦女，前者是「賤民」，後者雖是貴家之妾而實屬家妓性質的。吳文英是著名的詞人，許多歌妓都在歌筵舞席前求他即席賦詞，不言而喻，體態的優美，親密的交往，融洽的旨趣等等，使得他們之間發生戀情。但由於禮教的壓力和制度的限制，因而不可避免地在他第一個戀愛悲劇發生之後，又發生第二個悲劇。吳文英因為政治失意，事業無成，其情感傾注於對愛情的追求，從中追求著人間美好的情感，去發現情感的美和世界的美。這首晚年作的慢詞長調〈鶯啼序〉原題為「詠荷和趙修全韻」，是他借詠荷而抒寫了一生的戀愛悲劇，是夢窗詞體大思精的傑構之一。

此詞具有明顯的主觀抒情特點，絕非泛泛地詠物。全詞共分四疊。第一疊借出水芙蓉的美豔與抒情對象巧妙地重合，生動地刻畫了所戀女性的優美形象。「橫塘」在蘇州盤門之南十餘里，北宋詞人賀鑄曾在此寫過名篇〈青玉案〉，首句便是「凌波不過橫塘路」。吳文英曾在盤門寓居，但這女性抒情對象很難知其具體所指。作者以倒敘方法，敘寫當年的一個片段。他們在某湖乘舟穿過「豔錦」般的荷叢，觀賞和戲弄湖裡的鴛鴦。她在晚霞中「笑折花歸」，「花」自然是荷花。「紺紗低護」指紅黑色的紗帳低掩了燈光，室內的光線暗淡而柔和。這兩句包含了自湖歸室和由黃昏到晚上的過程，寫得簡練蘊藉。「潤玉瘦，冰輕倦浴，斜拖鳳股盤雲墜」，勾畫出有似出水芙蓉的女性形態之美。「潤玉」以溫潤潔白的玉喻人；「瘦」是宋人以纖細為美；「冰」當是冰肌玉骨之謂。「鳳股」為婦女首飾，即鳳釵，釵分兩股；「盤雲」謂婦女髮髻，盤綰猶如烏雲。她鳳釵斜拖，髮髻鬆散欲墜，玉瘦冰輕，浴後十分困倦嬌慵。至此作者省略了其餘的細節，並且詞意跳躍。「銀床」為井欄，樂府古辭〈淮南王篇〉云：「後園鑿井銀作床。」庭園中井畔常栽梧桐，魏明帝曹叡有「雙桐生空井」（〈猛虎行〉）之句，以後詩詞中「井梧」、「井桐」之類更頗多見。桐葉飄墜的微細聲響引起了他心中秋涼將至的感覺。這結兩句難知其是今是昔，或許在詞人的感受中已混雜了。

第二疊寫作者現實的抒情環境。時光過如飛鳥，往事已隔多年。燕子歸來，舊巢不存，唯有空梁，比喻伊人已去。思之思之，風吹竹響，引起錯覺，有似故人敲門，但很快便知道，故人是不會像以往一樣叩門而入了。這裡化用唐李益「開門復動竹，疑是故人來」（〈竹窗聞風寄苗發司空曙〉）詩句。因竹而及故人，因故人又想起與竹有關的一件事情：「記琅玕、新詩細掐，早陳跡、香痕纖指。」琅玕，指竹。當年她在嫩竹竿上用指甲刻寫詩句，香痕猶在，已成陳跡，睹物思人，舊情可堪追憶！「羅扇恩疏」，應是她當時的怨語，而今竟成事實，特別感到後悔和自責。由此引起關於許多往事的種種回憶。

第三疊是回憶西湖情事的。第四疊是回憶蘇州情事的，順序恰恰顛倒了，可能作者寫作時的意識流程便是這樣的。當年夜泛西湖，「畫舸頻移」，緩蕩雙槳，輕波疊瀾，香霧空濛。「乍濕鮫綃，暗盛紅淚」，是她感極而泣，是歡喜的淚。「練單」即單薄的布被。「練單夜共，波心宿處」，是他們最幸福的夜晚。這個晚上，她為知音者盡情歌舞。「瓊簫吹月霓裳舞，向明朝、未覺花容悴」，興奮歡樂，使她容光煥發，毫無倦意。她為自己所愛者而不顧一切。這段生動感人的描寫是吳文英杭州情詞中寫得很成功的，使人們產生關於青春的歡樂、真摯的情感、浪漫的趣味的聯想。詞意忽然逆轉，以嘆息的語氣寫出西湖情事的悲劇結局：「嫣香易落」。「嫣」為紅色之姣豔者，「嫣香」以花代人。「回頭」與此疊起第三句之「幾縈夢寐」相照應，合理地插入這一段豔情的回憶。結尾處痛感往事已煙消雲散了。這一疊詞，有頭有尾，在描寫時又處處體現物性，彷彿荷花含煙浥露，在夜風中舞動。

西園是吳文英寓居蘇州時所住的閶門外西園，在那裡曾多次與所戀的蘇州歌妓幽會。他事後在詞中傷心談到：「西園有分，斷柳淒花，似曾相識」（〈瑞鶴仙〉）；「西園日日掃林亭，依舊賞新晴。黃蜂頻撲秋千索，有當時、纖手香凝」（〈風入松〉）；「往事一潸然，莫過西園，凌波香斷綠苔錢」（〈浪淘沙〉）。這感傷和懷念的地點總是在西園。此疊詞是作者追敘在西園的一段豔情。古代吳王的館娃宮在蘇州，「吳宮」當借指蘇州某處，或者就是西園。他與蘇州的戀人於「吳宮幽憩」，垂柳掩映，湖岸橫斜，為夏季避暑追涼的佳處。「曉岸」句，暗示時間由夜到曉。「桃笙」即涼席。宋人朱翌說：「劉夢得云『盛時一失難再得，桃笙葵扇安可常』。東坡云『揚雄《方言》以簟為笙』。則知桃笙者，桃竹簟也。」（《猗覺寮雜記》卷上）「湘浪影」，謂竹簟花紋有似湘波之影。「有昭華穠李冰相倚」，謂與美人同此枕簟。黃庭堅有詩，題為〈趙子充示竹夫人詩，蓋涼寢竹器。憩臂休膝，似非夫人之職，予為名曰青奴，並以小詩取之〉二首，其第一首云：「青奴元不解梳妝，合在禪齋夢蝶床。公自有人同枕簟，肌膚冰雪助清涼。」第二首云：「穠李四絃風拂席，昭華三弄月侵床。我無紅袖堪娛夜，政要青奴一味涼。」任淵注：「穠李、昭華，貴人家兩女妓也。昭華，蓋王晉卿（詵）駙馬家吹笛妓。」這兩句詞是合黃詩第一首末二句與第二首首二句之意，很含蓄地寫夏夜的「歡事」；「昭華」、「穠李」，又借指其人的歌妓身分。「絲縈寸藕，留連歡事」，可見兩情之深。這些舊事，可念，亦可痛。全詞以「如今鬢點淒霜，半篋秋詞，恨盈蠹紙」為結。現在詞人已是霜鬢了，「淒霜」謂悽苦之情使鬢髮斑白，表明多年以來為舊情所折磨。吳文英在嚴酷黑暗的南宋後期僅是一位多愁善感的文人，對於現實無能為力，即使對於自己情事的不幸也無法挽回，只有寫下恨詞來悼念曾愛過的不幸女子。「秋詞」意為悲涼之詞；「篋」，竹箱，詞稿半篋，言其積恨之多；「蠹紙」為蟲蠹過的舊紙，言辭箋已陳舊。多年積恨，寫滿蠹紙，這不是一般的閒情逸致，是作者以一生的兩件愛情悲劇寫成的血淚詞。

這首詞內容豐富，經過高度藝術處理，是吳文英一生情事的總結。作者以詠物方式表現出來，有意將詞意表現得曲折變幻，令人難測。其情感的祕密不願讓人們過於清楚知道，所以構思時，情事的次序先後錯亂，某些形象可能是兩位戀人的疊合，並且將兩地兩時的情事糾結一起，很難分辨。因其詞筆奇幻曲折，詞語穠豔，很能代表夢窗的藝術風格。由於此詞結構複雜且將兩個情事糅合，誰知竟給後人留下誤解，以致清陳洵考證吳文英情事，誤以為其情詞之抒情對象乃一「去姬」，「吳苑是其人所在……其人既去，由越入吳也」（《海綃說詞》）。儘管夢窗詞以晦澀難解著稱，縱觀其全部情詞，其情事還是有可解的線索。（謝桃坊）

絳都春　吳文英

燕亡久矣，京口適見似人，悵怨有感。

南樓墜燕。又燈暈夜涼，疏簾空捲。葉吹暮喧，花露晨晞秋光短。當時明月娉婷伴。悵客路、幽扃俱遠。霧鬟依約，除非照影，鏡空不見。別館。秋娘乍識，似人處、最在雙波凝盼。舊色舊香，閒雨閒雲情終淺。丹青誰畫真真①面，便只作、梅花頻看。更愁花變梨霙，又隨夢散。

〔註〕① 真真：元陶宗儀《輟耕錄》引唐杜荀鶴《松窗雜記》：「唐進士趙顏於畫工處得一軟障，圖一婦人甚麗。顏謂畫工曰：『世無其人也，如可令生，余願納之為妻。』畫工曰：『余神畫也，此女名曰真真，呼其名百日，晝夜不歇，即必應之，應則以百家彩灰酒灌之，必活。』」

這首詞是作者悼念亡妾的。夢窗在杭州曾娶一妾，早亡，此時在京口（今江蘇鎮江）忽然遇到一個歌妓很像其亡妾，使他萬分悵惋，增加對故妾的懷念之情，於是寫下了這首詞。

「南樓墜燕。又燈暈夜涼，疏簾空捲。」自從《詩經．邶風．燕燕》寫莊姜送鄭莊公妾戴嬀大歸於陳後，文人筆下多以燕燕喻姬妾，取其輕盈嬌小之意。〈燕燕〉中有句云：「燕燕于飛，差池其羽。之子于歸，遠送于野。」寫分別時以燕燕上下飛舞而起興，詞人與其妾是死別，所以用「墜燕」起興。自樓而墜，暗用石崇妾綠珠因殉崇墜樓而死之典。「燈暈」二句寫詞人居室情況。因秋夜涼，霧氣重，而燈暈愈明顯。在這淒涼的夜中，詞人疏簾高捲而待其歸來，而竟不歸，故曰「空」。這當然是痴想，但也正因為簾子捲起才得見「南樓墜燕」，文理極密。這三句既是敘事又是抒情，從中可見詞人的寂寞、淒涼和悲哀。「葉吹暮喧，花露晨晞秋光短」二句從眼前景聯想到人事。晚風吹動樹葉發出陣陣喧響，這個「喧」字用得非常準確、生動。因為詞中所寫為秋天，其時樹葉已枯老，即將墜落，因秋風而葉與葉碰撞所發出的聲音，用喧鬧來形容是非常恰切的，周邦彥〈過秦樓〉也有「葉喧涼吹」之句。由此詞人聯想到「花露」，早晨的露水不是可以滋潤這枯葉嗎？但「花露」早就乾了，秋季的白日是比較短的。「葉吹」是眼前景，「花露」是推想。古樂府中有輓歌名〈薤露歌〉：「薤上露，何易晞。露晞明朝更復落，人死一去何時歸。」從「花露易晞」自然而然引起人生短暫的聯想，因而引出對亡妾的哀悼。「當時明月娉婷伴，悵客路、幽扃俱遠」。此三句為悼亡。上面的風葉枯墜、花露易晞，本來已經引出其妾早亡，但到此筆鋒一頓，追憶當時共同生活時的歡樂。「娉婷」形容女子婀娜多姿、情態美好，有此佳人相依相伴，在明月下暢述深情，這是何等的快樂，而現在兩人陰陽隔絕，不能再會。「悵客路」句是從雙方來寫，一是自己作客他鄉，客路距家遙遠（指兩人在杭州建立的家）；一是亡妾在九泉之下，墓門緊閉，距離人間則更是無限遙遠。這兩個「遠」合在一起，使詞人倍增惆悵。「霧鬟依約，除非照影，鏡空不見」，三句寫對亡妾的思念。「霧鬟」本指年輕女子髮鬟蓬鬆、美麗。杜甫詩〈月夜〉在月下懷念其遠別之妻有「香霧雲鬟濕」之句。「霧鬟」句是承「明月」而來的，詞人想像亡妾在月下歸來了，鬟影依約，姍姍而至。但她畢竟已離人間，古人認為鬼物有形無影，所以儘管她能「環佩歸來」，但照之於鏡，畢竟是有影無形的。這不僅照應上面的「幽扃俱遠」，而且這個結尾掃除了一切痴想，並和起句相呼應。整個上片，無論是敘事還是寫景，皆集中表達對亡妾的悼念之情。

「別館。秋娘乍識，似人處、最在雙波凝盼。」下片主要寫在京口見到與亡妾相似的妓女所產生的聯想，更進一步表達了對舊人的思念。「別館」點明在京口作客，又承上片末句之「鏡空不見」，掃除了一切幻象之後，把筆鋒轉到現實中來，轉到自己面前所對之人。「秋娘」自唐以來為妓女之泛稱。「乍識」，剛一見面，第一眼詞人就認出她與亡妾的相似之處。「最在雙波凝盼」，這句放在「似人處」之後，表明詞人見到「秋娘」後感到她很像亡妾。究竟哪裡相似呢？經過思考才認定是她雙眸注視自己時最似。「凝盼」是描寫京口之人，更是寫亡妾。「凝盼」是個大膽熱情的動作，給詞人留的印象極深。這四句寫京口之人是虛，而追念亡妾是實。「舊色舊香，閒雨閒雲情終淺」，二句言想起故人的舊色舊香，眼前這種邂逅相逢的露水夫妻畢竟情淺。這是承接「雙波凝盼」而來，意為儘管她們神態極為相似，但詞人對她們兩人的感情是絕不相同的。「丹青誰畫真真面，便只作、梅花頻看」，二句借描寫自己的痴想，抒發對亡妾的懷念。言我和這個「京口似人」雖然情淺，但不妨請一位丹青高手為她寫真畫像，我要把這幅寫真當作梅花一樣頻頻欣賞。這是承接「情淺」句而來，言作夫妻雖然情淺，但是我還是願意常看見她的「面」，因為看到這幅畫上顏容就想到了亡妾，所以才有為之寫真，作梅花頻看的痴想。「更愁花變梨霙，又隨夢散」，「梨霙（音同英）」，雪花。二句言恐此「京口似人」也難得常見。「更愁」句承接上韻「頻看」，言恐怕梅花似雪，轉眼消散，有如夢境消失。這是更進一層的寫法。言即使想常看梅花也不可得。意為此「京口似人」雖然很像亡妾，但在這風雪嚴寒的社會恐亦不能久存。我們只此一遇，恐怕也就會像夢幻一樣，風流雲散了。這兩句表面上說恐怕與此「京口似人」不能常見，實際上還是哀悼亡妾，言連常見似亡妾者以求得一時安慰也不可得。

此首詞寫的是夢窗生活中的一個小插曲，是轉瞬即逝的一個小小的幸遇。詞人在描寫此幸遇的種種心理活動是非常成功的。上片寫對亡妾的思念就是為這次幸遇作鋪墊，而與「京口似人」邂逅相逢之所以為幸遇就是因為詞人苦苦思念亡妾。詞中的「照影」與丹青寫真的痴想是很有表現力的。全篇敘事抒情委婉曲折，上片從「花露晨晞」到「明月娉婷」作一停頓，下片則更是一韻一頓，筆意曲折，而所抒之情在迴轉頓挫之中步步深入，在結句時達到高潮，這是本篇成功之處。（王學太）

惜黃花慢

吳文英

次吳江小泊，夜飲僧窗惜別，邦人趙簿攜小妓侑尊，連歌數闋，皆清真詞。酒盡已四鼓，賦此詞餞尹梅津。

送客吳皋。正試霜夜冷，楓落長橋。望天不盡，背城漸杳；離亭黯黯，恨水迢迢。翠香零落紅衣老，暮愁鎖、殘柳眉梢。念瘦腰，沈郎舊日，曾繫蘭橈。

仙人鳳咽瓊簫，悵斷魂送遠，〈九辯〉難招。醉鬟留盼，小窗剪燭；歌雲載恨，飛上銀霄。素秋不解隨船去，敗紅趁、一葉寒濤。夢翠翹。怨鴻料過南譙。

這是吳文英餞別好友尹唯曉的一首詞。「送客吳皋」三句，以實敘開頭，點明「送客」；長橋，即吳江垂虹橋，見《吳郡志》。「試霜」「楓落」，點出時間是在秋天霜夜楓落之時。唐崔信明有「楓落吳江冷」佳句傳世。此用之，以寫出送別時的淒清景色。下面幾句乃著意渲染。「望天不盡」四句以對偶形式出之，極寫水行相送，傷離惜別的情景，情致綿邈。客船面向水天而去，而無有盡頭，向後一望，則離城越來越遠了。主客離別之處已隱約可見，意味著分袂在即；而一水迢迢，充滿離恨，也像水天遠去無盡。前「望天」二句寫景，而景中含情；後「離亭」二句寫情，而情中帶景：深得景語情語濃淡相間之妙。「翠香零落」以下五句，寫水中、岸上所見景物，進一步描繪離情。「紅衣」，指荷花，翠葉凋零，花老香消，情兼比興。李璟〈山花子〉有句云：

「菡萏香銷翠葉殘，西風愁起綠波間。還與韶光共憔悴，不堪看。」王國維《人間詞話》以為有「美人遲暮之感」。「殘柳」是岸上之物，它枝葉黃落，愁煙籠罩，也似替人惜別。睹凋荷而傷年華，見殘柳而添離恨，遲暮之嗟，離別之恨，於此交織交融，令人難以為懷了。「念瘦腰」三句，再從「殘柳」生發，感舊傷今，今昔映襯，愈增離思。「沈郎」，原指沈約，用其瘦腰事，此詞人自喻。過去也曾小泊江邊，傍柳繫舟，但心情不同，以昔樂襯今苦，而離別黯然銷魂之情狀愈加凸出。

上片寫送客的情景，下片則寫僧窗夜飲惜別的情景。餞別席上，當地人姓趙的主簿命小妓歌清真詞侑尊，所唱可能有別詞，如〈蘭陵王〉（柳陰直）、〈夜飛鵲〉（河橋送人處）、〈尉遲杯〉（隋堤路）、〈浪淘沙慢〉（曉陰重）等都是。換頭「仙人」三句，用蕭史、弄玉吹簫，其後夫婦成仙事，此只喻倚簫唱清真詞的小妓，歌聲美妙，好似弄玉吹簫作鳳鳴一般。〈九辯〉傳為宋玉所作，開頭有「憭慄兮若在遠行，登山臨水兮送將歸」之句。這裡把弄玉、宋玉兩個典故聯繫起來，意謂即使有像弄玉吹鳳簫那樣悲咽（即指小妓所歌清真詞），作〈九辯〉的宋玉那樣的才華情思，那也無法招悲痛欲絕的送客斷魂。這斷魂，分天上地下兩路隨飛雲、隨寒濤流駛而去。一方面小妓之歌，載著離恨，飛上雲霄（醉鬟即指小妓，她也同情離別，故云留盼），這是說斷魂化為歌雲而飛上天去；另一方面，客人還是要乘船而去。素秋指悲秋傷別之情，不可能因客去而消失，只有一縷斷魂，趁著寒濤敗葉，一直跟客船遠至天涯而已。寫得真是離魂躑躅，別思飛揚。夢窗生花妙筆，善於把抽象的思想感情化為具體可感的，甚至可以觸著的生動形象，所謂情景結合之妙，就表現在這些地方。結句「夢翠翹，怨鴻料過南譙」，更是神思縹緲。翠翹指所思女子，可能詞人因「醉鬟留盼」而聯想到所思之情人。他夢想遠方的情侶，但不能相見，我這顆離心恐也會隨過南樓的悲鴻而遠去吧？這化用唐趙嘏〈寒塘〉：「鄉心正無限，一雁度南樓」的詩意。清陳洵《海綃說詞》說此詞「題外有事」，可能就是指這些地方。

此詞幻與真結合，隱與顯結合，虛與實結合。上片「送客吳皋。正試霜夜冷，楓落長橋。望天不盡，背城漸杳；離亭黯黯，恨水迢迢」，是實敘，寫實景，故易懂。「翠香零落紅衣老，暮愁鎖、殘柳眉梢」，寄離愁於枯荷殘柳，得情景交融之妙，已是虛實結合，似顯而隱了。「念瘦腰，沈郎舊日，曾繫蘭橈」，不著重寫今日的吳江小泊，而追溯舊日之在此繫船，今昔映襯，虛實結合，表現靈魂深處隱微、複雜的感情，看似寫舊日，實是加倍寫今日。下片寫僧窗惜別，是實，但別思飛揚，如「〈九辯〉難招」，「歌雲載恨，飛上銀霄」，「素秋不解隨船去，敗紅趁、一葉寒濤」等都是幻想飛翔，而又不離實事實景。結句似乎離開了題目，想到自己身上去了，但此由自己與梅津的離別之苦，聯繫到自己與情人久離之苦，在形象上還是有其內在聯繫的。夢窗詞往往幻多於真，醉多於醒，虛多於實，所以似乎隱晦，有些難讀，但如反覆吟味，注意其虛實結合處，那麼不但可以自隱至顯，由虛返實，而且其感情的脈絡線索也是可以把握的。（萬雲駿）

醜奴兒慢

吳文英

雙清樓

空濛乍斂，波影簾花晴亂；正西子梳妝樓上，鏡舞青鸞。潤逼風襟，滿湖山色入欄杆。天虛鳴籟，雲多易雨，長帶秋寒。

遙望翠凹，隔江時見，越女低鬟。算堪羨、煙沙白鷺，暮往朝還。歌管重城，醉花春夢半香殘。乘風邀月，持杯對影，雲海人間。

在南宋，以「銷金鍋子」著稱的西子湖，是不少詞客們觴詠留連之地。說來也動聽，他們是「互相鼓吹春聲於繁華世界，能令後三十年西湖錦繡山水，猶生清響」（鄭思肖〈玉田詞題辭〉）。可惜的是大好湖山，就在這迴腸蕩氣的玉簫聲裡斷送了。吳夢窗，就是南宋後期為西湖寫出不少詞作的一人。

在夢窗所寫的西湖詞裡，這首〈醜奴兒慢〉要算是較有深刻的思想性並有高度藝術成就的一闋。這裡，不僅給西湖作了妍麗的寫照，而且也反映了當時多少人們生活在怎樣一個醉生夢死的世界裡。上片，從雨後風光寫起：空濛的雨絲剛才收斂，風片輕吹，蕩漾得簾花波影，晴光撩亂。這一畫境，已夠濃麗。再以西子梳妝樓上，青鸞舞鏡作比擬，染成了異樣藻彩。西子比西湖的山水，青鸞舞鏡比西湖，是比中之比。上面用了濃筆，「潤逼風襟」二句，換用淡筆。它不僅把上文所渲染的雨氣山光，一語點醒，而且隱然透示披襟倚欄，此中有人。「天虛鳴籟」三句，錘鍊入細，寫的是陰雨時節，給人以秋寒感覺。下片擴展到隔江遠望，以低鬟越女比擬隱約中的隔江山翠。接著把自己所企羨的往還自由的煙沙白鳥，跟沉醉於重城歌管的人們作一對照。在萬人如海的王城裡，這種人不在少數，詞人用「醉花春夢半香殘」作嘲諷，當頭棒喝，發人深省。於是意想突然飛越，自己要乘風邀月，對影高歌，雲海即在人間。詞人本身高朗的襟抱，跟醉花春夢者流，又來一個對照。

以「七寶樓臺」著稱的夢窗詞，雖然以嚴妝麗澤取勝，但像這首詞，就不是徒眩珠翠而全無國色之美的。（錢仲聯）

木蘭花慢

吳文英

陪倉幕遊虎丘，時魏益齋已被親擢，陳芬窟，李方庵皆將滿秩。

紫騮嘶凍草，曉雲鎖，岫眉顰。正蕙雪初消，松腰玉瘦，憔悴真真①。輕藜漸穿險磴，步荒苔、猶認瘞花痕。千古興亡舊恨，半丘殘日孤雲。

開尊，重弔吳魂。嵐翠冷，洗微醺。問幾曾夜宿，月明起看，劍水星紋。登臨總成去客，更軟紅②、先有探芳人。回首滄波故苑，落梅煙雨黃昏。

〔註〕①真真：唐代名妓。唐范攄《雲溪友議》：「真娘者，吳國之佳人也。時人比於蘇小小，死葬吳宮之側，行客感其華麗，競為詩題於墓樹。」②軟紅：指京師。蘇軾〈次韻蔣穎叔錢穆父從駕景靈宮〉自註：「前輩戲語，有西湖風月，不如東華軟紅香土。」

此詞寫於蘇州。據夏承燾《吳夢窗繫年》云吳文英曾在蘇州倉幕任職。倉幕同僚魏益齋將離開蘇州，前往京城杭州，同事為他餞行，同遊虎丘，夢窗寫了這篇詞記錄遊宴，抒惜別之情，並寄寓了身世和興亡之感。

「紫騮嘶凍草，曉雲鎖，岫眉顰。」詞一開篇就點明這次遊宴的時令和氣氛，這是透過景物描寫表現的。紫騮馬不肯吃凍草而長鳴，說明了時令，並暗示分別（李白〈送友人〉有「蕭蕭班馬鳴」的句子）。天空陰雲密佈，虎丘也好像雙眉緊皺。「鎖」字點明一點陽光也沒有，並給人以沉甸甸的感覺。馬嘶、凍草、雲鎖、岫眉顰幾個意象使全篇籠罩了淒涼的氣氛。「正蕙雪初消，松腰玉瘦，憔悴真真。」三句憑弔真娘。「蕙雪」承「凍草」、「曉雲」而來，這裡用「蕙」來形容雪，和下面憑弔美人相應。「松腰」二句用憔悴美人來形容松樹枝幹之瘦，又把它和楚宮細腰、名妓真娘聯繫起來，立意頗新。實際上這二句也是一筆雙寫，既是描寫虎丘前的松樹，又是憑弔真娘（真娘墓就在進山門不遠處）。夢窗有一妾早亡，睹真娘墓未免生感。「輕藜漸穿險磴，步荒苔、猶認瘞花痕。」這是寫登虎丘的過程。「輕藜」指很輕的藜杖，夢窗等人扶杖而攀登虎丘。此句用個「穿」字，意在表明虎丘道上林木濃密。「瘞花痕」指埋葬美好事物的痕跡。蘇州曾是吳國的國都，闔廬、夫差在這裡建立了不少宮殿園囿。詞人在險磴荒苔之間辨認過去的繁華的遺跡。「千古興亡舊恨，半丘殘日孤雲。」這是詞人在一一辨認了過去美好繁華遺跡後發出的感慨。闔廬振興了吳國，最後在與越國交戰中身亡。其子夫差，為父報仇，滅了越國，但最後卻放走了越王句踐，耽於酒色享樂，最終又被句踐滅國殺身。「千古興亡舊恨」一句的含意是極豐富的，既有夫差如何勵精圖治，興邦雪恥；也包括夫差如何被勝利沖昏頭腦，沉溺於享樂而導致亡國殺身。「半丘」句是寫弔古的環境，把「興亡舊恨」融入半丘殘照孤雲的畫面當中，不僅寫出弔古在詞人心中引起的淒涼之感，而且這個淒涼的畫面也正是南宋殘山剩水的寫照。吳國興亡的教訓在南宋是個敏感的話題。張伯麟在太學牆壁上寫了「夫差，爾忘越王之殺爾父乎？」於是被杖脊刺配，所以詞人就在寫景中打住了。

「開尊，重弔吳魂。嵐翠冷，洗微醺。」過片緊承上片而來。上片已寫到「興亡舊恨」，所以下片說「重弔」，如果「步荒苔」之時只是由於繁華遺跡所引起的一時悵觸的話，那麼此時便有開尊細論之意。「吳魂」是包括了吳地的英雄美人的，如闔廬、夫差、伍子胥、西施之類。「嵐翠」即指山嵐，山間霧氣因綠樹映襯而呈翠色，往往日暮最濃，故唐劉商〈裴十六廳即事〉詩云：「每到夕陽嵐翠近。」此與上「殘日」呼應。濕潤的山霧如寒水浸面，使得微有醉意的人們清醒了，所以他們才能「重弔吳魂」。「問幾曾夜宿，月明起看，劍水星紋。」借弔古抒發自己的懷抱。傳說闔廬死葬虎丘，以扁諸、魚腸（均為名劍）三千殉葬，闔廬墓外有水池繞之，名曰劍池。古代傳說寶劍沉埋於地下，劍氣可以上衝斗牛之間，於夜晚可以看到。因此弔吳魂，必然說到劍池之下的寶劍，談到寶劍沉埋，必然要說到夜間可以在此看到劍氣上衝斗牛。這和辛棄疾〈水龍吟．過南劍雙溪樓〉中所寫「人言此地，夜深長見，斗牛光焰。我覺山高，潭空水冷，月明星淡」的意境有點類似，只是夢窗以疑問句出之，比稼軒平和一些。其中有感嘆自己和同事們久沉下僚之意。「登臨總成去客，更軟紅、先有探芳人。」二句送別魏益齋。言登臨之後魏就要離吳進京了。「軟紅」喻指繁華的京師，言魏被親擢，到杭州後一定春風得意，有如先去探花的使者，這既切合當時節令，又有祝賀魏進京和預祝即將離蘇州倉幕的陳芬窟、李方庵之意。「回首滄波故苑，落梅煙雨黃昏。」二句以寫景總結了全篇，其表達的情感是複雜的。「故苑」即長洲苑，漢吳王林苑，此指蘇州。此處有弔古意，所以稱「故苑」。站在虎丘上回望蘇州，在一片迷茫浩渺的煙雨滄波中，黃昏來臨了，梅花雖被風雨所敗，但它的飄落也正預示著春天的到來。這幅畫面所蘊涵的感情是複雜的，既有弔古傷今、惜別懷人所產生的悵惘情緒，也有因友被拔擢而產生的希望。

這是一首記遊詞，按照時間順序從早晨到虎丘寫起，一直寫到傍晚宴會結束。但詞人在選材和結構上頗費匠心。首先是起句，詞論家們很重視起句，主張開門見山，少些紆徐曲折。這首詞開篇即點明「遊」，乾淨利落。「紫騮嘶凍草」五個字點明了出遊、時令和離別時的氣氛。結尾用景語收，融情入景，彷彿無限煙波在眼前蕩漾。上片收尾似意已完，敘事、寫景、抒情皆備，而下片能另開一境，把弔古、抒懷與惜別結合起來，但並沒有離開「遊虎丘」這個題目，而且是遊虎丘必應有的節目。過片處承前啟後把上下片粘合得很緊。在敘寫中富於變化，在結構上則是嚴謹的。（王學太）

高陽臺 吳文英

豐樂樓分韻得如字

修竹凝妝，垂楊駐馬，憑欄淺畫成圖。山色誰題？樓前有雁斜書。東風緊送斜陽下，弄舊寒、晚酒醒餘。自銷凝，能幾花前，頓老相如。

傷春不在高樓上，在燈前攲枕，雨外熏爐。怕艤遊船，臨流可奈清臞？飛紅若到西湖底，攪翠瀾、總是愁魚。莫重來，吹盡香綿，淚滿平蕪。

豐樂樓是宋時杭州湧金門外的一座酒樓。據《淳祐臨安志》載，此樓「據西湖之會，千峰連環，一碧萬頃，柳汀花塢，歷歷欄檻間，而游橈畫鷁，櫂謳堤唱，往往會合於樓下，為遊覽最」。宋理宗淳祐九年（一二四九），臨安府尹以舊樓卑小，撤去重建，宏麗冠西湖，成為縉紳聚拜之地。吳文英在淳祐十一年春曾作〈鶯啼序〉，大書於樓壁，一時為人傳誦。這首〈高陽臺〉，從內容看，應是他晚年重來之作。

詞的起首三句寫豐樂樓內外所見景色，由樓邊的修竹，寫到樓下的垂楊，再寫登樓遠眺，眼底湖山如畫。這三句，如楊鐵夫在《吳夢窗詞箋釋》中所分析，「『凝妝』，遠見；『駐馬』，則近前矣；『憑欄』，已登樓。層次井然。」第四、五兩句則緊承第三句。憑欄一望，展現在眼底的湖光山色既宛如天開圖畫；而天際適有雁陣橫空，又恰似這幅畫圖上的題字。到此，寫足瞭望中所見之景，也點出了分韻題詞之事。接下去，按照一般寫法，也許應當鋪敘宴飲盡醉場面，但詞筆跳過了這些場面，在後兩句「東風緊送斜陽下，弄舊寒、晚酒醒餘」中，所寫的已是酒醒之後。句中以「東風」點明季節，以「斜陽下」點明時間。其「舊寒」二字則暗示此次是舊地重來，從而引出過拍「自銷凝，能幾花前，頓老相如」三句。這時，酒已醒，日已暮，晚風送寒，一天歡會已到終場。詞人撫今思昔，樓猶是樓，景猶是景，春花依然如舊，而看花之人已老。其悵惘之情，近似蘇軾〈和孔密州五絕：東欄梨花〉詩所寫的「惆悵東欄一株雪，人生看得幾清明」。這裡，不說「漸老」，而說「頓」老，以見歲月流逝之疾，人事變化之速。

下片換頭三句，既承上片最後已表露出的花前「傷春」之感，而又把詞意推開，另闢新境，如清陳廷焯《雲韶集》所說：「題是樓，偏說『傷春不在高樓上』，何等筆力！」這也就是清周濟所指出的：「夢窗每於空際轉身，非具大神力不能。」（《介存齋論詞雜著》中引良卿語）周濟還說：「換頭……或藕斷絲連，或異軍突起，皆須令讀者耳目振動，方成佳製。」（《宋四家詞選目錄序論》）這首詞的換頭，可以說既達到了「藕斷絲連」、又達到了「異軍突起」的要求。上片，句句未離豐樂樓；下片一開頭就以「不在高樓上」五字撇開此樓，把「傷春」之地由「樓上」轉到「燈前」、「雨外」。可是，詞筆剛轉換，再推開。下面「怕艤遊船，臨流可奈清臞」兩句，又把想像跳到遊湖與「臨流」。句中的「清臞」二字是回應上片「頓老相如」句。下片，詞人即就湖水展開想像，在「飛紅若到西湖底，攪翠瀾、總是愁魚」兩句中，把詞思在空間上由湖面深入到「湖底」，並推己及物，寄情於景，想像湖底的游魚也將為花落春去而生愁。結拍「莫重來，吹盡香綿，淚滿平蕪」三句，更把詞思在時間上由現在跳越到未來，想像此次重來，點點落紅已令人百感交集，異日重來，柳綿也將吹盡。那時只見一片平蕪，就更令人難以為懷了。

吳文英生當南宋末期，到他的晚年，國勢垂危，因而他後期的詞作常發為感時哀世之音。這首詞也是如此。它寫於酒樓會飲、即席分韻的場合，而詞人竟悲從中來，以咽抑凝回的詞語表達了這樣深切的感慨。其所觸發的花前「傷春」之情，近似杜甫在一首〈登樓〉詩中所說的「花近高樓傷客心，萬方多難此登臨」。詞中的「斜陽下」、「飛紅」、「吹盡香綿」，都不僅是描寫景物，而是因物興悲，託景寄意，所象喻的正是當時暗淡衰落的國運。其在詞的結拍處所抒發的「莫重來」的感嘆，則是他自己在另一首〈賀新郎〉中所懷的「後不如今今非昔」的殷憂。近人劉永濟在《微睇室說詞》中指出：「此詞……感今傷昔，滿腔悲慨。作者觸景而生之情，絕非專為一己，蓋有身世之感焉。以身言，則美人遲暮也；以世言，則國勢日危也。大有『舉目有河山之異』之嘆。」陳洵在《海綃說詞》中也認為這首詞「是吳詞之極沉痛者」。正因詞人執筆之際，萬念潮生，憂思叢集，其詞情是感觸多端、百轉千迴的，其詞筆就也是跳動變換、忽彼忽此的。詞中有空間的跳躍，也有時間的跳躍，特別是下片，步步換景，句句換意，每轉愈深。但是，儘管詞句的跳動大，轉換多，而整首詞又是一氣流轉，脈絡分明的。夢窗詞以深曲麗密為其主要的風格特徵，屬於質實一派；而其成功之作又往往密中見疏，實中見虛，重而不滯。這首詞就是在麗密厚重中仍自具有空靈迴盪之美。宋張炎曾在《詞源》一書中說：「吳夢窗詞如七寶樓臺，眩人眼目，碎拆下來，不成片段。」不少人因這幾句話而對夢窗詞抱有偏見。針對這一偏見，麥孺博評這首詞時說：「穠麗極矣，仍自清空。如此等詞，安能以『七寶樓臺』誚之！」（近人梁令嫻《藝蘅館詞選》引）賞析夢窗詞，正應看到這一點。（陳邦炎）

高陽臺　吳文英

落梅

宮粉雕痕，仙雲墮影，無人野水荒灣。古石埋香，金沙鎖骨連環。南樓不恨吹橫笛，恨曉風、千里關山。半飄零，庭上黃昏，月冷欄杆。

壽陽宮裡愁鸞鏡。問誰調玉髓，暗補香瘢①？細雨歸鴻，孤山無限春寒。離魂難倩招清些，夢縞衣、解佩溪邊②。最愁人，啼鳥晴明，葉底青圓。

〔註〕①瘢（音同斑）：疤痕。②解佩：舊題西漢劉向《列仙傳》上〈江妃二女〉：「江妃二女者，不知何所人也，出遊於江漢之湄，逢鄭交甫。見而悅之，不知其神人也，謂其僕曰：『我欲下請其佩。』……遂手解佩與交甫。」

宋人極賞梅花，各家幾乎都有吟詠。南宋初黃大輿集詠梅詞四百餘闋，輯為《梅苑》，可見當時風氣之一斑。高宗建炎以後，詞家所作更多。其中雖不免有語意熟濫者，但也不乏耐人吟誦的佳構。吳文英的這首〈高陽臺〉就頗有特色。此詞賦落梅。開端即寫梅花落：「宮粉」狀其顏色，「仙雲」寫其姿質，「雕痕」、「墮影」，言其飄零，字字錘鍊，用筆空靈。第三句為背景補筆。仙姿綽約、幽韻冷香的梅花，飄落在闃寂無人的野水荒灣。境界曠遠，氛圍淡寒。「古石」二句，上承「雕」、「墮」，再作渲染，由飄落而埋香，至此已申足題面。

「金沙鎖骨連環」，用鎖骨菩薩死葬的傳說故事來補足「埋香」之意。黃庭堅〈戲答陳季常寄黃州山中連理松枝〉詩云：「金沙灘頭鎖子骨，不妨隨俗暫嬋娟。」任淵注引《續玄怪錄》說：「昔延州有婦人，頗有姿貌，少年子悉與之狎昵。數歲而歿，人共葬之道左。大曆中，有胡僧敬禮其墓，曰：『斯乃大聖，慈悲喜捨，世俗之欲，無不徇焉。此即鎖骨菩薩，順緣已盡爾。』眾人開墓以視其骨，鉤結皆如鎖狀，為起塔焉。」（《續玄怪錄》全文見《太平廣記》卷一〇一）又宋釋普濟《五燈會元》卷十一載：僧問風穴延沼禪師：「如何是清淨法身？」師曰：「金沙灘頭馬郎婦。」馬郎婦，世言是觀音化身，與鎖骨菩薩傳說不同，其事當出一源，看黃山谷詩與風穴語皆涉及「金沙灘頭」可知。化為婦人，與少年子狎昵數歲，而一則曰「大聖慈悲喜捨」，一則曰「清淨法身」。詞用以擬梅花，言梅花以美豔之身入世悅人，謝落後復歸於清淨的本體，受人敬禮，可謂愛之至，尊之至，而哀悼之意亦在其中。接下來三句陡然轉折，「不恨」與「恨」對舉，詞筆從山野落梅的孤淒形象移向關山阻隔的哀傷情懷，隱含是花亦復指人之意。笛曲中有〈梅花落〉（李白〈與史郎中欽聽黃鶴樓上吹笛〉詩云：「黃鶴樓中吹玉笛，江城五月落梅花。」）可見，「南樓」句空際轉身而仍綰合本題。故清陳洵譽為「是覺翁（吳文英晚號覺翁）神力獨運處」（《海綃說詞》）。下邊轉換空間，由山野折回庭中。「半飄零」三句，從宋林逋〈山園小梅二首〉其一「暗香浮動月黃昏」化出。梅既落矣，自無人月下倚欄賞之，故言「月冷欄杆」，與下片「孤山無限春寒」同意。下片言「壽陽」，言「孤山」，皆用梅花故實。李昉《太平御覽》卷三十〈時序部〉引《雜五行書》：「宋武帝女壽陽公主人日臥於含章殿檐下，梅花落公主額上，成五出花，拂之不去。皇后留之，看得幾時，經三日，洗之乃落。宮女奇其異，競效之，今梅花妝是也。」「鸞鏡」，為婦女妝鏡。「調玉髓」、「補香瘢」，又用三國吳孫和鄧夫人事。和寵夫人，嘗醉舞如意，誤傷鄧頰，血流，醫言以白獺髓，雜玉與琥珀屑敷之，可滅瘢痕，見唐段成式《酉陽雜俎》前集卷八。這裡合壽陽公主理妝之事同說，以「問誰」表示已無落梅為之助妝添色。

孤山在今杭州西湖，林逋曾於此隱居，植梅養鶴，人稱「梅妻鶴子」。此處化用數典，另翻新意。分從雙方落筆，先寫對逝而不返的落梅的眷戀，再寫落梅蓬山遠隔的幽索。「離魂」三句，仍與落梅相扣。「縞衣」與「宮粉」拍合，「溪邊」亦與「野水荒灣」呼應。不過，這裡用鄭交甫遇江妃二女事，並非泛寫梅花。「縞衣解佩」暗指昔日一般情事，寄寓了往事如夢、離魂難招的懷人之思。最後一韻，從題面伸展一層，寫花落之後的梅樹形象。「葉底青圓」四字，用杜牧〈悵詩〉「綠葉成陰子滿枝」句意，包孕著人事變遷、歲月無情的蹉跎惆悵。

據夏承燾《吳夢窗繫年》，夢窗在蘇州曾納一妾，後遣去；在杭州亦納一妾，後亡故。對去姬亡妾的深深眷念，是吳文英詞的一大主題。他有不少實是懷人之作的詠物詞，這首〈高陽臺〉便是其中之一。表面看來，似乎只是一篇弔梅花文，其實，寫花也就是寫人，抒發了深摯的感舊追思之情。「此詞當有所指」（近人俞陛雲《宋詞選釋》），「中有怨情」（清陳廷焯《詞則・大雅集》），前人所評，確已觸及詞旨底蘊。雖所懷對象詞中未曾明言，但若聯繫作者的經歷並證以其他詞章，則此詞為去姬亡妾而發，當可基本肯定。

詠物詞有白描與用事之別，本篇屬於後者。對這首詞的用事，批評意見頗多：「雜湊」、「斧鑿」、「不連貫」、「不融合」，甚至貶之為「碎拆下來，不成片段」的典型代表。其實，這些看法並不公允。用事多，是事實，若說是「失去了文學的整體性和聯繫性」則未必。「用一故實，必有數故實以輔佐之」，「合數典為一典」（陳匪石《舊時月色齋詞譚》）是此詞用事的一大特點。「鎖骨」、「壽陽」、「孤山」、「解佩」諸事，在看似不相連屬的字面的深層，流動著脈絡貫通的感情潛流，它們從不同的時空、層面，渲染了隱祕的情事和深藏的詞旨。「詠物最爭托意隸事處，以意貫串，渾化無痕，碧山（王沂孫，號碧山，又號中仙）勝場也」（清周濟《宋四家詞選目錄序論》）。清陳廷焯《白雨齋詞話》甚至稱讚此詞「既幽怨，又清虛，幾欲突過中仙詠物諸篇」，恐也著眼於此。不過，若以「渾化無跡」的尺度來衡量，似亦稍遜。（高建中）

高陽臺

吳文英

過種山即越文種墓

帆落回潮，人歸故國，山椒感慨重遊。弓折霜寒，機心已墮沙鷗。燈前寶劍清風斷，正五湖、雨笠扁舟。最無情，岩上閒花，腥染春愁。

當時白石蒼松路，解勒回玉輦，霧掩山羞。木客歌闌，青春一夢荒丘。年年古苑西風到，雁怨啼、綠水萍秋。莫登臨，幾樹殘煙，西北高樓。

種山在今紹興北，越王句踐滅吳後，殺了功臣文種，葬在此山。南宋高宗也曾殺掉功臣岳飛，吳文英寫詞的感興，或由此起，但詞中卻不是詠史，而是詠自己重過種山憑弔的感慨。

夢窗這首詞是具有一定豪放情調的，與其他詞情調略有不同。「帆落回潮」寫日晚潮回時舟船降帆靠岸，「人歸故國」即文英回到越王故地。「山椒感慨重遊」即在種山山椒（山頂）懷著感慨再度遊觀。起三句敘時、地，點出感慨。「弓折霜寒，機心已墮沙鷗」，二句緊承感慨抒發。鮑照〈代出自薊北門行〉：「馬毛縮如猬，角弓不可張。」這裡是比喻語，儘管霜冷而弓斷，喻南宋末國事日危，自己已經無意立功名，「機心已墮沙鷗」是說但「機心」不死，雖不用弓箭，沙鷗仍被自己獵心驚墮。這典故是用《列子．黃帝篇》的一個故事，說有個人好鳥，與鷗鳥同遊，一天父親讓他獵取鷗鳥，鷗鳥就舞而不下。意思是人如果心動於內，禽鳥是會覺察的。夢窗用以自喻壯心並未真死。下面說：「燈前寶劍清風斷，正五湖、雨笠扁舟。」清風是劍名，燈前照看已斷了的清風寶劍，但自己卻正駕一葉扁舟，青箬笠，綠蓑衣，用來抵擋風雨，而遨遊五湖。感情沉鬱而又放浪形骸，自然是有難言隱痛。辛棄疾〈破陣子．為陳同甫賦壯詞以寄之〉：「醉裡挑燈看劍，夢回吹角連營。」上句就同於辛棄疾詞首句意，但表現的是劍已斷，人已五湖遨遊了！這裡只有五湖遊是實筆，其他都是借喻虛筆。結三句：「最無情，岩上閒花，腥染春愁。」這裡才暗點題，寫到思文種，說：最無情的亦即最有恨的事，是文種墓石岩上的閒花野草，似帶有劍下血腥氣，染成一片春愁。腥字下得觸目驚心。文種是越王賜劍讓他自殺的。正是「英雄已死嗟何及，天下中分遂不支」（元趙孟頫〈岳鄂王墓〉）！作者的感慨蘊而不露。上片全屬興亡感慨，沉鬱頓挫，含意深長，心情矛盾交綜，但又不正面寫一字，必須從深一層去體會。

後片深入寫文種昔日葬處，「當時白石蒼松路，解勒回玉輦，霧掩山羞」。當日文種墓道白石路，幾列蒼松，葬後解下繫馬的韁繩，送葬玉輦回去，霧氣杳冥，山也為忠賢之死替越國含羞。古代寫忠賢不幸死去，往往記當日霧氣四塞，所以詞這樣寫。這幾句純作想像之筆。下二句寫：「木客歌闌，青春一夢荒丘。」這也是用想像的筆寫山上的荒涼，「木客歌闌」就是李賀〈秋來〉詩「秋墳鬼唱鮑家詩」的意思。南朝宋鄧德明《南康記》：「木客，生南方山中。頭面語言不全異人，但手腳爪如鉤利。」蘇軾〈虔州八境圖八首．木客〉詩：「山中木客解吟詩。」木客即山鬼，二句說：秋墳山鬼歌罷，英雄人物的青春一夢只剩下荒涼丘墓。

下三句：「年年古苑西風到，雁怨啼、綠水葓秋。」寫種山一帶古林苑，只留有水邊鴻雁在綠水和秋葓（音同洪，通「葒」，紅蓼花）間哀怨啼鳴。從文種墓把詞境擴展到種山一帶古越林苑來。這一層也是把夢窗的感慨更擴展開來，從而聯繫到國家的興亡。下面三句「莫登臨，幾樹殘煙，西北高樓」，就又遞進一層，涉及南宋現實了。辛棄疾〈水龍吟〉「舉頭西北浮雲，倚天萬里須長劍」，和這裡的「西北高樓」，都和〈古詩十九首〉「西北有高樓，上與浮雲齊」用詞有聯繫，但同時是借西北邊患，指北方強敵而言。辛棄疾〈菩薩蠻〉「西北望長安，可憐無數山」，也和這首詞結尾相近。而「幾樹殘煙」也和辛棄疾〈摸魚兒〉「休去倚危欄，斜陽正在、煙柳斷腸處」相類似。所以夢窗這首詞講「莫登臨，幾樹殘煙，西北高樓」，即陡然轉入自己國家處境，說：不要登山臨水吧，只見疏柳殘煙，西北高樓，不見長安。最後幾句很陡健，也很沉痛。不過這時北方強大對手是蒙古人了。

吳文英寫這首詞，是有辛詞成分在內，婉約中呈現豪放，愛國感慨深沉，別具一格。詞心委曲婉轉，又不同於豪放派。先寫自己重遊種山，在弓折劍殘，無限無可奈何之情後，遨遊五湖，因而再來種山。由自己及南宋處境寫起，上片結尾才暗點文種。下片便過渡到文種，寫得朝廷是多麼失策，然後用「木客歌闌」二句寫英雄人物壯志成灰的悲涼，再轉入現實，千古一轍，萬世同悲！這種層次也是藝術構思的自然高妙，沒有絲毫造作痕跡。但句句都要深一層理解，才能明白作者的深意。而吳夢窗字眼、字面之美，仍然可見，像「腥染春愁」句法奇特，「霧掩山羞」字面幽新。上片「弓折霜寒」到「正五湖、雨笠扁舟」，虛筆實筆結合，絕不同於明白鋪敘，是詞人善於體現內心處，變一般寫法為異美，也見詞人多麼珍惜自己感情的心理。「木客」、「古苑西風」、「綠水湔秋」又近於李賀詩句，這些都為本詞增色。（王達津）

三姝媚　吳文英

過都城舊居有感

湖山經醉慣。漬春衫、啼痕酒痕無限。又客長安，嘆斷襟零袂，涴塵誰浣？紫曲門荒，沿敗井、風搖青蔓。對語東鄰，猶是曾巢，謝堂雙燕。春夢人間須斷。但怪得當年，夢緣能短！繡屋秦箏，傍海棠偏愛，夜深開宴。舞歇歌沉，花未減、紅顏先變。佇久河橋欲去，斜陽淚滿。

吳文英一生曾幾度寓居都城臨安，有愛姬，情好綢繆，不幸別後去世。這首詞便是重訪杭州舊居時悼念亡姬之作，情辭哀豔，體現出夢窗詞的抒情藝術特色。

開頭，詞人面對湖光山色，不禁回憶起往昔和愛姬一起醉飲湖上的歡娛生活。「漬春衫、啼痕酒痕無限」，是說至今殘存在春衫上的斑斑淚痕和酒漬，正是當年悲歡離合種種情事的形象記錄。晏幾道有詞云：「衣上酒痕詩裡字，點點行行，總是淒涼意。」（〈蝶戀花〉）夢窗由此脫胎，而詞意更為豐富含蓄，明寫過去的歡娛，暗示今日的悲涼。

「又客長安」，回到眼前。長安，借指臨安。下以一「嘆」字轉入傷逝悼亡的主題。「斷襟」二句一面形容自己淒苦飄零、風塵僕僕的情狀，一面表達失去愛姬的傷痛懷抱。涴（音同握，沾汙）塵，衣物為塵土所汙。「涴塵誰浣」用反問的語氣，婉轉流露昔日與愛姬相處時感情的誠篤樸厚，意謂：以往每到臨安，必有愛姬為之洗塵浣衣，溫存體貼無比；今番舊地重遊，已是人亡室空，再也見不到殷勤慰問之人了。這兩句和賀鑄悼亡詞「空床臥聽南窗雨，誰復挑燈夜補衣」（〈半死桐〉）比較，確有異曲同工之妙。

舊歡既不可復，尚有舊居可尋。「紫曲」以下便敘寫重訪舊居的經過和感觸，是全詞的重點部分。紫曲，舊指妓女所居的坊曲，原是過客川流不息的場所，眼下門庭冷落，滿目荒涼。院子裡，只有敗井一口，青青蔓草，爬滿井臺，在微風中輕輕搖擺。周圍，死一般的靜寂，唯有呢喃對語的雙燕，依然棲宿在東鄰舊梁之上（似乎在訴說著人間的不幸）。這裡，接連五句寫景，其中風搖青蔓和雙燕對語採用以動襯靜的描寫手法。謝堂雙燕，語出劉禹錫〈金陵五題：烏衣巷〉詩「舊時王謝堂前燕，飛入尋常百姓家」，此處除表示人事滄桑外，又借成雙成對的燕子，反襯人物的孤獨失伴。

下片由謝堂雙燕引出對往日歡愛生活的追憶。歡愛的生活，如同春夢：甜蜜、溫柔，可又飄忽、短暫。白居易詞云：「花非花，霧非霧，夜半來，天明去。來如春夢幾多時？去似朝雲無覓處。」（〈花非花〉）即以春夢作比，歌詠迷離飄忽的愛情生活。夢窗這裡先直說：「春夢人間須斷。」須，應、必。按自然發展的規律看，再美滿的姻緣、再幸福的愛情都有終止的一天。然後，追進一層說：「但怪得當年，夢緣能短！」令人奇怪的只是：自己和愛姬之間的緣分竟如此短暫！能短，這麼短、如此短暫。能，意同「恁」。逝夢雖短而令人留戀，下文再緊扣「夢」字回憶鋪敘，展衍開來。憶當年，繡屋藏嬌人，纖指按秦箏。最喜歡的是，我們緊挨著花枝，深夜設宴，醉入花叢。如今，風流雲散，「舞歇歌沉」，紅花雖然嬌豔，而似花的人面卻已早早凋殘，更哪兒去尋覓她那婀娜舞姿、宛轉歌喉！這一段回憶，選擇了海棠夜宴的優美場景，採用對比和襯托的手法，以花襯人，集中抒發詞人對似花美眷的懷戀和悼惜，悲慟之情達到高潮。最後兩句回到現實，以景結情，寫詞人不知何時已移步佇立橋頭，帶著滿襟淚痕、滿眶淚花，在夕陽的餘暉中，告別了舊居。

吳文英是繼周邦彥之後，又一抒寫豔情的能手。他善於援引心田的溪流，迴環往復地詠唱愛之歌、愁之曲；又善寓情於景、寓情於物，借助實景、虛景，抒寫真情實感。詞中湖上、荒庭、敗井、梁燕均能引出舊情，春衫、啼痕、秦箏、海棠皆可寄託哀思。遣詞造句，尤重彩色，如紫曲、青蔓、繡屋、紅顏，斑斕陸離，令人目眩。通篇布局細密連貫，前以湖山開頭，後以河橋收束；前云「啼痕」，後曰「淚滿」，端如貫珠，累累不絕，極才人之能事。（蔣哲倫）

八聲甘州

吳文英

渺空煙、四遠是何年，青天墜長星？幻、蒼厓雲樹，名娃金屋，殘霸宮城。箭涇酸風射眼，膩水染花腥。時靸雙鴛響，廊葉秋聲。宮裡吳王沉醉，倩五湖倦客，獨釣醒醒。問蒼波無語，華髮奈山青。水涵空、欄杆高處，送亂鴉斜日落漁汀。連呼酒，上琴臺去，秋與雲平。

夢窗詞人，南宋奇才，一生只曾是幕僚門客，其經綸抱負，一寄之於詞曲，此已可哀；然即以詞言，世人亦多以組繡雕鏤之工下視夢窗，不能識其驚才絕豔，更無論其卓犖奇特之氣，文人運厄，往往如斯，能不令人為之長嘆！

本篇原有小題，曰「陪庾幕諸公遊靈巖」。庾幕是指提舉常平倉的官衙中的幕友西賓，詞人自家便是幕賓之一員。靈巖山，在蘇州西面，頗多名勝，而以吳王夫差的遺跡最負盛名。

此詞全篇以一「幻」字為眼目，而借吳越爭霸的往事以寫其滿眼興亡、一腔悲慨之感。幻，有數層含義：幻，故奇而不平；幻，故虛以襯實；幻，故豔而不俗；幻，故悲而能壯。此幻字，在第一韻後，隨即點出。全篇由此字生發，筆如波譎雲詭，令人莫測其神思；復如游龍夭矯，以常情俗致而繩其文采者，瞠目而稱怪矣。

上來句法，選注家多點斷為「渺空煙四遠，是何年、青天墜長星？」此乃拘於現代「語法」觀念，而不解吾華漢文音律之故也。詞為音樂文學，當時一篇脫手，立付歌壇，故以原譜音律節奏為最要之「句逗」，然長調長句中，又有一二處文義斷連頓挫之點，原可適與律同，亦不妨小小變通旋斡，而非機械得如同讀斷「散文」、「白話」一般。此種例句，俯拾而是。至於本篇開端啟拍之長句，又不止於上述一義，其間妙理，更須措意。蓋以世俗之「常識」而推，時、空二間，必待區分，不可混語。故「四遠」為「渺空煙」之事，必屬上連；而「何年」乃「墜長星」之事，允宜下綴也。殊不知在夢窗詞人意念理路中，時之與空，本不須分，可以互喻換寫，可以錯綜交織，如此處夢窗先則縱目空煙杳渺，環望無垠，此「四遠」也，空間也，然而卻又同時馳想：與如彼之遙遠難名的空間相伴者，正是一種荒古難名的時間。此恰如今日天文學上以「光年」計距離，其空距即時距，二者一也，本不可分也。是以目見無邊之空，即悟無始之古——於是乃設問云：此茫茫何處，渺渺何年，不知如何遂出此靈巖？莫非墜自青天之一巨星乎（此正似現代人所謂「巨大的隕石」了）？而由此墜星，遂幻出種種景象與事相；幻者，幻化而生之謂。靈巖山上，乃幻化出蒼厓古木，以及雲靄煙霞……乃更幻化出美人的「藏嬌」之金屋，霸王的盤踞之宮城。主題至此托出，卻從容自蒼厓雲樹迤邐而遞及之。筆似十分暇豫矣，然而主題一經引出，即便乘勢而下，筆筆勾勒，筆筆皴染，亦即筆筆逼進，生出層層「幻」境，現於吾人之目前。

以下便以「採香涇」再展想像的歷史之畫圖：採香涇乃吳王宮女採集香料之處，一水其直如箭，故又名箭涇，涇亦讀去聲，作「徑」，形誤。宮中脂粉，流出宮外，以至溪流皆為之「膩」，語意出自杜牧之〈阿房宮賦〉：「渭流漲膩，棄脂水也。」此係脫化古人，不足為奇，足以為奇者，箭涇而續之以酸風射眼（用李賀〈金銅仙人辭漢歌〉之「東關酸風射眸子」），膩水而繫之以染花腥，遂將古史前塵，與目中實境（酸風，秋日涼冷之風也），幻而為一，不知其古耶今耶？抑古即今，今亦古耶？感慨係之。「花腥」二字尤奇，蓋謂吳宮美女，脂粉成河，流出宮牆，使所澆溉之山花不獨染著脂粉之香氣，亦且帶有人體之「腥」味。下此「腥」者，為復是美？為復是惡？誠恐一時難辨。而爾時詞人鼻觀中所聞，一似此種腥香特有之氣味，猶為靈巖花木散發不盡！

再下，又以「響屧廊」之故典增一層皴染。相傳吳王築此廊，令足底木空聲徹，西施著木屧行經廊上，輒生妙響。詞人身置廊間，妙響已杳，而廊前木葉，酸風吹之，颯颯然別是一番滋味——當日之「雙鴛」（美人所著鴛屧），此時之萬葉，不知何者為真，何者為幻？抑真者亦幻，幻者即真耶？又不禁感慨係之矣！

幻筆無端，幻境叢疊，而上片至此一束。

過片便另換一番筆致，似議論而仍歸感慨。其意若曰：吳越爭雄，越王句踐為欲復仇，使美人之計，遣范蠡進西施於夫差，夫差惑之，其國遂亡，越仇得復。然而孰為范氏功成的真正原因？曰：吳王之沉醉是。倘彼能不耽沉醉，范氏焉得功成而遁歸五湖，釣遊以樂吳之覆亡乎？故非句踐范蠡之能，實夫差甘願樂為之地耳！醒醒（平聲如「星」），與「沉醉」對映——為昏迷不國者下一當頭棒喝。良可悲也。

古既往矣，今復何如？究誰使之？欲問蒼波（五湖一說即太湖），而蒼波無語。終誰答之？水似無情，山又何若？曰：山亦笑人——山之青永永，人之髮斑斑矣。往者不可諫，來者猶可追歟？抑古往今來，山青水蒼，人事自不改其覆轍乎？此疑又終莫能釋。

望久，望久，沉思，沉思。倚危闌，眺澄景，見滄波巨浸，涵溶碧落，直到歸鴉爭樹，斜照沉汀，一切幻境沉思，悉還現實，不禁憬然悵然，百端交集。「送亂鴉斜日落漁汀」，真是好極！此方是一篇之警策，全幅之精神。一「送」字，尤為神筆！然而「送」有何好？學人當自求之，非講說所能「包辦」一切也。

至此，從「五湖」起，寫「蒼波」，寫「山青（山者，水之對也）」，寫「漁汀」，寫「涵空（空亦水之對也）」，筆筆皆在水上縈注，而校勘家竟改「問蒼波」為「問蒼天」，真是顛倒是非，不辨妍媸之至。「天」

字與上片開端「青天」犯複，猶自可也，「問天」陳言落套，乃夢窗詞筆所最不肯取之大忌，如何點金成鐵？「問蒼波」，何等味厚，何等意永，含詠不盡，豈容竄易為常言套語，甚矣此道之不易言也。

又有一義須明：亂鴉斜日，謂之為寫實，是矣；然謂之為比興，又覺相宜。大抵高手遣辭，皆手法超妙，含義豐盈；「將活龍打做死蛇弄」，所失多矣。

一結更歸振爽。琴臺，亦在靈巖，本地風光。連呼酒，一派豪氣如見。秋與雲平，更為奇絕。杜牧之曾云南山秋氣，兩相爭高①：今夢窗更日秋與雲平，宛如會心相視！在詞人意中，「秋」亦是一「實體」，亦可以「移動坐標」，亦可以「計量」，故云一登琴臺最高處，乃覺適才之欄杆，不足為高，及更上層樓，直近雲霄，而「秋」與雲乃在同等「高度」。以今語譯之，「雲有多高，秋就有多高！」高秋自古為時序之堪舒望眼，亦自古為文士之悲慨難置。曠遠高明，又復低迴宛轉，則此篇之詞境，亦奇境也。而世人以組繡雕鏤之工視夢窗，夢窗又焉能辯？悲夫！（周汝昌）

〔註〕①杜牧〈長安秋望〉：「樓倚霜樹外，鏡天無一毫。南山與秋色，氣勢兩相高。」

新雁過妝樓

吳文英

夢醒芙蓉。風簷近、渾疑珮玉丁東。翠微流水，都是惜別行蹤。宋玉秋花相比瘦，賦情更苦似秋濃。小黃昏，紺①雲暮合，不見征鴻。

宜城當時放客②，認燕泥舊跡，返照樓空。夜闌心事，燈外敗壁寒蛩③。江寒夜楓怨落，怕流作題情腸斷紅④。行雲遠，料淡蛾人在，秋香月中。

〔註〕①紺：天青帶紅色的雲彩。②宜城：指唐代柳渾。客：琴客，柳妾。顧況有〈宜城放琴客歌〉下注曰：「柳渾封宜城縣伯。」其序云：「琴客，宜城愛妾也。宜城請老，愛妾出嫁，不禁人之欲而私耳目之娛，達者也，況承命作歌。」③蛩（音同瓊）：蟋蟀。④此句用紅葉題詩典。唐范攄《雲溪友議》記載御溝中飄出紅葉，上有宮女題詩曰：「流水何太急，深宮盡日閒。殷勤謝紅葉，好去到人間。」

此篇為憶去妾之作。此妾去在夏秋之際，所以每當秋季就不免思念她。

「夢醒芙蓉。風簷近、渾疑珮玉丁東。」三句描寫詞人被風簷間鐵馬之聲驚醒，以為是所思之人的珮玉叮咚作響呢！「芙蓉」本指繡有荷花的被子，用在這裡不僅為詞句增加了色彩，亦借以點明時令。「珮玉丁東」不僅令人聯想到玉珮和鳴的清脆聲響，而且還可以想像佩帶此玉之人。「已聞珮響知腰細」（李商隱〈楚宮二首〉其二），詞人所思之人一定是非常美麗。開篇幾句就語簡意豐地描繪出一幅有聲有色的圖畫。「翠微流水，都是惜別行蹤。」上面寫夢醒之後的聯想和惆悵，這二句描寫當時分別之處。「翠微」指青山。此言妾從此去，這裡的山山水水都記錄著她的行蹤。山靜止不動以喻居者，流水一去不返而喻行者。綠水青山，詞人獨尋遺跡，這又是一幅圖畫。這兩幅畫面都在表現詞人的相思之苦。因此引出了「宋玉秋花相比瘦，賦情更苦似秋濃」兩句。宋玉寫〈九辯〉悲秋，並寄寓感士不遇的情懷，所以詞人借用李清照「人比黃花瘦」（〈醉花陰〉）來形容宋玉。這裡宋玉只是被拉來陪襯「賦情」一句，說自己還不如他，除了落拓不偶外，所愛之人又離去，所以比他悲秋更苦幾分。這是加倍的寫法，使讀者對於詞人的賦情之苦有個具體的感受。「小黃昏，紺雲暮合，不見征鴻。」具體地描寫了自己的賦情之苦後，又給讀者展現了一個畫面。在接近黃昏的時候，沉沉的暮雲逐漸布滿了天空，天暗下來了，不見有征鴻飛過。「征鴻」照應前面的「秋」字，此句也暗示去妾毫無音訊。詞中沒有寫自己，但和「翠微流水」二句一樣，在這個沉寂的畫面中是有一位懷著無限企盼之情的主人公的。此韻三句寫景，更進一步補足上面所說的「賦情之苦」。

「宜城當時放客，認燕泥舊跡，返照樓空。」「宜城」句點明了寫此詞的原因。「宜城」借唐朝柳渾以自指，「客」借琴客以指去姬。柳渾因自己年老而讓愛妾琴客嫁人，當時傳為美談，顧況有〈宜城放琴客歌〉。詞人在這裡只是借用。夢窗和去妾的分別顯然沒有這麼輕鬆，否則他就不會如此苦苦思念了。「認燕泥」二句描寫燕子去後，空餘舊跡，夕陽返照，射入空樓的情景，藉以表現「燕子樓空，佳人何在，空鎖樓中燕」（蘇軾〈永遇樂〉）的意境。唐代張愔妾關盼盼在愔死後，念舊愛而不嫁，居燕子樓十餘年。這裡暗用燕子樓典，有把去妾和關盼盼比較之意，也是借此表現生死不渝之情。「夜闌心事，燈外敗壁寒蛩。」「夜闌」，夜深，「敗壁」點明自己生活潦倒，「寒蛩」點明時令。思人之苦，夜深更甚，蕭瑟的秋風吹進敗壁，送來寒蛩之聲，這更增加了淒涼氣氛。從這兩句彷彿可以看到燈火如豆照著這位不能入睡的詞人，燈影之外是敗壁以及寒蛩交鳴的一片漆黑田野。「江寒夜楓怨落，怕流作題情腸斷紅。」唐人崔信明名句「楓落吳江冷」形容吳江深秋的景象，這正是詞人所居之地，也是去妾行蹤所在，所以當他深秋懷人時也聯想到吳江的楓葉也將飄落，詞人用「怨落」一詞，給楓葉塗上了感情色彩。從「落楓」又想到怨女傳情時的紅葉題詩。去妾恐怕也會在紅葉上題詩表達對詞人的思念吧？結句由揣測進一步料想，語氣愈趨肯定。「行雲遠，料淡蛾人在，秋香月中。」「行雲遠」用宋玉〈高唐賦〉陽臺典故，暗示去妾已遠。「淡蛾人」指去妾，唐張祜〈集靈臺二首〉其二有「淡掃蛾眉朝至尊」之句形容美麗的虢國夫人，這裡用來形容去妾。此二句是對去妾處境的推想，他想像她一定過著孤獨寂寞的生活。詞人沒有直敘而只是描繪了一幅清冷的畫面，行雲漸遠，美麗的去妾在清寒而明亮的秋月之中，可望而不可即，兩人相隔，如人間天上。結尾畫面淒美，而悲徊無已。

這首懷人詞不是按照時間或空間順序來描寫對去妾的思念的，而是為讀者繪出一幅幅和懷人有關的圖畫，或寫自己，或寫去妾，都是圍繞著相思的主題。這些圖畫讓讀者仔細品味，它比直接抒情包含著更豐富的內容。上片寫了三個畫面，「夢醒」三句應是早晨，「翠微」二句，時間不明，但空間與「夢醒」三句相隔甚遠，一個室內，一個郊外。「小黃昏」三句地點不明，而時間是在傍晚。這些不同空間、時間的畫面組接在一起，起著互相補充、互相襯托的作用。下片所寫的，詞人在孤燈斗室、寒蛩交鳴聲中沉思，和去妾在明亮的秋月之中孤獨寂寞的生活，也是互相補充的兩個畫面，使讀者感到他們要是在一起，該是多麼完滿和諧。這種藝術手法的運用，夢窗最為擅長。（王學太）

夜合花　吳文英

自鶴江入京，泊葑門外有感。

柳暝河橋，鶯晴臺苑，短策頻惹春香。當時夜泊，溫柔便入深鄉。詞韻窄，酒杯長。剪蠟花，壺箭催忙。共追遊處，凌波翠陌，連棹橫塘。

十年一夢淒涼。似西湖燕去，吳館巢荒。重來萬感，依前喚酒銀缸。溪雨急，岸花狂。趁殘鴉，飛過蒼茫。故人樓上，憑誰指與，芳草斜陽。

夏承燾《唐宋詞人年譜》的《吳夢窗繫年》，考吳文英有兩妾，一娶於蘇州，中途離異；一娶於杭州，死於別後。蘇妾離去，在淳祐四年（一二四四）文英四十五歲時或稍前。這首詞當是懷念蘇州去妾之作。鶴江，即白鶴溪，在蘇州西部。作者自白鶴溪乘舟入南宋京城臨安，途經蘇州東城的葑門，在葑門停泊。

葑門外的溪流附近，看來是作者和他的去妾曾經居住、同遊之地，或者又是他們的定情之處，所以故地重經，停舟夜泊，喚起無限的舊情。上片回憶過去，寫團聚的歡樂。「柳暝河橋，鶯晴臺苑」，起兩句用秀麗工巧的對偶句寫蘇州春景，一「暝」字寫盡河邊橋畔楊柳的濃密之態；不說晴天臺苑中的黃鶯盡情啼囀，而徑稱之為「鶯晴」，鍊字鍊句極幽細。「短策頻惹春香」，不明點出遊，而屢攜短策，自見作者多次出遊；不寫花開，而短策在路上頻頻沾惹春香，自是沿途春花盛開之狀。上文寫柳，這裡又寫花，豐富了春景，又不明點花字；上文不點春字，這裡補點，又避免了重複。這一句從春景引出作者，又要由作者引出他所思念的人。「當時夜泊，溫柔便入深鄉」，時、空、人的關係更有一個跳躍：從蘇州較大的範圍縮小到葑橋附近，從整個春日縮小到一個夜晚，從獨遊擴展到兩人同泊（或者竟是初次定情）。以「溫柔鄉」寫男女愛情，本是習用詞語，用不好容易落入陳套。作者不連成一詞用，而是把它拆開在句首、句末，中間插了「便入」二字，以見情急事諧，插了「深」字，以見情摯夢甜，便顯得精警有力，起化舊成新的作用。「詞韻窄，酒杯長。剪蠟花，壺箭催忙。」寫夜泊時的對飲。進入「溫柔深鄉」，不單指雙棲同宿，相對歡飲，也是情景之一。作者是填詞老手，精於聲韻之學，卻忽然嫌詞的韻律狹窄束縛人，有點出乎常情，其實他並非真嘆體拘才難，而是強調兩情歡洽，一時不易盡情抒寫；酒杯何以能「長」？這「長」字得自杜甫〈夜宴左氏莊〉詩「檢書燒燭短，看劍引杯長」的啟發，無非是因飲之久、斟之深而已。燭花頻剪，時入深夜，計時的壺箭移動本有定時，何能忙著相催？這也無非人因歡飲而忘卻時間過去之快，故有此錯覺。這四句情節平常，都曲一層說，便顯得不平常。文英詞琢句細密，平平敘事處也不肯輕輕放過，於此可見。「共追遊處，凌波翠陌，連棹橫塘。」時、空關係又有變化，總憶兩人互相追隨的遊蹤：或在陸上翠陌，看她綽約輕行，如洛妃的「凌波微步」；或同舟連棹，遊於蘇州城西南的橫塘一帶。內容擴大了，又用對偶句把它集中描寫，鍊句與起筆同工。

下片寫當今，寫她離去後的悲感。「十年一夢淒涼」，指出從歡聚到當今已時過「十年」，把舊事化成「一夢」，由歡樂轉到「淒涼」。一句峭然獨立，殆如清周濟評所說的「空際轉身」（《介存齋論詞雜著》中引良卿評吳詞語）。「似西湖燕去，吳館巢荒」，互文對偶，以西湖、吳館中的燕去巢荒，比喻蘇、杭二妾的生離死別，只有知其本事的才能明其所指。「重來萬感，依前喚酒銀缸（一作銀罌）。」「重來」照應上片的「當時」，「喚酒」

照應上片的「酒杯長」，著以「萬感」、「依前」，便覺今昔事略同而情迥異，沉吟嗚咽，淒怨欲絕。「溪雨急，岸花狂。趁殘鴉，飛過蒼茫」，是即目所見：急雨打擊溪面，岸花隨風狂舞，殘鴉飛過「蒼茫」的天空，眼中之景與心中之情同一淒迷。情緒由淒怨進入激動，筆調也由吞咽轉為傾瀉；情之變由怨之極，辭之變與情變相適應。急雨、飛花，見出時在春末或夏初；「花」字上片不用，留在這裡用；「殘鴉」見出是黃昏不是深夜，皆安排細緻和不露針線痕跡之筆。「故人樓上，憑誰指與，芳草斜陽」，以景語結束敘事。在船上遠望她舊時的住屋，已人去樓空，到這裡才點出「故人」，點出同住之地。事與地已無人可與共同指點，只能孤獨自念，付諸痛翻心胸的回憶；「芳草斜陽」，增添懷舊傷感之情，又更顯示季節、時候。情緒由激動回到淒怨，筆調也由傾瀉回到吞咽，借景物渲染，餘情無限。

文英詞以「穠密」著稱。這首詞時空多變換，不明著轉接之辭，而脈絡井井，「密」字表現分明；但筆調清疏，不在「穠」字上著力，可見其慢詞風格也不盡限於一體。（陳祥耀）

點絳脣

吳文英

越山見梅

春未來時，酒攜不到千巖路。瘦還如許，晚色天寒處。
無限新愁，難對風前語。行人去，暗銷春素，橫笛空山暮。

夢窗此詞，刻畫處不在字面而在句法章法，既無七寶樓臺之眩，亦無搥幽鑿險之奇，語語天然，何有生澀之失！蓋其立意自高，取徑自遠，處處流露出真實性情，體現了清疏空靈之夢窗詞本色。本詞題為「越山見梅」。吳詞中亦頗有詠梅佳作，多從色相描寫，而本詞則純是寫神，把梅花與詞人自己拍合一起，抒發性靈，不粘不脫。

「春未來時，酒攜不到千巖路。」起二語，從側面落筆，所感甚大。當春天還未到來時，人們自然不會攜酒探春，更不會來到這萬壑千巖深處。「千巖」，點題越山。南朝宋劉義慶《世說新語．言語》：「顧長康（愷之）從會稽還，人問山川之美，顧云：『千巖競秀，萬壑爭流，草木蒙籠其上，若雲興霞蔚。』」時夢窗寓居會稽（今浙江紹興），常遊稽山，賞梅對雪，每有詞作。次句點出「酒」字，便露微諷之意。「瘦還如許，晚色天寒處。」點題「見梅」。「瘦」，詠梅常語。姜夔〈卜算子〉詠梅詞：「日暮冥冥一見來，略比年時瘦。」本詞謂「瘦還如許」，可見詞人已非在此初次見梅。四字有無限輕憐細惜之意。作者在詞中發揮想像：梅花，仿佛一位超塵脫俗的女郎，在千巖路畔，日暮天寒，悄立盈盈，滿懷幽思。

過片二句，更推深一步。「無限新愁，難對風前語。」這新愁，是詞人見梅後產生的愁緒？還是說梅花在寂寞無主的環境中如有幽愁？在寒風吹拂下，相對更無一語。哪是怕它化作千萬片繽紛的落英，更怕的是才得相逢又要別去。縱有無限的新愁，彼此也無法互傾心愫。古人詠花，多用「解語」故事，詞中活用又反用此意，尤覺婉曲動人。末三句轉筆換意。「行人去，暗銷春素，橫笛空山暮。」這也是「無限新愁」的註腳。借詠花而注入人事，可說已達到一種超妙入神的渾融境界。細細體味個中情景，詞人所眷戀的女郎的形象，已是呼之欲出。「春素」，指潔白的梅花，亦喻女子素潔的形體。「暗銷春素」，寫梅花在春日裡悄悄凋殘，也喻女子為離愁而暗暗消減了容姿。詠梅詩詞，多用聞笛故事。笛曲中有〈梅花落〉曲。聽聲聲橫笛，迴蕩在空山暮色之中，自然就想到梅花的零落了。夢窗〈高陽臺・落梅〉詞「南樓不恨吹橫笛，恨曉風、千里關山」，當同此慨。本詞末三句所表現的是離索之思，蹉跎之恨，而又寫得這樣溫婉渾厚，含蘊不盡，如同空山中的笛聲，餘音嫋嫋，給人們留下了許多思索的餘地。（陳永正）

踏莎行

吳文英

潤玉籠綃，檀櫻倚扇。繡圈猶帶脂香淺。榴心空疊舞裙紅，艾枝應壓愁鬟亂。
午夢千山，窗陰一箭。香瘢新褪紅絲腕。隔江人在雨聲中，晚風菰葉生秋怨。

吳文英的詞集中，有大量憶舊懷人的篇什，其內容主要是憶念他的一去、一死的蘇、杭二姬。據楊鐵夫《吳夢窗事跡考》斷定，這首〈踏莎行〉是端午日憶蘇州去姬的感夢之作。

敘說夢境的詩詞，多把夢中的感受寫得縹緲恍忽，給人以迷離朦朧之感。而這首詞的上片卻把夢中所見之人的容貌、服飾描摹得非常細膩逼真，使人很難看出是在寫夢。前三句著意刻畫夢中人的玉膚、櫻唇、脂粉香氣及其所著紗衣、所持羅扇、所帶繡花圈飾，從色、香、形態、衣裳、裝飾來顯示其人之美。後兩句，以「舞裙」暗示其人身分，以「愁鬟」透露兩地相思，以「榴心」、「艾枝」點明端午節令。上句的「空疊」二字，是感嘆舞裙空置，料因無心歌舞；下句的「應壓」二字，則瞥見髮鬟散亂，想其應含深愁。

上片五句，句句寫夢，卻始終不說破是夢。直到下片換頭，才以「午夢千山」一句點出以上所寫原來只是一場「午夢」，正如清陳洵在《海綃說詞》中所說，「讀上闋，幾疑真見其人矣。換頭點睛，卻只一夢」。句中的「千山」二字，表明夢魂此去之遙遠。這一句雖然與姜夔的〈踏莎行〉「淮南皓月冷千山，冥冥歸去無人管」兩句所顯示的意境有所不同，卻都是寫山長水遠，道路阻隔，只有夢魂才無遠弗屆。對下句「窗陰一箭」，楊鐵夫《吳夢窗詞箋釋》及另一些選注本都解說為：慨嘆光陰似箭，與夢中人已經久別。但這句中的「一箭」，似指漏箭，如《周禮．夏官司馬．挈壺氏》「分以日夜」句下鄭玄所註：「漏之箭，晝夜共百刻。」這裡，不是嘆光陰逝去之速，而是說刻漏移動之微。聯繫上句，作者寫的是：夢中歷盡千山萬水，其實只是片刻光景。這就是作者在另一首題為「淮安重午」的〈澡蘭香〉中所寫的「黍夢光陰」，也是岑參在一首〈春夢〉詩中所寫的「枕上片時春夢中，行盡江南數千里」。兩句合起來，既深得夢的神理，也道出了作者午夢初回時所產生的對空間與時間的迷惘之感。

換頭兩句剛寫夢已醒，忽又承以「香瘢新褪紅絲腕」一句，把詞筆又拉回夢境，回想和補寫夢中所見之人的手腕。這一詞筆的跳動，似在章法上顛倒錯亂，忽此忽彼，但正是如實地寫出了作者當時的心靈狀態和感情狀態。在這片刻，對作者說來，此身雖已夢覺，而此心仍在夢中。夢中，他還分明見到其人依端午習俗盤繫著彩絲的手腕，及其腕上的印痕似因消瘦而寬褪。如果聯繫他另外寫的幾首端午憶姬之作，其〈滿江紅．甲辰歲盤門外寓居過重午〉中有「合歡縷，雙條脫，自香消紅臂，舊情都別」諸句，〈隔浦蓮近．泊長橋過重午〉中也有「愁褪紅絲腕」句，〈杏花天．重午〉中又有「竹西歌斷芳塵去，寬盡經年臂縷」兩句，似可說明其對伊人之在端午日以彩絲繫腕一事留下了特別深刻的印象。這就無怪他在這次夢中也注意及此，並在夢醒後仍念茲在茲了。歇拍「隔江人在雨聲中，晚風菰葉生秋怨」兩句，則再從夢境回到現實，並就眼前景物，寓託其自「午夢」醒來直到「晚風」吹拂這段時間內悠邈飄忽的情思和哀怨。

清周濟在《介存齋論詞雜著》中形容夢窗詞之佳者如「天光雲影，搖蕩綠波，撫玩無斁，追尋已遠」。王國維則說：「余覽《夢窗甲乙丙丁稿》中，實無足當此者。有之，其『隔江人在雨聲中，晚風菰葉生秋怨』二語乎？」（《人間詞話》）為什麼連最不喜歡夢窗詞的王國維也對此二語加以讚賞，並稱其足以當得起周濟的那四句話呢？這不僅是因為這兩句所攝取的眼前景物：「雨聲」、「晚風」、「菰葉」，既襯托出、也寄寓著作者夢醒後難以言表的情思和哀怨，兼有以景託情和融情入景之妙；還因為這兩句又是以景結情，宕出遠神，既合乎宋沈義父所說的「結句須要放開，含有餘不盡之意」（《樂府指迷》），也做到清沈謙所說的「以迷離稱雋」（《填詞雜說》）。兩句，從空間看是把詞境推入朦朧的雨中，推向遙遠的江外；從時間看是把詞思推入涼風中的暮晚，推向感覺中的清秋。這就跳出了前面所展現的空間和時間，把所寫的夢中之境一筆宕開，使之終於歸為烏有。陳洵在《海綃說詞》中也曾指出：「『生秋怨』，則時節風物，一切皆空。」更從全詞看，它寫了夢中人，也寫了眼前景。照說，前者是虛幻的；後者是真實的。但對作者而言，其感受正相反：回味夢中之人，其印象是如此親切分明；悵望眼前之景，其心情是如此淒迷惝恍。因此，他在上片是以實筆來描摹虛象，寫得形象十分真切；在結拍處卻以虛筆來點畫實景，寫得情景異常縹緲。也許正因其幻而疑真，真而疑幻，所以具有「天光雲影，搖蕩綠波」之美，使人深為其境界所吸引，而又感其乍離乍合，難以追尋。《紅樓夢》第一回中有一副對聯是「假作真時真亦假，無為有處有還無」，不妨借來說明作者寫這首詞時的心理狀態及其在詞中所創造的意境。（陳邦炎）

思佳客

吳文英

賦半面女髑髏①

釵燕攏雲睡起時，隔牆折得杏花枝。青春半面妝如畫，細雨三更花又飛。

輕愛別，舊相知。斷腸青冢幾斜暉。斷紅一任風吹起，結習空時不點衣。

〔註〕①髑髏（音同獨樓）：死人的頭骨。

這首詞題為「賦半面女髑髏」。這個題材在北宋時曾引起大文學家蘇軾的興趣。他作了一首〈髑髏贊〉云：「黃沙枯髑髏，本是桃李面。而今不忍看，當時恨不見。業風相鼓轉，巧色美倩盼。無師無眼禪，看便成一片。」蘇軾曾受過佛家思想的影響，因而詩贊中流露出青春不可恃的感嘆，產生色相的了悟，嚮往達到佛家諸天色相亦無的境界。南宋初年一位享有盛名的徑山宗杲禪師，借此題目發揮禪理，作了〈半面女髑髏贊〉。贊云：「十分春色，誰人不愛。視此三分，可以為戒。」宗杲想勸諭世人悟出色即是空的道理。據說，他剛成這四句，忽然好像有人續道：「玉樓清夜未眠時，留得香雲半邊在。」（見宋周密《浩然齋雅談》卷中）彷佛女鬼有意蔑視佛法，揶揄禪師，嘲笑他的勸戒。如果說蘇軾和宗杲都以超脫的態度來處理這個題材，南宋後期詞人吳文英卻由於觸動了情感的創傷，因而在小詞裡也藉以為題，寄託他對不幸女子青春生命的哀悼。

吳文英是情感豐富而具幻覺的詞人，他以奇妙的想像和凝練生動的筆調從另一視角去賦女髑髏。它竟成了一個活的女鬼而又充滿生活的情趣。她依然如生前一樣，睡醒之時以釵燕輕輕梳理長長的香雲。釵燕即玉釵，為婦女首飾。相傳漢宮趙婕妤得漢武帝賜以神女所遺的玉釵，後來宮女謀欲碎之，開匣時釵化白燕飛去，故玉釵又稱釵燕或燕釵。「雲」即指婦女秀髮濃密有似烏雲。「釵燕攏雲」意味著粗略草率的梳妝，顯出睡意未消，心情慵倦，以此側面地暗示了其難掩的天然麗質。古時的人們相信，鬼魂也同活人一樣生活著，只是他們生活在陰間，而活動在夜深人靜之時。她「睡起時」已是夜半了。南宋詩人葉紹翁有「春色滿園關不住，一枝紅杏出牆來」（〈遊園不值〉）之句。這女鬼悠揚而輕易地從隔牆折來杏花枝嬉弄著。詞人所表現的不是單純的鬼趣，欲以說明她並未忘記春的到來，而特別折下標誌豔麗春光的杏花，對人間美好事物依然留戀。第三句掉回詞筆點明所賦的詞題。詞人在幻覺中這已不是「半面女髑髏」，而是「青春半面」的美麗女子，妝飾如畫。以上三句極其恰當地描述女鬼的生活情趣，詞筆都是輕快活潑的。到上闋結句，詞情突然轉變，以淒厲而悲慘的意象表示一個年輕的生命如夜半風雨春歸的落花一樣夭折了。這樣不幸的夭折曾有過許多，而從半面女髑髏使人自然想到又是一個夭折的年輕生命。「花又飛」令作者的想像離開具體本題而勾起情事的感傷，因而下闋有著較為明顯自我抒情跡象。

「輕愛別」是詞人惋惜這女子輕易地便恩愛永別；「舊相知」是幻覺中感到半面女髑髏好似舊日相知的情人，因為她的命運也是如此。簡短的兩句，包含了多少人世滄桑、死生無常的淒涼情感。詞情在過變之後轉為強烈，緊接的一句「斷腸青冢幾斜暉」推向高潮。漢宮美人王昭君墓在塞外，昭君有許多遺恨，似乎草木有情，塞草皆白，唯其冢獨青，後遂以青冢借指婦女的墳墓。現實環境裡，芳冢掛著幾縷落日的寒輝，特別令人感到淒涼和心酸，這裡便埋葬著昔日所戀的人，觸景生情，怎不悲痛。「斷腸」正表達了悲痛的強烈程度。結尾兩句，詞意大大轉折，作者也試圖以超脫的心情進行自我安慰，以減輕悲痛。《維摩詰所說經》言天女以天華散諸菩薩，即皆墮落，至大弟子，便著不墮。天女問其故，答曰：「結習未盡，華著身耳；結習盡者，華不著也。」結習即積習、習染，指人的固有世俗意欲。如果世俗意欲已盡，本心便不為外物所誘惑了。顯然這首詞已是吳文英晚年的作品，力圖擺脫舊情的纏繞，所以借佛經之意，想表示晚年心境已「結習盡者，華不著身」了。這裡的「華」並非鮮花，而是「斷紅」，這很切詞題，以「斷紅」借指舊相知的亡靈，它有感有知，任風吹起。可是詞人卻有意抑制住自己的情感，努力使心境平靜。結尾兩句本欲以淡語忘情，但從全詞所表現的對那死去的年輕女子的同情、愛憐和引起內心的波瀾，都足以說明許多深刻的印象是不易輕輕抹掉的。

唐代詩人李賀的〈蘇小小墓〉生動地描繪鬼的神祕世界，這很可能對吳文英有所影響，所以他也在詞裡表現了鬼趣，反映了對現實人生的消極悲觀情緒。吳文英中年時代在西湖曾與某貴家一位歌姬相愛，而這種愛情的悲劇結局是注定了的，別後她不幸而死，「瘞玉埋香」之處也無從尋覓，因此詞人在許多抒情或詠物詞中都寄託了無限的哀思。此詞在藝術表現方面將幻覺的描寫與主觀抒情巧妙地結合，詞意較為含蓄曲折，甚至有些晦澀，也許是有意隱藏自己的情感。將它與蘇軾和宗杲的〈女髑髏贊〉加以比較，便不難發現這首小詞辭情優美，形象生動，有很強感染作用。這也可以理解，由於詞人生活的不幸，特別是愛情的悲劇給他的沉重精神打擊，因而其作品的情調大都是低沉感傷的，而這首小詞尤其如此。（謝桃坊）

望江南　吳文英

三月暮，花落更情濃。人去秋千閒掛月，馬停楊柳倦嘶風。堤畔畫船空。
厭厭醉，盡日小簾櫳。宿燕夜歸銀燭外，流鶯聲在綠陰中。無處覓殘紅。

這是一首傷春懷遠的豔情詞，在名家的筆下，卻寫得完全不落春愁俗套，不涉綺靡惡趣。它以雅秀的筆意，綿密的章法，曲曲傳出了戀人的真摯感情和深微心事。

整篇詞的結構方法，上片記的是往日的歡情，下片寫的是而今的別恨。上下片的情事屬於兩段時間，今昔比照，悲歡相續，構成了全詞的渾然整體。

先讀上片。暮春三月，一般說的是花落水流紅、閒愁萬種的時節，而這裡不是。「更情濃」，濃情密意，看來指的是歡情。那麼，「人去秋千閒掛月，馬停楊柳倦嘶風。堤畔畫船空」幾句呢，初讀「人去」、「船空」，很可能覺得是在寫「方留戀處，蘭舟催發」（柳永〈雨霖鈴〉）的分手情狀；「秋千閒掛月」，也容易使人聯想到唐韓偓的〈寒食夜〉：「夜深斜搭秋千索，樓閣朦朧煙雨中。」或者夢窗自己的〈風入松〉：「黃蜂頻撲秋千索，有當時、纖手香凝。」細細尋繹下去，便會知道都對不上號。這裡絕不是雨橫風狂三月暮的淒涼景象。「人去」、「馬停」的筆墨，其實隱去了若干具體的情事。秋千掛月，倦馬嘶風，畫船堤畔云云，皆為陪襯之物。試想，人為何而去，馬為何而停，船又因何而泊，豈非盡在不言之中！一幕情深意密的「相見歡」，寫得如此隱約迷離，含渾蘊藉，手法可真高明極了。不去實寫柳蔭搖出畫船來的情狀，不去細摹仕女秋千會的場景，完全看不到人的活動，作者只是側擊旁敲，輕靈地示現出了一個類似「空鏡頭」的畫面：閒掛月中的秋千索、駐泊堤邊的畫船、拴繫垂楊的馬匹。秋千閒著，畫船空著，馬兒倦了。這一切都無誤地牽引著讀者的神思，順著詞人的細密思路，順理成章地湊泊過去：倦馬嘶風、柳邊船歇——待人歸！夜已深沉，月已朦朧。全部的環境被一種靜謐的、甜美的、聖潔的氛圍籠罩。

這，就是詞的上片的不寫之寫。

實際上，「而今樂事他年淚」（朱服〈漁家傲〉），上片的歡情又正是為下片的悲感作了厚實的鋪墊。季節，由春入夏；情感，由似酒如蜜的濃情到神態厭厭的如痴如醉。事同春夢不多時，人似飛鴻無覓處。密約幽期不可復得，峽雲無跡各自西東，剩下的是無窮的悵惘，不盡的憶念，她（或許是他）大概只會獨自守著窗兒，整日價在情思昏昏中打發日子了。「宿燕夜歸銀燭外」，用的是溫庭筠〈池塘七夕〉詩「香燭有花妨宿燕」的旖旎字面，而指的卻是人的孤棲處境，「心怯空房不忍歸」（唐王涯〈秋夜曲〉）呵。下一句，綠陰內流鶯啼囀，更是使人傷春不忍聽，加倍烘托出主人公徬徨寂寞的心境。最後以「無處覓殘紅」歇拍，對應上文的「花落」，景情迴異，聚散匆匆，在哀婉的歌聲裡傾注著作者對不幸的主人公的綿邈深情。

夢窗詞擅長於用離合吞吐之法，抒寫感懷舊遊之情。可以與〈望江南〉對讀的，如〈夜合花〉，上片極寫舊遊之樂：「柳暝河橋，鶯晴臺苑，短策頻惹春香。當時夜泊，溫柔便入深鄉。詞韻窄，酒杯長。剪蠟花，壺箭催忙……」下片盛衰陡轉：「十年一夢淒涼。似西湖燕去，吳館巢荒。重來萬感，依前喚酒銀缸。溪雨急，岸花狂。趁殘鴉，飛過蒼茫……」作法也同是分別寫悲歡兩面，脈絡精微，對照鮮明，筆勢凝重。但比較起來，長調慢詞的篇幅畢竟易於酣暢鋪排，直抒哀樂，而〈望江南〉這樣的小詞，要傳出虛實相生、悲歡迭見的韻調，實在有著更高的難度。

尤其是它詠寫豔情而能用那種情事隱去、虛處傳神的獨特技法，來造出格調高雅、情意醇厚的空靈境界，哪能不令人擊節嘆賞。（顧復生）

鷓鴣天　吳文英

化度寺作

池上紅衣伴倚欄，棲鴉常帶夕陽還。殷雲度雨疏桐落，明月生涼寶扇閒。
鄉夢窄，水天寬。小窗愁黛淡秋山。吳鴻好為傳歸信，楊柳閶門屋數間。

化度寺在杭州西部江漲橋附近，這首詞是作者在杭州思念蘇州家人之作。與此詞同屬《夢窗丁稿》的〈夜行船．寓化度寺〉，次序緊接，似為同時之作。那首詞表示在杭州思念蘇州姬妾頗明顯，這首詞內容也相近。詞的寫作地點在化度寺，景物描寫兼及蘇州；寫作季節在初秋，時間則有黃昏，有夜晚，有白天。全詞以寫景為主，時、事、情都在寫景中表達。

起句「池上紅衣伴倚欄，棲鴉常帶夕陽還」，寫作者在池邊獨倚欄杆，無人與共，作伴的只有像穿著紅衣的蓮花；在欄杆邊消磨到黃昏，看到的也只有背上似乎帶著夕陽餘暉的歸鴉回來棲宿，鴉帶日色，得自王昌齡〈長信秋詞五首〉其三：「玉顏不及寒鴉色，猶帶昭陽日影來。」這是在化度寺午後到傍晚所見的情景，像兩幅畫，表的是孤寂之情。「殷雲度雨疏桐落，明月生涼寶扇閒。」濃雲生時，雨腳斜度，稀疏的桐葉繼續飛落，有點蕭索；但雨後氣溫降低，天色更清，明月出現在上空，涼氣隨之而生，寶扇可以不用，又美得可愛，涼得可愛。「度」字、「疏」字寫秋雨與梧桐的形態，很妥帖；「生」字把「涼」歸功於「月」，使月色倍覺宜人；

這兩句寫寺中夜晚下雨與月明時的情景，又像兩幅畫。上兩句不用對偶，這兩句用對偶，筆調皆疏淡幽秀，引人入勝。

化度寺近水，當時自杭州至蘇州，也多是走水路，下片接寫「鄉夢窄，水天寬」。「窄」字寫夢，也是文英匠心提煉、喜歡運用的字，〈鶯啼序〉不是也有「春寬夢窄」之句麼？「窄」表短促，與水天「寬」對照，以見天長、水遠而夢短的惆悵。心情全在感事感物的「寬」、「窄」中透露。「小窗愁黛淡秋山」，寫倚窗看到的遠山的景致。它既是一幅畫，也表惆悵之情。山是「秋山」，所以「黛」色淺淡；山本無「愁」，從愁人眼中看去，似乎其淺淡的暗綠色也不免帶著愁態。正是「以我觀物，故物皆著我之色彩」（王國維《人間詞話》）。遠山似眉，由景又聯想到思念的人。這一句又暗用「卓文君姣好，眉色如望遠山。」（舊題漢劉歆《西京雜記》）之典，由寫景過渡到懷人。「吳鴻好為傳歸信」，看到天上鴻雁，盼望它是從作者久居而當作家鄉的「吳」地飛來的；離家已久，懷人情切，因而盼望它能代傳「歸信」。這簡直像是直接的呼告之辭，其實只是心中的盤算而已。「歸信」傳到哪裡呢？「楊柳閶門屋數間」，是蘇州城西閶門外，秋柳蕭疏、幾間平屋的地方。這環境雖極平凡，卻富有幽雅的畫意，它又是作者感情眷念之所在，更像一幅出自高手的水墨畫，淡淡數筆，寓情於景，用唐司空圖《二十四詩品》中的話來形容，不是近於「綠林野屋，落日氣清」，或「玉壺買春，賞雨茅屋」，而是近於化境的「神出古異，淡不可收」了。

這首詞用六幅秀淡的畫面組成，時間不限一日，畫面分屬兩地，最後一幅畫筆最淡而神韻最高，因而它包含更深遠的情味。（陳祥耀）

唐多令　吳文英

何處合成愁？離人心上秋。縱芭蕉、不雨也颼颼。都道晚涼天氣好；有明月，怕登樓。

年事夢中休，花空煙水流。燕辭歸、客尚淹留。垂柳不縈裙帶住，謾長是、繫行舟。

這首詞寫羈旅懷人，在夢窗詞中寫法別致，論者的反響也很特別。抑夢窗者如宋張炎，偏予推選：「詞要清空，不要質實……此詞疏快，卻不質實。」；而尊夢窗者如清陳廷焯，反而加以詆諆，認為是下乘之作。平心而論，此詞不事雕琢，自然渾成，在吳詞中為別調，自有其可喜之處。

就內容而論可分兩段，然與詞的自然分片不相吻合。

從起句到「燕辭歸、客尚淹留」為一段，先寫羈旅秋思，釀足愁情，為寫別情蓄勢。起二句先點「愁」字，語帶雙關。從詞情看，這是說造成如許愁恨的，是離人悲秋的緣故。單說秋思是平常的，說離人秋思方可稱愁，命意便有出新。從字面看，「愁」字是由「秋心」二字拼合而成，故二句又近於字謎遊戲。這種手法，古代歌謠中頗經見，清王士禛謂此二句為「〈子夜〉變體」，具「滑稽之雋」（《花草蒙拾》），是道著語。蓋〈子夜歌〉

吳文英〈唐多令〉（何處合成愁）

如「明燈照空局，悠然未有期（棋）」，借同音字為用；「擿門不安橫，無復相關意」，本「關門」之關轉作「關心」之關，是多義字別解。此詞以「秋心」合成「愁」字，是離合體，皆入謎格，故是「變體」。此處似信手拈來，涉筆成趣，無造作之嫌，且緊扣主題秋思離愁，實不得以「油腔滑調」（陳廷焯《白雨齋詞話》卷二）目之。

兩句一問一答，開篇即出以唱嘆，而且鑿空道來，實屬倒折之筆。下句「縱芭蕉不雨也颼颼」是說，縱然沒有下雨，芭蕉也會因秋風颼颼，發出令人淒然的聲音。這分明告訴讀者，先時有過雨來。「一夜不眠孤客耳，主人窗外有芭蕉。」（杜牧〈雨〉）而起首愁生何處的問題，正從蕉雨惹起。所以前二句即由此倒折出來。倒折比較順說，平添千迴百折之感。明沈際飛釋前三句說：「所以感傷之本，豈在蕉雨？妙妙。」（《草堂詩餘．正集》）是頗有領會的。

秋雨晚霽，天涼如水，明月東升，正宜登樓納涼賞月。「都道晚涼天氣好」，是人云亦云，而「有明月，怕登樓」，才是客子獨特的心理寫照。「月是故鄉明」（杜甫〈月夜憶舍弟〉），望月是難免觸動鄉思離愁的。這三句沒有直說愁，卻透過客子心口不一的描寫把它表現充分了。

秋屬歲晚，容易使人聯想到晚歲。過片就嘆息年光過盡，往事如夢。「花空煙水流」是比喻青春歲月的逝去，又是賦寫秋景，兼二義之妙。可見客子是長期飄泊，老大未回。看到燕子辭巢而去，不禁深有感慨。「燕辭歸」與「客尚淹留」，用曹丕〈燕歌行〉「群燕辭歸雁南翔」與「君何淹留寄他方」句意，兩相對照，見得人不如候鳥。以上蕉雨、明月、落花、流水、去燕……無非秋景，而又不是一般的秋景，於中無往而非客愁，這也就是「離人心上秋」的具象化了。

此下為一段，寫客中孤寂之嘆。「垂柳」是眼中秋景，而又關離別情事，寫來承接自然。「縈」、「繫」二字均由柳絲綿長著想，十分形象。「垂柳不縈裙帶住」一句寫其人已去，「裙帶」二字暗示對方的身分和彼此關係；「謾長是、繫行舟」二句是自況，言自己不能隨去。羈身異鄉，又成孤另，本有雙重悲愁，何況離去者又是一位情侶呢。由此方見篇首「離人」二字具有更多一重含意，是離鄉又逢離別的人啊，其愁也就更其難堪了。伊人已去而自己仍留，必有不得已的理由，卻不明說（也無須說），只怨怪柳絲或繫或不繫，無賴極，卻又耐人尋味。「燕辭歸、客尚淹留」句與此三句，又形成比興關係，情景相映成趣。

前段於羈旅秋思渲染較詳，蓄勢如盤馬彎弓。後段寫客中懷人直是簡潔，發語如彈丸脫手，恰到好處，毫無疵纇，沒有作者通常有的堆砌典故、詞旨晦澀的缺點。（周嘯天）

賀新郎

吳文英

陪履齋先生滄浪看梅

喬木生雲氣。訪中興、英雄陳跡，暗追前事。戰艦東風慳借便，夢斷神州故里。旋小築、吳宮閒地。華表月明歸夜鶴①，嘆當時、花竹今如此！枝上露，濺清淚。

遨頭小簇行春隊。步蒼苔、尋幽別塢，問梅開未？重唱梅邊新度曲，催發寒梢凍蕊。此心與、東君同意。後不如今今非昔，兩無言、相對滄浪水。懷此恨，寄殘醉。

〔註〕①舊題晉陶潛《搜神後記》載：丁令威，本遼東人，學道於靈虛山。後化鶴歸遼，集城門華表柱。時有少年，舉弓欲射之。鶴乃飛，徘徊空中而言曰：「有鳥有鳥丁令威，去家千年今始歸。城郭如故人民非，何不學仙離冢壘？」

吳夢窗詞，內容則綺羅香澤，語言則鏤金刻翠，詞論家往往把他和北宋的周美成並提，當然和辛稼軒、劉後村等豪放一派，大異其趣。然而夢窗也偶有以愛國主義為主題的傑構，〈八聲甘州．陪庾幕諸公遊靈巖〉和這首〈賀新郎〉就是。兩首詞又同中有異，〈八聲甘州〉「奇情壯采」誠如麥孟華所讚嘆，然而穠麗密緻的風格，仍能不為大筆淋漓所掩。這首〈賀新郎〉卻較為疏宕，周濟《介存齋論詞雜著》說吳詞「意思甚感慨，而寄情閒散」，況周頤《香海棠館詞話》說吳詞「與東坡、稼軒諸公，實殊流而同源」，指的正是這種。

本篇主題是懷念抗金名將韓世忠因而感及時事，卻借滄浪亭看梅而發。滄浪亭是蘇州名勝，原是中吳節度使孫承祐的池塘，後廢為寺，寺後又廢。蘇舜欽謫官蘇州時用四萬錢買得，後為韓世忠別墅。宋以來寫滄浪亭的詩詞，很少著眼到韓世忠事跡，這詞是別開生面的一首。題中的履齋先生是吳潛，曾在蘇州做地方官，夢窗是他的幕客。詞前半闋從韓世忠滄浪亭別墅寫起，「喬木生雲氣」，不僅寫故家舊宅的鬱鬱蔥蔥氣象，並顯示南渡英雄人物在此寓跡時間已隔得很久，樹木都長得雲氣蒼然了。「戰艦東風慳借便」，是用典，周瑜曾乘東風之便，大破曹操軍於赤壁。這裡是反用，意思是天不助人。慳（音同千），是吝惜的意思。這句連同以下兩句，用沉著悲壯的語言，為當日黃天蕩一戰未能生擒兀術、英雄的陝北故鄉仍然淪於敵手而致惜，特別是為世忠後來因避權奸迫害休官退居而寄慨。「華表月明歸夜鶴」用丁令威化鶴重歸遼東的典故。這句連同以下三句從世忠當時轉入到夢窗今日的看花遊春，「嘆當時花竹今如此」，神韻淒絕，「風景不殊，正自有河山之異」（南朝劉義慶《世說新語．言語》），和新亭揮淚同樣說不盡的感慨，含蘊在八字之中。由人事而說到花竹，又由花竹而感到人事，然後用「枝上露」點明梅花，「濺清淚」雙綰花和人。寫得渾成自然，毫無刻意經營的痕跡。

後半闋，緊接著從看梅寫起。宋代知州出遊，被稱為「遨頭」，蘇軾詞中又寫作「遨遊首」（〈菩薩蠻．席上和陳令舉〉），點明此來是陪吳潛尋幽探春。問梅開未，催花唱曲，不僅是點題應有之筆，而且這是用意雙關，把催花開放，隱喻對當政者寄予發奮圖強的希望。東君是春神，藉以指東道主人吳潛，「此心與、東君同意」，表明賓主的思想一致。清陳洵《海綃說詞》評此句云：「能將履齋忠款道出。是時邊事日亟，將無韓、岳，國脈微弱，又非昔時。履齋意主和守，而屢疏不省，卒致敗亡，則所謂『後不如今今非昔，兩無言、相對滄浪水。懷此恨，寄殘醉』也。言外寄慨，學者須理會此旨。」此論深得作者用意所在。夢窗寫此詞，時代已非南宋前期，因此，詞意雖然表示了作者對國勢的關心，但後不如今、寄恨殘醉的調子是低沉的，缺乏鼓舞人心的昂揚鬥志，不同於辛稼軒詞的大聲鞺鞳處正在於此。吳潛有和韻一首②，意思更加消沉。

這首詞通篇結構嚴密，陳洵說：「前闋滄浪起，看梅結；後闋看梅起，滄浪結，章法一絲不走。」全首清空一氣，只用了「戰艦東風」和「華表歸鶴」兩個典故，跟夢窗大部分詞作過多地填砌典故詞藻大有不同，可見能手是無所不可的。（錢仲聯）

〔註〕②吳潛和詞：

賀新郎

吳中韓氏滄浪亭和吳夢窗韻

撲盡征衫氣。小夷猶、尊罍杖屨，踏開花事。邂逅山翁行樂處，何似烏衣舊里。歎芳草、舞臺歌地。百歲光陰如夢斷，算古今、興廢都如此。何用灑，兒曹淚。

江南自有漁樵隊。想家山、猿愁鶴怨，問人歸未。寄語寒梅休放盡，留取三花兩蕊。待老子、領些春意。皎皎風流心自許，盡何妨、瘦影橫斜水。煩翠羽，伴醒醉。

思佳客

吳文英

迷蝶無蹤曉夢沉，寒香深閉小庭心。欲知湖上春多少，但看樓前柳淺深。愁自遣，酒孤斟。一簾芳景燕同吟。杏花宜帶斜陽看，幾陣東風晚又陰。

這首詞是作者在杭州所寫，有懷人之意，當作於杭妾亡後。

上片，「迷蝶無蹤曉夢沉」，寫早晨夢醒之後，夢中情況，已消逝無蹤。用的是《莊子．齊物論》莊周化蝶的典故。它的本義是說世事與夢境的真幻，顛倒難分，兩者都不值得執著看待。但後人又把這則故事與《莊子．至樂》寫他喪妻時鼓盆而歌，不表示悲哀的故事聯繫起來，猜想莊子大概也把喪妻看成作夢，所以悼亡作品，也常用到化蝶、夢蝶的典故，例如李商隱〈錦瑟〉的「莊生曉夢迷蝴蝶」句，不少人主張是悼亡之作。文英這句詞，表面是寫夢，深一層是以夢隱喻過去的經歷；聯繫他的生平看，又似包含對亡妾的思念。雖說「無蹤」，畢竟入夢；夢由想生，何能真正地忘卻？既然如此，則夢醒後並不是適意如莊周，而是深懷思舊的惆悵，細味「沉」字，其情自見。「寒香深閉小庭心」，寒香，當指春寒尚未謝盡的梅花，或兼指見於下片逢春先開的杏花。人既惆悵，對著「深閉小庭心」的「寒香」，自然不是賞心樂事，而是觸景傷懷，「寒」不是透著淒冷，「深閉」不是透露孤寂麼？這時候由「小庭」而想到西湖，由「寒香」而想到新柳，覺得春光尚淺，寒意猶濃，西湖上的楊柳，應該也是初舒嫩條，翠色未深，而遊人應該也還不多。那麼，在小庭中雖感孤寂、淒冷，到湖上去遊玩，也未必就能看到穠麗之景，享受熱鬧、溫暖之樂了。「欲知湖上春多少，但看樓前柳淺深。」不是要由柳淺而判斷春少，而是要由春少而表現人的淒冷情緒，所以這兩句結束得輕倩、婉轉而有味。

下片「愁自遣，酒孤斟」，全詞直接抒情的，只有這兩句，到這裡才點出「愁」字，點出「孤」字。作者這時的愁既無法排除，那麼這裡的「斟」與「遣」，也是強自支持、強自消解而已。下句的「一簾芳景」繼續寫春，「燕同吟」繼續寫孤寂。與燕同吟，則有伴比無伴更悲。「蟬噪林逾靜，鳥鳴山更幽」（南北朝王籍〈入若耶溪〉），此句寫法，與之不無相同，都是正面的情況起反面的作用；所不同的，「蟬噪」、「鳥鳴」可能是寫實，「燕吟」只能是設想。「杏花宜帶斜陽看，幾陣東風晚又陰。」在淒冷中盼望杏花映著斜陽，會給人帶來一點絢麗之色，帶來一些溫暖的春意，哪知天不作美，吹起幾陣東風，又把陽光吹走，使黃昏依然出現陰沉的天氣。這會起什麼作用？對作者的心境會有什麼影響？詞至此結束，都沒有說出；讀者聯繫上下文，自可體會得到。

宋張炎《詞源》說：「詞要清空，不要質實。」他把姜夔詞作為「清空」詞的代表，把文英詞作為與之對立的「質實」詞的代表；而所謂「質實」，是帶有「凝澀晦昧」和堆垛的內涵的。吳文英的慢詞，有一些詞藻堆垛、雕琢過甚，但也有清疏綿麗的；其令詞，則多清麗而少晦澀。〈鷓鴣天．化度寺作〉以及這首〈思佳客〉，都閒淡婉約，不但與姜夔最「清空」的小詞如「淮南皓月冷千山，冥冥歸去無人管」、「沙河塘上春寒淺，看了遊人緩緩歸」等闋相近，而且與他的幽美絕句如〈除夜自石湖歸苕溪十首〉之作也相近。可見作家風格的對立也並非絕對，因為每個著名作家自己的風格在統一中也有其多樣性。（陳祥耀）

古香慢 吳文英

賦滄浪看桂

怨娥墜柳，離佩搖葒，霜訊南圃。漫憶橋扉，倚竹袖寒日暮。還問月中遊，夢飛過、金風翠羽。把殘雲、剩水萬頃，暗熏冷麝淒苦。

漸浩渺、凌山高處。秋澹無光，殘照誰主。露粟侵肌，夜約羽林輕誤。剪碎惜秋心，更腸斷、珠塵蘚路。怕重陽，又催近、滿城風雨。

這是吳夢窗的一首詠物詞，但不是泛詠，而是詠滄浪亭的桂，並凸出了一個「看」字，詞把悽苦的感情移入景色，逐層深入，有寫不盡的哀愁。夢窗居蘇州，先後共十餘年。據夏承燾《吳夢窗繫年》考證，此詞作於理宗淳祐三年（一二四三），反映了詞人面臨南宋衰亡的哀感。

滄浪指蘇州滄浪亭，在州學南，積水彌漫數頃，旁有積土石堆成的小山，高下曲折成趣。它原是五代時吳越國錢鏐的廣陵王所作，是他別圃（南圃）。後歸錢氏的廣陵節度使孫承祐。宋仁宗慶曆間，詩人蘇舜欽在水邊建滄浪亭，南宋時這裡成為蘄王韓世忠的別墅，南宋末又漸歸荒廢了。詞人正是這時期，來看滄浪亭的桂花的。

詠物詞是不明白點出來的，他把寫到桂花的地方擬人化，但又加點染，讓人知道是詠桂，又很有層次地寫出看的過程和地點、時間的變化。

詞寫於重陽節前，一開始就寫得秋氣蕭瑟。他以景物起興，以「霜」點時節，引入本題。首三句「怨娥墜柳，離佩搖葓，霜訊南圃」，寫背景水邊楊柳和紅蓼，用半擬人化手法。「怨娥」指柳葉，柳葉像怨女愁眉一樣從枝上墜落。「離佩」指水葓即紅蓼的紅色花穗分披，像分開的玉珮，搖蕩著紅蓼。然後歸結到秋霜已來問訊南圃，秋天到了。「訊」也是擬人化的字眼。

滄浪亭三面環水，有石橋相通。詞隨後寫「漫憶橋扉，倚竹袖寒日暮」，就用擬人化寫桂，「天寒翠袖薄，日暮倚修竹」，原是杜甫〈佳人〉詩句，北宋杜安世〈鶴衝天〉寫榴花：「石榴美豔，一撮紅綃比。窗外數修篁，寒相倚。」也用這樣的擬人法。詞人看到桂，引起遐思，漫想是佳人薄袖凌寒，日暮倚竹。「橋扉」即小橋所通宅院的門。下二句別作一想：「還問月中遊，夢飛過、金風翠羽。」問是問桂，疑是夢遊月宮時，有金風吹過、翠鳥飛過、似曾相識的桂樹。唐鄭綮《開天傳信記》有唐玄宗遊月宮事。這裡只是擬想。到此就點出了滄浪亭橋頭的桂樹。時間已傍晚，上片最後二句「把殘雲、剩水萬頃，暗熏冷麝淒苦」，又轉筆到桂花現實處境來。日晚雲殘，天寒水淺，桂樹你只把周圍雲水以自己的冷香熏射，內心含著淒涼悲苦。從第一句起，直到寫桂，中間比擬佳人，設想月桂，是頓挫處，寓有今昔感。寫楊柳紅蓼及桂樹與修竹、雲水相依處，完全是體現滄浪亭一片寂寞無主感，其悲哀遠過於「庭草無人隨意綠」（隋王胄殘句）、「空梁落燕泥」（隋薛道衡〈昔昔鹽〉）。

下闋，便緊緊接著「無主」寫滄浪亭情境，再轉到看桂。「漸浩渺、凌山高處。秋澹無光，殘照誰主。」一片寒波渺茫，是登山高處所見，然後明寫詞人所感：滄浪亭一片冷落淡漠的秋色，這斜陽秋樹是誰作主人呢？後一句分明是寄有瀕於危亡、國事無人管的沉痛，是與「停車坐愛楓林晚」（杜牧〈山行〉）完全不同的境界，這不僅是韓王已死，園林無主的一般訴說。隨後又轉入本題，再用擬人化手法寫桂說：「露粟侵肌，夜約羽林輕誤。」這裡借用《飛燕外傳》「飛燕通鄰羽林射鳥者……雪夜期射鳥者於舍旁，飛燕露立，閉息順氣，體溫舒，無疹粟（毛孔不起粟）」故事，卻一反其意，因為桂花像積聚的金粟，所以說露下侵肌生粟，是入夜約會過羽林郎而被他輕率誤期之故。這一筆從寂寞無主境中宕開，寫眼中的桂花，寫得很美。然而又陡轉入更深一步的悲惜。下二句是「剪碎惜秋心，更腸斷、珠塵蘚路」，因桂花小蕊，故言「碎」，又以「剪碎」為言，似乎桂花之為小蕊，乃惜秋而心碎之故。珠塵，據東晉王嘉《拾遺記·虞舜》，記有一種珠，輕細，風吹如塵起，名曰珠塵，此以擬桂蕊紛飄，落於苔蘚小徑上，令人痛惜。二句極見詞心之細。最後寫：「怕重陽，又催近、滿城風雨。」用宋人潘大臨「滿城風雨近重陽」句意，但語言顛倒錯置，說：怕重陽將近，又催得滿城風雨。這是緊逼一步寫法，句意重點落在隨後的「滿城風雨」四字上。不但桂花正落，而且葬花天氣一來，桂花將不可收拾。但他不明白寫出，只做含蓄的示意，以淡淡的哀愁寓蒼涼的感慨。

這首詞寫得層次分明，上下闋一開始都是橫寫境，然後縱寫桂。上闋發揮了詞人的想像力，用擬人法寫出桂的美，然而處境淒涼，寫出與修竹雲水相依的寂寞，中間暗與月中桂作比。下闋寫殘照無主，一片荒涼，再轉用擬人法寫桂的美而無主，又凋謝了，還將凋謝無遺！而詞的主體性很明顯，使人感到處處有詞人內心沉痛。

吳夢窗這首詞字眼仍然用得美而生動，如「橋扉」和他另外的詞寫山洞用「山扃」一樣，但「怨娥」、「離佩」、「殘雲剩水」、「冷麝」、「露粟」都和悲涼感連在一起了。而用佳人翠袖薄，月中遊，又夜約羽林等故事，仍然印下了風流倜儻的審美意識。「霜訊南圃」的「訊」字，「秋澹無光」的「澹」字，也是生動而自然的字眼，以一當十，含意悠長。「剪碎惜秋心」二句，既體物又緣情，真是極精細。本詞是晚年作品，沒有「七寶樓臺」的太過質實，但不熟習他用的典，也是難讀的。

「古香慢」是自度曲，古香二字也來自李賀〈帝子歌〉「山頭老桂吹古香」句，前人注多忽略，這裡也附帶點出。（王達津）

陳人傑

【作者小傳】（一二一八～一二四三）一名經國，字剛父，號龜峰。長樂（今屬福建）人。應舉不第，以才氣自負，漫遊淮、湘。宋理宗嘉熙四年（一二四〇）回臨安。三年後卒。有《龜峰詞》，存三十一首，全為〈沁園春〉調。

沁園春　陳人傑

問杜鵑

為問杜鵑，抵死①催歸，汝胡②不歸？似遼東白鶴，尚尋華表；海中玄鳥③，猶記烏衣④。吳蜀非遙，羽毛自好，合⑤趁東風飛向西。何為者⑥，卻身羈荒樹，血灑芳枝⑦？

興亡常事休悲。算人世榮華都幾時？看錦江⑧好在，臥龍已矣⑨；玉山無恙，躍馬何之⑩？不解自寬⑪，徒然相勸，我輩行藏⑫君豈知？閩山路⑬，待封侯事了⑭，歸去非遲。

〔註〕①抵死：急急、竭力、拚命。②胡：何，為何。③玄鳥：即燕。《禮記．月令》：「仲春之月……玄鳥至。」④烏衣：烏衣巷，故址在今南京。東晉王、謝諸名族居此。北宋劉斧《青瑣高議別集》卷四有〈王榭〉（風濤飄入烏衣國）一篇，蓋傳奇小說，謂唐金陵人王榭航海偶至烏衣國，國人皆燕子之化身。南宋吳曾《能改齋漫錄》卷四記其為「劉斧《摭遺集》所載〈烏衣傳〉」。《摭遺集》今佚。按此故事係自劉禹錫〈金陵五題：烏衣巷〉詩生發而出。⑤合：應該。⑥何為者：為何。⑦芳枝：花枝。似指杜鵑花，紅色，若為杜鵑啼血所染然。⑧錦江：在四川成都南。⑨臥龍已矣：謂諸葛亮已死。臥龍，《三國志》本傳載徐庶向劉備推薦道：「諸葛孔明者，臥龍也。」玉山：玉壘山，在四川都江堰市西。⑩躍馬何之：躍馬，指公孫述。晉左思〈蜀都賦〉：「公孫躍馬而稱帝。」唐杜甫〈上白帝城〉詩：「公孫初恃險，躍馬意何長。」按王莽篡漢時，公孫述為蜀郡太守，自恃地險，遂稱帝。後被東漢軍攻破，身死國亡。何之：到哪兒去了呢？以上從杜甫〈閣夜〉詩「臥龍躍馬皆黃土」句化出。⑪不解自寬：不曉得自我寬慰。⑫行藏：《論語．述而》：「用之則行，舍之則藏。」意謂如為統治者所用，即出仕；如為統治者所捨棄，即歸隱。此猶言「出處」。⑬閩山：陳人傑為福建長樂人，此代稱其家鄉。⑭封侯事了：泛指功成名就。

杜鵑一名子規，亦名「催歸」。在這鳥兒的身上，凝固著一段幽怨淒迷的神話傳說。相傳戰國時，蜀王杜宇自號望帝，後被迫禪位給大臣鱉靈，退隱山中，欲復位不得⑮，死後魂魄化為此鳥，每到暮春季節便悲鳴不已，聲聲如道「不如歸去」，直啼至血出乃止。古代那些離鄉背井、羈宦四方的文士，諳盡了官場失意的滋味，一旦聽到杜鵑哀惋的呼喚，往往油然而生倦宦思歸之感，發為詩詞，遂有「身慚啼鳥不如歸」（蘇轍〈次韻趙至節推首夏〉）、「多謝子規啼勸我、不如歸」（賀鑄〈攤破浣溪沙〉）、「杜鵑終勸不如歸」（范成大〈再用前韻．時被命帥蜀〉）之類的話頭，可謂韻語中的老生常談了。然而，陳人傑乃是一位涉世未深的青年士子，正在積極求仕，朝氣勃勃，想幹一番治國平天下的大事業，杜鵑鳥銜著他嚷嚷催歸，豈非「蚊子叮泥菩薩——找錯了對象」？說來也好笑，詩詞中鳥兒自討沒趣之例頗不一見。唐人金昌緒〈春怨〉詩云：「打起黃鶯兒，莫教枝上啼。啼時驚妾夢，不得到遼西。」敦煌曲子詞〈鵲踏枝〉亦曰：「叵耐靈鵲多謾語，送喜何曾有憑據。幾度飛來活捉取，鎖上金籠休共語。」並此篇鼎足而三。比較起來，詞人對杜鵑總算還客氣，既未以長竿相撲，也不曾「非法拘禁」，僅僅嚴辭呵斥而已——「君子動口不動手」，秀才作風，到底文雅許多。

題曰「問杜鵑」，這「問」是「責問」、「質問」。詞以「當頭炮」開局：杜鵑，你苦苦催促人歸，自己為何不回四川？「以子之矛，攻子之盾」，眼見得那鳥兒好似《水滸傳》裡的九紋龍史進，被八十萬禁軍教頭王進一棍搠倒了也。然而小說中的好漢可以認輸，詞裡的杜鵑卻未必服帖，蓋人鳥本自有別，先生既不肯歸，只當鄙鳥白說，奈何以「不歸」罪我？我鳥類寧有「歸」與「不歸」之說耶？殊不知詞人聰敏，早見及此，不待鳥兒強嘴，已自先發制人：像那去家千年的白鶴，尚且知道重返遼東尋訪城門之華表；遠徙萬里的海燕，猶能記得金陵烏衣巷中的舊居——同屬卵生羽化的禽鳥，鶴、燕不言「歸」而歸，你杜鵑言「歸」而不歸，羞也不羞？在旁觀者看來，這一腳踏上去，杜鵑再無法翻身了。但詞人搏兔用全力，仍然窮追不捨：君之所以「不歸」，寧為「路曼曼其修遠」（屈原〈離騷〉）乎？——非也。自江南至四川，里途並不算長。那麼，是否因為「身無彩鳳雙飛翼」（李商隱〈無題二首〉其二）呢？——不。你的翅膀完好無缺。也許，「八月秋高風怒號」（杜甫〈茅屋為秋風所破歌〉），阻遏了你的飛行？——否。現在時值春暮，東風勁吹，正好順勢向西翱翔。如是乎從主體行為能力和客觀行動條件等不同角度一一審視並否決了鳥兒可以用來敷衍塞責的種種遁辭，這就逼出了對於杜鵑的又一次質問：「何為者，卻身羈荒樹，血灑芳枝？」乍看起來，它似乎是對篇首「汝胡不歸」一問的同義反覆，但細細尋味，便知不然。關鍵就在「血灑芳枝」四字。此從唐人李山甫〈聞子規〉詩「斷腸思故國，啼血濺芳枝」云云化出，妙在只用下句，卻逗引讀者聯想而及上句，從中得到暗示：原來杜鵑之「不歸」，既非心不願歸，亦非力不能歸，實是情不忍歸啊！王位已失，覆水難收，復國無望，歸去何益？天涯思蜀，輒一斷腸，故國重歸，情何以堪？此即詞家所謂「掃處即生」之法。上文揪住杜鵑言「歸」不歸、能「歸」不歸的言行矛盾，一路痛責下來，被斥者固已無處置喙，斥之者似亦吐盡詈辭，文章本有難乎為繼之勢；不料至歇拍處卻於「杜鵑汝胡不歸」的質問中隱隱牽入「杜鵑之『不歸』蓋傷心人別有懷抱」的新內容，居然又引出下闋一大段訓誡之辭：杜鵑，我告訴你，歷史的興亡是常有之事，用不著悲傷。盤算來，人世間的榮華富貴能夠維持多久呢？就拿你的老家四川來說吧，錦江、玉壘山依然故我，可是一度稱雄於此的風雲人物如諸葛亮、公孫述如今安在哉？可笑爾杜鵑「不知慮此，而反教人為」（韓愈〈進學解〉）！我輩的出處大節，爾區區小鳥哪裡會明白？行文至此，遂乘勢就個人進退行藏這一嚴肅的政治問題，表面上向杜鵑而實際上向天下人剖明自己的心跡：不是我不肯歸隱，只因現在還未到時候，等我建功立業之後再回福建老家，未為晚也！卒章顯志，一篇命意之所在，於是昭然揭出。

這首詞，構思奇特，頗類似於辛棄疾的〈沁園春・將止酒，戒酒杯使勿近〉，很可能是受了辛詞的啟發。辛詞於厲聲呵斥酒杯之後，安排了「杯再拜，道『麾之即去，招則須來』」這樣一個戲劇性的情節，有科有白，極為傳神；而本篇則是詞人的「獨角戲」，從頭到尾皆為教訓杜鵑之辭，完全剝奪了鳥兒的發言權，形式略嫌呆板，藝術造詣顯然不及稼軒。但辛詞係遊戲之筆，陳人傑此篇卻詼諧其表而嚴肅其裡，反映了「國家興亡，匹夫有責」的重大主題，表現出詞人積極進取的精神，儼然有晉左思〈詠史八首〉其一所謂「鉛刀貴一割，夢想騁良圖……功成不受爵，長揖歸田廬」、唐李白〈登金陵冶城西北謝安墩〉詩所謂「功成拂衣去，歸入武陵源」之類的政治抱負，自是南宋後期詞壇上一篇格調較高的佳作。

在具體的藝術表現手法上，此詞也不乏值得稱道之處。例如用典，舊題晉陶潛《搜神後記》載漢代遼東丁令威入靈虛山學道，千年後化鶴歸來，棲於城門華表柱，見城郭猶在而人民已非之事；唐劉禹錫〈金陵五題：烏衣巷〉詩所謂「舊時王謝堂前燕，飛入尋常百姓家」——這都是詞中用得濫熟了的，但他人多取其慨嘆人世滄桑的本義，詞人卻獨採個中鶴、燕能歸故里那一端，以與杜鵑之「不歸」造成鮮明的對比，熟事生用，推陳出新，翻出了無窮的妙趣。又如對仗，宋沈義父《樂府指迷》曾批評周邦彥詞「多要兩人名對使，亦不可學也。如〈宴清都〉云『庾信愁多，江淹恨極』，〈西平樂〉云『東陵晦跡，彭澤歸來』，〈大酺〉云『蘭成憔悴，衛玠清羸』，〈過秦樓〉云『才減江淹，情傷荀倩』之類是也」。似這般對法，如貼門神，味同嚼蠟，誠不足取。本篇不用「諸葛」、「公孫」，而化用杜詩，以「臥龍」對「躍馬」，既工穩又精警生動，即達到了沈氏所謂「使人姓名須委曲得不用出最好」的極致。當然，陳人傑詞的藝術成就從總體上來說尚去清真一塵，但若僅就這一點而言，應該承認他比周邦彥來得高明。（鍾振振）

〔註〕⑮關於杜宇禪位之事，向有二說。一謂鱉靈治水有功，杜宇主動禪位給他，見題漢揚雄〈蜀王本紀〉。一謂係被迫禪讓，出逃之後，欲復位不得，見元陶宗儀《說郛》、宋樂史《太平寰宇記》。據本詞文義，取後說。

沁園春 陳人傑

詩不窮人，人道得詩，勝如得官。有山川草木，縱橫紙上；蟲魚鳥獸，飛動毫端。水到渠成，風來帆速，廿四中書考不難。唯詩也，是乾坤清氣，造物須慳。

金張許史渾閒，未必有功名久後看。算南朝將相，到今幾姓；西湖名勝，只說孤山。象笏堆床，蟬冠滿座，無此新詩傳世間。杜陵老，向年時也自，井凍衣寒。

古典詩歌攄寫「憂愁」的作品特別多，詩彷佛是詩人窮途末路的標誌。南朝梁鍾嶸在《詩品．序》中自「至於楚臣去境，漢妾辭宮」以下，列舉了六種人們的不幸遭遇，這些遭遇給當事者帶來的痛苦，都要借助「陳詩」「以展其義」，「長歌」、「以騁其情」。這樣才能使「窮賤易安，幽居靡悶」。鍾氏的論斷把文學創作與作者的不幸緊密地聯繫在一起，於是使得一些庸俗的士人視文學著作為不祥之物，認為它會導致災難，即所謂「不有人咎，必有天殃」。因此北宋歐陽脩在〈梅聖俞詩集序〉中說：「凡士之蘊其所有，而不得施於世者，多喜自放於山巔水涯之外，見蟲魚草木風雲鳥獸之狀類，往往探其奇怪；內有憂思感憤之鬱積，其興於怨刺，以道羈臣寡婦之所嘆，而寫人情之難言，蓋愈窮則愈工。然則非詩之能窮人，殆窮者而後工也。」駁斥了詩能使人

「窮」的論點，也解釋了詩人為什麼在「窮」時多能寫出優秀作品。這裡所指的「窮」是窮通之窮，即政治上沒有出路。作者從這段話中受到啟發，並結合自己的感受寫下了這首詞。

「詩不窮人，人道得詩，勝如得官。」作者指出詩並不使人「窮」——顯達的反面，有人說得到優美的詩句勝於得到好官呢！這裡是化用唐鄭谷〈靜吟〉「相門相客應相笑，得句勝於得好官」句，作者對鄭谷語是充分肯定的。詞的開篇就以簡單而明確的語言，把作詩和作官對立起來，並且強調了詩和詩人的價值，這是古代優秀作家在各種艱難條件下能夠堅持不懈進行創作的一個重要的精神支柱。「有山川草木，縱橫紙上；蟲魚鳥獸，飛動毫端。」此四句化用上述歐陽脩之語，言詩人胸中蘊藏著廣大世界，筆端能驅使山川草木、蟲魚鳥獸，萬事萬物無不可入詩篇。這裡的「縱橫」和「飛動」兩個詞語非常傳神，把鬱鬱蒼蒼的山川草木和生意盎然的蟲魚鳥獸表現得十分充分，勾勒出氣象萬千的藝術形象世界。「水到渠成，風來帆速，廿四中書考不難。」「考」，吏部每年對官員考察，任滿一周年為一考。中書即中書令，唐代中書省最高長官，為宰相。唐中葉時郭子儀一身繫國家安危者三十餘年，累官至太尉、中書令，封汾陽王，號「尚父」，權傾天下，其中為中書令之時間最長，得二十四考。這些不僅為世俗的目光所羨慕，即在正統史家看來也是難能可貴，可是作者用「水到渠成，風來帆速」兩個淺顯而形象的比喻，言其為客觀形勢促使而成，即通常所謂「時勢造英雄」，並不難至，也沒有什麼可珍異之處。對於傳統上所公認的忠臣良將，作者尚如此看待，那麼那些因人成事的宵小奸佞則更不在他的眼下了。作者如此用筆，目的還在於襯托詩人之難得，並進一步把為官和作詩來進行比較。作到大官都不難，什麼才難呢？作者答道：「唯詩也，是乾坤清氣，造物須慳。」「清氣」指俊爽超邁之氣，曹丕在《典論·論文》中指出：「文以氣為主，氣之清濁有體，不可力強而致。」他認為文章隨作者氣質不同，分清濁二體。這裡作者把秉沉濁之氣者摒出詩人行列，認為詩是天地間清氣的集中表現，因此，造物者是吝於給予的。言外之意是詩才難得，只有擺脫了世間的庸俗氣息才能得到天地間清氣，寫出清明澄澈的詩篇。作者把寫詩與天地賜予聯繫起來，這就將世間富貴比垮了，把詩人舉到了高峰。

過片又從世間權貴不足貴說起。「金張許史渾閒，未必有功名久後看。」金日、張湯之後，世為貴顯，與外戚許氏、史氏相埒，是西漢宣帝時的四大家族，他們或是高官，或是貴戚，都曾煊赫一時，為人們所忻羨，而在作者看來簡直平常得很，這些當時的大人物，被他用「渾閒」二字一筆抹倒。的確，在當時炙手可熱的人物未必有什麼對社會、對人類有益的「功名」，他們隨著時光一起流逝是完全合理的。「算南朝將相，到今幾姓；西湖名勝，只說孤山。」這一韻把歷史上的權貴和歷史上的詩人作了對比。「南朝」指宋、齊、梁、陳，這些朝代都建都於建康（今江蘇南京），偏安江左，故稱南朝。當時將相多為腐朽的高門士族，王、謝、庾、顧幾大姓之間輪流執政掌權。他們當時活躍在政治舞臺上頤指氣使不可一世，可是到今天有哪幾個豪門貴胄為人們所記憶呢？這裡（包括上韻的「金張許史」）說的雖是古代的權貴，實際上指南宋王朝的權貴奸佞如史彌遠、賈似道者流，他們或已死，或正氣焰熏天，世人為之側目，作者認為這些早晚要被人們所唾棄。與此相反，那位宋初隱居於西湖孤山、妻梅子鶴的詩人林逋，雖然他也沒有什麼「功名」，但就因為他不慕富貴，寫下一些清麗的詩篇，因之便為人們永遠記憶，他的居住之地也成為西湖名勝，為湖山生色。此韻和辛棄疾讚美陶潛詩的話類似：「千載後，百篇存，更無一字不清真。若教王謝諸郎在，未抵柴桑陌上塵。」（〈鷓鴣天・讀淵明詩不能去手，戲作小詞以送〉）都是透過讚美為人類創造精神財富的詩人，以貶低功名富貴，抒發詞人蔑視權貴的激情。到此作者意猶未足。「象笏堆床，蟬冠滿座，無此新詩傳世間。」「笏」為古代官員上朝所執之手板，有事書此以備忘。「象笏」為五品以上高官所執，唐玄宗時崔承慶一家，皆至大官，每歲時家宴，其子婿畢至，「組珮輝映，以一榻置笏，重疊其上」（《舊唐書・崔神慶傳》）。後多用以形容官僚子弟為高官者眾多，清代有傳奇名

《滿床笏》。「蟬冠」，漢代皇帝侍從官員之冠以貂尾蟬文為飾，後作為顯貴之代稱。此二句言貴族之家盡可安排自己的子弟占有高位，盤踞要津，可以傳給他們財富權勢，但不可能給他們才華（也許正相反，正如漢代疏廣所說給子弟以財富，則使得子弟「賢而多財則損其志，愚而多財則益其過」）。他們不會有美好的詩句流傳在人間，他們沒有給人類增加精神財富。寫到這裡，作者充滿了作為詩人的自豪感，這也是作為精神財富創造者的自豪，因之，他舉出了最能引起詩人驕傲的杜甫，「杜陵老，向年時也自，井凍衣寒」。這位詩國的明星，精神財富創造者隊伍中的巨人，他為人們留下無比豐厚的財富，他終生關注著國家的命運和人民的苦難，他把自己的一切都獻給了詩，可是他在世間所得極少，一子一女凍餓而死，自己最後也死於貧病交加。作者所舉出的詩句是杜甫被安史叛軍困於長安之時，唐肅宗至德元載（七五六）之冬所作，他無衣無食，寫下了這篇著名的〈空囊〉。其中有句：「不爨井晨凍，無衣床夜寒。」（詩人故意把辛酸說得很幽默，彷彿不是因為無錢無糧而不舉火燒飯，而是因為天寒井凍之故。）與杜甫同時的有多少橫行一時的「五陵年少」、公侯卿相，乃至風流天子，不都為人們所忘記了嗎？可是這位當時只「留得一錢看」的詩人卻以他對人類的貢獻，在宋代就受到普遍的尊敬（宋有人將杜甫比喻為集大成的孔子），許多詩人以他為榜樣，作者用這位詩國的權威壓倒了傳統社會以富貴勢力為支撐的權威，使全詞達到高潮，就此戛然而止。這三句不僅和詞的起韻相照應，也表明作者最尊崇的詩人是熱愛祖國、熱愛人民的詩人。

這首〈沁園春〉看來是表達自己對詩歌的見解，論述詩人的地位，實際上是抒發自己在窮困潦倒之中堅持創作的激情，並且以貶低權貴作為陪襯以表明作者的堅定，全詞充滿了為詩歌創作的獻身精神，表現出不為窮困壓倒的豪情。詞的基調是樂觀的、昂揚的，其氣勢磅礴，筆意跳動。作者把詩人和權貴反覆對比，而且一層深於一層，權貴越來越降級，「二十四考中書」的郭子儀是國家真正的功臣，平安史之亂，拒吐蕃入侵，勛勞卓著，而「金張許史」則半是功臣，半是外戚，功臣也只是忠誠於漢室，和安邦定亂關係不大，這跟郭子儀比就差了許多。「南朝將相」則禍國者多，定亂者寡，而且多是腐朽的士族，到「象笏」、「蟬冠」，雖非確指，而是指託庇父祖之蔭的紈褲子弟，這些更是等而下之不足數了，而用作對比的詩人，則從一般詩人（包括作者自己）到隱逸詩人林逋，再到杜甫則逐步升級，這種安排對凸出主題起了很大作用。與表現內容相適，作者用詞也掌握好了分寸，對郭子儀這樣的功臣，只言達到也「不難」，只要客觀條件具備。對「金張」等人則用「渾閒」，有輕視之意。對「南朝將相」則用了一個「算」字，有「何足算也」之意（算，數也。《論語》「斗筲之人，何足算也」）。對貴族子弟則一筆否定。由此看來，此詞用字用詞雖然樸素、通俗，但卻富於表現力。（王學太）

沁園春

陳人傑

予弱冠之年，隨牒江東漕闈，嘗與友人暇日命酒層樓。不唯鐘阜、石城之勝，班班在目，而平淮如席，亦橫陳樽俎間。既而北歷淮山，自齊安溯江泛湖，薄遊巴陵，又得登岳陽樓，以盡荊州之偉觀。孫、劉虎視遺跡依然，山川草木差強人意。洎回京師，日詣豐樂樓以觀西湖。因誦友人「東南嫵媚，雌了男兒」之句，嘆息者久之。酒酣，大書東壁，以寫胸中之勃鬱。時嘉熙庚子秋季下浣也。

記上層樓，與岳陽樓，釃酒賦詩。望長山遠水，荊州形勝；夕陽枯木，六代興衰。扶起仲謀，喚回玄德，笑殺景升豚犬兒。歸來也，對西湖嘆息，是夢耶非？

諸君傅粉塗脂，問南北戰爭都不知。恨孤山霜重，梅凋老葉；平堤雨急，柳泣殘絲。玉壘騰煙，珠淮飛浪，萬里腥風送鼓鼙。原夫輩，算事今如此，安用毛錐！

此詞的寫作時間、地點和主旨，在詞前小序中都已言明。它題於南宋京師臨安（今浙江杭州）豐樂樓東壁，時為理宗嘉熙四年（一二四〇）九月下旬。當時蒙古興起，南宋政權風雨飄搖，詞的主旨在「寫胸中之勃鬱」，有似古代的詠懷詩。序中詳述他自二十歲到江東漕（即江南東路轉運司，治所在建康府，今江蘇南京）參加「牒試」（一種特別為官員子弟而設的考試，由轉運司主辦）時起至作此詞時止，先後遊覽江、淮及荊湖（今湖北、湖南）一帶山川名勝和古跡的經過。序寫得相當有氣魄，感情酣暢淋漓，文字簡括明快。

此詞上片敘遊歷，下片抒感慨。但敘事挾情以行，抒情借景而發。一開頭：「記上層樓，與岳陽樓，釃酒賦詩。」層樓，指在建康所登之樓；釃（音同絲）酒，斟酒。此總敘詞人遊歷江、淮和荊湖期間的豪情逸舉。接下去便分兩處表述。一是「望長山遠水，荊州形勝」，即序中所說「自齊安（今湖北黃岡）溯江泛湖（洞庭湖），薄遊巴陵（今湖南岳陽）以盡荊州之偉觀」。一是見「夕陽枯木，六代興衰」，即「命酒層樓」時睹鐘阜、石城及平淮間的六朝（三國吳、東晉和宋、齊、梁、陳）故跡而觸發的興亡之感。當然，詞人的這種興亡之感自始至終不曾釋然於懷；哪怕是當他回到京師，也因為讀友人「東南嫵媚，雌了男兒」的詞句而嘆息不已。前一處望「荊州形勝」，展現了遼闊的空間；後一處見「六代興衰」，回溯了悠久的歷史。時空交互，啟讀者以無窮、無垠之感；因此意趣盎然。

「扶起仲謀，喚回玄德，笑殺景升豚犬兒。」景升是劉表的字，豚犬兒指他的兒子劉琮。這是由於目睹六朝故物而憶及三國英雄孫權（仲謀）、劉備（玄德）等人；也即序中所說見「孫、劉虎視遺跡依然」而引起的一種「尚友古人」之想。《三國志．吳志．吳主傳》裴松之注引《吳歷》說：曹操見孫權「舟船、器仗、軍伍整肅，喟然嘆曰：『生子當如孫仲謀，劉景升兒子若豚犬耳！』」顯然，詞人選用這個典故是含有深意的。曹操稱讚反抗他的孫權而鄙視向他投降的劉琮，比之於宋和蒙古當時的局勢，詞人不是有意譏刺南宋朝廷軟弱無能麼？這兩句似乎受到辛棄疾〈南鄉子．登京口北固亭有懷〉「天下英雄誰敵手？曹劉。生子當如孫仲謀」的啟發。

「歸來也，對西湖嘆息，是夢耶非？」前段由物及人，由今思古；這段又由人及物（西湖），由「尚友古人」到返回現實，並為過片抒發感慨做好準備。承上接下，真正做到了如張炎所說：「最是過片不要斷了曲意。」（《詞源．製曲》）

面對著烽火遍地、哀鴻遍野的危亡局勢，南宋朝廷仍然紙醉金迷。西湖內外，依然是一片歌舞昇平的景象。「簇樂紅妝搖畫舫，問中流、擊楫何人是？」（文及翁〈賀新涼〉）陳人傑戳破眼前「是夢耶」還是「非夢耶」的疑團，忍不住拍案而起，跟文及翁一樣憤怒地斥責當朝者。

下片：「諸君傅粉塗脂，問南北戰爭都不知。」南宋君臣文恬武嬉、醉生夢死、百事不問的顢頇形象，不就躍然紙上了麼？

緊接著，詞人並不橫發議論，而是借景抒情，把無限憤慨和無窮憂慮都濃縮於景物的畫面中：「恨孤山霜重，梅凋老葉；平堤雨急，柳泣殘絲。玉壘騰煙，珠淮飛浪，萬里腥風送鼓鼙。」在這裡，孤山上的濃霜，凋零的梅葉，蘇堤、白堤一帶的急雨，低泣的柳絲，都成了詞人情感外射的產物，寄託了他對時世的深廣憂憤，象徵著那風雨飄搖、滿目衰殘的危險國運。玉壘山，在今四川都江堰市；淮水，因產貢珠而稱珠淮。當時這些地區都遭到蒙古軍的進攻，騰起了硝煙，掀起了戰波。萬里前線，一派腥風；鼓鼙之聲，不絕於耳。詞人作為一介書生，請纓無路，報國無門，其內心的激憤可以想見。

「原夫輩，算事今如此，安用毛錐？」原夫輩，泛指舞文弄墨的知識分子（「原夫」是指程式律賦中之起轉語助詞）；毛錐，即毛筆。詞人把自己歸入「原夫輩」，顯然含有某種自嘲意味；因為時局已亂到這等地步，恰如《新五代史．史弘肇傳》所說：「安朝廷，定禍亂，直須長槍大劍，若毛錐子安足用哉？」唐代詩人李賀〈南園十三首〉其五寫道：「男兒何不帶吳鉤，收取關山五十州？請君暫上淩煙閣，若箇書生萬戶侯？」也同樣抒發了一種切望為祖國而戰的豪情。與陳人傑同屬福建長樂人的陳容，在他的〈龜峰詞跋〉中把陳人傑比作李賀，這一點是很有眼力的；在欲為祖國效命沙場方面，陳人傑和李賀確有著驚人的相似處。在文學史上，有許多像李賀和陳人傑這樣的人，長才未展而齎志以歿，是很值得後人同情的。

這首詞很少華麗的辭藻和刻意的雕繪，而環境氣氛和作者的激情都能鮮明地顯現出來，造語遒勁而又揮灑自如，比之宋末劉克莊、劉辰翁等辛派詞人似毫不遜色。（蔡厚示）

沁園春

陳人傑

丁酉歲感事

誰使神州，百年陸沉，青氈未還？悵晨星殘月，北州豪傑；西風斜日，東帝江山。劉表坐談，深源輕進，機會失之彈指間。傷心事，是年年冰合，在在風寒。說和說戰都難，算未必江沱堪宴安。嘆封侯心在，鱣鯨失水；平戎策就，虎豹當關。渠自無謀，事猶可做，更剔殘燈抽劍看。麒麟閣，豈中興人物，不畫儒冠？

作此詞的前三年，即蒙古滅金後，宋即倉卒進兵中原，蒙古遂藉口宋破壞盟約，連年發兵南下：遣闊端等入蜀，忒木等攻襄漢，口溫不花等犯江淮。宋軍戰多敗績，襄、漢、淮、蜀告急。宋理宗趙昀驚恐之餘，命草詔罪己。但大片南宋土地，仍紛紛失守。後幸有江陵、真州及安豐諸守將士卒奮力死戰，暫挫蒙古軍，淮右以安。這就是詞題中「丁酉歲」（理宗嘉熙元年，一二三七）那幾年的事。但其時南宋朝廷已腐敗不堪，當權者終無良策挽回危局。作者面對這種形勢，深感痛心和憤慨。他寫詞猛烈地抨擊了當道的誤國，同時也抒發了內心渴望能為國請纓、殺敵立功的熱情。

詞的開頭說：「誰使神州，百年陸沉，青氈未還？」意謂中原大片國土，淪於敵方，久久不得恢復，這究竟是誰的責任？理正辭嚴，大義凜然。這裡用《晉書》中兩個典故合在一起，極為妥當。「陸沉」，是無水而沉淪的意思，比喻土地之被占領。西晉時，王衍任宰相，正值匈奴南侵，他清談誤國，喪失了很多土地。桓溫憤慨地說：「遂使神州陸沉，百年丘墟，王夷甫（王衍的字）諸人不得不任其責！」（《晉書．桓溫傳》）這話用來斥責南宋當權者正合適。又王獻之夜睡齋中，有小偷進到他房裡，偷了他所有的東西。獻之慢吞吞地說：「偷兒，青氈我家舊物，可特置之。」小偷都嚇跑了。（《晉書．王獻之傳》）這裡以「青氈」喻中原故土，將敵方比作盜賊，說國土遭掠奪後，沒有歸還。反用典故，十分靈活。

接著，詞由憤慨轉為惆悵，對國事局勢發表評議。他說，如今北方有志之士已寥若晨星，所存無幾；南宋的半壁江山也如落日西風，難以久長。朝廷裡有些人因循保守，懦怯無能，光會坐著空談；有些人則又好說大話，妄取虛名，行事輕率冒進。這樣，轉眼間就白白喪失了克敵的良機。「東帝」，喻岌岌可危的南宋。戰國時，齊湣王稱東帝，自恃國力，不審時勢，後被燕將樂毅攻破臨淄，他在出奔中被殺。「劉表」，喻空談的保守勢力。三國時，曹操攻柳城，劉備勸荊州牧劉表乘機襲擊許昌，劉表不聽，坐失良機，後來悔之莫及。曹的謀士郭嘉說：「（劉）表，坐談客耳！」（《三國志．魏志．郭嘉傳》）「深源」，是東晉殷浩的字（本作淵源，唐人因避高祖諱，改「淵」為「深」），他雖都督五州軍事，但只會高談闊論，徒負虛名。曾發兵攻前秦，想收復中原，結果所遣先鋒倒戈，他便棄軍倉皇逃命（見《晉書．殷浩傳》）。這裡用比草率用兵的冒進者，也是很恰當的。總之，「劉表」三句，言「坐談」與「輕進」皆足貽誤事機。〈沁園春〉是一個有淋漓酣暢特點的詞調，在句式上，它要求有「領字」和特殊對仗。所謂「領字」，即以一字起頭而統領數句。如這裡用「悵」字領起（下闋中的「嘆」字也是），直貫七句。這種一氣流注的句法，用於議論，便有滔滔不絕之勢，用於抒情，也足增悠悠難盡之致。對仗的特殊，在於這七句之中，除最後一句是散句外，餘六句都要求對仗，而前四句（領字不算），在多數情況下，又要求用隔句的對仗（亦稱扇對），即第一句「晨星殘月」與第三句「西風斜日」對；第二句「北州豪傑」與第四句「東帝江山」對；然後五、六句「劉表坐談，深源輕進」自成對。下闋亦如此。用在這裡，論說南與北的形勢、戰與和的失算，又恰好形成對照，有助於表達兩難的困境。再用散句「機會失之彈指間」一結，遺憾悵恨之情彌深。

「傷心事，是年年冰合，在在風寒。」上闋末了，詞情再轉而為哀傷。「在在」，即處處。「冰合」、「風寒」，比喻南宋遭北方強敵的不斷威脅和進攻，長期屈辱苟安，因循寡斷，處於嚴酷的現實之中，喪失恢復故地的機會是必然的結果。詞中論說時事形勢，多不實說某人某事，必用比喻借代。這倒不是因為實說有所顧忌，而是藝術表現上的需要，要盡量避免用語直露，力求含蓄有味。前面說北地英傑寥寥，南國江山可危，都從衰颯景物取喻。至於借「青氈」「東帝」「劉表」「深源」等典故史事諷今，用意也在於此。此外，造語次序亦有講究。比如詞人不順著說「悵北州豪傑，（如）晨星殘月；東帝江山，（如）斜日西風」，必倒裝為「悵晨星殘月，北州豪傑；西風斜日，東帝江山」，始語雅句健，曲折多姿。它與杜牧〈阿房宮賦〉中「明星熒熒，開妝鏡也；綠雲擾擾，梳曉鬟也」，語序相同。「年年冰合，在在風寒」的設喻，與晨星、殘月、西風、斜日均屬同一門類事物，前後協調一致，用心十分細密；而在前面冠以「傷心事」三字，便不至產生歧義，不會使人誤以為這是說自然界的冷空氣南下。

下闋自抒抱負，但仍與上闋緊密關連。先以「說和說戰都難，算未必江沱堪宴安」兩句過片。出現和不能安、戰不能勝的情勢，固然由當時客觀條件所決定，但當道者在和與戰的問題上，並無切實可行的主張，只是各執己見，爭吵不休，不想真正有所作為，這也使有識之士無可施其技，不知如何才能說動他們，使之清醒。這樣耽於安樂的局面是難以持久的。「江沱」，指代江南。「沱」，是長江的支流。語本《詩經・召南・江有汜》。「宴安」，是享樂安逸的意思。這兩句起著承上啟下的作用，下面就說到自己有志難酬。

「嘆封侯心在，鱣鯨失水；平戎策就，虎豹當關。渠自無謀，事猶可做，更剔殘燈抽劍看。」這是嘆息自己空有建功雄心，而身處困境，無用武之地；想上書陳述恢復大計，無奈壞人當道，又誰能採納自己的意見。詞人接著說，這是他們自己無能，沒有辦法挽救危局，其實，形勢並未到絕望地步，國事尚有可為，當勉力圖治才是。所以自己深夜裡挑燈看劍，仍希望能為國殺敵立功。「封侯」，詩詞中的常用語，本漢代班超投筆從戎時說過的豪言；它已成了從軍立功的代詞，並非真為謀求爵祿。陸游就說過：「當年萬里覓封侯，匹馬戍梁州。」（〈訴衷情〉）鱣（音同沾）、鯨，都是大魚，倘若離了江湖大海，牠就會遭螻蟻所欺。賈誼〈弔屈原賦〉說：「彼尋常之汙瀆（臭水溝）兮，豈能容吞舟之魚？橫江湖之鱣鯨兮，固將制於螻蟻。」詞正用此意。「平戎策」，即打敗敵人的建議。《新唐書・王忠嗣傳》：「因上平戎十八策。」「虎豹當關」，語本《楚辭・招魂》：「虎豹九關，啄害下人些。」「渠自無謀」，暗用打勝長勺之戰的曹劌說過的話：「肉食者鄙，未能遠謀。」（《左傳・莊公十年》）這幾句都用兩兩對照、一揚一抑的寫法，文勢起伏不定：「封侯心在」是揚，「鱣鯨失水」便抑；「平戎策就」揚，「虎豹當關」抑；「渠自無謀」抑，「事猶可做」揚。恰好能表達出作者內心感情波瀾的激盪，而「更剔殘燈抽劍看」一句，尤為精彩。全詞在議論中抒情，雖有眾多比喻，使語言不流於質直淺露，但畢竟還不能構成主體形象。有了這一句，一位深夜不寐，在燈下凝視著利劍、躍躍欲試的年輕愛國志士的英姿，才突然顯現在我們眼前了。此句措詞也精警，不減於稼軒的「醉裡挑燈看劍」（〈破陣子・為陳同甫賦壯詞以寄之〉）。「更剔殘燈」四字，耐人尋味。被重新「剔」亮的，雖說是「殘燈」，實在也不妨看作是心靈中本來暗淡了的火光。

詞結尾說：「麒麟閣，豈中興人物，不畫儒冠？」漢宣帝號稱中興之主，曾命畫霍光等十一位功臣的肖像於未央宮內麒麟閣上，以表揚其功績。所以作者說，難道只有武將們才能為國家中興立功，讀書人（儒冠）的肖像就不能畫在麒麟閣上嗎？這與放翁詩說「切勿輕書生，上馬能擊賊」（〈太息．宿青山鋪作〉），屬同樣的感慨。杜詩〈奉贈韋左丞丈二十二韻〉曰：「儒冠多誤身。」對此種不合理現象，作者極不甘心，也極不服氣，於是發而為大聲詰問。詞的情緒由伏而起，最後再變為奮發高揚，不信此生已矣，事不可為。作者寫詞時才二十歲，年輕人的銳氣處處表露出來。一個布衣儒冠，卻自比江海鱣鯨，還以萬里封侯、圖像麟閣自許，而極端鄙視朝廷中朱衣紫服的肉食者，所以在自述懷抱時，始終不離抨擊當局的無能。全詞上下闋內容前後呼應，組成了一個整體。雖說作中興功臣的豪語，在當時已無現實的可能性，它只不過是一種被愛國熱情激發起來的幻想和願望，但詞的可貴也正在於有這種積極向上的精神。（蔡義江）

沁園春　陳人傑

次韻林南金賦愁

撫劍悲歌，縱有杜康，可能解憂？為修名不立，此身易老；古心自許，與世多尤。平子詩中，庾生賦裡，滿目江山無限愁。關情處，是聞雞半夜，擊楫中流。淡煙衰草連秋，聽鳴鴂聲聲相應酬。嘆霸才重耳，泥塗在楚；雄心玄德，歲月依劉。夢落蓴邊，神遊菊外，已分他年專一丘。長安道，且身如王粲，時復登樓。

自杜甫在詩中大量描寫「憂愁」以來，歐陽脩在〈梅聖俞詩集序〉又繼之而言「窮者而後工」，訴說憂愁似乎已經成為詩人的專業。詩人寫詩必然說愁，因此辛稼軒曾以調侃的筆墨寫道：「少年不識愁滋味，愛上層樓。愛上層樓，為賦新詞強說愁。」（〈醜奴兒・書博山道中壁〉）詞人說的不只是自己，其意更在於揭破許多詩人所謂「工愁善感」的真相。憂愁、悲憤能夠使人崇高起來，但首先要是真實的，其次是憂愁、悲憤要具有深刻的社會內容。陳氏寫此詞時也可以說是「少年」，又是與「林南金賦愁」的唱和之作，它是否是真情實感，是否具有鮮明的時代色彩和深廣的社會內容呢？且往下看。

「撫劍悲歌，縱有杜康，可能解憂？」詞一開篇就使我們聯想到戰國時齊國孟嘗君門客馮諼對待遇低不滿因而彈鋏（劍）作歌的故事。陳人傑也是個江湖遊士，他出入豪貴之門，想也受夠「朝扣富兒門，暮隨肥馬塵」（杜甫〈奉贈韋左丞丈二十二韻〉）的種種難堪，但這首詞並沒有就此申說，而是筆鋒一轉，反用曹操〈短歌行〉「何以解憂，唯有杜康（酒）」語意，言即有美酒，也不能銷愁，反而是「舉杯銷愁愁更愁」（李白〈宣州謝朓樓餞別校書叔雲〉），用此以表現自己的內心苦悶無法排遣，但這個否定句詞人以疑問句出之，使詞句搖曳多姿。「為修名不立，此身易老；古心自許，與世多尤。」修名，美名。尤，怨咎。這不是因某件具體事物引起的憂愁和悲哀，而是詞人的整個人生態度與世俗發生了衝突。人們紛紛追求金錢財富、權勢地位之時，而詞人卻追求建立美好的名譽，而且這種追求是在不合時宜的「古心」支配下產生的，它「頑固」而強烈，這必然要和實際相衝突。這種衝突是悲劇性的，詞人感到自己可能如屈原一樣「老冉冉其將至兮，恐修名之不立」（〈離騷〉）。另外以純樸之心對待當時紛紜複雜的時世，不免會引起物議非難，而自己的追求又不可能改變，內外交攻必然會給詞人帶來無窮的痛苦，這種痛苦帶有根本性質，一切煩惱皆由此產生，因為詞人看不開，所以憂愁就不能避免。此韻表面上是寫愁，同時也是揭露社會黑暗、人情之涼薄，「木秀於林，風必摧之」（三國魏李康〈運命論〉）。正直、有理想的人是不能為社會、人群所容納。「平子詩中，庾生賦裡，滿目江山無限愁。」「平子」為東漢文學家張衡之字，張因當時政治衰敗，鬱鬱不得志，為寄託其對國事的關懷和憂慮寫下了著名的〈四愁詩〉；「庾生」指南朝梁庾信，他為梁使臣出使西魏，梁亡，被羈留長安；北周代魏，愛惜他的文才，不放他回去。在北朝期間他無時無刻不懷念故國、故鄉，寫下了〈愁賦〉，描寫自己不可擺脫的憂愁（此賦已佚，僅存殘句）。詞人用此二典以表明自己的「憂愁」是和國家多難、政治黑暗相關聯的，因此，自然而然引出「滿目江山無限愁」。國家多難，半壁江山尚在異族之手，此殘山剩水好像也為無限愁雲所籠罩，其前途亦是岌岌可危，因此詞人才十分激動地寫出：「關情處，是聞雞半夜，擊楫中流。」詞中用了晉劉琨、祖逖之典，這兩位愛國者在他們還沒有成為著名將領時，中夜聞雞起舞，以安定中原、匡扶晉室互相勉勵。後祖逖率部曲百餘家渡江，中流擊楫而誓曰：「祖逖不能清中原而復濟者，有如大江！」（《晉書．祖逖傳》）這是最能激起志士奮發有為之心的故事，詞人藉以表現自己的愛國激情，並表明他所追求的「修名」不僅是個人修養的純美和品德的崇高，而主要是要透過報效國家、拯民於水火而標名青史。上片在詞人情感極其高昂時結束了，宛如一支樂曲在急管繁絃中戛然而止，其餘音尚縈於耳。

「淡煙衰草連秋，聽鳴鳩聲聲相應酬。」這是一幅秋光慘淡的畫面，衰草連天，煙霧迷濛，伯勞鳥聲聲不斷，彷彿是相互唱和。「何處合成愁？離人心上秋。」（吳文英〈唐多令〉）在這無邊的秋色中怎麼能不激起遊子離人的愁怨呢？詞人想起自己「弱冠」以來的生涯（「弱冠」為二十歲，陳人傑只活了二十四、五歲，寫此詞時約為二十三、四歲），他依人作幕，已經走了不少地方。「嘆霸才重耳，泥塗在楚；雄心玄德，歲月依劉。」「重耳」指春秋時五霸之一的晉文公，他在未為晉君之前飄零十九年，先後流亡在齊、楚、秦等國，所謂「艱難險阻備嘗之矣」。這裡用「泥塗」以概括其奔走道塗的艱辛；玄德指劉備，三國時蜀漢的開國之君，他雖素懷大志，但在未成帝業時曾依靠劉表（荊州刺史）。這裡用重耳、劉備之典，不僅用以形容其顛沛流離、寄人籬下之苦，而且用以表現自己報國之心和建立功業之志，照應上片所寫的「滿目江山無限愁」，並申說國家多難更激起自己對建功立業的嚮往與憧憬。但對於遊子說來，家鄉田園之思，也難以遏制，「蓴落蓴邊，神遊菊外，已分他年專一丘。」蓴菜可以作羹，味道鮮美。西晉時吳人張翰在洛陽作官，秋風起而思念家鄉的蓴菜羹、鱸魚膾，因之命駕而歸，後遂用此典表現對家的懷念和對仕宦的厭倦。「菊外」是用陶潛〈歸去來兮辭〉「三徑就荒，松菊猶存」語意，此韻前兩句寫詞人鄉思之強烈，家鄉風物，夢縈魂繞，田園廬舍，神思常遊，用蓴、菊二典，把鄉思表達得十分具體而高潔，令人聯想到江南水鄉的旖旎秋色，和與竹籬茅舍相映襯的綠野青山。「已分」言在意料之中，「專一丘」指簡樸的田園生活，語出《漢書．敘傳》「若夫嚴子者……漁釣於一壑，則萬物不奸其志；棲遲於一丘，則天下不易其樂」。王安石〈偶書〉也有「我亦暮年專一壑」的詩句。將來歸隱在意料之中，而眼下家鄉只能形諸夢寐，用思想上的矛盾以表現詞人痛楚之深。「長安道，且身如王粲，時復登樓。」此韻又轉到當時的現實。「長安」指臨安（杭州）。「王粲」為東漢末年文士，由於中原戰亂，他避亂荊州，依靠劉表，歷十多年，但也沒有受到劉的信任與重用，因之他格外思念家鄉，希望中原早日安定，並嚮往為此而立功，他把這些心情寫入〈登樓賦〉，其中有句云：「唯日月之逾邁兮，俟河清其未極。冀王道之一平兮，假高衢而騁力。懼匏瓜之徒懸兮，畏井渫之莫食。」當詞人登上樓時眺望「滿目江山」，萬感中來。因國家分裂而產生的悲痛，對偏安一隅而腐朽不堪的南宋小朝廷前途的憂慮，以及寄人籬下，理想不能實現的苦悶等等複雜心情都借「王粲登樓」一典充分表達出來，這不僅與開篇之「撫劍悲歌」相照應，而且總結了全篇，表現了詠愁之意。

此篇詠愁之詞雖抒發的是個人愁思，但都圍繞著國家的憂患，並把不能為國家建功立業看成是苦悶根源之所在，因此他強烈而深廣的憂愁就具有了深厚的基礎，這首詞之所以感人的原因也在這裡。

這首詞幾乎句句用典，似乎晦澀了些，這是因為詞人思想感情矛盾複雜，在這短短一百多字的詞要得到充分的表現，必須透過用典方能做到。如詞人思鄉，感時念亂，對朝政的不滿，對建立功業的嚮往，以及因不能實現理想而產生的苦悶等很難一一說清楚，但詞中用張衡、庾信、劉琨、祖逖、陶潛、王粲等人之典，就把這種憂愁描述得具體，表現得充分，這是用直抒方法很難做到的。詞中用典雖多，但卻十分流暢，作者能以充沛的情感調動這些典故，把用典和敘述、描寫結合在一起，所以不帶給讀者以破碎、生硬之感。（王學太）

文及翁

【作者小傳】字時學，一作時舉，號本心，綿州（今四川綿陽）人，移居吳興（今浙江湖州）。宋理宗寶祐元年（一二五三）進士。景定間，言公田事，有名朝野。官至簽書樞密院事。宋亡，累徵不起。有集，不傳。存詞一首。

賀新涼

文及翁

一勺西湖水。渡江來、百年歌舞，百年酣醉。回首洛陽花石盡，煙渺黍離之地①，更不復、新亭墮淚②。簇樂紅妝搖畫舫，問中流、擊楫③何人是？千古恨，幾時洗？

余生自負澄清志。更有誰、磻溪未遇④，傅巖未起⑤？國事如今誰倚仗？衣帶一江而已。便都道、江神堪恃。借問孤山林處士，但掉頭、笑指梅花蕊。天下事，可知矣！

〔註〕① 黍離之地：語出《詩經．王風．黍離》：「彼黍離離。」詩序認為此詩是東周士大夫途經西周都城鎬京，感嘆宮殿荒涼，長滿禾黍而作。後人即以「黍離」之地借指故國故都。此處借指北宋故都汴京。② 新亭墮淚：見南朝宋劉義慶《世說新語．言語》：「過江諸人，每至美日，輒相邀新亭，藉卉飲宴。周侯中坐而歎曰：『風景不殊，正自有山河之異！』皆相視流淚。」③ 中流擊楫：據《晉書．祖逖傳》載，東晉初年，祖逖統兵北伐，渡江至中流，擊楫而誓曰：「祖逖不能清中原而復濟者，有如大江！」④ 磻溪：水名，在今陝西寶雞市東南。相傳周朝開國大臣呂望（姜太公）未遇周文王之前在磻溪隱居釣魚。⑤ 傅巖：地名，在今山西平陸縣東。相傳殷朝大臣傅說未受高宗重用之前，曾在傅巖當築牆的工奴。

這首詞據元李有《古杭雜記》載，是文及翁登第後與同年進士一起遊覽西湖時作。文及翁是西蜀綿州（今四川綿陽）人，遊湖時有人問他：「西蜀有此景否？」觸動了他憂時念國的情懷，於是即席賦詞，寫下這首忠憤之詞。詞中譴責南宋朝廷滿足於虛假的承平景象，歌舞享樂，不圖規復，並對南宋只倚靠一條長江天險的偏安殘局深懷憂慮。

「一勺西湖水」，起句點題。一勺，比喻西湖範圍之小，容量之淺。可就是這麼一彎湖水，南渡以來，竟成為君臣上下偏安一隅的安樂窩。為加強語氣，下文連用「百年歌舞，百年酣醉」兩個排比句，以揭露南宋歷朝君王相因成習的腐朽生活。再從數字方面看，以「百」襯「一」，恰成對照，鮮明而凸出。「回首」以下從北宋亡國的事實引出沉痛教訓，語調漸轉抑鬱，如泣如訴。洛陽是北宋的西京，城市繁華，多名花奇石、園林勝景，它的興廢，象徵著天下的治亂盛衰。李格非〈書洛陽名園記後〉云：「天下之治亂，候於洛陽之盛衰而知；洛陽之盛衰，候於園囿之廢興而得。」又云：「高亭大榭，煙火焚燎，化而為灰燼。」本詞「回首洛陽花石盡」似化用此語而影射北宋末年的史實。徽宗趙佶為建造壽山艮嶽，派朱勔到江南一帶搜羅奇花異石，騷擾百姓，直接導致方臘起義，最後，風雨飄搖中的北宋王朝終於為金兵所滅，故都淪陷，禾黍滿宮。作者有感於此，極目北望，不但洛陽花石已化為灰燼，就是汴京宮殿亦已成為黍離之地，淹沒於迷茫煙霧之中，歲月漸久，南渡君臣早已將它遺忘。「回首」二句透過回顧和聯想將「洛陽花石」和「黍離之地」，一盛一衰，兩相對比，撫今追昔，其諷刺意義已十分明顯，下句再以「更不復」三字領起，遞進一層，由微婉的諷刺轉而直接抨擊現實。繁華的故都已荒蕪不堪，南渡君臣又不思收復，甚至連新亭對泣、空發感嘆的人都沒有一個！至此，作者內心的憤激再也壓抑不住，語調也由抑鬱低沉轉為高亢激越。「簇樂紅妝搖畫舫」，形容湖上笙簧競奏、仕女相雜尋歡作樂的場面。面對這種場面，作者不禁想起西晉末年祖逖中流擊楫、矢志北伐的故事。祖逖的誓言猶錚錚在耳，可眼前滿載「簇樂紅妝」的西湖畫舫中，哪兒能找得到祖逖的身影！一邊是淪陷荒蕪的國土，一邊是醉生夢死的遊樂，不由得作者要迸發出「千古恨，幾時洗」這樣悲憤填膺的呼聲。

以上由西湖遊樂觸景生情引出縱論國事，悲慨淋漓的情懷。下片緊承「千古恨，幾時洗」而發表政見，議論時事。

「余生」三句表明作者立志救國的決心和要求朝廷起用賢才的希望。澄清志，見《後漢書．范滂傳》：「滂登車攬轡，慨然有澄清天下之志。」這裡充分表現作者欲挽狂瀾、澄清中原的遠大志向。「磻溪未遇」和「傅巖未起」，分別用姜太公遇周文王和殷高宗重用傅說的典故，指明要振興國運、謀圖規復，必須大力起用賢才。接著，「國事如今誰依仗？衣帶一江而已」兩句，一問一答，對腐朽的南宋王朝不懂得依靠人力而一味倚仗長江天險的心理，給予辛辣的諷刺。「衣帶」極言江之細窄，不足憑恃。「便都道、江神堪恃」，更是對一班昏君庸臣亡國論調的揶揄挖苦之詞。最後，「借問」幾句，筆鋒一轉，對士大夫中不問國事的風氣也作了尖銳的批評。南宋國力不振，朝廷固然要負主要責任，而一些自命清高的士大夫，一味寄情山水，對國事不聞不問，也加深了社會政治的危機。「孤山林處士」，指北宋初年的高士林逋，他隱居在西湖的孤山，種梅養鶴，終生不仕。林逋生當北宋太平之世，不求宦達，可說是清高的表現。但南宋後期國運岌岌可危，一班士大夫卻以忘懷國事高自標榜，只能說是消極逃避責任的表現，無怪乎作者要發出「天下事，可知矣」這樣沉重的感慨了。聯繫上片歇拍「千古恨，幾時洗」，可以見出作者內心的憂憤何等深廣！

本詞抨擊苟安之風不遺餘力，詞中特多設問和感嘆句，方式多樣，或從對比中發問：「簇樂紅妝搖畫舫，問中流、擊楫何人是？」或自問自答：「國事如今誰倚仗？衣帶一江而已。」或但問而不答，唯以動作表情：「借問孤山林處士，但掉頭、笑指梅花蕊。」或以發問表感慨：「千古恨，幾時洗？」就語言風格而言，散文化、議論化的傾向十分明顯，體現了辛派詞人「以文為詞」的特點。特別是本詞下片由正面述志和論政，到批駁「江神可恃」的謬論，進而針砭士大夫的弊病，沉痛激憤，真可謂南宋詞中之〈陳政事疏〉。（蔣哲倫）

謝枋得

【作者小傳】（一二二六～一二八九）字君直，號疊山，信州弋陽（今屬江西）人。宋理宗寶祐四年（一二五六）進士。德祐初，以江東提刑知信州。元兵東下，信州不守，變姓名入建寧唐石山，不久，賣卜建陽市。宋亡，居閩。福建參政魏天祐強之北行，至大都，不食死。有《疊山集》。存詞一首。

沁園春 謝枋得

寒食鄆州道中

十五年來，逢寒食節，皆在天涯。嘆雨濡露潤，還思宰柏；風柔日媚，羞看飛花。麥飯紙錢，隻雞斗酒，幾誤林間噪喜鴉。天笑道：此不由乎我，也不由他。

鼎中煉熟丹砂。把紫府清都作一家。想前人鶴馭，常遊絳闕；浮生蟬蛻，豈戀黃沙？帝命守墳，王令修墓，男子正當如是耶。又何必，待過家上冢，晝錦榮華！

宋亡之後，謝枋得隱居閩中，元朝廷累徵不起。元世祖至元二十六年（一二八九），福建參知政事魏天祐，為取媚於朝廷，強執謝枋得北上。寒食節，過鄆州（今山東鄆城）；四月，枋得至燕京，絕食而卒，年六十四。這首詞題為「寒食鄆州道中」，即枋得過鄆州時所作。

詞的上片，由寒食節起調，表達對祖塋冢柏的懷念之情。起三句，是說十五年來，每逢寒食，「皆在天涯」，而不能祭掃祖塋，即不能盡孝。這三句，是作者的回憶。枋得於宋德祐元年（一二七五）出任江西招諭使，知信州（今江西上饒）。不久，信州為元軍攻陷，枋得變姓名入建寧唐石山中，後又隱居閩中，一直未回故鄉江西弋陽。至此，已十五年。這裡字面是說寒食節，實際上也暗含了對國破家亡的回憶。用「皆在天涯」寫淪落漂泊，無家可依，四字包含了無數血淚。「雨濡」四句，承起句寫十五年漂泊之中每逢寒食的思想感情，分兩層意思：前二句是說在「雨濡露潤」的天氣裡，思念著「宰柏」。「宰柏」，墳墓上的柏樹，或稱「宰樹」、「宰木」。寒食節是祭掃祖塋之時，又往往是零雨其濛，故云「雨濡露潤」，這種情況最容易引起異鄉漂泊者的「宰柏」之思。後兩句說在「風柔日媚」的天氣裡，卻又「羞看飛花」。「飛花」（語本於韓翃〈寒食〉詩「春城無處不飛花」）是熱鬧的景象，而無家可依之人，則不忍見，也「羞看」——國破家亡，自己無力挽救，而只能埋名深山，豈不羞對「飛花」！這兩層意思合起來是說在任何情況之下，都是思國念家，痛苦不堪的。這四句用一個「嘆」字領起，把兩層意思統攝起來，籠在「嘆」字之下，感情的表達是哀婉而深沉的。「麥飯」三句，仍從寒食祭掃著筆。「麥飯」、「紙錢」、「隻雞」、「斗酒」，皆是祭品，祭掃完畢，那些等候在樹巔的烏鴉喜鵲便飛來各取所需。這裡，作者則說自己不能用「麥飯」等物祭掃祖塋，林間的喜鵲烏鴉也空等了！「幾」，屢次，與「十五年」相應。這三句寫得仍然很沉痛。對祖塋的懷念，同時也是對故國的懷念，更是對自我不幸遭遇的慨嘆。「天笑道」三句，為上述情況尋找原因。「我」是指「天」；「他」則是指蒙元貴族。字面上看，好像是曠達，實際上是悲憤語，且是故作反語，「不由乎我（天）」，正是「由我（天）」，「不由他」正是「由他」，作者既怨天又尤人。這裡之所以用反語，倒不一定在於當時作者身在蒙元貴族統治之下，枋得是個性格剛烈，「如驚鶴摩霄，不可籠縶」（《宋史》本傳）的人，是無所畏懼的。反語是一種重要的修辭格，用於嘲弄諷刺，可使對方哭笑不得。

上片雖沉痛悲憤，但其基調卻不免低沉。下片則一變而為至大至剛，充滿了視死如歸的精神。「鼎中」二句，「鼎」，這裡指丹爐，道家在丹爐內煉丹，丹成可以飛昇；「紫府」，道家稱仙人所居之地，語出《抱朴子．祛惑》；「清都」出於《列子．周穆王》，指天帝所居的宮闕。這兩句是說自己對於此身的去處早有深思熟慮，成竹在胸，如同鼎中丹砂煉熟，隨時可以昇天，以紫府清都為家了。枋得這次北上，早已抱定了必死的決心，故有如此言語。「前人」四句，就此意作進一步發揮。四句用一「想」字領起，滔滔而下，表明是作者的心理活動，意思是說神仙或得道之士每騎鶴上天，遊於絳闕（「絳闕」亦指神仙宮闕。蘇軾〈水龍吟〉：「古來雲海茫茫，道山絳闕知何處？」），其樂無窮；而浮世之身，當如「蟬蛻蛇解，遊於太清」（《淮南子．精神訓》），豈能留戀於塵埃濁世（「黃沙」）。其不欲戀身求生，屈節苟活，已經說得明明白白。以下就「寒食」本題，再表白自己的志節。「帝命守墳，王令修墓，男子正當如是耶。」似就元至元十五年元僧楊璉真伽發掘宋六陵盜取珍寶後，宋義士唐珏、林景熙等收諸帝后遺骨瘞埋，並移宋故宮冬青樹植於冢上之事抒發。「耶」字不作問意解。清王引之《經傳釋詞》卷四引其父王念孫說：「邪（同耶），猶『也』也。」舉例有《莊子．天運》：「甚矣夫！人之難說也，道之難明邪！」謂「邪亦『也』耳」。詞句「男子正當如是」，是肯定語氣，故以「耶」即「也」足成七字句，並以叶韻，贊羡唐珏他們的愛國正義行動，表示自己作為好男兒正當效法他們的精神，忠於宋室。另一方面，「又何必，待過家上冢，晝錦榮華」，則就此次被迫北上強令降元做官而言。「晝錦」，項羽有「富貴不歸故鄉，如衣繡（《漢書》作「衣錦」）夜行，誰知之者」（《史記・項羽本紀》）的話，後用指富貴還鄉。「過家上冢」，即還舊居，祭祖墳，也是足以誇耀鄉里的事。作者概以「又何必」一語抹煞之。「待」是將來可以實現之意，即今已斷言其無此可能，何必多此一舉，言辭殺辣，不留餘地。「上冢」一語，也是就寒食祭掃事生出，與「守墳」、「修墓」，同回應上片所說情事，緊扣題意，用筆不懈。

這首詞先從寒食祭掃入筆，抒寫作者對故鄉宰柏的思念之情，然後再一反鄉土之思，抒寫其為國效死的凌雲壯志，真切地表達了作者的思想感情。全詞慷慨悲歌，既催人淚下，又壯人胸懷。其用筆精彩之處，在於心理刻畫。可以說全詞都是在寫作者的心理活動，層層轉折，都是由「想」而出，一想再想，而思想境界亦步步昇華，末三句是其思想的高峰，振聾發聵，聲裂竹帛，且又多以詰問句出之，一詰再詰，逼人深思，不容迴避，鼓舞力、感染力亦隨之而出。像具有這樣的思想高度而又不乏藝術魅力的詞，在遺民詞中是不多見的。（丘鳴皋）

趙聞禮

【作者小傳】字立之，號釣月，臨濮（今山東鄄城）人。曾官胥口監征。今有趙萬里輯本《釣月詞》一卷，存十四首。

賀新郎　趙聞禮

螢

池館收新雨。耿幽叢、流光幾點，半侵疏戶。入夜涼風吹不滅，冷焰微茫暗度。碎影落、仙盤秋露。漏斷長門空照淚，袖紗寒、映竹無心顧。孤枕掩，殘燈炷。

練囊不照詩人苦。夜沉沉、拍手相親，騃兒痴女。欄外撲來羅扇小，誰在風廊笑語。競戲踏、金釵雙股。故苑荒涼悲舊賞，悵寒蕪衰草隋宮路。同燐火，遍秋圃。

這首詠螢詞為作者遊揚州隋故苑所作。上片可分為兩個層次，各有五句。第一個層次先以「池館收新雨」點明地點和天氣。然後以「耿幽叢、流光幾點，半侵疏戶。入夜涼風吹不滅，冷焰微茫暗度」四句寫池館螢火。其中的「耿」字，乃明亮、照亮之意。「疏戶」，指有漏隙的門。「入夜」一句，由唐李嘉祐〈詠螢〉詩的「夜風吹不滅」蛻化而來。「微茫」二字則是隱約模糊之貌。夏末秋初之夜，一場新雨過後，池邊館舍的氛圍是清冷而寂靜的。此刻，因雨而隱伏著的螢火蟲開始活動起來，螢光閃閃，照亮了池邊幽深的草叢，繼而飛上夜空，流光點點，漸近疏戶卻又向遠處飛去。但見牠那風吹不滅的清冷光焰，熠熠熒熒，在夜色深處漸漸地變得模糊。隨著螢火的遠逝，詞人在追尋也在遐思，物境是淒清幽寂的，心境則是幽索淒婉的，暗中蘊藏著一股感情的寒流。所以接下去第二個層次的五句，連用兩事，寫了：「碎影落、仙盤秋露。漏斷長門空照淚，袖紗寒、映竹無心顧。孤枕掩，殘燈炷。」其中的「仙盤」，指仙人承露盤。漢武帝曾作承露盤，鑄金銅仙人手擎以受甘露。「漏」，乃指漏刻，亦稱漏壺，為古代計時之器。「漏斷」，則謂夜漏已盡天色將明。「長門」，指長門宮，漢武帝的陳皇后失寵後別居於此時，過著孤寂憂苦的生活。歷史上的仙盤秋露、長門孤淚同寫螢火原不相關，但前者加上「碎影落」，後者加上「空照淚」，便點化成與螢火相關的事情。所以當詞人翹首夜空，看「冷焰微茫暗度」的時候，他彷彿看到那秋夜的流螢，點點碎影映入了仙盤秋露，又好像見到牠飛繞在長門宮中，空照著陳皇后的淚珠。在清冷的長門宮裡，陳皇后衣衫單薄，心境淒苦，即使有流螢映竹，清光熠耀的清幽景色，也無心顧及觀賞（這一句又化用杜甫〈佳人〉「天寒翠袖薄，日暮倚修竹」詩意），「炷」，即燈芯。只能在漫漫長夜中以孤枕遮掩殘燈光炷，獨自凝愁。在這五句中，詞人由眼前的流螢回溯往古，使實寫與虛想結合，不但豐富了詠螢的內容，而且增強了詞作的情味。

詞的下片也有兩個層次。第一個層次為前六句：「練囊不照詩人苦。夜沉沉、拍手相親，騃兒痴女。欄外撲來羅扇小，誰在風廊笑語。競戲踏、金釵雙股。」敘說詞人深夜作詩及騃兒痴女嬉戲的情景。第一句暗用車胤囊螢讀書故事。「練囊」，是以素色熟絲織成的螢囊。《晉書．車胤傳》說車胤好學不倦而家貧無油，便以練囊盛數十枚螢火，夜以繼日地刻苦攻讀。後遂以「練囊」為囊螢夜讀的典故。第三句的「騃兒痴女」，指天真幼稚或迷於情愛的少男少女。第四句的「羅扇」，是以絲絹製成的小扇，化用杜牧〈秋夕〉「輕羅小扇撲流螢」的詩意。第五句的「風廊」，即通風長廊。第六句是以「戲踏金釵」暗中引比荊楚一帶端午節戲踏百草的遊戲。從詞的思路上看，這裡說的「練囊不照」跟前面說的「長門空照」，暗中綰合，都是物性與人情難通的意思。夜已很深了，微弱的螢火只能給詞人帶來一點亮光，卻不能映照出他苦吟的心境。當他在沉沉的黑夜中冥思苦想的時候，忽然出現了拍手相親的騃兒痴女，攪斷了詞人的思緒。他們不像詞人那樣愁苦，而是無憂無慮地在欄杆外拿著輕巧的羅扇追趕流螢，一次次地向池館窗前撲來。在風廊裡又不知是哪幾個嬉鬧不休，傳來陣陣歡聲笑語。這群騃兒痴女調皮起來，竟然別出心裁，把雙股金釵扔到地上，模仿踏百草的遊戲，競相戲踏。這一幕幕的鬧劇，可愛可笑而又著實有點令人氣惱。可是詞人似乎並不嗔怪，只是像素描一樣，淡淡寫來。大概是騃兒痴女的天真靈性喚醒了他久已沉睡的童心，故以輕鬆的筆調描述出一幅歡快和樂、充滿生活氣息的圖景。以章法而論，小兒女的嬉鬧只是一段穿插，詞人所要著力表現的是詠螢懷古，所以經過一番推挽，掉轉詞筆續寫出第二個層次的四句：「故苑荒涼悲舊賞，悵寒蕪衰草隋宮路。同燐火，遍秋圃。」其中的「故苑」，本指洛陽的螢苑。大業十二年（六一五），隋煬帝於景華宮徵求螢火，得數斛，夜出遊山放之，光遍巖谷。後附會為煬帝幸江都（揚州）時事。杜牧〈揚州三首〉其二云：「秋風放螢苑，春草鬥雞臺。」自此皆以放螢為揚州事典。「隋宮」，指煬帝在江都西北所建的隋苑。後因以隋宮指稱揚州之地，羅隱寫揚州就有「樹遠連天水接空，幾年行樂舊隋宮」（〈春日獨遊禪智寺〉）之句。這裡即以螢苑為揚州事並與隋宮合而為一。「悵」，乃領格字，領起末結兩句。以上四句，詞人將懷古糅入景物描寫，融情於景，寫得極為淒婉。當年的隋苑，放螢數斛，成千上萬，光遍巖谷，極盡觀賞之樂。如今，那令人賞心悅目的場面早已隨著歷史的煙雲一起消散了。詞人說「悲舊賞」，是今昔對比所產生的情緒，也是本詞感情的基調。在悲嘆之中，他感慨萬千，悵惘之情不能自已。因以「悵」字領起，中間再以「同」字勾緊，最後又以「遍」字奮力重拍，寫下了「悵寒蕪衰草隋宮路。同燐火，遍秋圃」。繁華隋宮，如今荒徑衰草，燐火冷焰，寒峭淒涼，敗落不堪。這三句是全詞的重點句，筆力峻刻，有力地揭示出詠螢懷古的主題，有如豹尾環首，足以包舉全篇。在描繪這些景物時，詞人的感情是很複雜的。既有對隋宮故苑衰敗的悵恨，也有對隋煬帝不恤民力而終於身亡國滅的感嘆。寓意深遠而含蓄，頗有發人深省之處。這首詞，以詠螢為題，憶往事寫實景，更以騃兒痴女穿插其中，古今往復，縱橫交錯，似散非散，始終圍繞著螢火。所以主題凸出而涵容極廣，思路活潑而富有頓宕躍動之感，這與一般以豔情打入詠物的寫法相比，確有獨到功夫。而且用典處也經過一番琢磨，自然得體，婉而有致，運用自如，表現藝術可謂已臻佳境。是以論者以為「古今詠螢之作當以此篇為最工婉矣。其幽索柔細之筆，何殊碧山（王沂孫）詠蟬、賦紅葉諸作」（薛礪若《宋詞通論》）。（臧維熙）

曹邍

【作者小傳】字擇可，號松山，賈似道門客。有趙萬里輯《松山詞》，存六首。

玲瓏四犯 曹邍①

被召賦荼蘼②

一架③幽芳，自過了梅花，獨占清絕④。露葉檀心⑤，香滿萬條晴雪。肌素淨洗鉛華，似弄玉、乍離瑤闕。看翠蛟白鳳飛舞，不管暮煙啼鴂⑥。

酒中風格天然別。記唐宮、賜樽芳冽。玉蕤⑦喚得餘春住，猶醉迷飛蝶。天氣乍雨乍晴，長是伴、牡丹時節。夜散瓊樓宴，金鋪⑧深掩，一庭香月。

〔註〕①邍：音同元。②被召：受皇帝之召。荼蘼：俗名「佛見笑」，薔薇科落葉灌木。春末夏初開花，花白色，重瓣，不結實。產於中國，屬觀賞類花木。③一架：荼蘼枝條細長，故須搭架，供其蔓延牽攀。④古人有二十四番花信之說，蓋以小寒至穀雨凡八節氣一百二十日，每五日為一候，計二十四候，各應一種花信。梅花最早，楝花最遲，荼蘼、牡丹分別排在倒數第二、第三。參見宋程大昌《演繁露·花信

風》、王逵《蠡海集・氣候》。⑤ 檀心：宋張邦基《墨莊漫錄》：「酴醿花或作荼蘼，一名木香，有二品。一品花大而棘（疑應作「疎」即「疏」），長條而紫心者，為酴醿；一品花小而繁，小枝而檀心者，為木香。」⑥ 啼鴂：亦作「鶗鴂」、「鵜鴂」。按《離騷》：「恐鵜鴂之先鳴兮，使夫百草為之不芳。」唐釋皎然〈顧渚行寄裴方舟〉詩：「鶗鴂鳴時芳草死。」本句言荼蘼如翠蛟白鳳飛舞，不管暮煙啼鴂，是強調她生命力之旺盛。⑦ 玉蕤：蕤，本謂花木披垂貌，此處只作「花」字用。本文引蘇軾詩「霜蕤」云云，用法相同。⑧ 金鋪：古代華麗建築物門上用以容納叩環的金屬底座，因作為「門」的藻飾性代名詞。

好一架幽潔芬芳的荼蘼花呵，打從梅花開後，就數她最清雅脫俗了。那綴滿了白花的枝枝蔓蔓，看上去就像千萬條冰雪，在陽光下閃光；掛著露珠的葉片，檀紅色的花蕊，散發出濃郁的馨香。也許，她就是仙女弄玉的化身吧？你看，她剛剛告別天宮的瓊樓玉宇，來到了人間，她的肌膚是那樣的白皙，不施脂粉，更顯得麗質天成。日之夕矣，暮色蒼茫，鶗鴂在哀鳴，可是她卻像沒聽見似的，素花綠葉依然在晚風中搖曳，宛如翠蛟白鳳，翩翩飛舞……

荼蘼花固然是花中的珍品，就連和她同音形近的酴醿酒也是別具高格的佳釀。它清涼、芳香，難怪唐代的帝王要用它來賞賜宰相大臣了。酴醿酒可以醉人，荼蘼花又何嘗不令人陶醉？她勾引得蝴蝶兒如醉如痴，留住了最後的一片春光。在穀雨時節晴雨不定的日子裡，只有她成天陪伴著花魁牡丹，與之分享人們的愛憐。夜深了，玉樓上的盛筵已盡歡而散，宮門緊閉，鎖住了滿庭月色，也鎖住了滿庭花香……

短短百許字的篇幅，詞人卻栩栩如生地向人們描繪了晨露朝輝中的荼蘼、晚風暮靄中的荼蘼、夜色月光中的荼蘼，脈絡極為分明，筆墨極為周至，真不愧是一篇優美的〈荼蘼賦〉！

「烘托」和「比喻」兩種藝術手法的密集使用，是這首詞在寫作上的一個顯著特點。「一架」三句，以梅花為烘托也。「天氣」二句，以牡丹為烘托也。梅花傲雪凌霜，香飄天外，自是花中之高士；牡丹複瓣濃薰，豔絕人寰，儼然花中之王侯。將荼蘼與她們相提並論，這就占足了身分，占盡了風光。「酒中」二句，以酴醾為烘托也。蘇東坡有詩〈和文與可洋川園池三十首．荼蘼洞〉詠荼蘼云：「分無素手簪羅髻，且折霜蕤浸玉醅。」黃山谷亦有詩〈見諸人唱和酴醾詩輒次韻戲詠〉詠荼蘼云：「名字因壺酒，風流付枕幃。」到底是此酒因加此花釀製而成，故得名酴醾呢？抑或是此花因色香酷似此酒，故得名荼蘼？這且留待考據家們去分辨，我們只看唐無名氏《輦下歲時記》中「賜宰臣以下酴醾酒」、《新唐書》中憲宗皇帝為嘉獎宰相李絳直言極諫而「遣使者賜酴醾酒」之類的記載，便知此酒的名貴。用它來作陪襯，花的聲價也不抬而自高。「夜散」三句，以明月為烘托也。汗漫太虛，月華如水，天地間至清至澄之物，莫過如此了；而荼蘼之香乃能溶溶然與月波共漾於一庭之中，則其花氣之純淨，又何以復加焉？……如果說「烘托」成功地起到了側面渲染的效用，那麼正面刻畫的任務卻主要是由「比喻」來擔當的。「香滿」六字，以雪為喻也。用雪比擬素花，本屬習見，但冠一「晴」字，便覺花光耀眼，神采迥然不與俗同。「肌素」十三字，以美人為喻也。這原也是熟套，且「弄玉」亦為經常出沒於作家筆下的神話人物，唯用在這裡卻很別致：蓋舊題西漢劉向撰《列仙傳》只說她是春秋時秦穆公的愛女，好吹簫，嫁善簫者蕭史為妻，夫婦雙雙仙去而已，至於她是否有閉月羞花之貌、沉魚落雁之容，初無一言道及，故詠花詞中的旦角，一般輪不到她來扮演。可是詞人竟獨具慧眼，一瞥相中了她芳名裡的那個「玉」字，由此生發出許多奇想，想像她必居住在「瑤闕」，必是膚如凝脂、鉛華不御，於是乎鑿空構造出一幕玉人降仙的場景來，將皎潔的荼蘼花寫得活靈活現，可謂抽祕騁妍，不落言筌。「看翠蛟」七字，以龍鳳為喻也。孤立地看這一句，或不免嫌它思致平弱。但辭曰飛蛟舞鳳，筆勢實亦如之，遠觀「晴雪」，是以動掣靜；近挽佳人，是以剛濟柔；下映「啼鴂」，是以樂袪悲：與前後文對勘，卻也有種種的妙趣……當然，詞中運用入妙的藝術手法並不僅僅局限於上舉兩端。如下闋「玉蕤喚得餘春住」之為「擬人」，就比直說荼蘼春末開花、花在春在云云來得有味。

綜上所述，此詞之於詠花，真可以說達到了窮妍極態的藝術境地。然而世間事物之得失長短往往亦如形動影隨，她的致命傷恰恰也表現在這一點上。她太粘著於物象了，正如專尚形似、法度的宋代院畫，縱然工到極處，畢竟缺少寄託，缺少情感，因而也就缺少激動人心的力量。據作者自序，這是一首專供帝王后妃們對酒賞花時付諸歌伶當筵演唱、聊佐清歡的應制之詞，與宋院畫同屬為宮廷服務的貴族藝術，當然只能迎合統治者的形式主義的審美情趣，而不可能表達（至少是不可能充分表達）作者自己的喜怒哀樂了。不過話又得說回來，即使是這樣一類專為帝王而創作的文學藝術品，只要其中還蘊藏著美的成分，就具有一定的觀賞價值。讀一讀曹邍這首詠花詞，權當是在故宮博物院裡欣賞一幅宋代院畫派的工筆重彩花卉圖吧。（鍾振振）

趙汝茪

【作者小傳】字參晦，號霞山，又號退齋。商王元份後裔。有今輯本《退齋詞》，存九首。

漢宮春

趙汝茪

著破荷衣，笑西風吹我，又落西湖。湖間舊時飲者，今與誰俱？山山映帶，似攜來、畫卷重舒。三十里、芙蓉步障，依然紅翠相扶。

一目清無留處，任屋浮天上，身集空虛。殘燒夕陽過雁，點點疏疏。故人老大，好襟懷、消減全無。謾贏得、秋聲兩耳，冷泉亭①下騎驢。

〔註〕①冷泉亭：在杭州靈隱寺飛來峰下，亭在冷泉之上。白居易有〈冷泉亭記〉，見《白氏長慶集》。

這是一首感時傷世、感慨傷懷之作。作者的感時傷世，其觸發點是重遊杭州西湖。西湖本是歌舞地，詞人重遊，何以感傷？詞中告訴我們：詞人是在經過了一段長時間的隱居生活之後，在一個秋風蕭瑟的秋天，重到西湖的。「荷衣」，出於屈原〈離騷〉「製芰荷以為衣兮，集芙蓉以為裳」，後世用以指隱者的服裝。「著破」，可見穿著時間之長。「笑」是苦笑，可以當哭。荷衣在身，意在避世絕塵，可是，「西風吹我，又落西湖」。一個「落」字，可見舊地重遊，有違初衷，實非所願，故只有以苦笑付之。既落西湖，感受如何？其一是「湖間舊時飲者，今與誰俱」。杜詩有「訪舊半為鬼，驚呼熱中腸」（〈贈衛八處士〉）句，這裡則是「舊時飲者，今與誰俱」，故友凋零，茫無所向，顯然作者的感情，當不止於「驚呼」了。其二則是湖光山色，一如既往。「山山映帶」至上片結句，從畫卷似的青山，屏幕（「步障」）似的芙蓉等方面，以渲染之筆，大幅度地描繪西湖美景，句如貫珠，勢如潑墨。作者寫西湖之美，意在反激心中的悲，使人在驚羨大好河山的同時，興起物是人非的興亡之感，於是悲從中來，不禁扼腕。上片中的「又」、「舊時」、「重」、「依然」等，都在表明作者是重遊西湖，只有從「重遊」的角度出發，感時傷世的今昔之嘆才能得以有力表達。

詞的下片，作者進一步抒寫自己在此情此景中的切身感受，悲悼王朝故家的淪落和自己的不幸遭遇。換頭以「一目清無留處」一句，總括上片寫景。意思是說佳景無限，歷歷在目。一個「清」字，既寫出了觀景的真切，同時也表現了作者雖感時傷世，而神志卻是鎮定、冷靜的。（《荀子．解蔽》曰：「凡觀物有疑，中心不定，則外物不清。」）「任屋浮天上，身集空虛」，則是情景兼該之筆。作者身在西湖，猶如置身於空虛之境，「集」，引申為「停留」；由於作者身在湖中，故百物如浮，頓覺屋廬亦浮於天際，得杜甫觀洞庭湖詩「乾坤日夜浮」（〈登岳陽樓〉）句意。「屋浮」兩句，全是從感覺方面寫景，而句前用一領字「任」，作者委身運化、任其所之的思想情緒，就全表現出來了；而「屋浮」句也與杜甫「乾坤日夜浮」句一樣，隱約透露出作者對於當時動蕩不安的王朝命運的憂慮。漢焦延壽《易林》有云：「水暴橫行，緣屋壞牆。」可見「屋浮」所顯示的，是一種動蕩的形象，與作者所生活的南宋後期的局勢極為相似。「殘燒夕陽過雁」句，很可能就是作者這種憂慮的形象寫照。當時南宋敗亡之象日益顯著，猶如半規夕陽，僅留殘照而已。「殘燒夕陽」化用白居易〈秋思〉詩句「夕照紅於燒」，這景象，美當然是美的，但同樣也是一種衰颯之象。黃昏夕照之下，再點綴以「點點疏疏」的「過雁」，這不僅是衰颯，簡直是蒼涼淒楚了。在這種特定時代裡的人，又當如何呢？詞中說「故人老大，好襟懷、消減全無」，這是概說。然後由概括而具體，進一步訴說：「謾贏得、秋風兩耳，冷泉亭下騎驢。」「故人」，也應包括詞人自己。這幾句，堪稱「史筆」。南渡之初，朝野上夫，多有恢復之志，這自然是一種「好襟懷」。但南宋朝廷卻唯求偏安一隅，徒使英雄老大，寂寞冷落，壯志全灰，以致半壁江山，不可收拾。這幾句也同樣是對南宋朝廷的批判。結尾「謾贏得」兩句，實在來得神妙。它形象鮮明，把一個失意落魄的荷衣隱者的形象寫活了。「著破荷衣」側重於靜態，而這結尾兩句則是動態的描繪，而且連這人物的聽覺、感覺都寫到了；在結構上，與上片的「西風」、「西湖」，以至「舊時飲者，今與誰俱」的孤獨感，都無不協調相應；更重要的是，這兩句看似輕鬆，實際上悲涼得很，怨中含怒，無限蕭屑，皆寓於這樣一個貌似瀟灑的形象之中。這種感情的脈絡，是從「故人」三句延伸發展而來，而其關鍵則在於「謾贏得」這個三字逗——它把「故人」三句坦率的抒情貫注於「秋聲」兩句的形象之中。「贏」，是反語，須反其意理解之，才能得其真解。作者本是宋太宗的後裔，商王元份的七世孫。帝胄王孫，世代顯赫，至此卻只有「秋聲兩耳，冷泉亭下騎驢」而已。淪落如此，卻說是「謾贏得」，這與其說是達觀，不如說是拗怒了。清況周頤對「故人」以下幾句，非常欣賞，說它「以清麗之筆作淡語，便似冰壺濯魄，玉骨橫秋，綺紈粉黛，迴眸無色」（《蕙風詞話》卷二）。看來這幾句的社會效果，確實是不能低估的。（丘鳴皋）

江開

【作者小傳】字開之，號月湖。存詞四首。

菩薩蠻　江開

商婦怨

春時江上廉纖雨，張帆打鼓開船去。秋晚恰歸來，看看船又開。嫁郎如未嫁，長是淒涼夜。情少利心多，郎如年少何！

商婦問題，是利欲與人情之間矛盾衝突的一個尖銳問題。詩人詞人都很重感情，同時又都鄙薄利欲，因而在他們筆下就有許多描寫這類題材的作品。最有代表性的，是李益〈江南曲〉：「嫁得瞿塘賈，朝朝誤妾期。早知潮有信，嫁與弄潮兒。」詩中用「嫁與弄潮兒」的痴想表達商婦的痛苦，感情至為深切。江開此詞雖不及李詩含蓄雋永，但由於篇幅較長，因而對感情的剖析卻更加細緻。

章法安排上，這首詞前半闋偏重敘事，後半闋偏重抒情，層次井然，條理清晰。上半闋敘述商人的兩次外出：「春時江上廉纖雨，張帆打鼓開船去。」「秋晚恰歸來，看看船又開。」中間雖有「秋晚恰歸來」一句，但說「恰歸來」，說「船又開」，可見其間的間隔是極短暫的。因此，上半闋其實就是「朝朝誤妾期」的具體描述。下半闋抒情，吐露的是商婦情緒的三個方面：「嫁郎如未嫁，長是淒涼夜」傾訴守空房的孤獨；「情少利心多」指責商人情薄；「郎如年少何」慨嘆青春虛度。不過，讀這首詞，我們不僅要看到它條理極清楚，還應當看到它照應極嚴密。比如，上半闋說「春時」出去，「秋晚」歸來，那麼一年中的大部分時間商婦是獨守空房的，何況眼下「看看船又開」，這一出去，不知何時再能回來？這些描寫，實際上就是「嫁郎如未嫁，長是淒涼夜」的最具體、最生動的反映。上半闋中關於春去秋歸的敘述，實際上是商人全年行蹤的概括，而結尾處「郎如年少何」所抒發的青春難久的感嘆，則是一年年韶華虛度的必然結果。清劉體仁《七頌堂詞繹》說：「古人多於過變乃言情。然其意已全於上段，若另作頭緒，不成章矣。」這首〈菩薩蠻〉上、下兩闋分工明確，但下片之情全本上片，上片之事又處處含情。布局甚是精巧。

這首詞的用字也很有表現力，如首句寫別離的時令氣候：「春時江上廉纖雨」，春天是人們最動感情的時候，適於此時離別，已經倍覺傷神；不料又遇上「廉纖雨」（廉纖，是細微、纖微的意思），淅淅瀝瀝，自然更添淒涼。第三句用「秋晚」二字渲染衰颯的環境氣氛，同時又正好成為主人公內心世界的寫照。另外，這一句說「秋晚恰歸來」，下一句接寫「看看船又開」，「恰」字同「又」字的配合，對主題的表達也極有力量。再說，「看看」二字傳達女主人公在商人又將離去時的心理，使讀者看到她前番離情未酬，此番分手在即時怯別的情緒，也極富形象性和表現力。又如，上半闋連用兩次「開船」，構成商人不斷離去的氣氛，下半闋中「嫁郎如未嫁」、「情少利心多」兩句各自形成對比，在揭示人物內心世界方面，也都起到了十分重要的作用。（李濟阻）

李好古

【作者小傳】字仲敏。《陽春白雪》錄其詞一首，此詞《貴耳集》題衛元卿作，《花草粹編》又作李好義。

謁金門

李好古

花過雨，又是一番紅素。燕子歸來愁不語，舊巢無覓處。

誰在玉樓歌舞？誰在玉關辛苦？若使胡塵吹得去，東風侯萬戶。

「一春略無十日晴，處處浮雲將雨行。」（汪藻〈春日〉）正因為如此，所以春和雨，以及象徵春天的花和雨，在詩詞中也就常常被聯繫在一起。不過由於時間的不同，氣候的變化，有的風雨是送春歸，有的風雨則是催春來。比如「三月休聽夜雨，如今不是催花」（張炎〈清平樂〉），而是「一番雨過，一番春減」（張炎〈水龍吟〉），這就屬於前者了。而李好古的這首詞說：「花過雨，又是一番紅素。」大概是屬於後者了。韓愈〈感春三首〉其三：「晨遊百花林，朱朱兼白白。」早春的季節，百花經過陣陣細雨的滋潤，競相開放，又是一番朱朱白白春意濃的景象。「燕子歸來愁不語」一句，承上啟下，春來燕歸，春色依舊，而歸來的燕子卻悶悶不語，這倒是為什麼呢？於跌宕頓挫之中自然逗出下文——「舊巢無覓處」。為什麼「舊巢無覓處」呢？沒有直說，似露還藏，發人深思。這首詞有的本子調名下有題——「懷故居」，因而有人分析說，燕子舊巢，比喻自己故居，春仍歸來，人無歸處，表現了一種無處可歸的感情。其中或許還寓有家國之感，就像文天祥所說的：「山河風景元無異，城郭人民半已非。滿地蘆花和我老，舊家燕子傍誰飛。」（〈金陵驛〉）所以把它理解為那個特定社會現象的典型概括，似乎更為合適。上片結句，就字面看補足了上文，完成了對「燕子」的刻畫；就其喻意而言，已經引向社會現實，這就為下片預作準備了。

國家山河破碎，百姓流離失所，在如此艱難危殆的時局裡，「誰在玉樓歌舞？誰在玉關辛苦？」問得深刻尖銳，咄咄逼人，雖不作答，何人不知！「玉關（玉門關，這裡泛指邊塞）辛苦」者，無疑是那些守邊的士卒。請看：「行營面面設刁斗，帳門深深萬人守……誰知營中血戰人，無錢得合金瘡藥。」（劉克莊〈軍中樂〉）而身居玉樓以歌舞取樂者，則是那班不思抗敵、不恤士卒的將領，所謂「將軍貴重不據鞍，夜夜發兵防隘口……更闌酒醒山月落，彩縑百段支女樂」（同上）。除此之外，當然還有一大批「渡江來、百年歌舞，百年酣醉」（文及翁〈賀新涼〉）於西湖之畔的、南宋朝廷裡的達官貴人。一苦一樂，何等鮮明，誰能不從這觸目驚心的對比中，感受到撼人心魄的藝術力量！下文該怎麼接呢？詞人沒有順著這個調子再把弦兒繃緊，也沒有用一般質實寡味的文字，敷衍成篇，使得結尾變得力度不足，而是別開生面，承以假設推想之辭，從容作結：「若使邊塵吹得去，東風侯萬戶。」「邊塵」一作「胡塵」，想「東風」吹去「胡塵」，已是一奇；再進一層，還要封「東風」為萬戶侯，更是奇之又奇，令人耳目一新。然而妙就妙在於不經意之中，用這種俏皮幽默的文字，翻空出奇，涉筆成趣。不過讀者切不可輕輕放過，因為它寓莊於諧，其中隱含了重大的嚴肅社會政治問題。正是天真之處露真情，風趣之中藏冷峻，究不知當日那些荒淫腐敗、忘卻中原、而又竊得高官厚祿的「玉樓歌舞」者，讀之愧死否！

春日，多有「東風」，「舊巢無覓」，才有切望「東風」吹去「胡塵」之想，首尾相關，文心細密。此外，詞中熔明快、含蓄、嚴肅、幽默種種手法於一爐，渾然成篇，自成一格，則更是它的獨特之處。（趙其鈞）

劉辰翁

【作者小傳】（一二三二～一二九七）字會孟，號須溪，吉州廬陵（今江西吉安）人。少登陸九淵門，補太學生。宋理宗景定三年（一二六二），廷試對策，忤賈似道，置丙第，以親老，請濂溪書院山長。入元，不仕。詞近稼軒，多感傷時事的篇章，風格遒上而辭采絢爛。有《須溪集》、《須溪詞》。存詞三百五十四首。

憶秦娥

劉辰翁

中齋上元客散感舊，賦〈憶秦娥〉見屬，一讀淒然。隨韻寄情，不覺悲甚。

燒燈節，朝京道上風和雪。風和雪，江山如舊，朝京人絕。
百年短短興亡別，與君猶對當時月。當時月，照人燭淚，照人梅髮。

小序中的中齋，是鄧剡的號。鄧剡，字光薦，廬陵人，和劉辰翁同鄉，曾入文天祥幕府，參加抗元戰爭，宋亡後不仕。他的〈憶秦娥〉原作沒有流傳下來。

〈憶秦娥〉這個詞牌，用入聲韻，音節短促悲咽，適宜於表現淒涼哀苦的感情。它只有四十六個字，要寫出蓄意深摯、情感動人的作品，就必須精選題材，高度錘鍊，做到言短意長，情隨聲出。劉辰翁這首〈憶秦娥〉

開頭兩句「燒燈節，朝京道上風和雪」，看似無奇，卻蘊涵甚厚。「燒燈節」，即上元節（俗名元宵節）。南宋的上元節，都城臨安熱鬧非凡。據宋吳自牧《夢粱錄》記載，這天夜裡「家家燈火，處處管絃」，「深坊小巷，繡額珠簾，巧製新裝，競誇華麗。公子王孫，五陵年少，更以紗籠喝道，將帶佳人美女，遍地遊賞。人都道玉漏頻催，金雞屢唱，興猶未已。甚至飲酒醺醺，倩人扶著，墮翠遺簪，難以枚舉」。可以想見當日的繁盛。而今日通往古都臨安的大道上風雪交加，一片寒冷淒涼的景象。「朝京」，即到京城去，因為進京城含有朝拜皇帝之意。這裡「朝京」二字不止是表達了詞人自己，也反映了一般人對京師的尊崇心情。下邊「風和雪，江山如舊，朝京人絕」。頭三字，疊上句。風還是當年的風，雪還是當年的雪，江山並沒有什麼變化。這是在為下句蓄勢：可是現在的上元節，「朝京人絕」，再也看不到當年的盛況了！昔日的繁盛，對當時的人們，是記憶猶新的，而且也是絕不會忘懷的，因而詞人未加實筆鋪敘，只是以「如舊」二字一點。但於眼前這幅風雪載道、路途人絕的畫面中，已令人淒然地想到往昔的繁盛已不復再現了。上片從今日的實寫中，襯托出昔日的繁盛，實際上是將臨安上元節昔盛今衰作了對比，反映出政治局面的重大變化：宋朝滅亡，政權易主。在慘然的詞意中，詞人眷念故國的濃烈感情也隨之噴湧而出。

上片寫上元朝京，下片轉到了自己和友人鄧剡。「百年短短興亡別」，感嘆自己在短短的一生中竟經歷了國家興亡兩個時期，現在是處於元人的統治之下，歲月悠悠，不亡待盡，所幸的是「與君猶對當時月」，自己和友人都是宋朝的遺民，仍然對著當年的月亮。這一句裡含有差堪相慰的情意。下邊轉折：「當時月，照人燭淚，照人梅髮。」「當時月」疊上句，點往昔的崢嶸歲月和少年意氣，為下兩句蓄勢：月色依然如舊，但此番照臨人間，卻唯見紅淚白髮而已。燭淚，象徵著遺民泣血；梅髮，烈士暮年，鬢髮已白如梅花了。紅白相映，意境悲涼。下片透過宋朝興亡兩個時期情懷、容顏的暗暗對比，顯現出一位孤臣義士的危苦形象，吟嘆之中，洋溢出感人的力量。

這首詞主要運用了今昔對比手法，著重寫今，往日繁華只用「如舊」、「當時月」之類字眼點到即止。上片用今日之「風和雨」，使人聯想昔日之火樹銀花。下片則用「猶對當時月」，映照宋亡前後人事滄桑，真切地表現出詞人淒涼慘痛的心情，構成了一首情辭淒苦的小令。在詞裡不止可以感受到詞人的大節凜然，忠於故國，且可以體會出他深厚的藝術功力。（李廷先）

西江月　劉辰翁

新秋寫興

天上低昂似舊，人間兒女成狂。夜來處處試新妝，卻是人間天上。
不覺新涼似水，相思兩鬢如霜。夢從海底跨枯桑，閱盡銀河風浪。

這首詞題為「新秋寫興」，實際上是借七夕抒感寄寓故國之思。

上片側重寫七夕兒女狂歡景象。起兩句緊扣「新秋」，分寫「天上」與「人間」七夕情景。「低昂」，是起伏升降的意思。上句說天上日落月升、星移斗轉等常見的天象變化，依然像往年一樣。「似舊」二字，意在言外，暗示自然界的景象雖然沒有什麼變化，但人事卻發生了滄桑巨變，暗逗結尾兩句。下句說人間兒女也像從前一樣，如痴如狂地歡度七夕。「成狂」即包「似舊」之意，言外有無限感慨。在詞人看來，經歷滄桑巨變的人們，對此新秋七夕，原應深懷黍離之悲，而如今人們竟一如既往，歡慶如狂。這種景象不免使詞人感慨。

「夜來處處試新妝，卻是人間天上。」宋吳自牧《夢粱錄．七夕》：「其日晚晡時，傾城兒童女子，不論貧富，皆著新衣。」可見「處處試新妝」原是當時七夕風習，也是上文所說「兒女成狂」的一種凸出表現。這種處處新妝的歡慶景象，幾乎使人誤認為這裡是人間的天堂了。正如上文「兒女成狂」寓有微意一樣，這裡的「人間天上」也不無諷喻。「卻是」二字，言外有刺，不露聲色。淪陷後的故國山河，早已成為人間地獄，而眼前的景象卻全然相反，彷彿早已忘卻家國之痛，能不令人慨然生悲？

下片側重直接抒寫詞人的感受。「不覺新涼似水，相思兩鬢如霜。」時間在推移，不知不覺間，感到新秋似水的涼意，原來夜已經深了。由於「相思」——懷念故國，自己的兩鬢已經如霜。上句寫出一位有著重重心事的老人久坐沉思，幾乎忘卻外界事物的情景，下句將長期懷念所造成的結果與一夕相思的現境連接在一起，給人以一夕髮白的印象，以凸出憂思之深。

「夢從海底跨枯桑，閱盡銀河風浪。」結拍寫七夕之夢。上句暗用《神仙傳》滄海屢變為桑田的故實，下句以「銀河」切題目「新秋」。詩人夢見在海底跨越枯桑，又夢見在天上看盡銀河風浪。這裡明為紀夢，實際上是借夢來表達對於世事的巨變和人間風浪的感受。全篇寄意，在這兩句集中點出。清劉熙載《藝概．詞概》說：「眼乃神光所聚，故有通體之眼，有數句之眼，前前後後，無不待眼光照映。」結末二句正是通體之眼。有此二句，不但上片「兒女成狂」的情景諷慨自深，就連過片的「新涼」、「相思」也都獲得了特殊的含義。

以獨醒的愛國者與一般的人們作對照，抒發了作者眷念故國的深沉悲哀，是這首詞構思和章法上的基本特點。（劉學鍇）

浣溪沙 劉辰翁

春日即事

遠遠遊蜂不記家，數行新柳自啼鴉。尋思舊事即天涯。

睡起有情和畫捲，燕歸無語傍人斜。晚風吹落小瓶花。

文學作品一般是由情、事、景、理等成分構成，也就是說不外抒情、敘事、寫景、說理四項。這首寫「春日即事」的小詞，每句都是一個獨立的意義個體，或景或事，似乎互不相涉；但經過巧妙的組合連綴，構成一幅完整的春日思鄉圖，而情理自在其中，耐人玩索。

開頭「遠遠」兩句即目寫景：蜂、柳、鴉。蜂為「遊蜂」，漸飛漸遠，不知回巢。「不記家」，已點明詞人「記家」的內心鬱結，提示了本篇的主旨乃是寫思鄉情懷。柳為「新柳」，鴉為「啼鴉」，這既表明春天景物，同時，柳、鴉又是古代詩文中表示離愁鄉思的傳統意象。如梁元帝蕭繹的〈折楊柳〉詩：「巫山巫峽長，垂柳復垂楊……寒夜猿聲徹，遊子淚沾裳。」他的〈詠晚棲烏詩〉：「日暮連翩翼，俱向上林棲……應從故鄉返，幾過入蘭閨。借問倡樓妾，何如蕩子啼。」上句寫「遊蜂」，言「不記家」，已明點詞人心曲；下句寫「柳」、「鴉」，卻是暗示衷腸。於是有後面的「尋思舊事即天涯」之句。

「即」，是「便是」之意，蓋「事」已「舊」矣，一「尋思」之，便有如「天涯」之隔也。劉禹錫〈和令狐相公別牡丹〉詩「莫道兩京非遠別，春明門外即天涯」，最能說明「即天涯」三字之意。劉辰翁另有〈山花子·春暮〉詞說「東風解手即天涯，曲曲青山不可遮」，也是說春風中一分手，便是天涯之隔，即使所距極近，而不相見，不是「即天涯」嗎？寫空間距離如此，寫時間距離也是如此。

過片承上舊事不堪尋憶之意，轉入抒情。「睡起」句為倒捲法。「有情」，即指上句「尋思舊事」而言。故知「尋思舊事」乃是午睡初醒時的心理活動。為此睡起後情思懨懨，無心賞畫，遂加以捲收，而「情」也連同畫一齊被捲起來了。這裡的「和」字有「連同」之意。「情和畫捲」，「捲」字兼管「情」與「畫」。試比較「和露摘黃花」（馬致遠《夜行船·秋思》套），是露與黃花俱摘也。「情」而亦稱「捲」，是情不得舒展之意。蕉心可捲，詩詞中常以蕉心喻指人的情愫，故情也是可捲的。《詩經·邶風·柏舟》說：「我心匪席，不可捲也。」這裡詞人要說：「我情似畫，可以捲也。」不是很富於情致麼？

「燕歸」句在句型上是與「睡起」句構成對仗，上句人事，下句景物，以景物映照心態；但從寫景來說，又與「晚風」句並列對稱。這兩個寫景句子的重點都在「無語」，其手法都是用動態突現靜態。燕子歸來，依傍著人斜飛，似乎有情卻又無語；晚風陣陣，瓶花凋落，亦似默默無言。劉辰翁另有〈點絳脣·瓶梅〉詞，說瓶梅「春堪戀，自羞片片，更逐東風轉」，也寫瓶花在暮春中被風吹落，不由自主，象徵著美人漂泊隨人的不幸命運。本篇則主要寫美好事物不能青春長駐，更增添鄉思的悵惘。

詩詞中常用「無言」，實則「無」中生「有」，以無言反襯深曲的感情波瀾。如溫庭筠〈菩薩蠻〉的「無言勻睡臉」，寫傷春女子的落寞情愫；李煜〈相見歡〉的「無言獨上西樓」，寫亡國之君無法說清的「別是一般滋味」；柳永〈蝶戀花〉的「無言誰會憑欄意」，則寫倚樓懷遠的離人的複雜心緒。劉辰翁此詞則借景物（燕子、落花）來寫詞人的「無言」，手法有別，抒情的效果卻有異曲同工之妙。

本篇以首尾四句寫景，中間兩句寫人。所寫為鄉思，但又不盡是鄉思，把從午睡後到傍晚一段百無聊賴的情思和盤托出。全詞的基調是淡淡哀怨情緒，輕輕孤寂氛圍，不用狠重字眼，不用濃重色彩，自然流走，一氣呵成。（王水照）

浣溪沙 劉辰翁

感別

點點疏林欲雪天，竹籬斜閉自清妍。為伊憔悴得人憐。
欲與那人攜素手，粉香和淚落君前。相逢恨恨總無言。

這首抒發離情的小詞，寫作背景未詳，從詞的內容來看，當是男女之間的離別。

首兩句點明離別時、地。時間是「欲雪天」的寒冬季節。（上云「疏林」，知非春雪。）地點是「竹籬斜閉」的鄉野居處，周圍是點點疏落的樹林。「疏」，即凸出冬季萬木凋謝的蕭瑟景象。樹林、雪候、竹籬，這是對客體的單純描繪，「自清妍」，則是帶有感情色彩的主體審美觀照。蘇軾〈定惠院寓居月夜偶出〉有句云「江雲有態清自媚」，寫江雲清媚自具，一「自」字顯出多少兀傲清峭的風範！劉辰翁詞的「自清妍」似胎息於此。妍，即美的意思。但蘇軾詩句是為了映襯他貶官黃州時「倒冠落佩從嘲罵」的狂放態度，而劉詞卻為反襯離情：居處清者自清，妍者自妍，但不管人間離別，以無情反襯有情之悲。兩句又用輕筆淡筆畫出疏麗畫面，為離別設景，這在其他離別詞中還不多見，格調頗高。

點明時、地後才出現主角。「為伊」句妙在一筆雙提，男女合說。這句的主語自然是女方，但「伊」與「人」實皆指男方。「為伊憔悴」顯係從柳永「衣帶漸寬終不悔，為伊消得人憔悴」（〈蝶戀花〉）而來。這句是說：女子因男方離別而悲哀傷身，形容憔悴，然而因此更引起男方的愛憐。

過片「欲與」兩句，上句主語為男方，下句主語為女方。「欲與」雖換筆寫男方，但仍綰合女子，「那人」、「素手」（素手，特指女子潔白的手）即是；而且文氣銜接：何以「欲與攜手」？正是緊承上片「得人憐」，也是「憐」的具體表現；眼看要分「手」，偏寫緊握素手，依戀不忍之情，溢於言表。「粉淚」者是女子，「君」又指男方。淚灑情人之前，一則承上兩句，感其「憐」，感其「攜手」，二則直逼結句離情。

總之，「為伊」以下三句，主語從女方到男方，又到女方，錯落有致，筆觸多變，但每句都一筆雙綰，兼寫對方；同時，文情層層推進，因果鉤連，異常細密：因憔悴而得憐，因得憐而攜手，因攜手而感淚。而詞句的直率樸實，反而顯出感情的深沉誠摯。

結尾「相逢」一句，才知男女雙方的這次分袂，原是別後重逢而又告別在即，他們的心理上正經歷由長期離別之恨，轉而重逢之喜，卻又跌入更長離別的痛苦。這重逢之喜恰恰加深了重別之悲。於是——「恨恨總無言」。李白〈下途歸石門舊居〉詩「吳山高，越水清，握手無言傷別情」，劉詞情景與之彷彿。無言之恨正是恨的極致，所謂「此時無聲勝有聲」了。

以通俗白描的語言，寫細膩婉曲的離別心理，以淡雅簡練的筆致，寫深摯厚重的男女情愫，是這首小詞的特色。其實，這也代表劉辰翁一部分詞作的共同特點：善用常語、淡語、輕語而寫出情致宛然的意境。（王水照）

山花子 劉辰翁

此處情懷欲問天，相期相就復何年。行過章江三十里，淚依然。

早宿半程芳草路，猶寒欲雨暮春天。小小桃花三兩處，得人憐。

這首詞寫作者在一次離舟中的所見所感。詞裡的章江，即章水，為贛江西源，源出大庾嶺，流至贛州，和貢江匯合稱贛江。劉辰翁是廬陵人（今江西吉安），廬陵瀕臨贛江。此詞或許是作者離家遠行途中所寫。

上片抒情，下片寫景。上片抒情處，可分兩層意思。「此處」兩句是情人分別後不知何時再能歡會的激情呼喊。劈頭「此處情懷欲問天」句，突兀而起。「此處」，即此時，此際，詩詞中習見。何以有此一問？「相期相就復何年」句作了說明。蓋別時相與誓約，必當重會，而實不知何法可致，何時可成，苦心焦慮之餘，不禁呼天而問了。「相就」，杜甫〈九日寄岑參〉詩：「寸步曲江頭，難為一相就」，此「相就」指朋友之間的相會款敘；周邦彥〈花心動〉詞「蘭袂褪香，羅帳褰紅，繡枕旋移相就」，此「相就」謂男女之間的幽期歡會。劉詞自指後者。「復何年」即更在何年，語為反詰，意含此希望之為無望，故情詞如此激動。「行過章江三十里，淚依然」，在感情上是餘哀未盡，在詞情上是明轉暗連。「行過」之「行」，又補出是在別後。此淚是離別之淚，失望之淚，痛憤之淚，總上三句之情而結於此一「淚」字，字似輕巧，所承實重。語直意深，詞淡而悲，令人低迴不盡。

下片寫景，亦設色明麗素淡。「早宿」一聯，寫暮春沿途所見。這聯對仗，文脈頗為曲折。上句謂為求早宿因而只走了半程。宋方夔有詩云「客怕遠行催早宿」（〈初夏雜興四首〉其二），早宿是由於怕遠行；然而這半程旅途卻只見兩岸芳草萋萋，景物撩人。這是轉折頓挫的句式。下句謂風雨送春歸，暮春時有風雨，其時前後猶生寒意。這是一氣直貫的句式。互相綴合，頗饒跌宕紆曲之趣。「芳草」也是古代詩文中表達鄉思離情的傳統意象，最早從淮南小山〈招隱士〉的「王孫遊兮不歸，春草生兮萋萋」而來。春光已晚，芳草遍野，離人目睹，倍添悵恨，李煜〈清平樂〉說「離恨恰如春草，更行更遠還生」，也可以幫助對劉詞的理解。而暮春天氣，猶寒欲雨，亦復使行人的離恨有增無已。顯而易見，詞人攝取的客觀景物，正是凸出其與他主觀心態相關聯乃至相通的那些特點。景語彷彿經過感情的染色，也就成了情語，從而與全詞的抒情協調，組成統一完整的意境。

結尾「小小桃花」兩句，乃舟中瞥然偶見。「小小」，極小。司馬相如〈子虛賦〉說：「臣之所見，蓋特其小小者耳。」但詞中所用，又有親昵的意味。劉辰翁詞中喜用此語，如〈望江南．晚晴〉「花日穿窗梅小小」，〈浪淘沙．有感〉「池塘小小水漫漫」等都是。此句還使人不禁想起蘇軾〈惠崇春江曉景二首〉其一的「竹外桃花三兩枝」之句。但蘇詩強調的是早春：桃花已開，但還未怒放，與該詩的「春江水暖鴨先知」等都表示作者對春天到來的敏感和喜悅；劉詞卻不然，他寫的是晚春桃花的凋謝，花期已過，只剩殘枝了。這句寫景與「早宿」兩句寫景不同：前兩句主要是環境的渲染和烘托，這句卻有美人遲暮的明顯寓意，因而下句緊承說：「得人憐。」桃花是他意中人的化身。

劉辰翁有一首〈浣溪沙．感別〉說「為伊憔悴得人憐」，這首〈山花子〉說「小小桃花三兩處，得人憐」，意思是相同的，但前者用直筆，後者用曲筆，既寫景又寓人，手法稍異。是否關乎同一人之事，難以斷定，也不必深究了。（王水照）

柳梢青　劉辰翁

春感

鐵馬蒙氈，銀花灑淚，春入愁城。笛裡番腔，街頭戲鼓，不是歌聲。

那堪獨坐青燈，想故國、高臺月明。輦下風光，山中歲月，海上心情。

這是一首情調沉鬱蒼涼，抒寫亡國之痛和故國之思的優秀詞篇。作者劉辰翁，生於公元一二三二年，卒於公元一二九七年，這時南宋亡國已經近二十年了。他是宋代末年一大作家，也是一位富於民族氣節的愛國者。理宗景定三年（一二六二）考進士時，劉辰翁因為廷試對策觸犯了當時的權奸賈似道，被列入丙等。恭帝德祐元年（一二七五），文天祥起兵勤王，劉辰翁參加抗元戰爭，以同鄉、同門的身分曾經短期參加文天祥的江西幕府。宋亡後曾在外流落多年。晚年隱居於故鄉江西廬陵山中，從事著述。這首詞據下片「山中歲月」之語，應當是他晚年隱居山中期間的作品。題名「春感」，實際上是元宵節有感而作，這從詞中「銀花」、「戲鼓」、「月明」等與元宵節有關的景物可以看出。

上片寫想像中今年臨安元宵燈節的淒涼情景。「鐵馬蒙氈，銀花灑淚，春入愁城。」開頭三句寫元統治下的臨安一片愁苦悲傷的氣氛。「鐵馬」，指元軍的鐵騎；「銀花」，指元宵的花燈，唐代詩人蘇味道〈正月十五日夜〉詩有「火樹銀花合」之語；「愁城」，借指臨安。因為天冷，所以戰馬都蒙上了一層厚厚的毛氈。

劈頭一句「鐵馬蒙氈」，不僅明點出整個臨安已經處於元軍鐵蹄的蹂躪之下，江南錦繡之地已經蒙上了北方游牧民族的氣息，而且渲染出一種陰冷森嚴，與元宵燈節的喜慶氣氛極不協調的氛圍。可以說，是開宗明義，揭示出了全篇的時代背景特徵。元宵佳節，在承平的年代原是最熱鬧而且最富歌舞昇平氣氛的，這「鐵馬蒙氈」的景象卻將種種承平氣象一掃而空。由於處在元占領軍的壓迫欺凌之下，廣大人民心情淒慘悒鬱，再加上陰冷森嚴氣氛的包圍，竟連往常那火樹銀花不夜天的光明璀璨景象也似乎是「銀花灑淚」了。如果說第一句「鐵馬蒙氈」還只是從客觀景象的描繪中透出特定的時代氣氛，那麼這一句「銀花灑淚」便進一步將客觀景象主觀化、擬人化了，賦予花燈以人在灑淚的形象和感情。這種想像似乎無理，卻又入情。它的生活根據是人的灑淚，它的形象依據則正是所謂「蠟淚」了。「銀花灑淚」的形象給這座曾經是繁華熱鬧的城市帶來了一種哀傷而肅穆的憑弔氣氛。緊接著，又用「春入愁城」對上兩句作一形象的概括。「愁城」一詞，出於南朝梁庾信〈愁賦〉：「攻許愁城終不破。」本指人內心深重的憂愁，這裡借指充滿哀愁的臨安城。自然界的春天不管興亡，依然來到人間，但它所進入的竟是這樣一座「鐵馬蒙氈，銀花灑淚」，充滿人間哀愁的「愁城」！「春」與「愁」，自然與人事的鮮明對照，令人怵目驚心。

「笛裡番腔，街頭戲鼓，不是歌聲。」這三句接著寫想像中臨安元宵鼓吹彈唱的情景：橫笛中吹奏出來的是帶著北方游牧民族情調的「番腔」，街頭上演出的是異族的鼓吹雜戲，這一片嘔啞嘲哳之聲在懷有華夏民族感情的人們聽來，實在不能稱其為「歌聲」。這幾句對元統治者表現了義憤，感情由前面的沉鬱蒼涼轉為激烈高昂，「不是歌聲」一句，一筆橫掃，尤其激憤直率，可以想見作者之義憤填膺。

「那堪獨坐青燈，想故國、高臺月明。」過片收束上文並起領下文，用「想故國」三字點醒上片所寫都是自己對淪陷了的故都臨安的遙想。高臺，指故宮。月明，點明元宵。「故國高臺月明」化用南唐後主李煜〈虞美人〉詞「故國不堪回首月明中」的意境，表達對故都臨安和宋王朝的深沉懷想和無限眷戀。「獨坐青燈」，指自己獨處故鄉廬陵山中，面對熒熒如豆的青燈。淪亡了的故國舊都、高臺宮殿，如今都籠罩在一片慘淡的明月之下，一切繁華熱鬧、莊嚴華麗都已化為無邊的空寂悲涼，這本來已經使人不堪禁受；更何況自己又寂寞地深處山中，獨坐青燈，以劫後餘生之身，想淪亡之故都，不但無力恢復故國，連再見到臨安的機會也很難有了，所以說「那堪」。山中熒熒青燈與故國蒼涼明月，相互對映，更顯出情調的淒清悲涼。這兩句文勢由上片結尾的陡急轉為舒緩，而感情則變得更加沉鬱了。

結拍是三個並列的四字句：「輦下風光，山中歲月，海上心情。」輦下，皇帝的車駕之下；「輦下風光」，指故都臨安的美麗風光。這裡用「風光」一詞，所指的應是宋亡前臨安城元宵節的繁華熱鬧景象，當然也包括自己在亡國前所親歷的承平年代。「山中歲月」，指自己隱居故山寂寞而漫長的歲月。「海上心情」，一般都理解為指宋朝一部分士大夫和將領，在臨安失守後先後擁立帝昰、帝昺，在福建、廣東一帶繼續進行抗元戰爭的情事，以及作者對他們的罣念。但這首詞既然作於歸隱「山中」的時期，則其時離宋室澈底覆亡已有相當時日，不再存在「海上」的抗元戰爭了。吳熊和《唐宋詞通論》說：「『海上心情』，用蘇武在北海矢志守節事。《漢書．蘇武傳》：『武既至海上，廩食不至，掘野鼠，去屮實而食之。杖漢節牧羊，臥起操持，節旄盡落。』劉辰翁宋亡後的危心苦志，庶幾近之。」這個理解是非常正確，切合詞人思想感情的實際和典故的字面及內在涵義。這三句全為名詞性意象的組合，結構相同，看來像是平列的，實際上「山中歲月」是自己身之所在；「輦下風光」是自己心之所繫；而「海上心情」則是自己志之所向。歸根結蒂，隱居不仕，在山中度過寂寞而漫長的歲月，以遺民的身分時時懷念著故國舊都的美麗風光，都是他「海上心情」——民族氣節的一種表現。因此，以「海上心情」作結，不只是點出了「山中歲月」、「輦下風光」的實質，而且是對全篇思想感情的一個總收束。

這首詞也可以說就是抒寫詞人的「海上心情」。對於像劉辰翁這樣一個知識分子來說，在故國淪亡以後，除了懷念「輦下風光」，感嘆臨安今天的淒涼和自己寂處山中不與元統治者合作以外，還能再有什麼行動表示呢？這種「心情」，正表現了這一類知識分子的特點和弱點。

這首詞在藝術表現上一個最顯著的特點，就是從想像落筆，虛處見意。詞的上片，全是身在山中的詞人對故都臨安今年元宵節淒涼情景的想像，其中雖也寫到「鐵馬」、「銀花」、「笛裡番腔」、「街頭戲鼓」，但都不是具體細緻的描繪，而是著重於主觀感情的顯現，像「春入愁城」這樣的敘寫更完全是虛涵概括之筆。下片則純從空際盤旋。「想故國、高臺月明」，只顯現出故都的宮殿樓臺在一片慘淡月光映照下的暗影，這當中所包蘊的種種故國之思、滄桑之感、興亡之慨盡在不言之中。結拍三句，對「輦下風光」、「山中歲月」、「海上心情」的具體內容同樣不著一字，只用抒情唱嘆之筆虛點，讓讀者透過那飽含滄桑今昔情味的語調和內涵豐富的典故想像得之。由於採取這種想像落筆、虛處見意的寫法，讀來別具一種沉鬱蒼涼、吞咽悲苦、欲說還休之致。而全詞以整齊的四句字為主、兩字一頓的句法和節奏，特別是結拍連用三個結構相同的四字句，更加強了這種沉鬱蒼涼的情致。（劉學鍇）

鵲橋仙

劉辰翁

自壽二首

輕風淡月，年年去路。誰識小年初度。橋邊曾弄碧蓮花，悄不記、人間今古。
吹簫江上，霑衣微露。依約凌波曾步。寒機何意待人歸，但寂歷、小窗斜雨。

天香吹下，煙霏成路。颯颯神光暗度。橋邊猶記泛槎人，看赤岸、苔痕如古。
長空皓月，小風斜露。寂寞江頭獨步。人間何處得飄然，歸夢入、梨花春雨。

南渡以來，人們競相寫作壽詞。劉辰翁受了時代風尚的熏染，也寫過不少「以介眉壽」的詞作，約略統計，有七十多首，占全部須溪詞的十分之二。須溪寫壽詞，有的是祝頌友朋壽誕，有的則是自壽曲。儘管他的部分壽詞，寫些松椿鶴龜、功名富貴，跳不出舊曲規模，不免落入俗套，但是，他的大多數壽詞，卻能描寫他人的才能、事業和抱負，抒發自己的性情、心志和襟懷，詞情裡跳動著時代的脈搏，寄寓著愛國士大夫對多難時世的無窮憂慮和哀傷，語意新奇、含蘊深遠，脫去諛佞之嫌，迂闊之忌，塵俗之感。〈鵲橋仙·自壽二首〉就是兩首頗有特色的壽曲。

詞人生於宋理宗紹定五年（一二三二）十二月二十四日①。「誰識小年初度」，點明了他的出生月日。「初度」，語出屈原〈離騷〉「皇覽揆余初度兮」，後人也就以此為生日的代名詞。「小年」，農曆十二月二十四日，見文天祥〈二十四日〉詩：「春節前三日，江鄉正小年。」正巧詞人的誕辰臨近年底，因此，對他來說，每年送去舊歲，迎來新春，便含有雙重意義。「輕風淡月，年年去路」，恰當地表達詞人此時此刻的心境，引出下面的許多感嘆來。

該寫些什麼來為自己祝願一下呢？詞人一不寫鶴壽龜年，二不寫功名富貴，三不寫才能事業，卻用不同凡響的妙筆，寫出二首輕靈宛曲、飄然超忽的壽曲。

「輕風淡月」一首，詞人追念著昔日的生涯：有誰會知道我出生在十二月二十四日呢？在那淡月朦朧、微風輕拂的夜晚，憶想著一年年已經度過的歲月，怎不令人神往。我曾在橋邊撫弄那奇妙的碧蓮花，悄然忘懷人世間古今的一切煩惱。我也曾泛舟在迷茫的澄江裡，吹洞簫，出了神，任微露沾濕我的衣裳，遐想中，我依約見到了凌波微步的女郎。我更不會忘記賢慧的夫人，獨守在寒機旁，一片靜寂，只聽得斜雨敲打著小窗。

「天香吹下」一首，詞人寫出自己的苦悶和追求：我迅疾地飛渡星光閃爍的銀河，香氣馥郁，煙霏滿路，彷彿進入了神奇的世界。我來到鵲橋邊，還記得那個闖進天河來的泛槎人；看那赤岸邊，布滿著年代久遠的苔痕。回到人間，皓月當空，輕風吹露，我懷著寂寞、沉重的心情，獨自在江頭躑躅。人間哪裡可以找到超塵絕俗的地方呢？只有夢入春雨梨花的景色裡，才是我人生的歸宿。

這兩首詞，描寫了一系列超乎現實的人和物，橋邊曾遇到過翱遊天河的「泛槎人」（見晉張華《博物志》）；江上依約見到了「凌波微步」的仙女（語出曹植〈洛神賦〉）；寫到了「苔痕如古」的「赤岸」（天河之岸，泛槎人在天河岸邊遇到牽牛人後，沒有上岸就返回人間），也寫到了「碧蓮花」（即碧藕花，碧藕是神仙的食物，非人間所有。晉王嘉《拾遺記》載，周穆王宴西王母，盤中有「萬歲冰桃，千常碧藕」）。詞人飛騰著奇特的想像，描繪「橋邊曾弄碧蓮花，悄不記、人間今古」、「天香吹下，煙霏成路。颯颯神光暗度」的幽獨超絕而又飄搖迷離的境界，編織出一幅充滿神仙色彩的理想雲錦，創造出一個超然世外的藝術境界，以表達自己嚮往美好世界的心願。

張炎說過，寫壽詞「盡言神仙則迂闊虛誕」（《詞源》卷下）。須溪深識個中祕奧，因而，他寫壽詞，出之以神仙，而入於現實人生，將自己嚮往神仙世界的美好情感，凝聚於超脫、淡泊而又不忘世事的人生態度之中。前首云「吹簫江上，霑衣微露」，詞意從蘇軾〈赤壁賦〉泛舟江上、有客吹簫倚歌的意境中化來，表現詞人的曠達胸懷。後首云「人間何處得飄然，歸夢入、梨花春雨」，借用白居易〈長恨歌〉「梨花一枝春帶雨」字面，表現詞人的超脫心情。然而，詞人對世事畢竟是難以忘懷的。劉辰翁是南宋末年著名的學者，人稱「須溪先生」。今日欣逢壽誕之期，他很自然地想到了對自己學業給予支持和鼓勵的蕭氏夫人，在自壽曲裡，化用東漢樂羊子之妻斷織勸夫的典故（《後漢書．樂羊子妻傳》），稱讚了自己妻子的賢惠：「寒機何意待人歸，但寂歷、小窗斜雨。」正是她，月復月，年復年，獨守斜雨寂歷小窗前的寒機旁，操持著家務，保證自己能完成學業。詞人更想起了國事：「長空皓月，小風斜露。寂寞江頭獨步。」詞的意境，完全從杜甫〈哀江頭〉「少陵野老吞聲哭，春日潛行曲江曲」脫化出來。唐肅宗至德二載（七五七）春，杜甫被安史叛軍困在長安城裡，面對國破的現實，他情動於中，揮筆寫下〈哀江頭〉，抒發了家國遭難時的哀慟心情。時雖異，地雖異，而兩位愛國文人的心卻是相通的，須溪從杜甫〈哀江頭〉詩中攝取了適合表達自己心曲的意境，寫入詞裡。

想要羽化登仙，卻不得不回歸到現實生活中；想要超塵脫俗，遺世獨立，卻又難以忘懷世事；超現實的仙境和活生生的現實人生，糅合在同一首詞裡。這一切，看來似乎是矛盾的，然而正是在這種情感矛盾中，才充分顯示出須溪思想感情複雜的真面貌。這樣的壽詞，才是抒寫真性情的佳作。

從詞意融渾、韻腳同一可以看出，這兩首詞關係密切，不可分割，是同時寫成的，乃是「聯章詞」，它們的共同藝術特點是：

一、意象多跳躍，詞意多轉折。兩詞由藝術想像幻化成的神仙境界、詞人昔日的生活片段和目前的生活瑣事與情思，構成一個整體，而「輕風淡月」一首的下片，側重地表現了蕭氏夫人獨守寒機的詞意；「天香吹下」一首的下片，則側重地表現詞人獨步江頭的詞意，它們分別表現了全詞總體情思的兩個不同側面。正因為全詞迅速地交替描寫想像情景、記憶情景和眼前情景，形成全詞意象多跳躍、詞意多轉折的特點，增強了詞作迷離恍惚、超絕塵世的色彩和情調，有效地表情達意。

二、本詞成功地運用了寫景點染的手法。詞人用「輕風淡月」句，描寫自己回首往事時微微欣喜、淡淡哀怨的內心感受，十分妥帖，起著點染氛圍的作用。「但寂歷、小窗斜雨」句，與上句「寒機」扣合，表現了寂寞靜謐的環境，烘托蕭氏夫人黽勉家事的賢慧品格。「天香吹下」二句，渲染馨香濃郁、煙霞迷漫的仙境，表現出詞人馳騁銀河之中的感觀，非常真切。須溪用輕筆稍加點染，景中自有情致，景中自有意蘊。

三、詞人採用了透過一層的寫情手段。以超脫語來寫難忘世事的心境，「人間何處得飄然，歸夢入、梨花春雨」，反而使人感到無處得飄然，彌覺傷感；以寬解語來寫殷憂，「悄不記、人間今古」，事實上卻是時刻不忘今古，倍增憂愁。用輕靈宛曲之筆，超忽飄然之態，表現國難深重時期隱憂難排的沉痛心情，其感染力，遠遠勝過直率的表達方式。（吳企明）

〔註〕①劉辰翁生日，有如下數證：一，宋代稱十二月二十四日為「小年」，俗稱「小年夜」，文天祥〈二十四日〉詩：「春節前三日，

江鄉正小年。」題下自註：「俗云小年夜。」又，〈小年〉：「燕朔逢窮臘，江南拜小年。」二，劉辰翁〈沁園春〉：「劉子生時，當月下弦，輸大半輪。」三，劉辰翁〈念奴嬌〉：「某所某公，同年同月，誰剪招魂紙。前三例好，不須舉後三例。」詞尾自註：「槐城廿一日生。」王槐城二十一日生，後三日即二十四日，須溪生。四，本詞「誰識小年初度」。

踏莎行 劉辰翁

雨中觀海棠

命薄佳人，情鍾我輩。海棠開後心如碎。斜風細雨不曾晴，倚闌滴盡胭脂淚。恨不能開，開時又背。春寒只了房櫳閉。待他晴後得君來，無言掩帳羞憔悴。

詠物詩難作，詠物詞尤其難作。用詞來摹寫物象，既要逼真、貼切，似其形，得其神，又要不晦、不拘、不粘、不滯，借物以攄寫情性，不獨詠物而已，方為上乘作品。劉辰翁的〈踏莎行·雨中觀海棠〉正是這樣的一首好詞。

本詞起句，並沒有用寫景漸引，也沒有直接描寫海棠的形態、色澤，卻從詞人的觀感下筆。「命薄佳人，情鍾我輩」二句，將詞人於雨中觀看海棠花時的情懷，和盤托出，一開始就見出所詠題意，具有籠罩全詞的藝術效果。自古佳人多薄命。歷代歌詠美人的詩詞，都曾寫道「紅顏勝人多薄命，莫怨春風當自嗟」（歐陽脩〈再和明妃曲〉）、「佳人多命薄」（陸游〈風流子〉）。「情鍾」句，語出南朝宋劉義慶《世說新語·傷逝》，原是王戎喪兒時說過的話「情之所鍾，正在我輩」。這兩個成語、典故，都與海棠花無關，本詞僅僅取其字面意義，以薄命佳人比喻風吹雨淋下的海棠花，用王戎語，表達詞人雨中觀海棠的惋惜、傷感的情緒。「海棠開後心如碎」句，扣住題面，起著承上啟下的作用，引出以下兩個摹寫海棠的詞句：「斜風細雨不曾晴，倚闌滴盡胭脂淚。」

連綿不斷的春雨，灑落在傍欄的海棠花上，雨水沿著胭脂一般紅的海棠花瓣滴下來，好像流下不盡的傷春淚水。此花、此景、此境、此情，怎不令人「心如碎」呢？這幾句摹寫雨中海棠，自然、妥帖，不僅將海棠花開時「斜風細雨」的氛圍襯托出來，又深得雨中海棠的風神，而且還把全詞的感傷情調，渲染得十分強烈。

過片處，詞人不再就海棠風貌落筆，卻發起別意。愛看絢麗的海棠花，希望她早日開放，所以說「恨不能開」；誰料花開不適時，又碰上陰雨天，所以說「開時又背」。陰霾連日，春寒料峭，房櫳緊閉，賞花人絕跡，海棠花徒然盛開，實在是件使人遺憾的事。「春寒只了房櫳閉」的詞意，與上片「海棠開後心如碎」遙相呼應，極寫出雨中海棠的不幸遭際，也流露出詞人不勝傷惋的心情。至此，詞人陡然轉筆，寫出「待他晴後得君來」句。等到他日風和日麗，賞花人再來，海棠卻經受風雨的摧殘，已失去昔日的風采，葉重下垂如「掩帳」；花容失色，「憔悴」不堪。結句「無言掩帳羞憔悴」，用擬人化的手法，將海棠花無窮的惆悵，融入於羞澀無言的神態之中，正是言雖止而意無盡。它和上片的結句，互為因果，「羞憔悴」，正由「滴盡胭脂淚」造成的；它們又和起句密合，「命薄佳人」是總領，上下片的結句是分承，著意描寫「命薄」的具體內容。可見，須溪寫詠物詞，十分講究「收縱聯密」的功夫，使全詞詞意渾然一體，又了然於目。

這首詞，有意蘊，有遠致，「鬱伊善感」（清沈祥龍《論詞隨筆》評王沂孫詠物詞語），能感發起讀者聯翩的興會。那麼，詞人借著「海棠」，特別點明的是「雨中」的「海棠」，究竟「託意」何在？又能感發起讀者什麼樣的興會呢？清沈祥龍說：「詠物之作，在借物以寓性情，凡身世之感，君國之憂，隱然蘊於其內。斯寄遙深，非沾沾焉詠一物矣。」（同上）須溪身處宋季，南宋小朝廷長期受到蒙元統治集團的侵擾，國勢日衰，已瀕臨岌岌可危的境地。詞人在「觀海棠」的過程中，將家國之憂，交織進愛花、惜花的情感裡，憑藉雨中海棠花容憔悴的藝術意境，表達出自己對美好事物備受摧殘的深切感嘆，攄寫了自己的期待、失望、嘆惋、感傷的複雜的內心感受。從詞句中還透露出期望和等待「晴日」到來的消息著眼，本詞當作於南宋覆亡之前。全詞妙在並不說破託意，讓讀者透過深邃的意境，楔入詞人的心靈深處，與詞人共同去感受國步艱難時日的殷憂與冀求，從而形成深婉蘊藉的藝術風貌。這與須溪詞中風格遒上、輕靈婉麗之作，迥然異趣，呈現出別具一格的特色來。（吳企明）

蘭陵王

劉辰翁

丙子送春

送春去，春去人間無路。秋千外、芳草連天，誰遣風沙暗南浦？依依甚意緒？漫憶海門飛絮。亂鴉過，斗轉城荒，不見來時試燈處。

春去，最誰苦？但箭雁沉邊，梁燕無主，杜鵑聲裡長門暮。想玉樹凋土，淚盤如露。咸陽送客屢回顧，斜日未能度。

春去，尚來否？正江令恨別，庾信愁賦（二人皆北去）。蘇堤盡日風和雨。嘆神遊故國，花記前度。人生流落，顧孺子，共夜語。

這首詞題為「丙子送春」。「送春」詞在《須溪詞》中為數不少，這些詞表面上寫的是春天，實際卻是南宋王朝的象徵。所謂「送春」，也就是哀悼南宋的滅亡。詞中形象地描繪出南宋都城臨安被攻陷後的殘破景象，反映上至統治階級，下至廣大人民所遭受的苦難，詞中處處流露出作者面對國破家亡所產生的深悲巨痛。

清陳廷焯在《雲韶集》中說：「題是送春，詞是悲宋，曲折說來，有多少眼淚。」丙子，即宋恭帝德祐二年（一二七六）。是年正月，元軍攻入臨安，三月伯顏等擄恭帝及太后北去。宰相陳宜中及部分宗室從海路逃至福建，並在福州擁立端宗趙昰繼續與元軍對抗。詞中反映的就是這一歷史時期的巨大社會變動。

〈蘭陵王〉是詞中的長調，共分三段。第一段寫臨安被攻陷後的殘敗景象以及詞人的感受。「春去人間無路」是全詞的主題句。因此，詞中各段發端，均以「春去」領起，並緊緊圍繞這一中心從不同方面來加以發揮。「秋千外、芳草連天，誰遣風沙暗南浦」，寫的是臨安失陷前後的不同畫面，用的是對比手法。「芳草」、「秋千」，寫的是元軍陷城前的景況。「芳草」，又暗喻送別。白居易有〈賦得古原草送別〉詩，李煜〈清平樂〉「離恨恰如春草」，范仲淹〈蘇幕遮〉「芳草無情，更在斜陽外」，均以芳草抒寫離情。但這首詞的「芳草」卻不是一般的離情，而是送別一個朝代，送別向南奔逃的南宋君臣。因此，淒苦之情，不能自已。而「風沙暗南浦」，則意味著元軍對臨安的攻占與破壞，又象徵著南逃君臣們的前景險惡。「南浦」本指分別的處所，而此處卻暗指南宋廣大國土，是「春去人間無路」的補充。「漫憶海門飛絮」二句，寫詞人惦記著的宋室君臣，設想他們像隨風飛轉的柳絮，飄搖無依，居無定所。作者首先著筆於「海門」，說明他寄希望於南逃的端宗，也反映了作者有隨端宗南行之願，但卻因風沙隔阻，無路可通。「亂鴉」三句轉寫眼前的現實，暗示臨安的殘敗淒涼：狂噪的鴉群在上空倏然掠過，北斗，迷失了方向；城池，荒涼頹圮；元宵前夕曾是華燈照耀的都城，到此時已黑暗得尋不到燈的蹤跡。「亂鴉」，暗喻元軍，「斗轉」，北斗星移動了位置，暗示南宋王朝的隕落。「試燈」，元宵前的張燈預賞。臨安失陷於二月，春來時尚及見元宵燈景，至三月春歸，則南宋已亡，故云「不見來時試燈處」。

第二段寫春天歸去以後，南宋君臣與庶民所遭受的亡國之痛。換頭以設問句過渡：「春去，最誰苦？」其中，「苦」字提得十分尖銳。下面連用三個分句，分寫三個方面的形象以作回答：「箭雁沉邊」，寫被擄北去的君臣，他們有如被射中的大雁，墜落到遙遠的北方邊地，永無回歸之日了；「梁燕無主」，以「無主」的「梁燕」喻南宋臣民，大廈傾覆，梁燕失主，恓恓惶惶，無可依傍；「杜鵑聲裡長門暮」，則轉寫臨安宮苑淒涼景象，暮色之中，「長門」（漢宮名，此處代指宋宮）閉鎖，唯有杜鵑啼血而已。三個分句，用「但」字領起，收一氣呵成之效。「玉樹」三句，緊承前三句意脈，寫亡國之悲。「玉樹」本漢宮中之物，《漢書．揚雄傳》有「翠玉樹之青蔥兮」句，顏師古註云：「玉樹者，武帝所作，集眾寶為之，用供神也。」王朝傾覆，故「玉樹凋土」，就連那金銅仙人也不免有辭漢之悲。「淚盤」兩句，用李賀〈金銅仙人辭漢歌〉「衰蘭送客咸陽道」詩意。漢武帝時，曾在建章殿前鑄銅人，手托承露盤，稱捧露仙人。李賀在〈金銅仙人辭漢歌〉序中說：「魏明帝青龍元年八月，詔宮官牽車西取漢孝武捧露盤仙人，欲立置前殿。宮官既拆盤，仙人臨載，乃潸然淚下。」「玉樹」、「淚盤」，皆以漢喻宋。「斜日未能度」，指「銅仙」戀戀不捨，行動遲緩，象徵被迫北去的君臣對故國的留戀，暗扣詞題「送春」之意。

第三段寫故國之思。換頭仍以設問起句：「春去，尚來否？」「來」字問得驚心動魄，懷有深刻的眷戀之情。下面緊接著以江總、庾信之事來抒寫亡國之痛。江總在陳後主時仕至尚書令，故稱「江令」；陳亡，入隋北去。庾信本仕梁，後出使西魏而梁亡，被留長安，北周代魏，又不予放還；著有〈愁賦〉，已佚，僅存十數句。詞自註「二人皆北去」，即指亡國後的恨事。詞人此時之恨與愁，同於古人，故以「正」字領出「江令恨別，庾信愁賦」兩四字對句。同時，還借風雨盡日襲擊蘇堤來烘托氣氛，與第一段「斗轉城荒」相綰合，使臨安的景色更加淒迷。蘇堤在杭州西湖外湖與裡湖之間，蘇軾知杭州時所築，故名「蘇堤」，堤上有六橋，桃柳成蔭。這裡指淪陷後的臨安陷於風雨飄搖之中。在此痛感春去無奈、春來無望之際，作者只能「神遊故國」了。此二句扣緊「送春」，並對「尚來否」作了回答，說明詞人只能在夢裡才能再見故國的新春。「花記前度」，用劉禹錫〈再遊玄都觀〉詩意「種桃道士歸何處？前度劉郎今又來」，這裡用以表示對故國的懷想。最後，「人生流落」之句，用來補足「人間無路」，以只能跟「孺子」共話亡國之痛作結。「孺子」，指作者的兒子劉將孫，也是詞人，著有《養吾齋集》。本篇寫於元軍入臨安之後，作者敢於直抒亡國之痛，充分顯示出他對故國的熱愛。「春去人間無路」、「誰遣風沙暗南浦」、「亂鴉過，斗轉城荒」、「神遊故國」、「人生流落」這樣的詞句，其攻擊的矛頭、鮮明的愛憎均昭然可見。清況周頤在《蕙風詞話》中說劉辰翁善用「中鋒達意」、「中聲赴節」，但這並不意味著單刀直入與和盤托出。詞中的思想主要是運用借代和象徵手法來表現的。如，「春」是南宋王朝的象徵；「飛絮」暗喻南奔的君臣；「亂鴉」代指元軍；「風沙」象徵敵人的破壞；「箭雁沉邊」代指被擄君臣等等。這些景物，是作者目之所見，作者透過自己的感受賦予它們感情色彩，同時給以恰當的喻示，於是便充分烘托出南宋滅亡的悲劇氣氛。詞的現實性與認識意義，也是透過這種氣氛體現出來的，詞中某些典故的運用，還進一步增強了這種氣氛。這種藝術效果，來源於詞的傳統的比興寄託手法。清周濟在《宋四家詞選目錄序論》中說：「夫詞，非寄託不入，專寄託不出。」其《介存齋論詞雜著》又說：「有寄託則表裡相宜，斐然成章。」本篇就是專主寄託的成功之作。因為作者把痛悼南宋滅亡的愛國之情和詞中的藝術形象二者巧妙地融合在一起，達到了「渾化無痕」的高水平，讀之令人感慨。

此外，詞中還成功地運用了「設問」手法。設問是一種重要的修辭手段。恰當的設問，不僅能造成一定的懸念，而且還可以調動讀者的參與意識，啟發讀者創造性的想像，使作品的感情與形象更加深入人心。設問的手法是多種多樣的。本篇中的設問，有自問自答，問而未答或明知故問。如「誰遣風沙暗南浦？」「依依甚意緒？」「春去，最誰苦？」這些，都作了回答；而「春去，尚來否？」就帶有明知故問的意味。明知國破家亡，恢復無望而問，使人肝膽俱裂，且後面又未作具體回答，只是以「嘆神遊故國，花記前度。人生流落，顧孺子，共夜語」來狀自己的流亡生活。實際上，這也是一種回答，這種回答有更大的包容性，更多的悲劇氣氛，因而也更加感人。（陶爾夫）

寶鼎現 劉辰翁

春月

紅妝春騎，踏月花影①、牙旗穿市②。望不盡樓臺歌舞，習習香塵蓮步底。簫聲斷，約彩鸞歸去，未怕金吾呵醉。甚輦路喧闐且止，聽得念奴歌起。父老猶記宣和事，抱銅仙、清淚如水。還轉盼沙河多麗。滉漾明光連邸第，簾影動③、散紅光成綺。月浸葡萄十里。看往來神仙才子，肯把菱花撲碎？腸斷竹馬兒童，空見說、三千樂指。等多時、春不歸來，到春時欲睡。又說向燈前擁髻，暗滴鮫珠墜。便當日親見〈霓裳〉，天上人間夢裡。

〔註〕①一作「踏月呼影」。②一作「千旗穿市」。③一作「簾影凍」。

《御選歷代詩餘》引張孟浩語云：「劉辰翁作〈寶鼎現〉詞，時為（元成宗）大德元年（一二九七），自題曰『丁酉元夕』。亦義熙舊人（指陶淵明）只書甲子之意。」確乎，在《須溪詞》裡凡只書甲子的都是感懷舊事、悼念故國的作品。如此詞雖一題作「丁酉元夕」，但詞中大量篇幅還是回憶宋代元宵節繁華舊事，於眼前元夕只「到春時欲睡」一句了之，大有「故國不堪回首月明中」（李煜〈虞美人〉）之概。

〈寶鼎現〉是三疊的長調。這首詞就以闋為單位分三段分別寫北宋、南宋及作詞當時的元夕情景。最後形成強烈對比。

一闋寫北宋年間汴京元宵燈節的盛況。於元夕遊眾中著重寫仕女的遊樂，以見繁華喜慶之一斑。因為舊時女子難得拋頭露面，所以寫她們的遊樂也最能反映遊眾之樂。「紅妝春騎」三句寫貴家婦女盛妝出遊，到處是香車寶馬；官員或軍人也出來巡行，街上盡是旌旗。這裡略用沈佺期詠元夕〈夜遊〉詩句「南陌青絲騎，東鄰紅粉妝」及蘇軾〈上元夜〉詩句「牙旗穿夜市」的字面，可謂善於化用。緊接著便寫市街樓臺上的文藝表演，是「望不盡、樓臺歌舞」，臺下則觀眾雲集，美人過處，塵土也帶著香氣（「習習香塵蓮步底」）。這其間就方便了鍾情懷春的青年男女，戀愛情事時有發生。元林坤《誠齋雜記》載，鍾陵西山有遊帷觀，每至中秋，車馬喧闐。（魏明帝）太和末，有書生文簫往觀，見一女子名彩鸞者姿色絕佳，意其神仙，注視不去，女亦相盼，遂同歸鍾陵為夫婦。「簫聲斷、約彩鸞歸去」即用此事寫男女戀愛情事。古代京城有金吾（執金吾，執行警察職務）禁夜制度，「唯正月十五日夜，敕許金吾弛禁，前後各一日。」（唐韋述《兩京新記》）「未怕金吾呵醉」句就寫出元夕夜的自由歡樂。緊接著便是一個特寫，在皇家車騎行經的道路（「輦路」）人聲嘈雜，一忽兒鴉雀無聲，原來是為時所重的著名女歌手演唱開始了。「念奴」本是唐天寶中名倡，此借用。

以上寫北宋元夕，真給人以溫柔富貴繁華的感覺。過片時總挽一句「父老猶記宣和（宋徽宗年號）事」，就自然而然地轉入南宋時代了。唐李賀〈金銅仙人辭漢歌〉序說，魏明帝時詔宮官牽車西取漢武帝時鑄造的銅人，銅人臨載，竟潸然淚下。「抱銅仙、清淚如水」即用此事寓北宋滅亡之痛。到南宋時，元夕的情景自然不能與先前盛時相比。但雖說偏安一隅，卻仍有百來年的「承平」。所以南宋都城杭州元夜的情景，仍有值得懷念的地方。沙河塘在杭州南五里，居民甚盛，歌管不絕，故詞中謂之「多麗」。據周密《武林舊事》寫南宋杭州元夕云：「邸第好事者……間設雅戲煙火，花邊水際，燈燭燦然。」「滉漾明光連邸第，簾影動、散紅光成綺」寫的正是這種情景。然後寫到月下西湖水的深碧，所謂「恰似葡萄初醱醅」（李白〈襄陽歌〉）。灩灩金波，方圓十里，極為奇麗。在湖船長堤上，士女如雲，則構成另一種景觀。在那燈紅酒綠之夜，那些「神仙才子」（猶言「才子佳人」），有誰能像南朝徐德言那樣預料到將有國破家亡之禍，而預將菱花鏡打破，與妻子各執一半，以作他日團圓的憑證呢？「肯把」一句，寓有詞人刻骨鏤心的亡國之痛，故在三闋一開始就是「腸斷竹馬兒童，空見說、三千樂指」，總收前面兩段，大有「俱往矣」的感慨。宋時舊例教坊樂隊由三百人組成，一人十指，故稱「三千樂指」。入元以後，遺老固然知道前朝故事，而騎竹馬的少年兒童，則只能從老人口中略知一二，自恨無緣得見了。人們仍然盼著春天的到來，盼著元夕的到來。但在蒙古人的統治下，元夕這一漢人傳統節日，卻不免蕭條。「等多時、春不歸來，到春時欲睡」，於輕描淡寫中哀莫大焉。元宵是燈節，可再也看不到「紅妝春騎」、「輦路喧闐」的熱鬧場面了。漢人與南人，只能對著室內孤燈，垂淚傷心。「燈前擁髻」云云，乃用《飛燕外傳》伶玄自敘說其妾樊通德「顧視燈影，以手擁髻（愁苦狀），淒然泣下，不勝其悲」語意。專寫婦女的情態，與一闋正成對照。年少的人們誠然因為生不逢辰，無由窺見往日元夕盛況而「腸斷」；而年老的人們呢，「便當日親見霓裳」，又怎麼樣？還不是一場春夢，空餘悵恨而已！「天上人間夢裡」用李後主〈浪淘沙令〉「流水落花春去也，天上人間」語，以抒深巨的亡國之痛。

這首詞在藝術上頗具特色。詞人根據詞調三疊的結構布局，逐闋寫三個時代的元夕景況。在下一闋開始時均作回憶語，將上一闋情事推入夢境，給人每況愈下，不堪回首之感。第二闋是「父老」的追憶，第三闋則寫「兒童」的揣想（根據父老的閒談），寫來極有變化，不著痕跡。由於詞人將回憶、感慨、痛苦交織起來，「反反覆覆，字字悲咽」（張孟浩語），所以深盡當日遺民心情。故明楊慎《詞品》說它「詞意淒婉，與麥秀歌何殊」。

（周嘯天）

永遇樂 劉辰翁

余自乙亥上元誦李易安〈永遇樂〉，為之涕下。今三年矣，每聞此詞，輒不自堪。遂依其聲，又託之易安自喻。雖辭情不及，而悲苦過之。

璧月初晴，黛雲遠淡，春事誰主？禁苑嬌寒，湖堤倦暖，前度遽如許！香塵暗陌，華燈明晝，長是懶攜手去。誰知道，斷煙禁夜，滿城似愁風雨！

宣和舊日，臨安南渡，芳景猶自如故。緗帙流離，風鬟三五，能賦詞最苦。江南無路，鄜州今夜，此苦又誰知否。空相對，殘釭無寐，滿村社鼓。

此詞寫作緣起，序中已說得明白。乙亥，為宋恭帝德祐元年（一二七五）；「李易安〈永遇樂〉」，指李清照詠上元（元宵）節的「落日熔金」一詞。三年後，為宋端宗景炎三年（一二七八），亦即帝昺祥興元年。這時，臨安已在兩年前被元軍佔領，南宋殘餘政權瀕臨滅亡。劉辰翁為抒發眷念故國故都的情懷，在旅途中寫了這首詞。

序中已明說此詞是「託之易安自喻」。足見劉辰翁寫李清照的身世，是用來抒發自身哀感的。

「璧月初晴，黛雲遠淡，春事誰主？」起首用景語點明時間和渲染氣氛，而著重在提出「春事誰主」這個主題。「璧月」，南朝宋何偃〈月賦〉有「滿月如璧」句，兼玉璧之潔白、晶瑩、圓滿等特徵，以寫元宵之月，極為妥帖傳神；月明則雲淡，借天之青為雲之色，故曰「黛雲」，鍊字亦工。這些都是元宵節時常見的景象，也是春夜裡逗人喜愛的事物。但如今誰是這美好春天事物的主人呢？這樣一問，便直截了當地楔入詞的主題；也好似詞人迫不及待地要吐露心靈的痛楚。

「禁苑嬌寒，湖堤倦暖，前度遽如許！」從「禁苑」、「湖堤」二詞看，可察知寫的是南宋都城臨安；從「前度」（用劉禹錫〈再遊玄都觀〉「前度劉郎今又來」典故）一詞看，可判斷詞人在臨安淪陷後還重來過。「嬌寒」、「倦暖」，寫的都是詞人的主觀感受；似乎「禁苑」、「湖堤」在詞人都只覺有嬌弱、倦乏之感而已。「遽如許」三字，似由詞人心底迸出，表示事態的急劇變化已到不可收拾的地步。詞人已毋須另費筆墨，其深沉的哀痛便溢乎字裡行間了。

寫到這裡，詞人宕開一筆，回憶起都城往昔的繁華：「香塵暗陌（香車揚起的塵土遮暗了道路），華燈明晝，長是懶攜手去。」後一句呼應李清照原詞。李詞云：「來相召，香車寶馬，謝他酒朋詩侶。」此處意謂昔日上元之繁華如彼，而己卻總是懶於與人攜手同遊。「誰知道，斷煙禁夜，滿城似愁風雨！」誰料今日上元，元軍宵禁，想遊亦不可得矣。「風雨」而加以「愁」字領出，言憂其夕有風雨，尚未即有風雨也；再加「似」字，則竟是本無風雨（從篇首「璧月」「黛雲」可知），而燈夕卻冷落不堪，故非天時之故，實是人事所致。這種今昔之感，進一步加深了主題。

下片承前，又敘起李清照當年情事：「宣和舊日，臨安南渡，芳景猶自如故。緗帙（指貴重書籍）流離，風鬟三五，能賦詞最苦。」寫李清照南渡後，常憶及宣和年間的汴京舊事，每生「風景不殊，正自有山河之異」（南朝宋劉義慶《世說新語·言語》）一類的悲慨。她因國破、家亡、夫死而倦於梳妝，哪怕逢元宵節（「三五」），也是「風鬢霜鬢，怕見夜間出去」，而只能寫點傾訴哀愁的詞，這豈非最苦麼？

以上，劉辰翁一會兒寫李清照，一會兒寫自己，一會兒又敘起李清照當年。詞序中已明言，他是「託之易安自喻」，故詞中用清照身分、情事、心緒說話處，其實是說自己。此時之劉辰翁，即復生之李清照。「賦詞最苦」，劉耶？李耶？二而一耳。詞的末了，劉辰翁又寫到自己：「江南無路，鄜州今夜，此苦又誰知否。空相對，殘釭無寐，滿村社鼓。」當時，抗元戰爭仍在江南一帶進行，詞人家在廬陵（今江西吉安），欲歸不得。他懷念家中的親人，不免像杜甫身陷長安時那樣苦吟「今夜鄜州月，閨中只獨看」（〈月夜〉）一類詩句。但親人們能否得知呢？詞人無法入睡，只好對著殘燈發愁，此時滿村傳來社祭的鼓聲。蘇軾〈蝶戀花．密州上元〉：「擊鼓吹簫，卻入農桑社。」《周禮．地官司徒．鼓人》：「以靈鼓鼓社祭。」元宵夜之社鼓，蓋是農村於新春祈求豐年舉行祭神儀式。結末點此一句，感慨良多！

清況周頤《蕙風詞話》卷二指出：劉辰翁詞「風格遒上」似辛棄疾；「情辭跌宕」似元好問；「有時意、筆俱化，純任天倪」，竟能略似蘇軾。況周頤自不免稱譽太過；但在辛派詞人中，劉辰翁確是佼佼者。就說這首詞吧，劉辰翁自稱「辭情不及」李清照詞，「而悲苦過之」。我以為這是實話。但此詞融匯了種種紛紜複雜的感情，跨越了長遠的時間和寬廣的空間，「又託之易安自喻」，而能用剛勁的筆鋒達意，做到情真、語真，則究非一味粗豪者可比。它在宋詞中，仍不失為有力的殿後之作。（蔡厚示）

虞美人 劉辰翁

用李後主韻二首

梅銷臘盡春歸了，畢竟春寒少。亂山殘燭雪和風，猶勝陰山海上窖群中。

年光老去才情在，唯有華風改。醉中幸自不曾愁，誰唱春花秋葉淚偷流。

情知是夢無憑了，好夢依然少。單于吹盡五更風，誰見梅花如淚不言中。

兒童問我今何在，煙雨樓臺改。江山畫出古今愁，人與落花何處水空流。

劉辰翁詞，清況周頤稱其「能以中鋒達意，以中聲赴節」（《蕙風詞話》卷二），「風格遒上，略與稼軒旗鼓相當」（《餐櫻廡詞話》），洵為知言。辰翁此二首〈虞美人〉，頗能體現其詞風之特色。題云用李後主韻，即步李後主〈虞美人〉（春花秋月何時了）之原韻。詞作於宋亡之後，抒寫亡國之悲。

先看第一首。「梅梢臘盡春歸了，畢竟春寒少。」枝頭梅花將盡，已是冬去春來。畢竟春寒要比冬寒好受呵。起筆語意含和從容，讀者或可能以為已當春暖時節了。其實不然。「亂山殘燭雪和風。猶勝陰山海上窖群中。」亂山，寫出周遭環境。殘燭，收至所居室內。雪和風，詞境復推向天地。上句是寫實。宋亡後，辰翁漂流在外，藏身深山。其〈青玉案・用辛稼軒元夕韻〉曰：「今夜上元何處度。亂山茅屋，寒爐敗壁，漁火青熒處。」可以印證。論筆勢此句極為跳宕。下句更是翻跌有力，意境無比高遠。陰山，匈奴世居之地（在今內蒙古中部）。北海，匈奴極北之地（即今俄羅斯貝加爾湖）。窖者地窖，群者羊群。此句典出《漢書・蘇武傳》（蘇建傳後附）：「單于愈益欲降之，乃幽武置大窖中，絕不飲食。天雨雪，武臥齧雪，與旃毛並咽之，數日不死。匈奴以為神，乃徙武北海上無人處，使牧羝，羝乳乃得歸（羝者公羊，乳者產子）。別其官屬常惠等，各置他所。武既至海上，廩食不至，掘野鼠，去屮實而食之（顏注：「去，謂藏之也。」屮音徹，草也）。杖漢節牧羊，臥起操持，節旄盡落。」原來，詞人景仰著民族英雄蘇武。此二句言自己縱然藏身亂山，風雪交加，殘燭淒然，但境遇也好過被拘匈奴、幽囚大窖、牧羊北海之蘇武。此是何等高尚之襟抱！也只緣其襟抱之高，才能身冒風雪交加而從容道出「畢竟春寒少」之語。此二句，亂山、殘燭、風雪，乃與陰山、海上、窖群一一對舉，具見詞人尚友古人、砥礪志節之精誠。辰翁〈花犯〉（海山昏）云：「想關塞無煙，時動衰草。蘇郎臥處愁難掃。」〈鶯啼序〉（悶如愁紅著雨）云：「閒說那回，海上蘇李。雲深夜如被。想攜手、漢天不語，叫叫不應疑水。」當宋亡之際，宋朝大臣被擄北上者不少，辰翁同鄉同學摯友文天祥即在其中。參證諸詞，則此詞陰山海上也可能寓指被擄北上之宋臣，不僅為尚友古人之意而已。

「年光老去才情在，唯有華風改。」過片二句，語意約略化用江郎才盡之故實，但完全是另鑄新意。《南史・江淹傳》云「淹少以文章顯，晚節才思微退」，其後「文章躓矣」，以至「爾後為詩，絕無美句。時人謂之才盡」。年光老去才情在，此是詞人自信自負之語。辰翁〈摸魚兒・甲午送春〉云：「鍾情剩有詞千首，待寫〈大招〉招些。」可見辰翁平生愛國詞作皆苦心孤詣所為也。此二句忽然寫至自己之詞作（當然不妨兼指詩文），實非偶然闌入。詞人言老來才情未改，唯有過去絢麗之風格改矣。此二句實寄寓了深沉的亡國之悲。才情仍在，隱然帶出心志不改之意。華風變盡，則啟示著亡國之後，心靈籠罩悲劇，致詞風為之大變。寓亡國之悲於詞風之變，與李後主詞之「雕欄玉砌應猶在，只是朱顏改」（〈虞美人〉），其感慨略同。「醉中幸自不曾愁，誰唱春花秋葉淚偷流。」醉中尚可逃愁，忽聽得誰唱起了李後主詞「春花秋月何時了」，詞人不禁感動得潸然淚下。唯醉中幸可一時逃愁，誰料得醉中也無可逃愁，反觸起無限傷心，則遺民生涯，日日夜夜，憂傷愁恨，牢不可破，可不言而喻。一結悲迴無已。

再看第二首。「情知是夢無憑了，好夢依然少。」好夢，即故國之夢。李後主原詞云：「小樓昨夜又東風，故國不堪回首月明中。」又〈子夜歌〉：「故國夢重歸，覺來雙淚垂。」可參。宋徽宗〈宴山亭．北行見杏花〉詞云：「天遙地遠，萬水千山，知他故宮何處。怎不思量，除夢裡有時曾去。無據。和夢也新來不做。」亦與辰翁此詞起筆同意。實在也知道夢不過是一場空而已，可是連一場好夢也難做得。一起便悲苦已極。

「單于吹盡五更風，誰見梅花如淚不言中。」宋郭茂倩《樂府詩集》卷二四云：「〈梅花落〉，本笛中曲也。按唐大角曲亦有〈大單于〉、〈小單于〉、〈大梅花〉、〈小梅花〉等曲，今其聲猶有存者。」詩人因笛譜有〈梅花落〉曲，而想像吹笛驚梅，致使之落，這在前人詩詞中習見。此二句言憂傷的笛聲，吹徹了風雪交加之長夜，有誰看見梅英飄零如淚之落，而默默無言呵。「誰見」一語，無異詞人自道。此二句是寫眼前情景，體味全詞，當有所寄託。包括辰翁在內，宋季詞人常用春象徵故國，以花象喻遺民。單于一辭，又本指匈奴君主，不僅指樂曲之名。故至少在詞人之潛伏意識中，此二句所描寫之興象，象喻著國土淪亡、遺民終身之悲恨。

「兒童問我今何在，煙雨樓臺改。」孩兒音書相問，問我今在何處？宋亡後，辰翁長期漂流在外，上句是寫實。下句言煙雨茫茫，樓臺盡改。所改者何？樓臺之主人乎？樓臺之顏色乎？抑樓臺之傾頹乎？詞未明言，但亡國之悲寄託極顯，讀者何妨以意逆志，此正寫意之筆有餘不盡之妙。實則「改」之一字，可囊括此諸意。

李後主原詞尚云「雕欄玉砌應猶在」，辰翁此詞則更云「煙雨樓臺改」，此亦〈永遇樂〉詞序所言「悲苦過之」者也。後主之悲，亡國（亡於異姓）之悲耳。辰翁之悲，實亡天下之悲也，宜其悲苦過之。上言兒童之問，下言樓臺之改，似乎語氣不連，其實自有微意。

「江山畫出古今愁，人與落花何處水空流。」上句，畫者，如畫也，極言江山之美。畫出，猶言江山在其無限美麗之呈現中，亦托出無限之愁恨。古今愁即今昔恨，不言昔而言古，愈增歲月綿邈之感，滄桑之悲更加深沉。詞人銷魂凝目，只覺江山亦凝愁含恨，江山愈美，愈是含恨。江山與我同恨，此句確是奇筆。「畫出」二字尤為奇絕，辰翁真能感之亦能寫之者也。下句從李後主詞〈浪淘沙令〉「流水落花春去也，天上人間」化出，見得詞人對後主詞體味之深，神理遂接：若問我今在何處，則我就像落花隨流水漂流以去一樣，唯有漂流、漂流而已。結筆著一空字，尤能凸出漂流無所歸依之失落感。但絕非一般的失落感，而是遺民之亡國恨。一結無限沉痛。返觀過片寫出「兒童問我今何在」，中間突接「煙雨樓臺改」，「江山畫出古今愁」，直至結筆才答以「人與落花何處水空流」，微意何在？論筆法，此正「上寫情欲盡未盡，忽入寫景，激壯蒼涼，神色俱王（去聲）」之突接法（清沈德潛《說詩晬語》論杜詩）。論意味，則詞情經此一段迂徐曲折，遂自然呈露出詞人亡國悲慟壓倒一切，國已亡、何以家為之深層心態，體現出先天下而後其家之學養襟懷。沉痛之中，又極有高致。

辰翁此二詞係聯章體，論形式皆步李後主〈虞美人〉詞原韻，論內容皆發抒亡國亡天下之悲憤，故實為一整體。詞中將遺民生涯及心態之一系列片斷相組接，營造出「亡國之音哀以思」（《禮記·樂記》）的悲劇性意境。筆姿跳宕而渾融無跡，寫意性特強，真得後主詞之神理。含婉沉鬱而有高致，其高致出諸學養襟抱，則純然為辰翁之個性。第一首上言春歸了、春寒少，下言才情仍在，華風已改，言冀逃愁醉中，反聞歌流淚；第二首言情知是夢，好夢仍少，言梅花飄落而無言，言「江山畫出古今愁」，皆其極含婉沉鬱處。至其所體現出之高致，則第一首言亂山風雪比起北海牧羊便無足道，儼然有「賢哉回也，一簞食，一瓢飲，在陋巷，人不堪其憂，回也不改其樂」（《論語．雍也》）之意。第二首言「兒童問我今何在」，而我已亡國，無所歸依矣，亦儼然有國已亡，何以家為之意，與文天祥詩「滿地蘆花和我老，舊家燕子傍誰飛」（〈金陵驛〉），鄭思肖畫失根的蘭花，皆同一境界。此等高致，都是中國文化真精神之體現。辰翁與天祥同出歐陽守道（巽齋）之門，學有本原。以詞言志，學養襟懷，天然流露，自有高致。守道之學，乃朱子再傳。清全祖望《宋元學案．巽齋學案》云：「巽齋之門有文山，徑畈（徐霖）之門有疊山（謝枋得），可以見宋儒講學之無負於國矣。」從辰翁之詞，又可以見宋詞與宋代學術也甚有關係，此二詞即其證。（鄧小軍）

六州歌頭　劉辰翁

乙亥二月，賈平章似道督師至太平州魯港，未見敵，鳴鑼而潰。後半月聞報，賦此。

向來人道，真箇勝周公①。燕然眇，浯溪小，萬世功，再建隆。十五年宇宙，宮中贗，堂中伴，翻虎鼠，搏鸜雀，覆蛇龍。鶴髮龐眉，憔悴空山久，來上東封。便一朝符瑞，四十萬人同。說甚東風，怕西風。

甚邊塵起，漁陽慘，霓裳斷，廣寒宮。青樓杳，朱門悄，鏡湖空，裡湖通。大纛高牙去，人不見，港重重。斜陽外，芳草碧，落花紅。抛盡黃金無計，方知道、前此和戎。但千年傳說，夜半一聲銅。何面江東。

〔註〕①《宋史．賈似道傳》：「理宗崩，度宗又其所立，每朝必答拜，稱之曰『師臣』而不名，朝臣皆稱為『周公』。」

唐宋詞本以婉約為宗，抒情見長，宜修要眇，含蓄空靈，即使豪放詞也多寫胸中磊落之情，抑鬱之氣，而很少直接記述眼前之事。這首〈六州歌頭〉卻一反常調，橫放傑出，以紀事為詞，以史為詞，短距離抓拍現實生活中的大事，貼近現實，鋒芒激烈，閃爍著特殊光彩，詞中「自欠此體不得」。

據詞中小序可知，這首詞作於宋恭帝德祐元年乙亥（一二七五）二月，時值賈似道魯港之敗後半月。魯港之敗，其始末大致如下：宋理宗寶祐六年（一二五八），蒙古軍隊三路南犯，第二年，忽必烈率部進圍鄂州，賈似道以右丞相兼樞密使督師援鄂，但他見蒙古軍凶猛，不敢接戰，私自向忽必烈乞和，答應納幣稱臣，時忽必烈因聞國內將亂，急於回燕京爭帝位，即允諾退兵。事後，賈似道隱匿議和納幣之內幕，上表言「諸路大捷，鄂圍始解，江漢肅清」，「帝以似道有再造功，下詔褒美」，「進賈似道少師，封衛國公」（《續資治通鑑》）。後又加太師，封魏國公。宋度宗咸淳三年（一二六七），蒙古再度南下，圍困襄陽，時賈似道獨攬大權，聲震朝野，他不以全力出兵援救襄陽，卻扣住蒙古使者，封鎖前次和議消息及時下戰況。咸淳九年，襄陽失守，賈似道假意上表請求率師禦敵，又暗中指使親信奏請皇帝留住自己。次年，蒙古軍破鄂州，國事岌岌可危，迫於朝野輿論壓力，賈似道不得不率軍到前線督戰。這一次，故技不靈，百般求和，均被拒絕，只得自率精銳駐紮於太平州魯港，以作後援。元軍攻來，賈似道軍不戰自潰，倉皇遁逃。迫於公議，賈被貶竄循州，但已於事無補，德祐二年元軍破臨安，南宋不久滅亡。

這首詞的上片重在揭露賈似道魯港兵敗前飛揚跋扈、炙手可熱的醜態。「向來人道，真箇勝周公」。鄂州兵圍解除以後，皇帝稱賈似道為「師臣」而不呼名，賈似道立度宗趙禥後，朝中僚佐或比之為前朝顧命大臣，當時，一些趨炎附勢的人更是公開拍馬，直呼為「周公」，如周密《齊東野語》引陳惟善獻給賈似道的祝壽詞《寶鼎現》云：「好一部太平六典，一一周公手做」，郭居安《聲聲慢》云：「千千歲，比周公多箇綵衣。」「向來人道」的「人」主要是指這些阿諛奉承者。劉辰翁自己一身傲骨，宋理宗景定三年（一二六二），廷試對策，忤賈似道，置丙第。他作這首詞，既是揭露賈似道的醜態，也諷刺了那些賣身投靠者。「燕然眇，浯溪小，萬世功，再建隆。」這幾句刻畫這位假周公狂妄自大，不可一世之態。後漢竇憲追北匈奴單于，「登燕然山，去塞三千餘里，刻石勒功」（《後漢書．竇憲傳》），美名流傳後世。唐肅宗平定安史之亂，中興唐室，元結撰〈大唐中興頌〉，刻石於永州浯溪。而賈似道亦使門客廖瑩中等撰《福華編》，以紀鄂功，自以為勝過古人勒石於燕然、浯溪，建立了萬世不滅的功勛，復興了宋王朝。

「十五年宇宙，宮中贋（音同雁，通「贗」，偽造、假冒的），堂中伴，翻虎鼠，搏鸇雀，覆蛇龍。」這幾句寫賈似道一手遮天，欺君壓臣的罪行。自景定元年（一二六〇）進賈似道少師，封衛國公，到德祐元年魯港軍敗，十五年中，南宋成了賈氏天下。賈似道這個假周公翻雲覆雨，指鹿為馬，弄鼠成虎，完全控制了朝政。「堂中伴」用《舊唐書．盧懷慎傳》（「堂」指政事堂，宰相與樞密使辦公處）：「懷慎與紫微令姚崇對掌樞密，懷慎自以為吏道不及崇，每事皆推讓之，時人謂之『伴食宰相』。」宋胡銓在〈戊午上高宗封事〉中批評參知政事兼樞密使孫近附會宰相秦檜，全無主見，「近伴食中書，漫不敢可否事」。「伴食」者，指取容充位，受制於或媚附於權奸的官僚。「翻虎鼠」用李白〈遠別離〉中句意：「君失臣兮龍為魚，權歸臣兮鼠變虎。」「搏鸇雀」指奸臣間爭權奪利，賈似道上臺後將前任權臣一個個弄下臺，故喻之。「覆蛇龍」意同「翻虎鼠」，《史記．外戚世家》「蛇化為龍，不變其文，家化為國，不變其姓」，以上重點寫了賈似道奸惡弄權的劣跡。

「鶴髮龐眉，憔悴空山久，來上東封。便一朝符瑞，四十萬人同。說甚東風，怕西風。」這幾句寫賈似道假造符瑞，蠱惑民心，氣勢壓倒君王。「鶴髮龐眉」指賈似道，前引陳惟善所作〈寶鼎現〉詞中就有「盡龐眉鶴髮，天上千秋難老」之語。賈似道曾久居葛嶺不出以要君，「空山久」指此。「來上東封」三句用王莽假稱符瑞，吏民四十餘萬頌德之典。景定二年二月，賈似道率眾上「玉牒」、「會要」等，「進秩有差」。玉牒是古代帝王封禪郊祀時所用的文書。上玉牒無非是誇耀天下清平，以顯示這個「周公」的政績，其心腹左右或曾眾口一辭，謬諛權臣。「西風」下原有註：「都人竊議者稱『西頭』。」「西頭」即「賈」字，「西風」指「賈似道」，「東風」當指皇帝。賈似道執政後期，氣焰極其囂張，咸淳六年（一二七〇），詔賈似道入朝不拜，朝退，帝起避席，因送出殿；咸淳十年，賈母死，以天子鹵簿葬之，皇帝的詔令若不合賈的心意，也要朝發而夕改。所以說，不是臣畏君，而是君畏臣了。劉辰翁在另一首〈金縷曲〉（絕北寒聲動）中曾譏其「最苦周公千年後，正與莽新同夢」，可參。

詞的下片寫元軍兵圍襄鄂，國勢危急，揭露賈似道於國難時徵歌逐舞，醉生夢死的罪惡，諷刺魯港兵敗中，賈似道倉皇驚慌的醜態。「甚邊塵起，漁陽慘，霓裳斷，廣寒宮。青樓杳，朱門悄，鏡湖空，裡湖通。」「邊塵起，漁陽慘」兩句，借白居易〈長恨歌〉中描寫安史之亂的「漁陽鼙鼓動地來，驚破霓裳羽衣曲」句意，寫元軍大舉南侵之事。「甚」，正也。正是邊塵乍起，鐵騎進犯時，賈似道卻仍在西湖邊葛嶺私第尋歡作樂。「霓裳羽衣曲」據傳出自月宮，「斷」，盡也。一邊是烽火綿綿，國勢危難，一邊是仙樂飄飄，唱斷霓裳。「青樓杳」，原註云：「都城籍妓隸歌舞，無敢犯。」「鏡湖」又名「鑑湖」，唐玄宗時宰相賀知章致仕，歸隱鏡湖，此代指西湖。「裡湖」即「裡西湖」，原註：「葛嶺瞰裡湖，無敢過。」據《宋史》本傳：「時襄陽圍已急，似道日坐葛嶺，起樓閣亭榭，取宮人娼尼有美色者為妾，日淫樂其中。惟故博徒日至縱博，人無敢窺其第者。」賈似道自少年起即為好色之徒，至此大權在握，更是荒淫至極，妻妾成群，朱門沉沉，倡妓作陣，青樓成空，府第四周，行人斷跡。一權相占盡西湖風光，十五年斷送國家命運。「羽書莫報樊城急，新得蛾眉正少年。」（明陳雝〈過葛嶺懷古〉）眼前國難拋於腦後，紅男綠女置於樽前。

「大纛高牙去，人不見，港重重。斜陽外，芳草碧，落花紅。拋盡黃金無計，方知道、前此和戎。但千年傳說，夜半一聲銅。何面江東。」結尾這一段寫魯港之行及魯港之敗。賈似道前往督戰時，調錢糧，選精兵，建大纛，兵力財力為之一空，但到前線後，以精銳七萬屬心腹孫虎臣，軍於池州下流丁家洲，命夏貴以戰艦二千五百艘橫亙江中，自將後軍軍於魯港。「斜陽外」之句，以時令節物暗寓花落水流、斜陽煙柳的局勢。殘局難扶，這位定國「周公」又故技重演，遣人犒勞敵軍，百般求和，但「黃金抛盡」，和議不成，反而露出了本來面目，亦因此而天下盡知內幕：從前的「江漢肅清」不過是納幣「和戎」的結果。據周密《癸辛雜識》載，面對強大的元軍，賈似道已心懾膽破，時北軍調動軍隊，因西風大作，旗幟盡東指，孫虎臣以為北軍順風進攻，倉猝告於賈，賈不辨虛實，鳴鑼退師，及知其誤，則軍已大潰。最後三句即指此事，一聲銅即一聲鑼，一鑼定音，敗勢已定，這位權臣再無面目見江東父老了。

劉辰翁這首詞揭露權奸、指贓審賊，罵得痛快淋漓。詞作採用「賦」的手法，直陳其事，直抒己見，以詞紀事，以詞紀史，以詞為檄文，以詞為露布，擴大了詞的用途，成為獨具一格的一首豪放詞。（史雙元）

沁園春 劉辰翁

送春

春汝歸歟？風雨蔽江，煙塵暗天。況雁門阨塞①，龍沙②渺莽，東連吳會③，西至秦川④。芳草迷津，飛花擁道，小為蓬壺借百年。江南好，問夫君何事，不少留連？

江南正自堪憐！但滿眼楊花化白氈。看兔葵燕麥，華清宮裡；蜂黃蝶粉⑤，凝碧池邊。我已無家，君歸何里？中路徘徊七寶鞭。風回處，寄一聲珍重，兩地潸然！

〔註〕①雁門：雁門關，在山西北部代縣境內。阨塞：險塞。②龍沙：白龍堆沙漠的縮稱，在新疆境內。③吳會：漢代對吳郡、會稽郡的合稱，即今江蘇南部及浙江部分地區。④秦川：指東起潼關、西至寶雞號稱八百里的渭水流域，是周、秦、漢、唐都城的所在地。⑤蜂黃蝶粉：指女子妝容，如唐李商隱〈酬崔八早梅有贈兼示之作〉：「何處拂胸資蝶粉，幾時塗額借蜂黃。」

劉辰翁在南宋滅亡之後，寫了許多情辭悲苦的作品，反映他的亡國之痛，這首〈沁園春〉是其中之一。在這首詞裡，詞人把春天作為知己朋友，在為它送行中藉以抒發自己亡國的悲哀，而在送行中又深致挽留之意。

上片的詞意可分為四層。開頭一句「春汝歸歟？」用提問語氣領起了全詞。這種純粹的散文句法，顯然是從辛詞學來。辛詞〈沁園春·將止酒，戒酒杯使勿近〉的開頭一句是：「杯汝前來」調名相同，句式相似，說明兩者不是偶然的巧合。詞人向春天提出這句問話，表面上的意思是：「春天，你要走了嗎？」緊扣題目「送春」，但言外之意卻是說：「你走不得啊！」為什麼呢？下邊作了回答：「風雨蔽江，煙塵暗天。」這裡的「風雨」，字面上是自然界的風雨，而實際上是政治風雨；同樣，「煙塵」也是戰爭煙塵。元人用幾十萬大軍攻佔了臨安，宋廷君臣，淪為俘虜，山河變色，天地同昏，你往何處走呢？下邊推進一層，用「況」領起：「雁門阨塞，龍沙渺莽，東連吳會，西至秦川。」意思是說，從北到西，從東南到西北，縱橫幾萬里的大好河山，已盡入元人之手，你沒處去啊！這幾句既申述上邊之意，又下啟下片「君歸何里」。第四層：「芳草迷津，飛花擁道，小為蓬壺借百年。」「芳草」、「飛花」是暮春景；「迷津」、「擁道」極言花草之盛，這麼好的江南，就像「蓬壺」（「蓬壺」指海上神山蓬萊、方壺）一般，應該是塊託身之地了，為什麼你還要離開，「不少留連」呢？江南已經殘破，為什麼還要這樣說「江南好」呢？這是一種反激法，這一激，逗出了下片的詞意，也正是全詞的主旨所在。

詞的下片，正面立意，也可分為四層。換頭及以下幾句是春的答話。「江南正自堪憐！」江南本是極可愛的地方，它有遊不完的名山，賞不盡的勝水，蓴羹鱸膾，越女吳娃，怎麼說也說不完它的可愛之處，可是這些都已成了過去，而今呢？用「但」字陡轉，把目光集中到現實中來：「滿眼楊花化白氈。」這是用杜甫「糝徑楊花鋪白氈」（〈絕句漫興九首〉其七）句意，意思是說江南春天雖好，但已到了春殘花謝的時候，隱喻國已破，家已殘，不走何待呢？下邊再推進一層，用「看」字領起，對於江南的衰敗景象作了形象的描繪：「兔葵燕麥，華清宮裡；蜂黃蝶粉，凝碧池邊。」兔葵即葵菜，俗名木耳菜。燕麥即野麥。這句詞語出自劉禹錫〈再遊玄都觀〉詩序。劉禹錫先寫過一首玄都觀看桃花的詩，十年之後再來遊賞時，桃花已經不見，看到的是「兔葵燕麥，動搖於春風」。華清宮是唐玄宗在驪山下建築的一所豪華的離宮，這裡借指臨安鳳凰山下的宋朝宮殿。這兩句表明宋宮的荒涼。凝碧池在唐朝東都洛陽。天寶十五載（七五六）安祿山攻下長安，獲梨園弟子數百人，把他們集中在凝碧池演奏歌曲，安祿山在這裡大宴一班偽官。當時詩人王維被叛軍拘禁於長安菩提寺，聽了這個消息，寫詩以寄慨，中有「秋槐葉落空宮裡，凝碧池頭奏管絃」（〈菩提寺禁，裴迪來相看，說逆賊等凝碧池上作音樂，供奉人等舉聲便一時淚下。私成口號，誦示裴迪〉）之句，這裡也是借指宋宮。「蜂黃蝶粉」本是春天常見的景物，但和凝碧池聯繫起來，很容易使人聯想起那班宋朝的降臣，在宋宮裡和元朝貴族吃酒享樂，靦顏事仇。「蜂黃蝶粉」可以說是群魔亂舞的形象。詞人的亡國之痛，深深地寄寓在這幾句裡。下邊再次抒寫：「我已無家，君歸何里？中路徘徊七寶鞭。」回應上片詞意。「七寶鞭」是借用晉明帝用七寶鞭迷惑敵人的典故（見《晉書．明帝紀》），這裡只是表明貴重之物，意思是說，沒有把春天挽留住，它還是帶著七寶鞭徘徊而去了。「風回處，寄一聲珍重，兩地潸然！」轉到第四層，向春天告別。結拍幾句表現出春天去後、也就是亡國之後無可奈何的悲哀。含情無限，淒切感人。

近人況周頤評劉辰翁的詞說：「須溪詞多真率語，滿心而發，不假追琢，有掉臂遊行之樂。其詞筆多用中鋒，風格遒上，略與稼軒旗鼓相當。」（《餐櫻廡詞話》，轉引自龍榆生《唐宋名家詞選》）指出了劉詞的基本風格。所謂「中鋒」是指直接抒寫而言。但就這首詞來說，表現手法有所不同，所用的不是中鋒，而是「偏鋒」，也就是說，不是直接抒寫，而是託物寓情。他運用傳統的比興手法把冥冥運行於自然界的春天擬人化，賦予它人的思想感情，以至風雨蜂蝶皆有寓意，藉以抒發孤臣孽子的悲哀。全詞不是「滿心而發」，信筆所之，而是作了精細的安排。上片層層開展，逗出了下片詞意；下片寫宋宮的荒涼，寫宋宮裡的群魔亂舞，可以說到了高峰，下邊轉到送別上來，回應詞題，布局謹嚴，而又脈理清晰。就造語方面來說，詞中融化前人的詩句、文句，用「況」、「但」等虛字斡轉，渾然天成，氣韻流走，不是「不假追琢」，而是很費推敲，但又不露刻鏤之痕。運用諸多手法構成了一首內涵深厚、氣象雄闊而又淒切婉轉的長調，可以說是豪放詞的新發展，在劉詞中是不多見的。

（李廷先）

金縷曲　劉辰翁

聞杜鵑

少日都門路。聽長亭、青山落日，不如歸去。十八年間來往斷，白首人間今古。又驚絕、五更一句。道是流離蜀天子，甚當初、一似吳兒語。臣再拜，淚如雨。

畫堂客館真無數。記畫橋、黃竹歌聲，桃花前度。風雨斷魂蘇季子，春夢家山何處？誰不願、封侯萬戶？寂寞江南輪四角，問長安、道上無人住。啼盡血，向誰訴？

臨安，在南宋人心目中，是王朝的象徵，故國的代表。劉辰翁在青少年時代，經常來往於廬陵、臨安之間，考進士、任京官，往來臨安十七、八年。（詞中自註：「予往來秀城十七、八年。」）宋度宗咸淳五年（一二六九），詞人在京任中書架閣，夏，奔母喪離杭返回廬陵，自此以後有十多年沒有再到臨安。（詞中自註：

「自己巳夏歸，又十六年矣。」己巳，即咸淳五年。）宋端宗景炎元年（一二七六），臨安失守。須溪魂繫夢縈，寫了許多深情憶念故都的詞作，寄託了愛國的情思。在離別杭州整整十六年之久、上距宋亡五年的甲申年（一二八四），詞人帶了兒子劉將孫，一起來到杭州憑弔，以寄託故國之思和亡國之痛。就在回來的旅途中，聽到杜鵑的哀鳴，劉將孫先賦了一首〈摸魚兒．甲申客路聞鵑〉，情辭悽苦。劉辰翁讀了兒子的〈摸魚兒〉後，繼作本詞，用其韻而換了詞牌，因為〈金縷曲〉音韻洪暢，適宜表現慷慨悲涼的情韻。

客路聽到杜鵑的啼鳴，最能牽動客心。但是，人們的心緒不同，處境不同，聽到鵑聲時的感受是不一樣的。「少日都門路」以下三句，寫出自己少年時代上都門遊學、求取仕進的心情，地在長亭，時在薄暮，聽到杜鵑的叫聲，勾起了羈旅之愁，產生了「不如歸去」的意念，這與秦觀〈踏莎行〉「杜鵑聲裡斜陽暮」的意境是相似的。十八年間，詞人來往於「都門路」上；一眨眼，又有十六年沒到過杭州，其間的變化，誠有隔世之感。詞人用「白首人間今古」，概括這種生活體驗。昔日少年，今朝白首；人事滄桑有如「古」、「今」之變。「又驚絕、五更一句」，一個「又」字，詞意深進一層。「五更」句，指的是劉將孫〈摸魚兒〉詞裡的句子：「今又古。任啼到天明，清血流紅雨。」本來已在為世事的變幻而感嘆不已，又哪堪忍受杜鵑一夜啼到天明，故曰「驚絕」。寫作本詞時，詞人已經五十三歲，此時聽到杜鵑聲的感受，與少年時代的感受已迥然不同，既產生「黍離」、「麥秀」之感，又產生許多聯想：由杜鵑聯想到蜀天子杜宇，由杜宇聯想到被擄北去的恭帝。恭帝在北方顛沛流離，與當年蜀天子的遭遇相似，故曰「道是流離蜀天子」；而當初他在臨安時講的是吳語，故曰「甚當初、一似吳兒語」。前闋結尾二句：「臣再拜，淚如雨。」隱括杜甫詩意。杜甫〈杜鵑〉：「我見常再拜，重是古帝魂。」「身病不能拜，淚下如迸泉。」詞人效法杜甫，把杜鵑當作流離北方的恭帝，遙遙再拜，淚如雨下。

上闋寫聞鵑，下闋由此宕開，描寫臨安的凋敝和抗元英雄的犧牲。當詞人「桃花前度」，重來臨安的時候，畫堂依然，客館無恙，但在畫橋邊哀民遍地，一派「黃竹歌聲」。此用李商隱〈瑤池〉「黃竹歌聲動地哀」詩意。（本《穆天子傳》：（周穆王出獵）日中大寒，北風雨雪，有凍人，天子作詩三章以哀民。詩首句為「我徂黃竹」。）過片這幾句，因中有「記」這一領字銜接上下，又有「真無數」、「畫橋」、「前度」等字樣，所寫乃是臨安失陷前的繁華景象，這是虛寫；而「黃竹歌聲」，才是眼前所見的淒涼景象，這是實寫。詞人將昔日之繁華和今日之冷落對照起來，虛實相生，倍增傷感，語意極含蓄。「風雨斷魂蘇季子」三句，以「蘇季子」比喻抗元英雄。蘇季子即蘇秦，他當年遊說六國以抗秦，意欲封侯萬戶，後乃金盡裘敝，落魄而歸。南宋末年的愛國志士們為抗擊元軍，恢復失土，英勇獻身，不能歸鄉，只得夢回家山。「誰不願、封侯萬戶？」建功立業，本是古知識分子的共同願望，但在國家多難的時候，為國捐軀的人，雖未封侯拜爵，卻得到人們的普遍崇敬和深深憶念。「寂寞江南」二句，描寫臨安附近人跡稀少。「輪四角」，語見晚唐陸龜蒙〈古意〉：「願得雙車輪，一夜生四角。」原意是希望車輪生角，不能轉動，情人不能外出，此處指道路難行。「長安道」，即是本詞首句的「都門路」，宋人的文學作品裡，常借長安代指本朝的京城。京都道上，人煙蕭瑟，江南寂寞，道路難行，詞人觸景生情，家國之痛，湧上心頭，從而逼出結句「啼盡血，向誰訴」，重又迴環到「杜鵑」上，用擬人化的口吻，說杜鵑終日啼鳴，縱然啼盡鮮血，又向誰去訴說這一切人間的悲苦呢？結句有不盡之意。

本詞題為「聞杜鵑」，全篇詞意都從「聞杜鵑」生發開去，由此發端，由此收煞，由此過變，由此轉換。在羈旅者的耳中，杜鵑聲聲，猶如家人「不如歸去」的催喚聲；而在遺民的心靈上，杜鵑聲聲，卻喚起了對舊帝、對抗元英雄、對苦難人民的深深憶念和同情。杜鵑聲是貫串全篇的詞脈。本詞採用了總起分承的過變手法，將後闋看來似乎不相連屬，與杜鵑毫無關涉的數層詞意，綰合起來，具見作者的藝術匠心。（吳企明）

摸魚兒　劉辰翁

酒邊留同年徐雲屋

怎知他、春歸何處，相逢且盡尊酒。少年嬿婉天涯恨，長結西湖煙柳。休回首。但細雨斷橋，憔悴人歸後。東風似舊。問前度桃花，劉郎能記，花復認郎否？

君且住，草草留君翦韭。前宵正恁時候。深杯欲共歌聲滑，翻濕春衫半袖。空眉皺。看白髮尊前，已似人人有。臨分把手。嘆一笑論文，清狂顧曲，此會幾時又。

這是首餞別詞，送別的對象是與作者同榜中進士的友人徐雲屋，因而，所抒寫的離情別緒，結合時世與境遇，是有深廣的生活內容和社會意義的。

上片寫自己客中送客的愁思，兼及友人。劈頭「怎知他、春歸何處」問句，一則點明餞別時在暮春，二則渲染出芳菲都盡的惜春惆悵之感，為離情作鋪墊。作者的名作〈蘭陵王．丙子送春〉開端也說「送春去，春去人間無路」，明卓人月評為「悲絕」（清王奕清《歷代詞話》引），此句與之相類。「相逢」句言餞別，而「相逢」

兩字，暗示兩人同在客地邂逅，適遇對方又要離去，不妨痛飲求醉，聊遣愁懷。「少年」兩句入回憶。劉辰翁於理宗景定三年（一二六二）至臨安赴進士試，因以結識同年徐雲屋，時年三十，相對於此時來說，也可以謂之「少年」。「天涯恨」即是漂泊他鄉之恨（作者是江西盧陵人）。雙方都是青春年少，自初識「西湖煙柳」至今，又已多年，不料仍是漂泊天涯，仍逢西湖煙柳，故云天涯恨「長結」於「西湖煙柳」之上。兩句關合雙方前後情事，由一「長」字表時間跨度又轉回目前。「休回首」三字，文情一頓一挫，字字欷歔。連上謂不要去觀看那籠罩在一片煙霧中的垂柳，擺脫掉那盤鬱於懷的天涯淪落之感；連下謂又不能不看濛濛細雨中的斷橋（「斷橋殘雪」為西湖十景之一），而憔悴之人卻又舊地重歸。「憔悴」反襯上文「少年」，本「少年」而至於「憔悴」，補足「天涯恨」之深。「東風」四句，用劉禹錫詩語。劉禹錫〈再遊玄都觀〉說：「種桃道士歸何處？前度劉郎今又來。」這幾句是講作者自己。作者姓劉，古人用典常喜切姓，以收一語雙關之效。從「花復認郎否」一句看，又是借劉晨、阮肇入桃源遇仙子故事，追憶自己少年遊冶生活，以寄老大不堪回首的感慨。晚唐詩人曹唐有〈大遊仙〉寫劉、阮遊天台七律五首，其第二首〈劉阮洞中遇仙子〉云：「願得花間有人出，免令仙犬吠劉郎。」末一首〈劉阮再到天台不復見仙子〉云：「桃花流水依然在，不見當時勸酒人。」也用劉郎與桃花。周邦彥〈瑞龍吟〉詞：「前度劉郎重到，訪鄰尋里，同時歌舞，唯有舊家秋娘，聲價如故。」便是兼用劉禹錫「前度劉郎」詩語與劉晨遇仙故事以寫遊冶經歷的先例。對此，劉辰翁又有出新，以劉郎能記得桃花、花復認郎否的痴問，體現其多少不勝今昔之感和坎坷淪落之恨。

下片寫依依送客之情，兼及自己。「君且住」兩句，表示挽留惜別之意。「剪韭」，杜甫〈贈衛八處士〉詩「夜雨翦春韭，新炊間黃粱」，寫衛八處士用鄉間家常飯菜招待杜甫，這裡寫劉辰翁沒有山珍海味待客，粗劣便飯卻見出兩人關係的隨和親密。杜甫此詩主要抒發「別易會難」之慨，當然很容易引起此時此地的劉辰翁的共鳴。

「前宵」三句，是追敘昨晚宴別的情景：狂飲醉歌，杯盤狼藉，酒濕春衫，一副狂放不羈、慷慨任氣的面目。既刻畫出兩人性格的豪放，又表現出心情的悲苦。恁，如此、這樣，為宋時口語，言昨晚同一時間已曾餞行話別，今日繼續痛飲，足見兩人友誼的深厚。「空眉皺」三句又轉到今日酒宴：只見筵席上兩人都已生白髮，徒然皺眉嘆息而已。空，白白地，明知嘆息無濟於事而仍不由得不嘆息之意。人人，每一個人。蘇軾〈和子由詩四首：送李供備席上和李詩〉「風流別後人人憶，才氣歸來種種長」可證。此處指主客兩人。「白髮」承前「少年」和「憔悴」，但一為反襯，一為正襯，要之，加強主客雙方年華已逝、事業無成的感慨。「臨分」四句，寫宴散作別。臨分，臨別；把手，握手。這句說握手離別又不忍別。「論文」、「顧曲」用兩個典故。「論文」，見杜甫〈春日憶李白〉「何時一樽酒，重與細論文」；「顧曲」指周瑜精於音樂之事。《三國志．吳書．周瑜傳》：「瑜少精意於音樂，雖三爵（酒器）之後，其有闕誤，瑜必知之，知之必顧。故時人謠曰：『曲有誤，周郎顧。』」這裡指在宴席上聽曲，也就是上文的「歌聲滑」。這幾句一方面寫臨別的感喟，此會難再，見出分別的珍重；另一方面又補寫宴會的內容，又是論文，又是聽曲，見出書生的本色。尤其應該指出，「嘆」字以下是一個領字句，十三個字都是「嘆」的內容。吟誦時，領字「嘆」後，應稍作停頓，但之後三句卻必須一口氣念完。這樣，領字句帶起三個跨行句，加強了句子的前動性。用這樣長句煞尾，神完氣足，令人有思緒萬千之感。

此詞寫別情，但不僅僅停留在抒寫友情之深，而是融注著作者深沉的人生感慨：有漂泊異鄉的「天涯恨」，又有功業無成、年華虛度的「少年白髮」之愁。對題材的開掘比較深廣。送別徐雲屋的〈摸魚兒〉共有三首，此為第一首，其餘兩首主旨相同，用韻亦同。第二首的「笑飛到家山，已是酴醾後」，第三首的「待欲歸家山未得」，都寫鄉思。第二首的「中年懷抱縈縈處，看取伴煙和柳」，「任春色重來，江花更好，難可少年又」，慨嘆年華消逝。第三首的「嘆少日相如，壚邊老去，能賦〈上林〉否？」又以司馬相如老去才華喪失自喻，三首合讀，可以加深理解。清末況周頤《蕙風詞話》卷二說：「須溪（劉辰翁）詞風格遒上似稼軒，情辭跌宕似遺山。」蒼勁有力的風格和曲折頓挫的用筆，是與內容較為豐富複雜分不開的，此詞即是一例。此外，善用典故也是此詞的一個特點，這又與辛棄疾詞風相似。（王水照）

張林

【作者小傳】字去非，號樗岩。宋恭帝德祐元年（一二七五）為池州統制。存詞二首。

柳梢青 張林

燈花

白玉枝頭，忽看蓓蕾，金粟珠垂。半顆安榴，一枝濃杏，五色薔薇。

何須羯鼓聲催。銀釭裡、春工四時。卻笑燈蛾，學他蜂蝶，照影頻飛。

張林是南宋末年人，生卒年不詳。這首〈柳梢青〉是一篇詠物短章。油燈點燃時間一長，燈芯草就會結花，這是日常生活現象。古代詩詞中描繪燈花奇巧形狀的作品屢見不鮮，張林的這首詞可謂新穎纖巧，饒有意味。

上片刻畫燈花，連用五個比喻，窮形盡相地摹寫不斷變化的燈花所呈現的種種狀態。「白玉枝頭，忽看蓓蕾，金粟珠垂。」白玉枝，指白色的燈芯草。前兩句說，在不經意間，燈芯忽然結花，它最初就像花蕾含苞待放那樣。「金粟」，本是桂花的別名，這裡形容燈花。韓愈〈詠燈花同侯十一〉云：「黃（指額黃之飾）裡排金粟，釵頭綴玉蟲。」這個比喻在燈花描寫上用得是最普遍的，一般人也就寫到此為止，本詞只是以它來描摹燈花初結成時的形狀。下面三句，一句一個比喻，形容燈花的三種景象。「半顆安榴，一枝濃杏，五色薔薇。」安榴，即石榴。漢武帝時張騫出使西域，從安國帶回種子培植而成，故名安石榴。燈花越結越老，形狀不斷變化，它先是碎小如桂花，繼而變成像繡球的石榴，再變成穠麗鮮豔的杏花，最後變得就像色彩駁雜的薔薇花。「半顆」、「一枝」、「五色」，這三個數量詞，從小到大，依次遞增，既寫出了燈花的變化過程，又準確生動地刻畫出了它的各種狀態。

如果說，上片尚是用實筆摹繪物色，描寫燈花由初綻到盛開的過程的話，那麼，下片則是以虛筆來稱美燈花巧奪天工。「何須羯鼓聲催。銀缸裡、春工四時。」羯鼓，用唐南卓《羯鼓錄》記載唐玄宗敲擊羯鼓，催開含苞欲放的柳杏的典故。唐玄宗自誇人工巧奪造化。本詞則與之相反相成。銀缸（音同剛，即燈）裡點燃的燈芯草會結花，它並不需要人工的催喚，好像其中自有造化的四時功能。作者從另一方面稱讚銀燈花具有造化之功。「卻笑燈蛾，學他蜂蝶，照影頻飛。」燈蛾撲火，蝴蝶戲花，兩者本來了不相涉，但燈花卻兼具兩者的特點。作者將它們牽合起來，同時又側重於花的方面，因此，運筆就從蝴蝶的角度落想。燈花既然是花，就應是蝴蝶戲嬉之物。可笑的是，燈蛾竟然學起蝴蝶來，不斷地在燈花周圍來去翻飛。作者以這種俏皮的玩笑口吻，揶揄燈蛾，靈巧傳神地讚美了燈花的逼似群芳。

這首詞善於運用博喻手法，寫得新鮮纖巧，生動有趣。雖無深情遠意，但在詠物詞講究比興寄託，一般表現為筆致幽深、鬱抑善感的南宋詞壇上，可算是別具一格的清新之作。（王錫九）

蜀中妓

【作者小傳】生平不詳。《齊東野語》卷十一錄其詞一首。

市橋柳

蜀中妓

送行

欲寄意、渾無所有。折盡市橋官柳。看君著上征衫，又相將放船楚江口。後會不知何日又。是男兒，休要鎮長相守。苟富貴、無相忘，若相忘，有如此酒！

這首詞收錄於南宋周密《齊東野語》卷十一。原無調名，標作〈市橋柳〉，當是選本摘取詞句中語為之。詞是蜀地一妓女為她的情人送行，在宴席上作。寫來自出機杼，別開生面。

先言無物可以寄意，虛籠一筆，然後跌出「折盡市橋官柳」一句。折柳以表別情，自漢代以來有此習俗，以後詩詞中言送別多用這個典故。這裡說將「市橋官柳」、「折盡」以「寄意」，比之「江南無所有，聊贈一枝春」（南北朝陸凱〈贈范曄詩〉）的寫法又別有新意。「市橋」，水邊送別之處，「官柳」是官道（大道）兩旁栽的柳樹。「折」之而至於「盡」，表其臨別的離情之深，柳「盡」正是寫其情「不盡」也。下面兩句，言情人行將出發。「放船楚江口」，說明他的行程是由成都循水路南行，然後入岷江轉長江出蜀。何以見得？從下片「富貴」二字知之。男子此行蓋是去臨安求取功名。上片敘述送行事由和地點，用白描手法寫出離別時情態。下片寫女主人公臨別贈言，不假辭藻，直露心意，自然而親切。

分手之際，最先想到的，要問的，當然是歸期。但上京求名，非短時間可以成就；且雙方不是尋常家人之間的關係，將來是否能重見，女子完全沒有把握，所以下片第一句就說「後會不知何日又」。這包含著兩層意思：一是何時能再相見，二是是否能再相見，後者更其關鍵。情勢看來是留不住了，他此去又是為了關係一生的大事情，於是只能出言鼓勵他一番：「是男兒，休要鎮長相守。」「鎮」，常也，長也，與「長」字義同而聯用為重言（張相《詩詞曲語辭匯釋》）。「休要長相守」，正是對他此行加以鼓勵之意。別本「休」字作「須」。「須要長相守」，意正相反，與前面「是男兒」三字連不起來，與後面的「苟富貴」也接不上榫頭。試想，既與此女子「鎮長相守」而不出了，則「富貴」何從而來呢？有趣的是為了這個字的異文，前人還打了一場筆墨官司。清萬樹《詞律》收此詞作「須」，按語說：「『須』字各刻作『休』字，不通。詞意云若是男兒須相守到底也。若作『休』字，是回絕人口氣，不要其相守矣。」清杜文瀾《詞律校勘記》後按引秦玉生云：「數虛字層折而下，宛轉關生。若改『須』字，直率無味。按作『休』字者，即男子有事四方之意，亦即懷與安實敗名之意，且與苟富貴無相忘等語一氣貫注。」後者的說法是切合事理詞情的，萬氏強為「須」字辯護，可謂知其一而不知其二了。男女分別而不執意挽留，正是這位蜀中妓高人一等處，也是此送別詞高出他詞一等處。她不是沒有想法，支持他出去求功名是希望他「苟富貴、無相忘」，這是她最大的利益，是最有意思的長相守。一時期的相別比較起來，自然是次要的了。「苟富貴，無相忘」，是《史記．陳涉世家》中陳涉之語，詞人一字不改地移用入詞，妥帖自然，恰到好處。富貴而變心易妻、換情人，這在生活中屢見，何況女方又是妓女身分。她當然深知此理，也有憂慮，所以率先告誡情人：如果此去得到榮華富貴，可不要忘了今天為你送別的女子。結末二句，指眼前物設誓：「若相忘，有如此酒。」「有如……」是古人誓語句式。《詩經．王風．大車》：「謂予不信，有如皦日。」《左傳．僖公二十四年》晉公子重耳臨河之誓曰：「所不與舅氏同心者，有如白水。」詞中指酒為誓，是別筵上現成之物，情狀如見。設誓以堅其必歸相聚之心，是女子痴情處，也是聰明處。這兩句如果理解為男子緊接著上文作答的話，就更見恰切生動。

全詞用似不經意的樸素語言，把送行情意全盤托出：情深而折柳，情真而勉勵，情切而告誡、設誓，寫得一波三折，造意遣辭，又復出奇出新。清陳廷焯《詞則．別調集》稱讚其「運筆輕雋，用成語有彈丸脫手之妙」。儘管所作的情語坦率、直露，但由於情意真摯、細膩，仍然是意深味永。清況周頤論詞有云：「語愈樸愈厚，愈厚愈雅，至真之情由性靈肺腑中流出，不妨說盡而愈無盡。」（《蕙風詞話》卷二）用此語來評說這首〈市橋柳〉，也十分恰當。（何林輝、陳長明）

周密

【作者小傳】（一二三二～一二九八）字公謹，號草窗、蘋洲、四水潛夫、弁陽老人等，原籍濟南，後居吳興（今浙江湖州市）。宋末曾任義烏令。宋亡不仕。能詩詞，善書畫，詞講究格律，亦有慨嘆宋室覆亡之作，與吳文英並稱「二窗」。著有筆記《武林舊事》、《齊東野語》、《浩然齋雅談》、《癸辛雜識》、《雲煙過眼錄》等。詩有《草窗韻語》、詞有《草窗詞》、《蘋洲漁笛譜》，並編纂《絕妙好詞》。存詞一百五十三首。

木蘭花慢　周密

斷橋殘雪

覓梅花信息，擁吟袖，暮鞭寒。自放鶴人歸，月香水影，詩冷孤山。等閒。泮寒晛暖，看融城、御水到人間。瓦隴竹根更好，柳邊小駐遊鞍。琅玕。半倚雲灣。孤棹晚，載詩還。是醉魂醒處，畫橋第二，奩月初三。東闌。有人步玉，怪冰泥、沁濕錦鴛斑。還見晴波漲綠，謝池夢草相關。

周密的〈木蘭花慢〉共十題，分詠西湖十景。篇前有小序說：「冥搜六日而詞成。」後來，「霞翁（楊纘號紫霞翁）見之曰：『語麗矣，如律未協何。』遂相與訂正，閱數月而後定。」這首〈斷橋殘雪〉為其中的第三首，也是刻意求工，苦搜冥索的力作。

踏雪尋梅，是古代文人們的一種雅事。早在五世紀梁簡文帝蕭綱就有〈雪裡覓梅花〉詩：「絕訝梅花晚，爭來雪裡窺。」而在西湖孤山之側、裡湖外湖之間的斷橋，更是一個賞雪的好去處。「覓梅花信息」，起句寫出一種渴欲求之的急切心情。「擁吟袖，暮鞭寒。」從這邊走邊吟詩、但因天寒又不得不雙袖緊掩的形象；從暮色蒼茫、寒氣襲人、不得不揮鞭馳馬的情景中，傳出了詞人「覓梅花信息」的雅興之濃和丰姿神采。比起「翩翩馬上帽簷斜」盡日尋春的貴公子來，別是一種高雅風致。接著「自放鶴人歸」三句用林和靖的故事。北宋詩人林逋謚和靖，他結廬孤山，賞梅養鶴，終身不仕，也不婚娶。二十年間不入城市，時浮小艇遊西湖，縱情山水間。像林逋這樣的高士今已不見，詞人的惋惜從「自」字中隱隱漾出。「月香水影，詩冷孤山」，八個字清幽絕俗。上句用林逋「疏影橫斜水清淺，暗香浮動月黃昏」（〈山園小梅二首〉其一），自然貼切；下句頗有「昔人已乘黃鶴去，此地空餘黃鶴樓」（唐崔顥〈黃鶴樓〉）那樣的深深感慨。開頭六句，前三句意興昂揚，後三句微含惋嘆，撫今思昔，反跌有力。從詞人感情的起伏，詩情的搖漾，吟詠之間，更感到它韻味悠遠。所謂「敲金戛玉，嚼雪盥花，新妙無與為匹」（清周濟《介存齋論詞雜著》），正是指這類詞句說的。

「等閒」，在這裡有不留意的意思。時間過得很快，轉眼間，「泮寒晛暖，看融城、御水到人間」。冰融化日泮（音同判），陽氣浮動日晛（音同現）。也許不要多久，寒冰消化，春回大地，到那時，看滿城冰雪融為御溝的流水，來到人間。這是詞人踏雪尋梅途中的想像。在冰雪遍野、寒凝天下的時候，詞人想像春到人間，冰雪化為春水，另有一番新天地。本來，「御溝宮女怨，流不到民家」。這裡詞人偏說冰雪融為御水到人間，這想像有多麼美麗！詞人這裡可能有所寓意。清陳廷焯稱這十首〈木蘭花慢〉「不過無謂遊詞」（《白雨齋詞話》）的話，似非公論。「瓦隴竹根更好，柳邊小駐遊鞍。」從上面的想像，又回到「覓梅花信息」的現實中來。「瓦隴竹根」，指屋頂竹根。四個字表示一在上，一在下，但暗示都覆有皚皚白雪。面對著這纖塵不染，超凡軼俗，竹籬茅舍，所以詞人願在柳下解鞍，在這世外桃源般的好地方盤桓一會。

下闋先寫所見的斷橋景物。「琅玕」，本指美石，或說「石而似玉」，「石而似珠」，這裡指翠竹。杜甫〈鄭駙馬宅宴洞中〉：「留客夏簟清琅玕。」清仇兆鰲註云：「詩家多以琅玕比竹。」（《杜詩詳註》）可知是說一片翠竹，迤邐遠去，半依煙靄繚繞的水灣。這兩句寫環境的幽靜。「孤棹晚，載詩還。」上應「吟」字，詞人的吟興，無論是揮鞭而來，或乘一葉扁舟，在暮色蒼茫中踏上歸途，都始終不衰。來時「擁吟袖」，歸時「載詩還」，把作者留連風景與詩思如潮的情致，寫得委婉生動。接著對這種幽情雅意再作深一層渲染：「是醉魂醒處，畫橋第二，奩月初三。」畫橋，指西湖十景之一的斷橋。二、三兩句相互映襯，造成一種聲情美。奩，本為婦女的鏡匣。這裡是說，一鉤玲瓏剔透的新月，斜掛天穹，猶如妝鏡掀起一角鏡袱，露出一縷淡幽幽的清光。這些正是所謂「盡洗靡曼，獨標清麗，有韶倩之色，有綿渺之思」（清戈載《宋七家詞選》）的妙句，意境幽邃，但字面上卻頗淺近。可說雅麗處取清真（周邦彥），綿密處取夢窗（吳文英），清脫淡雅，而自有獨至處。寫過斷橋的美景、遊興、自我方面的抒懷後，詞人變幻筆法，轉寫另一情事：「東闌。有人步玉，怪冰泥、沁濕錦鵷斑。」闌，通欄，這裡指東邊的花園，錦鵷斑：鵷鶵，傳說中與鸞鳳同類的鳥。這裡指錦緞鞋上鸞鳳鳥一樣的圖案。這是詞人在歸途中所見所聞的美景：在東邊的花園裡，有人輕移蓮步，她嗔怪雪消泥滑，濺濕了她那繡有鸞鳳圖案的錦鞋。在遊賞之類的詩詞裡，詩人於自我抒情時，插入耳聞目見的圖景，並不鮮見。如元尹廷高〈西湖十詠．花港觀魚〉（花港，在今裡西湖和小南湖之間），本是寫自己看到逐隊嬉遊的魚兒，卻忽然宕開一筆寫「紅妝靜立闌干外，吞盡殘香渠未知」。這種「插圖」，更使詩情搖漾，為詞人的斷橋之遊，生姿添色，帶有生活氣息。「還見晴波漲綠，謝池夢草相關。」這時，天朗氣清，碧波粼粼的綠色湖水，彷彿謝靈運夢中春草池塘，鳥鳴鶯囀，也縈繞在我耳邊。南朝謝靈運〈登池上樓詩〉有「池塘生春草，園柳變鳴禽」句，故稱「謝池」。《南史・謝惠連傳》稱，這兩句詩是謝靈運夢見他弟弟謝惠連，文思大暢所得。故稱「夢草」。最後暢想春天即將降臨大地，以歡欣的情緒收束全篇。

周密祖籍山東濟南，幼年隨父宦遊閩浙。〈木蘭花慢〉賦西湖十景，是他三十二歲時的名作。這首詞寫出了出身於名門而尚涉世未深的青年人那種清高淡遠、詩情雅意的胸懷。題曰「斷橋殘雪」，卻通首不見一個「雪」字，但又無處不在寫雪。比如「梅花信息」而需要「覓」，有雪；「詩冷」二字，暗中寫雪；「等閒」三句寫雪融；「瓦隴竹根」之所以「更好」，是因為有雪；佳人「步玉」更有雪；就是到最後的「晴波漲綠」，這新綠濺濺的水中，也有著雪的魂影呢。一首好詞總是有虛有實，有藏有露，而這首詞的主要藝術特色，就是「殘雪」皆於虛處見之，皆於藏處得之。其次，所謂「敲金戛玉，嚼雪盥花」的妙句頗不少，但他不同於清真、白石、夢窗、碧山等人的是字面清淺而蘊意幽邃，代表著青年時代周密以清麗見長的詩風。（艾治平）

瑤花慢

周密

后土之花，天下無二本。方其初開，帥臣以金瓶飛騎進之天上，間亦分致貴邸。余客輦下，有以一枝……①

朱鈿寶玦，天上飛瓊，比人間春別。江南江北，曾未見，謾擬梨雲梅雪。淮山春晚，問誰識、芳心高潔？消幾番、花落花開，老了玉關豪傑！

金壺剪送瓊枝，看一騎紅塵，香度瑤闕。韶華正好，應自喜、初識長安蜂蝶。杜郎老矣，想舊事、花須能說。記少年，一夢揚州，二十四橋明月。

〔註〕①原本以下殘闕。

本篇是一首含有政治諷刺意味的詠物詞，約作於宋度宗咸淳年間。當時賈似道專權跋扈，政治非常黑暗腐朽。理宗開慶元年（一二五九）宋軍敗於蒙古，賈似道背著朝廷屈膝議和，答應割地納款種種苛刻條件。蒙古退兵後，賈似道又謊報大捷，欺騙天下。咸淳初，蒙古大軍圍攻南宋的西北重鎮襄陽、樊城，情況非常危急。而度宗皇帝正沉湎於酒色之中，對戰事一無所知，賈似道把告急求援的邊報藏匿起來，卻去西湖邊大造樓閣亭館，日日開宴作樂。〈瑤花慢〉詞就是針對這個社會現實。詞原來有一個一百五十餘字的長序，但今傳的《蘋洲漁笛譜》版本卻殘缺了四分之三，使我們無法更瞭解本篇創作背景和作者意圖，這是非常可惜的。

揚州瓊花天下無雙，花品極為名貴。起首三句讚美瓊花的特異資質。「朱鈿寶玦（音同決）」，朱紅色的鈿飾和瑩潔的玉玦。這是美人的妝飾，連下句是屬於「天上飛瓊」的。許飛瓊是傳說中西王母的侍女。以飛瓊比擬瓊花，除了從花名的「瓊」字引起聯想之外，還有許為天上仙葩的意思，因此，她自是有別於人間春色，而作為飛瓊佩飾的「朱鈿寶玦」，也是暗切瓊花花蕊花瓣的形狀色澤了。（周密《齊東野語》「瓊花」云：「色微黃而有香。」）「江南」二句說此花名貴，還從人事上渲染。說此花罕見，故世人亦不能辨識，只好隨意把她想像似繁密的梨花和疏淡的梅花那樣子。這兩句也有深意。「江南江北、曾未見」，一是因為揚州后土祠的名種瓊花，「天下無二本」；二是瓊花初開，當地長官便即剪下來，「以金瓶飛騎進之天上（皇宮）」、「分致貴邸」，故即使是在她的產地揚州（江北）、傳送地臨安（江南），一般人確乎沒有一見的眼福。這樣，瓊花被迫與世人隔絕，她的「芳心高潔」無人得知，而她的心是與淮山之春聯繫在一起的。道出「芳心」二字，詞人於此不能無寄託，這也是詞人的心。淮山，指盱眙軍的都梁山，在南宋北界的淮水旁。瓊花生長的江淮地區，胡塵飛漲，動蕩不寧，沒有一點春天的氣息。瓊花年復一年開放、凋零，而邊塞將士師老兵疲，不能出兵北上，北伐無望，壯志難酬，瓊花也為之浩嘆！周密《齊東野語》卷十二記載了紹興以來南宋貢納歲幣的具體情況，其中有一段云：「時聘使往來，旁午於道。凡過盱眙，例遊第一山，酌玻璃泉，題詩石壁，以紀歲月，遂成故事，鐫刻題名幾滿。紹興癸丑，國信使鄭汝諧一詩云：『忍恥包羞事北庭，奚奴得意管逢迎。燕山有石無人勒，卻向都梁記姓名！』」參照這一段史實來讀〈瑤花慢〉，可以更深一層體會到作者的用心。

過片「金壺剪送瓊枝」，即小序中所記載的揚州知府兼兩淮安撫使的州郡長官每逢瓊花盛開即以飛騎傳送到臨安皇宮中，供皇帝妃嬪們觀賞。《全芳備祖集》和《陽春白雪》都錄有鄭覺齋的一首詠瓊花詞〈揚州慢〉，其中也有「記曉剪、春冰馳送，金瓶露濕，緹騎星流」的描寫，可見此風由來已久。「一騎紅塵」，檃括杜牧「一騎紅塵妃子笑，無人知是荔枝來」（〈過華清宮絕句三首〉其二），將度宗飛騎傳瓊花，直接比作唐玄宗飛騎傳荔枝。作者借古諷今，規勸統治者不要再酣玩歲月，否則將招致亡國之禍。「韶華正好」二句承上意，謂瓊花正值盛開，被進貢到行都臨安，能夠為都城的觀賞者們所賞識，該是幸運的了。全篇章法綿密，緊鑼密鼓盤旋而下，至此乃出一閒筆。「杜郎」指唐代詩人杜牧。所謂「舊事」，當包括古往今來諸多玩物誤國的歷史教訓，尤其指隋煬帝為了觀賞揚州瓊花，開鑿運河，錦帆千里，舳艫相接，最終身死國亡，宗廟丘墟。當年風流揚州感慨興亡的詩人杜牧久已作古，瓊花猶如歷史老人，經歷了無數治亂興衰的歲月，一切彷彿剛剛發生過。而現在又有人在重演悲劇！作者痛心之餘，竟至無話可說。歇拍三句，「記少年，一夢揚州，二十四橋明月」，只是說了這麼一句：瓊花的故鄉揚州，當年曾經有過寧靜和繁華。「一夢揚州」本於杜牧詩「十年一覺揚州夢，贏得青樓薄倖名。」（〈遣懷〉）「二十四橋明月」本於杜牧詩「二十四橋明月夜，玉人何處教吹簫？」（〈寄揚州韓綽判官〉）淡淡一筆，多少警世恆言！難怪清人陳廷焯《白雨齋詞話》評論本篇說：「不是詠瓊花，只是一片感慨，無可說處，借題一發洩耳。雅致。回頭一顧，多少眼淚。」周濟《宋四家詞選》對這首詞頗為推崇，稱讚它「一意盤旋，毫無渣滓」。

〈瑤花慢〉雖係詠物之作，但借花譏刺現實，具有強烈的政治抒情色彩。作者透過詠物對象把歷史與現實聯繫在一起，清醒地指出亡國之禍迫在眉睫。更可貴的是，作者在詞序中公開表明詞是針對進貢瓊花而發，頗有白居易「新樂府」的現實主義精神。這在南宋詞壇上，是不多見的。

清代江昱為周密的詞集《蘋洲漁笛譜》作疏證，在這首詞的下面引蔣子正《山房隨筆》云：「揚州瓊花天下只一本，士大夫愛重，作亭花側，匾曰『無雙』。德祐乙亥，北師至，花遂不榮。趙棠國炎有絕句弔曰：『名擅無雙氣色雄，忍將一死報東風。他年我若修花史，合傳瓊妃烈女中！」江昱考證云：「草窗詞意，似亦指此。」這個結論是錯誤的。周密詞作於宋度宗咸淳年間，其時揚州和臨安表面上還是歌舞昇平，鐘虡不驚。而《山房隨筆》所記之事發生在宋恭帝德祐元年（一二七五）元兵南下，臨安將破之際，可見兩者毫無關係。（蕭鵬）

玉京秋

周密

長安獨客，又見西風，素月丹楓，淒然其為秋也。因調夾鐘羽一解。

煙水闊。高林弄殘照，晚蜩淒切①。碧砧度韻，銀床飄葉。衣濕桐陰露冷，採涼花，時賦秋雪。嘆輕別，一襟幽事，砌蛩能說。

客思吟商還怯。怨歌長、瓊壺暗缺。翠扇恩疏，紅衣香褪，翻成銷歇。玉骨西風，恨最恨、閒卻新涼時節。楚簫咽，誰倚②西樓淡月。

〔註〕①唐圭璋《詞學論叢‧讀詞三記》謂：《欽定詞譜》卷二十四據《詞緯》引周密《蘋洲漁笛譜》此詞，「晚蜩淒切」下尚有「畫角吹寒」一句四字。②倚：各本作「寄」，今從《詞綜》卷二十、知不足齋叢書本《蘋洲漁笛譜》。

這是首感秋懷人的詞，寫作時間不可詳考。宋恭帝德祐二年（一二七六）元軍南下，攻破臨安，周密在湖州弁陽的家，也毀於兵火，從此終身寓杭。這以前，周密也多次寓居杭州。詞序云「長安獨客」，「長安」自是南宋都城杭州的代稱，所以，這首詞應是宋亡以前，周密某次暫寓杭州所作。他出身士大夫家庭，有莊園，有藏書，雖未有科第，還是能夠優游文藝。但那時朝政日非，國勢日蹙，看不到可以振奮人心的前途，周密和同時好些詞人的作品裡，也就以感傷的情調居多。

詞的上片由景入情，寫景也由遠至近。首句「煙水闊」，從遠大處落筆，視野開闊，展現出寥廓蒼茫的湖天景色。「高林」以下四句，景物越收越近，仰觀俯視，有色有聲。夕陽西下，高樹搖風，一個「弄」字，畫出動態。樹上的蜩（音同條，即蟬），這時已是「病翼驚秋」（王沂孫〈齊天樂‧蟬〉），發出淒切的叫聲。擣衣石著一「碧」字，青苔綠水，都在眼中。石井欄為「銀床」，見得潔淨清朗。「度韻」是耳聞，「飄葉」是目見。（葉是桐葉，古代庭院水井旁多種梧桐。）這四句，色彩冷淡，聲響淒清，有層次地描繪出一幅湖天秋暮圖。在這背景下，「衣濕」二句才出現了感秋的人。桐陰久立，寒露沾衣，時已由暮入夜，更逗出詞人心緒。「採涼花，時賦秋雪」，頗似方岳的「黯西風吹老，滿汀新雪」（〈齊天樂〉）。張炎的「折蘆花贈遠，零落一身秋」（〈八聲甘州〉），命意相近，卻更精警。向來詩詞裡一見到蘆花，自然就聯想到《詩經‧秦風‧蒹葭》的「秋水伊人」——「蒹葭蒼蒼，白露為霜，所謂伊人，在水一方」。這就自然地引入了別恨。「嘆輕別」，追悔疇昔的離別容易，正慨嘆現時的相見無因。階下蟋蟀如泣如訴的低吟，正替「我」曲曲傳出滿懷的幽怨。

過片緊接別恨作進一步的傾訴。「客思」二句，極寫孤懷鬱結，激楚的秋聲商調不能自勝，反覆吟唱，不知不覺中敲缺了唾壺。「怨歌長、瓊壺暗缺」語出周邦彥〈浪淘沙慢〉「怨歌永、瓊壺敲盡缺」。「翠扇」三句，描寫荷葉稀疏、荷花凋零的景象，發抒深沉的秋思。恩疏、香褪，「翻成銷歇」，乃始料所不及，從這三句可知他追憶往事之多，時間之長，執著之情，無以自解。「玉骨西風」，俊爽高潔，自是一片清境，而所懷之人未能與共，時間成了虛空，真是莫大的遺恨。這與李太白〈三五七言〉的「相思相見知何日？此時此夜難為情」同一神理。寫到此處，已覺言語道盡，絃絕響歇。可是，筆鋒驀地轉折，「楚簫咽」，淒咽的簫聲，裊裊飄來，更把一腔愁緒，攪弄得無可奈何。是誰在幽淡的月光下，倚著西樓吹奏呢？這結尾筆力健舉，即景即情，總束全篇，有餘不盡。

全首章法嚴密，層次井然，語言精練，賦色清雅，是經意之作。感秋懷人的客愁別恨，不滯實事，亦避直言，憑藉最具特徵的事物的描寫，逐層烘染，委婉傳出。讀者憑著自己的經驗和想像，領會得蟬聲、蛩聲、砧聲、簫聲所喚起的情緒，也就聽出了「怨歌長、瓊壺暗缺」，迴腸蕩氣，久久難平。（徐永年）

曲遊春

周密

禁煙湖上薄遊，施中山賦詞甚佳，余因次其韻。蓋平時遊舫，至午後則盡入裡湖，抵暮始出，斷橋小駐而歸，非習於遊者不知也。故中山極擊節余「閒卻半湖春色」之句，謂能道人之所未云。

禁苑東風外，颺暖絲晴絮，春思如織。燕約鶯期，惱芳情、偏在翠深紅隙。漠漠香塵隔。沸十里亂絃叢笛。看畫船盡入西泠，閒卻半湖春色。

柳陌。新煙凝碧。映簾底宮眉，堤上遊勒。輕暝籠寒，怕梨雲夢冷，杏香愁冪。歌管酬寒食。奈蝶怨良宵岑寂。正滿湖碎月搖花，怎生去得！

此詞和施岳（字中山）「清明湖上」一首韻（施詞收入周密所輯《絕妙好詞》），寫西湖春遊盛況。施岳很欣賞他「閒卻半湖春色」之句，故詞前小序特拈出之，並說明所以如此寫的根據。其《武林舊事》卷三對此所敘又更詳：「都城自過收燈，貴遊巨室，皆爭先出郊，謂之『探春』，至禁煙為最盛……都人士女，兩堤駢集，幾於無置足地。水面畫楫，櫛比如魚鱗，亦無行舟之路，歌歡簫鼓之聲，振動遠近，其盛可以想見。若遊之次第，則先南而後北，至午則盡入西泠橋裡湖，其外幾無一舸矣。弁陽老人（周密自號）有詞云『看畫船盡入西泠，閒卻半湖春色』，蓋紀實也。」詞寫的是南宋還沒有到危亡時期的一片歌舞昇平氣象，盡情刻畫都人士女遊西湖的春興，也寫出了詞人自己的情趣。我們可以像看〈清明上河圖〉一樣，從這首詞裡賞覽一下當時情況，同時也要注意到詞人與眾不同的詞情畫意中所反映的西湖美。

起三句，「禁苑東風外」是說春風由宮苑吹到西湖；「颺暖絲晴絮」，飄揚起讓人感到暖意的遊絲柳絮——絲和思，絮和緒，是諧音雙關語，即惹起人們春日的思緒，同時絲和絮又是可以紡織之物，因而說「春思如織」。歐陽脩〈春日西湖寄謝法曹歌〉「西湖（此是許州西湖）春色歸，春水綠於染……參軍春思亂如雲，白髮題詩愁送春」，王質〈滿江紅．春日〉「春緒亂，還如織」，意思都相同。「織」是千絲萬緒交織在一起，難以言說之意。「燕約鶯期，惱芳情、偏在翠深紅隙」，「惱」，撩撥也，是承春思講。看樹底花間，鶯燕軟語，撩起自己惜春之情，愛春之意，遊春之願矣。以上幾句融情於景，幾寫盡清明時節西湖春色。下面轉入寫遊人，特別是遊船。

「漠漠香塵隔」，是寫帶香氣的軟紅塵籠罩著西湖。唐韋莊〈河傳〉：「香塵隱映，遙望翠檻紅樓。」張先〈謝池春慢．玉仙觀道中逢謝媚卿〉：「塵香拂馬，逢謝女、城南道。」詩詞中慣以香塵狀士女出遊景象。「隔」者，言香塵之盛，似成隔障。「沸十里亂絃叢笛」，「歌歡簫鼓之聲，振動遠近」，卻是入耳如沸。兩句反映出南宋都城節日的歡娛。在極熱極鬧之時，詞人卻一轉筆，寫出「看畫船盡入西泠，閒卻半湖春色」的極冷極清之句。依《武林舊事》所述，此時日已至午。以上之熱鬧，是午前情事。至午後畫船盡入裡西湖，外西湖「幾無一舸」。「閒卻半湖春色」，是詞人極得意之句，無怪其一再稱述之。此句是「紀實」，也表現了詞人自己的審美情趣。此「半湖春色」之「閒卻」，不是為遊春的如雲士女而惜，卻是為自己得以閒心縱賞湖邊春色而幸，也包含真正的愛惜春天的意思。

換頭轉筆寫湖堤上情景。上結既已說了畫船盡入裡湖，湖面清靜，湖堤上遊人便凸現出來，寫他們，既是遊湖場面的補筆，也是對遊湖主體——湖上畫船的襯筆。堤上廣植楊柳，煙靄籠罩，一片新碧。遊賞者女坐香車，男騎寶馬，碧色的柳煙中映現著車簾裡的女子宮眉和馬背上的少年身影，景色朦朧而人物清晰，畫面有致。底下突然轉寫日暮：「輕暝籠寒，怕梨雲夢冷，杏香愁冪。」蓋遊人漸散，湖上涼生，西湖寂寞，春亦寂寞，只恐梨花之美如夢一般消逝，杏花之香被感到將謝之愁所籠罩。宋曾慥《高齋詩話》認為「梨雲」一語出於王昌齡〈梅詩〉「夢中喚作梨花雲」（宋胡仔《苕溪漁隱叢話》引），詞人多用梨雲代表梨花，梨雲夢，指梨花或人的香美的夢，如蘇軾〈西江月〉：「高情已逐曉雲空，不與梨花同夢。」劉學箕〈賀新郎〉「回首春空梨花夢」，指梨花由盛而衰，「梨雲夢冷」也是這個意思。周密另有〈浣溪沙〉詞云「梨雲如雪冷清明」，也反映這種季節景色。這幾句寫春殘的用語特別冷峭。

「歌管酬寒食」句總結了這一天的活動。寒食、清明本聯翩而至，遊事亦相接，界限不必截然分開。施岳原唱題為「清明湖上」，詞中即云「院宇明寒食，醉乍醒、一庭春寂」。節日在歌管聲中消逝了，於是無限追惜之情就用「奈蝶怨良宵岑寂」來表現。借蝶怨寫人所感到的熱鬧後的淒清，意思是一天飛繞花叢，成群的蝴蝶也怨如今這樣好的夜晚卻太寂寞了。這是拓開一筆寫，就似乎減輕了遊人散後詞人心情的寂寞感。最後用極清逸的筆寫他對人靜後西湖夜色的留戀，說：「正滿湖碎月搖花，怎生去得！」滿湖風動漣漪，形成幾層碎月，似花簇搖風——怎能在這西湖最美的時刻離去呢？詞人的審美情趣是喜愛寧靜的西湖春色的，並不喜歡遊人的趕熱鬧，而且珍惜將要過去的春天。這兩句正和上片「看畫船盡入西泠，閒卻半湖春色」遙相照應。

周密寫西湖之春，寫實在處、熱鬧處美，而寫虛靜空靈處更美，閒卻的半湖春色和「碎月搖花」的寧靜夜景更使人神往。也只有日暮遊人散盡，才使詞人得以體會到「輕暝籠寒，梨雲夢冷，杏香愁冪」境界。無極熱就無極冷，相反相成，兩相襯映，是這首詞的寫法特點。歐陽脩〈采桑子〉寫潁州西湖暮春：「笙歌散盡遊人去，始覺春空。垂下簾櫳，雙燕歸來細雨中。」寫「春空」寫得比較明顯，這首詞卻含蓄細緻，這是南北宋詞不同處。

周密用字很精工，「颸暖絲晴絮」、「亂紘叢笛」、「輕暝籠寒」、「碎月搖花」，寫景色入微，也反映了詞人心理上的不同反應。但由於是和韻的關係，所以「翠深紅隙」、「杏香愁冪」，用字雖新奇，卻稍露湊合的痕跡。

這首詞全是從詞人心目中寫出的。首先是寫眼中整個清明景色與自己的春思芳情，其次就是十里湖面畫船笙歌一片的沸騰景象，但融合著自己的特殊感受和遐思。逐漸寫到遊人散去，「暝色赴春愁」（唐皇甫冉〈歸渡洛水〉），又著重寫岑寂的西湖夜色，前後映照，層次分明，時間、空間在不斷移換，這種多彩多變的寫法還是值得借鑑的。（王達津）

齊天樂　周密

丁卯七月既望，余偕同志放舟邀涼於三匯之交，遠修太白采石、坡仙赤壁數百年故事，遊興甚逸。余嘗賦詩三百言以紀清適，坐客和篇交屬，意殊快也。越明年秋，復尋前盟於白荷涼月間。風露浩然，毛髮森爽，遂命蒼頭奴橫小笛於舵尾，作悠揚杳渺之聲，使人真有乘槎飛舉想也。舉白盡醉，繼以浩歌。

清溪數點芙蓉雨，蘋飆泛涼吟艦。洗玉空明，浮珠沉瀣，人靜籟沉波息。仙潢咫尺。想翠宇瓊樓，有人相憶。天上人間，未知今夕是何夕。

此生此夜此景，自仙翁去後，清致誰識？散髮吟商，簪花弄水，誰伴涼宵橫笛？流年暗惜。怕一夕西風，井梧吹碧。底事閒愁，醉歌浮大白。

宋戴表元《剡源集》卷八〈周公謹弁陽詩序〉說：「公（指周密）盛年藏書萬卷，居饒館榭，遊足僚友。其所居弁陽在吳興，山水清峭。遇好風佳時，載酒殽，浮扁舟，窮旦夕賦詠於其間。」本篇就是這一類「賦詠」的代表作。

詞寫於宋度宗咸淳四年（一二六八）秋。在詞序裡，作者敘述了該詞的寫作背景——兩次西湖吟社的雅遊活動。兩次活動的寫法各有側重，前次偏重記事，後次偏重寫景，互不犯複。關於第一次遊三匯，作者在詩集《草窗韻語》卷二中記載說：「咸淳丁卯七月既望，會同志避暑於東溪之清賦，泛舟三匯之交。舟無定遊，會意即止，酒無定行，隨意斟酌。坐客皆幅巾練衣，般薄嘯傲，或投竿而漁，或扣舷而歌，各適其適。既而蘋風供涼，桂月蜚露，天光翠合，逸興橫生，痛飲狂吟，不覺達旦，真雋遊也！」本篇所渲染的景境，與此極為吻合，這段記載可以看作詞序的補充。無異是告訴讀者：這是一闋避世高人的雅遊醉歌。

上片前五句落筆寫人間的清涼世界。吳興自古號稱「水晶宮」，多溪流湖泊，每逢夏秋之際，十里荷花，滿塘蓮子，到處是「水佩風裳無數」（姜夔〈念奴嬌〉）的景象。「蘋飆」即白蘋洲渚上吹來的秋風。「吟艦」是詞人乘坐的小舟。舊時船首畫鷁以駭水神，故船亦稱鷁或艦。「沆瀣（音同謝）」指夜半露氣。稀疏的秋雨灑在荷花荷葉叢中，白蘋洲上吹來陣陣涼風，把詞人的畫船蕩漾向遠處。轉眼之間雨停風息，溪上萬籟俱寂，四無人聲。皎潔如玉的明月倒映於澄澈的清溪裡，荷面浮動著夜露凝成的水珠——一個「點塵飛不到」（周密〈采綠吟〉）的清絕境界！既沒有世俗人間的喧囂，也沒有悲歡喜怒種種思緒的攪擾。「逸興橫生，痛飲狂吟」地發洩此刻化作一片寧靜的悵想。於是天人合一，落想天外，引出上片的後五句。「仙潢」指銀河。銀河低垂橫跨過夜空，遙想仙宮裡的牛郎織女，此刻正兩地相思，盼望著未來的七夕聚會。在仙人的世界裡今夜該是什麼時候呢？

下片抒寫高人情懷。是說自從蘇東坡去世之後，這樣的大自然美景再也沒有人能夠領略了。語氣頗為自負矜持，大有與古人晤以心會心的意味。作者在另一首詞的小序中曾說：「因竊自念人間世不乏清景，往往汨汨塵事，不暇領會，抑亦造物者故為是靳靳乎？不然，戴溪之雪，赤壁之月，非有至高難行之舉，何千載之下，寥寥無繼之者耶？」（〈三犯渡江雲〉序）可以作為下片的注釋。「吟商」泛指吟唱秋天的曲調。詞人們披散頭髮，吟詠秋歌，簪花弄水，男僕在船尾吹起悠揚的笛曲。歲華如流水，轉眼即逝，有如西風吹落梧葉一樣。既然如此，何必去為區區塵事煩惱呢？斟滿大酒杯，唱一曲醉歌吧。

作者在詞序中提到，這兩次秋遊是摹仿李白泛舟采石磯、蘇軾泛舟赤壁，這一點值得注意。司馬遷曾經說：「自周公卒，五百歲而生孔子；孔子卒後至於今五百歲，有能紹明世，正《易傳》，繼《春秋》，本《詩》《書》《禮》《樂》之際，意在斯乎？意在斯乎？小子何敢讓焉！」（《史記·太史公自序》）意思是要與古人各領五百年風騷。周密在記述這兩次雅遊活動時也這樣說：「坡翁謂自太白去後，世間二百年無此樂。赤壁之遊，實取諸此。坡去今復二百年矣，斯遊也，庶幾追前賢之清風，為異日之佳話云。」（《草窗韻語》卷二）正因為追仰蘇東坡，所以作者在詞中檃括化用了許多蘇文、蘇詞和蘇詩。「洗玉空明」係從〈赤壁賦〉「擊空明兮溯流光」化出；「浮珠沆瀣」以及小序中的「風露浩然」、《草窗韻語》中的「桂月蜚露，天光翠合」，係借鏡〈赤壁賦〉的「白露橫江，水光接天」；「翠宇瓊樓」幾句，源出〈念奴嬌·中秋〉「玉宇瓊樓，乘鸞來去，人在清涼國」和〈水調歌頭〉「我欲乘風歸去，又恐瓊樓玉宇，高處不勝寒。起舞弄清影，何似在人間」。「未知今夕是何夕」句，最早語本《詩經·唐風·綢繆》，這裡也是檃括蘇詞〈水調歌頭〉的「不知天上宮闕，今夕是何年」，〈念奴嬌·中秋〉的「起舞徘徊風露下，今夕不知何夕」。「此生此夜此景」，語本蘇詩〈陽關曲·中秋月〉「此生此夜不長好，明月明年何處看」。這麼多的前人成句用在詞中，而能夠做到如鹽入水，不著痕跡，如同作者自鑄，確實是不容易的。這是本篇一個很凸出的特點。

這首詞的語言平易而清淺，非常之流暢，沒有生澀難懂的地方。但在可以對仗之處，作者還是鍊字琢句，盡量「字字敲打得響」（張炎《詞源》語）。如「散髮吟商，簪花弄水」、「洗玉空明，浮珠沆瀣」等，清人的詞話還把它們奉為「工於造句」的典範。（見清鄧廷楨《雙硯齋詞話》）

此外，詞小序敘事寫景極為優美生動，是一篇不可多得的遊記散文。它宛如短小的〈赤壁賦〉，與詞珠聯璧合，各臻其妙。（蕭鵬）

清平樂　周密

再次前韻

晚鶯嬌咽，庭戶溶溶月。一樹湘桃飛茜雪，紅豆相思漸結。
看看芳草平沙，遊韉猶未歸家。自是蕭郎飄蕩，錯教人恨楊花①。

〔註〕①可參考：唐王建〈宮詞一百首〉其九十：「自是桃花貪結子，錯教人恨五更風。」五代顧敻〈虞美人〉：「玉郎還是不還家，教人魂夢逐楊花，繞天涯。」

這一首擬思婦懷人的詞，是和其友人張宙雲原韻的。這類題材至南宋末已是濫熟，何況是和韻之作，又是一和再和，看他如何爭新鬥巧，寫出特色來。

詞的上片寫景，但在景中抹上了詞人的主觀色彩。它一開頭，就給抒情女主人公安排了一個淒清幽靜的環境，從視覺和聽覺上引起孤獨寂寞之感。「晚鶯嬌咽，庭戶溶溶月。」鶯聲本來是輕柔圓潤的，是婉轉多變的，白居易〈琵琶行〉不是用「間關鶯語花底滑」來形容聲音的悅耳動聽嗎？然而在滿懷離愁的人聽來，嬌鶯的鳴聲也似咽塞不暢，如泣如訴的。「溶溶」，本來是形容水的流動的，這裡用來形容月光如水，就使人感到整個「庭戶」沉浸在澄澈、清冷、瀲灩、浮動的月色中，寂靜而幽清，引人愁思。正是在這個百無聊賴的時候，驀地看到「一樹湘桃飛茜雪」。「茜雪」，是指紅色桃花瓣飛落如雪片。這一景象尤其衝擊著女主人公的心扉。因為桃花雖嬌豔無比，卻只盛開於一時，所以常常用以比喻薄命的少女。由是而聯想到《詩經．周南．桃夭》中的「桃之夭夭，灼灼其華」，以灼灼的桃花為比，讚美男女的及時婚嫁，而她嫁的卻是一個飄蕩在外的「蕭郎」。張先〈一叢花令〉的「沉恨細思，不如桃杏，猶解嫁東風」，是寫女子以桃杏之猶能嫁得一年一度按時歸來的春風，慨嘆自己的年華於傷春懷遠中空逝。而此詞中的她，正是讓美好的年華，在「相思」中暗暗地流失，其遭際與桃花相去幾何！這些，都引起了她內心的傷感，加深了她懷人的情思。「紅豆相思漸結」，正是這種感情的自然流露。「紅豆」，是相思木所結的果實，古人常常用來象徵愛情，分別時又用以寄託相思。王維的「紅豆生南國」、「此物最相思」（〈相思〉），五代牛希濟的「紅豆不堪看，滿眼相思淚」（〈生查子〉），都是。詞人在這裡是說女主人公看到桃花開謝，勾起了內心深處的思遠之情。

下片就這一份情思，作進一步感發。「看看芳草平沙，遊韉猶未歸家」，是巧妙地融化前人的語意創造出新的意境，但卻如著鹽水中，視之無色而飲之有味。《楚辭．招隱士》：「王孫遊兮不歸，春草生兮萋萋。」詞中的「芳草平沙」，就是「春草萋萋」；詞中的「遊韉猶未歸家」，就是「王孫遊兮不歸」。這兩句雖融化前人辭句如自己出，還不算是特別出色，下文「自是蕭郎飄蕩，錯教人恨楊花」，則是轉出新意，為前人所未道。女主人公由遊韉未歸，想到蕭郎飄蕩，意猶平平；由蕭郎飄蕩，想到他為路柳牆花所牽繫，還落俗套。至於說「自是蕭郎飄蕩」，將遠離不返的責任歸之「蕭郎」（詩詞中泛指女子所愛之男子），已是有點意思，接以「錯教人恨楊花」，進一步為輕薄浮蕩的楊花解脫，出以恕道，更開此類題材作品未有之境，令人耳目一新。而且這兩句還有另一層意思可說。即楊花「拋家傍路」、「隨風萬里」（蘇軾〈水龍吟〉），其「飄蕩」之性，久已著稱；今「蕭郎」也者，自愛飄蕩，更甚於受風擺佈而始飄揚的楊花！錯恨楊花，即是真恨蕭郎，怨懟之情，透出句底。

這兩句話，抒情是真率的，表態是明朗的，似乎與藝術的含蓄美是不相容的，但卻能給人以愈露愈妙、愈快愈佳的感受，因為它在明快顯露中，道出了從未經人道過的真理，即「蕭郎」的飄蕩，是造成她們之間的悲劇的決定因素，而楊花卻是代人受過的。這是多少紅顏少婦的眼淚換來的更加深刻的認識啊。（羊春秋）

乳燕飛

周密

辛未首夏，以書舫載客遊蘇灣，徙倚危亭，極登覽之趣。所謂浮玉山、碧浪湖者，皆橫陳於前，特吾几席中一物耳。遙望具區，渺如煙雲，洞庭、縹緲諸峰，矗矗獻狀，蓋王右丞、李將軍著色畫也。松風怒號，暝色四起，使人浩然忘歸。慨然懷古，高歌舉白，不知身世為何如也。溪山不老，臨賞無窮，後之視今，當有契余言者。因大書山楹，以紀來遊。

波影搖漣甃。趁熏風、一舸來時，翠陰清晝。去郭軒楹才數里，蘚磴松關雲岫。快屐齒、笻枝先後。空半危亭堪聚遠，看洞庭縹緲爭奇秀。人自老，景如舊。

來帆去棹還知否。問古今、幾度斜陽，幾番回首？晚色一川誰管領，都付雨荷煙柳。知我者、燕朋鷗友。笑拍欄杆呼范蠡，甚平吳、卻倩垂綸手？吁萬古，付卮酒。

這首紀遊抒情詞作於宋度宗咸淳七年（一二七一）夏，下距南宋滅亡只有五、六年時間。作者與當時許多江湖雅人一樣為了逃避動亂黑暗的社會現實而留連湖山風月，縱情詩酒。理宗景定五年（一二六四），作者與楊纘、張樞、李彭老等著名詞人聚盟，結成西湖吟社，頻繁往來於臨安、湖州的清山秀水間，寫下了許多優美而又帶有消極避世色彩的紀遊抒情詞。本篇是作者與社中詞友遊湖州烏程的蘇灣時寫成的。

據《烏程縣志》記載，蘇灣在烏程縣南，蘇軾當年守郡時曾築堤其側，因而得名。據周密《癸辛雜識》載，當時屬於作者詞友趙菊坡家園所有，蘇灣「去南關三里，而近碧浪湖；浮玉山在其前，景物殊勝。山椒有雄跨亭，盡見太湖諸山」。詞小序也生動描繪了當地湖山形勢的壯闊和美麗，簡單交代了清遊活動的過程。

上片紀遊。從泛舟寫起，到對景慨嘆換頭。「波影搖漣甃。趁熏風、一舸來時，翠陰清晝。」甃（音同皺）指磚石砌的堤壁。熏風是初夏的和風，應詞序中「首夏」。湖水碧波蕩漾，光影映照堤壁上，動搖不定。詞人的輕舟在醉人的熏風吹拂中慢慢搖過。作者落筆如畫，猶如電影鏡頭搖出的一幅晴湖泛舟圖。「去郭軒楹」二句，軒楹指亭臺，磴是山道石階。離開縣城南關才三數里地，已經充滿了野逸之趣。長滿蘚苔的山徑石階、道旁對列如關門的古松、白雲舒卷的青翠峰巒……猶如從山陰道上行，「山川自相映發，使人應接不暇」（《世說新語．言語》）。詞人們紛紛沿著山徑尋勝訪幽。「快」是痛快的意思。南朝宋詩人謝靈運酷好登山，史書上稱他「尋山陟嶺，必造幽峻，巖障千重，莫不備盡」（《宋書．謝靈運傳》）。他特製了一種爬山鞋，上山時去其前齒，下山時去其後齒，以保持身體平衡。這裡作者用此詞語，則是借說登山活動而已，如果認為死學古人，必穿此種屐，則又迂了。笻（音同瓊）枝，竹杖。「空半危亭堪聚遠，看洞庭縹緲爭奇秀」，寫登山所見。雄跨亭聳立山崖之上，前臨空谷無所遮攔。登亭遠望，浩渺無際的太湖和浮沉於波濤之中的洞庭山、縹緲峰收入眼底。「聚遠」是將遠處景物收聚於眼底。憑欄遠眺，作者不由感慨「溪山不老，臨賞無窮」，人生倏忽，不過是大自然中的一現曇花而已。「人自老，景如舊」，收束上片。是上片寫景紀遊與下片懷古抒情、上片空間展衍與下片時間審度的中間過渡。

換頭「來帆去棹」，泛指往來的船隻。「問古今、幾度斜陽，幾番回首？」是說歲月匆匆流逝，遠古至今不過彈指之間。言外之意，人生應當縱情遊適，不執著於是是非非。作者在這裡頗有超脫時空之外，諦視人生、規勸世人的意味。李白〈春夜宴桃李園序〉說：「夫天地者萬物之逆旅，光陰者百代之過客。而浮生若夢，為歡幾何？古人秉燭夜遊，良有以也。」藉以闡發周密詞意，非常恰當和明瞭。「晚色一川」二句，似從姜夔〈八歸．湘中送胡德華〉詞「最可惜、一片江山，總付與啼鴃」化出。雖然不一定比得上原句精警，但也空靈澹蕩，清雅可玩。這一片清山秀水，有誰能夠占有它，領略撫玩它呢？蘇東坡說得好：「江山風月，本無常主，閒者便是主人。」（《東坡志林．臨皋閒題》）若閒人不來，則只有任此間雨中之荷、煙中之柳自作主張了。「來帆去棹」中人，匆匆過往，未必能知此意。而我此日載客俱來，登臨攬勝，悅目賞心，日暮忘歸，暫作湖山之主，可謂平生適意之事。不單是自己識得個中佳趣，「知我者、燕朋鷗友」，同行諸人也是同此會心的。燕朋鷗友，指吟社的同人。作者〈春日感懷寄脩門從遊〉詩云「華年錦瑟事誰論？燕社鷗盟半不存」，可證。當然也可以直接理解成大自然的海燕和湖鷗。「笑拍欄杆呼范蠡，甚平吳、卻倩垂綸手？」這句係化用江湖詞人盧祖皋〈賀新郎〉：「猛拍欄杆呼鷗鷺，道他年、我亦垂綸手。」范蠡，越國大夫，幫助越王句踐滅吳後，隱居於太湖。倩即請的意思。垂綸手，釣魚者，代指隱士。作者在此故意顛倒了一個事實：范蠡在平吳之後，擔心越王將來誅殺功臣，才退隱太湖之上，泛舟於千里煙波之中；並非隱居了多年之後，才被請出來幫助滅吳。作者偏那樣說，意思是范蠡本是隱士，被請出來平吳了。詞人們遙望具區（即太湖），談起泛舟太湖的千古高人范蠡，禁不住拍欄大笑，意中似乎說，當此之時，我輩難有作為，不如隱於江湖以終老。作者到此突然頓住，宕開酣暢一筆：「吁萬古，付卮酒。」且進杯中物吧！

這首詞的詞序寫得異常優美，不啻是一篇精美清麗的微型遊記散文。作者不僅在詞風上瓣香前人姜夔，詞序的製法也是源出姜夔。詞序發揮散文特長，紀遊寫景，詞、序並讀，一韻一散，宛然有「照花前後鏡，花面交相映」（溫庭筠〈菩薩蠻〉）之趣。其做法與宋、元之際中國畫上題詩鈐印、詩畫融合同一用心。近代學者吳梅對周密的詞序評價甚高，說它們有如酈道元的《水經注》、柳宗元的山水遊記（見《詞學通論》）。

詞的下片運用了許多疑問句、反詰句，呈現出一種跌宕跳脫，騰挪變化的章法結構。作者一問再問，明知故問，問而不答，既含蓄深沉，又淋漓盡致，強烈抒發了江湖雅人的曠世胸襟和懷古幽情。同時又與上片紀遊的平緩筆調形成鮮明的對比，反映出作者在章法上的匠心。

這首詞的第三個特點是寫景紀遊清雅如畫。周密是一位詞人，也是一位畫家、書法家和收藏家，博雅多藝，著有多種野史筆記。他把繪畫的特長融匯到詞的創作中，無論詞序還是詞句，無論寫景還是紀遊、抒情，都充溢著濃郁的畫意。詞疏密相生，字裡行間時而留出空白，具有鮮明的「清空」特點，值得再三品玩。（蕭鵬）

聞鵲喜　周密

吳山觀濤

天水碧，染就一江秋色。鰲戴雪山龍起蟄，快風吹海立。

數點煙鬟青滴，一杼霞綃紅濕。白鳥明邊帆影直，隔江聞夜笛。

噴雪轟雷、排山倒海的浙江大潮，歷來是詩人喜歡歌詠的題材。宋代的潘閬、蘇軾、曾覿、辛棄疾等人都有詠潮的詞。周密這首小令，有自己的特色。吳山在杭州，是春秋時吳國和越國的分界山，它奇崿危峰，俯臨江面。立於山上觀看錢塘大潮，其景象可以想見。

詞上片寫海潮欲來和正來，下片寫潮過以後。「天水碧」，是一種淺青的染色。《宋史・南唐李氏世家》：「煜之妓妾嘗染碧，經夕未收，會露下，其色愈鮮明，煜愛之，自是宮中競收露水染碧以衣之，謂之天水碧。」首兩句說錢塘江的秋水似染成「天水碧」的顏色，是潮水未來，浪靜波平的觀感。「鰲戴雪山龍起蟄」兩句，接著寫海潮洶湧而來，那咆哮的潮頭好像是神龜背負的雪山，又好像是從夢中驚醒的蟄伏海底的巨龍，還好像是疾速的大風將海水吹得豎立起來一般。詞人接連用了幾個形象的比喻，繪聲繪色地將錢江大潮那驚心動魄的場面再現了出來。與漢枚乘〈七發〉中關於觀潮一段的描寫相比，雖鋪采摛文不及，但精練則有過之。下片寫潮過風息，江上又是一番景象。「數點」以下三句，分別描寫遠處、高處的景色。遠處的幾點青山，雖然籠罩著淡淡的煙靄，卻仍然青翠欲滴。天邊的一抹紅霞，彷彿是剛剛織就的綃紗，帶著潮水噴激後的濕意；黃昏臨近了，白鷗上下翻飛，在白鳥光點的側畔，帆影矗立，說明鷗鳥逐船而飛。詞人選擇了一些典型的景物，織成了一幅五彩繽紛的圖景，使人賞心悅目，如臨其境。末句「隔江聞夜笛」，以靜結動，以聽覺的描寫收束全詞的視覺描寫。全詞純寫景物，到這裡才點出景中有人，景中有我，是極有餘韻的一筆。隔江而能聽到笛聲，可見波平風靜，萬籟俱寂。寫聞笛，其實仍是寫錢塘江水，從時間上說，全詞從白晝寫到黃昏，又從黃昏寫到夜間；從藝術境界上看，又是從極其喧鬧寫到極其寂靜，將「觀濤」前後的全過程作了生動、形象的描繪，讀者彷彿觀看影片一樣，一個特寫鏡頭接著另一個特寫鏡頭。由於詞人又是一位畫家，故能做到「以畫為詞」。尤其是「隔江聞夜笛」一句，似收未收，似闔未闔，頗有「餘音嫋嫋，不絕如縷」（蘇軾〈赤壁賦〉）之感，與唐人的「曲終人不見，江上數峰青」（錢起〈省試湘靈鼓瑟〉）同有「言有盡而意無窮」之妙。美學家宗白華稱讚詞人「能以空虛襯托實景，墨氣所射，四表無窮」（《中國藝術意境之誕生》），的確不是溢美之辭。（蕭鵬）

疏影　周密

梅影

冰條凍葉，又橫斜照水，一花初發。素壁秋屏，招得芳魂，彷彿玉容明滅。疏疏滿地珊瑚冷，全誤卻、撲花幽蝶。甚美人、忽到窗前，鏡裡好春難折。

閒想孤山舊事，浸清漪、倒映千樹殘雪。暗裡東風，可慣無情，攪碎一簾香月。輕妝誰寫崔徽面，認隱約、煙綃重疊。記夢回，紙帳殘燈，瘦倚數枝清絕。

南宋末很多詞人四方流寓時多，結友作詞，如梅、水仙之類，主要是反映保持個人清操和厭憎政治上炙手可熱的權勢。南宋末的國事不可問，於是這些詞人把眼光轉向自身的興趣和情操，自相安慰。

詠梅都感到不足以異於世俗，於是詠梅影，梅影更為清幽。景物的影子一向吸引詩人詞人的美感趣味。李後主〈浪淘沙〉「想得玉樓瑤殿影，空照秦淮」，張先〈天仙子〉「雲破月來花弄影」，都是寫景物的影。林逋〈山園小梅二首〉其一「疏影橫斜水清淺，暗香浮動月黃昏」，原是寫梅的影和香。

本詞一開始寫「冰條凍葉，又橫斜照水，一花初發」，就是就梅在水中橫斜倒影寫的。梅在冬天枝上有雪。詞人多用冰枝、冰花；宋人孫惔〈點絳脣〉「繫春不住，又折冰枝去」，蔡伸〈點絳脣〉「綠萼冰花，數枝清影橫疏牖」，吳潛〈暗香〉「猶怕冰條冷蕊，輕點汙、丹青凡筆」，與此處所寫，約略相同。蔡伸寫的是梅影上窗，這是梅淩寒帶凍開花，報春消息。寫水中倒影，更易去掉非美因素，與實物有一定距離更美。

「素壁秋屏，招得芳魂，彷彿玉容明滅」，轉筆寫梅影映在白壁與屏風上，像招來梅魂，在月照和風拂下時明時滅，亭亭裊裊，似玉人來去。像漢武帝看方士所招李夫人的影子，歌唱：「是耶？非耶？立而望之，翩何姍姍其來遲！」這是棄形取神之筆，更是梅神。

「疏疏滿地珊瑚冷，全誤卻、撲花幽蝶」，是說橫斜像珊瑚似的倒影，誤引夜晚的蝴蝶撲了個空。王沂孫〈一萼紅．紅梅〉：「一樹珊瑚淡月，獨照黃昏。」用珊瑚比梅影的詞句是常見的。

上片是從不同角度分寫梅影的，所以結尾別是一種比擬，他寫「甚美人、忽到窗前，鏡裡好春難折」，化用唐盧仝〈有所思〉「相思一夜梅花發，忽到窗前疑是君」句意。這裡用擬人化的筆法，說是美人來，映到窗內鏡子裡的是她的最好春容，卻是難以攀折。這仍是寫影，是鏡子中的映象。張炎〈疏影．梅影〉同樣是擬人化，寫「窺鏡蛾眉淡抹，為容不在貌，獨抱孤潔」。周密這首詞上片分寫水中、壁屏上、地上、窗前、鏡中梅花影，純從詞人鑑賞景象著筆，下片才寫到情。

下片凸出情，凸出主體。開始總承上片：「閒想孤山舊事，浸清漪、倒映千樹殘雪。」是回憶從前在孤山林處士種梅處賞梅，看水中倒影，這裡都不犯正位，所以用殘雪字樣。「閒想」即滲入作者感情，回憶當年孤山賞梅美況，也是為了加深對梅影美的描寫。下文均承「閒想」而來。

「暗裡東風，可慣無情，攪碎一簾香月」，這裡實際上是描寫梅影在簾上搖動。說東風可是暗地裡常常這樣無情，吹動簾幕，使映照簾上的月影梅影都被攪碎？「香月」，指月光照出的梅影，影亦香，月亦香，詞語極其生新，這是印象最深的月影梅影上簾景色。

「輕妝誰寫崔徽面，認隱約、煙綃重疊」，是說朵朵梅花影被明月照映印上疏簾，彷彿如輕煙似的薄綃剪成的花千重萬疊。崔徽是元稹〈崔徽歌〉中記載的河中歌女，因所戀的人離去，不及相從，因而感疾，託人寫其肖像以寄。這裡是以崔徽寫真切「影」字。以上還是梅花繁盛時的梅影。

最後寫：「記夢回，紙帳殘燈，瘦倚數枝清絕。」上面所寫雖然有比美人，講玉容，講崔徽的豔句，但仍是依隱士林逋妻梅子鶴的想法，寫與世不同的情趣的，因此結尾點出審美趣向，說：還記得夢醒時，睡在畫梅花的紙帳中（宋人製造梅花紙帳，隱士喜歡用），燈已燒殘，正照紙帳上的幾枝梅花瘦影上，感到清幽到了極點。紙帳寫梅是幽雅相配的。陳三聘〈朝中措〉「柳色野塘幽興，梅花紙帳輕寒」，辛棄疾〈滿江紅〉「紙帳梅花歸夢覺，蓴羹鱸膾秋風起」，吳潛〈永遇樂〉「如今但、梅花紙帳，睡魔欠補」，又「虧人煞、梅花紙帳，權將睡補」，都是用梅花紙帳表示慕隱逸清幽的。

這首詞融美人、歌女的形象於梅影，變少年酒樓歌館的興趣為梅的冰條凍葉的清影，為紙帳梅花，這是兩種不同美感，有所揚棄，歸於統一，是南宋瀕於危亡前夕，詞人思想的變化。保持個人情操，也畢竟是一種較好的傾向，所以周密國亡不仕。

這種詠梅影的詞，比擬在似與不似之間，脫去梅花色澤，取梅花的風華，力求清絕，也還有可供創作借鑑的地方。（王達津）

齊天樂　周密

蟬

槐薰忽送清商怨，依稀正聞還歇。故苑愁深，危絃調苦，前夢蛻痕枯葉。傷情念別。是幾度斜陽，幾回殘月。轉眼西風，一襟幽恨向誰說。

輕鬟猶記動影，翠蛾應妒我，雙鬢如雪。枝冷頻移，葉疏猶抱，空負好秋時節。淒淒切切。漸迤邐黃昏，砌蛩相接。露洗餘悲，暮煙聲更咽。

周密這一首詠蟬，當與王沂孫〈齊天樂〉詠蟬詞作於同時。王沂孫那首詞很享盛名，含家國之感，有思想深度。周密這首詞似白頭宮女傷往事，也不失為一首南宋詠物好詞。寫作年代似都在南宋亡後，因為都以蟬為齊宮怨女的化身。據晉馬縞《中華古今注》，蟬是齊后因怨恨而死，死後變化成的，後世號為「齊女蟬」。王沂孫詞用「一襟餘恨宮魂斷」比擬，則比為宮人化身，這首詞命意也略同。

周密用典較少，層次清楚，首二句直出寒蟬鳴聲。詞人從自己的感受寫起，故真切。「槐薰忽送清商怨，依稀正聞還歇。」槐樹間，熏風（南風）忽然吹來陣陣〈清商〉怨曲。〈清商〉曲調悲哀，同時清商也代表秋天。依稀是彷彿，承上句清商怨曲而言，彷彿是這種怨曲，正聽時，又斷了。王沂孫詞中也有「甚獨抱〈清商〉，頓成淒楚」句。唐高駢〈風箏〉詩有「依稀似曲才堪聽，又被移將別調中」句，是下句用語根據。

首二句先傳聲，然後開始用擬人手法，下三句說：「故苑愁深，危絃調苦，前夢蛻痕枯葉。」從宮魂（蟬）的淒唱，見得對舊日的宮苑，永含有深愁，其聲淒厲，其調苦楚，從前的繁華美夢已如蟬蛻的痕跡和枯落的葉子一樣，一去不復返了。後一句六字是三個名詞組成，意味蒼涼，句法凝練。這幾句已完全反映了失去宮苑一切後的哀感。下五句是加倍寫出蟬鳴的哀感。

「傷情念別。是幾度斜陽，幾回殘月。轉眼西風，一襟幽恨向誰說。」字面很好懂，「幾度斜陽，幾回殘月」疊句增強感傷氣氛，斜陽，一般弔古詞常用，如李白〈憶秦娥〉：「西風殘照，漢家陵闕。」許渾〈咸陽城西門晚眺〉：「鳥下綠蕪秦苑夕，蟬鳴黃葉漢宮秋。」殘月也是這樣，如李賀〈金銅仙人辭漢歌〉：「攜盤獨出月荒涼，渭城已遠波聲小。」鹿虔扆〈臨江仙〉：「煙月不知人事改，夜闌還照深宮。」借殘月寫離別的也有，後唐莊宗〈憶仙姿〉：「如夢！如夢！殘月落花煙重。」這幾句寫自從離別宮苑，已不知經歷了多少次斜陽、殘月，也暗含亡國之恨。「轉眼西風，一襟幽恨向誰說。」如今又是一年秋風，宮魂的滿懷幽恨無處訴說。王沂孫詞第一句就是「一襟餘恨宮魂斷」，周密用語多近王詞，上片寫的正是亡國宮人的怨訴。

下片接著寫：「輕鬟猶記動影，翠娥應妒我，雙鬢如雪。」三句是宮魂口吻：猶記得昔日少年，輕鬟倩影，我一舉一動，都招美人的嫉妒；如今卻已是兩鬢如雪。上二句言昔，下句寫今，筆意硬轉，極寫宮魂盛衰之感。詞人體認宮魂心態，刻繪精微。不過，在白頭宮女的形象裡，也不無詞人自己的影子。周密〈秋霽〉寫自己「霜點鬢華白」，〈宴清都〉也說「秋霜鬢冷誰管」，〈西江月〉又講「鬢雪愁侵秋綠」，可見這裡有意用「雙鬢如雪」句，詞中自有周密在，不一定泥定蟬只代表宮人。

下三句：「枝冷頻移，葉疏猶抱，空負好秋時節。」平敘，一般地寫蟬的秋深姿態，也是寫照舊宮人以及周密等文人的無依。

最後幾句，緊貼切蟬，遙與上片開始一段描寫相應，他寫：「淒淒切切。漸迤邐黃昏，砌蛩相接。露洗餘悲，暮煙聲更咽。」從暗喻講，就是寫每一次漸消磨到黃昏，人們悲感遞增。從蟬來講，就是嘶聲和蛩（蟋蟀）悲吟接成一片，「露洗餘悲，暮煙聲更咽」和「槐薰忽送清商怨」、「故苑愁深，危絃調苦」相呼應，寫蟬的種種姿態入於化境。「淒淒切切」語近李清照〈聲聲慢〉。

王沂孫詞，用語精工，但較隱晦含蓄，擬人化程度強，寄託很深，有蒼涼感。周密詞描寫蟬的形象更鮮明貼切，寄託處用筆不多，較為單純明爽，兩家詠蟬各有獨到處。詠物詞確有偏重人寫、偏重物寫的情趣差異，美感境界心理狀態都不盡相同。周密俊爽處，接近北宋，自然別樹一幟。（王達津）

玉漏遲　周密

題吳夢窗《霜花腴詞集》

老來歡意少。錦鯨仙去，紫簫①聲杳。怕展金奩，依舊故人懷抱。猶想烏絲醉墨，驚俊語、香紅圍繞。閒自笑。與君共是、承平年少。

雨窗短夢難憑，是幾番宮商，幾番吟嘯？淚眼東風，回首四橋煙草。載酒倦遊何處？已換卻、花間啼鳥。春恨悄。天涯暮雲殘照。

〔註〕①簫：《全宋詞》作霞，此從《草窗詞》（《知不足齋叢書》本）、《詞綜》。

先把這首詞的題目解釋一下。吳文英詞集原為《夢窗四稿》，甲稿有詞曰〈霜花腴．重陽前一日泛石湖〉。清人江昱按：「《蘋洲漁笛譜》（周密詞集）有〈玉漏遲．題吳夢窗《霜花腴詞集》〉，《山中白雲》（張炎詞集）有〈聲聲慢．題夢窗自度曲霜花腴卷後〉。意當時此曲盛傳，遂以標其詞卷也。」江氏之論當是。再考定一下周密此詞寫作時期。起筆便言「老來」，下又回憶「承平年少」時，可以肯定此詞寫於宋亡之後（按臨安城破時作者四十五歲）。由下片「四橋」云云，還可進一步考定此詞為倦遊蘇州時作（正與夢窗原詞作地同）。

「老來歡意少」一句提醒。何以「歡意少」？是自傷老大、故交凋零，抑或還有別種原因？下面作者以觸處生情的詞筆層層寫來。「錦鯨仙去，紫簫聲杳。」「錦鯨」句用李太白騎鯨仙去之傳說，寫詞友亡故。「錦鯨」二字字面見杜甫〈太子張舍人遺織成褥段〉詩，意同「鯨」，「錦」字增色而已，與下句「紫」對襯。「紫簫」謂倚聲度曲，切詞人身分，「聲杳」亦指音容渺茫。「仙去」、「聲杳」連貫，給人這樣的印象：彷彿夢窗一擱筆，詞壇就從此寂寥了。讚美中帶有沉痛心情。「怕展金奩，依舊故人懷抱。」「金奩」，保存吳詞的匣子。又，溫庭筠等人詞集名「金奩」，故此詞又可徑指《霜花腴》詞卷。「怕展」，乃怕睹物傷情，可是如此懷念，情動於中，又不能不展。「依舊故人懷抱」，睹詞作如見故人，還是那般懷抱！下面沉入懷想：「猶想烏絲醉墨，驚俊語、香紅圍繞。」「烏絲」，「烏絲欄」的簡稱，指精美的箋紙。「香紅」，喻美麗的歌女。想到夢窗酒後賦詞，情酣墨飽，俊語聯翩，四座驚聳，「香紅」聚觀吟唱，那情景叫人多麼陶醉。「閒自笑」，自謂，猶言現在想起還私心竊喜。寫到這裡，亡友彷彿就在面前，作者直接與他話舊：「與君共是、承平年少。」「承平」，指宋亡前，他認為那是太平時代。上面回憶的情景是夢窗寫〈霜花腴〉時，三十多歲年紀，作者則二十多歲，均可謂「年少」。但也不必看得太死，二窗（周密號草窗）交際頗多，夢窗在〈踏莎行·敬賦草窗絕妙詞〉中曾寫道：「西湖同結杏花盟，東風休賦丁香恨。」「與君共是、承平年少」這句感嘆是他對太平時日許多美好情景的概括。那時「承平」，現在如何呢？那時「年少」，現在如何呢？這句感嘆，又含有傷世亂、傷衰暮、傷友亡諸多言外之意。首句「老來歡意少」意思到此漸顯。

上片多憶昔，過片漸由憶昔轉入傷今。「雨窗短夢難憑，是幾番宮商，幾番吟嘯？」往事如夢，似被打窗雨聲驚破。當日好友常會，多少次吟嘯風月，多少次宮商相和，而今夢殘人去。沉吟至此，無限悵惘，無限留戀。「淚眼東風，回首四橋煙草」幾句從回憶回到眼前，舊地故物，淚眼相看。「四橋」即蘇州甘泉橋，夢窗、草窗當年都曾來此遊賞，草窗有〈拜星月慢〉寫道：「一夜落月啼鵑，喚四橋吟纜。」夢窗〈霜花腴〉亦此地附近遊賞之作。而今此處只見「煙草」，不見「遊伴」了，「淚眼東風」，觸景傷情。此與前面「閒自笑」亦是映照，對往昔是那般陶醉，看今朝卻是如此傷心。「雨窗」、「淚眼」、「煙草」，寫得一片空濛、淒迷。「載酒倦遊何處？已換卻、花間啼鳥。」「何處」寫出了他的極度迷惘，本是四橋，而他卻不知所處，恍如隔世。「已換卻、花間啼鳥」脫化於王維「興闌啼鳥換，坐久落花多」（〈從岐王過楊氏別業應教〉），從表面看似寫遊賞時間已長（天氣已由雨轉晴了），興致闌珊；深入體味一下，其中當含有山河變異的沉痛感慨。王維所寫純出於遊賞，顯得悠閒；草窗此句出於傷心之思，來得沉重（「已換卻」是有意的注意，「啼鳥換」是無心的發現），其比興是明顯的。「春恨悄。天涯暮雲殘照。」「悄」表示悄然無聲、悄然無語。環境冷寂，心境苦寂，重遊舊地產生如許春恨，無可訴說。「天涯」見出漂泊無依，「暮雲殘照」見出心情的黯淡。宋沈義父云：「結句須要放開，含有餘不盡之意。以景結尾最好。」（《樂府指迷》）他的空虛、孤零，他的家國之思，都借這晚晴之景透露出來了。下片與上片一樣，從懷念亡友寫起，越寫越動情，到後幅，身世之感、家國之念，就一起奔輳筆下。讀罷全詞，開頭所謂「歡意少」，就完全明白了。

二窗是知交，在藝術上也相互規摹。此詞在詞句的錘鍊、情意的表達、結構的安排上，能見出夢窗的影響，不過比夢窗要顯得疏朗、自然。（湯華泉）

一萼紅 周密

登蓬萊閣①有感

步深幽。正雲黃天淡，雪意未全休。鑑曲寒沙，茂林煙草，俛仰今古悠悠。歲華晚、漂零漸遠，誰念我、同載五湖舟？磴古松斜，厓陰苔老，一片清愁。回首天涯歸夢，幾魂飛西浦，淚灑東州。故國山川，故園心眼，還似王粲登樓。最負他、秦鬟妝鏡，好江山、何事此時遊！為喚狂吟老監，共賦銷憂。

〔註〕①蓬萊閣：原註：閣在紹興，西浦、東州皆其地。

南宋會稽郡的治所設在紹興臥龍山下，郡廳的後面有一座蓬萊閣，是五代吳越王錢鏐所建，為浙東名勝之一。宋恭帝德祐二年（一二七六），元軍攻佔南宋都城臨安，周密即離京流亡，這年和次年的冬天都曾到過紹興，本詞應是第二年從剡川回會稽遊覽蓬萊閣時所作。詞中借登臨懷古，曲折含蓄地抒發其故國故鄉之思，寄慨遙深，清陳廷焯推為「草窗集中壓卷。雖使美成、白石為之，亦無以過」（《白雨齋詞話》）。

上闋以寫景為主，景中寓情。首句「步深幽」，只三字便概括了進山登閣的過程。山路盤曲幽深，一步一折，漸入佳勝，使人身歷其境。二、三句以「正」字領起，交代登閣當天的氣候。冬雲凝重，天色昏黃；雪，欲下未下。陰沉沉的天氣和作者抑鬱而沉重的心情正相一致。「鑑曲」三句，寫登閣所見。鑑曲即鑑湖，唐代詩人賀知章告老時曾獲賜鑑湖剡川之一曲，從此徜徉湖上。茂林指蘭亭，東晉名士王羲之等曾雅集於此，曲水流觴，賦詩詠懷，〈蘭亭集序〉中有「茂林修竹」之語。鑑湖和蘭亭都是歷史上的勝地，而今極目所望，卻是湖面蕭瑟，沙寒水淺；蘭亭破敗，煙重草衰。詞人撫今追昔，不勝感慨，因而有「俛（俯）仰今古悠悠」的嗟嘆。以上六句都是借環境氛圍來烘托人物心理。接下去「歲華晚」三句，由緬懷古跡轉而抒發身世漂零的感觸。時令已近年底，回顧年來蹤跡，深有歲月蹉跎、漂泊無依的憂傷，而此番登臨，又是孤身一人，尤感寂寞。「同載五湖舟」用春秋時越國大夫范蠡功成身退與西施泛舟五湖的故事，意思是說自己也和范蠡一樣隱遁避世，四處漂泊，然而無人做伴，更加淒涼。「磴古」以下，再從抒情轉入寫景。磴是山中石阪。三句意為：古老的石級旁倚生著歪歪斜斜的老松，山厓（通「崖」）的背陽處布滿著斑駁陸離的青苔，景物如此淒清，怎不令人悲從中來，欷歔慨嘆！結句「一片清愁」，正是對此情此景的高度概括。

下闋以抒情為主，情中見景，而詞境又有拓展。

換頭用「回首」逆起，追懷流亡歲月中對故鄉故都的刻骨思念。「幾」，幾番、多次，極言其頻繁。「魂飛西浦，淚灑東州」兩句，情感深切而發語警挺。西浦、東州都是紹興地名。周密祖籍濟南，長期寓居吳興，故視此一帶為第二故鄉。在江山易主、國土淪亡的歲月中，詞人日夜思念故國故土，夢魂多次飛回故鄉，淚水灑遍越中山川。今日登閣北望，頗像漢末王粲登樓，只覺故國山川、故鄉園林已非疇昔，不禁憂慨百端。以上六句，極寫望歸心切，而又深嘆家國淪亡。由此逼出「最負他、秦鬟妝鏡，好江山、何事此時遊」二句點題的話，集中抒發了國破家亡的巨大創痛。「秦鬟」，指美如髻鬟的秦望山。「妝鏡」，指清如明鏡的鑑湖水。這裡採用豔麗的詞語極寫山川的美麗，意在反襯亡國的慘痛。江山如此嬌美，為什麼偏在她慘遭蹂躪之後纔來遊賞呢？詞人痛心疾首，悲憤填膺，以至山容水態，無不染上深深的哀愁。詞情發展至此，達到高潮，結末二句，卻又筆頭一轉，輕輕遠拓開去。「狂吟老監」指賀知章，他曾任祕書監，又自號「四明狂客」。詞人要召喚他一起來題詠銷憂，表面意思是自我排遣，其實正說明憂思之難以消解。「共賦銷憂」與上闋結尾處的「一片清愁」相應，都有「意在言外」的韻致，使沉痛之情在含茹吞咽之中又轉深了一層。

這首詞題為「登蓬萊閣有感」，詞人的感受是透過登閣所見景物曲曲傳達出來的。在故國淪亡、陵遷谷變的情況下，詞人獨登古閣，思緒萬千。時值隆冬，天色陰沉，沙寒草衰，雪意未銷，這是用環境氣氛的淒清來烘托他悲涼的心境。鑑曲秀美，蘭亭風流，然而「俛仰之間，已為陳跡」（東晉王羲之〈蘭亭集序〉），這是借古今的更替寓興衰存亡的慨嘆。歲華已晚，漂零念遠，透露出流亡者孤寂無依的身世之感；而深山幽景更增添詞人無窮的愁思。詞的上闋無一字涉及國土淪亡，但無處不滲透遺民的哀痛。下闋改用直抒胸臆的手法。「回首」三句，似欲打開感情的閘門一任奔瀉，以傾吐心頭鬱積的哀傷，然而，至「還似王粲登樓」句一頓，至「好江山、何事此時遊」又一頓，這樣一頓再頓，使奔瀉的感情轉為沉痛的反思，妙在「才欲說破，便自咽住」（清陳廷焯之《白雨齋詞話》評周邦彥〈蘭陵王〉語），吞吐咽噎，迴環往復，構成了本詞情思哀婉和沉鬱頓挫的風格特徵，所謂「亡國之音哀以思」（《禮記·樂記》），正是如此。草窗詞素以意象縝密著稱，本詞則密中間疏，稍覺空闊。綜觀全詞，寫景空遠，抒情婉曲，結構細密，引事用典十分貼切，充分體現出作者深厚的詞學功底和創作才力。（蔣哲倫）

掃花遊　周密

九日懷歸

江蘺怨碧，早過了霜花，錦空洲渚。孤蛩自語。正長安亂葉，萬家砧杵。塵染秋衣，誰念西風倦旅。恨無據。悵望極歸舟，天際煙樹。

心事曾細數。怕水葉沉紅，夢雲離去。情絲恨縷。倩迴紋為織，那時愁句。雁字無多，寫得相思幾許。暗凝佇。近重陽、滿城風雨。

這首詞代表周密抒情自然流麗的作品，「九日懷歸」，大約是他在杭京失意思鄉，逢重陽節時所作。這首詞句子大都有出處，也可以說是下筆時習慣於吸收前人審美經驗，但嫌多了些。

開始三句：「江蘺怨碧，早過了霜花，錦空洲渚。」江蘺為香草名，出自屈原〈離騷〉：「扈江蘺與辟芷兮，紉秋蘭以為佩。」李商隱〈九日〉詩用這個典故寫「空教楚客詠江蘺」，所以這裡也用為九月九日景物，描寫江蘺含幽怨而呈現碧色，說它早過了經霜開花時候，洲渚邊已沒有一片花如錦的江蘺了，點重陽季節，江渚香草的錦色都空。下面接「孤蛩自語」句，略作停頓，寫聽覺感受，孤零零的蟋蟀暗自鳴叫。姜夔〈齊天樂〉詠蟋蟀「淒淒更聞私語」，都用擬人化的「語」字。這裡是指九月蟋蟀初鳴。

「正長安亂葉，萬家砧杵。」長安這裡代表杭州，但「長安亂葉」句本賈島送別詩「秋風生渭水，落葉滿長安」（〈憶江上吳處士〉），和周邦彥〈齊天樂〉「渭水西風，長安亂葉，空憶詩情宛轉」，形容西風一起，霜葉群飛。「萬家砧杵」本李白〈子夜吳歌．秋歌〉「長安一片月，萬戶擣衣聲」。家家用砧杵為遠服征役的人製衣。姜夔〈齊天樂〉也說蟋蟀叫聲「相和砧杵」。這二句點時間、地點、環境，說正是長安木葉飄零，萬戶夜晚擣衣時候，這種環境易於引起鄉思。

「塵染秋衣，誰念西風倦旅。」轉入寫客況淒涼。晉陸機〈為顧彥先贈婦二首〉其一：「京洛多風塵，素衣化為緇。」「塵染秋衣」就是用陸機詩意，表明在京都很長久，衣裳塵汙黑了，卻沒有遇到知己，沒有人顧念倦於行旅的天涯遊子。北宋晁端禮〈水龍吟〉「倦遊京洛風塵，夜來病酒無人問」，也是這個意思。

上片結尾三句：「恨無據。悵望極歸舟，天際煙樹。」詞用南朝謝朓〈之宣城郡出新林浦向板橋〉詩「天際識歸舟，雲中辨江樹」語，表示自己想回去，但又未能，只有惆悵地極目望江上遠遠歸去的船隻和天邊煙樹，像古樂府〈悲歌行〉所謂「遠望可以當歸」一樣。

上片透過西風景色寫情，下片就全寫心事。「心事曾細數。怕水葉沉紅，夢雲離去。」後二句是所曾盤算過的心事。二句意思可參看他〈水龍吟．白蓮〉：「想鴛鴦正結梨雲好夢，西風冷，還驚起。」這裡第一句是寫紅荷凋落，因此說水葉沉紅。宋翁元龍〈隔浦蓮近〉「沉紅入水，漸做小蓮離藕」，語意相近。「夢雲離去」，語出楚王夢遇神女，及朝為行雲的故事，見戰國宋玉〈高唐賦〉。三句連起來就是說心事縈繞；無可排遣，只怕美好的往事將如沉紅夢雲，一逝難返。下句「情絲恨縷」稍停頓一下。一語概括所有的心事，把它作一結，不一一敘述。

「倩迴紋為織，那時愁句」，是說要請你像晉代蘇蕙織成錦字迴文詩一樣，將當時的離愁別緒，寫成詩章或書信。

「雁字無多，寫得相思幾許」，即使書信也講不了多少相思情，裝不下許多愁。比擬十分妥切，雁只排成人字、一字，沒有多少字，怎能寫出多少相思，言外意是愁思無限。在用比上，這二句又恰和秦觀〈減字木蘭花〉寫法相反，秦觀句「困倚危樓，過盡飛鴻字字愁」，各從不同角度作出恰當的比喻。

下片結尾再回到重陽節和那時景色上，使上下片融合無間。「暗凝佇。近重陽、滿城風雨。」暗自凝眸佇立看重陽景象，一到近重陽節，只是滿城風雨。這句正同上片「錦空洲渚」、「正長安亂葉，萬家砧杵」等句同樣淒清。後一句來自江西派詩人潘大臨「滿城風雨近重陽」句，但句法、音調一變，使比較豪放的句子變為淒涼。

如以這首詞同〈曲遊春〉遊西湖詞相比，則這首詞反映了南宋衰亡氣象，「正長安亂葉，萬家砧杵」，京師景象已有衰颯之預感。儘管詞寫得悲哀，而作者久客京都對重陽節有那樣敏銳的感受，使人感到詞境寫得很淒美。作者寫心事，善於時吞時吐，也善於用明喻、隱喻，造成美感距離，哀而不傷。表現其感情與智慧都是很活躍而不凝滯的。這些地方確有可取之處。（王達津）

獻仙音

周密

弔雪香亭梅

松雪飄寒，嶺雲吹凍，紅破數椒春淺。襯舞臺荒，浣妝池冷，淒涼市朝輕換。嘆花與人凋謝，依依歲華晚。

共淒黯。問東風、幾番吹夢？應慣識當年，翠屏金輦。一片古今愁，但廢綠平煙空遠。無語銷魂，對斜陽衰草淚滿。又西泠殘笛，低送數聲春怨。

周密入元後，抗志不仕。這首詞是他入元後所作。根據他寫的《武林舊事》、《齊東野語》的記載：杭州葛嶺有集芳園，原是皇家御園，曾為宋高宗的后妃所居，理宗時賜給賈似道，賈再修築，勝景很多；中有雪香亭，其旁廣植梅花，又多古梅。宋亡之後，園亭荒蕪，周密來遊而作此詞。

上片「松雪飄寒，嶺雲吹凍，紅破數椒春淺」，寫梅。起二句用對偶，先描寫，後一句點出所寫。梅花在天寒風雪中開放，所以用松樹上飄雪、葛嶺上雲凍來寫它開放背景，並渲染園中的寒冷、黯淡氣氛。不說天飄寒雪，而說是雪「飄寒」；不說凍氣入雲，而說雲在「吹凍」。這既凸出「寒」與「凍」，加強「雪」與「雲」的力量；將形容詞名物化以作動詞賓語，又使語句顯得特別的新鮮凝練。梅花含苞未放，其狀如椒，句中說的是初春時候，幾點紅梅初放，但不說梅，只用椒比襯；「紅破春淺」，比較說「春初紅綻」，也新鮮凝練得多。「襯舞臺荒，浣妝池冷，淒涼市朝輕換」，寫園亭。二對偶句描寫，一單句點出所寫，完全同於前面三句；但這裡的對偶句是名詞下面用形容詞作謂語的結構，句法較直，沒有「松雪」二句那樣曲折。雪香亭在集芳園中，寫亭不能只限於一亭，要聯繫全園來寫，方展得開。襯舞臺與浣妝池，應是園中池臺名；也可能是形容一些池臺，是供皇帝后妃、賈似道姬妾浣妝、觀舞之用的。所謂「浣妝」，即杜牧〈阿房宮賦〉「渭流漲膩，棄脂水也」的意思。「荒」、「冷」寫蕪廢情況，與上「寒」、「凍」合成一氣，歸於下句的「淒涼」二字。淒涼的，看是眼前的池、臺、亭，但所以造成荒涼是由於看不見的「市朝輕換」，也即來自國亡的原因。正因為關係如此重大，所以一池、一臺、一亭的興廢，以至一些梅花的開落，都使人觸目興感。「嘆花與人凋謝，依依歲華晚」，用「嘆」字領起，引出作者直接發言，總結上文。花，指梅；人，指與池臺、市朝有關的人，主要是指下文的「翠屏金輦」中人。凋謝，指人與梅，又關係池臺；歲華晚，呼應梅開時候。依依，作者感舊之情，並反過來想像梅花、池臺、歲華對人也有留戀感情。人與景物相互移情，進入纏綿不捨的境界。

下片「共淒黯。問東風、幾番吹夢」，起三字，承上啟下，所謂「最是過片不要斷了曲意」（張炎《詞源．製曲》）；「共」的是人與花；「淒黯」是「寒、凍」、「荒、冷」、「淒涼」、「凋謝」等情景的收攬和濃化，掩抑欲絕。下句的「問」是人問花，但花亦何嘗不能自問，人花同感，彼此難分。「東風」以下，指梅花在春風中開落，已看過人世間的幾番重大變化，也即經歷了多少「市朝輕換」之痛。換得「輕」，是滅亡之易，故如「吹夢」一般；換得輕，寫也寫得輕，想起來其痛更重。「應慣識當年，翠屏金輦」，這是梅花「吹夢」和引起它的「淒黯」的內容和原因，進一步坐實，使上文的虛寫不虛。這兩句把梅花擬人，說它在園亭中，應看慣坐金輦、遮翠屏而來遊幸的皇帝、后妃，見過了小朝廷苟安時期的「盛況」。但這在今天，卻不是引人羨慕而是引人傷感的事了。

這是「弔」梅，但可弔的不是梅的本身，而是梅的閱歷中的愁恨。「一片古今愁，但廢綠平煙空遠」，說出「愁」字，這是梅花之愁，作者之愁，歸根到底是「古今」的興亡之愁。在園中眺望，遠遠不斷的，只徒然是一片廢綠、平煙，又轉入兼「弔」園亭。「無語銷魂，對斜陽衰草淚滿」，以作者的所見所感，再對上下片所寫的人、花、園亭、古今的情狀作一結束，斜陽、衰草補充廢綠、平煙；無語、銷魂、淚滿則總結一切。「又西泠殘笛，低送數聲春怨。」聽到從西泠橋邊，低低地送來幾聲怨曲。這曲聲，暗用〈梅花落〉曲調，回扣梅花，謂之「殘」者，亡國餘音；「春」暗指元朝統治者，故有所「怨」。這兩句在詞意結束之後，忽用倒挽之筆，再回頭照應梅花，使題旨更加完足，筆力別作伸展。

這首詞，借寫梅以憑弔故國滅亡，所寫不限於梅，把梅與園亭、與人融合而寫，開合照應，不粘不脫；對於寫梅，從頭到尾不露出「梅」字，只在襯托、用典及詞意的關聯中來表現它。寫情「淒黯」，琢句妍秀，層層深入中結以倒挽之筆，又見有餘不盡之致，是周密詞慘淡經營、意境較深的作品之一。清陳廷焯《詞則》評下片即「杜詩『迴首可憐歌舞地』意，以詞發之，更覺淒婉」，也指出它結尾有力。（陳祥耀）

高陽臺 周密

送陳君衡被召

照野旌旗，朝天車馬，平沙萬里天低。寶帶金章，尊前茸帽風欹。秦關汴水經行地，想登臨、都付新詩。縱英遊，疊鼓清笳，駿馬名姬。

酒酣應對燕山雪，正冰河月凍，曉隴雲飛。投老殘年，江南誰念方回。東風漸綠西湖柳，雁已還、人未南歸。最關情，折盡梅花，難寄相思。

這一首詞，是作者為送別友人陳君衡應召而作。陳君衡，名允平，宋亡以後，被元王朝徵召到大都（今北京）做官，臨別之際，作者作此詞為他送行。作者是一位有強烈愛國感情的詞人，宋亡後隱居不仕。從這樣一種愛憎分明的感情出發，對於陳君衡的應召北上，可想而知，作者是有許多感慨的。其中既有送別友人的依依之情，又有對其屈身仕元的不滿，還有對南宋滅亡的悵恨。正是這種複雜的心理，使得他既不能像一般送別詞那樣只在刻畫離愁別緒上著力，也不能明顯地對友人多所指摘，而只有借描寫送別情景、抒寫相思離愁，含而不露地表達自己的思想感情。

詞一起先描寫送別場景：「照野旌旗，朝天車馬，平沙萬里天低。」作者用雄健的筆調勾畫出一幅氣象闊大、色彩鮮明、熱烈而又整肅的郊野送行圖。只見旌旗獵獵，光照原野，車馬蕭蕭，浩浩蕩蕩。這樣有聲有色、威武雄壯的畫面，再襯以平沙萬里、野曠天低的廣闊背景，給這支朝見天子的儀仗更增添了幾分豪壯之情。接下去，作者把筆端移向了這支聲勢烜赫的「朝天車馬」的主角——陳君衡。但作者並不作細緻的工筆刻畫，只是以寥寥十字略加點染，人物便栩栩如生、躍然紙上。「寶帶金章」，表明了人物的身分，同時暗示此行的緣由；「尊前」，點出此刻已到了「勸君更盡一杯酒」（王維〈送元二使安西〉）的臨別之際；「茸帽風欹」，寫頭上戴著的皮帽被郊野的風吹得略略傾斜，一個「欹」字，極為傳神地勾畫出人物瀟灑的風神。欹帽即側帽，典出《北史．獨孤信傳》：「信在秦州，嘗因獵，日暮，馳馬入城，其帽微側，詰旦而吏人有戴帽者咸慕信而側帽焉。」詞用此典，極為貼切，而有微意。君衡之應元召，與慕信而側帽的胡風，正相一致。這一用典，實不同於一般泛用。此情此景，使作者自然聯想到別後情景，於是馳騁想像，設想友人北上途景：「秦關汴水經行地，想登臨、都付新詩。縱英遊，疊鼓清笳，駿馬名姬。」一路之上，登山臨水，吟詩作賦，笳鼓喧喧，車馬闐闐。乘駿馬，攜名姬，縱情遊樂，何等風流曠達！這一段想像之詞，貌似讚嘆的口吻，但透過對北宋舊地「秦關汴水」的提念，委婉地透露出作者對故國的懷念和山河依舊、人事已非的感嘆。只是由於作者用筆極為含蓄蘊藉，非細細咀嚼品味不易體察其中的深意罷了！

換頭「酒酣應對燕山雪，正冰河月凍，曉隴雲飛」，進一步設想友人遠去冰河之域的情景。「酒酣」，指朝廷召宴，作者想像友人彼時彼地眼前應是一片冰天雪地，連月亮都彷彿凍住了似的發出慘淡的光輝。冰河月凍，造語甚新，意境極佳，似未經人道，值得一提。這闋大然而淒清的景象與上闋熱烈歡快的情調形成鮮明的對照，為下面的抒情鋪墊了沉鬱感傷的氣氛。接著，作者將筆鋒一轉：「投老殘年，江南誰念方回。」意思是說自己已是垂老餘年，隱居江南，又有誰念及我。方回，賀鑄的字，以「若問閒情都幾許？一川煙草，滿城風絮，梅子黃時雨」（〈青玉案〉）著名，所以黃庭堅稱道說：「解道江南斷腸句，世間唯有賀方回。」作者身在江南，又有一腔愁怨，故以賀鑄自比。這兩句詞不僅包含華年已逝、年邁力衰的傷感，友人離去、無人顧念的傷情，還有國家淪亡的傷痛。寫得傷心折腸，無限低迴。作者又進一步展開想像：當北方冰雪尚未消融之時，江南已是大地回春，「東風漸綠西湖柳」，是化用王安石〈泊船瓜洲〉「春風又綠江南岸」之句。到那時，看到南飛的鴻雁，一定會更加懷念一去不歸的友人。想到此處，不禁嘆息道：「最關情，折盡梅花，難寄相思。」這兩句化用前人詩意。《荊州記》載：陸凱曾從江南將梅花寄到長安送給他的好友范曄，並贈詩說：「折花逢驛使，寄與隴頭人。江南無所有，聊贈一枝春。」（《太平御覽》引）這兩句意思是說，我的相思之情即使折盡梅花也難以表達。從字面看來，表現了作者對友人極為真摯懇切的懷念之情。但如果把這兩句與上文的「誰念方回」、「人未南歸」聯繫起來看，就不難悟出，這裡還有著更深刻的寓意，那就是作者擔心友人到了北方，有了高官厚祿，忘懷自己，忘懷故國。這就不僅表達了身為遺民的慘淡心情，而且含蓄地透露出對友人仕元的不滿。

此詞寫送別而通篇貫穿著深切感人的故國之思，作者既寫眼前實景，也寫想像中的虛景，虛實相合，深沉宛轉地表達了作者複雜難言的思想感情。題作「送」之，實即留之。其寓意之深重，真可謂詞中之〈送董邵南遊河北序〉（韓愈作）。而規勸之微婉，則正是詞體之本色。（張明非）

高陽臺 周密

寄越中諸友

小雨分江，殘寒迷浦，春容淺入蒹葭。雪霽空城，燕歸何處人家？夢魂欲渡蒼茫去，怕夢輕、還被愁遮。感流年，夜汐東還，冷照西斜。

萋萋①望極王孫草，認雲中煙樹，鷗外春沙。白髮青山，可憐相對蒼華。歸鴻自趁潮回去，笑倦遊、猶是天涯。問東風，先到垂楊，後到梅花？

〔註〕①一作「凄凄」。

周密在宋亡後，吳興家破，寄居杭州；他的友人如王沂孫、鄧牧、謝翱等，曾居住越州（今浙江紹興）。王沂孫是他的詞中知己；鄧牧、謝翱二人訂交較晚，但他們不對元朝統治者屈服的志節，深為周密所敬重。這首寄越中諸友的詞，可能作於周氏與鄧牧、謝翱在越訂交，即元世祖至元三十一年（一二九四），周氏六十二歲之後。寫作地點有江有潮，可能是杭州。

上片，從自己居住的地方寫起，夾寫懷友。「小雨分江，殘寒迷浦，春容淺入蒹葭」，寫初春雨後，雨水分流於江中，殘餘的寒氣還瀰漫水邊，滿眼迷濛，看不出什麼春意；要尋找嗎，只能看到一點淺淺的「春容」進入初生的蒹葭叢中。起二句對偶，工整自然，第三句「淺入」二字刻意雕琢，極幽細。「雪霽空城，燕歸何處人家」，從小雨、下雪到放晴，春景本來要逐漸明麗，但經過戰爭之後，城中一片蕭條，居民屋子受到破壞，燕子歸來，不容易找到構窩棲息的人家。寫城市蕭條，不多用形容詞語，只著一「空」字，主要從燕子無處棲息來表現，既形象，又深含惆悵之情，與劉禹錫〈金陵五題：石頭城〉詩名句「潮打空城寂寞回」用字相同。「夢魂欲渡蒼茫去，怕夢輕、還被愁遮」，寫懷友。蒼茫，指水，從杭州到紹興，要經過錢塘江，所以說夢中要到越中訪友，得渡過「蒼茫」的江水。這是初步設想。再進一步想，夢魂去得了嗎？未必，夢輕愁重，怕被愁遮住。夢與愁有輕重之分，愁能遮夢，這兩句就構思說，極為新奇；就句法說，以倒跌為遞進，也曲折有力。「感流年，夜汐東還，冷照西斜」，又回到寫自己身邊，感光陰易逝。光陰易逝，更使人想起好友不能團聚、坐失時機為可惜；此意不明說，言外可以推得。故寫自己，與懷友又有聯繫。寫光陰，也只用三個字輕點，有年華流駛之感，接著便描寫兩種景象：夜裡的潮水向東退去，冷淡的日色向西斜照。言外之意是這兩種景象一天天重複出現，光陰便在不知不覺中消逝了。「汐」字與「潮」字並見於一詞中，可知這裡不是特寫當天景象，而是概括日常所見。後兩句以具體景象表達意念。

下片，從懷友寫起，回到寫自己。「萋萋望極王孫草，認雲中煙樹，鷗外春沙。」望芳草而想念王孫，用淮南小山〈招隱士〉「王孫遊兮不歸，春草生兮萋萋」句意，以喻想念越中友人，「望極」表想念之深。想念深而看不見，只好從遠接雲中的煙樹與鷗鳥飛翔之外的沙灘，辨認它是通往友人居住的地方，這句是從南朝謝朓〈之宣城郡出新林浦向板橋〉名句「雲中辨江樹」化來，渾然無跡。「雲中」兩句與上片「夜汐」兩句，對偶相同，寫法也相似，前者以景寓意，這裡則以望遠之景寓想念之情。「白髮青山，可憐相對蒼華。」白髮，包括自己和友人的髮；青山，包括兩地的山；蒼華，兼包兩地的青山、白髮。這兩句，照管了幾個方面，能對自己、對友人，雙雙收束，很有力量；選擇「蒼華」一詞同時作幾個方面的謂語，恰切不可移易；著以「可憐」二字，又有無限低迴感慨之情，是極見功力、善為頓挫的句子。「歸鴻自趁潮回去，笑倦遊、猶是天涯。」說鴻鳥趁著潮水東流的方向飛去，不能代人傳達音訊；自己雖是倦遊歸來，居住杭州，但對故鄉吳興來說，對分別不能團聚的朋友來說，都有遠隔「天涯」之感。事實上，吳興、杭州、紹興都相去不遠，指為「天涯」，實是思念情深所形成的錯覺；著一「笑」字，笑倦遊無成，也自笑此種錯覺。這兩句與下面三句都是上文收筆後再作蕩漾的餘波，這兩句輕承緩轉，後三句急轉遙承。「問東風，先到垂楊，後到梅花？」這一問，與前文好像沒有什麼聯繫，來得突兀，故曰「急轉」；事實上，它既自成餘波，又能上包前面的餘波，並再收束前文，故曰「遙承」。問的是兩層意思：東風，你可是要先吹到垂楊身上，然後再吹到梅花身上嗎？此其一；東風，你為什麼要先吹到垂楊身上，後吹到梅花身上呢？此其二。問得婉轉，但隱含怨刺，因為「東風」隱喻元朝統治者的「恩澤」，「垂楊」隱喻不能堅持氣節而投靠新朝的人，梅花隱喻忍受清苦生活的遺民。梅花本無求於東風，這裡不是代梅花向東風乞取溫暖，而是借傷梅花、譏垂楊以斥東風。梅花以喻遺民，當然包括作者自己和他所寄的友人在內。這三句對於遺民志節的描寫以及對於新朝的譏刺，是全詞最著力之處，主旨已明，詞也到此結束。

這首詞寫深情，寓感慨，辭句曲折幽秀，又有語意新奇、頓挫有力、含義豐富的句子，在周密詞中，是意境較厚的，清陳廷焯《詞則．大雅集》評：「幽怨得碧山（王沂孫）意趣，但厚意不及。」似有成見。清戈載《宋七家詞選》說周詞「有韶倩之色，有綿邈之思」，這首詞的色澤，似乎也不僅限於「韶倩」。（陳祥耀）

花犯　周密

賦水仙

楚江湄，湘娥乍見，無言灑清淚。淡然春意。空獨倚東風，芳思誰寄。凌波路冷秋無際，香雲隨步起。謾記得、漢宮仙掌，亭亭明月底。
冰絃寫怨更多情，騷人恨，枉賦芳蘭幽芷。春思遠，誰嘆賞、國香風味。相將共、歲寒伴侶，小窗淨、沉煙熏翠袂。幽夢覺，涓涓清露，一枝燈影裡。

賦水仙，南宋末詞人多寫這一題目。詩詠物晚唐為多，詞詠物南宋末為多。這種情況都是在難以干預政治衰亡情勢下，以詠物為排遣愁思、淨化心靈的工具。水仙不過是盆養花卉，詞人想象為比湘妃、洛神還要美的水中仙似的東西，又似仙非仙，不離花的特質。這種凝神觀照，擺脫凡思，運用想像和技巧去寫詞，便是他們願作的事，好處是描寫物象的清高再來鼓舞自己，缺點是也不免「玩物喪志」，很少較高的理想。由於範圍狹窄，在藝術上也不免彼此寫的都相類似。

周密此詞是寫水仙較好的一首。水仙種於布小鵝卵石的水盆中，葉叢中挺生花莖，上開白色帶黃的傘狀花。根莖色白如玉，莖葉初生含綠色，上面也滲些水，便使人覺得浴露凌波，為之神爽。所以詞的開端三句寫：「楚江湄（邊），湘娥（湘水女神，一種傳說是堯的二女，舜的夫人）乍見，無言灑清淚。」就以似湘妃出現形象相比，用風神清潔、凝睇含淚的水中仙意境籠蓋全篇。下句說「淡然春意」。花生於冬春之交，詞是進一層由形寫到神，說它含有淡淡的春意，淡然也就是不沾滯於塵事，不著意於色相。

「空獨倚東風，芳思誰寄。」作問語，是從鑑賞者角度寫的。二句雙關，寫水仙孤立，自然是美好情思無所寄託；擬人則是高潔難有知音。「凌波路冷秋無際，香雲隨步起」，不是寫秋天，而是寫凌波微步，帶起香雲（用曹植〈洛神賦〉「凌波微步，羅襪生塵」，換「塵」為「雲」），卻散出無限輕冷的寒意，在春天氣氛中給人以秋感。高觀國〈金人捧露盤．水仙花〉「有誰見、羅襪塵生？凌波步弱，背人羞整六銖輕」，卻嫌著色相。

上片結兩句：「謾記得、漢宮仙掌，亭亭明月底。」仍從鑑賞者角度寫。看她凌波微步，便想起漢宮前捧承露盤的金銅仙人在明月下的亭亭玉影。

下片主要翻進寫情。「冰絃寫怨更多情，騷人恨，枉賦芳蘭幽芷」，是說〈離騷〉寫蕙蘭、白芷不如寫有情的水仙。水仙像湘靈鼓瑟，冷絃彈怨，更是情多。盧祖皋〈卜算子．水仙〉：「絃冷湘江渺。」冰絃即冷絃。以有聲的冷絃比無聲的水仙，移入聽覺感受，美感是可以這樣錯置的。趙聞禮〈水龍吟．水仙花〉「乍聲沉素瑟」，又「含香有恨，招魂無路，瑤琴寫怨。幽韻淒涼，暮江空渺，數峰清遠」，比較這句寫得辭繁，意思是一樣的。張炎〈西江月．題墨水仙〉「獨將蘭蕙入〈離騷〉，不識山中瑤草」，與後二句同意。

下二句：「春思遠，誰嘆賞、國香風味。」一般說蘭為國香，這裡寫水仙為國香，講它春思悠遠，韻味深長，認為很少人賞識這種國香風味。黃庭堅〈次韻中玉水仙花〉「可惜國香天不管，隨緣流落小民家」，已寄此意。

「相將共、歲寒伴侶」，是寫和它可生活在一起，共作歲寒的朋友。言外之意是說水仙可與松、竹、梅歲寒三友媲美。「小窗淨、沉煙熏翠袂」，是說在明淨小窗前，沉水香的煙又繚繞著她的翠袖（水仙抽出的綠葉）。這是寫擺在窗前。

結語歸結到夜晚：「幽夢覺，涓涓清露，一枝燈影裡。」當人一覺幽夢醒來時，燈影中，立即被一枝身上帶有點點露珠的水仙花吸引過去。一結清逸之韻有餘不盡。

南宋末詠水仙，境界多為幽峭，刻畫是精細的。周密命意用辭非常清遠，如「淡然春意」、「凌波路冷秋無際」，這兩句意境最高，在傳神方面很有獨到之處。但也有不少運用前人美感經驗處。（王達津）

朱嗣發

【作者小傳】（一二三四～一三〇四）字士榮，號雪崖，烏程（今浙江湖州）人。宋亡前，居家奉親。宋亡，舉充提學學官，不受。《陽春白雪》卷八錄其詞一首。

摸魚兒

朱嗣發

對西風、鬢搖煙碧，參差前事流水。紫絲羅帶鴛鴦結，的的鏡盟釵誓。渾不記、漫手織迴文，幾度欲心碎。安花著蒂。奈雨覆雲翻，情寬分窄，石上玉簪脆。朱樓外，愁壓空雲欲墜。月痕猶照無寐。陰晴也只隨天意，枉了玉消香碎。君且醉。君不見、長門青草春風淚。一時左計。悔不早荊釵，暮天修竹，頭白倚寒翠。

這是一首棄婦詞。寫一位女子與情人私自結合，後遭遺棄的怨恨和後悔。

開篇三句「對西風、鬢搖煙碧，參差前事流水」，寫女主人公對著蕭瑟的秋風，蓬亂的鬢髮就像一團翠色的煙雲。這副模樣，分明告訴我們：她的遭遇很不幸，內心十分痛苦。此刻，她正回憶著那流水般逝去的往事，吞食著愛情幻滅的苦果。「紫絲羅帶鴛鴦結，的的鏡盟釵誓」，這二句寫當初他們情投意合時的情景。男子給她繫上打有鴛鴦結的絲帶，表示他們的恩愛情意；他還向她海誓山盟——不管發生什麼情況，他們也永遠不分離。「鏡盟」，活用唐孟棨《本事詩》中徐德言和樂昌公主以「合鏡」而重新團聚的故事，表示夫妻絕不離異。「釵誓」，唐陳鴻《長恨歌傳》說唐玄宗和楊貴妃「定情之夕，授金釵鈿合以固之」，「願世世為夫婦」。「的的」，非常明確的意思。接著，筆鋒一轉，寫男方的負心。「渾不記、漫手織迴文，幾度欲心碎。」前秦時蘇蕙思念丈夫竇滔，曾織錦作首尾讀之無不成誦的詩歌寄至遠方，名之曰迴文旋圖詩，後世即以迴文、錦字代指女子寄給丈夫的書信詩文。這三句承上急轉。定情、盟誓已被對方忘得乾乾淨淨（渾不記），空勞我多次傷心欲絕地寫信寄詩。「漫」是領頭字，在這裡有徒然、空自之義，「手織迴文」而不得結果，意思自在其中。到此已完全絕望。「安花著蒂。奈雨覆雲翻，情寬分窄，石上玉簪脆」，這幾句寫女方從男方無反應的反應中看出事情已無可挽回，單方面努力修補也無濟於事。愛情的花朵已經脫落，把落花重新安到花蒂上去豈非徒勞無功？「安花著蒂」這四個字非常形象地比喻這種狀況，有樂府民歌神味。「雨覆雲翻」，本於杜甫〈貧交行〉「翻手作雲覆手雨，紛紛輕薄何須數」的詩句，比喻男子的態度變化多端。這樣，儘管女子一片真心，但他們卻沒有緣分，兩人的愛情無法再維持下去了，最終像玉簪脆折走上了不可挽回的離異絕路。「石上玉簪脆」，用白居易〈井底引銀瓶〉「石上磨玉簪，玉簪欲成中央折」的詩句，其下文便是「瓶沉簪折知奈何，似妾今朝與君別」。用語準確貼切，很符合詞的內容。這幾句連用三個比喻，表現了女子的願望，男子的態度和事情的結局。

「朱樓外，愁壓空雲欲墜。月痕猶照無寐。」下片幾句，遙應上闋開頭。女子原是站在樓頭上，面對秋風，回想往事的。樓外，天空中雲霧沉沉，好像被她心頭沉重的愁緒壓得要墜落下來似的。這句以雲襯愁，而愁似比層疊的烏雲更厚更重，也是出奇之筆。入夜，雲散月出，灑下銀色的光輝，使她久久不能入睡。於詞是「愁」字餘波，於情則是愁的擴展。下面「陰晴也只隨天意，枉了玉消香碎」，重起嗟嘆；嗟嘆之餘，翻然覺醒。這裡的「陰晴」偏取「陰」義，象徵愛情生活的不幸。既然「天意」如此，也只好隨它去了，縱然為此而「玉消香碎」即憂鬱憔悴以死，也不是白白地犧牲了？詞情至此，是一大轉折。下面是想通了之後的內心獨白：「君且醉。君不見、長門青草春風淚。」用漢武帝陳皇后失寵以後幽居長門宮事。「長門青草」，又本於五代薛昭蘊〈小重山〉「春到長門春草青」和韋莊〈小重山〉「遶庭芳草綠，倚長門」。「春風淚」，字面用王安石〈明妃曲〉「淚濕春風鬢腳垂」（杜甫〈詠懷古跡五首〉其三王昭君「畫圖省識春風面」，「春風」指面）。這幾句是女子的自我寬慰。算了吧，寵極一時的陳皇后，到頭來也不過落得個獨居長門，對著青青春草，淒然流淚的下場，我又何必對這樣不幸的愛情抱什麼希望呢？所以不如一醉解愁。「一時左計。悔不早荊釵，暮天修竹，頭白倚寒翠。」「左計」，失算。「荊釵」，《太平御覽．服用部》引《列女傳》云：「梁鴻妻孟光，荊釵布裙。」意謂婦女的服飾樸素。「暮天修竹」兩句，本於杜甫〈佳人〉詩「天寒翠袖薄，日暮倚修竹」，寫婦女生活清貧寂寞而品質忠貞高尚。女子後悔當年一時糊塗，以致落得個棄婦的下場，倒不如就做一個貞女，一直過著寂寞清貧的生活。詞在悔恨交加的情調中結束。

這首詞用典或化用前人詩詞成句的地方很多，但融化無跡，如同己出，十分自然精切。上片沉思往事，敘事性很濃，作者運用比喻和比喻性很強的典故來寫，收到了敘寫清晰、生動形象、詞簡意豐的效果。下片抒寫愁緒和悔恨之情，自鑄詞語和融化典故除了仍有上述特點外，還善於借景抒情，寓情於景，因而更增強了抒情的生動性和形象感。作者是宋末遺民，從他所處的時代看，這首詞寫的似乎並不單純是棄婦之恨，可能還寄託著詞人的亡國之思。（王錫九）

文天祥

【作者小傳】（一二三六～一二八三）字履善，一字宋瑞，號文山，吉州廬陵（今江西吉安）人。宋理宗寶祐四年（一二五六）進士第一。度宗朝，累遷直學士院，知贛州。德祐初，除右丞相，兼樞密使，奉使元營，被拘留，後脫逃，由海道南下。益王立，拜右丞相，以都督出江西，兵敗被執，囚於燕京四年，不屈而死。能詩文，詩詞多抒寫其寧死不屈的決心。著有《文山集》、《文山樂府》。存詞八首。

酹江月 文天祥

乾坤能大，算蛟龍、元不是池中物。風雨牢愁無著處，那更寒蟲四壁。橫槊題詩，登樓作賦，萬事空中雪。江流如此，方來還有英傑。

堪笑一葉飄零，重來淮水，正涼風新發。鏡裡朱顏都變盡，只有丹心難滅。去去龍沙，江山回首，一線青如髮。故人應念，杜鵑枝上殘月。

這是一首異乎尋常的和詞。作者是歷史上傑出的抗金英雄文天祥。宋祥興元年（一二七八）十二月，文天祥在五坡嶺（今廣東海豐縣北）為叛徒出賣而被俘。次年四月，被押送燕京。與文天祥同時被押北行的是他的同鄉好友鄧光薦（即鄧剡）。二人共患難者數月，一路上時相唱和。抵金陵（今江蘇南京）後，鄧光薦因病留寓天慶觀就醫。臨別之時，鄧光薦作〈酹江月．驛中言別友人〉（水天空闊）詞送文天祥，對國族的不幸，表示極大的憤慨，對文天祥的愛國壯舉，表示熱忱的贊慕。文天祥寫了這首詞酬答鄧光薦。兩詞同用蘇東坡「赤壁懷古」詞韻。這不是一般的唱和之作，而是赤心報國的強者之歌，既有巨大的政治鼓動性，又有很強的藝術感染力。

詞一起筆，就顯得聲勢不凡：作者身陷囚籠，而壯志不折，雄心猶在，深信在如此遼闊的祖國，英勇的人們絕不會永久沉默，一旦風雲際會，必將光復河山。「乾坤能大」，「能」，同恁，如許、這樣之意。「算蛟龍、元不是池中物」，語本於《三國志．吳書．周瑜傳》：「恐蛟龍得雲雨，終非池中物也。」除寫自己而外，還暗寓對友人的期待，希望他早脫牢籠，再幹一番事業。「風雨」二句，既實筆直寫眼前景象，烘托囚徒的淒苦生活，又虛筆抒發沉痛情懷，民族浩劫，生靈塗炭，所到之處皆已江山易手，長夜難寐，寒蟲四鳴，愁腸百結。「橫槊題詩」三句，進一步以歷史典故寫自己定亂扶衰、整頓乾坤的不凡抱負。蘇軾〈赤壁賦〉中說曹操破荊州、下江陵時「釃酒臨江，橫槊賦詩，固一世之雄也」。漢末王粲避難荊州時，曾作〈登樓賦〉寄託鄉關之思和亂離之感。文天祥連以這兩個典故自況，頗有寓意。前一典是壯辭，表現了曹操英勇豪邁的氣概；後一典是悲語，吐露了王粲雄圖難展的苦悶。作者聯而用之，加以「萬事空中雪」一句，表示事業、壯心都已歸失敗，充分抒發了自己為挽救國族屢起屢踣歷盡艱辛的無限感慨。「江流如此」，承上啟下，喻指抗敵復國事業像江河流水奔騰不息，必定後繼有人。「方來還有英傑」，與首韻相呼應，也是對鄧光薦原作中「銅雀春情，金人秋淚，此恨憑誰雪？堂堂劍氣，斗牛空認奇傑」諸句的有力回答。

從敘寫的層次看，這首詞的上片側重於對經歷的回顧，肯定與敵人的戰爭；下片則主要寫對未來的展望，表明堅持不屈的心跡。宋德祐二年（一二七六）在國家危急關頭，文天祥毅然出使元營，痛斥敵帥伯顏，被拘至鎮江，伺機脫逃，「日與北騎相出沒於長淮間」（文天祥〈指南錄後序〉），以驚人的毅力歷經「層見錯出」的艱難險阻，始得南歸。這次被俘北行，又抵金陵一帶，故有「重來淮水」云云（淮水指秦淮河）。「鏡裡朱顏都變盡，只有丹心難滅。」這是全詞的中心。與作者〈過零丁洋〉詩中「人生自古誰無死，留取丹心照汗青」，是同樣光照千古的名句。文天祥到燕京後，元朝廷威逼利誘，百般勸降，「雖示以骨肉而不顧，許以官職而不從，南冠而囚，坐未嘗面北。留夢炎說之，被其唾罵。瀛國公往說之，一見北面拜號，乞回聖駕」。平章阿合馬來，也碰了一鼻子灰，默然而去（鄧光薦〈文丞相傳〉）。敵方也為之「相顧動色，稱為丈夫」。只有這種堅定不移的報國赤誠，才能寫出這樣肝膽照人的詞句來！詞的最後幾句再次向故國故友表白，即使以身殉國，他的魂魄也會變成杜鵑飛回南方，為南宋的滅亡作泣血的哀啼。作者同時期寫的〈金陵驛〉詩中，也有相同的表示：「從今別卻江南日，化作啼鵑帶血歸。」

文天祥這首詞雖是和作，但比鄧詞大有提高。通篇直抒胸臆，不假雕飾，慷慨激昂，蒼涼悲壯，是詞史上富有生命力的藝術品。南宋末年，由於蒙古南犯和鎮壓，詞壇蕭索沉寂，不是低沉隱晦的哀嘆，就是消極絕望的悲歌。而文天祥的詞卻如黑夜中的驚雷閃電，不僅表現了他「鏡裡朱顏都變盡，只有丹心難滅」的英雄氣概，而且抒發了在當時極為可貴的樂觀主義的豪情：「江流如此，方來還有英傑。」用詞來抒發這樣的氣概和豪情，正是遙接了辛派愛國壯詞的遺風，閃爍著宋詞最後的光輝。（陸堅）

滿江紅

文天祥

和王夫人〈滿江紅〉韻，以庶幾後山〈妾薄命〉之意。

燕子樓中，又挨過、幾番秋色。相思處、青年如夢，乘鸞仙闕。肌玉暗消衣帶緩，淚珠斜透花鈿側。最無端蕉影上窗紗，青燈歇。曲池合，高臺滅。人間事，何堪說！向南陽阡上，滿襟清血。世態便如翻覆雨①，妾身元是分明月。笑樂昌一段好風流，菱花缺。

〔註〕①杜甫〈貧交行〉：「翻手作雲覆手雨，紛紛輕薄何須數。」

古代詩詞，有所謂用美人香草寄託君國大事的傳統。文天祥這首〈滿江紅〉詞，就是借美人以隱寓自己對南宋的忠貞情操的。

題目自稱是「以庶幾後山〈妾薄命〉之意」。後山是北宋人陳師道，曾鞏的學生，曾寫〈妾薄命〉詩，自比喻一生崇拜曾鞏。文天祥藉以說明忠於宋朝不事元朝的初心。作品的主題，就在題目中清楚交代。王夫人名清惠，是宋朝宮廷裡的昭儀，臨安陷落時，她隨著恭帝等於丙子（一二七六）三月被俘北行，經過汴京夷山縣的時候，題〈滿江紅〉一詞於驛壁，抒寫亡國的慘痛，最後二句是「問姮娥、於我肯從容，同圓缺」。天祥被囚在金陵，讀到這詞，認為這話有欠商量，因此寫這和詞，還有〈代王夫人作〉一首。鄧剡、汪元量二人都有和韻，而天祥這詞，卻是獨出冠時。

全首用唐代張愔的愛姬關盼盼自比。燕子樓兩句，用燕字兩意的音異形同，暗指自己被囚於燕京已歷經歲月。接著回憶年輕時中狀元出仕宋王朝的前塵夢影，正如美人乘鸞上仙闕一樣。被囚以後，生活突變，肌玉暗消，淚珠洗面，為了國家，忍受這青燈獨對的苦味。這和〈正氣歌〉序中所正面描寫的，同一心境，不同的彼是實寫，這是比喻而已。

高臺曲池二句，是用東漢桓譚《新論》所載雍門周說孟嘗君的話：「千秋萬歲之後，宗廟必不血食。高臺既已傾，曲池又已平。」高臺曲池的變滅，分明是王朝覆亡的縮影，而自己對祖國不渝的忠貞，又何異於美人向舊主的墓阡上傾瀉千行的血淚。漢代原涉自署墓道為「南陽阡」。陳師道〈妾薄命〉詩有「相送南陽阡」、「有淚當徹泉」等句。這詞是自擬於〈妾薄命〉的，所以便融化〈妾薄命〉的詩語入詞。「世態便如翻覆雨，妾身元是分明月」，是全首的命脈所繫。儘管在滄桑更變以後，不少人彈冠新朝，而天祥的精忠不二，卻正如中天的皓月一樣，絕不含糊。樂昌是陳朝的公主，陳將亡時，駙馬徐德言預料夫妻難免離散，因擊破銅鏡各執一半，為他日重見時的憑證。陳亡，樂昌公主為楊素所有，但後來仍得與徐德言團圓。事見唐人韋述《兩京新記》、孟棨《本事詩》。天祥對那班像樂昌公主一樣逞風流的新貴們，只能投以輕蔑的目光，笑它菱花破鏡，一缺不能再圓，「一失足成千古恨，再回頭是百年身」了。語氣雖然和緩，而天祥岸然的勁節，真有不可侵犯的尊嚴。昂揚的愛國精神，通過動人的美人形象而體現，它的感人力量，就不是單純的說教所能及了。

天祥詞的藝術風格，基本上屬於豪放派，而這詞卻是婉約派的當行之作。可見一個傑出的作家，其風格往往是多樣化的。（錢仲聯）

滿江紅 文天祥

代王夫人作

試問琵琶，胡沙外、怎生風色。最苦是、姚黃一朵，移根仙闕。王母歡闌瓊宴罷，仙人淚滿金盤側。聽行宮、半夜雨淋鈴，聲聲歇。彩雲散，香塵滅。銅駝恨①，那堪說。想男兒慷慨，嚼穿齦血。回首昭陽離落日，傷心銅雀迎秋月。算妾身、不願似天家，金甌缺。

〔註〕①《晉書・索靖傳》載：「靖有先識遠量，知天下將亂，指洛陽宮門銅駝，歎曰：『會見汝在荊棘中耳！』」

王夫人名清惠，南宋度宗昭儀（宮中女官）。宋亡，被俘往燕京。北去途中寫了一首〈滿江紅〉（太液芙蓉）詞，題於驛館，在當時知識分子中影響甚大，傳誦南北。其末句云：「問姮娥、於我肯從容，同圓缺。」文天祥被押至金陵後，也讀到王清惠的詞，嘆惜其末句「少商量」（欠考慮，有問題。見《文山集》）。因此，他重寫了兩首詞，即前篇與本篇的〈滿江紅〉。

代作，本有擬作、仿作之意，但這裡主要是翻作的意思，即文天祥以自己的思想翻填新詞，糾正王清惠的原作在內容上的不妥之處。原作用典較多，為了適合這一表現特點，文天祥的代作也多引典抒情，但不隱晦難解，而是言簡意豐。漢武帝時，曾飾細君為公主，嫁給西域烏孫王，令琵琶馬上作樂，以慰其道路之思。後移用作王昭君遠嫁匈奴之事。杜甫〈詠懷古跡五首〉其三詩有云：「千載琵琶作胡語，分明怨恨曲中論。」文天祥這首詞的開頭借「琵琶」故事總指后妃宮女被擄北去。「姚黃」，牡丹中名貴品種，喻王清惠。「移根仙闕」，離開宋宮，被驅北行，較之公主遠嫁，處境慘，悲愁深，所以說「最苦」。「王母」句，以西王母瑤池美宴的古代傳說，喻指宮中歡意消歇。「仙人」句，以漢末金銅仙人墜淚的故事，感嘆國族淪亡的慘痛。「聽行宮」兩句，亦是用典抒懷。唐玄宗避亂入蜀，在馬嵬坡被迫縊死楊玉環，入蜀後，在行宮內聽到雨聲和風吹簷鈴聲相應，觸及時勢，即「悼念貴妃，採其聲為〈雨霖鈴〉曲，以寄恨焉」（唐鄭處誨《明皇雜錄》）。這裡借此典表述被迫北去途中的悲苦心境。與王詞比較，文詞的上片並未過多追敘昔日宮中的繁華景象，而是緊扣「最苦」二字，反覆陳述亡國之痛，抒寫集中，筆調沉重。

下片「彩雲散，香塵滅。銅駝恨，那堪說」。唐人詩云：「大都好物不堅牢，彩雲易散琉璃脆」（白居易〈簡簡吟〉），又云：「繁華事散逐香塵」（杜牧〈金谷園〉）。詞以「彩雲散，香塵滅」喻美好生活的毀滅；「銅駝恨」用晉索靖「銅駝荊棘」之語借指南宋之覆亡，其悲痛為口所不忍言。其間在抗禦元軍、挽救宋室危亡之局的戰場上，多少將士血戰到底，這裡用張巡拒守睢陽，抗安祿山，「眥裂血面，嚼齒皆碎」（《新唐書．忠義傳》）事來表述。這是文天祥所親歷親知的，以補充王夫人的「妾在深宮那得知」（五代花蕊夫人〈述國亡詩〉）的事實，而用一「想」字領起，作為代王夫人語氣，意境就更充實。「回首昭陽離落日，傷心銅雀迎秋月」，「昭陽」、「銅雀」，古都城臺殿名，借指南宋宮殿，而今只有落日、秋月臨照其間，彌深故國之思。「回首」、「傷心」，也是擬王夫人口氣，文天祥自己的悲感也寓其中。結尾「算妾身、不願似天家，金甌缺」，是文天祥之所以代作的關鍵的一句。王清惠原作希望不致受到脅迫侮辱，能幸免苟活，安度餘年。文天祥一翻其意。「金甌」喻國土，不願似天家者，意思是不願和趙宋皇家一樣，國土殘破，遭受侮辱。要潔身自愛，堅守節操，寧為玉碎，不作瓦全。這既是對王清惠等后妃宮女的忠言勸告，又是對宋皇忍辱苟活的含蓄指責，也是矢志不渝的自勉之詞。

文天祥作詞甚少，但他的詞和他後期的詩文一樣，每一篇都有一定的政治內容，都是有為而發。他的詞，在藝術上值得我們重視的首先是塑造了個性鮮明的自我形象。他的詞，可以說是他生活、情思、人格的藝術結晶。他詞中的藝術形象，使人凜然於忍辱偷生的可恥，了然於為保全氣節而獻身的光榮。他的詞不是像一般文人之作那樣專以文字技巧博取讀者的欣賞，而是用噴湧的熱情和悲憤的血淚激勵讀者的行動。清劉熙載在《藝概．詞概》中說：「文文山詞，有『風雨如晦，雞鳴不已』之意，不知者以為變聲，其實乃變之正也。故詞當合其人之境地以觀之。」堪稱公允之論。（陸堅、許雁）

沁園春　文天祥

題潮陽張許二公廟

為子死孝，為臣死忠，死又何妨。自光嶽氣分，士無全節；君臣義缺，誰負剛腸。罵賊張巡，愛君許遠，留取聲名萬古香。後來者，無二公之操，百鍊之鋼。人生翕欻云亡。好烈烈轟轟做一場。使當時賣國，甘心降虜，受人唾罵，安得流芳。古廟幽沉，儀容儼雅，枯木寒鴉幾夕陽。郵亭下，有奸雄過此，仔細思量。

讀宋詞，心中當有傳統文化之意念，不僅應具真正詞學之眼光。文天祥此首〈沁園春〉，正是詞中凝聚文化精神之傑作，其藝術亦別具異量之特美。「此等作品，不可以尋常詞觀之也。」（劉永濟《唐五代兩宋詞簡析》）

詞題潮陽（今屬廣東）張許二公廟。唐安史之亂，張巡、許遠合力死守睢陽（今河南商丘市），屏障江淮，唐得江淮財用以濟中興。張許雙廟本在睢陽，遠在南天萬里之潮陽何又有之？此亦有一段佳話。唐韓愈曾撰〈張中丞傳後敘〉，表彰張許功烈。唐憲宗元和十四年（八一九），愈以諫迎佛骨，貶潮州刺史，問民疾苦，開設鄉校，潮州遂為文化之邦。後來，潮人思韓，乃建書院、廟祀，皆以韓名。又以韓愈為張許之知己，並為張許建立祠廟。張許雙廟初建於北宋神宗熙寧年間（一〇六八～一〇七七），位於潮陽縣東郊之東山山麓。（《永樂大典》卷五三四五潮州府、《隆慶潮陽縣誌》）南宋景炎三年即帝昺祥興元年（一二七八）十一月至十二月十五日，文天祥以少保右丞相兼樞密使駐兵潮陽。時謁雙廟，乃題此詞。《隆慶潮陽縣志》著錄元潮州路總管王用文〈刻文丞相謁張許廟詞跋〉云：「丞相文山公題此詞蓋在景炎時也。三宮北還，二帝南走，時無可為矣。赤手起兵、隨戰隨潰，道經潮陽，因謁張許二公之廟。而此詞實憤奸雄之誤國，欲效二公之死以全節也。噫！唐有天下三百年，安史之亂，其成就卓為江淮之保障者，二公而已矣。宋有天下三百年，革命之際，始終一節，為十五廟祖宗出色者，文山公一人焉。詞有曰：『人生翕歘云亡。好烈烈轟轟做一場。』是知公之時，固異乎張許二公之時，而公之心即張許之心矣。予守潮日，首遣人詣潮陽致祭，仍廣石本，以傳諸遠。」「墟墓興哀宗廟欽，斯人千古不磨心。」（陸九淵〈鵝湖和教授兄韻〉）天祥與張許，雖不同代，心同此心。當其謁廟時，實不僅欽仰先烈而已。

「為子死孝，為臣死忠，死又何妨。」起筆兩對句，軒昂突起，如崇山峻嶺，矗立天半。做兒子的死節於孝，做臣子的死節於忠。此二句實包舉出儒家思想之大本大原。《易・序卦》云：「有天地然後有萬物，有萬物然後有男女，有男女然後有夫婦，有夫婦然後有父子，有父子然後有君臣。」在儒家看來，孝之意義在不忘生命之本源，是為道德之根本。忠是孝的延伸，亦是孝之極致。起筆二句，為臣死忠乃重點。陳垣《通鑑胡注表微・臣節篇》云：「《公羊莊四年傳》言：『國、君一體也。』故其時忠於君即忠於國，所謂忠於國者，國存與存，國亡與亡。」但儒家並不講愚忠愚孝，如《孟子・梁惠王下》言：「聞誅一夫紂矣，未聞弒君也。」當德祐二年（一二七六）正月二十日天祥出使元營被扣留，二十一日謝太后派宰相賈餘慶等赴元營奉降表時，天祥即抗節不屈，其〈使北〉詩道：「初修降表我無名，不是隨班拜舞人。誰遣附庸祈請使？要教索虜識忠臣。」可見天祥之為臣死忠，並非忠於一家一姓，而是忠於民族祖國。人能死孝死忠，大本已立，故下句云：「死又何妨。」真個視死如歸。上二句如崇山峻極於天，此一句卻一變而為從容裕如，辭氣和婉，足見天祥平生學養之淵雅醇厚。起筆是一段震古鑠今之絕大議論，下邊遂轉入贊仰張許。「自光嶽氣分，士無全節；君臣義缺，誰負剛腸」，四句扇對，筆力精銳。光者三光：日月星。嶽者五嶽。天祥〈正氣歌〉云「天地有正氣，雜然賦流形。下則為河嶽，上則為日星」，可參。此言自從安史亂起，天崩地解，不見盡忠報國之烈士，而多無恥降敵之禽獸，士風掃地，大義何在？詞情沉痛已極。下邊，以堂堂之氣，朗朗之音，讚嘆張許，詞情復又振奮。「罵賊張巡，愛君許遠，留取聲名萬古香。」畢竟有我張許二公，血戰睢陽，至死不降。此亦〈正氣歌〉「時窮節乃見，一一垂丹青」之意也。史載張巡每戰輒大呼罵賊，眥裂血面，嚼齒皆碎，城破被俘，當面痛罵叛軍，叛軍以刀抉其口。許遠則寬厚長者，貌如其心。兩人先後皆從容就義。天祥此二句實寫出張許性格不同而同一節義，刻畫簡練有力。「留取聲名萬古香」，更寫出其精神之不死。不日留得而日留取，語意高邁積極，凸出張許取義成仁之精神。香字下得亦好，見得天祥對二公無限欽仰之情。天祥對張許之讚嘆，並不著眼其屏障江淮之具體史實，而是著重其千秋不朽之愛國精神，此亦見出卓識。「後來者，無二公之操，百鍊之鋼。」下後來者三字，遂將詞情從唐代一筆帶至今日，用筆極為靈活自如。當宋亡之際，叛國投降者多，上自「臣妾僉名謝道清」（汪元量〈醉歌〉其五）之謝后，下至賈餘慶之流，何可勝數！故天祥感慨深沉如此。「二公之操，百鍊之鋼」，對仗歇拍，筆力精健。天祥之自負有二公之操，百鍊之鋼，亦凜然見於言表矣。

「人生翕欻云亡。好烈烈轟轟做一場。」換頭緊承歇拍，意脈不斷，更以絕大議論，託出儒家人生哲學，正與起筆相輝映。翕欻，狀短促之辭，云是語助詞。人生忽爾，轉眼云亡，更應當轟轟烈烈做一場為國為民之事業！以我有限之生命，為此無限之事業，雖死猶榮矣。儒家重生命而不重死，尤重精神生命之自強不息，生生無已。《易．乾傳》云：「天行健，君子以自強不息。」天祥對此體認極深。其〈御試策一道〉云：「言不息之理者，莫如大《易》，莫如《中庸》。大《易》之道……乃歸之自強不息，《中庸》之道……乃歸之不息則久。」〈題戴行可進學齋〉云：「君子之所以進者無他，法天行而已矣。」換頭二句，正是發抒自強不息之精神。「使當時賣國，甘心降虜，受人唾罵，安得流芳。」假使當時張許二公貪生怕死，賣國降虜，將受人唾罵，遺臭萬年矣，又怎得流芳百世？此易見之理也。《孟子．告子上》云：「生，亦我所欲也；義，亦我所欲也。二者不可得兼，捨生而取義者也。」張許二公正是如此。「古廟幽沉，儀容儼雅，枯木寒鴉幾夕陽。」詞筆至此，寫出眼前雙廟情境。廟貌幽邃深沉，二公塑像儀容莊嚴典雅，栩栩如生。又當夕陽西下，寒鴉啼於枯木。枯木寒鴉夕陽之意象，意味著無限流逝之時間。元馬致遠〈天淨沙〉，即以之寫出人生易老之哀感。然而天祥卻以之寫出精神生命之不朽。枯木之枯，夕陽之夕，自然物象之易衰易變，反襯出古廟之依然不改，儀容之栩栩如生，可見人心自有公道，先烈雖死猶榮也。天祥一反前人嗟老傷暮之習，即此一筆，亦可見其襟懷之不同凡響。此詞以議論抒情結體，加入此一節極富含蘊之寫景，詞情便覺神致超逸，真神來之筆也。「郵亭下，有奸雄過此，仔細思量」雙廟前，郵亭下，倘有奸雄經過，面對先烈，亦當反躬自省矣。天祥以為是非之心，人皆有之，唯人欲橫流，斯蒙蔽天良，則為禽獸。倘其良知一線未泯，亦或有可感可悟之機。結筆足見天祥對祖國歷史文化感召力自信之深，但亦可見其對當時滔滔者天下皆是的賣國賊痛憤之巨。一結無比深沉有力。

天祥此詞與其〈正氣歌〉同為不朽之傑作，可與日月爭光。當其被執至大都，從容就義之際，嘗留下〈絕筆自贊〉云：「孔曰成仁，孟云取義。唯其義盡，所以仁至。讀聖賢書，所學何事？而今而後，庶幾無愧。」由此詞則可見到天祥平生讀古人書、尚友古人，常與自家之行己為人融為一體，其一生實為傳統文化精神之實踐。若非其平素學養自強不息真積力久，又安能見危授命、視死如歸、取義成仁？此詞所凝聚之愛國精神，實有其感動教益生生無已之生命力。全詞以議論抒情結體，即以文為詞。文學之審美傳統原不限於具象之美，亦欣賞抒情形式抽象之美。反覆涵詠體會此詞，便覺其抒情形式本身亦具一種含從容嫻雅於剛健之中之特美。從起筆至歇拍，對句層出，排奡而下，筆筆精銳，而死又何妨、留取聲名萬古香及後來者諸句，則具見從容不迫之姿。換頭揭櫫人生大義，是何意態雄且傑！使當時四句及結筆三句，反覆申言之，則又見出語重心長、雅量高致。古廟三句，插進描寫，融景入情，便又見出優美之致。正如王國維《人間詞話》所論：「文文山詞，風骨甚高，亦有境界，遠在聖與（王沂孫）、叔夏（張炎）、公謹（周密）諸公之上。」（鄧小軍）

鄧剡

【作者小傳】（一二三二～一三〇三）字光薦，號中齋，廬陵（今江西吉安）人。宋理宗景定三年（一二六二）進士。宋帝昺祥興時，歷官禮部侍郎。厓山兵敗，為張弘範所獲，後放還。有《中齋集》、今輯本《中齋詞》。錄存詞十三首。

酹江月　鄧剡

驛中言別友人

水天空闊，恨東風、不惜世間英物。蜀鳥吳花殘照裡，忍見荒城頹壁。銅雀春情，金人秋淚，此恨憑誰雪？堂堂劍氣，斗牛空認奇傑。

那信江海餘生，南行萬里，屬扁舟齊發。正為鷗盟留醉眼，細看濤生雲滅。睨柱吞嬴，回旗走懿，千古衝冠髮。伴人無寐，秦淮應是孤月。

這首詞的產生本身就是一首悲壯的詩。祥興元年（一二七八），文天祥兵敗被俘；第二年南宋最後的厓山行朝覆滅，作者鄧剡跳海未死，也被俘。文天祥與鄧剡是同鄉和朋友，被俘後同被囚禁在一起，又一同被押往元朝京都。走到金陵，鄧剡由於生病留下就醫，文天祥將繼續北上。在分別之際，鄧剡就將心中的亡國之痛和對文天祥的仰慕、希望與惜別之情，寫入這首贈別詞中，一慰朋友之心，二壯萬里之行。文天祥也以同調、同韻作答詞，二人慷慨悲歌，氣貫長虹，互勉互勵，難捨難分。這樣悲壯的歷史鏡頭，不就是一首用血淚寫成的詩嗎？

此詞上片主要寫亡國之痛。首二句「水天空闊，恨東風、不惜世間英物」，就金陵的山川形勢發出感嘆。「世間英物」，是指文天祥。面對長江，不禁令人想到：同是一道水天空闊的長江天險，當年周瑜能在這裡將曹操打得一敗塗地，而現在，像文天祥這樣的英雄，為什麼就不能憑它拒敵於國門之外呢？原因就在於能否得到「東風」的幫助，也就是天意的憐惜。「東風」如此不公平，怎不叫人怨恨呢？這兩句，凌空而來，磅礴的氣勢之中，交織著無限悲痛。以下五句即具體陳述亡國之痛。「蜀鳥吳花殘照裡，忍見荒城頹壁」，寫金陵城中目不忍睹、耳不忍聞的慘象。「蜀鳥」，指杜鵑鳥，相傳為蜀亡國之君杜宇的靈魂所化。在殘陽夕照中聽到這種鳥的叫聲，特別感到淒切。「吳花」，即曾生長在吳國宮中的花，也有過亡國的經歷，現在在殘陽中開放，好像也蒙上了一層慘淡的色彩。這些已經夠淒慘了，哪裡還忍心看到毀於戰火的斷壁殘垣呢？「銅雀春情，金人秋淚，此恨憑誰雪」，又借歷史故事抒寫江山易主之悲。杜牧曾寫有「東風不與周郎便，銅雀春深鎖二喬」（〈赤壁〉）的詩句，這本是一個大膽的歷史假設，現在居然成了現實，三年前元軍不是早把謝、全二太后擄去了麼？「金人秋淚」指的是魏明帝時，曾派人到長安把漢朝建章宮前的銅人搬至洛陽，傳說銅人在被拆卸時流下了眼淚。現在宋朝也亡了，被元人搬運走的國寶也不知有多少，此恨誰能為我們洗雪呢？「堂堂劍氣，斗牛空認奇傑」，這兩句對文天祥的失敗，寄寓著莫大的悲憤和惋惜。

下片主要寫對文天祥的傾慕、期望和惜別之情。首先是頌揚文天祥與元人戰爭的膽略與勇氣：「那信江海餘生，南行萬里，屬扁舟齊發。」這說的是數年前文天祥被元軍扣留，乘機逃脫，繞道海上，歷盡千辛萬苦回到南方一事。意思是說當年誰能相信你能從虎口中逃脫，託身扁舟江海，經過九死一生又重振旗鼓呢？有如此之肝膽，在今後與元人的較量中再建奇功也未可知。「正為鷗盟留醉眼，細看濤生雲滅」，意即我正是為了能看到你這位抗元盟友再有作為，使局勢來一番變化，我才想苟活下去。（留醉眼，即醉生、苟活的意思，因作者前次跳海自殺未死，此次生病又求醫，故有此說。）「睨柱吞嬴，回旗走懿，千古衝冠髮」，引用歷史典故轉寫對文天祥的期望。意思是：藺相如身立秦庭，持璧睨柱，氣吞秦王的那種氣魄，諸葛亮死了以後還能把司馬懿嚇退的那種威嚴，你文天祥同樣具備。這自然是讚許，也是期望。事實上文天祥後來所表現出的寧死不屈的凜然正氣，沒有辜負朋友的期望。最後再轉到惜別上來：「伴人無寐，秦淮應是孤月。」意思是說，作為志同道合的朋友，能與你同生死共患難應該是一種幸福，可是我由於生病再不能跟你一道北上了，今後我的每一個不眠之夜，只有秦淮河上的孤月做伴了。一句普普通通的話，包含著多少朋友之情，家國之悲！

陳子龍曾稱讚這首詞是：「氣衝斗牛，無一毫委靡之色。」（《御選歷代詩餘》引）這是就風格上說的。除此之外，在藝術上還有三個較為明顯的特點。

情景互融是其一。寫於金陵的詞，自然要有金陵風物。但此詞寫金陵風物，並不當作背景來描繪，而是作為感情的附著物融入其中。如將「水天空闊」的長江景色，納入「恨東風、不惜世間英物」的感嘆中，可算是融景入情。蜀鳥、吳花、荒城頹壁等，是作為不忍見的慘象出現的，無疑又是融情入景。而秦淮孤月則在中夜無寐時點出，更是融景入情。如此情景互融，渾然一體，景物受詞情的控制，很好地表現了慷慨之氣，悲壯之色。

以古喻今是其二。此詞寫的是一個重要的歷史時刻和一個失敗的民族英雄。只有聯繫民族的歷史的經驗與教訓，才能體現這個歷史時刻的嚴峻和這個英雄人物的崇高。所以此詞運用歷史典故較多，有光榮的，有恥辱的，有成功的，有失敗的。這不是作者故意掉書袋，而是形象塑造的需要。

因難見巧是其三。此詞調即〈念奴嬌〉，作〈酹江月〉者，是由蘇軾〈念奴嬌〉（赤壁懷古）中的名句得名。值得注意的是此詞還用蘇詞原韻。將一、二百年後發生的重大的歷史變故和可歌可泣的英雄事跡，納入蘇詞原韻中，無疑是一種自我束縛，可是作者因難見巧，仍寫得氣衝斗牛，感人涕下。這種「帶著腳鐐的跳舞」，更顯示其技巧的高超。（謝楚發）

浪淘沙

鄧剡

疏雨洗天清，枕簟涼生。井梧一葉做秋聲。誰念客身輕似葉，千里飄零？
夢斷古臺城，月淡潮平。便須攜酒訪新亭。不見當時王謝宅，煙草青青。

這首詞和〈唐多令〉（雨過水明霞）詞，都是鄧剡被俘北上、途經建康（今江蘇南京）時所作。因此，兩詞所抒的感慨、所繪的景象、所造的意境都很近似。

如果說，〈唐多令〉詞以感情沉鬱和風格清奇取勝；那麼，此詞則以它的情見乎詞和語言明快見稱。在現存的鄧剡詞中，它不失為僅次於〈唐多令〉的佳作。

「疏雨洗天清，枕簟涼生。井梧一葉做秋聲。」詞一開篇，就給人一種暑退寒來之感。聯繫鄧剡當時的處境，很容易使人想起盛極而衰的人生哲理。古話說得好：「一葉落而知天下秋。」如今宋室覆亡，在鄧剡看來，自是天下皆秋。縱有「疏雨洗天清」，天清世不清，也無可奈何。室內枕席生涼，是實寫秋天到來氣候的變化；室外井梧落葉，既是報秋，又勾起詞人身世之感，生出下文。

「誰念客身輕似葉，千里飄零？」跟〈唐多令〉詞裡寫的「堪恨西風吹世換，更吹我，落天涯」是同樣意境。飄零似葉，既說明個人命運的不由自主，也聯繫邦國淪亡之悲。「千里」是概括在廣東被俘到建康的旅程。「客身」一語，與李後主亡國後所作〈浪淘沙令〉的「夢裡不知身是客」，同一淒絕。

詞人就這樣帶著無窮的哀感，漸漸墜入了夢鄉。

下片寫次日清晨：「夢斷古臺城，月淡潮平。」東晉臺城在今南京玄武湖畔。鄧剡一夢醒來，發覺古臺城上的月色已逐漸暗淡，江潮漲得水與岸平。詞人的心境變得更加淒愴，翻騰的情感之波像是要溢過堤防。這種借景含情以發展情節的手法，在古典詩詞中很常見。

「便須攜酒訪新亭。」這是鄧剡夢醒後無路可走而唯一願往的去處了。南朝宋劉義慶《世說新語・言語》記晉南渡士大夫「每至美日，輒相邀新亭（在今南京市南），藉卉飲宴。周侯（顗）中坐而嘆曰：『風景不殊，正自有山河之異！』皆相視流淚。唯王丞相（導）愀然變色曰：『當共戮力王室，克復神州，何至作楚囚相對？』」如今鄧剡跟文天祥丞相一同作了楚囚，他們所效忠的宋王室已徹底覆亡。新亭會上，當時還有王導「戮力王室，克復神州」之宏論，今則其人已矣；不唯其人不在，即其宅亦不可見，唯見煙草青青。「不見當時王謝宅，煙草青青」，它跟李白〈登金陵鳳凰臺〉詩「吳宮花草埋幽徑，晉代衣冠成古丘」一聯的意象相似。但李白慨嘆歷史之已成陳跡，而鄧剡卻多了一層亡國的實感。作為結句，它能融情入景，且寄慨良深，從而引讀者直接領悟人生哲理。這種寫法，是值得借鑑的。（蔡厚示）

唐多令　鄧剡

雨過水明霞，潮回岸帶沙。葉聲寒，飛透窗紗。堪恨西風吹世換，更吹我，落天涯①。

寂寞古豪華，烏衣日又斜。說興亡，燕入誰家？唯有南來無數雁，和明月，宿蘆花。

〔註〕①三句一作「懊恨西風催世換，更隨我，落天涯」。

在現存鄧剡的十幾首詞中，真正稱得上佳構的才兩、三首；而這首詞，無論就思想內容或語言形式方面說，都堪稱為其中第一。

此詞是宋亡後鄧剡被俘、過建康（今江蘇南京）時所寫。他借景抒情，弔古傷今；既傾吐了心裡的亡國之痛，又訴說了亂離中人民之苦。

「雨過水明霞，潮回岸帶沙。葉聲寒，飛透窗紗。」黃昏雨過，彩霞映照得水面格外明亮；潮退後，江岸邊留下了幾許沙痕。落葉聲聲，飛快地透過窗紗，使詞人感到寒冷，意識到時令已由夏入秋了。詞人就這樣用輕迅的筆觸，勾勒出一幅淒涼的黃昏秋江圖。詞人於兵敗被擄之後，面對著此情此景，哪能不倍加傷感呢？似這般「寓情於景」的手法，既增添了作品的含蓄蘊藉，又拓展了讀者的審美空間。誠可謂一舉兩得。

「堪恨西風吹世換，更吹我，落天涯。」在這裡，「西風」既作為一種自然物的實寫，又作為一種社會物的象徵。象徵什麼呢？劉永濟《唐五代兩宋詞簡析》說：「似指賈似道輩促成宋之亡也。」我看不像。對宋亡來說，賈似道的專權誤國只是一個內因，非如西風以外力侵襲可比。在當時，促成宋亡和使時世變換的外部勢力只能是蒙軍。鄧剡於宋亡後不肯仕元，他把蒙軍比做強橫的西風，那是很自然的。時移世換，庇身無所，詞人把自己比做被西風吹落天涯的枯葉，也很恰切。北朝的樂府民歌〈紫騮馬歌辭〉云：「高高山頭樹，風吹葉落去。一去數千里，何當還故處？」這首民歌反映了當時人民在戰亂中被迫流亡的情景。它用風吹落葉比喻流落飄蕩的情狀，形象鮮明，悲憤深沉。鄧剡應是從這首民歌中受到啟迪。「天涯」一詞，極言其遠，以託出詞人欲歸不能的哀怨。它為下片寂寞的心境作了墊筆。

「寂寞古豪華，烏衣日又斜。說興亡，燕入誰家？」南京，自古以來被稱為豪華之地，南宋王朝一直倚它為屏藩重鎮；如今蕭條了，難免使詞人生寂寞、衰歇之感。他想起唐代詩豪劉禹錫詠「烏衣巷口夕陽斜」的詩句，更深為南宋王朝的覆亡慨嘆。劉永濟說：「『燕入誰家』，似指投降之輩。劉詩本言『舊時王謝堂前燕，飛入尋常百姓家』；此云『燕入誰家』，則非入百姓家而是飛入新朝也。雖不曾明言而意亦顯然。」（《唐五代兩宋詞簡析》）我以為劉永濟說得頗有道理。果如是，則此詞帶有幾分嘲諷意味，不只是一味悲慨而已。

漸次，詞人又把眼光移向空闊的水、天之間。他仰觀俯察，終於發現：「唯有南來無數雁，和明月，宿蘆花。」寥寥幾筆，便繪就另一幅淒清的寒汀蘆雁圖。劉永濟認為南來雁指「南下避兵者」，我以為可信。詞人置群雁於雖淒清而潔白的明月、蘆花中，正表明他對亂離中的人民懷著無限同情。他們嗷嗷待哺，滿汀遍野，不計其數。詞人似乎在問：新朝的統治者們，你們真能關心他們麼？

上片，我們已指出它是「寓情於景」；下片，我們不妨說它是「以喻見意」。詞人透過燕、雁等比喻物，清晰地呈現出他已被濃縮了的主體感受。全詞感情沉鬱，風格清奇。（蔡厚示）

楊僉判

【作者小傳】名字不詳。度宗時人。存詞一首。

一剪梅

楊僉判

襄樊四載弄干戈，不見漁歌，不見樵歌。試問如今事若何？金也消磨，穀也消磨。

〈柘枝〉①不用舞婆娑，醜也能②多，惡也能多！朱門日日買朱娥，軍事如何？民事如何？

〔註〕①〈柘枝〉：一種舞曲。宋時發展為多人隊舞，官樂有〈柘枝〉隊。柘，音同蔗。②能：方言，如許、這等之義。

宋度宗咸淳四年（一二六八）九月，蒙古人發兵攻打襄樊，遭到了守城軍民的頑強抵抗。戰事一直延續了四年有餘，被圍困在城中的軍民弄到了「食子爨骸」（即以小孩之肉為食，以人骨為薪）的悲慘地步；但是遠在南宋首都臨安城裡的權奸們，卻「怙權妒賢，沉溺酒色，論功周、召，粉飾太平」（以上引文均見宋陳世崇《隨隱漫錄》卷二），過著文恬武嬉、醉生夢死的無恥生活。這正應了前人的兩句詩「戰士軍前半死生，美人帳下猶歌舞」（高適〈燕歌行〉），只不過此詞所描寫的「美人歌舞」不在「帳下」而換到了杭州城中的「朱門」那裡去而已。

哪裡有不平，哪裡就會響起不平之鳴。這首〈一剪梅〉詞，就是一首憤怒辛辣的諷刺詞。作者楊僉判，名字不詳，是州府的一位幕職官（僉判或作「簽判」，是「簽書判官廳公事」的省稱）。他耳聞前線將士被困襄樊的慘況，目睹賈似道輩權奸賣國求榮、奢侈淫逸的罪惡行徑和腐朽生活，終於忍不住自己的滿腔悲憤，寫下了這首尖銳揭露現實與猛烈抨擊時政的「刺詞」。

開頭三句，寫出了襄樊被困的緊急情況。「襄樊四載弄干戈，不見漁歌，不見樵歌」，是寫襄樊一帶戰事進行了四年有餘，人民的和平生活全遭破壞，那就何來什麼「漁歌」、「樵歌」？然而，儘管襄樊糧盡援絕，守將頻頻告急，賈似道卻隱瞞軍情，匿而不報，這就更加增添了襄樊困極無援的困難和瀕於破城的危險。所以如果明白了當時的實際情況，則再讀上三句詞，就益發可知事態的嚴重了。

但是，身為當權派的賈似道之流又怎樣對待國事呢？「試問如今事若何？金也消磨，穀也消磨。」他們只知拿錢糧（金帛）去納「歲幣」，去向蒙古乞求「和平」。這三句就是衝著賈似道的賣國行徑而發的。據史載，賈似道一方面在江南推行「經界推排法」，大肆搜括民脂民膏，一方面又無恥地向蒙古政權「進貢」財寶，希冀他們自動退兵。但這樣下來，一方面弄得國窮民匱，另一方面又不能滿足對方的貪欲，所以弄得國事一發不可收拾，亡國之危險已經迫在眉睫。「試問如今事若何」，即包含了無窮的憂國之情在內。（另一種解釋也可成立，即把「金也消磨，穀也消磨」理解為襄樊城中金穀消盡、財源枯竭。本文不用此說。）

下片頭三句則從上文的憂慮國事轉為直斥權奸。「〈柘枝〉不用舞婆娑，醜也能多，惡也能多」，就直接以「醜惡」兩字抨擊賈似道之流的可恥行徑。「朱門日日買朱娥。軍事如何?民事如何?」又重申上意，而更以結尾的兩個反問句沉痛地斥責他們誤國殃民的罪惡。《宋史·賈似道傳》載:「時襄陽圍已急，似道日坐葛嶺，起樓閣亭榭，取宮人娼尼有美色者為妾，日淫樂其中。」這就是本詞中「〈柘枝〉舞婆娑」和「朱門買朱娥」的事實根據。國家至此，焉得不亡?作者就在這樣憤慨的語調中結束了本詞。

這首詞給人的凸出印象，第一是它的勇敢和大膽，第二是它的對比鮮明。首先，它敢於尖銳揭露社會矛盾，抨擊腐朽朝政，這在賈似道權勢熏天、一手以遮天下的情勢下，是難能可貴和令人欽佩的。從某種意義上講，它的那種戰鬥性和諷刺性，就很有些民間作品的風味。其次，在進行諷刺和批判時，它所採用的方法是:讓事實出來說話，亦即把襄樊前線的情況和臨安城裡的情況作一鮮明的對比，這樣一來，賈似道之流的嘴臉就昭然若揭。所以此詞雖然短小，風格也較直率發露，但它的藝術效果卻還是相當不錯的。在宋末湧現的許多「政治批判詞」中，它是值得注意的一首。(楊海明)

汪元量

【作者小傳】（一二四一—一三一七?）字大有，號水雲，錢塘（今浙江杭州）人。以善琴事謝后、王昭儀。宋亡，隨三宮留燕，後南歸為道士。有《水雲集》、《湖山類稿》、《水雲詞》。存詞五十八首。

傳言玉女　汪元量

錢塘元夕

一片風流，今夕與誰同樂？月臺花館，慨塵埃漠漠。豪華蕩盡，只有青山如洛。錢塘依舊，潮生潮落。

萬點燈光，羞照舞鈿歌箔。玉梅消瘦，恨東皇命薄。昭君淚流，手撚琵琶絃索。離愁聊寄，畫樓哀角。

宋理宗端平二年（一二三五），蒙軍開始了攻滅南宋之戰，至宋恭帝德祐元年（一二七五）秋，元軍三路直逼臨安。次年二月，宋降，帝后三宮被俘北遷，汪元量作為宮廷樂師亦同行。這首寫臨安元宵節的詞中慨嘆

「塵埃漠漠」，當在元軍兵臨城下之際，應作於德祐二年的正月十五日，也就是南宋國都的最後一個節日。

臨安元宵節是南宋詞人常寫的題材，但主旨不同。有的詞竭力誇飾繁華，裝點太平，如康與之的〈瑞鶴仙·上元應制〉（瑞煙浮禁苑）；有的卻從元宵節的今昔對比，寄寓國家興亡之感，如李清照的〈永遇樂〉（落日熔金）、劉辰翁的和詞〈永遇樂〉（璧月初晴），汪詞也是如此。但李、劉二詞，一作於汪元量此詞之前，仍是「元宵佳節，融和天氣」，只是李清照流寓異鄉，「謝他酒朋詩侶」，無心遊賞；一作於此詞之後，哀悼「春事誰主」，「滿城似愁風雨」，已是亡國之音。汪詞乃圍城中所作，別有一番大廈將傾前夕的緊迫危機感。

上片起首即是問句：眼前依然一派熱鬧景象，但跟誰一起賞玩呢？大兵壓境，人心惶惶，苦中作樂，倍顯其苦。以下六句，分別從臺館、青山、江潮三層落筆。「月臺」二句，謂月光下，花叢中，依舊臺館林立，但已彌漫敵騎的塵埃。「豪華」二句，謂昔日繁華都已消歇，只有青山依然秀美耳。這兩句本於唐許渾〈金陵懷古〉詩「英雄一去豪華盡，唯有青山似洛中」。既是化用前人詩句，則「似洛」不必過求實解，取其寓意即可。「豪華」，字面上指元宵節的繁華已逝，實概指宋朝昔日的整個太平景象已蕩然無存；後汪元量從燕地南歸，作〈憶王孫〉詞又有「人物蕭條市井空，思無窮，唯有青山似洛中」之嘆，直用許渾原句，寫「豪華蕩盡」處也更深刻。「錢塘」兩句，謂錢塘江潮漲潮落如故，似怨江潮無情，不關人間興衰，與「無情最是臺城柳，依舊煙籠十里堤」（韋莊〈臺城〉），同一機杼。汪元量南歸時，被俘同難的宮嬪們賦詩相贈，其中林順德〈送水雲歸吳〉詩云：「歸舟夜泊西興渡，坐看潮來又潮去。」當是化用汪詞送汪，真是不勝欷歔之感了。

上片寫室外之景，下片轉寫室內。先分別從燈光、玉梅、昭君三層落筆。元宵節又稱燈節，往日火樹銀花，萬點燈光，今日卻羞照歌舞場面。「羞」字用得好，謂「燈光」也以神州陸沉而仍沉溺歌舞為羞。這裡把「燈光」擬人化，實則反襯亡國人的視角和心境。覺「羞」的不是物，而是人，即作為觀照者的詞人自己。珠光寶氣與萬點燈火交相輝映，愈麗愈「羞」，良辰美景頓成傷心慘目了。「玉梅」兩句，謂梅花凋殘，怨恨春光不久。東皇，指春神。《尚書緯》說：「春為東皇，又為青帝。」陸游〈朝中措．梅〉云：「任是春風不管，也曾先識東皇。」亦謂梅花雖不至濃春而凋謝，但先識春天，也就勝過百花了。陸詞實以東皇喻孝宗，喻指受知孝宗之事。汪詞當亦有所指。蘇軾〈次韻楊公濟奉議梅花〉云：「月地雲階漫一樽，玉奴終不負東昏。」據《南史．王茂傳》，王茂助梁武帝攻占建康，「時東昏（齊明帝，被梁廢為東昏侯）妃潘玉兒有國色，……帝乃出之。軍主田安啟求為婦，玉兒泣曰：『昔者見遇時主，今豈下匹非類。死而後已，義不受辱。』及見縊，潔美如生。」蘇軾詩即以玉兒比梅花，言其潔白、堅貞。汪詞「玉梅」句，實亦暗寓宋朝后妃當此國祚將終之時，命運坎坷，怨恨至極——甚至怨恨皇上無能！接下「昭君」兩句，當係喻指宮嬪。汪元量當時所作〈北師駐皋亭山〉末句云：「苦議和親休練卒（別本又作『若說和親能活國』），嬋娟剩遣嫁呼韓。」汪後在北方作〈幽州秋日聽王昭儀琴〉，也有「雪深沙磧王嬙怨，月滿關山蔡琰悲」之句，喻指被俘的王昭儀；同難宮嬪鄭惠真〈送水雲歸吳〉詩，亦以「琵琶撥盡昭君泣，蘆葉吹殘蔡琰啼」自喻。撚，琵琶彈奏指法之一，用左手手指按絃在柱上左右拈動。白居易〈琵琶行〉有「輕攏慢撚抹復挑」句。絃索，樂器上的絃，泛指絃樂器，這裡即指琵琶。從后妃（玉梅）到宮嬪（昭君），都預感到末日的來臨。

結尾「離愁」兩句，則總括后妃、宮嬪，且兼包作者自己。謂滿腔離宮之愁，只能寄託在戍樓傳來的號角聲中。戍樓以「畫」修飾，用華辭反襯；角聲直以「哀」形容，相反相成。這撕人心肝的幽咽角聲，不啻為宋王朝奏起了挽歌。寫元宵佳節而以「哀角」作結，頗為罕見，卻是傷心人的心聲。（王水照）

洞仙歌　汪元量

毗陵趙府，兵後僧多占作佛屋。

西園春暮，亂草迷行路。風卷殘花墮紅雨。念舊巢燕子，飛傍誰家，斜陽外，長笛一聲今古。

繁華流水去，舞歇歌沉，忍見遺鈿種香土。漸橘樹方生，桑枝才長，都付與、沙門為主。便關防、不放貴遊來，又突兀梯空，梵王宮宇。

元世祖至元十三年（一二七六）春末，汪元量隨三宮赴燕，途經常州而作此詞。毗陵，即今江蘇常州。兵後，指元兵攻佔毗陵之後。史載此役異常激烈，毗陵破壞甚巨。這首詞透過一座府邸的今昔變遷，寄寓對宋朝的興亡之感。昔日豪華的趙府，如今被僧人占作佛屋，作者對之低迴感喟，黯然神傷。元朝崇信佛教，當時江南釋教總統嘉木揚喇勒智（一作楊璉真伽）仗勢橫行，窮奢極欲，甚至盜挖南宋六陵，可見其肆虐的一斑了。

上片「西園」三句，先從趙府花園著筆。「春暮」點明時節；下面兩句一寫草，一寫花：草為「亂草」，雜亂野草盛長，遮沒路徑；花為「殘花」，急風陣陣，花瓣紛墮。紅雨即指花瓣散落如雨，李賀〈將進酒〉有「桃花亂落如紅雨」的詩句。這既寫滿目淒涼的殘春景象，又烘托作者的遲暮之感和國亡之悲。汪元量當時所作〈廢宅〉詩云：「王侯多第宅，草滿玉欄杆。縱有春光在，人誰看牡丹。」寫草雖亂而花卻好，與此稍異，但所抒主旨相同。「念舊巢」二句，由花園進一步寫整座邸宅。劉禹錫〈金陵五題·烏衣巷〉說：「舊時王謝堂前燕，飛入尋常百姓家。」劉詩指東晉王謝等貴族第宅，歷經滄桑，廢墟上早已建起平常百姓的住宅，燕子仍來原處做巢，只是屋舍和主人的身分都已不同；此詞化用其意，言外謂趙府仍在，但已改作佛寺，故燕子也不識其處，不知飛到哪家哪戶去了。麥秀黍離之感，流溢字裡行間。「斜陽外」二句，轉寫邸宅外景：傍晚夕陽下，遠處傳來聲聲笛音。「今古」，指古今同聲，這裡暗用向秀的典故。三國時向秀，日暮經過故友嵇康、呂安舊廬，聞鄰人吹笛，「感音而嘆」，作〈思舊賦〉。這裡「長笛一聲今古」，也是「感音而嘆」的意思，借笛聲抒發今昔之感，與上借舊燕抒感相類。筆致含蓄深曲，感慨萬千。汪元量常以寫聲音作全詞或一片的結尾，這大概跟他作為琴師對音樂特別敏感有關。在不久後過江都所寫的〈六州歌頭〉中，面對江都「懷古恨依依」，他最後寫道：「聽堤邊漁叟，一笛醉中吹。興廢誰知。」也以聞漁笛作結，直截說明寫笛聲是寫「興廢」，似不如此詞深婉有味。

下片又轉到府宅、花園本身。過片「繁華流水去」，喝醒題旨。「舞歇」二句即申足繁華逝去。趙府昔日歌舞昇平的景象不復存在，只見遺鈿已被泥土所埋。「忍見」，即豈忍見。鈿，花鈿，用金翠珠寶等製成的花朵形的首飾，白居易〈長恨歌〉寫楊貴妃死時，有「花鈿委地無人收」之句。以「香」形容「土」，一則表示往日的脂粉氣尚有殘留，二則以麗字寫哀，倍覺哀怨。「漸橘樹」四句，寫花園。「漸」、「方」、「才」三字，都有潛滋暗長的意味，含有生機。這裡選用橘樹和桑樹的意象頗具深意。屈原〈橘頌〉說：「后皇嘉樹，橘徠服兮。受命不遷，生南國兮。深固難徙，更壹志兮。」橘樹的自然稟性是生於南國，不能移植，根深柢固，意志堅定。《孟子·梁惠王上》說：「五畝之宅，樹之以桑。」桑樹和梓樹是古代家宅旁邊常栽的樹木，後以「桑梓」作為故鄉的代稱。汪元量對橘桑不屈生長的禮讚，正是表達對故國故土的堅貞，並更深一層地寫出自己流遷北去、遠離故鄉的悲憤。沙門，指僧人。這一片暗含生機的大好園林，卻為僧人所占，慨何如之！「便關防」三句，謂即便是防守緊嚴，不讓顯貴者玩賞，但只見一座孤獨空曠的廟宇高聳入雲而已，與詞題「僧多占作佛屋」呼應。梵王宮，原指大梵天王之宮殿，這裡即指佛寺。

此詞以即目所見的趙府舊宅為題材，但其視點極有層次。上片從園到宅到宅外，下片又從宅到園到宅。兩處寫園，一寫草亂花謝，一寫橘桑萌蘖，方殘方生，雖衰猶美；三處寫宅，「燕飛誰家」乃因趙府已是佛寺之故，則與「梵王宮宇」呼應，而「舞歇歌沉」、繁華消逝的神州陸沉之感，則是貫串全詞的基本感情色調。視點流動靈活，而又次序井然，這是此詞寫得旨趣微婉、情緒深沉的一個原因。（王水照）

鶯啼序　汪元量

重過金陵

金陵故都最好，有朱樓迢遞。嗟倦客、又此憑高，檻外已少佳致。更落盡梨花，飛盡楊花，春也成憔悴。問青山，三國英雄，六朝奇偉？

麥甸葵丘，荒臺敗壘，鹿豕銜枯薺。正潮打孤城，寂寞斜陽影裡。聽樓頭、哀笳怨角，未把酒、愁心先醉。漸夜深，月滿秦淮，煙籠寒水。

淒淒慘慘，冷冷清清，燈火渡頭市。慨商女不知興廢，隔江猶唱庭花，餘音亹亹①。傷心千古，淚痕如洗。烏衣巷口青蕪路，認依稀、王謝舊鄰里。臨春結綺，可憐紅粉成灰，蕭索白楊風起。

因思疇昔，鐵索千尋，漫沉江底。揮羽扇、障西塵，便好角巾私第。清談到底成何事？回首新亭，風景今如此。楚囚對泣何時已。嘆人間、今古真兒戲！

東風歲歲還來，吹入鍾山，幾重蒼翠。

〔註〕①亹亹（音同偉）：連續不斷。

〈鶯啼序〉是最長的詞調。由於篇幅長，適於鋪敘，如詞中大賦，用以寫「重過金陵」這樣的題目，是很相宜的。汪元量生當宋末元初，為宋之遺民，與張炎、王沂孫等都屬於「遺民詞人」。他是杭州人，進士出身，南宋末年，卻以善琴而供奉內廷。宋恭帝德祐二年（一二七六），元兵攻入臨安，擄宋恭帝及后妃屬員等三千人北去，汪元量亦在其中。後來，他做了道士，才被放歸江南。這首詞，當是他南歸以後重遊金陵時所作。金陵是六朝建都之地，從三世紀初至六世紀末的三百多年間，先後有吳、東晉、宋、齊、梁、陳六個朝代在這裡建都。三百多年換了六個王朝，其間的興亡更迭是相當急劇的，故而經常引起後代詩人詞客的感慨，以金陵為題，寫了很多詠史、懷古的作品。中唐詩人劉禹錫、晚唐詩人杜牧，這類作品寫得尤其出色；在北宋詞人的作品裡，有王安石的〈桂枝香〉（登臨送目）、周邦彥的〈西河〉（佳麗地）；往後說，元人薩都剌的〈滿江紅〉（六代豪華），乃至清人孔尚任《桃花扇》傳奇的最後一齣〈餘韻〉裡的曲子，也都是這類作品裡的著名篇章；可見，「金陵懷古」早已成為古典詩歌史上的一個傳統題目了。但是，儘管題材相同，甚至前人的名句也被反覆化用，這類作品還是各有其特點的。作為「遺民詞人」汪元量，他這首「重過金陵」的〈鶯啼序〉詞，則是借古傷今抒寫亡國之痛的作品。

全詞四疊，用「賦」的筆法依次鋪敘開來。首片是總寫，點題之後，寫心情、時令。頭兩句，隱括了南朝詩人謝朓的〈隋王鼓吹曲·入朝曲〉：「江南佳麗地，金陵帝王州。逶迤帶綠水，迢遞起朱樓。」謝朓這首短詩具有高度的概括性，用華麗的字句，從大處落筆，勾勒了作為帝王之都的金陵城的總貌。汪元量借它作為點題之用，標出「金陵故都」之後，只截取了「朱樓迢遞」四個字，然而這四個字在熟悉情況的讀者的心目中，卻足以引起對謝朓那首詩的聯想，於是，虎踞龍盤江山形勝、綠水朱樓富麗繁華，種種關於「金陵故都」的印象就會浮現出來。櫽括借句是一種巧妙的表現方法，它調動前人現成的名篇佳句來豐富自己的作品，這很像傳統園林藝術中的「借景」手段。汪元量這首詞，借用前人名句的地方不少，而且宋代以後的「金陵懷古」詩詞莫不如此，這一點，似乎已經成為一種寫作慣例了。點題之後，再敘心境：「嗟倦客、又此憑高，檻外已少佳致。」這兩句，含義頗為深婉。作者自稱「倦客」，是由於他經歷了亡國、被擄、出家、放歸等等一系列巨變，屈辱、悲痛之餘，對人生產生了一種心灰意懶的厭倦情緒的緣故。「倦客」二字，透露了作者既不滿現實又不能改變現實的悲苦心境。在這種心境之下，他重遊金陵，登高遠眺，雖然眼前仍然是「透迤綠水，迢遞朱樓」，卻感到「已少佳致」。以下，寫時令：「更落盡梨花，飛盡楊花，春也成憔悴。」以「賦體」填詞，雖重鋪敘，卻忌平直，尤忌鬆散。層次之間有轉折，有深淺，可免平直之弊，而緊密連接以避鬆散，則往往有賴於虛字之運用，此處的「更」字、「也」字便是。「更」即「更何況」，表示這一句是在上文的基礎上重新開拓出來的一層意思；「也」即「也變得」，是承接上文，求其類同，把「成憔悴」和「少佳致」連在一起：於是，敘心境和寫時令的兩層意思就密合起來了。下面，用疑問句點出了懷古的主題：「問青山，三國英雄，六朝奇偉？」因為作者主觀感覺到的「少佳致」、「成憔悴」的景況和「金陵故都最好」的觀念不能相稱，於是產生了疑問：難道這就是那英雄輩出的三國時代和奇人偉士迭現的六朝時代的故都嗎？顯然，疑問不過是表象，而它的實質是感嘆，是一種關於歷史興亡的深沉的感嘆。再有，為什麼要向青山發問呢？因為青山是長久不變的，它閱盡了人世的滄桑，可作得歷史的見證。以上是〈鶯啼序〉詞的首片，它的作用只是引領下文，故而寫得比較概括，但是，作者的激盪情緒和強烈感慨還是能夠傳達出來的。

從第二片起，鋪排開了更為具體的寫景和抒情。應當指出，這首詞的寫景，有實有虛，實景是作者眼前所見，虛景則是心頭所想；而這虛寫之景又可分為兩種：一是實際存在但作者並未看到的景物，另一種是實際上並不存在的景物。首片寫到「朱樓」、「青山」，那是作者憑高所見的實景。實景是壯麗的，也是與「金陵故都最好」的普遍觀念相符合的，但是，作者懷著「黍離之悲」重遊故地，那原本是壯麗的景色，在他的心目中卻引起了一種悲涼蕭瑟的感覺。寫景是抒情的手段，在詩詞作品裡，客觀景物的描繪必然要被塗上濃重的主觀色彩，甚而，為了抒情的需要，描繪想像中的虛擬的景物也不足為奇。汪元量這首長詞裡的景物描寫就是虛虛實實，虛實交錯的。

「麥甸葵丘，荒臺敗壘，鹿豕銜枯薺」幾句，寫的是虛擬的景物。這裡有兩點值得注意：一是這些景物顯示了今昔盛衰的變化，二是它們的用語幾乎都有出典。劉禹錫〈再遊玄都觀〉詩序：「……蕩然無復一樹，唯兔葵、燕麥，動搖於春風耳。」是「麥甸葵丘」所本。當初宮殿崔嵬、歌舞昇平的所在，如今卻只任憑麋鹿野豬去奔走踐踏。《史記·淮南王安傳》曾轉述伍子胥諫吳王而不為所納時所說的話：「臣今見麋鹿遊姑蘇之臺也。」把這兩個典故合起來看，作者描寫虛擬景物的用意就明顯了，他既有慨於南宋王朝當初不能奮發自強以振邦衛國，又以鹿豕比喻當時的元朝統治者，揭示其野蠻的特性，從而比較具體地抒發了他的「黍離之悲」。下文的「潮打孤城」、「月滿秦淮」，也並非眼前實景，而是借用了劉禹錫、杜牧描寫金陵的詩句，這仍是檃括的手法。劉禹錫〈金陵五題：石頭城〉云：「山圍故國周遭在，潮打空城寂寞回。淮水東邊舊時月，夜深還過女牆來。」杜牧〈泊秦淮〉云：「煙籠寒水月籠沙，夜泊秦淮近酒家。商女不知亡國恨，隔江猶唱後庭花。」都在描寫金陵景物的同時寄託著歷史興亡的感慨。唐人這些詩歌，在長期傳誦過程中，逐漸具有了典型的含義，後代作者每逢寫到「金陵懷古」之類的題目時，唐人這類詩歌裡的典型景物、典型情緒就會湧進他們的頭腦。他們又或許感到自己要抒發的「思古之幽情」已然相當完美地被前代詩人寫到詩歌裡去了，而且正如〈金陵五題〉的序言裡轉述白居易所說：「吾知後之詩人，不復措辭矣。」自己也難以獨出心裁，別開生面，不如索性借他人酒杯澆自己壘塊，傳與後世讀者，庶幾可收「千紅一窟，萬豔同杯」（《紅樓夢》語）之效。於是，如何檃括唐人詩句，使它巧妙、自然，就成為作者考慮的主要問題了。我們揣度，汪元量在寫這首詞的時候，當是這樣考慮的。他採取的手法是把唐人的句子拆開，但仍保持著前後的呼應，同時又把自己的句子交織進去，根據詞調的要求，重新進行組合。且看，杜牧的〈泊秦淮〉本是一首七絕，前兩句被壓縮成兩個四言短句，放在了第二片的末尾，後兩句稍作改動，「慨商女不知興廢，隔江猶唱庭花」，放在了第三片。劉禹錫的「潮打空城寂寞回」一句，被拆作「正潮打孤城，寂寞斜陽影裡」兩句，且由「斜陽」二字，又引出了〈金陵五題·烏衣巷〉：「朱雀橋邊野草花，烏衣巷口夕陽斜。舊時王謝堂前燕，飛入尋常百姓家。」而這首絕句被檃括寫進第三片的時候，卻轉用了周邦彥〈西河〉詞中的句子「想依稀、王謝鄰里」。此外，「淒慘冷清」的疊字句出於李清照的〈聲聲慢〉；用「燈火渡頭市」描寫市肆，是變化了周邦彥〈西河〉「酒旗戲鼓甚處市」的句子，這些地方雖有痕跡，卻也妥帖。可見，汪元量在檃括、化用前人詩詞，重新進行拆改組合的過程中也是煞費苦心的。對於那些完全出於自己手筆的句子，如「未把酒、愁心先醉」、「傷心千古，淚痕如洗」等，他也作了精心的安排，使它們前後錯落，與借來的句子熔於一爐，密合無間。值得注意的是，由於這幾個句子直接抒發作者的悲苦情懷，故而在全詞當中占據著重要位置，不但不會被檃括、化用的句子所淹沒，而且還能把那些句子統率起來，從而顯示了作者的主導作用和作品的創造性質。

「臨春結綺」、「紅粉成灰」，轉入了對歷史的評述，並開始由第三片向第四片過渡。「臨春」和「結綺」

是金陵宮苑裡的兩座樓閣的名字，是陳後主和他寵愛的張麗華曾經居住過的地方。劉禹錫〈金陵五題．臺城〉曾經詠嘆過這兩座樓閣：「臺城六代競豪華，結綺臨春事最奢。萬戶千門成野草，只緣一曲後庭花。」對那位亡國之君的譴責是很強烈的。汪元量深有同感，但表達方式卻與劉禹錫不同，他參照白居易〈燕子樓〉裡的「見說白楊堪作柱，爭教紅粉不成灰」，寫成了「可憐紅粉成灰，蕭索白楊風起」兩句，並暗用曹植〈雜詩〉「高臺多悲風」的句意，抒發了他面對歷史陳跡而萌生的哀嘆、惋惜、沉痛、悲涼的複雜感情。

第四片用「因思疇昔」作引領，接連敘述東吳、東晉的史事。其用意非常明顯，是在喻指南宋王朝覆滅的歷史悲劇。東吳曾以鐵索橫江，作為防禦工事，但終於被晉將王濬燒斷，致使天塹無憑，國祚淪亡。羽扇障塵、角巾還第、新亭對泣，都是東晉士族代表人物王導的故事，都見於南朝宋劉義慶《世說新語》和《晉書．王導傳》。作者引述這幾段歷史故事的目的，是根據它們各自的某一點含義，加以引發，用以說明南宋王朝之所以覆滅的某幾方面的原因。「羽扇障塵」當是喻指南宋士大夫之不能戮力同心。王導與外戚庾亮共掌大權，其勢相抵，一日大風揚塵，王導以扇拂之，且曰：「元規（庾亮字）塵汙人。」《世說新語．輕詆》的編纂者認為這是王導對庾亮的「輕詆」。「角巾還第」當是喻指南宋士大夫之不能以大事為重。有消息說庾亮將要帶兵到他的治所來，有人便建議他暗中戒備（「可潛稍嚴，以備不虞」），王導卻說：「我與元規雖俱王臣，本懷布衣之好。若其欲來，吾角巾徑還烏衣，何所稍嚴！」（《世說新語．雅量》）角巾是便服，金陵的烏衣巷是王導私人第宅之所在；「角巾私第」即辭官歸家之意。「新亭對泣」當是喻指南宋士大夫面對時局的危難而束手無策。《世說新語．言語》篇記載：「過江諸人，每至美日，輒相邀新亭，藉卉飲宴。周侯中坐而嘆曰：『風景不殊，正自有山河之異。』皆相視流淚。唯王丞相愀然變色曰：『當共戮力王室，克復神州，何至作楚囚相對！』」在這個著名的故事裡，王導的話雖有一定的激勵作用，但畢竟還是未能付諸實踐的。汪元量有針對性地評述了這幾個發生在金陵的歷史故事，很有意義，因為當時南宋王朝剛剛覆滅。他所抒發的興亡感慨也是有針對性的，有現實性的；同時，也使得他這篇懷古作品超越了一般空泛的應景文章，而能給讀者以充實的、深刻的感受。但是，接下來，他卻總結出了「嘆人間、今古真兒戲」一句。對這一句，不要停留在表面的理解上。以兒戲喻興亡，這裡面既有作者自己的感慨，也有對歷代亡國君臣的譴責，含義很複雜而用語卻似乎很輕鬆，為的是把「人間今古」一筆帶過，在輕鬆的背後是沉重的心情——作者正是企圖擺脫沉重而故作輕鬆的。全詞的結尾，又回到金陵景物，並照應篇首的「嗟倦客、又此憑高」，寫的是登臨遠眺之所見：「東風歲歲還來，吹入鍾山，幾重蒼翠。」自然界的規律不變，四時照常轉換，鍾山依舊蒼翠重重，古往今來，人們看到的金陵山景始終是一樣的，但由此而聯想到的是，人世的變遷、興亡的更迭卻又顯得多麼頻繁！把永恆的自然和變易的人世聯繫起來，這幾句詞就顯示出足夠的分量了，而且誘發聯想，饒有餘味，用它來收束全篇是很恰當的。

〈鶯啼序〉是最長的詞調，填寫的過程中必須注意四片之間的結構安排。汪元量這首詞，先從憑高所見實景引出對三國、六朝的疑問，轉入詠史懷古；中間櫽括前人詩詞，虛實結合、參差錯落地把金陵景物和歷史興亡鋪排開來作詳盡的描寫，並從中抒發了深沉的感慨；然後，直接評述歷史事件，聯繫當時現實，總結興亡教訓；最後，照應篇首，以景作結。通篇思路明晰，層次井然，而那些銜接的地方、轉折的地方也都處理得非常細密，做到了自然妥帖，不露痕跡。寫景與抒情、懷古與傷今，又都被一條合乎思維活動的邏輯的線索貫穿了起來，全詞篇幅雖長，仍是一個渾然的整體。（王雙啟）

水龍吟　汪元量

淮河舟中夜聞宮人琴聲

鼓鼙驚破霓裳，海棠亭北多風雨。歌闌酒罷，玉啼金泣，此行良苦。駝背模糊，馬頭匼匝①，朝朝暮暮。自都門宴別，龍艘錦纜，空載得、春歸去。目斷東南半壁，悵長淮、已非吾土。受降城下，草如霜白，淒涼酸楚。粉陣紅圍，夜深人靜，誰賓誰主？對漁燈一點，羈愁一搦②，譜琴中語。

〔註〕①匼（音同俺）匝：周旋，環繞。②一搦（音同諾）：一把。

宋恭帝德祐二年（一二七六）正月，元丞相伯顏率軍攻至宋都城臨安東北之皋亭山，宋朝謝太后上傳國璽請降。二月，元軍入臨安，三宮悉為俘虜。三月，宋帝、后妃、宮女、侍臣、樂官等三千餘人押解北上，宮廷琴師汪元量亦在其列。北行途中，夜經淮河，舟中宮女的淒哀琴聲，觸引了作者的亡國巨慟，於是寫下了這首〈水龍吟〉。

全詞從德祐之難起筆。「鼓鼙驚破霓裳，海棠亭北多風雨」，用形象的語言，寫亡國的巨變。猛烈的戰鼓聲驚破了南宋朝廷的酣舞沉醉，戰爭的風雨驟降到皇城的深宮內院。白居易〈長恨歌〉「漁陽鼙鼓動地來，驚破霓裳羽衣曲」乃前句所本。海棠亭就是唐宮內的沉香亭。據《太真外傳》：「上皇登沉香亭詔太真妃子，妃子時卯醉未醒，命力士從侍兒扶掖而至。妃子醉顏殘妝，鬢亂釵橫，不能再拜。上皇笑曰：『豈是妃子醉，真海棠睡未足耳。』」（宋惠洪《冷齋夜話》引）這兩句借唐天寶之變寫本朝之事，既展現了風雲突變的慘痛情景，也批判了南宋朝廷醉生夢死、招致禍敗，以致淪為囚徒的屈辱痛苦。「玉啼金泣」四字概括而形象，「金泣」兼用金人滴淚的典故（李賀〈金銅仙人辭漢歌并序〉：「仙人臨載，乃潸然淚下。」），寫易代被遣之悲，頗為貼切。「駝背模糊」三句，點化杜甫「馬頭金匼匝，駝背錦模糊」（〈送蔡希曾都尉還隴右，因寄高三十五書記〉）詩句，承上「此行良苦」，設想抵達北地之後的危苦生活。繼又回顧城陷國破以來的情景，「自都門宴別」三句，是對「苦」字的進一層申發。「龍艘錦纜」用隋煬帝事，借指帝后所乘之舟。雖一為南下，一為北上，然俱是亡國氣數。這三句，既是舟載北行的實況寫照，又包孕著國運已盡、無力回天的象外之旨。「春」指押解出發的季節，也是南宋國運的象徵。「春歸去」暗指亡國，「空」字浸透了徒喚奈何的深悲。下片轉寫船經淮河時的感受。「長淮」照應詞題「淮河舟中」。「非吾土」用東漢王粲〈登樓賦〉「雖信美而非吾土兮」之意。極目遠望，山河雖美，惜已變色，「目斷」、「悵」，寫出了這種眷戀、哀傷之情狀。「受降」三句，化用唐李益〈夜上受降城聞笛〉詩句「受降城外月如霜」，再以設想之辭，寫將來淒涼酸楚生涯。漢、唐均有受降城，並非一地，多在西北邊塞。這裡僅借用其字面，不是實指。「粉陣」以下，復將詞筆折回「舟中」。帝王、侍臣、后妃、宮女，原本等級森嚴，而今「粉陣紅圍」（統指內宮女子），都以囚徒的身分，同處於狹窄的北行舟中，更深人靜，擁擠著進入了夢鄉，主奴難辨。「誰賓誰主」，這裡有不分賓主的意思。唯獨那位羈愁滿懷、憔悴纖弱的宮女，在孤燈下彈撥著琴絃。最後三句直應詞題「夜聞宮人琴聲」，收束完密，含蘊悠長。

宋末國變的山河之慟，在當時其他詞家的創作中也有反映，但多託為詠物，詞旨隱晦。汪元量的這首詞則不同，它選取了親歷的一幕，以疏宕的筆墨，作周詳的陳述，是情緒的渲染，更是場景的再現。作者借宮女的琴絃，抒發了「亡國之戚，去國之苦」（宋李鶴田〈湖山類稿跋〉）。情辭哀傷悽惻，沉痛悲憤。此外，藝術上也頗有特色。全詞著重展示被擄北上、舟行淮河的生活感受。上片重在敷設背景，下片緊扣題面。同時用回顧和設想之辭，將時間與空間拓展到行前和今後，統一在「驚」、「苦」的感情基調上，避免了章法上的平鋪直敘。而作者筆下的載春歸去的「龍艘錦纜」，也極具象徵意味。（高建中）

滿江紅　汪元量

和王昭儀韻

天上人家，醉王母、蟠桃春色。被午夜、漏聲催箭，曉光侵闕。花覆千官鸞閣外，香浮九鼎龍樓側。恨黑風、吹雨濕霓裳，歌聲歇。人去後，書應絕。腸斷處，心難說。更那堪杜宇，滿山啼血。事去空流東汴水，愁來不見西湖月。有誰知、海上泣嬋娟，菱花缺。

王昭儀，即王清惠，她在南宋末年被選入宮為昭儀（女官名）。元世祖至元十三年（一二七六），她隨三宮被元兵俘至大都（今北京），途中曾作〈滿江紅〉（太液芙蓉），為世傳誦，文天祥、鄧光薦都有和作。汪元量的這首和詞，似作於抵燕之初。他另一首和詞〈滿江紅．吳山〉，似作於南返之後。

汪元量和王清惠關係甚密。被俘前，他曾以琴侍奉宮廷，得識王清惠。劉辰翁〈湖山類稿序〉說汪元量「侍禁時，為太皇（理宗）、王昭儀鼓琴奉巵酒」，趙文〈書汪水雲詩後〉也說他「嘗以琴事謝后（理宗妻謝道清）及王昭儀」。後皆被俘至燕，時有詩詞往還；汪元量放還南歸，王清惠率眾舊嬪賦詩送別。

此詞上片追述昔日宮中的繁華生活，和王詞原作相同。但王作為女官的身分，回憶自己的得寵和幸運；汪以樂師的資格，追懷宴會的情景。「天上」三句，以西王母瑤池蟠桃大會的盛況，比喻謝后歡宴的逸樂。天上人家，指皇宮。文天祥〈滿江紅．代王夫人作〉也以「王母歡闌瑤宴罷」喻指宮中歡宴已盡。「被午夜」兩句，點明宴會通宵達旦，盡情享用，沉浸在歡樂之中，不覺晨曦已照宮樓。這兩句寫時間之久。「花覆」二句又渲染場面的豪華：鸞閣外，花叢中文武百官肅立慶賀；龍樓旁，寶鼎中香煙繚繞，好一派帝王家的氣派！「恨黑風」兩句，急轉直下，喻指元兵南下，這一切豪華頓時煙消雲散。這兩句王詞原作為「忽一聲、鼙鼓揭天來，繁華歇」，和汪詞都取意於白居易〈長恨歌〉「漁陽鼙鼓動地來，驚破霓裳羽衣曲」，但王詞明說「鼙鼓聲」，而汪詞改用「黑風吹雨」的意象，這又有直截和含蓄的區別了。順便指出，〈霓裳曲〉在當時宋廷中經常演奏。汪元量〈宮人鼓瑟奏霓裳曲〉（失調名）說：「整頓朱絃，奏霓裳初遍，音清意遠。恍然在廣寒宮殿。」因此，此詞所寫，在虛擬中又有實況。

下片設想王清惠的處境和心曲，代她一訴衷腸。「人去後」四個三字句，以急促的音節，富有前動性的節奏，抒寫王清惠北來後家書斷絕，肝腸欲斷、情愫難述的心境。這主要寫鄉愁。「心難說」是照應王詞原作「無限事，憑誰說」而言。「更那堪」兩句，是加一倍寫法，講國恨。以蒼生塗血、滿目瘡痍的國亡形勢立論，加深「腸斷」的內涵和「難說」的深度。杜宇，古代蜀國望帝的姓名，相傳他死後靈魂化作杜鵑鳥，鳴聲淒厲。古人又以為，此鳥啼聲不斷，至血出乃止。「杜鵑啼血」常作為亡國之恨的象徵。「事去」一聯，按〈滿江紅〉詞律，應該用對仗。汪詞此聯對仗，不僅對偶精工，而且內容深廣：「東汴水」句指北宋亡於金，「西湖月」句指南宋滅於元，十四個字將南北宋亡國歷史概括無遺，直承「杜鵑啼血」。同時，「西湖月」也含有鄉愁，又呼應「人去後」幾句。汪元量在北地曾有〈幽州月夜酒邊賦西湖月〉長詩，抒發了對西湖月深沉的緬懷：「月亦傷心不肯明，人亦吞聲淚如雨。」詞結尾「有誰知」三句，直繳王清惠及其原詞，因王詞原作中有「淚盈襟血」的哭訴。

「有誰知」這個問句，包含著「無人知」和「只有作者知」兩層意思，極盡酸辛。海上，這裡指北方邊鄙之處，不指大海。《漢書．蘇武傳》說匈奴「徙武北海上無人處」，又「武既至海上，廩食不至」。北海，今貝加爾湖，為當時匈奴極北方。汪元量和王清惠不僅被俘至大都，而且遠戍上都（在今內蒙古）乃至居延（在今甘肅）、天山（今祁連山）等極荒僻之地。汪元量〈居延〉詩有云：「憶昔蘇子卿，持節入異域。」稱「海上」，即以蘇武當日所處之地為比。南歸後詩〈答林石田見：訪有詩相勞〉也以「海上人歸一寸丹」自指。嬋娟，指王清惠。菱花缺，謂菱花形的銅鏡一破為二，原指陳後主之妹樂昌公主與其夫在亂時破鏡重圓的故事，文天祥〈滿江紅〉（燕子樓中）末句云：「笑樂昌一段好風流，菱花缺。」即用此典。但汪詞用此卻微有不同：以鏡破喻親人離散，兼喻國家山河破碎，這也是她「泣」的原因。

一首和詞，對於原作應是依次押原來韻字而又不為聲韻所拘牽，又應與原作意思銜接而又不能雷同。這首汪詞完全實現了這兩個基本要求。揮灑自如，用語貼切，不見絲毫的窘迫和束縛；命意用筆，上片略與王詞原作相類，下片卻純就王清惠及其作原詞的景況落墨，既不失唱和詞的題中應有之義，又見出相訴相慰的知己之情——寫王清惠的心曲，實際上也展現著作者的內心世界。（王水照）

王清惠

【作者小傳】度宗昭儀。宋亡徙北，後作女道士，號沖華。存詞一首。

滿江紅 王清惠

太液芙蓉，渾不似、舊時顏色。曾記得、春風雨露，玉樓金闕。名播蘭馨妃后裡，暈潮蓮臉君王側。忽一聲、鼙鼓揭天來，繁華歇。

龍虎散，風雲滅。千古恨①，憑誰說？對山河百二，淚盈②襟血。驛館③夜驚塵土夢，宮車曉輾關山月。問姮娥、於我肯從容，同圓缺。

〔註〕①一作「無限事」。②一作「淚沾」。③一作「客館」。

元世祖至元十三年（一二七六）二月，元兵攻入杭州。三月，宮中自后妃以下都被俘虜北上。經過汴京夷山驛站時，嬪妃中有位才女昭儀王清惠，在驛站牆壁上題了上面這首〈滿江紅〉詞，抒寫亡國之痛。據《永樂大典》記載，王清惠這首詞深受人們讚賞，中原傳誦一時。

詞的起句「太液芙蓉，渾不似、舊時顏色」，彷彿是一聲長長的嘆息：好一朵生長在皇宮太液池裡的荷花，如今「菡萏香銷翠葉殘」（李璟〈山花子〉），同過去嬌豔的顏色完全不一樣了！顯然，這是以花比人，說自己經過山河巨變，花容憔悴了。太液池，指皇宮的池苑，漢唐兩代皇家宮苑內都有太液池。白居易〈長恨歌〉中有「歸來池苑皆依舊，太液芙蓉未央柳。芙蓉如面柳如眉，對此如何不淚垂」的詩句，寫唐玄宗在經過一場安史之亂後，回到長安，看到皇宮裡荷花垂柳等景物依舊，只是再也看不見楊貴妃的倩影了，無限感傷。這裡，王清惠化用其詩意，以劫後餘生的皇宮裡的荷花自比，是很符合她的嬪妃身分的，而且，荷花有「出淤泥而不染」（宋周敦頤〈愛蓮說〉）的象徵意義，王清惠以此自喻，顯然有表明自己情志高潔的意思。

今日的淒清飄零，自然使她想起往昔的榮華、歡樂。下面五句，就寫她對舊日宮廷生活的回憶：「曾記得、春風雨露，玉樓金闕。名播蘭馨妃后裡，暈潮蓮臉君王側。」往事不堪回首，過去玉樓金闕，雨露承恩，享不盡的榮華富貴。「春風雨露」，關合花與人，說花承春風雨露，猶說人蒙浩蕩皇恩。「玉樓金闕」，極言皇宮的富麗堂皇，從環境渲染昔日生活的繁華。「名播蘭馨妃后裡，暈潮蓮臉君王側」，這兩句從寫花自然過渡到寫人，寫自己受到皇帝的寵愛。說當時她的聲名在後宮裡像蘭花一樣的芬芳，常常陪伴在君王身邊，蓮花般的臉兒上，總是帶著紅潤的美麗光彩。「蓮臉」二字，不僅說自己面容美如荷花，又照應前面的「太液芙蓉」。舊日宮廷生活多麼繁華，多麼美好，多麼得意，多麼使人留戀！這兩句寫得極有個性，寫出了作為一個皇帝寵妃的特殊的生活感受，只有像王清惠這樣的人，才寫得出來，因為這種對舊日宮廷的無限眷念的感情，是一種特殊的一般人沒有的感情。這段回憶極寫昔日的美好，更加反襯出今日的可悲，顯出作者感情的深度，並造成文勢上的跌宕。

接著下面便是樂極生悲的描寫：「忽一聲、鼙鼓揭天來，繁華歇。」忽然，一聲驚天動地的鼙鼓，震垮了南宋朝廷，這位住在深宮裡的高貴皇妃一下子從天上跌到地下，一朝繁華，煙消雲散。鼙鼓，軍中所擊的鼓，借以指軍事行動。白居易〈長恨歌〉寫安祿山起兵說：「漁陽鼙鼓動地來，驚破霓裳羽衣曲。」這裡「忽一聲、鼙鼓揭天來」，寫元兵以迅雷不及掩耳之勢，直搗南宋都城臨安，從此，金樽、綺筵、歌舞……一切繁華化為烏有了！「忽一聲」寫出事變的突如其來；「揭天來」，強調了元兵的凶猛氣勢；「繁華歇」，則高度概括了南宋滅亡、皇帝與后妃大臣被虜北上的歷史巨變。「繁華」二字，可說是一字褒貶的春秋筆法，既指作者昔日享受的宮廷繁華生活，也指南宋朝廷一去不返的「百年歌舞，百年酣醉」（文及翁〈賀新涼〉）的逸樂時代，言外頗多感嘆。這三句寫歷史巨變，使這位「玉樓金闕」中的紅粉佳人，一下子成了俘虜。

緊接上片寫到江山巨變，過片直抒胸臆，一瀉胸中亡國之恨。「龍虎散，風雲滅」，慨嘆南宋朝廷已經土崩瓦解，南宋君臣已經風流雲散，大勢已去。《易經》上有「雲從龍，風從虎」的說法。這裡用「龍虎散」，指南宋君臣潰散，「風雲變」，形容政治上的威勢消失。敘事的語言也形象生動。

面對「龍虎散，風雲滅」的亡國局面，詞人怎不痛心疾首？「千古恨，憑誰說？對山河百二，淚盈襟血。」她仰問蒼穹，這亡國的千古遺恨，叫我向誰訴說？面對破碎的河山，我只能仰天啼哭，讓斑斑血淚灑滿衣襟：「山河百二」用《史記．高祖本紀》中田肯誇說關中地形險要的一句話：「持戟百萬，秦得百二焉。」意思是秦兵據守關中，二萬人可當諸侯百萬之兵。這裡用「山河百二」借指宋代江山。昏庸腐朽的南宋王朝，一百五十年來，一直倚恃長江天險，苟安江南一隅，不圖進取，致有今日結局。這裡「山河百二」還含有地形險要之不足恃的教訓，從這裡也可以看到王清惠這位才女的政治見識。這段血淚文字，議論縱橫，慷慨悲壯，凜凜然有忠烈之氣，出自一位紅粉女子的手筆，是十分難能可貴的。

詞人從個人的遭遇寫到國家的命運，又回過頭來寫個人目前的處境：「驛館夜驚塵土夢，宮車曉輾關山月。」這兩句是作者自己與後宮嬪妃被虜北行的歷史紀實。「驛館」，是古代官辦的交通站的旅館，點明自己正在被押北行途中。「塵土夢」，說在旅館裡夜間做夢也是塵土飛揚的一派戰亂場景。這兩句寫宮妃們白天輾轉於塵煙滾滾的北行途中，擔心受怕，夜間驛館裡住宿，也做著可怕的惡夢，常常夜半驚醒。而天剛破曉，她們又要上路，翻山越嶺，車輪碾著路上的月影，駛向那荒寒的山川關塞，真是不勝國破家亡之感和萬里征途之苦啊！

對王清惠來說，一位「暈潮蓮臉君王側」的皇妃，如今竟成了敵人的戰利品，她不但要忍受俘虜生活之苦，還不得不考慮如何對付新的統治者即將加於一個女人身上的屈辱。是忍辱求榮？還是保持節操？她仰望天空冰冷的月亮，不由浮想聯翩：「問姮娥、於我肯從容，同圓缺。」月裡嫦娥呀，您容許我追隨你，去過與月亮同圓同缺的生活嗎？她幻想到月宮去，同嫦娥仙子做伴，去過那超脫塵世、永遠清靜的生活。

詞的結尾兩句，曾引起同時代的人及後世詞學家們不少評論。南宋末年抗金英雄文天祥兵敗被俘北上經金陵，讀到王清惠這首詞，見末尾兩句「問姮娥、於我肯從容，同圓缺」時感嘆道：「惜哉，夫人於此少商量矣！」文天祥覺得這兩句話說得不夠妥當，也許認為她的話語中有僥倖偷生的念頭吧？於是文天祥步其韻，並仿王清惠的口吻，代她重作了一首〈滿江紅〉詞，末尾兩句是：「算妾身、不願似天家，金甌缺。」天家，指皇帝；金甌，就是金盆，古人常用來比喻鞏固、完整的國家。金甌缺，比喻山河破碎。這兩句意思是說，南宋雖然滅亡了，但無論客觀形勢怎樣改變，自己的節操也絕不改變，表現了慷慨激昂的決絕之情。很明顯，這雖是擬王清惠口氣，實是文天祥一片丹心的自我寫照。

相比之下，王清惠詞的結尾情調是消極、低沉的。然而仔細想想，這也是很自然的事。王清惠畢竟是一位昔日受寵的嬪妃，一個弱女子，此時捏在敵人的手掌心裡，又能叫她做什麼呢？她不願委身求榮，想擺脫塵世煩惱，永遠去過清靜寂寞的生活，不也是一種反抗麼？雖然這只是一種軟弱的反抗，但這種反抗不更符合王清惠其人的性格麼？後來到了上都（在今內蒙古正藍旗東）以後，她就去當女道士，了結了一生。可見她寫這首詞時，也就是當她「問姮娥、於我肯從容，同圓缺」時，不僅嚮往嫦娥仙居生活，而且已經打定出世的主意了。對她這樣的女子來說，這樣做實在是堅守貞操，反抗敵人的唯一可行的辦法。

清代袁枚《隨園詩話》有句名言：「作詩，不可以無我。」也就是說，寫詩要有詩人自己的個性。因為詩主要是表現人的情性的。人各有情性，各有不同的生活經歷、思想懷抱，從而構成作品不同的風格。從這個角度看，王清惠這首詞寫得符合她的身分，是很有藝術個性的。她寫自己的惋惜、悲痛、驚恐、悽苦，感情真實，聲口性情畢肖，讀她的詞如見其人，如聞其聲，因而更有動人心弦的藝術力量。那「問姮娥」的結語，也比文天祥的〈代王夫人作〉，更符合王清惠此時此地的思想感情和性格，因而更使人感到真實可信，也是它七百多年來蜚聲詞壇，為人傳唱不衰的原因吧。（高原）

袁正真

【作者小傳】宋舊宮人。存詞一首。

長相思

袁正真

南高峰，北高峰，南北高峰雲淡濃。湖山圖畫中。
採芙蓉，賞芙蓉，小小紅船西復東。相思無路通。

這首詞出自《宋舊宮人詩詞》。〈長相思〉本是唐教坊曲名，後為詞調，前後片的開頭二句多用疊韻。因而聰明的作者就巧妙地利用現存的兩座山峰的名字領起，通俗、簡潔，而又自然地將詞引入特定的環境之中。這對峙的雙峰，其景色又是如何呢？所以一開篇也就將讀者引入詞中。南高峰、北高峰，「南北高峰舊往還，芒鞋踏遍兩山間」（范成大〈寄題西湖并送淨慈顯老三絕〉其二）。古往今來多少遊人墨客為之登臨觀賞、吟詩作畫：唐代白居易說「東澗水流西澗水，南山雲起北山雲」（〈寄韜光禪師〉）；宋代劉過說「愛東西雙澗，縱橫水繞；兩峰南北，高下雲堆」（〈沁園春〉）；明代莫璠說「南北高峰雲氣繞，玉削芙蓉，迥出青天表」（〈蝶戀花・兩峰插雲〉）。從歷代詩人的描繪中不難發現，是煙籠霧繞，雲掩雙峰，更增添了它的美，它的詩情畫意。這首詞中的「南北高峰雲淡濃」，也正是要言不煩地抓住其美的特徵，而且詞簡意豐，表現力絕不在他作之下，試想那雲的飄浮聚散，色的輕重厚薄，景的幻化多姿，不都蘊含在「淡濃」二字之中嗎！況且又是雙峰皆然，真使人目不暇接，難以盡言，所以接著補上一句——「湖山圖畫中」。這一面總括山水如畫，極言其美，收束上片；一面又以「山」連及「湖」，再以「湖」字暗逗下片，承轉之妙，絕不費力。「萬頃西湖水貼天，芙蓉楊柳亂秋煙。」（明鍾禧〈和友招遊西湖〉）由湖水而芙蓉，便自然地推出了姑娘們「採芙蓉，賞芙蓉」的鏡頭，於是人們就可以聽到「登畫舸，泛清波，採蓮時唱採蓮歌」（李珣〈南鄉子〉），還可以看到「逢郎欲語低頭笑，碧玉搔頭落水中」（白居易〈採蓮曲〉）等等極富戲劇性的情景。如此，再回過頭去體味一下，此詞寫至「採芙蓉，賞芙蓉」，那場景、氣氛、意境便頓時大變了，在我們眼前展現的就不只是山的美，水的美，更有花的美，人的美，歌的美，情的美，青春的美，生活的美。當然，好的作品總還要透過具體的形象，顯現其獨特的主題和美的個性。要把握這一點，我們還得往下讀——「小小紅船西復東」。讀來平平，細嚼有味。表面上看，它是對「採」與「賞」的描述，而當人們再一讀到「相思無路通」，便翻然醒悟，原來「西」也好，「東」也好，似「採」非採也，似「賞」非賞也，意在尋其所思，覓其所愛。「相思」是苦，東尋西覓，「無路」可「通」，思而不得，更是苦之又苦的「長相思」了！再把這種暗相思無處說的情境，放在湖山畫圖的美景之中，放在姑娘們「採芙蓉，賞芙蓉」的樂事之中，那就令人倍感傷懷，幽恨難堪了！「相思無路通」，顯然是受了「波淡淡，水溶溶，奴隔荷花路不通」（唐陳金鳳〈樂遊曲〉），以及唐崔國輔〈小長干曲〉中「月暗送湖風，相尋路不通」等詩句的影響而寫成的。

就以上所述，可以看出這首詞的題材、風調，乃至語言，都很像一首描寫男女相思的情詞。不過，這只是作者借用的一種形式，其深意，其妙處另有所在；而要進行這深一層的發掘，自然還須瞭解一下袁正真的身世，和她寫作此詞的背景。宋恭帝德祐二年（一二七六），元軍攻入臨安，隨後元軍便將南宋帝后大臣遣往大都（今北京），袁正真等宮女，還有琴師、詩人汪元量也都隨行北去。後來，元世祖忽必烈因汪元量三次上書，而賜准其為道士並返回江南。至元二十五年（一二八八），汪元量辭別大都，宋舊宮人曾為之餞行、贈詩，袁正真的這首詞也是為汪元量南歸而作的，因此，有的本子詞題就為——〈水雲歸吳寄聲長相思〉，並且在這個題下，還收有宋舊宮人章麗真的一首（見孔凡禮輯校《增訂湖山類稿・附錄》）。瞭解了這些，便不難透過其形式把握它的真正的含義了。

「塞北江南千萬里，別君容易見君難，何處是長安？」（宋陶明淑〈望江南〉）對於這些本來就是身困幽燕、心思南國的宋舊宮人來說，汪元量的南歸，除了撩起彼此的離愁別恨之外，當然更多的是激起了心中鬱積已久的故土之戀，懷舊之情，也一定會情不自禁地聯想到自己——「今春看又過，何日是歸年」（杜甫〈絕句二首〉其二）？答案在哪兒？希望在哪兒？「相思無路通」，言簡意深，概括了這些問題，也回答了這些問題。「相思」二字就道出了作者（包括其他身不由己的宋舊宮人），對湖山如畫的舊都臨安、對採蓮賞蓮的南國風光的無限眷戀和神往。然而十多年來左思右想、「東尋西覓」，哪有歸路！「無路通」三個字，便唱出了她們絕望的心聲。前以詩情畫意狀「相思」之「對象」，後以無望之詞寫「相思」之結果，相反相成，聲情悲切。而這深層的內涵，對於也曾是「日夜思家歸不得」（汪元量〈憶湖上〉）的汪元量來說，不僅完全可以理解，而且定會喚起深深的同情和強烈的共鳴。可以想見，此詞一出，彼此黯然掩泣之情景，那就像宋舊宮人周容淑所說的：「斷腸人聽斷腸聲，腸斷淚如傾。」（〈望江南〉）

「詞起結最難，而結尤難於起。」（清沈祥龍《論詞隨筆》）於「難」處見工夫，正是這首小詞的不凡之處。它不僅起得自然，結得更為高明。你看它寫景寫事，緩緩道來，輾轉作勢，直至終點，方以雙關妙語，亮出心曲。於是讀者才明白詞的本意，詞的主旨，詞人的故土之思，家國之恨，絕望之苦，全都凝聚在尾句，真是從容不迫，舉重若輕，情至文生，豁然開朗，其才情筆力，於此可見。此外，句句押韻，平韻到底，節短韻長；層層重疊，音調迴環，語氣聯屬；善用比喻，巧於言情，跌宕委婉，低迴不盡，頗有一點樂府民歌的神采風貌。當然，換一個角度，換一種提法，也可以說樂府民歌對於宋詞（特別是小令）的創作，是有著不可忽視的影響。（趙其鈞）

金德淑

【作者小傳】宋舊宮人。存詞一首。

望江南 金德淑

春睡起，積雪滿燕山。萬里長城橫縞帶，六街燈火已闌珊。人立玉樓間。

明末黃宗羲說：「文章之盛，莫盛於亡宋之日。」（〈謝皋羽年譜遊錄注序〉）此言極有見地。祥興二年（一二七九）宋亡。但宋雖亡，宋代文化仍不減其光輝。宋亡時期湧現眾多文學傑作，金德淑的這首〈望江南〉，即其中之一。此詞堪稱亡宋之挽詞。

明初楊儀《金姬傳別記》載：「（李）嘉謨孫，失其名，以鄉役部發歲運至元都（今北京），嘗夜對月獨歌曰：『萬里倦行役，秋來瘦幾分。因看河北月，忽憶海東雲。』夜靜聞鄰婦有倚樓而泣者。明日訪其家，則宋舊宮人金德淑也，因過叩之。德淑曰：『客非昨暮悲歌人乎？』李答曰：『昨所歌詩，實非己作。有同舟人自杭來，每吟此句，故能記之耳。』德淑泫然泣曰：『此亡宋昭儀王清惠所作寄汪水雲詩。我亦宋宮人也。昭儀舊同供奉，極相親愛，今各流落異鄉，彼且為泉下人矣。夜聞君歌其詩，令人不勝悽感。當時吾輩數人，皆有贈水雲。』因自舉其所調〈望江南〉詞（略）。歌畢，又相對泣下。」水雲即汪元量，給事宋廷，宋亡，隨宋三宮入元大都，是著名愛國詩人、詞人。元世祖至元二十五年（一二八八），水雲南歸，宋舊宮人金德淑等送行，贈以此詞。這時，宋亡已十年。

「春睡起，積雪滿燕山。」上句點明時間正值春天（宋亡後第十年），下句描寫空間範圍燕山（元大都所在地）。日「睡起」，更寫出女主人公（被俘至此之宋舊宮人）。尤可體味者，時雖春天，白雪仍積滿燕山山脈，是萬山縞素矣。縞素，是傳統喪服。萬山縞素之意象，實已暗逗全詞哀悼宋亡之含蘊。再回味春睡起，則亦不無一份往事如夢及痛定思痛之意味。起筆造境，沉痛至深。「萬里長城橫縞帶」，主人公展眼燕山山脈，但見那積雪皚皚之萬里長城，蜿蜒起伏於叢山峻嶺之顛，竟宛如祖國山河所披戴上之一條縞帶。萬里長城，為歷史文化凝聚之一偉大象徵。縞帶，為傳統孝儀之一重要喪服。直出縞帶一辭，命意至深亦至顯。國破山河在。大地山河為神州陸沉，乃既服素衣，更繫縞帶，這一意象是何等肅穆莊嚴，其意蘊又是何等沉痛隆重！在女主人公之心魂中，自己亦已與大地山河一道為祖國之亡而服素戴孝矣。全詞基調定於此句，而此一傑句亦為全詞神光聚照之篇眼。人們常稱道明末吳偉業（號梅村）「慟哭六軍俱縞素」（〈圓圓曲〉）之句，以梅村詩句視此「萬里長城橫縞帶」詞句，相去何啻霄壤。「六街燈火已闌珊」六街，指大都城。燈火闌珊，是燈火將盡未盡。稀疏冷落的幾點燈火，越發反凸出夜色沉沉，暗淡淒寂。自春睡起至燈火闌珊，時間延及整日，詞之意境遂覺無限遙深。而暗淡的現境，更寫照了詞人暗淡的心態，也意味著同樣暗淡的現實。上句極寫縞素皎潔，此句極寫昏暗沉寂，一明一暗，對照有致，遂寫盡詞人心靈裡的哀思與重負。「人立玉樓間」結筆直接描寫主人公之自我形象，總綰全部上文。玉人（女主人公可無愧此一美稱）獨立玉樓之上，自睡起以至於夜闌，獨立久矣。此一全幅詞境，乃祖國母親之一孝女，為亡母默默致哀以至久久之境界。她所奉獻於母親的，乃是一顆難滅的丹心，又豈止是大地山河之素服縞帶而已。全詞曲已終，而悲傷無已。無怪乎後來金德淑對人誦此詞，猶感至相對泣下。晚清詞論家端木采標舉「重、拙、大」之詞旨，這正是一完美之典範。

這首詞的價值是不朽的。其獨特的藝術造詣有二。第一是境界重、拙、大。此詞之意境，為哀悼亡國，此之謂重。其寫造境界，用筆樸素無華，此之謂拙。其境界包舉積雪燕山、萬里長城，悲壯無比，此之謂大。第二是具有高度象徵性。此亦是詞之藝術絕詣。詞為悼南宋亡國而作，調寄〈望江南〉，此意甚明。全詞極厚婉，無一字直言其意，而盡託其意於具高度象徵性之意象。雪滿燕山，皚皚白矣。萬里長城，縞帶素矣。百尺高樓狀之以玉，亦皎皎潔白。縞素潔白，既為傳統之孝服標誌，故雪山、縞帶、玉樓，無不為哀悼國亡之最好象徵。諸象徵融攝於主人公之心目中，遂整合為一悼故國之全幅莊嚴境界。此一詞篇，亦遂成功為亡宋之一不朽挽詞。詞雖用筆墨寫成，實無異用血淚。雖未寫痛哭，實比痛哭更為沉痛。宋雖已亡，而詞人可謂宋代文化所託命人之一。詞人是一女性，竟能以極大之筆力，高明之藝術，寫就此詞。但在她自己，卻又是舉重若輕，不過為沉鬱久積的愛國情思之一自然發抒而已。（鄧小軍）

詹玉

【作者小傳】字可大，號天游，古郢（今湖北江陵）人。有《天游詞》。

齊天樂

詹玉

送童甕天兵後歸杭

相逢喚醒京華夢，吳塵暗斑吟髮。倚擔評花，認旗沽酒，歷歷行歌奇跡。吹香弄碧。有坡柳風情，逋梅月色。畫鼓紅船，滿湖春水斷橋客。當時何限俊侶，甚花天月地，人被雲隔。卻載蒼煙，更招白鷺，一醉修江又別。今回記得。再折柳穿魚，賞花催雪。如此湖山，忍教人更說！

這首詞題目中的「兵後」，即元將伯顏攻佔臨安之後。此時，詞人的朋友童甕天（事跡不詳）即將返杭。杭州，在當時是一個最令人敏感的城市，這不僅是因為她風景秀美，都市繁華，地屬東南形勝之最，更為重要的是，她曾是一個國家的象徵。杭州的易主表明一個王朝已為另一個王朝所替代，這一歷史變故曾引起多少人的悲憤與痛苦！詞人在送別朋友之際，心頭也不禁湧起無限的感慨。

詞一開頭，作者即提起這次「相逢」。戰後相逢該有多少話可說，多少事可憶，而詞人僅以「喚醒京華夢」概括。京華夢，即指已經像夢幻般逝去的京城生活。京華夢醒，而吳地的風塵也使自己的頭髮變得斑白了。吟髮，即詞人的頭髮。這兩句，已透露了詞人的滄桑之慨。以下緣「京華夢」之意，作具體抒寫。「倚擔」三句，寫了三件令人難以忘懷的愜意情事：一是「倚擔評花」。宋代的風俗是無人不戴花，而挑擔賣花者亦眾。當時倚靠花擔，品評著各色鮮花，也許還選上一朵最可心的戴在頭上，這是何等的風流浪漫！二是「認旗沽酒」。遊興既高，自當有美酒助興，於是在林立的酒館中挑上一爿頗有名氣的酒家，暢飲一番，這是何等的風流灑脫！三是「行歌奇跡」。一邊遊賞，一邊吟詩，留下了不平凡的足跡，這又是何等的風流閒雅！「歷歷」二字應管領這三句，即這一切稱心快意的遊樂情事都歷歷如昨。

從「吹香弄碧」直至上片歇拍轉寫西湖景色。「吹香」句先總寫，作者不直接寫花草樹木，只訴諸視覺與嗅覺，寫其色彩與香味，便已畫出一幅花團成陣，綠樹成行的絢麗春景圖，著一「吹」字，著一「弄」字，把和煦的春風也帶入了人們的感覺之中，展現出一派生機勃勃的景象。以下兩句分寫，分別將與杭州有關的蘇軾與林逋的故事運用其中。蘇軾曾兩度出任杭州地方長官，寫出了古今傳誦的吟詠西湖的名作，並曾於西湖築堤以興水利，人稱之為「蘇堤」。周密《武林舊事》記載，蘇堤「夾道雜植花柳，中為六橋九亭」。「坡柳」句謂蘇堤楊柳依依，風光旖旎，承上「弄碧」。林逋曾結廬於西湖孤山，酷嗜梅花，並寫出了膾炙人口的詠梅名篇。「逋梅」句即化用其〈山園小梅二首〉其一「疏影橫斜水清淺，暗香浮動月黃昏」詩意，承上「吹香」。詞人在「吹香弄碧」的景物中特地拈出坡柳、逋梅，使如畫的西湖風光更富於濃郁的詩意，似乎這柳、這梅、這月色，都融進了詩人的精神與風度。以上三句重在寫岸上，「畫鼓」三句則重在寫水面。周密《武林舊事》曾對西湖春遊盛況作了如下的描寫：「都人士女，兩堤駢集，幾於無置足地。水面畫楫，櫛比如魚鱗，亦無行舟之路，歌歡簫鼓之聲，振動遠近」，「既而小泊斷橋，千舫駢聚，歌管喧奏，粉黛羅列，最為繁盛」。詞中的「畫鼓紅船，滿湖春水斷橋客」，正是對這種盛況的概括。這裡寫的「京華夢」是一個充滿賞心樂事的夢，一個歌舞昇平的繁華的夢。重溫舊「夢」，既寄託了詞人對故國的深情緬懷，也表露了和朋友之間的親密情誼。

換頭陡然一轉，寫朋友們由聚而散，天各一方。「當時」句點明上片所寫均係從前情事，並點明從前的遊賞是和許多（「何限」，即無限意）才智傑出的朋友在一道。此後雖然江南之地，依舊花天月地，景物宜人，但時局劇變，友人一個個風流雲散。「花天月地，人被雲隔」兩句以一「甚」字領起，中含無限悵怨之情。「卻載」三句轉寫眼前。自己在國破家亡之際，只得過一種以江湖為家，以蒼煙為伴，以鷗鷺為友的隱居生活。以「卻」表明生活境遇的轉折，「更」，則是推進一層。此時此刻，欣逢故人，於是一道舉杯暢飲，追懷往事，互訴衷腸，然而轉眼之間又要在長江邊上分手了，怎不令人倍增傷感！以「又別」點題，並慨嘆這次相聚何其短暫。「今回」三句，設想別後之情。雖是兵後，西湖的「坡柳風情，逋梅月色」應是依然如故，朋友此去，不會忘記再去「折柳穿魚，賞花催雪」的吧。這裡的寫景、敘事回應上片，用一「再」字補敘從前「折柳穿魚」等情事。其中暗含今昔對照之意，雖然情事相同，卻有山河之異。詞的歇拍正是從這種對照中引出的深沉感慨：大好湖山，已屬他人之天下，怎忍再說什麼呢！興亡之感，家國之恨，盡在不言中。

從題目來看，這是一首送別詞，但它的內涵卻十分豐富，絕非一般離情所能範圍得了的。詞人的高明之處，正在於把依依惜別之情和故國之思、興亡之嘆鎔鑄於一爐。詞人的故國之思表達得比較婉曲。他對故國的懷念主要是透過遊樂來表現的。詞中極力鋪寫的勝遊既是紀實，又是故國存在的一種象徵。景色絢爛，市場繁榮，場景熱鬧，遊客如雲，這是深深銘刻在詞人心中的美好的故國形象。明代的楊慎不求甚解，曾妄加批評，說「觀其詞全無黍離之感，桑梓之悲，而止以遊樂言」（《詞品》卷五），實乃皮相之見。近人況周頤則能探求其深微之義，他聯繫作者所處時勢，看出詞中「含有無限悲涼」，「弄碧吹香，無非傷心慘目」（《蕙風詞話》卷三），可謂知言。詞人對歷史巨變引起的興亡之感則主要是透過對比的方法加以體現的。詞中寫了和朋友的兩次相聚與相別，時間不同，地點不同，景況各別，心境亦歡愁各異，一切都感染著不同時世的不同色彩；詞在歇拍處更是「曲終奏雅」（《蕙風詞話》），將萬千感慨凝聚筆端，將無窮悲恨推向頂點。詞人對朋友的情誼則透過時間的推移來表達，對往事的回憶，對「人被雲隔」的嘆息，對眼前離別的悵恨，對別後朋友前途的關心，都充溢著詞人的一片真摯之情。

此外，還值得一提的是其結構的迴環往復，虛實並用。從時間說，才寫相逢，即入回憶，復寫眼前，又轉別後；從情事說，所寫回憶與別後，前為實事，後為擬想。迴環之中並無重複雜沓之感，而是互相照應，互相補充，從而造成一唱三嘆的效果。（劉慶雲）

王沂孫

【作者小傳】（一二四〇？～一三一〇？）字聖與，號碧山、中仙、玉笥山人，會稽（今浙江紹興）人。入元，任慶元路（治所在今浙江寧波）學正。詞多詠物，間寓家國之慟。有《花外集》（一名《碧山樂府》）。詞存六十四首。

天香　王沂孫

龍涎香

孤嶠蟠煙，層濤蛻月，驪宮夜採鉛水。汛遠槎風，夢深薇露，化作斷魂心字。紅瓷候火，還乍識、冰環玉指。一縷縈簾翠影，依稀海天雲氣。

幾回殢嬌半醉。剪春燈、夜寒花碎。更好故溪飛雪，小窗深閉。荀令如今頓老，總忘卻、樽前舊風味。謾惜餘熏，空篝素被。

這是王沂孫一首極為著名的詠物詞，收錄在他的詞集《花外集》中，編錄為第一首。王沂孫大約生於南宋理宗之世，南宋滅亡時，他大約只有三十多歲，而他的故鄉會稽又距離南宋之都城臨安很近，所以他實在是一個曾經身歷亡國之痛的南宋末代詞人。而在南宋滅亡後，元朝初年有一個總管江南浮屠的胡僧名楊璉真伽者，曾經盜發在會稽的南宋諸帝后之陵墓。據云當時理宗之屍，啟棺如生，或謂含珠有夜明者，發墓者遂倒懸其屍樹間，瀝取水銀，如此三日夜，竟失其首。其餘慘狀不及備述，而遺骨則委棄於草莽之間。有義士名唐珏者，聞聲悲憤，遂與友人林景熙邀集里中少年，收諸帝后遺骸共葬之（可參看元陶宗儀《南村輟耕錄》之「發宋陵寢」一則及周密《癸辛雜識》中「楊髡發陵」一則之記述）。其後唐珏與王沂孫以及其他一些詞人，如周密、張炎、陳恕可、仇遠等共十四人，曾經結社填詞，分詠「龍涎香」、「白蓮」、「蓴」、「蟬」、「蟹」等五題，借詠物之詞以寄託遺民亡國之痛，結集為《樂府補題》，共收錄了三十七首詞。王沂孫的這首詞被編錄為《樂府補題》中的第一首，也足見他這首詞之受人推重之一斑了。

據清吳震方《嶺南雜記》的記載云：「龍涎於香品中最貴重，出大食國西海之中，上有雲氣罩護，則下有龍蟠洋中大石，臥而吐涎，飄浮水面，為太陽所爍，凝結而堅，輕若浮石，用以和眾香，焚之，能聚香煙，縷縷不散。」又云：「鮫人採之，以為至寶，新者色白……入香焚之，則翠煙浮空，結而不散。」其實所謂龍涎香者，蓋為海洋中抹香鯨之腸內分泌物，並非龍吐涎之所化。碧山此詞開端三句「孤嶠蟠煙，層濤蛻月，驪宮夜採鉛水」，敘寫詞人對於龍涎所產之地以及鮫人至海上採取龍涎之情景的想像。「孤嶠」實在指的就是傳說中龍所蟠伏的海洋中大塊的礁石，而曰「孤」曰「嶠」，便立刻使讀者對其所寫之地增加了無數孤絕而奇幻的想像。至於「蟠煙」二字所寫的蟠繞的雲煙，當然指的就是傳說中之所謂「上有雲氣罩護」，而碧山在「煙」字上用一「蟠」字，便使人又覺得「孤嶠」上的雲煙不僅是在其上縈浮罩護而已，更可以由「蟠」字的「虫」

字邊而想到龍蛇之類的「蟠」伏。短短的四個字，碧山已寫出了他對於龍涎之產地，也就是蟠龍所居之海嶠的無窮奇妙的想像。次句「層濤蛻月」，則是寫鮫人至海上採取龍涎時之夜景。碧山又用了一個「蛻」字，也有著「虫」字邊，同樣可使人引起對龍蛇的聯想，蓋月光在層濤中的閃動，正如同自層層波浪的蛻退中吐湧而出，而層層波浪之蛻退，又正似龍蛇之類鱗甲的蛻退。此一「蛻」字，初看起來雖似覺頗為生澀，然而其實既緊扣住了題目中「龍涎」所引起的對於「龍」之聯想，也真切地寫出了層濤浮動的海上月光閃動的情景，是用得極奇妙而又極為恰當真切的一個字。而且此一「蛻」字，正好與上一句的「蟠」字遙遙相對，在文法上造成了極工整的一聯偶句，同樣強烈地暗示著對於神話中所傳說的「龍」之想像。直到下面的一個單句「驪宮夜採鉛水」，碧山才加以較為敘述性的說明。「驪」字蓋指驪龍而言，「驪宮」謂驪龍所居之地，遙應首句「蟠煙」的「孤嶠」。「夜」字指鮫人採取龍涎之時間，遙應次句的「層濤蛻月」之夜色。然後繼之以「採鉛水」，才正式點明採取龍涎之事。而且用「鉛水」以代龍涎，為讀者提供了極為多義的暗示：其一，龍涎原非純水，而是含有可以凝結為浮石之物質的一種液體，故曰「鉛水」；其二，「鉛」字又可使人聯想到「丹鉛」、「鉛粉」等物，既可暗示其白色，又可暗示其香氣，且暗藏道書中採煉鉛丹之想；其三，唐代詩人李賀〈金銅仙人辭漢歌〉曾有「憶君清淚如鉛水」之句，李詩原借漢宮中金人承露盤被魏人移去之事寓寫盛衰興亡之感，碧山用於此句中，則既可暗示龍涎被鮫人採去永離其舊所依附之「驪宮」，也可暗寓碧山對故國之懷念。像這種豐富的聯想和暗示，正是碧山詞的一大特色。至於就章法結構而言，則從首句「孤嶠」之寫地，次句「蛻月」之寫夜，至此句「採鉛水」之寫事，為一大頓挫。

龍涎既已被採離「驪宮」，於是次一句之「汛遠槎風」便寫其相去之已遠。「汛」字為潮汛之意；「槎」字則用晉張華《博物志》「有人居海渚者，年年八月有浮槎去來不失期」的故事，暗指鮫人乘槎至海上採取龍涎，隨風趁潮而遠去，於是此被採之龍涎遂永離故居不復得返矣。繼之以「夢深薇露」，則是接寫此龍涎被採去以後之遭遇。「薇露」蓋指薔薇水而言，為製造龍涎香時所需要的一種重要香料，據宋陳敬《香譜》云製龍涎香時須取龍涎與薔薇水共同研和。然則此遠離故土之龍涎當其在「薇露」之香氣中共同研碾之時，對其過去之一切自當有無限之懷思，對其未來之一切亦當有無窮之夢想，故曰「夢深薇露」也。碧山既將龍涎視為如此有情之物，於是此有情之龍涎遂於經過一番研碾之後化而為「斷魂」之「心字」矣。「心字」原來正是一種篆香的形狀，明楊慎《詞品》即曾載云：「所謂心字香者，以香末縈篆成心字也。」南宋詩人楊萬里在〈謝胡子遠郎中惠蒲大韶墨報以龍涎心字香〉一詩中曾有「送以龍涎心字香，為君興雲繞明窗」之句，可見「心字」原為龍涎香被製成之後所可能實有之形狀，只是碧山在「心字」前又加了「斷魂」二字，則此「心字」便不僅是寫實而已，且更象喻著有情之龍涎化為「心字」之形狀以後的淒斷的心魂了。自「汛遠槎風」之遙遠的追憶，經過「夢深薇露」之磨碾的相思，到「化作」、「心字」的淒斷的心魂，碧山又以其豐富的想像、深銳的感受，在同樣的兩個偶句、一個單句的形式中，表現了情意方面的又一段章法的頓挫。

以下「紅瓷候火，還乍識、冰環玉指。一縷縈簾翠影，依稀海天雲氣」，則寫龍涎被焙製成的各種形狀，和被焚爇時的情景。據《香譜》所載，龍涎香之製，須用「慢火焙，稍乾帶潤，入瓷盒窨」。「紅瓷」當即指存放龍涎香之紅色的瓷盒，「候火」則當指焙製時所需等候的適當之慢火。至於「冰環玉指」則當指龍涎香製成之形狀，即《香譜》所載「造作花子佩香及香環之類」。當時與碧山同賦龍涎香的詞人，如周密即曾有「寶玦珮環爭巧」之句，唐藝孫亦曾有「金猊旋翻纖指」之句，其所謂「珮環」、「纖指」，便都是指被製成之龍涎香的各種形狀。只不過周密和唐藝孫所寫的都只是毫無感情的物之形狀，雖極精巧卻並不能使人動情。而碧山卻把「冰環」與「玉指」連言，則恍如寫女子之纖手玉環，遂使讀者頓生無數多情之想像，何況前面還有著

「乍識」二字，彷彿真有著初睹佳人之驚喜，層層幻出，極意以有情的筆法寫出了龍涎香之珍貴難得及其形狀之精美，而且由「乍識」二字引出了與龍涎香相對之人，為後半闋之寫人事也預先做下了伏筆。這是碧山又一個章法的安排。於是繼之以「一縷縈簾翠影，依稀海天雲氣」，才歸結到龍涎香之開始被焚爇。這兩句不僅真切地寫出了龍涎香被焚時「翠煙浮空，結而不散」的實在的情景，而且更在簾前一縷翠影的縈迴中，暗示了多少雖然經過磨碾焚燒而依然難以銷毀的繾綣的相思，更在海天雲氣的依稀想像中，暗示了多少對當年海上的「孤嶠蟠煙」的懷念。於是就在這一縷香煙的縈迴縹緲中，碧山把對於龍涎香的敘寫，從採取、製造到焚爇，做了一個總結的大停頓。

下半闋從「幾回殢嬌半醉」到「小窗深閉」，碧山則蕩開筆墨，不再作對於龍涎香本身的敘寫，而開始回憶起當年在焚香之背景中的一些可懷念的情事來。曰「幾回」，便已是懷想之辭，謂當年曾有「幾回」也。「殢嬌半醉」的「殢」字原為慵倦之意，此句寫半醉時的嬌慵之態，從敘寫之口吻來看，自當為男子眼中所見女子之情態，然而碧山卻只以客觀之筆墨敘寫所見之人，而並未及於男女感情之一字，因為碧山此詞的主題，原在寫「香」而並非寫「人」，與其說焚香為當時人事之背景，毋寧說人事為焚香時情景之襯托。繼之以下一句的「剪春燈、夜寒花碎」，仍以客觀之筆接寫女子之動作，質言之，原不過寫一女子之剪燈花而已，然而「燈」則曰「春」，「花」則曰「碎」，便顯出了無限嬌柔旖旎之情調，襯以中間的「夜寒」二字，則以窗外之寒冷反襯窗內之溫馨。故繼之乃云「更好故溪飛雪，小窗深閉」，便正是寫在窗外的嚴寒飛雪的反襯下，才更顯得在「深閉」的「小窗」中「殢嬌半醉」之人的「剪春燈」之情事之為「更好」也。曰「故溪」，可見此原為當日故園家居時所經常享有之情事，又遙遙與前面的「幾回」相呼應。不過，碧山之所謂「更好」者，實在並不僅是在窗內剪燈之溫馨的情事而已；他所謂「更好」者，實在乃是焚香在「小窗深閉」之中方為「更好」也。因為龍涎香之所以可貴，原在其有著一種「翠煙浮空，結而不散」的特質，《香譜》中載龍涎香的焚爇，即曾云當在「密室無風處」。可見此一段表面雖是寫人事，而句句意中卻都有龍涎香在，於是龍涎香遂在碧山筆下與往昔可懷戀之生活整個融為一體。作者此種用心，讀者固不可不察，而在章法上，此一節之鋪敘亦自為一大段落。

其後繼之以「荀令如今頓老，總忘卻、樽前舊風味」二句，則是一段突然的反接，把前面所著意描寫的焚香、剪燈等溫馨旖旎的情事，驀然一筆掃空，有無限悲歡今昔之感在於言外。「荀令」指的是三國時代曾做過尚書令的荀彧，據東晉習鑿齒《襄陽記》所載云：「荀令君至人家坐幕，三日香氣不歇。」李商隱詩也曾有「荀令香爐可待熏」（〈牡丹〉）及「橋南荀令過，十里送衣香」（〈韓翃舍人即事〉）之句，可見「荀令」原以喜愛熏香著名。今碧山詞云「荀令如今頓老，總忘卻、樽前舊風味」，正謂如今之荀令已經老去，無復當年愛熏香之風情況味矣。「老」字前著一「頓」字，便寫得光陰之消逝、年華之老去恍如石火、電光之疾速。又著以「樽前」二字，則正與前面之「殢嬌半醉」相呼應，可見其溫馨如彼之往事，固久已長逝無回，甚至在記憶中也難於追憶了。故曰「總忘卻」也。然而從前面的敘寫看來，則往事分明仍在心目，又如何便能遽爾「忘卻」，可知此「總忘卻」三字中，固有無窮之哀感在也。故繼之以「謾惜餘熏，空篝素被」八個字，寫出了無限往事雖空而舊情難已的悲慨。「篝」字指的是熏香所用的熏籠，古人往往焚香於籠中，而置衣被等物於其上熏之。如今既已不復有熏香之事，是「篝」內已「空」矣，而猶張「素被」於其上，明知其無益而仍復為之者，則正因為對當日所殘留的一縷香氣之難以忘懷也。然而此「餘熏」雖然尚在，而往事則畢竟難回，故曰「謾惜餘熏」也。「謾」字通「漫」，徒然無益之意；「惜」者，愛戀而珍惜之也。碧山此詞，於結尾之處，對於一種難以挽回的長逝的悲哀，寫得低迴宛轉、悵惘無窮，所寫的主題雖然只是無生命、無感情的龍涎香，而且借用了許多典故來作為鋪陳的資料，可是透過作者的感覺和想像以及組織和安排，卻使「人」與「物」交感相生，把所詠之「物」

生動地化為了有情。這種表現的技巧，是極值得重視的。

下面探究一下這首詞之有無託意。從前面說過的碧山之時代、身世以及《樂府補題》中一些詠物詞的寫作背景來看，是極可能有的。我們就當時碧山之遭際來設想：當他在寫這首詞時，所可能引起的究竟有些怎樣的情意呢？首先從題目的「龍涎香」來看，這種香料既相傳為龍口中所吐之涎，其所可能引起的第一個聯想，實在就是當時理宗之屍於被掘出後曾經為盜墓者倒懸於樹間以瀝取水銀之事。因此，碧山詞中的「驪宮夜採鉛水」一句，除了表面所寫的鮫人至龍宮中採取龍涎之事，便也可能有著理宗被人瀝取水銀並探取其口中含珠之聯想，因為《莊子．列禦寇》中既早有「探驪得珠」之說，而且以龍來象喻帝王也原為古老之傳統。不過，這種提示也只是說碧山當日或者可能有此一聯想而已，讀者卻絕不可也絕不必依此一聯想而去作逐句的推尋。再則，據夏承燾《樂府補題考》之考證，南宋諸陵之被掘，蓋在元世祖之至元十五年（一二七八），當時陸秀夫正擁立帝昺於海上之厓山，次年便負帝蹈海而死，《補題》諸詞當亦作於發陵之次年，因此，碧山此詞中「孤嶠」、「槎風」、「海天雲氣」等敘寫，便也未始不可能暗中寓寫了作者對厓山覆亡的一份懷思哀悼之情。至於此詞後半闋所寫的「殢嬌半醉」等生活情事，表面上自然只是寫作者自己對往事的追懷，然而這種今昔悲歡之慨，卻也未始不可以有自個人而推及國事之更廣的聯想。據史書所載，南宋直到覆亡之前的不久，朝廷上下還耽溺在苟且的宴安享樂之中，因此，碧山在這首詞中對往事的追懷，便也正反映了當時一般士大夫之習於宴安的生活情態。而此詞最後在結尾時所表現的哀思悵惘，當然便也正是亡國後士大夫的嘆息呻吟，徒有「謾惜」之情，而無奈「篝」之已「空」，往事也終於如被焚盡的香煙一樣飄逝不返了。（葉嘉瑩）

花犯　王沂孫

苔梅

古嬋娟，蒼鬟素靨，盈盈瞰流水。斷魂十里。嘆紺縷飄零，難繫離思。故山歲晚誰堪寄，琅玕聊自倚。謾記我、綠蓑衝雪，孤舟寒浪裡。

三花兩蕊破蒙茸，依依似有恨，明珠輕委。雲臥穩，藍衣正、護春憔悴。羅浮夢、半蟾掛曉，么鳳冷、山中人乍起。又喚取、玉奴歸去，餘香空翠被。

梅花，異芬清絕，天賦高潔。其幽貞之姿、凌寒之質，為歷代詩人所傾慕。而虬幹枯枝遍生苔蘚的古梅，更是風韻清雅，獨具天然標格，尤為人們所激賞。王沂孫這首苔梅詞，當作於宋恭帝德祐二年（一二七六）三月宋奉表降元、臨安失守之後，故詞中詠物寄意，深寓家國悲涼之感。

上片起調以「古」字點入，用擬人化手法連寫出「古嬋娟，蒼鬟素靨，盈盈瞰流水」，描繪苔梅的蒼古清奇之美。「古」字，言樹齡之老，暗寓歷盡滄桑、閱世甚深之意。「嬋娟」，言其形態美好。「蒼鬟」，形容苔絲飄垂，有如髮鬟。宋范成大《梅譜》云：「（古梅）有苔鬚垂於枝間，或長數寸，風至，綠絲飄飄，可玩。」「靨」者，此指婦女面頰，以狀梅花之秀美。前著一「素」字，則極寫梅花的冰姿雪容。「盈盈」二字，謂其風姿儀態之美。「瞰流水」，寫苔梅臨流俯視，清秀的姿容倒映水中。梅奇水清，相映成趣。這開頭三句，用簡潔形象的筆墨勾勒出苔梅的清幽奇絕之景，深見其賞愛無限之情。詞人水邊賞梅，不專為描摹實景而來，而是借物抒懷，所以接下去即景生發。他先以「斷魂十里」承結前意，說那清香十里的水畔梅花是令人銷魂神往的。然後又一筆撇去，以「嘆」字領起，打入離思羈情，寫出：「嘆紺縷飄零，難繫離思。」「紺縷」，為深青色的絲縷，此以指梅樹上的苔絲。漂泊在外的詞人，本來離思正苦，眼下見苔絲飄失零落，更觸發了鄉思，收不攏，拴不住，所以說飄零的紺縷難繫離思。句首的「嘆」字著力極深，重錘敲入，悲懷之苦、離思之深全由此字釘住。後面的兩句：「故山歲晚誰堪寄，琅玕聊自倚」，也是在「嘆」字哀傷氣氛籠罩下用力拈出來的心情和動作。所謂「故山」，乃指故鄉家山。「歲晚」，猶言暮年。「誰堪寄」，則謂無人可以寄語。「琅玕」，指青竹。客久思鄉，乃是人之常情，而晚年思鄉，心境格外地淒涼悲苦。再加上無可寄語，無所慰藉，孤獨寂寞，辛酸痛楚的心境就是難以名狀的了。在如此心境的驅使之下，詞人獨自徘徊，聊倚琅玕，他那無限悵惘、無限憂傷的神情已了然在目。而家國喪亂之痛在其中也隱約可見。此時此刻，詞人心緒紛亂，思前想後，不禁勾起對往事的回憶。他曾身披綠蓑，駕起孤舟，在寒浪裡衝雪橫渡，尋梅探勝。那雪中清景，賞梅興致，想來令人神往。可是時移世易，而今老矣，這一切都成為不復再得的往事了，留下的只有難以填補的空虛，故而說：「謾記我、綠蓑衝雪，孤舟寒浪裡。」「謾記」二字感情分量很重，是筆下著力之處，極言其不堪回首、想也無益的悲愴心情，感情色彩異常強烈、愁慘。

過片，把場景拉回眼前，以「三花兩蕊破蒙茸」再點梅景。「三花兩蕊」，言其疏落稀少。「蒙茸」，謂苔絲蓬鬆之貌。周密《癸辛雜識》記宜興梅云：「古梅、苔蘚，蒼翠宛如虯龍，皆數百年物也。有小梅僅半尺許，叢生苔間，然著花極晚。詢之土人，云：『梅之早者皆嫩樹，故得春最早，樹老則得春漸遲也』。」詞中所說的三花兩蕊似即梅幹上破苔絲而出的小梅。破字，下筆有神，生動地寫出小梅鑽破苔絲而吐出花蕾的動態。因它吐蕾較遲，似有別樣情懷，故後面順手輕接，寫了兩句：「依依似有恨，明珠輕委。」「依依」，乃隱約之意。「恨」字含意，著落在「明珠輕委」四字。若從字面直解，明珠指花珠，則小梅之恨乃在遊者任意攀折、輕易拋棄，故而花蕾遲開，不肯輕吐。可是，細玩詞意，碧山此句似有深意。古代杭州有民間傳說，謂龍鳳戲珠，珠落而化為西湖，龍鳳也隨之變為玉龍、鳳凰二山，故西湖有明珠之稱。古謠云：「西湖明珠自天降，龍飛鳳舞到錢塘。」是以「明珠輕委」乃暗指南宋王朝納表出降，輕易將西湖明珠委棄於人。那麼，虬幹小梅的依依之「恨」就非同尋常了，乃是國破之恨，山河失落之恨。儘管寫得隱晦，但哀蟬淒咽，總是斷腸之聲，如不細讀，很易忽略過去。清張惠言說：「碧山詠物諸篇，並有君國之憂。」（《詞選》）清周濟《宋四家詞選目錄序論》也說：「詠物最爭託意隸事處，以意貫串，渾化無痕，碧山勝場也。」以此驗證，「明珠輕委」的寓意自可明瞭。如上所述，以明珠輕委為山河易手之恨，與篇首「古」字最為切合。虬幹古梅所俯瞰的不只是流水，還有人間興亡。前後暗相勾通，構思甚為縝密。明珠遭棄，國已不國，而古梅卻是「雲臥穩，藍衣正、護春憔悴」。「雲臥」，言其高潔，不沾塵俗汙垢。「穩」字，言其深固不移。「藍衣」，即「藍縷」之衣，此以指梅樹苔衣。這三句寫臨安失守，明珠遭棄，而古梅根深難徙，依然雲臥其處，梅幹苔絲依舊護守著殘留的春光和憔悴的梅花。這自然是詞人的自白。他在入元以後，雖一度做過學正，但感情上始終留戀南宋，不久即辭官歸隱。元僧掘毀宋帝六陵，激起正義之士的義憤，詞人也曾作過控訴。他與張炎、周密等結社唱和，抒寫亡國之痛。所以在「護春憔悴」的悲吟中也有幾分「病翼驚秋，枯形閱世」（王沂孫〈齊天樂．蟬〉）的痛楚。然而在當時的情勢下，詞人只能空作興亡之嘆，「慢磨玉斧，難補金鏡」（王沂孫〈眉嫵．新月〉）。他寫這首詞，心境更是如此。面對著憔悴的梅花，詞人日夜愁思，於是再用一典抒發，寫了「羅浮夢、半蟾掛曉，么鳳泠、山中人乍起」幾句。

羅浮夢，事見舊題柳宗元《龍城錄》。相傳隋開皇中，趙師雄遊羅浮，天寒日暮，見松林間有酒肆，旁舍一美人淡妝靚色，素服出迎，與語，芳香襲人，因相與扣酒家門共飲。師雄既醉而臥，比醒，起視，乃在梅花樹下，上有翠羽啾嘈相顧，月落參橫，但惆悵而已。後遂稱梅花夢為羅浮夢。「半蟾」，猶言半月。古傳說月中有蟾蜍，故以蟾為月之代稱。「掛曉」，謂月懸曉空，天將明。此句所寫，乃是詞人的一種心理活動。訴說羅浮一夢，雖在梅花樹下與花仙相遇，又有綠毛么鳳相伴，但一覺醒來，天色欲曉，留下的是「但惆悵而已」，寂冷而淒苦，因而以結末二句一意貫串再加點化，寫下了「又喚取、玉奴歸去，餘香空翠被」。「玉奴」，本南朝齊東昏侯妃潘氏，小字玉兒，齊亡，義不受辱，及見縊，潔美如生。詠梅而涉及玉奴者，有蘇軾〈次韻楊公濟奉議梅花〉，云：「月地雲階漫一樽，玉奴終不負東昏。臨春結綺荒荊棘，誰信幽香是返魂。」蓋指梅花香氣乃舊時貴妃靈魂歸來所化。這兩句所寫，是詞人羅浮夢心理活動的繼續。說清晨山中，么鳳清啼，隱者初醒，又呼喚著玉奴歸去，只留下空散著餘香的翠被。喚「玉奴歸去」，又是寫呼梅同去。這一切是那樣地清冷、空寂。以上四句所寫的夢醒、人去的心理活動，都著眼於空虛二字，委婉深曲地表達了詞人心中悵然若失、無所著落的淒愴心境。這正是他在宋亡之後思想情感的真實寫照。所以讀碧山這首詞，須從託物寄意著眼。就表現藝術而言，全詞寫苔梅處處以意貫之，運意高遠，吐韻清和，有宕往之趣。如薛礪若《宋詞通論》論其詠物詞所說：「能將人物和感情融成一片，一意連貫下去，毫無痕縫可尋。」（臧維熙）

南浦　王沂孫

春水

柳下碧粼粼，認麴塵乍生，色嫩如染。清溜滿銀塘，東風細，參差縠紋初遍。別君南浦，翠眉曾照波痕淺。再來漲綠迷舊處，添卻殘紅幾片。

葡萄過雨新痕，正拍拍輕鷗，翩翩小燕。簾影蘸樓陰，芳流去，應有淚珠千點。滄浪一舸，斷魂重唱蘋花怨。採香幽涇鴛鴦睡，誰道湔裙人遠。

詠物中常以回憶中印象最深的生活情思相襯映，才能寫出自然景物的美的形象，不用正面說，就能讓人知道寫的是什麼，並能深入人們心靈奧祕，取得應有的共鳴。王沂孫的〈南浦〉詠春水，就具備上述特點。春水是讓人迷戀的，唐嚴維詩「柳塘春水漫，花塢夕陽遲」（〈酬劉員外見寄〉），就是詩中名句。王沂孫這首詞寫春水的美，也伴有回憶和相思。

上片是思念離別的妻子。起三句：「柳下碧粼粼，認麴塵乍生，色嫩如染。」寫楊柳陰下，清澈碧色水波盪成的鱗紋。麴塵，酒麴上所生之菌，嫩黃色，和春水相似。所以說春水看起來像麴塵剛生出來的顏色，嫩綠帶黃，似乎是染成的一樣。范成大〈謁金門．宜春道中野塘春水可喜，有懷舊隱〉詞「塘水碧，仍帶麴塵顏色」，也是形象寫出春水的嫩綠的。

後面三句寫：「清溜滿銀塘，東風細，參差縠紋初遍。」首句用梁簡文帝蕭綱〈和武帝宴詩〉：「銀塘瀉清渭。」縠是縐紗，蔡伸〈醉落魄〉：「波紋如縠，池塘雨後添新綠！」三句是山石上溜下的清水溢滿如銀色的池塘，溫和的春風徐徐拂過，整個池塘層層地吹起縠紋。詞到此全面寫出了水的新春色澤和細細的波紋，然後引起回憶別家時的層層情景。

「別君南浦，翠眉曾照波痕淺。」南浦，這裡泛指送別之地。此句寫過去送別她的時候，她的翠眉照影映在淺波中，近似陸游〈沈園〉詩的「傷心橋下春波綠，曾是驚鴻照影來」。回憶重點還是放在春水上。下二句緊承昔遊回憶：「再來漲綠迷舊處，添卻殘紅幾片。」如今重到卻是春水滿溢時候，季節不同，水面上又添上幾片落花。王沂孫還有一首〈南浦．春水〉云「弄波素襪知甚處，空把落紅流盡」，與這二句意思相近，就是說伊人不見，前跡都迷，只有流水落花，春光被辜負了。

下片再展開眼前活潑清新的春水境界、春水畫面。「葡萄過雨新痕，正拍拍輕鷗，翩翩小燕。」宋詞多用葡萄酒色狀水色之澄綠。葉夢得〈賀新郎〉：「浪黏天、葡萄漲綠，半空煙雨。」葛勝仲〈水調歌頭〉：「影落葡萄漲綠。」這裡描寫春水顏色，像葡萄酒的色澤，加上水面輕鷗正拍打翅膀飛，還雜著翩翩乳燕，畫境更自然，更優美。

下面就又引入相思，但句句有水。開始句「簾影蘸樓陰」。詞人多喜歡用「蘸」字，意思就是說小樓倒影，包括簾影都浸蘸在池塘水裡。詞人看到水中樓簾倒影，也想起落於水中的相思的眼淚，所以接著說：「芳流去，應有淚珠千點。」周邦彥〈還京樂〉寫水也有「任去遠，中有萬點相思清淚」語。

下二句：「滄浪一舸，斷魂重唱蘋花怨。」「滄浪一舸」指離人江上乘舟遠行。「斷魂重唱蘋花怨」指令家中採蘋人魂斷的相思幽怨。南朝梁柳惲〈江南曲〉「汀洲採白蘋，日暖江南春」，就是寫採蘋時怨故人不歸的。晚唐徐夤讀柳惲詩後寫：「採盡汀蘋恨別離，鴛鴦鸂鶒總雙飛。月明南浦夢初斷，花落洞庭人未歸。」這都是花怨詞。這句是想像妻子採白蘋於汀洲時重唱起相思怨詞。

結尾云「採香幽涇（一本作徑誤，南方有通水流的地方多名涇）鴛鴦睡」，即徐夤詩意，採蘋的幽涇邊鴛鴦成雙睡臥，就使怨婦難以自遣。「誰道湔（音同兼，刷洗）裙人遠」，意思是說旅外的人，有誰肯想著湔裙人在遙遠的家鄉。「湔裙」也是點出春水的。六朝唐宋風俗，三月三日在水中洗裙裳，作祓除。梁簡文帝〈和人渡水〉詩：「婉娩新上頭，湔裙出樂遊。帶前結香草，鬟邊插石榴。」賀鑄〈憶秦娥〉：「湔裙淇上，更待初三。」自「滄浪一舸」起到末尾，都是寫想像中妻子對自己的相憶相怨。總起上下片來說多是透過離情寫春水。

詞一字不提春水，然而句句貼切春水，除直接為春水塗色，如碧粼粼、麴塵、銀塘、縠紋、葡萄綠外，回憶處也都是春水畫境，像翠眉照影、漲綠殘紅、採蘋、湔裙等也是春水的形象，而且有生活畫、風俗畫意味。（王達津）

眉嫵　王沂孫

新月

漸新痕懸柳，淡彩穿花，依約破初暝。便有團圓意，深深拜，相逢誰在香徑。畫眉未穩。料素娥、猶帶離恨。最堪愛、一曲銀鉤小，寶簾掛秋冷。

千古盈虧休問。嘆慢磨玉斧①，難補金鏡。太液池猶在，淒涼處、何人重賦清景。故山夜永。試待他、窺戶端正。看雲外山河，還老盡、桂花影。

〔註〕① 玉斧：唐段成式《酉陽雜俎．天咫》載：太和中有鄭生及王秀才遊嵩山，見一人，問所自來。「其人笑曰：『君知月乃七寶合成乎？月勢如丸，其影，日爍其凸處也。常有八萬二千戶修之，予即一數。』因開襆，有斤鑿數事……言已不見。」

唐人有拜新月之俗，宋人亦有對新月置宴之舉，而臨宴題詠新月，乃是南宋文士的風雅習尚。國破之後，新月依舊，習俗相仍，然江山易主，故每於人月相對之時，自然勾起詞人的興亡之感。

首三句由「漸」字領起，精細入微地刻畫初升的新月，著意烘托一種清新輕柔的優美氛圍。新月纖細，在詞人眼裡，如佳人一抹淡淡的眉痕，懸於柳梢之上。月下楊柳搖曳，柳上眉痕依依，看似純粹景語，卻因「新痕」

的擬人刻畫，而含無限情致。隨著新月漸升，月色輕籠花叢，這月色是如此輕淡飄柔，彷彿無力籠花，若有若無地穿流於花間。依約如夢地升騰在暮靄裡，彷彿分破了初罩大地的暮靄。三句充滿新意地寫出新月的獨特韻致。對如此清新美妙之新月，自然生出團聚的祈望。拜新月的習俗，意在把新月作為團圓之始，盼望新月漸滿漸圓，作為人事團圓之兆。「深深拜」三字，極寫此時對這種「團圓意」的殷切期望。卻又因當年一同賞月之人未歸，詞人不免頓生「相逢誰在香徑」的悵惘，於是這因見新月而生的欣喜和殷切的團聚祈望，一瞬間蒙上了淡淡的哀愁，新月也因之染上淒清的色彩。這一句是全詞的一個轉折。由憧憬變為悵惘，不覺以離人之眼觀月。纖纖新月此時在詞人看來，好像尚未畫好的美人蛾眉，想是月中嫦娥黯然傷離懨懨懶妝之故，借嫦娥之態託出「碧海青天夜夜心」（李商隱〈嫦娥〉）的自傷孤獨之情。「畫眉未穩」與上之「新痕」遙應，與下之「素娥」、「離恨」緊扣，在擬人化的象徵意象中既概括了新月的形色特徵，又由月及人，於象外之象中虛託出詞人委婉曲折的情愫。「最堪愛」三句，以合為轉，由月中嫦娥的象外興感折回新月。夜空無垠，秋氣清寒，天如簾幕，月如銀鉤，彷彿高掛寶簾。高遠冥漠的秋空，越發襯出新月的纖小，使詞人生出無限憐愛之情，表現了纖弱個體間的親切認同。秋空之「冷」，新月之「小」，是詞人畫龍點睛之筆，它使詞人對新月的憐愛之情，具有一種幽渺的意蘊，即在憐愛中寓含了纖弱的個體與冷漠的宇宙相對時所產生的充滿悲慨虛無意味的根觸之情，為下闋全力抒寫新月引起的慨嘆作鋪墊。

過片將筆一縱，從大處落墨，以「千古」二字振起，語意蒼涼激楚。「千古盈虧休問」一語括盡月亮與人世亙古以來盈虧往復的變化規律。由這種超越一切具象而領悟到支配無限時間永恆規律的宇宙感，回觀一切人世的英雄業績、滄桑之變，自然充滿了生命短促，世事無常，興亡盛衰不容人問的悲哀。繼之的「嘆慢磨玉斧，難補金鏡」，反用玉斧修月之事，表現出極為沉痛的回天無力、復國無望的絕望和哀嘆。「休問」、「慢磨玉斧」

（慢同謾，徒勞之意）、「難補金鏡」的決絕之語，所表達的感情之所以如此愴痛人心，就因為它表達了詞人、表達了人類無法把握支配人世和宇宙變化規律的惶惑和深永悲哀。在這些宏闊的自然意象裡，涵括著一種融歷史透視和宇宙透視為一體的時間憂患意識。應該說，時間憂患意識本身，正是社會現實憂患富於哲理意味的表達，是現實憂患向人生和宇宙意識的昇華。因此，詞人在這裡雖一語未著現實的宗社沉淪之事，卻能使人體味到深廣的現實內容和強烈的悲劇意味。

在強大的、不容人置問的永恆規律面前，詞人和人類渴望把握必然的意願，只能展示為在無盡時間過程中對變化無常的人世盛衰的深永哀傷。「太液池」以下至結句，便是詞人借所歷的宗社沉淪，今昔巨變，對這種深永哀傷的具體描繪。

「太液池猶在」四句，總括歷朝宋帝於池邊賞月的盛事清景。陳師道《後山詩話》載：宋太祖夜幸後池，對新月置酒，召學士盧多遜作應制詩：「太液池邊看月時，好風吹動萬年枝。誰家玉匣開新鏡，露出清光些子兒。」周密《武林舊事》卷七載：淳熙九年中秋，宋高宗和孝宗於後苑大池賞月，侍宴官曾覿獻〈壺中天慢〉，詞有「雲海塵清，山河影滿，桂冷吹香雪。何勞玉斧，金甌千古無缺」句以歌頌昇平。王沂孫此詞中的「嘆慢磨玉斧，難補金鏡。太液池猶在，淒涼處、何人重賦清景」，似由此感發，置今昔盛衰於尺幅之間，在強烈的對比中，反托今日物是人非不盡淒涼的情景。繼之的「故山夜永」，以實寫虛，既由「夜永」托出殘月黯淡之景，又象徵這種深切的亡國之哀，將像這漫漫長夜一樣，永久無盡地煎熬著亡國遺民的心靈。至此，已將詞人的亡國哀傷寫到極致。隨後的「試待他、窺戶端正」，卻又奇峰另起，見出沉鬱頓挫之姿。「窺戶端正」應上「團圓意」。設想他日月圓之時，故國殘破山河在圓月映照之下，「還老盡、桂花影」的情景。新月儘管會再圓，而故國山河正如人一樣不復青春之顏，衰頹老去，永無復舊之期。「桂花影」，傳說月中有桂樹，用以喻投射在大地上的月光。設想中的圓月與殘山剩水相對的悲愴情景，具有強烈的今昔之慨和悲劇力量。月亮自是盈虧有恆，而詞人借此缺月還圓之意慨嘆大地山河不能恢復舊時清影，其執著纏綿地痛悼故國之情，千載之下，仍使人低迴不已。

這首詞的抒情結構形式，也很有特色。賞月觀月、因月感懷，是貫穿全篇的線索。詩人往往以現今對月的現實體驗，牽引出對往昔的追憶。他在此遵循的是心理時間的邏輯。循著作者因新月而生的今昔縱橫的意識情感流動軌跡，作者把新月的不同情態，以及與月亮相繫的典事人情，作為寄寓和變化的外在形體，從而使起伏曲折的情感，得到有形的固定和外化。故這首詞的結構特點是：以由今而昔的反逆式結構為主，又配置了縱橫交錯的關係，多側面、多層次、動狀地展示了詞人的感情，使之堪稱為「古今絕構」（清陳廷焯《白雨齋詞話》）。（王筱芸）

水龍吟　王沂孫

落葉

曉霜初著青林，望中故國淒涼早。蕭蕭漸積，紛紛猶墜，門荒徑悄。渭水風生，洞庭波起，幾番秋杪。想重厓半沒，千峰盡出，山中路，無人到。

前度題紅杳杳，溯宮溝、暗流空繞。啼螿未歇，飛鴻欲過，此時懷抱。亂影翻窗，碎聲敲砌，愁人多少。望吾廬甚處？只應今夜，滿庭誰掃？

藝術是主觀與客觀達到默契程度的產物。一首在藝術上臻於完美的詠物詩詞，在刻畫物象時，往往能將客觀之事物和主觀之情感和諧地融合在一起，從而構成一個完整的藝術體。王沂孫〈水龍吟〉一詞，以「落葉」為描寫對象，然而在景物描寫中自始至終滲透著作者的感情，詠物和抒情熔於一爐，充滿了無限生機。

上半闋著力於寫景。起句以景帶情，用簡練之筆勾勒出全詞的輪廓。「曉霜初著青林」，好似不經意地將觸目之自然景色，用粗線條如實地描摹出來。青林遭早霜，秋風掃落葉，本是自然界秋冬更迭時常見之景象，但作者卻因景生情，一股莫名的淒涼之情不由從心底昇起。「望中故國淒涼早」，語雖無奇，卻隱含著無限心事，實是這首悲歌的主旋律，也是其主旨所在。

王沂孫是宋末人，因親歷亡國之痛，心靈上遭受難以醫治的創傷，後雖再仕元朝，但對故國眷戀之情依然時時激盪在心頭。「故國淒涼早」數字，猛一看，似乎只是描繪秋杪大自然的蕭索景象，然仔細品味，就不難發現詞中描寫的絕非純自然的景色。在作者眼裡，這江山依舊是故國的江山，由於朝代改換，江山易主，經過戰火的洗禮，景象竟是如此蕭條。這景象不但指自然景象，也應包括社會景象在內，這是第一層。如果深一步發掘，又會發現這淒涼的景象和詞人此時此刻的萬端愁緒相吻合，寫外境正是為了襯托內心的悲涼，因而它實實在在是詞人心境的表露，這是第二層。詠物詩詞貴有寄託，清張惠言《詞選》說：「碧山（王沂孫的號）詠物諸篇，並有君國之憂。」大致是可以相信的。不妨說，此詞似詠落葉，實則藉以抒發心中對故國的思念，以及寄寓自己的身世之感。正因為有所寄託，所以詞中詠物、繪景和抒情融化為一，從而形成王沂孫詠物詞「賦物能將人景情思一齊融入」（清周濟《宋四家詞選》）的特色。這種移情於物的表現手法，使詞顯得含蓄蘊藉，頗有韻味。

此詞在運用典故上也頗具匠心。為將「淒涼」落到實處，上片連用幾個與落葉有關的典故，把秋天蕭索的景象淋漓盡致地刻畫出來，使有限的詞句，蘊含盡可能豐富的內容。如「蕭蕭漸積」，蕭蕭本指樹葉搖落聲，這裡借指落葉，實暗用杜甫「無邊落木蕭蕭下」（〈登高〉）詩意。「紛紛猶墜」與范仲淹〈御街行〉中「紛紛墜葉飄香砌」句意相似。「渭水風生」用賈島「秋風生渭水，落葉滿長安」（〈憶江上吳處士〉）詩意。而「洞庭波起」則借用屈原「嫋嫋兮秋風，洞庭波兮木葉下」（〈九歌．湘夫人〉）詩意。古人用典以「宛轉清空，了無痕跡，縱橫變化，莫測端倪」（明胡應麟《詩藪》）為高。王沂孫詞中用典往往也能達到如此境界，所以清周濟稱讚說：「詠物最爭託意隸事處，以意貫串，渾化無痕，碧山勝場也。」（《宋四家詞選目錄序論》）這幾個典故是獨立的，因緊扣落葉，有著內在聯繫，毫無游離之感，而且補足上句「故國淒涼早」。然後筆鋒一轉，用「想」作領字，領「重厓」以下數句。「重厓」是泛指還是實指，僅從字面上探索，似難分辨。清陳廷焯《詞則》有一段會心的眉批：「筆意幽冷，寒芒刺骨，其有慨於厓山乎！」他從詞的基調分析，推斷「重厓」或即指宋亡時陸秀夫負帝昺赴海自殺的厓山（在今廣東新會），從此詞創作背景考察，不能說它是穿鑿附會之詞。這四句從詞意上講是遞進了一層，起著承上啟下的作用。

下半闋重在抒情。過片借用紅葉題詩的故事，暗示故宮的冷落。據唐范攄《雲溪友議》載，唐宣宗時，中書舍人盧渥於應試之歲，偶臨御溝，拾一紅葉，上題一絕句：「流水何太急，深宮盡日閒。殷勤謝紅葉，好去到人間。」後盧渥得一遣放的宮女，正是題詩之人。粗粗一看，似乎題紅故事與詞意無關，但細加揣摩，就會發現這一典故運用得十分巧妙，「前度」云云，說明像從前那樣宮女題紅之事已不再見，藉故宮的冷落暗寓朝代更迭，給人們留下更加廣闊的聯想餘地。

如果說「前度題紅」兩句是虛寫，那麼「啼螿未歇」以下六句則是實寫。螿（音同江）即寒蟬。近處，耳邊響起一陣陣寒蟬悲切的低吟；遠處，從天際傳來飛鴻淒厲的哀鳴。秋蟲候鳥的鳴叫聲彷彿交織成一首深秋寒夜的協奏曲。而收入眼底的則是亂影翻窗，枯葉滿階，這一切更勾起人們無限的愁思，真是秋聲秋色愁煞人！這裡的「愁人」自然不單指詞人自己，當也包括與他一樣經歷國難的人們。但無需否認，詞中所著力刻畫的主人公形象，實是作者的自我寫照。只要掩卷凝思，一位在落葉紛飛的深秋夜晚，滿懷著對故國無限眷戀的深情，沉浸在難以解脫的悲哀之中的詞人形象，就會鮮明呈現在讀者的面前。

歷來詞家都講究起結，而對結句則尤為重視。明謝榛《四溟詩話》說：「結句當如撞鐘，清音有餘。」佳妙的結句，確能產生餘音嫋嫋的效果。此詞結尾「望吾廬甚處？只應今夜，滿庭誰掃？」連用兩個問句，而不作回答，有意留下「空白」，讓讀者自己透過想像加以補充。尤其「滿庭誰掃」一句，字淺意深，悲愁中摻雜著惆悵，哀怨中挾帶著孤獨，感情是那樣複雜，好似不論用什麼語言加以回答都是多餘的，也是說不清的，可謂「意在筆先，神餘言外」（清陳廷焯《白雨齋詞話》語），很耐人尋味。（高章采）

綺羅香 王沂孫

紅葉

玉杵餘丹，金刀剩綵，重染吳江孤樹。幾點朱鉛，幾度怨啼秋暮。驚舊夢、綠鬢輕凋，訴新恨、絳脣微注。最堪憐，同拂新霜，繡蓉一鏡晚妝妒。

千林搖落漸少，何事西風老色，爭妍如許。二月殘花，空誤小車山路。重認取、流水荒溝，怕猶有、寄情芳語。但淒涼、秋苑斜陽，冷枝留醉舞。

紅葉指楓葉。王沂孫這首詠紅葉詞，抒發自己對秋天楓葉的美感體會。詞是隨自己想像寫下去的，寫的是一片憐愛哀惋情緒。首片全寫楓葉，時有擬人化的手筆，後片主要寫欣賞和憐惜。詞為賞紅葉而寫，所以意在為紅葉傳神，詞中紅葉卻被寫得幽美而孤寂淒清。

上片開始三句「玉杵餘丹，金刀剩綵，重染吳江孤樹」。玉杵，見唐裴鉶《傳奇．裴航傳》，是仙人擣藥用的，丹即方士煉丹的朱砂。六朝、隋、唐至宋，立春製作剪綵樹。唐劉憲〈奉和立春日內出綵花樹應制〉詩「剪綵花間燕始飛」，北周宗懍〈早春詩〉「剪綵作新梅」，都是用紅綃剪花，唐崔信明有「楓落吳江冷」句，得名一時，第三句就是用此詩意。這裡一開始點出新出紅葉的一棵楓樹，是仙人杵下餘留的丹砂，是宮廷剪綵花剩下的紅綃，重染紅了吳江楓樹。王沂孫寫出的這棵楓樹，清美而孤單。

下句起就完全進入審美想像。「幾點朱鉛，幾度怨啼秋暮。」寫楓葉上的紅色，已經經過幾番秋暮涼雨。他卻擬人化，說面上的幾點朱鉛胭脂色，已經是幾多次地哀怨悲啼於秋晚。

楓葉原是青色，秋天變成紅色。於是王沂孫寫出：「驚舊夢、綠鬢輕凋，訴新恨、絳脣微注。」舊夢消逝堪驚，綠鬢已輕易地凋謝了，（紅葉）又像微點絳脣，似訴說新恨。二句寫盡楓葉變化，幽閒窈窕，一如空谷佳人。結尾總束上片，又伏過渡下片之筆，點「憐」字，體「愛」意，說：「最堪憐，同拂新霜，繡蓉一鏡晚妝妒。」末句以秋荷襯托楓葉。「繡蓉」謂如錦繡似的芙蓉，即荷花，「鏡」指水面。紅荷臨鏡晚妝，猶對經霜楓葉之紅豔生妒，則楓葉顏色之惹人憐愛可知。溫庭筠〈蘭塘詞〉有「小姑歸晚紅妝淺，鏡裡芙蓉照水鮮」之句，寫採蓮女鏡中美臉，即近處取譬，以芙蓉照水擬之。王沂孫此句又復翻新，芙蓉仍是荷花，池水卻成妝鏡。以人擬花，又著一「妒」字，把荷花人格化。為什麼不是「芙蓉如面」的美人臨鏡晚妝，妒楓葉之豔色？因為前有「同拂新霜」一句，便知非與楓葉同時之植物秋荷莫屬也。下片便全寫憐惜紅葉。

開始寫「千林搖落漸少」。入秋，「蕭瑟兮，草木搖落而變衰」（戰國宋玉〈九辯〉），唯有楓葉獨鮮，故下接「何事西風老色，爭妍如許」。拋開擬人化的筆，放開寫紅葉，於是說為什麼西風中的深老的顏色，還能這樣爭妍鬥美？「二月殘花，空誤小車山路。」是平展，作上語補充。用杜牧〈山行〉「停車坐愛楓林晚，霜葉紅於二月花」句意來寓紅葉之美，至此稱揚已足。

下面轉寫紅葉之落，但仍搖曳有情：「重認取、流水荒溝，怕猶有、寄情芳語。」用唐人御溝紅葉題詩的典故。唐宣宗宮女有〈題紅葉〉詩云：「流水何太急，深宮盡日閒。殷勤謝紅葉，好去到人間。」所以這裡說更應再仔細辨認一下荒溝流水中的紅葉，怕上面還有像唐宮女一樣的寄託情思的芳美詩句在。

最後結尾又照應「重染吳江孤樹」，寫淒涼：「但淒涼、秋苑斜陽，冷枝留醉舞。」白居易〈醉中對紅葉〉：「醉貌如霜葉，雖紅不是春。」是用醉字切紅葉的來源。姜夔〈法曲獻仙音〉詞「誰念我、重見冷楓紅舞」，是「冷」字「舞」字所本。「但」字是承上轉折之筆，言御溝題詩的紅葉畢竟沒有了，只有在斜陽臨照的荒蕪秋苑中，冷楓枝上還剩有帶著醉臉顏色的紅葉在搖舞而已。從「秋苑」到「醉舞」九個字，總體烘托出一種淒涼境界，故以「淒涼」二字包領之，體現了萬分無可奈何的情緒。

有上片切楓葉之美，便啟下片對楓葉的「憐」。下片「爭妍如許」、「二月殘花，空誤小車山路」、「流水荒溝」、「冷枝留醉舞」等等，或直接或間接，還是層層寫紅葉形象，這些形象只是訴之想像，讀者也只能隨之進入想像。至於綜合多種美感經驗，也是極凸出的：紅染吳江楓、空谷佳人、二月殘花、秋苑斜陽、冷枝醉舞，是難得的深入寫意的畫境妙筆。因為詞裡傾注了詞人主體感情、品格，如果說有寄託，也未嘗不可說是反映王沂孫等那樣的詞人，在南宋末期及宋亡後所持情操和淒涼處境。（王達津）

齊天樂

王沂孫

螢

碧痕初化池塘草，熒熒野光相趁。扇薄星流，盤明露滴，零落秋原飛燐。練裳暗近。記穿柳生涼，度荷分暝。誤我殘編，翠囊空嘆夢無準。

樓陰時過數點，倚闌人未睡，曾賦幽恨。漢苑飄苔，秦陵墜葉，千古淒涼不盡。何人為省？但隔水餘暉，傍林殘影。已覺蕭疏，更堪秋夜永！

這首詞借詠螢寄託宋亡之恨。上片，以寫螢起，歸結到自身的不得志。「碧痕初化池塘草，熒熒野光相趁」，寫螢的初生及其發光。螢，產卵於水邊草根之地，古人誤認為是腐草所化，《藝文類聚》卷三引《周書·時訓》及《禮記》，說「腐草化為螢」，故有首句。「碧痕」，狀草，兼狀螢，一詞兩蒙，顯得秀美；「熒熒」，狀螢光，「相趁」指相逐飛行於野外，皆貼切。全詞詠螢，純用烘托，不著「螢」字，而起兩句已先就題面，寫盡螢的特點。下面六句，即承「相趁」二字，就螢的飛行，展開想像，細加描寫。「扇薄星流」，化用杜牧〈秋夕〉「輕羅小扇撲流螢」詩句，說薄薄的羅扇撲不了螢，螢像星光一樣，不斷流動。「盤明露滴」，用漢武帝建二十丈高的銅柱，上有銅人托盤承露的典故，以盤中露光比螢。這兩句對偶分敘，詞藻工麗。下面以「零落秋原飛燐」，單句綰合螢的飛與光，飛的情景，光的形質。死人的骨胳中有燐（磷），俗稱燐為鬼火，句說螢光像秋原中的燐火，又以「零落」二字形容，已興亡國之慨，逐步渲染螢光本身和有關環境所呈現的陰冷氣氛。「練裳暗近」，用杜甫〈見螢火〉詩「簾疏巧入坐人衣」和〈螢火〉「時能點客衣」句意，寫螢暗中飛近人身。上文直接寫螢，這句寫到人，所以下接「記穿柳生涼，度荷分暝」，以「記」字為領字，引出作者本人，從作者記憶中的形象來寫螢，角度變換，結構便不單一，不平直。「記」字下面兩句對偶句寫得極為新鮮妍麗：穿柳、度荷，螢的飛行很美；生涼，螢光給人的感受強烈；分暝，不說螢飛荷塘中能產生一點微光，而反過來說劃破了荷塘暮色，構思巧妙，用字新穎。「誤我殘編，翠囊空嘆夢無準。」《晉書．車胤傳》說車胤讀書，「家貧不常得油，夏月則練囊盛數十螢火以照書，以夜繼日焉」。句中用此典故，說自己好讀古人的「殘編」，縱使要像車胤那樣囊螢照光夜讀，而博學成名之夢也無憑準，不能實現，只能落得自誤而已，借與螢有關的事，自嘆國亡讀書無用。句中典故比較陳舊，用「夢無準」連綴，意有延伸，減少落套毛病，這也是作者為詞力避陳俗的一種表現。

下片，也以寫螢起，而歸結到亡國之恨。「樓陰時過數點，倚闌人未睡，曾賦幽恨。」上句繼續寫螢飛，下兩句寫人見螢生恨；螢與人並寫，樓陰與倚闌相應，未睡與賦幽恨相應。「漢苑飄苔，秦陵墜葉，千古淒涼不盡。」漢朝的苑囿苔積能飄，秦朝的陵墓樹葉飛墜，都是亡國現象，也正是「千古」的「淒涼」之事，但更「淒涼」的還是這種事到當今仍相繼「不盡」，暗中關合宋亡。這正是前文所提的「賦幽恨」的內容，它與螢何關呢？有的。劉禹錫〈秋螢引〉：「漢陵秦苑遙蒼蒼，陳根腐葉秋螢光。夜空寂寥金氣淨，千門九陌飛悠揚。」詞本於此詩，寫螢與漢苑、秦陵的關係，渾化無跡。「何人為省？但隔水餘暉，傍林殘影。」只問有什麼人能夠「省察」，不問「省察」何事，要點出螢與「淒涼不盡」之事的關係，又不明點，只作迂迴烘托，使人在不明言之中，自去領會。這些事，只有夜裡的飛螢能以其「隔水」、「傍林」的活動，（杜甫〈螢火〉：「隨風隔幔小，帶雨傍林微。」）以其「餘輝」、「殘影」的身段去映照，去作見證。脈絡本自井然，只是掃除關聯詞語，隱蔽不露而已。「何人」二字，呼的是人，指的是螢；螢反過來又喻指作者一類遺民，其注意、痛心於那些亡國之事，與螢相同；螢與人，是二而一，合不可分。正因為這樣，作者在螢身上，方暗寓那麼多的遺民身世，貫注那麼多的共同感情。而且所謂漢苑、秦陵之事，又不是一般泛說，它還具體針對著元朝占領臨安後，江南釋教總統楊璉真伽在紹興一帶挖掘南宋的陵墓。「已覺蕭疏，更堪秋夜永！」以螢難以支持秋天的長夜，隱喻宋朝遺民面對國亡後的蕭索河山，前路漫漫，不見光明，艱難的處境難以挨受。上句，總束上文的一系列「淒涼」現象；下句，遞進一層，翻轉作結，筆力顯得更為峭勁。

清戈載《宋七家詞選》評王沂孫詞：「運意高遠，吐韻妍和。」這首詞在立意、修辭方面近之；清周濟《宋四家詞選目錄序論》評王詞「詠物最爭託意隸事處，以意貫串，渾化無痕」，而「言近指遠，聲容調度」，又「一一可循」，這首詞在用典、布局方面近之。它是南宋詠物詞中一首結構嚴密，琢句妍峭，體物精工，託意深遠之作。清陳廷焯《詞則．大雅集》評為「感慨蒼茫，深人無淺語」，是對的；而說「『隔水』二語，意者其指帝昺乎？」認為「隔水」二句是寫帝昺君臣奔亡南海中以立國，恐是穿鑿。（陳祥耀）

齊天樂 王沂孫

蟬

綠槐千樹西窗悄，厭厭晝眠驚起。飲露身輕，吟風翅薄，半剪冰箋誰寄。淒涼倦耳。漫重拂琴絲，怕尋冠珥。短夢深宮，向人猶自訴憔悴。

殘虹收盡過雨，晚來頻斷續，都是秋意。病葉難留，纖柯易老，空憶斜陽身世。窗明月碎。甚已絕餘音，尚遺枯蛻。鬢影參差，斷魂青鏡裡。

詠物之法向有兩種：一種是抒情主體入乎其內，與所詠之物相互感發生興，在物我描寫的角度轉換中，表現起伏的感情；一種是抒情主體出乎其外，隱於物後，借物象在不同時間空間中的不同情態變化，展示情感的曲折發展。王沂孫的兩首詠蟬詞，各具一法。故雖同調同題，卻有不同的藝術特色和意蘊。分別觀之，可以看出詞人善於根據不同的情懷寄意，抓住不同的感性特徵層面，同賦一物而各具面目，創造出不同意境的特出才能。

這首詞採用抒情主體入乎其內，與所詠之物相互感發生興的手法。

一起兩句，從人與蟬共處的環境落筆。綠槐千樹，濃蔭蔽戶，西窗中人於厭厭（厭，安靜貌）晝眠的情境中，被聲聲蟬鳴驟然驚醒。綠槐千樹，時當夏令。由「悄」所點染的幽謐氛圍到「晝眠驚起」的情境轉變，雖沒有直寫蟬，卻已虛托出蟬鳴的撩人驚心。「驚」字用在此處，表現出詞中人緣於某種特定的心境情懷對蟬鳴產生的強烈感受，為下面的借物寫情張本。「飲露」三句即借蟬托出這種心境情懷。描寫角度由人轉到蟬。「飲露身輕，吟風翅薄」，表面上是鋪寫蟬的形貌習性，實際上，它於賦中有比，賦中有興。寫物同時又擬喻、象徵著對這些物性產生深切感受、強烈共鳴的詞中人的情志。蟬過著「飲露」為生，「吟風」自娛的生活，自甘「身輕翅薄」不為時重的淡泊，固守高潔不群的節操。悲哀的是，這種情志在此時此世有誰能理解呢？「冰箋」即是潔白的信箋。是由輕薄透明的蟬翼興發的想像，擬喻高潔之質。「冰箋誰寄」，借欲寄無人的嘆問表達情懷無人理解的慨嘆。聯繫詞人迫於情勢和當朝者的脅迫，不得已出為元朝的慶元路學正，旋又歸隱故里的經歷，這裡所蘊含的應該還有最使詞人感到悲哀的、不為故舊知己理解的含義，表達的是「無人信高潔，誰為表予心」（唐駱賓王〈在獄詠蟬〉）的沉痛慨嘆。蟬的形象，在傳統詩歌中和歷代士大夫心目中，具有特定的文化原型意蘊，歷來是高潔的象徵。早已橫亙一腔身世之慨於胸中、苦於無人訴說理解的詞中人，聞蟬鳴則如見命運相類、情志相同的知己，感慨一觸即發，喚起強烈的共鳴。這就是他所以「驚」的內在原因。可知「驚」字在此絕非泛設，它勾上連下，將人與蟬交織一處，可謂「詞眼」。此三句化用駱賓王〈在獄詠蟬〉詩序中的「有翼自薄，不以俗厚而易其真。吟喬樹之微風，韻資天縱；飲高秋之墜露，清畏人知。僕失路艱虞，遭時徽纆……感而綴詩，貽諸知己」等語，但琢句更峭拔精警，含蘊更深婉哀切，見出詞的語言特色。

蟬聲不絕於耳，勾起人無限悵觸，只覺聲聲淒涼，不堪卒聽，故云「倦耳」；「淒涼」則兼蟬鳴之音與人心之感而言之。因此，「漫重拂琴絲，怕尋冠珥」。轉入這一層構想，比較曲折。琴聲與蟬有何關係？有的。《後漢書．蔡邕傳》載，蔡邕有一次被邀赴宴，剛至門首，聞屏風內有彈琴聲，止步靜聽，覺琴聲內含有殺心，於是退回；主人追出問知原因，彈琴者說：鼓絃時見螳螂正在捕蟬，「吾心聳然，惟恐螳螂之失之也，此豈為殺心而形於聲者乎？」蔡邕這才明白，不是主人請他飲宴又要殺他。「冠珥」是古代貴官冠上的飾物。《後漢書．輿服志》：「武冠，侍中、中常侍加黃金璫，附蟬為文，貂尾為飾。」東晉徐廣《車服雜注》云：「侍臣加貂蟬者，取其清高飲露而不食也。」這是詞中人從蟬的角度，根據蟬的感性特徵，感發的奇特曲折聯想。字面上是莫要再彈奏那捕蟬的琴音，怕去尋覓那貂蟬的冠珥。言下之意，是不願意再蹈危機，再履官場。與前三句「半剪冰箋誰寄」的沉痛慨嘆緊緊相繫，更進一層地由蟬托出詞人的身世之慨。是透過今昔兩層寫來。

「短夢」兩句，再由人轉到蟬。不管人的感受如何，蟬鳴如故。在深宮般的綠蔭裡，於短夢般的一生中，只是不斷地向人訴說牠的苦況。「憔悴」是身心交病的狀態，又是據蟬體的輕小瘦薄與聲音的哀切悲涼合成的印象，用擬人化的詞語表述出來，加以「短夢深宮」的環境描寫，極富象徵意味。它使人很自然地與當年珥冠之人倏忽如夢的今昔變化聯繫起來，在這種擬人化的環境烘托中，在蟬哀哀吟喚的意態上複疊出珥冠人如泣如訴的情態。它還與發端的「綠槐千樹」的濃蔭、「西窗」和「厭厭晝眠驚起」的短夢遙遙綰合，在對同一情境的變化描繪中，虛托出人與蟬經歷、心態的曲折變化。於謹嚴的結構中見出搖曳盤旋之姿。正是由於在蟬無休無止的兀自哀鳴中，表現了牠對已經脅迫著自己的末日的不可解脫的惶恐和悲哀，才使詞中人感到不堪卒聽，才會引起他「驚」心的強烈感受，這裡再次回應「驚」之詞眼。這種筆筆往復、環環緊扣之處，最能看出詞人的精心經營功力。

換頭三句，著意寫秋景秋意，亦是人與蟬共處的環境。「過雨」即斷斷續續的陣雨。夏秋之交，陰晴不定，斷續秋雨，直至黃昏時分才雲收雨止。夕陽餘暉映出天邊斜斜的一段殘虹，一陣秋雨一陣落葉一陣寒意，隨著晚來暮重，頻頻撲來的是一派噤人的秋意。此處寫景，頗有特色。詞人打破雨盡虹生、漸雨漸寒、晚來更重的自然時序，以殘虹「收盡」過雨，置「晚」於「斷續」之前，筆意跳脫，賦予景物一種能動的意態，構成一幅凋殘滿目、秋寒烘籠的秋意圖，是即事敘景的典範。

過片三句所寫由夏至秋的時序變化，是使包括蟬在內的一切生物遭受榮枯變故的根本原因。所以詞人著意寫來，以環境的凋殘烘染物態人情。緊接三句，即寫蟬在這時序變易中的孤苦情態。樹枝樹葉是蟬托以生存之所，但是牠們在時序變故、風雨交侵之下，便已「病」而「難留」，「纖」而「易老」，搖搖欲墜。一旦失去這個庇護之所，僵死之日即在眼前。面對末日，牠只能徒勞地追憶往昔盛時，感嘆今日的不堪，對著欲盡的斜陽，為自己吟唱挽歌。此中充滿了無可奈何的絕望和對昔日的深切懷戀，寫盡了蟬的不幸結局和深永哀傷，同時也象徵著人的經歷和所處的社會環境的不幸。然而詞人至此似嫌意猶未盡，再作深一層的設想。

「窗明月碎」，「碎」字用得絕妙，分明寫月，卻又虛托點染出綠樹凋敝的景象和淒清氛圍。夜深月白，昔日的綠槐千樹、蔽戶濃蔭在秋風秋雨中凋落了，月光穿過殘葉疏枝，在窗前地上篩下片片點點破碎搖漾的光影，樹凋蟬死，一片慘淡景象。四周一片寂靜，寒蟬淒切的餘音已經斷絕不聞，在某處的冷枝枯葉裡，或許留著牠的軀殼。詞中人由此不由自主地揣測，這不幸的又不為人理解的小生靈臨死前的情狀。「鬢影」兩句隨即更進一層。哀蟬辭世之際，一定像傳說中那個滿懷怨苦魂化為蟬的女子一樣，鬢影參差，形容憔悴，獨自面對青鏡，至死不變的節操無人理解，唯祈明鏡鑑之，魂雖已斷，遺恨卻綿綿永無盡期。逆向地化用齊后屍變為蟬的典事，與「短夢深宮」再次呼應。含蓄得近乎冷峻的意象哀頑幽奇，迴蕩著懾人的悲劇感。寫得如此愴痛人心，不難從中看出詞中人的相同情狀，再一次反扣「驚」之心態。因為詞中人早有一懷相同的遺恨，所以才能在蟬的哀鳴中感發這種人化為蟬、蟬如人死，幾經輪迴遺恨猶未盡的深永傷痛，他才會聞蟬心驚，一觸「同是天涯淪落人」（白居易〈琵琶行〉）的相同感懷。整個下片，純為想像中的情景，但詞人抓住蟬的不幸結局，深之又深，細而又細地描寫，於幻中設幻，層層脫換，筆筆往復，愈轉愈悲，愈轉愈厚，寫得真切如在目前，使人不堪卒讀。全詞的身世之感在蟬鳴中生發，並隨蟬鳴愈哀而起伏跌宕，又與蟬鳴聲斷絕一起收結，聲雖歇而情未已。

這首詞採用由現在設想將來的縱剖式結構，以蟬鳴為貫串全詞的線索。這種結構一般很容易流於單調平直。但由於詞人採用抒情主體入乎其內，與所詠之物相互感發生興的手法，物我之間描寫角度的轉換，人與蟬互為虛實的變化交錯描繪，造成意象的跳脫流動，從橫向上拓展了意蘊空間，加深了心理層次，使其在搖曳盤旋中具有豐富的空間藝術張力。在不同層次上引發讀者的想像，既可見仁，亦可見智。由於抒情主體直接在詞中與蟬交錯感興，構成的意象有豐富的層次，使人感到這種由現在而將來的抒情結構所依據的不僅僅是自然時間，還包涵了作為構建詞境基礎骨架的歷史時間。如果詞人不是將它同自然時間融合為一，不是將人世盛衰變故與大自然榮枯變化的自然時序融合為一，蟬於時序變化之際的「空憶斜陽身世」之態，於辭世之際「鬢影參差，斷魂青鏡裡」的情態，就不會具有如此愴痛人心的悲劇力量，這首詠物詞就不能容納如此深厚的意蘊，也就不能使我們透過蟬的意象和詞人寄於意象中的身世之感，體會到強烈的現實感和沉重的歷史感。（王筱芸）

齊天樂 王沂孫

蟬

一襟餘恨宮魂斷，年年翠陰庭樹。乍咽涼柯，還移暗葉，重把離愁深訴。西窗過雨。怪瑤珮流空，玉箏調柱。鏡暗妝殘，為誰嬌鬢尚如許。

銅仙鉛淚似洗，嘆移盤去遠，難貯零露。病翼驚秋，枯形閱世，消得斜陽幾度？餘音更苦。甚獨抱清高，頓成淒楚？謾想熏風，柳絲千萬縷。

這是一首詠蟬而別有政治寄託的詞。王沂孫身經南宋覆國之變，著詞以詠物見長，隱晦紆曲，深婉有致。

「一襟餘恨宮魂斷。」起筆不凡，入手擒題，用「宮魂」二字點出題目。據晉馬縞《中華古今注》：「昔齊后忿而死，屍變為蟬，登庭樹嘒唳而鳴，王悔恨。故世名蟬為齊女焉。」蟬由齊女屍化而來，使詞一起便帶有濃郁的感傷色彩。詞人不從蟬的生活環境或身姿形態發端，而是起筆直攝蟬的神魂。「年年翠陰庭樹」，平接一句，繳足題面。齊女自化蟬之後，年年隻身棲息於庭樹翠陰之間，生活在孤寂淒清的環境之中。一、二兩句，陡起平接，大大增加了詞的感染力。接著「乍咽」三句寫蟬在「翠陰庭樹」間的鳴叫聲。牠忽而哽咽在寒枝高處，忽而哀泣於繁葉深處，一聲更比一聲淒惋。這既是蟬在哀鳴，又分明是齊女魂魄在訴怨。「離愁深訴」

承上「宮魂餘恨」，「重把」與「年年」相呼應，足見「餘恨」之綿長，「離愁」之深遠。蟬與人至此趨於吻合。

「西窗」以下，情景驟變。「西窗過雨」，即秋雨送寒，意味著蟬的生命將盡，其音必然倍增哀傷。然而，「瑤珮流空，玉箏調柱」，卻寫雨後的蟬聲異常宛轉動聽，清脆悅耳，既像玉珮的相擊聲打空中流過，又似玉箏的彈奏聲從窗外響起，所以著一「怪」字，以示聞者疑惑驚訝的神態。而這一「怪」字，正是詞家所謂「排宕法」：「雖知其心之戚，轉疑其心之歡。」（陳匪石《宋詞舉》）再者，「瑤珮」兩句，形容蟬聲，本身又構成一種美好形象，使人聯想到有這樣一位女子：她素腰懸珮，那珮玉伴隨她身影的款款晃動而有節奏地相擊作響；她悠然弄箏，銀箏在她纖手輕柔的撫動下，發出優美的樂曲聲。這位女子是誰呢？或許就是齊女生前的化影吧！用生前的一度歡樂與化蟬後的、「西窗過雨」後的悲哀相對照，不也是一種有力的反襯嗎？

這個「怪」字的文義又直貫「鏡暗」兩句。「鏡暗」兩句，按詠物本意說，是賦蟬的羽翼，但承上想像，出現在讀者面前的仍然是一位幽怨女子的形象。「嬌鬢」用魏文帝時宮人莫瓊樹「製蟬鬢，縹緲如蟬」典故（見晉崔豹《古今註》），唐盧照鄰有詩云：「片片行雲著蟬鬢，纖纖初月上鴉黃。」（〈長安古意〉）「鏡暗妝殘」，是說這位女子長期無心修飾容顏，致使妝鏡蒙塵，失去了照人的光澤。下句一個反跌，既然如此，今天何以如此著意打扮？是不甘寂寞而嬌鬢弄姿，還是心中有所期待？這裡的「為誰」和上文「怪」字呼應，明為疑責，實為憐惜，憐惜其縱然天生麗質，也因無人賞愛和年華消逝，再也無法恢復其昔日的美姿豔容了。至此，蟬與人，物與情，完全融匯一氣。

回過頭來，總看上片構思，前五句正面詠蟬，後五句從反面翻足題意，一正一反，相反相成。文情波瀾起伏，跌宕多姿，顯得格外哀豔動人。

換頭寫蟬的飲食起居：「銅仙鉛淚似洗，嘆攜盤去遠，難貯零露。」詞從「金銅仙人」故事寫入，貌似離奇，實際上含意深遠，而又用事貼切，不著斧痕。據載，漢武帝鑄手捧承露盤的金銅仙人於建章宮。魏明帝時，詔令拆遷洛陽，「宮官既拆盤，仙人臨載，乃潸然淚下」，故李賀作〈金銅仙人辭漢歌〉，有句云：「空將漢月出宮門，憶君清淚如鉛水。」相傳蟬以餐風飲露為生，現在露盤既以去遠，則哀蟬何以續此殘生呢？其情之苦，實不亞於當年「鉛淚似洗」的「銅仙」。所以，承以「病翼驚秋，枯形閱世，消得斜陽幾度」三句，寫哀蟬臨秋時的淒苦心情。微薄如許的病羽殘翼，怎能抵擋陣陣秋寒的侵襲？瀕臨死亡的枯槁形骸，又怎能繼續經受人世的無窮滄桑？看來所剩歲月無多，當不得幾度斜陽了。

「餘音更苦」，言蟬身雖將亡，而鳴聲猶自不斷，聽來倍感淒苦。「餘音」與上片「重把離愁深訴」呼應。下文繼以「甚獨抱清高，頓成淒楚」，又使這種淒苦之情再透進一層。「清高」者，言蟬的本性宿高枝，餐風露，不同凡物，似人中以清高自許的賢人君子。不想造化無情，竟使自己落得如此辛酸悲楚的結局。一個「頓」字，驚事物變化速度之快，一個「甚」字，表現出一種呼天搶地而又無可奈何的莫大悲慟之情。

一片颯颯哀音，到此已臻絕境，結拍「謾想熏風，柳絲千萬縷」兩句，卻忽地轉出一幅光明景象：夏風吹暖，柳絲搖曳，那正是蟬的黃金時代。然而，這畢竟已經成為過去，往昔的歡樂，只能徒增現實的痛苦。所以詞人沉痛地冠以「謾想」二字，將美好的回憶一筆抹去，點出年華空逝、盛時不再的悲哀。

這首詞並見於《花外集》和《樂府補題》。《樂府補題》為宋遺民感憤於元僧楊璉真伽盜發宋代帝后陵墓而作的詠物詞集。據元陶宗儀《南村輟耕錄》載，有一村翁曾在孟后陵得一髻，髮長六尺餘云云，則此集中的詠蟬之作有可能是託意后妃的。詞中的齊后化蟬、魏女蟬鬢，都與王室后妃有關，「為誰嬌鬢尚如許」一句，還有可能關合孟后髮髻。至若金銅仙人辭漢，更可視為影射江山易主，宋帝陵墓被盜。詞人使事用典與詞作內容達到了完美的結合，正如清周濟所說：「詠物最爭託意隸事處，以意貫串，渾化無痕，碧山勝場也。」（《宋

四家詞選目錄序論》）

這首詞透過蟬的歷盡滄海桑田之變，傾訴了遺民的亡國之慟，尤其下片，詞人的感情和蟬的藝術形象融合無間，已達渾化無痕的境地。露盤去遠，寒蟬無以養生；國破家亡，遺民何以存身？「病翼」、「枯形」，蟬之將亡，「餘音更苦」；飽嘗憂患，人將老去，亦復「淒楚」。結處回溯往事，盛時難再，寒蟬為之魂斷，而詞人也唯有抱恨以終了。

這首詞的藝術風格，正如清周濟所評，雖飽含〈黍離〉〈麥秀〉之感，然「只以唱嘆出之，無劍拔弩張習氣」（《宋四家詞選目錄序論》），也即清陳廷焯所謂「字字淒斷，卻渾雅不激烈」（《白雨齋詞話》）。詞題是詠蟬，作者的聲音也如寒蟬哀蛩，軟弱無力，蓋「亡國之音哀以思」（《禮記．樂記》）也。（朱德才）

慶清朝　王沂孫

榴花

玉局歌殘，金陵句絕，年年負卻熏風。西鄰窈窕，獨憐入戶飛紅。前度綠陰載酒，枝頭色比舞裙同。何須擬，蠟珠作蒂，緗綵成叢。

誰在舊家殿閣？自太真仙去，掃地春空。朱幡護取，如今應誤花工。顛倒絳英滿徑，想無車馬到山中。西風後，尚餘數點，猶勝春濃。

王沂孫這一首詠榴花的詞，凸出了自己對榴花的鑑賞。南宋詠物詞總是本著「不著一字，盡得風流」（唐司空圖《二十四詩品．含蓄》）的意旨。此詞即不做正面描繪，也不點明榴花，而是充分利用了前人詠榴花的詩詞和種榴故事來烘托出榴花的美。但他把前人詩詞融入自己詞筆的時候，有抑有揚，一反前人描繪石榴花的繁盛豔麗，卻強調了榴花的自然美，並以一種與時代盛衰有關係的深沉感慨寄託於詞中。

詞一開始寫「玉局歌殘，金陵句絕，年年負卻熏風」，就點出了榴花，並說從蘇軾、王安石詠榴花詩詞後，便沒有續響，任榴花自開自落，年年辜負了夏日熏風。「玉局」指蘇軾，他在宋徽宗即位後，從海南島流貶地赦還，曾被任命為提舉成都玉局觀（道宮），遙領祠祿，後人由此便稱他為蘇玉局。他的〈賀新郎〉（乳燕飛華屋）後片，就是寫榴花的：「石榴半吐紅巾蹙，待浮花浪蕊都盡，伴君幽獨。穠豔一枝細看取，芳心千重似束。又恐被、秋風驚綠。」此外，他還有一首〈南歌子〉，寫得更氣象宏美，詞是：「紫陌尋春去，紅塵拂面來。無人不道看花回。唯見石榴新蕊一枝開。冰簟堆雲髻，金尊灩玉醅。綠陰青子莫相催。留取紅巾千點照池臺。」「金陵」是指王安石，王安石晚年家住金陵。宋《王直方詩話》云王安石作內相時，翰苑中有石榴一叢，枝葉甚茂，但只發一花，故有句云「濃綠萬枝紅一點，動人春色不須多」，但以不見全篇為恨。按此詩句《臨川集》中不載。或以為是唐人詩，安石愛之，親書於所持扇上耳。（南宋胡仔《苕溪漁隱叢話》引《遯齋閒覽》）詩上句又傳作「萬綠叢中紅一點」。兩句勾勒榴花色澤，真是照眼鮮明。但是王沂孫感到詩詞家久沒有這樣的描寫了，讓石榴花寂寞冷落，辜負了初夏時光。這三句既點出了榴花，又已有今昔盛衰的哀感。

「西鄰窈窕，獨憐入戶飛紅」，這兩句檃括朱熹〈雜記草木九首·榴花〉詩：「窈窕安榴花，乃是西鄰樹。墜萼可憐人，風吹落幽戶。」寫到「墜萼」、「飛紅」，已是盛後將謝光景，接「負卻熏風」之後，表現了一種無可奈何的惆悵。

由昔而今，又由別人寫到自己，一番轉折，然後寫到自己過去對榴花自然美豔的欣賞。「前度綠陰載酒，枝頭色比舞裙同。」這裡暗用唐人萬楚〈五日觀妓〉「紅裙妒殺石榴花」句意。紅裙也叫石榴裙，南朝梁何思澄〈南苑逢美人〉詩：「風捲葡萄帶，日照石榴裙。」這樣就點出石榴花來，並講它可以同石榴裙媲美。

詞人在這裡又作頓挫之筆，進一步講它比剪綵作的石榴花好，說：「何須擬，蠟珠作蒂，緗綵成叢。」這是一反溫庭筠的詩意，溫庭筠〈海榴〉詩：「蠟珠攢作蒂，緗綵剪成叢。」緗綵是帶有淺黃色的綢子，榴花也帶黃色，這是用剪綵花樹作比。六朝唐宋立春日剪綵為花，唐鮑溶詩「白雪剪花朱蠟蒂」（〈范真傳侍御累有寄因奉酬十首〉其二），溫庭筠〈碌碌古詞〉「融蠟作杏蒂」，都是講剪的花。詞人認為榴花豔似舞裙，更不須用剪緗綵作的假花相比。相反相成，實際上他也是用溫庭筠〈海榴〉詩，為榴花自然美渲染。為了不正面明寫，那麼融化前人詩詞來暗喻寫的是什麼，這自然是不可避免的。

下闋是空中轉筆，突然寫到舊時宮殿榴花，這是據唐朝故事寫的。清《御定廣群芳譜》引《洪氏雜俎》說：驪山溫泉宮館，「繞殿石榴，皆太真所植」（今天驪山一帶也廣種石榴）。所以詞講：「誰在舊家殿閣？自太真仙去，掃地春空。」明說自玄宗去蜀，太真仙逝，驪山宮館那裡再找不到一點春天印跡，暗喻春天已不在宋王朝舊日殿閣。這幾句詞感慨深沉，最後一句更使人哀痛。王沂孫身歷亡國情境，古今興亡轍跡，自然有類似之處，所以這幾句話是假借石榴話古，其實則是傷今。下二句「朱幡護取，如今應誤花工」，用崔玄微事，見唐段成式《酉陽雜俎．支諾皋下》。天寶中，處士崔玄微居洛東宅，春夜有女郎名石阿措者來言：諸女伴皆住苑中，每歲多被惡風所撓，作一朱幡，上圖日月五星之文，於苑東立之，可免此難。崔依言至某日立幡。是日東風振地，自洛南折樹飛沙，而苑中繁花不動。石阿措即安石榴也，諸女伴亦皆眾花之精。詞引入此故事，是說而今卻再無花工設幡來護惜石榴。詞筆始終是圍繞著榴花而寫，寄意深遠。

以下又轉筆寫山中榴花，「顛倒絳英滿徑，想無車馬到山中」二句，是融化韓愈〈題張十一旅舍三詠．榴花〉詩「可憐此地無車馬，顛倒青苔落絳英」的詩意，寫山中榴花自開自落，自然不會有什麼仕女乘車馬到山裡看花。小徑一片青苔上，落紅繽紛，詞筆引人進入山野逸趣，賦予榴花以清逸的品格。結尾也不從榴花自身由盛開到凋謝這一方面著眼，卻變化傳世名句「萬綠叢中紅一點，動人春色不須多」意，用「西風後，尚餘數點，猶勝春濃」三句作結，反映了榴花的自然美，不但不因西風而減，反勝過「五月榴花照眼明」（同上韓愈詩）時，表現詞人欣賞榴花的美，並不在於一片繁紅。這就和上闋「西鄰窈窕，獨憐入戶飛紅」「何須擬，蠟珠作蒂，緗綵成叢」等句，遙相照應，這裡自有亡國後逸人高士的品格在。

王沂孫長於詠物，這一篇也入化境。他利用前人詩詞句，稍稍加以變化、點染，榴花風貌就宛然在眼。他善於表現自己的哀感與品格，融於一片清逸新鮮的審美感中。這兩方面都能讓我們體會到。他的詞寫得很有層次，但轉折處，大都非人所能意料，頓挫抑揚，似斷實續，對藝術結構的組織能力，具有很高水平。全詞所表達的意思，是很清楚的，儘管用古事與前人詩詞處較多，稍「隔」一些，但還是值得玩味的。（王達津）

慶春宮① 王沂孫

水仙花

明玉擎金，纖羅飄帶，為君起舞回雪。柔影參差，幽芳零亂，翠圍腰瘦一捻。歲華相誤，記前度湘臯怨別。哀絃重聽，都是淒涼，未須彈徹。國香到此誰憐？煙冷沙昏，頓成愁絕。花惱難禁，酒銷欲盡，門外冰澌初結。試招仙魄，怕今夜瑤簪凍折。攜盤獨出，空想咸陽，故宮落月。

〔註〕①《全宋詞》作「慶宮春」。《詞律》：慶春宮，「或作慶宮春，誤」。

據周密《浩雅齋雅談》記載：南宋都城臨安陷落時，三宮被擄北上。宮嬪王清惠，北行途中題〈滿江紅〉一闋於驛壁之上，旨意哀切。這首詠水仙的〈慶春宮〉似為此事而發，明詠水仙，暗指亡國妃嬪。清陳廷焯論及此詞時指出：「淒涼哀怨，其為王清惠作乎？」（《白雨齋詞話》）

上片，從亡國前寫起。「明玉擎金，纖羅飄帶，為君起舞回雪。」白玉般的纖手捧著金盤，纖細的羅帶臨風飄飛，在你面前翩翩起舞，「若流風之回雪。」（曹植〈洛神賦〉）。句句是寫宮中美人的體態與舞姿，又句句與水仙花切合，措辭十分精巧。水仙花的白瓣黃心，有「金盞銀臺」之稱，又有「柔玉稜稜襯嫩金」（宋釋居簡〈水仙〉）的美譽，這被詞人聯想為「明玉擎金」，可謂妙手偶得。水仙長葉披離，擁簇著朵朵秀美的銀花，被想像為衣帶紛飛，起舞回雪，更覺靈巧。「君」字雙關，並非必指君王，卻又暗含此意。「起舞回雪」，以洛神為喻，隱有將與君王永別之意，耐人尋思。這三句是讚其美。「柔影參差，幽芳零亂，翠圍腰瘦一捻」，這三句是憐其瘦：身姿綽約，芳香陣陣，腰圍纖細，亭亭玉立。「一捻」，猶言一束，意為只夠一把。細小、纖弱，當然也就更使人憐惜。這裡同樣是人花雙關，緊緊扣合。此處愈寫其婀娜秀美，愈顯得下文橫遭摧殘之可痛惜；愈寫其纖小柔弱，愈顯得下文摧殘之酷。同時，這種輕歌曼舞的宮廷生活描寫，也暗示著由此而招致的亡國慘劇的原因。

從上片後半開始，為一大轉折，寫亡國後的宮女。詞人將水仙花進一步人格化，遺其貌而取其神。「歲華相誤，記前度湘皋怨別。哀絃重聽，都是淒涼，未須彈徹。」用有關湘妃的傳說，再次挑明了詞中主人公的身分與處境。「歲華相誤」是說好時光已經錯過了。「湘皋怨別」（湘皋，湘水邊），即指辭宮去國的無窮傷怨。詞人特下「記前度」三字，疑指靖康之變中帝妃被金人擄去，記憶猶新；緊接「哀絃重聽」，是說前恥未雪，不意今日再次聽到這一片淒涼的亡國哀音！唐錢起〈省試湘靈鼓瑟〉詩有「曲終人不見」之語，此處說未待曲終（「未須彈徹」），聽者已不勝其哀怨了。

前片在淒涼的餘音中咽住，過片又以唱嘆提起，感慨無限：「國香到此誰憐？煙冷沙昏，頓成愁絕。」稱水仙為「國香」，見黃庭堅〈次韻中玉水仙花〉其二。昔日的國色天香，嬌貴已極，如今到了這步田地，還有誰來憐惜啊！玉樓金闕中的佳麗，竟被驅趕到塞外的荒涼去處，這突然間天壤之別的慘變，怕不把人愁死嗎？著一「頓」字，更增添了一種盛衰興亡、轉瞬全非之悲感。

至此，從辭宮去國的「怨別」、「哀絃」、「淒涼」，一直寫到塞外飄零的「愁絕」，借宮女的哀傷把悲悼南宋覆滅的情緒推到了頂點。接著，更從氣候的凜冽難耐表現遺民心靈上的嚴寒，依然把人與花糅合為一。同時，換頭處的「國香到此誰憐」，引出了一個惜花之人（即作者自己），下文即從憐惜者的角度著筆，悲惋的感情色彩也因之更濃。

「花惱難禁，酒銷欲盡，門外冰澌初結」，這三句，細加吟味，是步步遞進的，曲折地寫出了惜花人家國興亡的切膚之痛。花遭摧殘，焉能不惹人愁恨？又如何禁受？「酒銷欲盡」，似乎在說對花飲酒事，實指亡國慘禍的沉重打擊，一時間使人陷入痴呆、迷茫的麻木境地，昏昏然有如醉酒；及至酒醒之時，則痛定思痛，更令人痛絕。而正在這時，適逢河水結冰，對花來說，豈非雪上加霜？對人來說，正是「三杯兩盞淡酒，怎敵他曉來風急」（李清照〈聲聲慢〉）。三句之中，頗有丘壑，見出碧山詞的深沉厚重。清況周頤《蕙風詞話》中說：「當於無字處為曲折，切忌有字處為曲折。」此處的曲折正須從無字處體味出。

「試招仙魄，怕今夜瑤簪凍折」，流落異域的水仙啊，讓我招回你的芳魂吧，今夜太冷了，恐怕連你頭上的玉簪也能凍斷啊！唐岑參邊塞詩中有「都護寶刀凍欲斷」（〈天山雪歌送蕭治歸京〉）句，寫武夫之詞也，不意在碧山手裡化為「瑤簪凍折」的悲惋之語。由水仙的花瓣萎落，聯想到「瑤簪凍折」，寫得寒氣逼人，同時也刻畫出了奇寒中的淒美，倍覺筆力峭拔。這裡下一「怕」字，用假定的語氣說出，愈顯得低迴悽惻。

以上連用「冷」、「冰」、「凍」三字，以天氣的嚴寒表現在元朝統治下的現實，有力地道出了詞人內心的徹骨的冰冷、家國敗亡的痛楚。最後，不能不落到對故國的悼念上來，仍從水仙的角度著筆，深得詠物詞不粘不脫之妙。「攜盤獨出，空想咸陽，故宮落月」，此處的「攜盤獨出」，回顧了開頭的「明玉擎金」，對比之下，更覺黯然。使人在欷歔之餘，不能不掩卷三思，追究敗亡之因。「故宮落月」的「落」字下得尤為悲咽，落月之光，是淒慘的；不僅如此，連這淒慘的月色也只是暫時的，故宮即將沉入漫漫長夜之中，永不可見了。而辭宮去國之人，只能徒然地想像那舊都故宮，在西墜的殘月的餘暉中，一派淒涼情景。詞人直用唐李賀〈金銅仙人辭漢歌〉「攜盤獨出月荒涼」句意，借漢喻宋，明白地洩露家國敗亡的旨意，這是本篇的點睛之筆。宋沈義父《樂府指迷》云：「結句須要放開，含有餘不盡之意，以景結尾最好。」本篇結尾正是如此。

王沂孫是渾雅、含蓄詞風的繼承者，其深沉的亡國哀痛，往往依託詠物的形式曲折委婉地吐露，借用典暗示出其中埋藏的旨意。所以清人周濟說：「詠物最爭託意隸事處，以意貫串，渾化無痕，碧山勝場也。」（《宋四家詞選目錄序論》）本篇，詞人很自然地將洛神、湘靈、銅仙辭漢的典故融化進去，從而暗示出亡國宮嬪的題意。清周爾墉稱讚本篇「用事有以鹽著水之妙」（周評《絕妙好詞箋》卷七）。以鹽著水，鹽雖不見而味在其中。這就形成了碧山詞含蓄淒婉的風格。（孫映逵）

高陽臺 王沂孫

殘萼梅酸，新溝水綠，初晴節序暄妍。獨立雕欄，誰憐枉度華年。朝朝準擬清明近，料燕翎、須寄銀箋。又爭知、一字相思，不到吟邊。

雙蛾不拂青鸞冷，任花陰寂寂，掩戶閒眠。屢卜佳期，無憑卻恨金錢。何人寄與天涯信，趁東風、急整歸船。縱飄零，滿院楊花，猶是春前。

王沂孫詞，有一部分是寫自己的相思況味，這一首卻是代作閨怨口吻。這種作品不一定是為自己眷屬而寫，不過當時文人飄流江湖的很多，這種寫遊子思婦的作品，自帶有一定的典型性。詞設想一個天涯遊子的妻子，希望他趁年華正少、春意正濃的時候還家，以結束無限期的離別相思。這本是詩詞中常見的題材，在王沂孫寫來，又有他自己的特色。

「殘萼梅酸，新溝水綠，初晴節序暄妍」，寫女子所在地江南的春色。帶殘萼的青梅雖小，已經含酸；門前溝水新漲，一灣澄綠。這正是雨後初晴景色，節序近清明，是一片溫暖清麗。孫艤〈菩薩蠻〉寫梅子初生：「含章（宮殿名）春欲暮，落日千山雨。一點著枝酸。吳姬先齒寒。」蔡伸〈醉落魄〉寫雨後池水新漲：「池塘雨後添新綠。」詞人眼中春色，往往有此共同的感受。這三句把春天寫得很美，為懷人情緒發端。

「獨立雕欄，誰憐枉度華年。」雕欄即樓上木雕欄杆，兩字暗點登樓。獨自登樓倚欄，望見暄妍春色，而遊子久別不歸，無人與共歡娛，所以產生「枉度華年」之感。「華年」，少年時；「枉度」者，即柳永〈定風波〉「免使年少光陰虛過」之意。柳詞說「早知恁麼，悔當初、不把雕鞍鎖……鎮相隨，莫拋躲，針線閒拈伴伊坐。和我。免使年少光陰虛過」，是女子「恨薄情一去，音書無個」時，追悔當初未能將他拘束在身邊相隨相伴，以致「年少光陰虛過」，王詞則直說自憐「枉度華年」。情事相同，思路一致，而表現方式卻大不相同，是由於女子身分、性格的差異與詞人作品風格的不同。再看辛棄疾〈滿江紅〉（敲碎離愁）：「人去後、吹簫聲斷，倚樓人獨。滿眼不堪三月暮，舉頭已覺千山綠。但試把一紙寄來書，從頭讀。」所寫女子春日登樓睹景懷人之情事亦同，卻是所念之人有「一紙寄來書」，不同於柳詞之「音書無個」。王詞又如何呢？

上片後四句一氣貫連，就點到這個問題：「朝朝準擬清明近，料燕翎、須寄銀箋。又爭知、一字相思，不到吟邊。」她先是揣度不久將是清明時節，會接到信；但一轉念又擔心：怎知不會出現他一個字也不寫來的可能呢？這幾句心理錯綜矛盾的描寫，是有幾層轉折的，藝術構思很深刻。既不同於柳詞的已肯定了他不會有信來，又不同於辛詞的確實收到了他的信，而是讓她在估計很可能有信又擔心萬一沒有信的情況下展示她曲折的心事和翻騰的情感，這是更為高妙的設計。燕子傳書之說，由來已久，南朝江淹〈雜體詩：李都尉陵從軍〉就寫道「袖中有短書，願寄雙飛燕」。唐詩宋詞中也不少見，孫惟信〈晝錦堂〉詞「燕翎難繫斷腸箋」，是反用之例，此詞則是正面來寫。「吟邊」，意猶「詩中」、「詞中」。陸游〈身世〉詩：「吟邊時得寄悠悠。」韓淲〈生查子．題梅溪橘閣詞〉詞：「寫我吟邊句。」不說書信而說吟邊相思即寄託相思情意的詩詞，自是古人有以詩詞代書札的事實，也可能是對家書雅化的寫法。

上片寫女子春暮懷人，下片就進一步寫她在相思苦痛中興勸歸之意。「雙蛾不拂青鸞冷，任花陰寂寂，掩戶閒眠。」先是說她一春不事妝飾，一任花影上階也不去賞玩，掩戶閒眠，消磨永日。雙眉不畫，冷落鸞鏡，是「誰適為容」（《詩經·伯兮》）之意。獨對春光，徒添愁悶，不賞也罷。下兩句「屢卜佳期，無憑卻恨金錢」，本於唐人于鵠〈江南曲〉「眾中不敢分明語，暗擲金錢卜遠人」句意，說屢次用金錢占卜行人歸否，都無憑驗，因此怪起金錢來。中間省去了多少次卜得吉兆卻未見人歸的情事，一筆跳到心理狀態描寫，和上片「獨立雕欄，誰憐枉度華年」寫法一致，都是省略了長時間的情緒積蓄轉變過程，直接反映其恨、怨構成的結果。如此經過幾番鋪墊，順理成章地就逼出勸遠人歸家以結束沒完沒了的相思之局的想頭。

「何人寄與天涯信，趁東風、急整歸船。」三句是一篇主意。是說希望有人代自己向天涯遊子帶去書信，告訴他趁此東風，在三月桃花水漲時，急促準備歸舟，返程會快些。「東風」包含著風向和季節兩義。這幾句話不但表示願望迫切，寫得又很巧妙，跟上片後四句盼對方書信又怕不得其相思一字之意自然映襯生姿，寫她脫出被動爭取主動。寫詞的工妙處，也就表現在這種地方，否則就會有前重後輕的毛病。

結尾三句「縱飄零，滿院楊花，猶是春前」，是補充語，就「趁東風」生發，點明上幾句盼歸、促歸意思。但絕不僅是這樣，還是呼應和收結上片的「誰憐枉度華年」，使全篇達到渾成的地步。意思是要趕緊在春盡之前回來團聚，儘管計程到達時已是柳綿吹盡時候，哪怕幾天也好，抓得住春天的尾巴，不讓今年春天完全在孤獨中溜走。語氣堅決，詞情有餘不盡。

王沂孫詞，多數是含蓄較深，用意較隱，用字用詞精警，風格多冷峭，聲容從容徐緩，但這一首並不多用特殊字語，一氣宛轉直貫到底，接近北宋詞。可見一個有成就的詞人的作品風格，也往往能做到多樣性的統一。詞的題材並不新，而作者能透過獨特的構思，反映出人物的異樣心理狀態，是不容易的。（王達津）

高陽臺　王沂孫

和周草窗寄越中諸友韻

殘雪庭陰，輕寒簾影，霏霏玉管春葭。小帖金泥，不知春在誰家。相思一夜窗前夢，奈個人、水隔天遮。但淒然，滿樹幽香，滿地橫斜。

江南自是離愁苦，況遊驄古道，歸雁平沙。怎得銀箋，殷勤與說年華。如今處處生芳草，縱憑高、不見天涯。更消他，幾度春風，幾度飛花。

周密與王沂孫等越人是詞友。王沂孫曾住過杭州，周密也遊過越地即會稽，與王沂孫等許多詞友相與留連山水。周密有〈三姝媚〉送聖與（沂孫字）還越詞，王沂孫有和作答周密。周密又有〈高陽臺〉寄越中諸友詞，於是王沂孫在越中也有這一首和詞以答。

周密原作有「雪霽空城，燕歸何處人家」，寄寓「舊時王謝堂前燕，飛入尋常百姓家」（劉禹錫〈金陵五題：烏衣巷〉）的亡國之慨，王沂孫詞也有類似句子，二詞自然都是南宋滅亡之後的作品。周密詞寫的是殘冬天氣，王沂孫詞寫的已是冬盡立春（冬末或春初）的時候，其主題都是寫百無聊賴的別愁離恨。二詞大都是有寄託入，即有朦朧的亡國哀感潛在胸中，又以無寄託出，只寫離情別緒，沒有什麼明顯的寄託。

沂孫詞開端三句：「殘雪庭陰，輕寒簾影，霏霏玉管春葭。」「殘雪庭陰」是寫實景，庭院背陰處還留有殘雪。「輕寒簾影」寫立春後薄寒，簾影是寫虛景，即寫輕寒，微寒的風微動簾櫳，和宋謝絳〈夜行船．別情〉「漸寒深、翠簾霜重」，都是透過簾子寫寒的深淺。「霏霏玉管春葭」，古代季節氣候的變化，用合於十二律的簫管十二，分別置蘆葦（葭）灰於孔中，封閉室內，用羅縠蒙上，哪一節氣到了，哪一律管葭灰就飛出。杜甫〈小至〉詩「吹葭六琯動浮灰」，就是說冬至節氣的。「霏霏」形容春葭灰的飛動。玉管即簫管。這句就是講立春到了。下二句正答周密「燕歸何處人家」意，說：「小帖金泥，不知春在誰家。」宋代風俗，立春日宮中命大臣撰寫帝、后妃等所住殿閣的宜春帖子詞，士大夫間當然也自己書寫，字是用金泥寫的，所以說金泥小帖。元初歐陽玄〈漁家傲〉賦十二個月中的臘月時末句說「換年懶寫宜春帖」，可見這種風俗，元代還有。這兩句就是說改朝換代，當日皇宮不存在了，士大夫也星散了，什麼人在這時候用金泥寫宜春帖子貼掛？春天畢竟在誰家呢？隱寓亡國之感，比「燕歸」句更現實，更深刻。

後二句，和周密「夢魂欲渡蒼茫去，怕夢輕、還被愁遮」二句，周密寫思越，王沂孫則寫思杭，說：「相思一夜窗前夢，奈個人、水隔天遮。」意思是想念之誠形成一夜窗前幽夢，但醒來無奈你的形影還是水隔絕，天遮斷，「個人」當指周密。結三句和這二句緊密相連，「但淒然，滿樹幽香，滿地橫斜」，是點出周密所在地西泠孤山之畔，說只夢見到滿樹幽香、滿地枝影橫斜的梅花的淒涼景色。這幾句是從盧仝〈有所思〉「相思一夜梅花發，忽到窗前疑是君」變化而來，這句也有比喻周密生活淒涼而高潔的意思。

上片詞筆清絕，亡國感慨很深，但清張惠言解為「此傷君臣宴安，不思國恥，天下將亡也」（《詞選》），真是捨近求遠，不管文字如何，就求之於言意之表，從方法論上說，也是錯誤的。

下片細數離懷。周密原詞開頭說：「萋萋望極王孫草，認雲中煙樹，鷗外春沙。」用《楚辭．招隱士》「王孫遊兮不歸，春草生兮萋萋」意，懷念越中舊遊之地。而王沂孫「江南自是離愁苦，況遊驄古道，歸雁平沙」，則是寫理解周密懷念越友及舊遊地的離情，說江南春色自是最讓人感受到離愁之苦的。唐韋莊〈古離別〉：「更把玉鞭雲外指，斷腸春色在江南。」南朝江淹〈別賦〉：「春草碧色，春水淥波，送君南浦，傷如之何？」都是寫江南離愁之苦的。「況遊驄古道，歸雁平沙」，是說何況你曾回憶到縱青驄馬遊過的古道和舟行所見的平沙落雁呢！周密〈三姝媚〉送王沂孫歸越也有「淺寒梅未綻。正潮過西陵，短亭逢雁」句。下二句說想寫信慰藉存問周密：「怎得銀箋，殷勤與說年華。」前幾句詞筆跌宕，這二句平收，意思是說想到你的懷念，便想覓得銀泥花箋，不嫌詞費的和你講一講如今江南春天物華。這是使情感從離愁上放開些，做一緩筆、頓筆。

但下幾句又轉筆到離愁別恨上。繼前句把握住春色說：「如今處處生芳草，縱憑高、不見天涯。」周密原詞寫：「歸鴻自趁潮回去，笑倦遊、猶是天涯。」說從越倦遊歸去，自笑此身還是遠在天涯。這裡王沂孫仍用周密「萋萋望極王孫草」意，說確實如今到處長滿了春天芳草，可是縱使登高處望你，也被春草遮目，看不見你所在處。一談物華，反而更深入到離情別恨裡了！這二句和晏殊〈蝶戀花〉「昨夜西風凋碧樹，獨上高樓，望盡天涯路」，用筆正相反，但望見與望不見天涯，強調離愁別恨卻相同。以藝術手法傳達心理上的幽怨，利用自然景色，而從不同角度去說，總是合理的。

最後寫「更消他，幾度東風，幾度飛花」，情緒更蒼涼了，進一步講這樣的離別相思，人將老去，還能消受得幾次春風來，又幾次春花謝呢！這三句也和「不知春在誰家」、「殷勤與說年華」等句相照應，雖是圍繞離情說，卻有春光無主，聚散難以自由，好景不常的感傷。宋釋惠洪《冷齋夜話》引顧況詩「一別二十年，人堪幾回別」（〈上湖至破山贈文周蕭元植〉），而王安石詩「不知烏石崗邊路，至老相尋得幾回」（〈過外弟飲〉），說是奪胎法。這幾句詞也是從顧況詩句脫胎變化而來的，但沉痛過之。

王沂孫詞，美感經驗是很豐富的，從景物講，有「小帖金泥」等過去了的生活美，有同隱同遊的「滿樹幽香，滿地橫斜」的清雅之美。他如「遊驄」、「銀箋」等也都標誌著過去的生活美。從寫的層次講，時而有點光明（多半過去了），時而暗淡，層層寫回憶與希望，既沉鬱而又頓挫，讀之耐人尋味。總的來說是寄沉痛於悠閒，中間既有無限捨不得的過去的清美之境，又伴隨著好景永遠失去的酸辛。亡國的感恨是深藏在意蘊中的。（王達津）

掃花遊　王沂孫

秋聲

商飆乍發，漸淅淅初聞，蕭蕭還住。頓驚倦旅。背青燈弔影，起吟愁賦。斷續無憑，試立荒庭聽取。在何許。但落葉滿階，唯有高樹。

迢遞歸夢阻。正老耳難禁，病懷淒楚。故山院宇。想邊鴻孤唳，砌蛩私語。數點相和，更著芭蕉細雨。避無處。這閒愁，夜深尤苦。

碧山此詞上片是隱括歐陽脩〈秋聲賦〉而成。首三句寫秋風乍起，秋聲隨作的聲勢。古代用五音和方位配春夏秋冬四時，商聲主西方屬秋，秋風故云商飆。〈秋聲賦〉云：「歐陽子方夜讀書，聞有聲自西南來者，悚然而聽之，曰：『異哉！』初淅瀝以蕭颯，忽奔騰而砰湃。……」發端三句即由此化來，但琢句似更峭拔傳神。這不僅因為碧山以三句十三字便概括了歐陽脩洋洋灑灑幾十字所作的描寫，還在他用「乍發、漸、初聞、還住」一系列續動起伏之詞，將秋聲散在的聽覺形象寫得凝練警動、起伏宛然、張弛有致。雖隱括歐陽脩之作卻能出以獨到的體驗，將秋風秋聲寫得姿態卓立、聲勢宛然。繼之寫詞人聞秋聲感發羈旅之苦，點出詞人的境遇。「頓驚」與「乍發」呼應，以人驟然驚起之態反托秋聲迅烈之勢，將秋聲與情懷拍合一處，有承轉之勢。前之秋聲是詞人驚起時所聞，後之倦旅之懷是聞秋聲所感發。詠秋聲而不止於其聲容而旨歸於情，故意境頓深。此處「驚」字所表現的意態容量是極豐富的。承前之秋聲，它將行旅之夢被打斷的緣起與驚醒後的神態鎔鑄於一字之中；啟後之倦旅，它又是秋聲驚心觸懷的心態。詞人苦心經營之處卻能出以自然天成。接下來的兩句，詞人並不直寫情懷，而是截取羈旅客舍中最為淒涼驚心的情景——「背青燈弔影」，寫詞人身受漂泊不定、孤寂不堪的羈旅之苦。形單影隻，獨影孤燈，相對本已情傷，加以燈影的幽冷搖曳動蕩不定，兼之不絕於耳之秋聲，這種氛圍中生出倦旅之心，是非常自然的，於是起而賦詠，藉以抒發愁情。南朝庾信曾作〈愁賦〉，這裡借用其字面。這是秋聲感發的愁懷的第一層曲折。「斷續無憑」以下，由情又轉入秋聲，與發端呼應。發端是寫無意中聽到秋聲，這裡則寫有意追尋秋聲。「試立」一句，雖仍以「聽取」的方式追尋時斷時續終於悄然無息的秋聲，實際上透過由形影相弔的客舍到荒庭的場景轉換，為從聽覺轉至以視覺寫秋聲作了巧妙而又自然的過渡。在對秋聲的描摹上，又進了一層。秋聲已住，無處追尋，眼前只有滿地黃葉和參天的高樹，彷彿秋聲留下的足跡。「無憑」是聽覺所感，「但有」是眼前所見，樹葉落後更覺崢嶸。無形有聲的秋聲，在詞人筆下因之而陡具冷寂凋零的形色。此二句以「但、唯」虛字呼喚，自為開合，即見無處尋聲，卻有跡可見的水盡雲生之妙，在凝重質實中見出清剛流轉。整個上片均以詞人所聞、所感、所見寫秋聲，層層深入，脈絡井然。

換頭又是一轉。「迢遞歸夢阻」似覺突兀，實則是上片「頓驚倦旅」的進一步鋪陳。秋聲驚斷的夢境是「歸夢」，它是由行旅所致。由於思鄉情切，因而倦旅；也由於倦於羈旅，因而思鄉之情益切。「歸夢阻」之「阻」，細細體味，似有兩層含意：詞人的歸夢因被秋聲打斷，不能如願。故此對秋聲才有驚怪之狀，此其一。一層是由於迢遞時空的阻隔，縱有歸夢也難以達到故鄉，而現實中歸家之難，更由此可以想見。有家不能歸，已屬不幸，連歸夢都難成，更自不堪。加以於客居的孤寂中聞秋聲且見落葉飄零之形色，在倦旅之情外，愈益感發他既老且病、欲歸不能的淒楚。比之倦旅之情，其悲苦更進一層。這是秋聲感發的愁懷的第二層曲折。此三句雖不著秋聲一字，然「阻」所隱含的秋聲驚夢，「老耳難禁」所暗示的淒楚秋聲，均處處遙遙綰合題旨，含蓄曲折，留下豐富的想像餘地，有不粘不脫之妙。在章法的安排上，換頭的轉折，曲折跌宕層層遞進，愁苦之懷愈轉愈沉鬱。既然歸夢受阻、欲歸不能，就只有在這異鄉的秋夜遙想故鄉此時的情景，聊以自慰。詞人對故鄉情景的想像仍然是圍繞秋聲展開的。故鄉今夜想必也是一片淒涼——孤雁在空中唳鳴，寒蛩在砌下哀吟，加上雨打芭蕉之聲，與雁唳蛩鳴聲聲相和，它們透露的恓惶孤寂、哀婉低迴，比之異鄉所聞秋聲，有更多的愁苦交織其中，更令人腸斷心碎。此際縱使身在故鄉，也不能不百感叢生，其悲苦比之羈旅思歸，有加無已。原以為思鄉或歸家能解脫愁懷，豈料客居愁，歸家更愁。而這愁又是與秋聲相感發的，秋聲無處不在，此愁也無有已時，故云「避無處」。這是秋聲所感發的愁懷的第三層曲折。它將秋聲與愁懷推至悲苦不堪的極致，而出以簡淡之語，筆致極為拙重含蓄。末以「這閒愁，夜深尤苦」作結。愁而曰「閒」，以輕淡之筆寫鬱結之情。此句將上述種種愁思綰合一處，又置於夜深人靜、無可訴說的背景之中，可謂「尤苦」。以幽咽不盡之音，傳達了詞人悲苦不堪的感情。

這首詞不論是在詠物賦情，還是布局構思上，都有獨到新穎之處，體現了詠物為碧山之「勝場」（清周濟《宋四家詞選目錄序論》）。它引發讀者不由地要循之作更深更廣的聯想：詞人在此意境中感發寄寓的當是比之倦旅思歸、欲歸不能、老病纏身更為悲苦的難言之痛。根據碧山所處國破易代的時代，和他為勢所迫不得已出任學官的經歷，這種難言之痛，或許當為亡國之恨、身世之悲。不處於此種時代和境遇，是難以有此等沉鬱悲苦之情的。因此，此詞雖有大段從歐陽脩〈秋聲賦〉脫胎而來，但盛世與晚季不同感，歡愉與愁苦異其域，意境確有深淺之別，真正做到了「以性靈語詠物，以沉著之筆達出」（清況周頤《蕙風詞話》卷五）。（王筱芸）

醉蓬萊

王沂孫

歸故山

掃西風門徑，黃葉凋零，白雲蕭散。柳換枯陰，賦歸來何晚！爽氣霏霏，翠蛾眉嫵，聊慰登臨眼。故國如塵，故人如夢，登高還懶。

數點寒英，為誰零落，楚魄難招，暮寒堪攬。步屧荒籬，誰念幽芳遠。一室秋燈，一庭秋雨，更一聲秋雁。試引芳樽，不知消得，幾多依黯。

王沂孫《碧山詞》，多係詠物之作，像這首〈醉蓬萊〉之直接抒寫生活感受的，為數較少。此詞題作「歸故山」，當是作者解除了「慶元路學正」的職事以後，從鄞縣回到故鄉紹興時的作品。碧山出任學官，是在元朝初年的世祖至元年間，約當至元二十七年（一二九〇）前後，其時年約五十歲上下。王沂孫另有一個別號，叫做「玉笥山人」，詞題之所謂「故山」，當指玉笥山。山在紹興東南，為會稽山之一峰。王沂孫生當南宋末年，宋亡之後，不會沒有黍離麥秀之感，仕於元，所任雖係學官，亦不會毫無愧恧之心，故而在他這首以「歸故山」為題的詞裡，所唱嘆的情感意緒是很複雜、很隱微的。

作者是在某年的秋季回到紹興的，所以此詞從秋景寫起。「掃西風門徑，黃葉凋零，白雲蕭散。」首句倒裝，

深切的總結與反省之後的自我慰勉之詞。這幾句，寫得相當深刻，也相當沉痛。（按：湖南亦有玉笥山，是屈原流放所至之地，「楚魄」云云，或係因山名相同而聯想及之。）至於「步屧（音同謝，木屐）荒籬，誰念幽芳遠」二句，則是與上文的「寒英」、「零落」緊相連接的，這樣參差錯落地寫來，顯得章法變換多姿。接下來，「一室秋燈，一庭秋雨，更一聲秋雁」三個並列短句，是此詞最精彩的筆墨，它描繪出了一種清冷孤寂的境界，秋燈、秋雨、秋雁，所襯托的不過是作者的一顆秋心而已。寫到最後，免不得「試引芳樽」，以借酒澆愁，但此愁也非杯酒所能消得。在這首詞裡，作者把他的愁緒稱作「依黯」，以「不知消得，幾多依黯」作結，這也頗堪翫索。「依黯」這個詞語，是「依依」和「黯黯」的結合和簡縮，承上「故國如塵，故人如夢」，比泛言「愁苦」，要細緻，要準確，用它來表示這首詞所包含的複雜、隱微的情感意緒，還是相當確切的。

清人評論碧山詞，已經指出了它的「深」與「厚」的特點。清周濟云：「中仙（王沂孫的又一別號）最近叔夏（張炎字叔夏，號玉田）一派，然玉田自遜其深遠。」（《介存齋論詞雜著》）清陳廷焯云：「詞味之厚，無過碧山。」（《白雨齋詞話》卷二）所謂深、厚，其主要所指，恐不外是含蘊豐富，不發空言，表達婉曲，耐人尋味等等，而這些特點，在這首〈醉蓬萊〉詞裡，都是可以清楚地看到的。（王雙啟）

長亭怨慢

王沂孫

重過中菴故園

泛孤艇、東皋過遍。尚記當日，綠陰門掩。屐齒莓苔①，酒痕羅袖事何限。欲尋前跡，空惆悵、成秋苑。自約賞花人，別後總、風流雲散。水遠。怎知流水外，卻是亂山尤遠。天涯夢短。想忘了、綺疏雕檻。望不盡、冉冉斜陽，撫喬木、年華將晚。但數點紅英，猶識西園淒婉。

〔註〕①一作「莓階」。

這是一首感懷舊遊之作。題「重過中菴故園」。中庵，或以為是元代的劉敏中（號中庵，有《中庵樂府》），但劉敏中是由金入元者，據其存詞和《元史》所載事跡看，似與碧山無涉。疑此中庵別是一人，是碧山的朋友，其事跡已不可考。

發端徑寫重訪中庵故園，直點本題。「孤艇」，點明詞人孤身一人重遊，透露出獨自尋訪故地的落寞。「東皋過遍」之「遍」字與句首「泛」字並舉，則詞人足跡遍至東皋，尋尋覓覓，留連徘徊，情境全出。可知詞人對此地的深情，此遊絕非泛泛之遊，而是有意識地前來追尋舊遊之地，與下文「欲尋前跡」互相照應，為下文的描寫開拓局面。足見發端伊始，雖入手擒題，卻並非一覽無餘。似直而實曲，頗耐人尋味。

「尚記」以下至「酒痕」句，全是憶昔。「綠陰門掩」，描寫當日中庵園林的清幽，其境頗有「門雖設而常關」（晉陶潛〈歸去來兮辭〉）之意味。「屐齒莓苔」，謂遊覽之事；「酒痕羅袖」，謂宴樂之事，總歸於「事何限」之內，「記當日」之中。昔日中庵園林的清幽絕俗、春光無限與當日風月交遊、詩酒樂事的欣愉雅致相互生發映襯，足見昔地昔遊給詞人留下的印象之美好、深刻，亦足見其在詞人心靈中之位置。「欲尋」三句，由昔轉今，成一頓挫。重遊舊地，欲尋前跡，一切皆已渺然。當日詩酒歌舞之事，俱已往矣；當年綠陰莓苔的駘蕩春光，亦復化為令人惆悵悲傷的一片秋色。不僅時移，而且世換。「成秋苑」用李賀〈河南府試十二月樂詞：三月〉「梨花落盡成秋苑」詩句。按照時間和情節順序，「欲尋前跡」的一系列動作觀感，本應接在「東皋過遍」之後，詞人卻著意把它置於「尚記當日」的一段憶昔後面，這在筆法上是一種騰挪之法。這種利用「時間差」進行騰挪開合的寫法，旨在造成今昔的強烈對比，造成筆勢上的波峭迴環之感。為了更進一步強調這種今昔對比，詞人同時還輔以不同的景致和虛實相生的描寫。昔之歡遊，是以「綠陰」、「莓苔」的春色點染，用寫樂景；今之蕭條，則用一片「秋苑」的悲秋筆墨，寫出哀感。足見昔日之樂何其樂，今日之哀何其哀。再者追憶昔遊，出於想像，本是虛寫，卻用了「屐齒莓苔」、「酒痕羅袖」的具體可感的細節，幾歷歷可見，化虛為實，足見詞人對昔遊的懷戀之深。今之重遊尋跡，故園蕭條跡渺，自有無窮感慨可寫，卻將萬端感慨凝為「空惆悵」一語，用「成秋苑」的寫意筆墨，括盡世間滄桑，化實為虛，空靈深婉，寓不盡之意於象外言外，此正是碧山勝場。由此可知，碧山是有意借前後樂景哀景、春綠秋枯的轉變來鋪墊、映襯今昔對比，而今昔盛衰之感自寓其中。「空惆悵」，不僅感發於中庵園林的今昔相比，而且緣於故人流散之哀，故而下啟「自約」數句。在章法上，「自約」數句承今昔之對比描寫，收束上片，點出人去苑空乃是詞人追往傷今的主因，為上下文一切描寫之篇眼。「自約」兩句寫出故人之離散。當年一同賞花的人，一別之後竟皆風流雲散。以風雲流散變幻縹緲不定之姿，狀人間之別易會難，妥帖空靈而淒美可感。「別後總」之「總」字，遙遙挽合「孤艇」之「孤」，遂寫盡人去園空，離散無憑，形單影隻，相別久矣之感。整個上片重過故園的所尋、所憶、所感全出自這個「孤」寂多感的情懷和這雙「惆悵」神傷的眼睛。而這些點染情狀之字絕非泛設，是精心提煉所出，虛處傳神，尤得力於此。

換頭以「水遠」逗起，似覺突兀。若按通常作法則上片追跡舊遊之地和前遊之人以後，下片便敘懷人之情。碧山的高處正在其出人意表，不落俗套。他人敘情之處，碧山卻戛然收束，一寓於景，讓人自去體味那寓於景中的含蓄情致，比之直接抒情更曲折搖曳。「水遠」在景致上是遙應「泛孤艇」之所見，其意象卻是緊承上片結句的意脈而來的。上片歇拍將故人離散的實事，幻為一片風流雲散。換頭更以山高水遠進一步渲染離散之實。由故人的萍蹤渺然和兩地阻隔的山水蒼茫裡，反托出詞人懷念之情的悠深纏綿。又以「怎知」、「卻是」的虛字進一步勾勒，迢迢流水外更兼亂山無數，真是愈勾勒愈渾厚。歐陽脩〈踏莎行〉有「離愁漸遠漸無窮，迢迢不斷如春水」之句，正是「水遠」；又有「平蕪盡處是春山，行人更在春山外」，正是「亂山尤遠」。則知水遠山長在前人筆下，早已不止於其自身固有的自然景物美感，而象徵著天各一方無窮縈念的深沉意蘊。正是因為如此，這三句淡墨無華之辭，才有愈勾勒愈渾厚的感染力。在由「風流雲散」到「水遠」而至「亂山尤遠」的層層遞進勾勒之中，融進了詞人多少懷戀和傷離之情。「天涯夢短」，由融情於景轉入敘懷人之情，是承上束下的關紐之句。以「短」狀夢，精警峭拔。它承前反扣山長水遠的天涯隔阻，束後則狀出天涯未歸之人的處境。「想忘了、綺疏雕檻。」「綺疏雕檻」指中庵園林的亭臺樓榭。「想忘了」，並非真言故人忘了故園，實是體貼故人遲遲不歸之婉辭。夢短路遙，可知欲歸不能的痛苦無奈。短夢的飄零無力與天涯的空闊蒼茫相對，更見出天涯故人的身如轉蓬，無可憑依。其寫懷人之情，卻不直寫自己如何懷念，而從對面寫來，替故人設身處地著想。因了「天涯夢短」的傳神刻畫，更見出詞人對故人所抱同情之瞭解。這種寫法正所謂「直處能曲」。「望不盡」四句再由懷人之情折回眼前之景，為全詞的收束。在章法上，它上承過故園的各種感懷，歷追跡舊遊之地、舊遊之人和敘懷人之情的層層曲折，筋搖骨轉，極自然地以眼前景作結，正寫出詞人的情感變化。就其敘寫的景致看，一片斜陽晚照、數點殘花映紅，正是蕭條故園人物兩非的生動寫照。「望不盡，冉冉斜陽」用周邦彥〈蘭陵王・柳〉中的「斜陽冉冉春無極」名句而稍加變動，「春無極」改為「望不盡」，凸出中庵故園今日秋苑的無限蕭條之境。易「春」為「望」，由強化客體變為強化主體的感受，與「重過」故園的題旨相扣。「撫喬木、年華將晚」暗用桓溫事。南朝宋劉義慶《世說新語・言語》載：桓溫北伐，經金城見前親手植柳已十圍，慨然曰：「木猶如此，人何以堪！」攀枝執條，泫然流淚。「冉冉斜陽」所描繪的日暮黃昏、夕陽欲下之景，本已使人易生蒼涼遲暮之感，再以「望不盡」領起，更引出綿邈惆悵的人生反思。而詞人至此仍不肯煞筆，又用「撫喬木、年華將晚」進一步渲染。如果說「冉冉斜陽」只是使人易生遲暮之悲的氛圍景象的話，「撫喬木、年華將晚」則以個中之人真切的情態動作，將這種遲暮之悲由外圍、外景、外物引向內心深處，使之情景生發、心物交流，匯融成為綺麗中帶悲壯、淡遠中寓蒼涼的意蘊渾厚的意境。讀之則意感橫生，不辨是景是情，但覺煙靄蒼茫，感慨萬端。承此而來的結句更耐人尋味：在斜暉脈脈、樹老苑荒的中庵故園裡，只有幾點殘存的紅英，它們經歷了風風雨雨的洗劫，作為今昔盛衰變化的目睹者，尚能理解這個昔日清幽絕俗、春光無限的園林歷盛衰之變、人物兩非的淒愴。其寫花乎？抑寫人乎？或者是亦花亦人？全由讀者自己透過言外象外的想像獲得回答。這是一個哀惋不已、意味深長的結尾。

此詞寫感懷舊遊，用語簡淡清疏，用典極少。不借辭采炫人眼目，而重情感的曲折跌宕、文筆的波峭起伏。

即使是在這種宜於抒懷的題材裡，詞人仍舊充分發揮了他善於駕馭物象、化實為虛，寓情事於景象，以意象感發情感的特長，造成含蓄深婉、搖曳空靈的韻致。真無處不沉鬱，卻又無處不空靈。（王筱芸）

仇遠

【作者小傳】（一二四七～一三二六）字仁近，一字仁父，號山村民，錢塘（今浙江杭州）人。宋度宗咸淳間，以詩名。其書法亦為後世所稱。元成宗大德九年（一三〇五），嘗為溧陽教授，官滿代歸，優游湖山以終。著有《興觀集》、《金淵集》及《無弦琴譜》。存詞一百十九首。

齊天樂　仇遠

蟬

夕陽門巷荒城曲，清音早鳴秋樹。薄剪綃①衣，涼生鬢影，獨飲天邊風露。朝朝暮暮。奈一度淒吟，一番淒楚。尚有殘聲，驀然飛過別枝去②。

齊宮往事謾省，行人猶與說，當時齊女③。雨歇空山，月籠古柳，彷彿舊曾聽處。離情正苦。甚懶拂冰箋，倦拈琴譜。滿地霜紅，淺莎尋蛻羽。

〔註〕①綃：一種用生絲織成的薄綢。②可參唐人方干〈旅次洋州寓居郝氏林亭〉：「蟬曳殘聲過別枝。」③齊女：蟬的別稱。晉馬縞《中華古今注》：「昔齊后忿而死，屍變為蟬，登庭樹，嘒唳而鳴，王悔恨，故世名蟬為齊女焉。」

這首詠蟬詞與王沂孫的同調同題作品風格相近，疑為影射元僧楊璉真伽挖掘南宋帝后陵寢的暴行，借詠蟬寄託了淒涼的家國之思，身世之痛。

詞從渲染環境氣氛入手。夕陽返照，門巷蕭條，更兼城荒地僻，景況分外悲涼。接著筆觸轉向吟詠的主體秋蟬。就在此時此地，一縷淒清幽怨的蟬鳴聲，透過稀疏斑駁的枝葉從樹上傳出，給人帶來無限秋意。「清音早鳴秋樹」，「早鳴」二字表示哀鳴已久，彷彿有傾訴不盡的愁苦。在對秋蟬的基本特徵（鳴聲淒切）作了正面的描述之後，改用擬人手法摹繪其身姿。清秋時節，風寒露冷，可是她仍然穿著極薄的「綃衣」，獨立枝頭，忍受著寒冷和空寂的煎熬。「涼生鬢影」是通體皆寒的形象示現。顯然，時令的轉換和環境的變遷給她帶來莫大痛苦。這句和王沂孫同調詞中的「鏡暗妝殘，為誰嬌鬢尚如許」，都把秋蟬喻作薄命美人，借以抒發自己身世沒落的悲哀，情辭悽惋。「獨飲天邊風露」是孤寂窘迫境況的寫照。已然「涼生鬢影」，形為之枯，還要去吸冷風，啜寒露，如何忍受得了？但處境如此，為之奈何！這裡把清空高遠的天和孤獨窮窘的蟬奇妙地結合在一起，彼此映照，構成一種特殊的情境，蘊含著蟬蛻塵表的意趣。後者是詞人希冀擺脫痛苦欲念的自然流露。一個人迭遭磨難，痛苦到了極點，勢必產生徹底擺脫的欲望。以上寫蟬在特定時空中愁苦哀怨的表現，畫面鮮明，情意濃郁，只是還缺乏一定的廣度和深度。為了彌補這方面的不足，詞人盡量擴大描述的時空範圍。「朝朝暮暮」是時間的延伸，「驀然飛過別枝去」則是空間的拓展。總之，不論何時何地，秋蟬都哀傷萬分，不停地傾訴著。怎奈悲鳴不能減輕痛苦的負荷，反而不斷地加重。新愁舊恨，像層層疊疊的雲山，一齊壓向心頭，把她折磨得孱弱不堪，但只要「尚有殘聲」，她就不會噤而不發。看來威勢逼人的風刀霜劍，並未能使她懾服。這段文字緩急相間，動靜相諧，顯得起落有致。其間音韻也安排得很巧妙，像「奈一度淒吟，一番淒楚」，疊用「一」字和「淒」字，聲音有變化，而又部分重沓，宜於表達纏綿悱惻、悠悠不盡的情思。

下片開頭回顧「齊宮往事」，引出興亡之感來。傳說古時齊后飲恨而死，屍化為蟬，棲息於庭樹之上，不斷發出哀怨的鳴聲，因此，後人便把蟬稱作「齊女」。這古老的故事至今仍不時地在人們的腦子裡閃現，大家走在路上，常以它為話題，絮絮叨叨，談個不休。可嘆的是如今連齊女的化身——蟬也已悄然離去，在雨後如洗的空山之中，在煙月籠罩的古柳之上，再也見不到她的蹤影。回想當日佇立在這裡諦聽她那清脆的鳴聲，簡直就像夢幻一般。這段描寫與上片結尾「驀然飛過別枝去」相呼應，當影射宋代陵寢被盜事件，透露出傷時念舊的情懷，詞中提到的「離情」指的正是這種情懷。「齊女」消失了，宋陵毀壞了，故國已不堪回首，這些，怎不叫人痛徹肺肝！從今而後，再也無心去「拂冰箋」、「拈琴譜」了，因為那薄如蟬翼的冰箋（潔白的書寫用紙）會使人聯想起蟬的身姿體態，而那琴譜琴聲，又會使人聯想起淒惋哀傷的蟬鳴。「滿地霜紅」二句寫眼前景況。時值深秋，霜風淒緊，樹上因受凍而變色的葉子紛紛飄落，地面呈現出一片慘紅。倩影杳然，而又思念不已。詞人於是悄悄來到莎草之中尋覓秋蟬亡去前脫下的外殼，以寄託自己深長的情思。

這首詞託物言情，寓意深遠。其間有故國之思，身世之痛，還有對元統治者某些作為（如縱容暴徒盜發宋墓）的不滿。這種種複雜的思想感情，與作品所描繪的秋蟬本來是風馬牛不相及的。作者透過聯想，融入齊女化蟬的古老傳說，巧妙地把蟬和人聯繫起來，寫蟬實際就是寫人。蟬是明寫，人是暗寫。從表面看，通篇寫蟬，細細體味，則覺無處不有人在。這「人」就是作者自己。作者把他那難於訴說的處境和心境一股腦兒凝聚在蟬的身上，因而作品中的蟬就兼有物性和人性。如果說物性是表，那麼人性就是裡；物性是形，人性就是神。這表和裡、形和神的關係反映在作品裡，大致可用四個字來概括：若即若離。一方面作為創作主體的人的情意貫串始終，籠蓋所有物象，使之別開生面，閃現出富有個性的動人光彩；另一方面，作為表現對象的蟬和其他景物，又都各各保持了自己的自然屬性，構成獨立自足的清淳境界。這樣，由種種物象組成的畫面，除了自身的美，別有逗人深思遐想者在，那就是人們慣常所說的「言外之意」、「畫外之境」。此詞上片全然寫蟬，也似寫人，「是蟬是人，同抱身世之感」（俞陛雲語，引自《唐五代兩宋詞選釋》）。二者呈疊合狀態。但下片又把人放在主體位置，抒發了對已經不復存在的蟬的懷念，於是人和蟬又從疊合的狀態分離開來。總之，是蟬是人，使你捉摸不定，唯其如此，才更顯得意味深永。（朱世英）

醴陵士人

【作者小傳】姓名及生平不詳，《花草粹編》卷七錄詞一首。

一剪梅　醴陵士人

宰相巍巍坐廟堂，說著經量，便要經量。那個臣僚上一章，頭說經量，尾說經量。

輕狂太守在吾邦，聞說經量，星夜經量。山東河北久抛荒，好去經量，胡不經量？

這首詞原題為「咸淳甲子又復經量湖南」（《花草粹編》卷十三），甲子，即宋理宗景定五年（一二六四）。此年十月，理宗死，度宗繼位，詔改明年為咸淳元年。題稱「咸淳甲子」，當誤。這一年的九月，宰相賈似道「請行經界推排法於諸路，由是江南之地，尺寸皆有稅，而民力益竭」（清畢沅《續資治通鑑》）。經界推排法就是丈量田地，重定稅額的措施。當時，南宋朝廷已日益腐敗，對北方入侵者一味屈辱求和，不思收復被占了一百多年的大片北方土地；對內則加緊殘酷的剝削壓榨，使人民處於水深火熱之中。醴陵士人這首〈一剪梅〉真實地反映了這一段歷史情況。

全詞分為兩個層次。第一層，包括上片六句及下片前三句，寫宰相、臣僚、太守的一意「經量」，下片後三句寫作者的質問。這首詞的藝術特點是，圍繞「經量」，以重疊錯綜的修辭手法，刻畫了宰相、臣僚、太守三種形象，有著濃烈的諷刺意味，飽含著無限的憤怒之情。

重疊是形式局部相同，內容並不重複。錯綜是形式局部不同，內容有所變化。重疊錯綜既利於刻畫人物形象，又利於抒發憤慨的感情。全詞十二句，六十字，用「經量」兩字處有八句，十六字。這種反覆運用同一詞語，便是重疊。餘者，詞語變換，錯落有致。詞中刻畫的三種人物形象，是從他們對「經量」的態度，揭示其性格特徵：宰相，即賈似道，首先以「巍巍」，凸出其高高在上，不可一世；其次以「說著」、「便要」，既凸出其獨斷專橫的面目，又包含著對他的諷刺。朝廷裡的臣僚對「經量」的態度是怎樣呢？他們看宰相的眼色行事，一聽賈似道要推行經界法，便爭上奏章，附和捧場，從頭到尾都說贊成「經量」的話，活畫出一班無恥官僚的奴才相。「那個臣僚」，即不知是哪個臣僚，略其名而指其實，以一個概括全體，輕點一筆，有不屑之意。再往下說到地方官員。「太守在吾邦」，即指湖南醴陵縣所隸屬的潭州（長沙）知州。他對賈似道布置下來的「經量」措施是那樣地迫不及待，才「聞說」，便「星夜」執行，恰似「柳絮隨風舞」，故說他「輕狂」。各句雖無具體、細緻的描寫，但只寥寥數語，便把三種人物言語、行動、神態的不同特點充分地表現出來。

更值得注意的是詞的末尾，「山東河北久抛荒，好去經量，胡不經量」，似一記重錘打到當政的宰相賈似道直至南宋皇帝的中樞神經上。河北、山東等廣大地區，長期陷落。那裡人民流離，田地荒蕪，至可痛心，你們毫不理會，卻風風火火地在南方丈量田地。北方的大片荒地好去收復回來經量經量呀，為什麼不去呢？末兩句反詰，說的「經量」是虛借一意，先得有恢復那裡的主權為前提。這實際上就是指斥朝廷屈辱求和，毫無收復失土打算，嘲諷的味道很濃，鞭撻的力量很重，寫出了廣大人民的心聲。（倪木興）

褚生

【作者小傳】德祐時太學生。有詞二首。

百字令 褚生

德祐乙亥

半堤花雨，對芳辰、消遣無奈情緒。春色尚堪描畫在，萬紫千紅塵土。鵑促歸期，鶯收佞舌，燕作留人語。繞欄紅藥，韶華留此孤主。真個恨殺東風，幾番過了，不似今番苦。樂事賞心磨滅盡，忽見飛書傳羽。湖水湖煙，峰南峰北，總是堪傷處。新塘楊柳，小腰猶自歌舞。

宋無名氏撰《湖海新聞》載有南宋德祐太學生詞兩首，一為〈祝英臺近〉，另一首就是這篇〈百字令〉。〈百字令〉為〈念奴嬌〉之異稱，因其全篇字數剛好一百字，故名。清朱彝尊編《詞綜》作〈百字令〉，清徐釚《詞苑叢談》則作〈念奴嬌〉。二書皆引《湖海新聞》評語。

調名下有註云「德祐乙亥」。乙亥為南宋恭帝德祐元年（一二七五）。恭帝即位時年僅五歲，朝政大權全操於奸相賈似道之手。這一年，元兵長驅南下，直指臨安，南宋政權危如累卵，群臣惶惶不可終日。但賈似道卻匿情不報，粉飾昇平，依杭州湖山之勝，造「半閒堂」，蓄妓納妾，整日遊湖取樂。明陳霆題詩諷刺道：「山上樓臺湖上船，平章（「平章軍國重事」之簡稱，位在宰相之上。指賈似道）醉酒懶朝天。羽書莫報樊城急（一二七三年元兵攻破樊城），新得蛾眉正少年（指賈寵妾張淑芳）。」（〈過葛嶺懷古〉）朝廷腐敗透頂，自然不堪一擊，翌年，元兵終於攻入臨安，南宋便告覆滅。這首〈百字令〉作於宋亡前夕，情調哀怨淒咽，悵恨不已，不啻是一支唱給南宋小朝廷的挽歌。

從詞面所描繪的意境看，這是一首暮春遊湖、即景抒懷之作。上闋寫杭州西湖景色。起句「半堤花雨」，扣住西湖，寫詞人繞堤遊覽，但見堤上春花凋殘、落紅委地；次句「對芳辰」，點明了時令為暮春三月。這樣的西湖景觀，寫得既概括，又形象。上闋的關鍵句是「消遣無奈情緒」。「無奈」者，空虛寥落、無可奈何之謂，詞人心中本有愁緒，欲借遊湖賞景以排遣，誰知所對芳辰，竟是春意闌珊，反而加重了內心的愁緒。下面數句鋪寫觸目所見，則無不浸透了這種對景難排的惜春、傷春之情，而自然景物也自然染上了詞人的主觀心境色彩：「春色尚堪描畫在，萬紫千紅塵土。」春色雖尚堪描畫，但如錦如簇的春花已「零落成泥碾作塵」（陸游〈卜算子．詠梅〉），好景不長，大勢已去。至於春鳥的鳴叫，又令人黯然傷神：「鵑促歸期，鶯收佞舌，燕作留人語。」杜鵑哀啼「不如歸去」，彷彿在送別殘春；黃鶯收起了巧囀悅人的歌喉，使春光更顯寂寥；唯有紫燕的呢喃之聲，似尚在作留人之語。歇拍兩句，推出一景：「繞欄紅藥，韶華留此孤主。」紅紅的芍藥花在欄杆邊盛開，似乎仍在有意裝點著春色，這大概即前面「春色尚堪描畫在」之意；但那灼人眼目的紅色，點綴在「萬紫千紅」

已「塵土」的背景之上，未免寂寞，一點紅，難為春，甚至有點慘然！「韶華留此孤主」一句，可謂情景雙繪，它既是西湖景色的聚焦點，又是情感流露的突破口。面對著這一叢大自然留存的芍藥花，也即春天的最後點綴，詞人不禁從胸中發出「無可奈何花落去」（晏殊〈浣溪沙〉）的嘆息，我們從中可以感受到的，是一種淒涼幽怨的萬不得已之情。明眼人一看即知，惜春、傷春，只是詞人的淺層情感，更深層的，乃是國危家亡的政治感慨，一個「孤」字，為上闋之眼，已經隱隱透露出其中消息了。

換頭三句：「真個恨殺東風，幾番過了，不似今番苦。」似結似起，既總攬上闋的傷春之意，又自然轉入下闋的憂國之情。「真個」是恨極之語。東風過了，春意闌珊，年年如此，然唯有今年分外令人可恨；顯然，詞人恨之所在，並不是自然界的節序更替、年光流逝，而是人事的滄桑變化。「樂事賞心磨滅盡，忽見飛書傳羽。」兩句直陳其事，前句說南宋君臣的宴安享樂如過眼雲煙，頃刻磨滅，後句說軍情緊急，北兵將至，使詞意頓時醒豁。詞人面對湖山勝景，念及危亡之禍，近在旦夕，大好河山，難免易主，於是觸景傷情：「湖水湖煙，峰南峰北，總是堪傷處。」真乃字字淒咽，語語沉痛！至此，則上闋的「無奈情緒」云云，其政治內涵，更一目了然了。末結以景寫情，由直而曲，倍見含蓄之致：「新塘楊柳，小腰猶自歌舞。」仍回到春景，「猶自」兩字，用筆拙重，景中見情，意同「隔江猶唱後庭花」（杜牧〈泊秦淮〉），詞人的潛臺詞是：楊柳婀娜，如在東風中得意地舒腰曼舞，它何曾懂得世人憂國傷時的苦痛呢！無限感慨，全在詞人有意攝取的事物景象中曲曲傳達了出來。

古人作詩詞，常借景物以抒情懷，這首〈百字令〉所描繪的暮春之景，可以看成是作者以藝術形象來象徵南宋小朝廷大勢已去，旨在抒發其殘山剩水之嘆，家國危亡之哀。全篇比中有賦，儘管「樂事賞心磨滅盡，忽見飛書傳羽」兩句直陳其事，詞境還是比較完整的。《湖海新聞》的作者詮解此詞說：「三、四（指「春色」

兩句）謂眾宮女行（指依附賈似道的宮女離散）；五（指「鵑促歸期」句）謂朝士去（指賈似道排斥異己，吳潛等主戰派均遭罷黜）；六（指「鶯收佞舌」句）謂臺官默（指賈似道控制了御史臺，眾議緘默）；七（指「燕作留人語」句）指太學上書（當時太學生上書要求賈似道出兵抗元）；八、九（指「繞欄」兩句）謂只陳宜中在（賈似道兵敗，給事中陳宜中繼賈任相，主持朝政）。『東風』謂賈似道。『飛書傳羽』，北軍至也。『新塘楊柳』，謂賈妾（指賈似道寵妾張淑芳）。」如此字箋句解，詳加比附、坐實，不免失之穿鑿，近於猜謎，恐未得作者本意。清陳廷焯《白雨齋詞話》卷六卻以此為據，批評「宋德祐太學生〈百字令〉、〈祝英臺近〉兩篇，字字譬喻，然不得謂之比也。以詞太淺露，未合風人之旨」，這實在是厚誣作者了。（方智範）

徐君寶妻

【作者小傳】君寶，宋末岳州（今湖南岳陽）人。其妻被元兵掠至杭，不肯從，自投池水而死。存詞一首。

滿庭芳

徐君寶妻

漢上繁華，江南人物，尚遺宣政風流。綠窗朱戶，十里爛銀鉤。一旦刀兵齊舉，旌旗擁、百萬貔貅。長驅入，歌樓舞榭，風捲落花愁。

清平三百載，典章文物，掃地俱休。幸此身未北，猶客南州。破鑑徐郎何在？空惆悵、相見無由。從今後，斷魂千里，夜夜岳陽樓。

清朱彝尊說得好：「詞至南宋，始極其工，至宋季而始極其變。」（《詞綜・發凡》）不讀南宋詞，無以知詞體之大、詞體之尊。若宋末詞壇之光芒萬丈，便不遜色於唐末詩壇之晚霞絢麗。徐君寶妻此首〈滿庭芳〉，是宋末傑出的詞作之一。這位被元兵俘虜的女子，在殉國殉節之際寫下的這首絕命詞，是她擔荷著祖國與個人雙重悲劇的心靈之寫照，「真所謂以血書者也」（王國維〈人間詞話〉語）。

元陶宗儀《南村輟耕錄》卷三記載了其人其詞可歌可泣的本事：「岳州徐君寶妻某氏，亦同時被擄來杭，居韓蘄王府。自岳至杭，相從數千里，其主者數欲犯之，而終以巧計脫。蓋某氏有令姿，主者弗忍殺之也。一日，主者怒甚，將即強焉，因告曰：『俟妾祭謝先夫，然後乃為君婦不遲也，君奚用怒哉！』主者喜諾。即嚴妝焚香，再拜默祝，南向飲泣，題〈滿庭芳〉詞一闋於壁上已，投大池中以死。」

「漢上繁華，江南人物，尚遺宣政風流。」起筆，以追懷南宋文明營造詞境。漢上指江漢流域，是女詞人故鄉，為詞境之中心。江南指長江中下游流域，包舉南宋祖國，展開全幅詞境。都會繁華，人物如雲，點南宋文明之盛。此二句從空間造境。第三句從時間造境，點南宋文明源於北宋風流文采。宣、政指北宋徽宗盛時政和、宣和年間。「綠窗朱戶，十里爛銀鉤。」十里長街，高樓連雲，綠窗朱戶之間，簾鉤一片銀光燦燦。上點繁華，此以十里銀鉤渲染之，是以細節暗示全體，以小見大。「一旦刀兵齊舉，旌旗擁、百萬貔貅。」貔貅（音同皮修），猛獸之名，喻指侵略者。此三句寫出元兵南犯，勢如洪水猛獸。度宗咸淳十年（一二七四）九月，元兵自襄陽分道而下，十二月東破鄂州（今武昌），次年恭帝德祐元年（一二七五）三月，南陷岳州（今湖南岳陽）。「長驅入，歌樓舞榭，風捲落花愁。」長驅直入的蒙古兵，占領了繁華綺麗的漢上江南，竟如風暴橫掃落花。歇拍結以落花愁三字，字質麗而哀，絕不同於詞中習見的用以喻說傷春，而是包蘊了女詞人國破家亡及自身被擄的無限悲慨。

「清平三百載，典章文物，掃地俱休。」換頭幾乎是出人意表的。女詞人並未寫至一己之悲劇，而是反思有宋一代歷史文化之大悲劇。筆力之巨，有旋天之勢，識見之卓，更超出常人。當女詞人作此詞時，已被擄至淪陷了的臨安。其觸目驚心悲慨之深，是可以想見的。清平三百載，將詞境之時空範圍，從南宋直擴展至三百年南北兩宋。典章文物四字，尤凝聚著女詞人對宋代歷史文化之反思與珍惜。此四字，實以制度物質文明指陳出有宋一代文化全體。近人王國維曾歷舉宋代哲學、科學、史學、繪畫、詩歌、考證成就之大盛，謂：「故天水一朝（按：天水為趙姓郡望）人智之活動，與文化之多方面，前之漢唐，後之元明，皆所不逮也。」（《宋代之金石學》）北宋亡於女真，南宋亡於蒙古，三百年燦爛文化，如今掃地都休！女詞人之絕筆，實為此一歷史文化悲劇之寫照。此三句承上片而來，但典章文物顯然比十里銀鉤更其深刻，可謂巨眼。當女詞人殉國死節之際，而能反思至全宋歷史悲劇，襟懷又何等之大！全詞有此三句，意蘊極為遙深。以下始寫至自身之悲劇命運。在女詞人心靈中，祖國與個人雙重悲劇，原為一體。「幸此身未北，猶客南州。」此二句，就其表層意義言，是慶幸自己尚未被擄北去。就其深層意蘊言，則是慶幸自身在死節之前猶未遭到玷辱，保全了一身之清白。此不幸中之大幸，足可自慰並可告慰於家國之意，隱然見於言外。讀其詞，想見其人，真令人肅然起敬。以一弱女子，能在被擄數千里後仍全身如此，是何等的智勇！其絕筆之辭氣又復從容如此，更是何等的氣度！「破鑑徐郎何在？空惆悵、相見無由。」此三句，借用南朝陳亡時徐德言與其妻樂昌公主破鏡離散之一段典故，喻說自己與丈夫徐君寶當岳州城破後生離死別之悲劇命運，表達了對丈夫最後的深摯懷念。徐郎，借徐德言指徐君寶。典故中男主角與自己之丈夫同姓，不僅古今兩下命運相似而已，用典精切無倫，自見慧心。不過，宋之亡非陳之亡可比，借明末清初顧炎武之言，一是亡天下，一是亡國（見《日知錄．正始》）。尤其徐德言夫妻破鏡猶得重圓，此則死志已決。故女詞人之用此古典，其情況之可痛實過之百倍，不可不加體會。徐郎何在？生死茫茫。相見無由，惆悵曷極。詞情至此，變悲憤激烈而為淒惻低迴，其言之哀，令人不忍卒讀。「從今後，斷魂千里，夜夜岳陽樓。」女詞人臨終自誓，也是冥冥寄語家國：從今後，我的魂魄，要飛過幾千里東來路，飛回岳陽故土，飛回到夫君身邊。女詞人是如此從容地訣別於人間，又是如此固執地不捨於人間，充分體現出能出世而仍入世、置生死於度外的傳統文化精神。結筆亦足可媲美於文天祥〈金陵驛〉詩：「從今別卻江南日，化作啼鵑帶血歸。」

全詞結穴於岳陽樓，意蘊無限遙深，亦當體認。

此詞藝術具兩大特色。一是運思之凌空超越。女詞人對自身被擄歷盡艱危之現實，著墨無多，而以瀾翻無窮之追懷、反思與想像，對祖國淪亡親人永別深致哀悼。上片直到過片，寫南宋文明之繁盛及橫遭蹂躪，運用回憶與反思。下片寫徐郎何在與斷魂千里，運用懸望與想像。全幅凌空超越之運思形式，本身就意味著人格精神之無限昇華。二是意境之重、大、崇高。寫照歷史文化悲劇，哀悼南宋之亡，表明死節之志，詞意旨極重。包舉兩宋時間空間，詞境界極大。將祖國個人雙重悲劇融為一體，以哀祖國為先為主，哀個人為後為次，充分體現了國身通一、先天下之憂而憂的精神，意境又不可謂不崇高。此是悲劇美學意境之極致。讀詞至此，不尊詞體，可乎？

近人劉永濟言：「讀其『此身未北，猶客南州』與『斷魂千里，夜夜岳陽樓』之句，知其有生為南宋人、死為南宋鬼之意。惜但傳其詞而逸其名姓，致千百年後無從得知此愛國女子之生平也。」（《唐五代兩宋詞簡析》）其實，詞在，則人在。此詞可不朽，其人亦可不朽。當女詞人從容就義之際，竟能將其精神生命化為此一傑作，留與後世，又不能不令人反思宋代文化之偉大。若無三百載宋代文化孕育涵煦之深厚，又怎能產生出此愛國女子及此愛國傑作？誠如世人所公認，在宋代，「中國的文化是世界上最光輝的」（《泰晤士世界歷史地圖集》）。（鄧小軍）

王易簡

【作者小傳】字理得，號可竹，山陰（今浙江紹興）人。登進士，除瑞安簿，不赴。隱居城南，有《山中觀史吟》，存詞七首。

齊天樂 王易簡

客長安賦

宮煙曉散春如霧，參差護晴窗戶。柳色初分，餳香未冷，正是清明百五。臨流笑語。映十二欄杆，翠顰紅妒。短帽輕鞍，倦遊曾遍斷橋路。

東風為誰媚嫵？歲華頻感慨，雙鬢何許！前度劉郎，三生杜牧，贏得征衫塵土。心期暗數。總寂寞當年，酒籌花譜。付與春愁，小樓今夜雨。

這是詞人晚年之作，時間可能是在宋亡之後。長安，借指南宋都城臨安。作者把有關人世滄桑的重大感觸，意即「西風掃門徑」，西風似乎有知，知主人歸來，於是殷勤地掃除門徑以示迎接。下文仍循西風作描述，說它吹得黃葉凋零了，白雲蕭散了，其實，所謂凋零、蕭散，正是作者當時的心境的反映。他此番回到故鄉，並沒有感受到一般應有的那種溫暖與親切，這是為什麼？因為內心有著一種難以明言的隱微情緒。歸來後所以心情落寞，總和出仕有關，下文才算從側面透露出了一點消息：「柳換枯陰，賦歸來何晚！」這不就是有點悔恨的意思嗎？離開鄞縣時，碧山曾作〈齊天樂〉詞，題曰「四明別友」，其結句云：「政恐黃花，笑人歸較晚。」也反映了同樣的心情。古人回歸故鄉，有種種情況，失意歸來可以找尋慰藉，辭官歸來可以擺脫羈絆，倘是功成身退，更可感到榮耀和欣慰，然而王沂孫的歸故山卻和這些情況都不一樣，他似乎是悔恨出行的失計，不免自怨自艾，即便如期歸來，心裡也不是滋味。這種複雜心緒就由下文反映出來：「爽氣霏霏，翠蛾眉嫵，聊慰登臨眼。故國如塵，故人如夢，登高還懶。」「爽氣霏霏」，用《世說新語．簡傲》的「西山朝來，致有爽氣」，說開朗的山容紛然而呈。「霏霏」，紛起貌。「翠蛾眉嫵」，是對「故山」山容的具體描繪，這個句子造得很新，它是從兩個方面連續使用比喻，以眉喻山：「翠蛾」——蒼翠的、像美女的蛾眉似的山峰；「眉嫵」——山峰像美女的眉毛一般美麗。這樣的景色，登臨觀覽起來，誠然可以使作客歸來的人感到賞心悅目。然而想到登臨之際，將見「故國如塵，故人如夢」，徒增愁思，則又意興索然，雖美景在前，亦懶於一顧了。上一韻擬登臨是賓，下一韻懶登高是主，前後映襯，以見其愁情之重。登高而望遠懷人，為應有之義，但招來的是宋室覆亡之感慨，友朋淪替之傷悼，情所難堪，則又不如不上這山為好了。「登高還懶」，與李清照〈永遇樂〉的「怕見夜間出去」，心事正復相同。

詞的下片未作轉換，仍然承接上片的抒情線索，作生發開來的描寫。「數點寒英，為誰零落」，顯然是作者的自我惋惜；「楚魄難招，暮寒堪攬」，則是「往者不可諫，來者猶可追」（《論語．微子》）之意，是經過了以蘊藉之筆，閒淡說來，不露痕跡地抒寫亡國的隱痛，是這首詞的主要特色。

王易簡於南宋末年登進士第，西湖一帶，是他春風得意時常遊之處。上闋寫清明寒食的熱鬧景象，透過「倦遊曾遍」句提點，說明這是對往事的追憶。

早晨，宮中的煙氣輕輕飄散，宛如春天的薄霧一般，參差披拂，籠罩著晴光照耀的門窗。「春如霧」，讀為「如春霧」。把詞序顛倒一下，能起化實為虛、增加朦朧之美的作用。這兩句寫的是清明寒食的情景。唐人韓翃〈寒食〉詩「日暮漢宮傳蠟燭，輕煙散入五侯家」，為「宮煙散」字面所本；至於具體景象，則在南宋吳自牧的《夢粱錄》中有詳細描述：「寒食第三日即清明節，每歲禁中命小內侍於閣門用榆木鑽火，先進者賜金碗、絹三匹。宣賜臣僚巨燭，正所謂『鑽燧改火』者，即此時也。」原來這是當日宮廷的一種節日儀式，是實有之景，只不過作者把它加以詩化而已。

「柳色初分，餳香未冷」，仍是清明景象。「清明交三月，節前兩日謂之『寒食』，京師人從冬至後數起至一百五日，便是此日，家家以柳條插於門上，名曰『明眼』。」（《夢粱錄》卷二）這便是「柳色初分」的含義。分，指分佈於各處。餳（音同型），即飴糖，是寒食應節食品。「初分」、「未冷」，下字講究分寸。下句即承此而來，用「正是」明確點出時令。「百五」指寒食節。

「臨流笑語。映十二欄杆，翠顰紅妒。」景中有人。一群衣飾明豔的遊春女子正倚著欄杆，臨流照影，談笑風生，她們美麗的姿色，令周圍的繁花翠柳都要感到嫉妒。「十二欄杆」，典出南朝樂府〈西洲曲〉：「欄杆十二曲，垂手明如玉。」「紅」、「翠」，詩詞中每以之代繁花綠葉，或花光柳色，如「紅衰翠減」、「綠肥紅瘦」、「慘綠愁紅」之類。「顰、妒」兩字是詞眼，作者刻意鍛鍊，作景人合一的描寫，便從側面有力地烘托出倚欄笑語的女郎們美豔動人之處。連清明前後最爛漫、最嬌柔的花柳尚要生嫉忌之心，那些姑娘的姿致便可想而知了。又據元鄭元祐《遂昌雜錄》載：「錢塘湖上，舊多行樂處……西出斷橋，夾蘇公堤，皆植花柳，而時時有小亭館可憩息。」原來詞中的「欄杆」、「紅翠」都不是蹈空之筆，而是一一皆有著落。

「短帽輕鞍，倦遊曾遍斷橋路」，兩句拍合自身。遊而至於「倦」，其次數之多可見。「（西湖）杭人亦無時而不遊……癡兒騃子，密約幽期，無不在焉，日糜金錢，靡有紀極，故杭諺有『銷金鍋兒』之號。」（周密《武林舊事》卷三）作者年輕時便是那「銷金鍋兒」的常客。聯繫上面「翠顰紅妒」數語判斷，他的西湖之遊大概不單是觀賞風景，而應是包括「風月冶遊」在內的。

從上闋結句對前事的追憶，很自然便轉入下闋抒寫重來的感慨。「媚嫵」，嬌美之意。詞人在問東風：你今天又為誰釀就這滿湖春色呢？言下之意是，這一切都已經與己無關了。歲月無情，年華老去，這是他的第一重感慨；接著，再以「前度」三句重筆勾勒，把境界拓深一層，而抒發出更內在、更深沉的另一重感慨：我就像當年的劉禹錫、杜牧那樣，舊地重遊，美好的東西已消失不見，只是衣服上添了些南來北往的塵土而已，真有恍如隔世之感！「前度劉郎」，見劉禹錫的〈再遊玄都觀〉詩。「三生杜牧」，語本於黃庭堅〈過廣陵值早春〉詩：「春風十里珠簾卷，彷彿三生杜牧之。」（杜牧〈贈別二首〉其一：「春風十里揚州路，卷上珠簾總不如。」）作者把自己比作是杜牧的後身。聯繫上片分析去理解，這大概是指自己在美好的春日裡重到西湖所產生物是人非、難以為懷的感慨。由此引出下文數句：「心期暗數。總寂寞當年，酒籌花譜。」酒籌，是喝酒時用以計數的籌子。花譜，原指記載四時花卉的書籍，如唐賈耽有《百花譜》，宋歐陽脩有《牡丹譜》，范成大有《梅譜》、《菊譜》等。這裡「酒籌花譜」指代宴遊玩樂之事。「無可奈何花落去」（晏殊〈浣溪沙〉），自己美好的心願都已落空，再不可能像以前那樣地宴飲暢遊、盡情歡樂了。這時，夜幕降臨，又下起了淅瀝細雨，一股愁悶的陰影不覺悄悄襲上心頭。「付與春愁，小樓今夜雨」，是說往日歡遊，化為今夜釀愁的春雨。這樣繞個彎兒（或日「翻進一層」）去說，使詞意顯得委婉蘊藉，更耐咀嚼。

這首詞上半寫景，下半抒懷，中間以「短帽」兩句追述前遊過渡；而結末的「夜雨」又與開頭的「曉煙」、「護晴」遙相呼應，互為對比，從而更熨帖、更細膩地烘托出人物的心境。從表面上看，作品內容只是對當年風月冶遊的眷念、追惜而已，但結合作者身世考察，則並不如此簡單。王易簡是宋末進士，後來隱居不仕，他身歷亡國的巨變，愴痛於懷，但又不敢或不願明白說出，便採取傳統的比興手法，寄託自己的愁思；當時一些遺民作家的作品，亦有類似的例子。（周錫馥）

唐珏

【作者小傳】（一二四七～？）字玉潛，號菊山，越州（今浙江紹興）人。元世祖至元間，與林景熙同為採藥之行，潛瘞南宋帝后諸陵遺骨。詞存《樂府補題》中，凡四首。

水龍吟　唐珏

浮翠山房擬賦白蓮

淡妝人更嬋娟，晚奩淨洗鉛華膩。泠泠月色，蕭蕭風度，嬌紅斂避。太液池空，霓裳舞倦，不堪重記。嘆冰魂猶在，翠輿難駐，玉簪為誰輕墜。

別有淩空一葉，泛清寒、素波千里。珠房淚濕，明璫恨遠，舊遊夢裡。羽扇生秋，瓊樓不夜，尚遺仙意。奈香雲易散，綃衣半脫，露涼如水。

這是晚宋詞中詠白蓮的佳作，可與張炎的〈水龍吟・白蓮〉媲美。明王象晉《群芳譜》說，荷花有數色，唯紅白二色為多。白蓮即指白色的荷花。此詞全篇，不著「白蓮」一字，但又處處圍繞「白蓮」用筆，務求肖形肖神，盡態極致，栩栩如生，頗能體現宋末詠物詞的特色。

作者首先是把白蓮作為一個淡妝少女描繪的。起首的「淡妝」、「晚奩」句，都是從外部形象上寫白蓮本色，緊扣一個「白」字，以人喻花，風姿綽約。以白蓮為淡妝嬌女，已見楊萬里「恰如漢殿三千女，半是濃妝半淡妝」的詩句，他是以紅蓮為濃妝，以白蓮為淡妝的。「泠泠月色，蕭蕭風度，嬌紅斂避」三句，是就首二句的描繪而進一步加以渲染、烘托。「泠泠」、「蕭蕭」，不僅繼續描繪了白蓮的「淡妝」，同時也兼寫了白蓮的精神狀態。然後再以「嬌紅」作比較——向以紅色嬌媚，故稱「嬌紅」，但在這裡，與淨洗鉛華膩粉的白蓮相比，卻要「斂避」，白蓮之美，則不言而喻。從起句至「斂避」，皆為白蓮賦彩製形，僅五句，已形神俱得，而以「嬌紅」一句兼作綰結，形成一個層次。

「太液」三句，另開一層，略借典故，追述白蓮受寵的史跡。「太液池」，這裡是指唐代大明宮內的太液池，內植白蓮。五代王仁裕《開元天寶遺事》有關於太液池千葉白蓮開，唐玄宗與那善跳「霓裳羽衣舞」的楊貴妃共賞的記載；白居易〈長恨歌〉也有「太液芙蓉未央柳」的詩句。這是盛傳一時的佳話，可惜已成歷史陳跡，作者以「不堪重記」一筆總結過去，同時也為這一層次作個綰結。

「嘆冰魂」三句，又是一個層次，反承「不堪」句意而來，轉寫眼前白蓮的遭遇。「翠輿」猶「翠蓋」，指荷葉；「玉簪」亦花名，開花約與白蓮同時，花大如拳，色潔白如玉，蕊長似玉簪，故名，見明李時珍《本草綱目》，這裡借指白蓮花蕊。翠輿難駐，玉簪輕墜，意謂時序更換，好景未長，葉敗莖折，白蓮凋零，狼藉池塘，時序驚心，眾芳蕪穢。但「冰魂猶在」，精神未泯，亦希望之所在也。「冰魂」，喻白蓮品質高潔，僧棲白弔劉得仁詩有「冰魂雪魄」云云，見五代王定保《唐摭言》。

下片承上片結句而來，以翠輿難駐、玉簪輕墜的蕭索景象為背景，寫白蓮凋落之後的景況。首先以特出之筆，寫「淩空一葉」立於千里清寒素波之上。次以「珠房」三句，寫蓮房垂露，如泣如恨，而在夢裡懷戀著它那過去的紛華。「珠」即蓮子，李白亦有「攀荷弄其珠」（〈擬古十二首〉其十二）的詩句，「珠房」即蓮蓬；「明璫」本為婦女的玉製耳飾，梁簡文帝蕭綱〈採蓮賦〉寫採蓮女，有「於是素腕舉，紅袖長，迴巧笑，墮明璫」諸語，這裡蓋取「明璫」以代採蓮女。寫「淚濕」、「恨遠」，意在渲染紛華失去之後的悲涼。再以「羽扇」三句，轉寫秋天月夜之下，殘荷雖殘，而「仙意」尚留，此就上片「冰魂」之意而進一步渲染發揮之，以「羽扇」句寫秋，以「瓊樓」句寫月——「瓊樓」一般係指瑰麗堂皇的建築物，但又常用來指仙界樓臺或月中宮殿，這裡取後者，代指月。最後，結三句，總括白蓮凋殘，雖然冰魂猶在，仙意尚留，無奈香消衣脫，冷露淩逼。結句悲涼至極，大有流水落花無可收拾之意。

這首詞，從詠物的角度上看，是寫得形神兼備的，但它卻不是一首單純的詠物詞。這首詞寫在宋亡之後，最初收於《樂府補題》。夏承燾疑唐珏此詞是為元僧楊璉真伽（嘉木揚喇勒智）發紹興宋陵而作。經後人考證，《樂府補題》中的全部詞作都是暗指發陵事（考見夏承燾《唐宋詞人年譜》附錄《樂府補題考》）。元滅宋後，其江南浮屠總統楊璉真伽率徒眾盡發紹興宋帝后陵墓，攫取珠寶，棄骨草莽間，人莫敢收。唐珏與林景熙（熙一作曦）等傾家資，冒危險，收葬蘭亭，移宋常朝殿冬青樹一株植其上，作為標誌。南宋遺民王沂孫、周密、張炎、唐珏等，為此曾以龍涎香、白蓮、蟬、蟹、蓴等為題，賦詞唱和，以寄悲悼之情。這些詞，匯為《樂府補題》。當時元朝新立，文網苛密，故詞中指事抒情，皆不敢明言，唯有託物寄意而已。從這首詞所蘊涵的悲涼感情看，其寄慨亡國、抒發麥秀黍離之悲，還是顯而易見的。如「太液池空」三句，借唐喻宋，一「空」一「倦」，暗示了宋朝的滅亡；「不堪重記」一句，痛心疾首之情，溢於言表。「翠輿」，借綠荷暗指「翠輦」（特指皇帝的車駕）；

「難駐」，暗寓宋帝后的流離；而「玉簪」句則蓋指發陵事。發陵之後，帝后屍骨被棄草野間，皇后的長髮亦雜其間，「玉簪」云云，蓋為此而發。發陵事在宋端宗景炎三年即祥興元年，亦即元世祖至元十五年（一二七八）①十二月，臨安的宋朝廷雖已降元三年②，但南宋的末代幼主還在大臣們的擁戴之下，在南海厓山設行朝，泛海作戰。詞中「別有淩空一葉，泛清寒、素波千里」以及「尚遺仙意」云云，或即屬意於此。但大勢已去，已人盡皆知，故有「奈香雲易散，綃衣半脫」諸語。「淚濕」、「恨遠」，更明明是作者哀悼故國的淚與恨。當然，這種測度，難免牽強附會之譏。但這道詞為發陵而作，並寓有作者的亡國之痛，當是無疑義的。

這首詞在字數上，按傳統的說法，已屬於「長調」。長調的構局，貴在開合多變，擒縱自如。此詞在這方面頗見其長。上片前六句，以散駢結合的筆法，鋪排展衍，描繪白蓮形象；「太液」三句，忽然縱筆蕩開，另闢天地；「冰魂」三句，轉筆收攬，別出新意，而於下片換頭再次轉筆，作進一步推闡；「珠房」三句為合，總攝前意，而感情始深；以「羽扇」三句作延宕，舒緩詞氣；末三句為結，收一唱三嘆、遺音裊裊之效，而感情亦由此得以纏綿盡致。這樣用筆，使全詞顯得曲折往復，乍近乍遠，卷舒之間，一無沾滯，顯示了長調「構局貴變」的特點。

清譚獻認為這首詞的筆法值得學習，所以他說「學者取月，於此梯雲」（《復堂詞話》）。至於遺詞造句，亦如譚氏所云，「字字麗，字字玲瓏」（同上）。這個特點，顯而易見，毋庸多言。更值得注意的是，這首詞寄慨亡國，而這種感情的表達，詞中卻無一激奮語，反倒寫得幽極靜極，即使是「淚濕」與「恨遠」，亦皆發於無聲，如大悲號啕之後的無聲之泣。今傳唐珏詞共四首，皆在《樂府補題》之中，無不具有這樣的特點。正如他在〈齊天樂·餘閒書院擬賦蟬〉中所寫：「亂咽頻驚，餘悲漸杳……又抱葉淒淒，暮寒山靜。付與孤蛩，苦吟清夜永。」細檢《樂府補題》中的其他詞作，也大率如此。這大概就是「亡國之音哀以思」（《禮記·樂記》）了。（丘鳴皋）

4267

〔註〕①發陵時間，記載各異，《續資治通鑑》已有考辨。此據謝翱〈冬青引〉。謝與唐、林為友，亦參與收葬帝后遺骨事，記載較可靠，《續資治通鑑》亦從其說。②宋德祐二年丙子（一二七六）正月十八日，宋奉表降元。三月，元伯顏入臨安，執宋帝后北去。

蔣捷

【作者小傳】字勝欲，號竹山，陽羨（今江蘇宜興）人。宋度宗咸淳十年（一二七四）進士。宋亡不仕。頗有追昔傷今之詞，詞語尖新動人。有《竹山詞》，存九十四首。

賀新郎　蔣捷

秋曉

渺渺啼鴉了。亙魚天，寒生峭嶼，五湖秋曉。竹几一燈人做夢，嘶馬誰行古道。起搔首、窺星多少。月有微黃籬無影，掛牽牛數朵青花小。秋太淡，添紅棗。

愁痕倚賴西風掃。被西風、翻催鬢鬒，與秋俱老。舊院隔霜簾不捲，金粉屏邊醉倒。計無此、中年懷抱。萬里江南吹簫恨，恨參差白雁橫天杪。煙未斂，楚山杳。

這首詞沒有標明寫作年代，但從詞中「與秋俱老」等詞語看，顯係宋亡後所作。

初讀全詞，似覺作者漫不經意，信手寫來，看到什麼就寫什麼，想到什麼就寫什麼，如清陳廷焯《白雨齋詞話》所評，「多不接處」（法度不謹嚴）。但仔細吟味，就感到這首詞如同李白的某些詩一般具有極大的跳躍性，在陡轉陡接中顯示出感情的跌宕起伏。因此鑑賞這首詞也如同鑑賞李白的某些詩一樣，難以字摘句賞，而需要讀者發揮自己的聯想去加以補充，從整體上去把握它的意蘊。我們不妨循著詞人的感官所接和心態變化來追索一下詞中究竟表達了怎樣一種感情。

因為上了年紀，他早早地醒來了。首先聽到的是陣陣淒切的鴉啼，這鴉啼聲又隨著時間的延續顯得越來越遠，以至於聽不見了。他把視線轉向窗外，那綿亙無際的天空已泛出一片魚肚白色；他身上敏感到了清晨的涼意，因而聯想到這是從太湖中聳峙的山島那邊侵襲過來的。所見、所聞、所感，使他清醒意識到了「五湖（即太湖）秋曉」。這時他忽然記起了昨晚在燈光搖曳中，憑靠著竹几（小桌）做了一個夢，夢見古道上馬嘶人行。這「古道西風瘦馬」（元馬致遠〈天淨沙．秋思〉）的夢境回憶起來仍使人感到有幾分淒涼的況味。他披衣起床，習慣地用手爬梳了一下已經稀疏的頭髮，走到室外，觀看天空還有多少殘星。此時天色微明，月光澹薄，連籬笆的影子也顯示不出來了，只見懸掛在竹籬上的牽牛綻開了幾朵青色的小花。大自然似乎也嫌秋光太清淡了，那棗樹上又掛著些紅色的棗兒，給朦朧的景物增添了幾分亮色。這庭園小景倒也令人賞心悅目，剛才回味夢境帶來的淒涼之感已一掃而空。可這時迎面吹來的陣陣西風，又不免引起了他的傷感。內心長期鬱結的愁情本想依託西風吹走，而西風不僅沒有帶走滿懷愁緒，反而催促鬒鬒（頭髮黑而稠密）更快地變得稀白，自己就和這衰颯的秋天一般失去了生氣與活力。撫今追昔，回想舊院（指宋亡前居所）掛著簾幕，遮擋寒霜，酣飲美酒，直到醉臥在飾有彩繪的屏風邊，是何等豪縱！思量那時是不會有而今這種傷感的中年懷抱的。（南朝宋劉義慶《世說新語・言語》載：「謝太傅語王右軍曰：『中年傷於哀樂，與親友別，輒作數日惡。』」此用其意。）自己流落在這遼闊的江南地帶，可嘆恨的是銀囊羞澀，只能像伍子胥那樣去吹簫乞食。（《史記・范雎蔡澤列傳》載伍子胥由楚逃至吳，無以糊其口，「鼓腹吹篪（一作「簫」），乞食於吳市」。此用其事。）遙望天際，正見一字橫空，列隊參差的南歸白雁（白雁為大雁中之一種，杜甫〈九日五首〉其一詩有「舊國霜前白雁來」之句）。大雁尚且有歸回之時，自己何時得重返故里？目睹此景，不免令人生出嫉恨。此時，天色漸明，呈現在眼前的只是一派煙霧輕籠，楚山（詞人流寓之吳門古屬楚地，故稱）杳遠的迷濛景色。

詞中所寫只是秋曉這一時刻的所見所感，抒發的是「愁」和「恨」。這裡有悲秋之情，也有如同歐陽脩在〈秋聲賦〉中所抒寫的對「渥然丹者為槁木，黟（音同依）然黑者為星星」（紅潤的容顏變得枯槁，烏黑的頭髮變為銀絲。）所懷的憂愁，但詞的內涵實際遠不止此。聯繫詞人經歷亡國之痛的身世和逃難寓居吳門一帶的遭際，它無疑有著更為深刻、豐富的意蘊，那融進悲秋之中的「愁」和「恨」，是親人乖隔、淪落天涯之愁，是繁華衰歇、神州陸沉之恨。這愁恨像浩渺的秋曉五湖，像遼闊的萬里江南一般深廣。這裡描繪的正是一個在元朝統治下觸處生愁，形容衰颯，飽經滄桑與憂患得失，暗含無窮亡國哀感的知識分子的形象。

這首詞只寫眼前景，心中事，本色、天成。上下闋的寫法亦各有特點：上闋寫景與敘事結合，多作客觀描寫而情含景中。但敘事並不全依時間順序，而是先寫醒後再倒敘夢境，避免平鋪直敘，於錯綜中見變化。寫景既寫闊遠淒清的湖天，又寫親切可喜的庭園一角，使詞情在淒清的基調中穿插有令人愉悅的音節，於變化中見波瀾。下闋抒情與寫景結合。雖也寫景，但和上闋融情於景不同，而主要採取即事敘景的方法，即將景物描寫融化於抒情之中。詞中的西風、秋聲、大雁均從抒情中帶出，實景虛寫，顯得空靈，而這些景物又都帶有詞人主觀感情色彩，使表達的深愁長恨更顯強烈、凸出。結尾「煙未斂，楚山杳」則為實寫，以景結情，於濛濛煙景中含有一種迷茫之感，言有盡而意無窮。從全詞寫景說，也多有妙處。他所寫的近景：月色、竹籬和綴著小喇叭的牽牛，簡直就是一幅疏淡的、富於野趣的花卉圖。他描繪的遠景：雁橫天杪，煙隔楚山，更帶有傳統的水墨山水畫的意趣。詞中所用「中年懷抱」和伍子胥乞食吳地的典故，均極妥帖，且使漂泊之情、困頓之境表達得較為隱微，更耐人吟味。（劉慶雲）

賀新郎

蔣捷

吳江

浪湧孤亭起，是當年、蓬萊頂上，海風飄墜。帝①遣江神長守護，八柱蛟龍纏尾。鬥吐出、寒煙寒雨。昨夜鯨翻坤軸動，卷雕翬②、擲向虛空裡。但留得，絳虹住。

五湖③有客扁舟艤④，怕群仙、重遊到此，翠旌⑤難駐。手拍欄杆呼白鷺，為我殷勤寄語：奈鷺也、驚飛沙渚。星月一天雲萬壑，覽茫茫、宇宙知何處？鼓雙楫，浩歌去。

〔註〕①帝：指天帝。②雕翬（音同輝）：雕飾的飛簷，語本《詩經．小雅．斯干》：「如翬斯飛。」朱熹註：「其簷阿華采而軒翔，如翬之飛而矯其翼也。」翬，雉鳥名。③五湖：太湖別名。④艤（音同倚）：船靠岸叫艤。⑤翠旌：本指帝王儀仗，這裡借指仙駕。

這首詞，從下片「覽茫茫、宇宙知何處」句來看，當是作者在宋亡以後漂泊東南時期的作品，和另一首〈賀新郎・兵後寓吳〉詞約略同時。題目中所說的吳江，指吳淞江，它是太湖的一個支流，東入大海。在今吳江縣境內，跨江有橋，七十二孔，名長橋，又名垂虹橋，上有垂虹亭，都為北宋時所建，很宏麗。這座橋是由蘇州到杭州的必經之路。姜夔有〈過垂虹〉詩：「曲終過盡松陵路，回首煙波十四橋。」又在〈慶宮春〉詞裡說：「垂虹西望，飄然引去，此興平生難遏。」可以想見這座橋附近的風光很美。這首詞卻是借寫垂虹亭來抒發作者宋亡以後無所容身的隱痛，和姜夔的旨趣完全不同。

這首詞純從想像著筆，寫出了宋亡前後垂虹橋的變化。開頭一句「浪湧孤亭起」，就起得突兀奇譎，顯出了垂虹亭的氣勢。五個字中包含三重意思：江濤翻滾，孤亭翼然，被巨浪騰空湧起。不僅構思奇特，且可以看出詞人琢句的功力，和杜甫〈送裴二虬作尉永嘉〉的「孤嶼亭何處，天涯水氣中」，差可比肩。蘇舜欽也有詩詠垂虹亭云：「長橋跨空古未有，大亭壓浪勢亦豪。」這樣有氣勢的建築，詞人想像為「是當年、蓬萊頂上，海風飄墜」，點出了垂虹亭來歷的非同尋常。蓬萊山，是海上三神山之一，而蓬萊尤為著名，當年秦皇、漢武都曾派遣使臣前往尋訪仙人，求長生不老藥，可惜都未能找到，但卻有亭子飄落到了人間。這就伏下了下片詞意。仙山上飄來的亭子，由誰來護持它呢？詞人又把他的神思移到天上：「帝遣江神長守護，八柱蛟龍纏尾。鬥吐出、寒煙寒雨。」顯出了亭子的壯麗外觀：八根柱子上有八條蛟龍環繞，騰拏飛躍，並能噴煙吐雨。把橋邊江上的自然景色「煙雨」想像為神龍噴吐而成，又是一種奇特的構思。照理，來自仙山、神力所護的亭子當會永保無虞，哪裡會想到它也會遭受浩劫：「昨夜鯨翻坤軸動，卷雕翬、擲向虛空裡。但留得，絳虹住。」巨鯨翻動了地軸，把亭子上的色彩斑斕的飛簷拋擲到天空，弄得它殘破不堪，只把垂虹橋留了下來。這個巨鯨並不是水中怪物，而是人間的巨怪，這裡是指蒙元貴族。說「昨夜」，點出摧毀橋亭的事發生才不久，也有突如其來的含意。垂虹亭是否為元兵所毀呢？元兵於宋恭帝德祐元年（一二七五）攻宋，這年十二月，平江府（蘇州）通判王矩之、都統制王邦傑迎降於常州，元軍統帥伯顏進入平江府。他所率領的主力部隊正是從垂虹橋上經過進攻臨安（浙江杭州）的，很有可能，垂虹亭毀於此時。儘管是浪漫主義的寫法，也不至純屬虛構，它曲折地透露出歷史真相。垂虹亭的被毀，象徵著河山破碎，國家滅亡。

換頭「五湖有客扁舟艤」，由寫垂虹橋亭轉到了寫自己的吳江之行。他是從太湖裡駕著小舟停靠在垂虹橋邊的，目睹亭子殘破，不覺悲從中來。照一般的寫法，接著是直接抒發自己的感慨，而詞裡卻是別具匠心地寫出：「怕群仙、重遊到此，翠旌難駐。」兩句話裡包含了幾重意思：垂虹亭本來是建在蓬萊山上的，是群仙的聚會之所；自從飄墜到這裡以後，仙人們也曾前來遊過；但如果重來，目睹亭子被毀，恐怕他們也無法留駐。借著群仙的難駐，表明了山河改易後，即使是神仙也不再留戀人間。這比直接抒發感慨要委婉得多，深刻得多，也感人得多。

「手拍欄杆呼白鷺，為我殷勤寄語；奈鷺也、驚飛沙渚。」詞人思越奇，而情也越幻，他想使白鷺為群仙報信，向他們懇切說明人間山河已改，勸阻他們不必再來，怎奈白鷺不解人意，驚飛而去。這裡把沙洲飛鷺的常見景物，也拉進了神奇境界，與上闋的龍吐煙雨同一機杼。「星月一天雲萬壑，覽茫茫、宇宙知何處？」萬重烏雲遮蔽了一天星月，四海茫茫，何處是容身之地呢！這是全詞中最動情的兩句，也是全詞的主旨所在。詞人的亡國之痛，從這兩句裡集中地表現出來。從這裡可看出他對元朝統治的決絕態度。據有關資料記載⑥，元成宗大德年間，曾有人向元廷推薦他，他不肯出仕，在竹山隱居終老，看來有他的思想基礎。從詞境方面說，讀了這兩句，很容易聯想起《詩經．大雅．桑柔》裡所說：「我生不辰，逢天僤怒。自西徂東，靡所定處。」這是周朝詩人感時傷亂的作品。在詞裡，雖未必是有意化用，但他在易代之後，俯仰身世，無所寄寓，遂不覺與古代詩人契合於千載之上。結語「鼓雙楫，浩歌去」，也大有屈原〈漁父〉風味，餘音嫋嫋，閃現出詞人遺世獨立的高風。這首詞造境奇幻，造語凝練，在蔣捷的詞作中是很有特色的作品。（李廷先）

〔註〕⑥清陳廷焯《白雨齋詞話》：「蔣竹山，至元大德間，臧陸輩交薦其才，卒不肯起。詞不必足法，人品卻高絕。」

賀新郎 蔣捷

懷舊

夢冷黃金屋。嘆秦箏、斜鴻陣裡，素絃塵撲。化作嬌鶯飛歸去，猶認紗窗舊綠。正過雨、荊桃如菽。此恨難平君知否，似瓊臺湧起彈棋局。消瘦影，嫌明燭。鴛樓碎瀉東西玉。問芳蹤、何時再展，翠釵難卜。待把宮眉橫雲樣，描上生綃畫幅。怕不是、新來裝束。綵扇紅牙今都在，恨無人解聽開元曲。空掩袖，倚寒竹。

難平的亡國之痛是這首詞的抒情線索，然而詞人用筆卻婉曲幽深，極盡吞吐之妙。

詞以「夢冷黃金屋」為發端，即暗示出詞中描寫的對象乃是一位不凡的美人。「黃金屋」係用陳阿嬌事。舊題班固《漢武故事》載，漢武帝少時，長公主欲以女阿嬌配帝，帝謂：「若得阿嬌作婦，當作金屋貯之。」在這裡作者只是借阿嬌來寫一位美人。詞人一方面借這位美人來抒發自己的種種感慨，同時又把這位美人視為故國的象徵，是自己朝思暮想的對象。這位美人在全詞的結構線索中起著十分重要的作用。這個起句意謂美人夢魂牽繞的黃金屋已變得空寂、淒冷，實際上含有故宮淒涼、冷落之意。「嘆秦箏」三句具寫室內器物，這位美人見到自己曾經撫弄過的樂器已蒙上了一層厚厚的灰塵，撫今追昔，不禁感慨萬千，故以一「嘆」字領起。有此一「嘆」字，則將景物描寫化實為虛。秦箏，即古箏，絃柱斜列如飛雁成行。素絃，即絲絃。「化作嬌鶯」三句，謂夢魂化鶯飛回金屋，還認得舊時的綠色紗窗，此時一陣雨過，只見荊桃（即櫻桃）果實已長得如豆大。懷舊之情，惜春之感，一齊湧上心頭。「化作嬌鶯」一句用筆奇幻，匠心獨運。夢魂化作嬌鶯，想像正自不凡，而「嬌鶯」二字尤有奇趣，一方面與詞中所寫女性身分緊相呼應，另一方面攝取景物的鏡頭又可隨這嬌鶯的「飛歸」而自由移動，因之此句在上下聯繫上具有關紐的作用。由此可知金屋冷寂之境、秦箏塵撲之景，亦係化作嬌鶯所見。前此為倒敘，後此為順寫，正所謂「逆入平出」，特見波瀾。又景物描寫，前虛後實，虛實交錯，復顯變化。以上從宮殿、內苑、器物諸方面加以鋪寫，使「夢冷黃金屋」進一步具體化。「此恨難平」二句轉入直抒胸臆。瓊臺，一般指玉臺或華美的樓閣，但此處則指玉石所作的彈棋枰，魏文帝、晉夏侯惇的〈彈棋賦〉均有「局則荊山妙璞」、「局則崐山之寶，華陽之石」等描寫，可證。彈棋局，其形狀「隆中夷外」（見三國魏丁廙〈彈棋賦〉），即中央隆起，周圍低平。故李商隱有「莫近彈棋局，中心最不平」（〈無題·照梁初有情〉）、「玉作彈棋局，中心亦不平」（〈柳枝五首〉其二）之句。詞人在此化用李詩意，以玉製之彈棋局形容心中難平之恨。「此恨難平」是對上述種種情事引發的感情的小結，又用「君知否」的反詰句式傳達以出，正是悲憤鬱積過深，再也無法控制的感情爆發。由於恨極，人亦為之消瘦，故下有「消瘦影，嫌明燭」之句。詞人描寫消瘦的形象，實是要表達一種悲涼的心境，但卻不直接道出，而是借說「瘦影」，又嫌燭光太亮予以照出的反常心理曲折加以表露。

上闋主要借對美人的感傷的抒寫而自抒情懷，下闋則著重寫自己對伊人的追尋；上闋著重抒發時移世改的荊棘銅駝之感，下闋則主要從尋覓已經失去的故國著筆。過片「鴛樓」句以杯碎酒瀉比喻宋朝的覆亡。鴛樓，即鴛鴦樓，為樓殿名，唐孫逖即有〈奉和御製登鴛鴦樓即目應制〉詩。東西玉，酒器名，宋楊萬里〈送葉叔羽寺丞持節淮東〉詩有「呼酒東西玉，探梅南北枝」之句，又黃庭堅〈次韻吉老十小詩〉：「佳人斗南北，美酒玉東西。」史容註：「酒杯名。」這句從表面上看是寫和美人的分離，實則是寫和故國的永別。佳人已杳，然而眷戀情深，詞人仍希望能重睹其舊日丰采，故引出了下面的一問一答。「問芳蹤、何時再展」流露出自己重見伊人的熱切願望，然而「翠鈿難卜」（翠玉鈿難以卜出伊人蹤跡），又表明這一願望的實現何其渺茫。尋覓芳蹤，既已無望，便把一腔思念託之於丹青。「待把宮眉」三句，說自己準備把她那姣美的容顏描繪在生綃畫幅上，想來恐怕還是宮人舊時的裝束（故國的形象）吧。生綃，未經漂煮的絲織品，古人用以作畫。眉橫雲樣，謂雙眉如同纖雲橫於額前。「宮眉」字樣則與首句之「黃金屋」相應照。以上數層：與美人分離，渴望重見，希望渺茫，於是託之丹青，真可謂一層一轉，一轉一深，把故國之思寫得力透紙背。至結尾又一轉，恨知音難覓，只有獨自傷懷。綵扇紅牙（歌舞時用具），舊時之物俱在，然已物是人非，自己聆聽盛世之音，百感交集，卻無人理解。傷悼故國，已屬可悲，無人理解，更覺可嘆，暗示出此時懷戀故國之人已越來越少。顯然，作者的這種感嘆是針對當時有的人已經出仕元朝，有的人民族意識已經淡薄的情況而發的。而此情卻以「恨無人解聽開元曲」的詞語表達，顯得尤為曲折。開元曲，本指唐開元盛世的歌曲，此處借指宋朝盛時的音樂。「空掩袖，倚寒竹」，用杜甫〈佳人〉「天寒翠袖薄，日暮倚修竹」詩意，借竹的高風亮節表現自己堅貞不渝的品德，又在「空」（含有空寂意）、「寒」等字眼中流露出孤臣幽獨的情懷。

全詞以「夢冷黃金屋」發端，以自己的幽獨傷情作結，既表現了綿綿無盡的亡國之恨，又表現出自己不同流俗的高尚志節。從風格看，這是一首典型的婉約之作，其婉曲處表現在：一是借「夢」的形式描寫故宮離黍，虛虛實實之中，顯得境界迷離惝怳；二是運用比興寄託手法，詞中的美人有時是詞人自己靈魂的化身，有時又代表著故國的形象，作者與美人有時是難分難解，看似一而二，實是二而一；三是詞中除「此恨難平君知否」這句直抒其情外，其他地方對自己情懷的表達均用曲筆。詞人塊壘在胸，不吐不快，但由於時代的原因，也由於作者在藝術風格上有自己的獨特追求，不能夠或者不願意淋漓痛快地加以宣洩，故詞中處處隱約其辭，欲露不露，從而給讀者留下豐富想像的餘地。由於作者以佳人為喻，遣詞造句，力求注意切合女性身分，故在詞風上又具有麗密的特點，正如清譚獻在《複堂詞話》中所評：「瑰麗處，鮮妍自在。」（劉慶雲）

賀新郎 蔣捷

兵後寓吳

深閣簾垂繡。記家人、軟語燈邊，笑渦紅透。萬疊城頭哀怨角，吹落霜花滿袖。影廝伴、東奔西走。望斷鄉關知何處，羨寒鴉、到著黃昏後。一點點，歸楊柳。

相看只有山如舊。嘆浮雲、本是無心，也成蒼狗。明日枯荷包冷飯，又過前頭小阜。趁未發、且嘗村酒。醉探枵囊毛錐在，問鄰翁、要寫《牛經》否。翁不應，但搖手。

宋恭帝德祐元年（一二七五）冬，元兵長驅直入，占領了詞人的家鄉宜興以及常州、蘇州一帶，次年春，又攻佔臨安。這首詞當作於德祐二年秋。此時詞人流寓吳門（蘇州）一帶，為衣食而奔波。這首詞是他流浪生活的真實記錄。

上闋凸出描寫自己「影廝伴、東奔西走」的孤獨、悽寂情懷。這種情懷是透過兩層對照加以表現的：一是和往日幸福的家庭生活相對照。詞的開端「深閣簾垂繡」三句是回憶。深院閨閣，繡簾垂地，在柔和的燈光下，和親人輕言細語，爾汝恩怨，談到會心處，她嫣然一笑，那紅潤的面龐隨即呈現出迷人的酒窩。這深窈寧靜的環境，溫馨的氛圍，可愛的面影所構成的美好回憶和現實生活中煢煢獨處、形影相弔的況味相比較，真有天上人間之別。二是和眼前的自然之物相對照。自己在漂泊中多麼希望回到故鄉和家人團聚，可是「望斷鄉關知何處」！「寒鴉」在黃昏之後，尚可歸巢楊柳，怎不令人生羨，怎不令人產生人不如鴉之感！在唐宋詩詞中，「但倚樓極目，時見棲鴉。無奈歸心，暗隨流水到天涯」（秦觀〈望海潮〉）之類的句子，俯拾即是，蔣捷詞中描寫的情景亦復相似。但蔣詞中抒發的背井離鄉的愁苦情懷不是由和平時期的潦倒落魄而引起的，而是戰亂時代這一特定歷史環境中的產物。「萬疊城頭哀怨角」，在詞人聽來，城頭上反覆吹奏的號角聲充滿哀怨，這「哀怨」實是作者主觀感情的外射，摻和著國破家亡的傷慟。再聯繫下闋的開頭來看：「相看只有山如舊。嘆浮雲、本是無心，也成蒼狗。」更明顯地流露出江山易主的痛悼之情。劉禹錫被貶外郡二十餘年重回長安時有詩云：「不改南山色，其餘事事新。」（〈初至長安〉）「相看」句師其意，而沉痛過之。「嘆浮雲」兩句用陶淵明〈歸去來兮辭〉「雲無心以出岫」和杜甫〈可嘆〉詩「天上浮雲如白衣，斯須改變如蒼狗」語意，比喻世事的變幻無常。因此詞人的漂泊孤淒之感是和亡國之痛融合在一起的，它比一般的羈旅之愁更加深沉，也更加悲苦。何況在這一歷史背景中還有令人難堪的具體環境：這是一個秋風肅殺、百花凋殘的季節——「吹落霜花滿袖」；這是一個景物蒼茫的黃昏時刻，所見乃點點寒鴉，所聞唯城頭哀角。這一切都將詞人的哀愁烘托得更為濃重。

如果說上闋重在抒發精神痛苦的話，那麼下闋便是將重點放在物質生活困頓的描寫上。「明日」二句寫詞人在謀劃下一步的生計：明天將帶上乾糧——枯乾的荷葉包著的冷飯，越過前面那座小山（阜：土山），設法找點活兒幹，以便糊口。雖是設計「明日」，但從一「又」字可以看出詞人處於這樣的窘境已非一日。明天是「枯荷包冷飯」，今天、昨天何嘗不是如此呢？明日要去奔波，整個流浪期間何嘗不是如此呢？上闋的「東奔西走」在這裡具體化了。然而詞人在困頓中還保留著幾分達觀：「趁未發、且嘗村酒。」姑且來一番苦中作樂，暫時把煩憂拋在一邊吧！但飲罷村酒，還得面對現實。詞人在微醉中探手「枵（音同蕭）囊」（空無一文的口袋），幸喜那唯一的謀生工具毛錐（毛筆）還在。他懷著一線希望詢問鄰近的老翁：「需要抄寫《牛經》（關於牛的知識的書）麼？」沒料想老翁只是搖手，示意並不需要。詞人「東奔西走」的目的和結果，希望和失望都在這段描寫中一一具現。在這裡，作者抓住現實生活中幾個典型的細節加以描述，完全運用寫實的手法，即把它看成現實主義的傑作亦無不可。描寫物質生活的匱乏，描寫貧困、飢餓，在杜甫、孟郊、賈島等人的詩中屢見不鮮，而在詞中，像蔣捷這樣細緻、真切的描繪，恐怕是絕無僅有的。

這首詞是一個流浪者的悲歌，更確切地說，是一個處在特殊的新舊王朝交替時期的流浪者的悲歌。詞人的流浪、物質生活的困窘，固然與戰亂有關，但他的甘心漂泊、甘心忍受物質生活的困窘，卻是他不肯屈節仕元的反映，因而在這首悲歌中又閃耀著詞人貧賤不能移的高尚氣節的光輝。詞人的不幸遭遇和不屈的性格在當時一部分知識分子中是具有代表性的。同時，還可以從「翁不應，但搖手」的細節描寫，從鄰翁對《牛經》的冷淡態度，體察到當時戰後農村的凋零破敗、農民生產情緒的低落。因此完全有理由說，這是一首具有鮮明時代特色、具有深刻現實意義的不可多得的詞作。（劉慶雲）

女冠子

蔣捷

元夕

蕙花香也。雪晴池館如畫。春風飛到，寶釵樓上，一片笙簫，琉璃光射。而今燈漫掛。不是暗塵明月，那時元夜。況年來、心懶意怯，羞與蛾兒爭耍。江城人悄初更打。問繁華誰解，再向天公借。剔殘紅灺。但夢裡隱隱，鈿車羅帕。吳箋銀粉砑。待把舊家風景，寫成閒話。笑綠鬟鄰女，倚窗猶唱，夕陽西下。

不論是北宋還是南宋，在所有的節日中，以元宵最為熱鬧，也以元宵最為人所重。而在國破家亡之時，這個節日又最容易引起人們對往昔繁華的追憶，最易牽動人們的故國之思。關於元夕，蔣捷寫過不只一首詞，有宋亡之前的，也有宋亡之後的。這首元夕詞係宋亡後所作。作者透過今昔元宵的對比和內心感情活動的抒發，表現了他對故國的深切緬懷。

詞中的今昔對比或交錯進行，或將二者綰合在一起。「蕙花」六句寫昔。作者一開始即沉入了對過去元夕的美好回憶：蘭蕙花香，雪霽天晴，街市樓館林立，亭臺樓閣之中池波蕩漾，宛若畫圖，盡是一派迷人景象。這樣便從景物、天氣、繁華的街市幾個方面對元夕的節日氛圍作了充分的渲染。下面進一步接寫元夕的熱鬧場景：在和煦的春風中，酒旗飄拂，舞榭歌臺，笙簫齊奏，大有「仙樂風飄處處聞」（白居易〈長恨歌〉）的勝概。（寶釵樓，本為咸陽酒樓，此處泛指歌樓酒肆。）更有琉璃彩燈，光耀奪目，如同白晝。據周密《武林舊事》記載，「禁中嘗令作琉璃燈山，其高五丈」，又地方進貢之燈「五色琉璃所成」。那令人陶醉的音樂，那壯觀的燈市，至今仍使詞人感到歷歷如昨。「而今」三句寫今。「而今」二字是過渡，既點明前面所寫係昔日情景，又啟下描寫今日元夕景況。「燈漫掛」，是隨隨便便草草地掛著幾盞燈，與「琉璃光射」形成鮮明的對照，這是從正面寫今宵的冷清、暗淡。「不是」兩句既從否定的方面寫今夕的蕭索，又從中帶出昔日的繁華。「暗塵明月」用唐蘇味道〈正月十五日夜〉「暗塵隨馬去，明月逐人來」詩意，以補足「那時元夜」月華流照的美妙景色和車水馬龍的盛況。這兩句今昔綰合，筆墨經濟簡省。以上是從節日活動方面作今昔對比。「況年來」兩句，從表情來說是推進一層，同時又是今昔不同心情的對比。而今元宵的冷落本已令人興味索然，何況這些年來對這一切早已心灰意懶，更怕出去觀燈戲耍了。蛾兒，即鬧蛾兒，用紙剪成的玩具。這裡表現的和李清照〈永遇樂〉「如今憔悴，風鬟霜鬢，怕見夜間出去」表達的心情是完全一致的。寫這種暗淡的心情是近些年來才有的，即暗示出從前的遊興之高，從前戲耍的盡情盡興。

下闋「江城」句承「燈漫掛」，從燈市時間的短促「人悄初更打」續寫今宵的冷落，並點明詞人度元宵的所在地——江城（即原南宋首府臨安，因位於錢塘江北岸，故稱）。下面數句直至詞末，一連用了「問」、「但」、「待把」、「笑」等幾個領字，一氣直下，寫出了自己內心的悲恨酸楚。「問繁華」兩句用倒裝句法，提出有誰能再向天公借來繁華（恢復故國）呢？其含義有三層：一是以「繁華」二字作為對過去的總結；二是說明繁華已一去不返；三是表露自己還有恢復故國的願望，只是無力回天。詞人懷著無可奈何的遺恨心情，剔除燭臺上燒殘的灰燼（灺，音同榭，燈燭的殘灰）入睡了，只覺得那轔轔滾動的鈿車（金飾的華美車子）、佩戴香羅手帕的如雲士女，依稀闖入了自己的夢境。（「鈿車羅帕」是周邦彥〈解語花．上元〉詞句，這裡用來恰到好處。）他要用最精美的吳地出產的銀粉紙，把「舊家風景」（宋朝盛事）寫成文字，以寄託自己的拳拳故國之思。「銀粉砑（音同訝，碾壓）」，上銀粉的光潔發亮的紙。而在這時，聽到鄰家的少女還在倚窗唱著南宋的元夕詞。宋范周所作〈寶鼎現〉的首句為「夕陽西下」，此詞對元夕繁盛的景況極盡鋪寫之能事。現在居然還有人能唱這首詞，沒有忘記盛時之音，這歌詞描繪的繁華景象和自己懷戀的「琉璃光射」、「暗塵明月」的「舊家風景」正相一致，因此，詞人心頭不禁為之一動，在悲苦中略微感到一絲欣慰，故而以一「笑」字領起。但這「笑」中實在含有無限酸楚，因為「繁華」畢竟是一去不返了。

這首詞寫得極自然流動，但是在頓挫中顯流動，於追琢中出自然。對過去元宵的鋪敘作者不惜篇幅，不惜濃墨重彩，或直接描繪，或間接敘寫，或透過夢境加以再現，又用「寶釵樓」、「琉璃光」、「池館如畫」、「鈿車羅帕」等精豔詞語加以刻畫。這是其著力處、追琢處，表現出詞人情之所鍾，但又自然天成。詞中由昔而今，由眼前景而心中事，由己而人，有多處轉折，但由於善用妥溜的領字接轉，又顯得累累如貫珠，一氣流走，絕無滯礙。（劉慶雲）

聲聲慢　蔣捷

秋聲

黃花深巷，紅葉低窗，淒涼一片秋聲。豆雨聲來，中間夾帶風聲。疏疏二十五點，麗譙門、不鎖更聲。故人遠，問誰搖玉珮，簷底鈴聲？

彩角聲吹月墮，漸連營馬動，四起笳聲。閃爍鄰燈，燈前尚有砧聲。知他訴愁到曉，碎噥噥、多少蛩聲！訴未了，把一半、分與雁聲。

宋詞中以秋光、秋思、秋夜為題材的作品俯拾即是，像蔣捷〈聲聲慢〉這樣專詠「秋聲」的，卻很少見。作者很可能受到歐陽脩〈秋聲賦〉的啟發，但這首詞並不像〈秋聲賦〉那樣，把秋聲作一個整體來描繪，借秋聲以發揮他「亦何恨乎秋聲」的議論，而是在詞中具體再現了一個秋夜之中的種種秋聲。他沒有徑直地抒發感慨，只是從自己的生活實感出發，把聽到的秋聲像彈鋼琴那樣一個音符一個音符地彈奏出來，組成了淒涼的旋律，讓人們自己來領略它的情味。

詞的開端以「黃花深巷，紅葉低窗，淒涼一片秋聲」三句領起。這是菊花盛開、紅葉掩映的深秋時節，主人公正在深巷中的宅院之內，憑窗諦聽著連綿不斷的秋聲。「淒涼」是秋聲給他的凸出感受，也是把詞中各種聲音串聯起來的結構線索。

接下去，作者用排比的結構，逐個揭示他聽到的各種淒涼的聲音。一首詞用同一個字作韻腳，在格律上稱為「福唐獨木橋體」。作者用同一「聲」字叶韻，加強了秋聲的連綿不斷、使人愁悶之感。

秋風秋雨之聲是秋聲大合唱中的主要聲部。「豆雨聲來，中間夾帶風聲」兩句，用農曆八月豆子開花時節的「豆花雨」點出秋雨聲夾雜風聲率先而來。風雨淒涼，偏偏又是在難眠的長夜。隨著風聲又傳來了稀疏的更點聲。這更聲來自城門上的更鼓樓（麗譙）。「疏疏二十五點，麗譙門、不鎖更聲」句中的「不鎖」兩字，似乎流露了主人公怪罪的意味，因為他是寧願聽不到的。古代把一夜分為五更，一更分為五點。作者不用「五更」而化整為零寫成「二十五點」，意在表明徹夜難眠的主人公尤感秋夜的漫漫難捱。宋末詞人陳德武〈沁園春·舟中夜雨〉「冬夜如年，客枕無眠，怎到天明。待數殘二十五、寒更點，聽餘一百八、曉鐘聲」，可以參讀。風不僅送來了更聲，又突然搖響了簷底的風鈴。「故人遠，問誰搖玉珮，簷底鈴聲」三句，揭示了主人公聽到鈴聲引起的心理活動：他最初以為這是哪個來訪的老友身上玉珮的丁東之聲。旋又懷疑，老友都在遠方不可能來，那麼這會是誰呢？大概是連續不斷的丁東聲響而又不見人影才使他明白這原來是風鈴的聲音。主人公思念故友的寂寞之感，便在這描寫鈴聲的細膩筆墨中，巧妙地暗示出來。

換頭「彩角聲吹月墮，漸連營馬動，四起笳聲」三句，把筆觸從深夜轉向黎明。隨著月亮下沉，傳來了號角聲，各個軍營中逐漸騷動起來的軍馬嘶鳴聲，騰跳聲，四面八方的胡笳聲。這聲音引出了作者生活的年代。蔣捷生活於宋末元初，剛剛中了進士，南宋就被元朝所滅。他入元後隱居太湖竹山，一直不肯出來做官。始終生活於江南太湖一帶的蔣捷怎會聽到了這些邊塞軍旅的種種聲音呢？顯然，這聲音表明，元朝已經統治了全國，而且軍旅遍佈。對於誓不與元廷合作的蔣捷來說，這些聲音，豈不是比之秋風秋雨的聲音更加刺耳驚心嗎？

軍旅之聲固然使他心碎，民家的聲音也絲毫不使人感到寬慰。「閃爍鄰燈，燈前尚有砧聲。」從鄰舍燈光閃爍之處，又傳來了在砧石上擣練之聲。一個「尚」字表明這位鄰家主婦為了趕製寒衣竟然辛苦了一夜，到天明還沒有結束。

人在忙著趕製寒衣，蟲也忙著「促織」。「知他訴愁到曉，碎噥噥、多少蛩聲！」何以「知」蛩「碎噥噥」地叫了一夜呢？豈不是聽者也徹夜未眠嗎？至於把蛩的叫聲稱為「訴愁」，當然是主人公移情的作用，把自己的愁懷轉嫁給蛩鳴罷了。楊萬里〈促織〉詩說：「一聲能遣一人愁，終夕聲聲曉未休。」描寫的就是同一情景，然而說它「使人愁」，雖然更近於事實，卻不如說它自己在「訴愁」更有情味。「訴未了，把一半、分與雁聲。」似乎是蟋蟀把它未訴完的愁苦又分給了橫空的過雁。這巧妙的一筆，又點出大雁叫聲的淒涼和它帶給主人公的愁意。大雁由於有信使的美名，它給人的愁緒往往同引起人們對遠人的懷念分不開。下片以雁聲作結，與上片從鈴聲想到遠方故人的收尾，兩者互相呼應，想來作者是為了凸出故人之思而作的藝術安排。

詞中以「豆雨聲」開始，以「雁聲」收尾，以夜晚和黎明劃分上下片，以淒涼為主線，再現了主人公在一個秋夜聽到的十種秋聲。從對這種種秋聲的描寫中，使人領悟到有一副「愁人」的耳朵在諦聽著這一切，有一個徹夜不眠的主人公正在從這一片使他共鳴的淒涼的秋聲中尋求感情的寄託。人們從雁聲和蛩聲的「訴愁」，從笳聲、鈴聲的興感等等，聽到了作者難以言傳的苦悶心聲。（范之麟）

尾犯　蔣捷

寒夜

夜倚讀書床，敲碎唾壺，燈暈明滅。多事西風，把齋鈴頻掣。人共語、溫溫芋火，雁孤飛、蕭蕭檜雪。遍欄杆外，萬頃魚天，未了予愁絕。雞邊長劍舞，念不到、此樣豪傑。瘦骨稜稜，但淒其①衾鐵。是非夢、無痕堪記，似雙瞳、繽紛翠纈。浩然心在，我逢著、梅花便說。

〔註〕①淒其：寒涼狀，《詩經・邶風・綠衣》：「絺兮綌兮，淒其以風。」

蔣捷是南宋遺民，入元後不仕。當時元朝統治者對漢人的鉗制極嚴，他表達愛國思想的詞作，不可能像辛棄疾、陸游、劉克莊那樣大聲疾呼，直抒胸臆，只能借詠物寫景和描寫其他生活情節，或以比興手法，或以隱約語氣，偶然吐露一些，只能抑遏鬱悒，不能慷慨激昂。這首詞是比較直截地寫亡國之痛的，然仍以抑遏之筆，斂激昂之氣。

上片：「夜倚讀書床，敲碎唾壺，燈暈明滅。」一個夜晚，作者靠著讀書床，在似明非明的暗淡燈光下，和朋友對談，談到心事激動時，也有擊節高歌、敲碎唾壺之概。南朝宋劉義慶《世說新語．豪爽》說王敦酒後讀曹操〈步出夏門行〉「老驥伏櫪，志在千里。烈士暮年，壯心不已」的詩句，深受感動，用鐵如意擊唾壺為節，壺口盡缺。作者用這個典故，是為了表達亡國之後，救國無方的憤激心情的。但他不願意讓這種心情向更昂揚、更酣暢的高處發展，所以一吐之後，即把它收束住，用「燈暈」來沖淡它。「多事西風，把齋鈴頻掣。」這兩句接著從室內寫到室外，西風勁吹，把書齋的門鈴頻頻吹響。從「西風」點出夜是秋夜；從風能掣鈴，又點出這是深秋寒夜，為後文「檜雪」留伏筆。「人共語、溫溫芋火，雁孤飛、蕭蕭檜雪。」從室外回到室內，又從室內聯想到室外。室內：朋友對談，只能烤芋充飢，用它的「溫溫」之火取暖，雖友情溫暖，而生涯冷淡。室外：天上縱有飛雁，可能也是形單影隻，嘹唳哀鳴；在風中蕭蕭作響的檜樹已戴著霜雪。這裡的「檜雪」，與上面的「西風」照應，可能是初降的微雪，也可能只是月白霜濃的景象。如果說室內還有點溫暖之氣，那麼室外就是一片蕭寒了。「遍欄杆外，萬頃魚天，未了予愁絕。」室內對談，勾起愁腸，想到室外走走，雖然欄杆以外，看到的是狀如魚鱗的萬頃雲天，但空闊的境界，也消除不了心中的抑鬱之氣和牢愁。這裡用景物描寫，渲染自然界的嚴冷氣氛；自然界的嚴冷，也是當時遺民的政治處境的象徵。冷淡生涯，只能保持於一室；蕭寒情狀，則已遍及於大地。整片詞的基調，是偶露憤激，盡歸淒婉。

下片：「雞邊長劍舞，念不到、此樣豪傑。」起句，用晉代志士祖逖、劉琨聞雞起舞、以鍛鍊報國身手的典故，表示對救亡事業的嚮往，使換頭換來壯氣；但環顧當時的處境，又不敢更作空洞豪語，只好把壯氣再抑遏下去，接著一句，便清醒而又痛心地指出自己是學不到這種「豪傑」之士的，情調復歸淒婉。「瘦骨稜稜，但淒其衾鐵。」清瘦的身軀，衾冷如鐵的窮困生活，是學不到「豪傑」的原因；「稜稜」既狀身體消瘦，又狀氣骨嶙峋。「是非夢、無痕堪記，似雙瞳、繽紛翠纈。」是非夢，含蘊複雜，即追思亡國之前，何人抱忠，哪些事有利社稷？何人誤國，哪些事導致傾覆？這些是非功過，都已成過去，恍然如夢。既然如此，它在歷史上就未必能留下分明的痕跡，所謂「事如春夢了無痕」（蘇軾〈正月二十日，與潘、郭二生出郊尋春，忽記去年是日同至女王城作詩，乃和前韻〉），要追究考察，也只覺「繽紛」撩亂，使人像雙眼受著「纈花」瞇住。這裡不是說是非不值得追究，而是慨嘆歷史的記載未必可靠，亡國之禍要追究也已來不及。「浩然心在，我逢著、梅花便說」亡國之事雖成過去，但盼望恢復、守節不屈的「浩然」之心依然存在。這句又是壯氣一振，但一振之後，同樣不是向高處、壯闊處發展，而是向低處、幽隱處收束。「壯心」不能當眾傾吐，不能呼天控訴，只能對著「梅花」才說，多麼地抑制，多麼地淒苦！「梅花」，那時是堅持民族氣節、忍受一切飢寒痛苦和嚴峻考驗的遺民、志士的象徵。蔣捷詞中，不止一次用到它：〈水龍吟·效稼軒體招落梅魂〉、〈翠羽吟〉兩首是最明顯的例證。〈梅花引·荊溪阻雪〉的「有梅花，似我愁」，〈阮郎歸·客中思馬跡山〉的「瓊簫夜夜挾愁吹。梅花知不知」，也可見一斑。

這首詞，表現激昂之情的，如神龍首尾，偶然一露；圍繞著它的，是一片淒黯低沉的雲氣。但神龍在雲中的舒捲起伏，仍顯然可見。激昂斂歸淒婉，淒婉不掩激昂，成為這首詞的基調。（陳祥耀）

梅花引　蔣捷

荊溪阻雪

白鷗問我泊孤舟，是身留，是心留？心若留時，何事鎖眉頭？風拍小簾燈暈舞，對閒影，冷清清，憶舊遊。

舊遊舊遊今在否？花外樓，柳下舟。夢也夢也，夢不到，寒水空流。漠漠黃雲，濕透木棉裘。都道無人愁似我，今夜雪，有梅花，似我愁。

荊溪在今江蘇宜興，流入太湖。而蔣捷就是宜興人，他這次乘舟沿荊溪而行，或者是離家外出，或者是從外地返回家鄉，途中為雪所阻，泊舟荒野，空寂無聊，懷舊之情，油然而生，於是寫了這首詞，描述當時的心境。

詞人設想奇，落筆也奇。開頭不寫風雪，不寫溪流，也不寫泊舟的經過，而是創造幻象，以虛寫實。「白鷗問我泊孤舟，是身留，是心留？」「心留」指的是樂意羈留，「身留」則是出於被迫，無可奈何！詞人途中遇雪，不能繼續航行，才泊舟於岸邊，自然不是「心留」。這意思本可用答問的方式表現出來，但詞人迴避正面作答，繼續讓白鷗發問：「心若留時，何事鎖眉頭？」「鎖眉頭」三字以形示情，並且由問者（白鷗）的眼中看出，口中說出，不只深婉，尤其鮮明，遠非自我表白可比。顯然，白鷗是詞人寄託心情的意象。託物言情，有擬物為人之法，使物成為人（作者）的化身。如蘇軾〈卜算子．黃州定惠院寓居作〉中的「驚起卻回頭，有恨無人省。揀盡寒枝不肯棲，寂寞沙洲冷」，就以孤鴻自擬，用來抒發孤高自賞的情懷。這首詞卻很特別，作者阻雪的心情雖是透過白鷗來表達的，但白鷗卻不是作者的化身，牠的心情也和作者不一樣，甚至相反。從牠說話的語氣可以看出，牠慣於生活在風雪之中，激流之上。這就和作者的情緒構成強烈的對比，從而起到有力的烘托作用。由此可知，作者描寫白鷗，旨在深化意境，不只追求表現手法上的新奇而已。

白鷗的問話提攜下文，籠罩全篇。實際上後面的描述都是圍繞著「何事鎖眉頭」一語展開的。

詞由舟內到舟外，逐次展示寒冷凄清的境況，凸出一個「愁」字。晚上，冷風拍打著小小的簾幕，鑽進船艙，把燈火撩撥得跳蕩不已，那環形的光暈連同我身邊的影子，都在不安地搖曳著，使我感到格外孤獨冷清，情不自禁地想起昔日的遊伴來。遊伴啊遊伴，不知你可還健在？回憶當年我們結伴而遊，多麼歡樂自在！那坐落在花叢旁的小樓，那穿行於柳蔭之下的輕舟，一切的一切，都夢幻般地消逝了。我真想做一個夢，重溫舊日的歡欣。但冷風、寒水、黃雲、白雪，攪擾得我片刻也不得安寧，連那木棉（即棉花）衾都濕透了，哪裡還能入睡！夢自然也做不成了。「夢不到，寒水空流」，「寒水空流」除了襯托出佳夢難成的空虛絕望心境，還隱含「彼雖奔流不息，卻不能載我而去」的怪罪之意。詞人念舊懷遠之情，也像荊溪流水那樣悠悠難盡。風雪漫天，欲去不能，自然愁苦萬分。「都道無人愁似我」，又是奇筆。孤舟之上，黑夜之中，陪伴自己的唯有燈與影而已，有誰來說這樣的話？況且是「都道」，好像人數還不少，他們從何而來？顯然，這是一種設想，一種變主觀為客觀的表現手法。以人寫己，可以不受或少受拘限，故而比較容易盡情盡意。「今夜雪，有梅花，似我愁」，用對比映襯的手法極寫天氣寒冷。梅花是冬天開放的花，有著傲雪的精神，它應該是不怕冷的，但今夜的雪是如此之大，天氣是如此之冷，連不畏寒的梅花也禁受不住，像我一樣深深地沉浸在愁苦之中。全篇只在臨近結尾處出現一個「雪」字，用以點題，極儉省地畫出了這首詞的「眼睛」。

這首詞的一個凸出特點是流動自然。開頭一連串的發問，凌空作勢，如飛瀑懸流，奔騰而下，迅疾非常，不可暫止。後面不論寫景抒情，多用短句（三字、四字句最多），一韻（平聲尤韻）到底，節奏明快，音響清越。全篇以抒情為主，輔以寫景，景為情設，情因景顯，這樣就不致因描摹景物而妨礙感情流水的奔瀉，讀來一氣貫注，情辭暢達。其間有一些詞語（如心留、舊遊、夢也）重疊運用，上下勾連，迴環跌宕，有如衝波逆折，宛轉生姿。

清人劉熙載對蔣捷詞推崇備至，譽之以「長短句之長城」。但他說：「蔣竹山詞未極流動自然，然洗練縝密，語多創獲。」（《藝概·詞概》）用他的話來分析評價這首詞，就不免有所歪曲，可見他對蔣詞的評論也有以偏概全的弊病。今人胡雲翼認為「寫作方法和風格的多樣化，也是竹山詞的特徵之一」（《宋詞選》）。詞論家們對蔣捷的詞風各執一說，原因蓋出於此。（朱世英）

一剪梅　蔣捷

舟過吳江

一片春愁待酒澆。江上舟搖，樓上簾招。秋娘渡與泰娘橋①，風又飄飄，雨又蕭蕭。

何日歸家洗客袍？銀字笙調，心字香燒。流光容易把人拋，紅了櫻桃，綠了芭蕉。

〔註〕①渡：《全宋詞》作「度」；橋：作嬌。茲從龍榆生《唐宋名家詞選》。

這首詞寫作者乘船漂泊途中倦遊思歸的心情。詞題「舟過吳江」表明，他當時正乘船經過瀕臨太湖東岸的吳江縣。首句「一片春愁待酒澆」，揭出了「春愁」這個主題，並點出了時序。「一片」，形容他愁悶連綿不斷。「待酒澆」，又從急需寬解表現了他愁緒之濃。唐韋莊〈買酒不得〉詩「滿面春愁消不得」，不就是由於無酒澆愁以至春愁難消麼！那麼，詞人的愁緒究竟在什麼樣的景況下產生的？產生了哪些愁緒？往下的描寫就回答了這兩個問題。

「江上舟搖，樓上簾招。秋娘渡與泰娘橋，風又飄飄，雨又蕭蕭」，上片這五句，用跳動的白描筆墨，具體描繪了「舟過吳江」的情景。這「江」，就是流經吳江縣的吳淞江，即吳江。一個「搖」字，刻畫出他的船正逐浪起伏地向前划動，帶出了乘舟的主人公的動蕩飄泊之感。一個「招」字，描寫出江岸邊酒樓上懸掛的酒招子（酒簾）正在迎風飄擺、招徠顧客，也透露了他的視線為酒樓所吸引並希望借酒澆愁的心理。這兩句都著筆於景物的動態。句中特別點出了吳江的兩個引人注目的地名，表現他的船已經駛過了秋娘渡和泰娘橋，以凸出一個「過」字。這個渡口和橋都是用唐代著名歌女的名字命名的，船經此處，很容易使人產生聯想。作者偏偏挑出這兩個地名，這裡難道沒有透露出他觸景生情，亟欲思歸和閨中人團聚嗎？飄泊思歸，偏偏又逢上惱人的天氣。作者用「飄飄」、「蕭蕭」描繪了風吹雨急，並連用兩個「又」字，表示出他對這「不解人意」的風雨的惱意。

上片以白描寫景，景中帶情；下片正面寫情，情中有景。「何日歸家洗客袍？銀字笙調，心字香燒」，三句想像歸家後的溫暖生活，表現了他思歸的急切。「何日歸家」四字，一直管著後面的三件事：洗客袍、調笙和燒香。「客袍」是旅途穿的衣服。「洗客袍」意味著至少暫時結束了客遊的勞頓生活；調笙，調弄起鑲有銀字的笙，燒香，點燃起熏爐裡心字形的香。不用說，這三件事都是他的閨中人做的。這意味著他有美眷的陪伴，可以享受舒適的家庭生活的溫暖。「銀字」和「心字」這兩個裝飾性的用語，又給他所嚮往的家庭生活，增添了美好、和諧的意味。

倦遊思歸，是他的「春愁」的第一層含義，與此相關連，還有第二層含義，那就是對年華流逝的感嘆。後者表現在結尾三句。句中捨棄了陳舊的套語，採用了擬人而又形象的語句「流光容易把人拋」，凸出時光流逝之快。特別是，作者還創造性地利用櫻桃和芭蕉這兩種植物的顏色變化，更具體地顯示出時光的奔馳。李煜雖曾用「櫻桃落盡春歸去」（〈臨江仙〉）揭示春去夏來的時令變化，而蔣捷則是從不同的角度，抓住夏初櫻桃成熟時顏色變紅，芭蕉葉子由淺綠變為深綠這一特徵，從視覺上對「流光容易把人拋」加以補充，把看不見的時光流逝轉化為可以捉摸的形象。「紅」和「綠」在這裡都作使動詞用，再各加一個「了」字，從動態中展示了顏色的變化。當然，這裡作者並不光是在寫景，而且是在抒情，抒發對年華消逝的慨嘆。這第二層春愁，實際上是第一層春愁的深化。這種「轉眼間又春去夏來」的感嘆，包含了他對久客的嘆息，包含了他思歸的急迫心情，也包含著光陰似水的人生感喟。

〈一剪梅〉這個詞牌，有叶六平韻和逐句叶韻兩種寫法。作者採用了逐句叶韻的格式，讀起來更加鏗鏘悅耳。他還充分發揮了這種格式中四組排比句式的特點，加強了作品的表現力和節奏感。這都使它更像一支悠揚動聽的思歸曲，增添了它的餘音繞梁之美。（范之麟）

虞美人　蔣捷

絲絲楊柳絲絲雨，春在溟濛處。樓兒忒小不藏愁。幾度和雲飛去覓歸舟。
天憐客子鄉關遠，借與花消遣。海棠紅近綠欄杆。才捲朱簾卻又晚風寒。

梳樓

詞寫羈旅他鄉，憑欄傷懷，思歸念遠的心情。首二句登臨即景。楊柳如絲，細雨綿綿，霏霏雨幕中，柳絲輕拂。遠處煙雨籠罩，呈現出一派迷濛縹緲的景象。這二句，一近景一遠景，一工筆細描，一簡筆勾勒，詞人運用了畫家的藝術筆法，描摹出江南春雨特有的景致，猶如一幅秀雅的水墨圖。「絲絲」這一疊詞，看似平常，其實頗見巧妙：既逼真地再現了柳枝隨風婆娑起舞的柔姿，也生動地描畫了春雨連綿不斷的形象，暗襯倚欄人愁緒的萬縷千絲。由於詞人把握準了柳絲、細雨的特徵，寫出了兩者的天然神韻，因而起句儘管重複出現了「絲絲」一詞，卻並不使人覺得累贅，反而產生了特定的渲染效果，使詞具有豐富的內涵。從音調上講，這兩個疊詞協暢自然，念來朗朗上口，增強了詞的藝術美感。「樓兒忒小不藏愁」，轉入觸景傷懷的心理表現。寫愁難，因為是一種抽象的思緒情感，很難捉摸，所以，詩詞中或有以水喻愁之多的，或有以舟載不動喻愁之重的。如「問君能有幾多愁，恰似一江春水向東流」（李煜〈虞美人〉），「只恐雙溪舴艋舟，載不動許多愁」（李清照〈武陵春〉），皆運用生動的比喻使無法捉摸的愁情具體化、形象化，成為可感的物質。蔣捷此句則以「樓兒忒小」藏不下作喻，和以「水」、「舟」作喻有異曲同工之妙。句中的「藏」字，表現了詞人對如許愁苦的隱忍、按捺。但以其愁太多，樓兒忒小，藏不勝藏，因而這「愁」便衝出小樓，「幾度和雲飛去覓歸舟」了。「幾度」一詞，渲染了詞人思情的執著與痴迷，感情色彩顯得更濃重。下片「天憐客子鄉關遠，借與花消遣」，是詞人在急切盼歸不成之後的心理活動。前句點明題旨，詞人憑空拈來一個「天憐」，把客愁鄉思表現得更加凸出，意思更深了一層。但「天」憐則憐矣，卻不能賜以歸舟，而只能「借與花消遣」。「借」字用得不同凡響，客居他鄉，花非我有，以花銷愁，也只能「借」之而已！這兩句，一「憐」一「借」，自憐自憫，自我安慰，婉轉含蓄地表達了他鄉孑然之苦，以及思鄉懷人、愁苦難消的複雜心理活動。「海棠」兩句，承「花消遣」而來，化用韓偓〈懶起〉「海棠花在否？側臥捲簾看」詩意。這兩句連軸而下，輾轉多姿，曲盡其愁。海棠臨檻（欄杆），紅綠相映，而細雨中的海棠，顏色更非一般。唐鄭谷〈海棠〉詩有「穠麗最宜新著雨」句，宋范純仁〈和吳仲庶龍圖西園海棠〉詩亦有「濯雨正疑宮錦爛」句。詞人在這裡寫的也正是雨中海棠。從字面上看，詞人本欲賞花遣愁，但映入眼簾的，偏又是競相吐豔的紅海棠！聯想自己久滯客中，韶華漸老，思鄉自憐之情，油然而起。顯然，詞中寫海棠的真正用意，卻是寫愁。清王夫之《薑齋詩話》說：「以樂景寫哀，以哀景寫樂，一倍增其哀樂。」詞人在這裡正是以樂景寫哀，用的正是這種增一倍的反襯手法。所以，貌似紅綠滿眼，實際上卻暗含了蘇軾〈寓居定惠院之東，雜花滿山，有海棠一株，土人不知貴也〉詩「雨中有淚亦淒愴」的句意。何況捲簾之際，迎面而來的又是那寒森森的晚風呢！顯然，這是一個婉轉含蓄、餘意不盡的結句。

這首詞繼承了傳統抒情詞中因情設景、以景生情的手法，又由於詞人的匠心獨運，直使這首小詞景語情語，渾然一體。詞起筆兩句描摹的景物，一點一染，紛紜迷離，即與詞人羈泊他鄉淒迷愁苦的心境相吻合，使詞一開頭便染上了思歸的傷感情緒。但詞人寫愁，卻不明說愁多，只說「樓小」，且以「忒」字加以強調，其愁之多，便不言而喻。「幾度」一句，特設「雲」、「舟」以寫歸思，下字運意，更見新巧：不說自己思歸，卻說「愁」飛出小樓，隨雲駕霧去「覓歸舟」，且以「幾度」加倍表現，這種用筆，看似平淡，但意蘊深婉，不能不說是詞人匠心獨運之處。至於借樂景以寫哀愁，用筆之妙，已略如上述。凡此，皆為後世抒情詞的寫作提供了經驗。此詞另一特點，是語言的素淡清新。全詞除「海棠」句外，皆不事藻飾，不事設色，句句明白如話，自然流暢，無一句不妥溜，無一句有艱澀造作之態。其實，像「樓兒忒小不藏愁」三句的寫愁，「才……卻又……」的連貫轉折，顯然是經過反覆錘鍊的。明楊慎《詞品》說：「鍊句精巧則易，平淡入妙者難。」這首詞卻做到了鍊句而精巧，平淡而入妙。（馬以珍）

虞美人　蔣捷

聽雨

少年聽雨歌樓上，紅燭昏羅帳。壯年聽雨客舟中，江闊雲低斷雁叫西風。

而今聽雨僧廬下，鬢已星星也。悲歡離合總無情，一任階前點滴到天明。

這首詞，層次清楚，脈絡分明。分上、下片看，上片是感懷已逝的歲月，下片是慨嘆目前的境況。從通篇看，它按時間順序，由少年寫到壯年，再寫到老年，寫了三個不同時期的不同環境、不同生活和不同心情，而以「聽雨」作為一條貫串始終的線索。

蔣捷生當宋、元易代之際，大約在宋度宗咸淳十年（一二七四）成進士，而幾年以後宋朝就亡了。他的一生是在戰亂年代中顛沛流離、飽經憂患的一生。這首詞正是他的憂患餘生的自述。他還寫了一首〈賀新郎‧兵後寓吳〉詞，詞中所寫情事，可以與這首〈聽雨〉詞互相印證。兩首詞，可能都寫於宋亡以後。不妨想像：作者執筆寫詞時，撫今思昔，百感茫茫，傷時感事，萬念潮生，其身世之哀和亡國之恨是紛至沓來、湧集心頭的。這裡，有個人一生的離合悲歡，又有整個世局的風雲變幻。要把這一切寫進詞中，不是一件輕而易舉的事。比較而言：〈兵後寓吳〉詞選用的是長調，還有鋪敘迴旋餘地；這首〈聽雨〉詞所用的詞牌〈虞美人〉，只有五十六個字，卻竟然容納了這麼長的時間跨度和這麼大的人事起伏，其概括本領是極其高明的。其高明之處在於：作者沒有用抽象的敘述來進行概括，而是從自己漫長的一生和曲折的經歷中，截取了三幅富有暗示性和象徵性的畫面，透過它們，形象地概括了從少到老在環境、生活、心情各方面所發生的巨大變化。

作者首先選擇了一幅歌樓上聽雨的畫面。畫中展現的只是一時一地的片斷場景，但卻啟人想象，耐人尋味，使讀者從一滴水嘗知大海的滋味，從紅燭映照、羅帳低垂這樣一個光與色的組合中產生青春與歡樂的聯想，從而想見身在其中的人，並進而推知他的「少年不識愁滋味」（辛棄疾〈醜奴兒．書博山道中壁〉）的情懷。但是，從作者一生看，這個階段是短暫的，好景是不長的。如果把整首詞作為一卷連屬的畫，那麼，這一畫面只居襯托地位。它是對後面的畫面起反襯作用的。俗語說：「若要甜，加點鹽。」有了這樣一個顯示青春與歡樂的畫面，才使後面的畫面更顯得淒涼、蕭索。

這後面緊接著出現的是一個客舟中聽雨的畫面。從取景角度看，前一幅攝取的是樓內近景；這一幅攝取的是舟外遠景。它是從客舟中望出去的一幅水天遼闊、風急雲低的江上秋雨圖，而一隻風雨中失群孤飛的大雁，正是作為作者自己的影子出現的。他進入壯年後，失去了「軟語燈邊、笑渦紅透」的家庭溫暖，在兵荒馬亂、「萬疊城頭哀怨角」的大環境中，所過的是「東奔西走」、飄泊四方的生活，懷抱的是「望斷鄉關」（皆〈賀新郎．兵後寓吳〉）、踽踽涼涼的心情。但他沒有直接抒寫那些痛苦的遭遇和感受，只展示了這樣一幅江雨圖，而他的一腔旅恨、萬種離愁卻都已包孕其中了。不過，就全詞而言，這還不是作者要展示的主要畫面，也只是起陪襯作用的。

在謀篇行文方面，這首詞是從舊日之我寫到今日之我，在時間上是順敘下來的；但它的寫作觸發點卻應當是從今日之我想到舊日之我，在時間上是逆推上去的。詞中居主要地位的應當是今我，而非舊我。因此，繼以上兩幅一起反襯作用、一起陪襯作用的畫面後，詞人接著又顯示一幅他的當前處境的自我畫像。畫中沒有景物的烘染，只有一個白髮老人獨自在僧廬下傾聽著夜雨。這樣一個極其單調的畫面，正表現出畫中人處境的極端孤寂和心境的極端蕭索。他在嘗遍悲歡離合的滋味，又經歷江山易主的巨大變故後，不但埋葬了少年的歡樂，也埋葬了壯年的愁恨，一切皆空，萬念俱灰，此時此地再聽到點點滴滴的雨聲，雖然感到雨聲的無情，而自己卻已木然無動於衷了。詞的結尾，就以「悲歡離合總無情，一任階前點滴到天明」這樣兩句無可奈何的話，總結了他「聽雨」的一生。

溫庭筠有一首〈更漏子〉，下半首也寫聽雨：「梧桐樹，三更雨，不道離情正苦。一葉葉，一聲聲，空階滴到明。」万俟詠也有一首〈長相思．雨〉：「一聲聲，一更更。窗外芭蕉窗裡燈，此時無限情。夢難成，恨難平。不道愁人不喜聽，空階滴到明。」乍看之下，兩詞所寫，都與這首〈虞美人〉詞的結尾兩句有相似之處。但溫詞和万俟詞的辭意比較淺露，詞中人也只是為離情所苦而已；蔣捷的這首詞，則內容包涵較廣，感情蘊藏較深。這首詞寫他一生的遭遇，最後寫到寄居僧廬、鬢髮星星，已經寫到了痛苦的頂點，而結尾兩句更越過這一頂點，展現了一個新的感情境界。溫詞和万俟詞的「空階滴到明」句，只作了客觀的敘述，而蔣捷在這五個字前加上「一任」兩個字，就表達了聽雨人的心情。這種心情，看似冷漠，近乎決絕，但並不是痛苦的解脫，卻是痛苦的深化。這兩個字，在感情上有千斤分量，而其中蘊含的味外之味是在終篇處留待讀者仔細咀嚼的。

（陳邦炎）

燕歸梁

蔣捷

我夢唐宮春晝遲，正舞到、曳裾時。翠雲隊仗絳霞衣，慢騰騰，手雙垂。
忽然急鼓催將起，似彩鳳、亂驚飛。夢回不見萬瓊妃，見荷花，被風吹。

風蓮

試設想這樣一個境界：當殘暑季節的清曉，一陣陣的涼風，在水面清圓的萬柄荷傘上送來，擺弄得十里銀塘紅翠飛舞。這曉風，透露給人們一個消息，蓮花世界已面臨秋意凋零的前夕了。這是空靈的畫境，是迷惘的詞境。怎樣以妙筆去傳神，化工給詞人出下了這一個不易著手的難題。

詞人透過他靈犀一點的慧思，在筆底開出了異采絢爛的花朵，幻出了一個美絕人天的夢境。出現在夢裡的蓮花，完全人格化了。她是唐代大畫家周昉腕下的唐宮美人，她是在作霓裳羽衣之舞。沐浴在昭陽春晝的旖旎幻境中的她，絳裙曳煙，珠衱飄霧，玉光四射，奇麗婀娜的身影，迴旋在人們心上，是多麼難以恝置的美豔的傳奇！不，它的背後，已帶來了燃眉的邦國大禍。果然，撼地掀天雨點般的急鼓，驚破了舞曲，驚散了鳳侶，一晌貪歡的夢境霎時幻滅。「夢回不見萬瓊妃」，詞人聲淚俱下地唱出了宗國淪亡的哀歌。「見荷花，被風吹」，這麼臨去秋波的一轉，點明本題，讓上面的夢境完全化為煙雲。你說她是瓊妃也好，是荷花也好，幻想與現實，和諧地交織成為完美的藝術圖案。

這詞的藝術構思，迥出於尋常蹊徑之外。蓮花不易傳神，風蓮更不易傳神，詠風蓮而有寄託，更難，有寄託而不見寄託痕跡，難之尤難。作者巧妙地透過了夢，透過了擬人化的形象，透過了結尾畫龍點睛的手法，好像絕不費勁地達到了如上的要求。這是蓮，但不是泛泛的蓮，而是風中的蓮。如果說翠仗絳衣是一幅著色畫，那麼彩鳳驚飛的神態，便是畫所不能到的。我們讀這首詞，須得理解作者是宋末的遺民，是南宋亡國歷史悲劇的見證人。透過這奇幻濃郁的浪漫主義風貌，去探索它的現實性，它將會使你更加感到悵惘不甘，當時南宋淪亡的挽歌，還會在你的靈魂深處蕩漾著。

這是一首有寄託的詠物詞，但寄託不同於影射，更不是要使讀者去猜謎，它本身就是一種藝術美。這首詞，即使撇開它的寄託意義不談，仍然是一首詠風蓮的絕唱，給人以美感。清代常州派詞論家周濟在《宋四家詞選目錄序論》中說：「夫詞，非寄託不入，專寄託不出。一物一事，引而伸之，觸類多通，驅心若遊絲之罥飛英，含毫如郢斤之斫蠅翼。以無厚入有間，既習已，意感偶生，假類畢達，閱載千百，謦咳弗違，斯入矣。賦情獨深，逐境必寤，醞釀日久，冥發妄中；雖鋪敘平淡，摹繢淺近，而萬感橫集，五中無主；讀其篇者，臨淵窺魚，意為魴鯉，中宵驚電，罔識東西，赤子隨母笑啼，鄉人緣劇喜怒，抑可謂能出矣。」這首〈燕歸梁〉好就好在入而能出。（錢仲聯）

賀新郎　蔣捷

鄉士以狂得罪，賦此餞行。

甚矣君狂矣。想胸中、些兒磊磈，酒澆不去。據我看來何所似，一似韓家五鬼。又一似、楊家風子。怪鳥啾啾鳴未了，被天公、捉在樊籠裡。這一錯，鐵難鑄。

濯溪雨漲荊溪水。送君歸、斬蛟橋外，水光清處。世上恨無樓百尺，裝著許多俊氣。做弄得、棲棲如此。臨別贈言朋友事，有殷勤、六字君聽取：節飲食，慎言語。

南宋滅亡前的十幾年，以昏庸腐朽的理宗、度宗皇帝為首的統治集團酣歌醉舞，沉湎湖山，玩忽歲月，緩急倒施，賈似道弄權誤國，兵虛財潰，南宋王朝已到了不可收拾的地步。有識之士痛心疾首，或慷慨陳詞，希冀朝廷改弦易轍，或運用詩詞，諷諭當朝權貴的醉生夢死。蔣捷詞中的鄉士（同鄉）當是憤慨於朝政的腐敗，發表了辭情激切的言論，因而得罪當政，被趕出臨安府。詞人對這位敢於直言、置個人安危於不顧的朋友表示由衷敬佩，設酒為他餞行，並寫下了這首充滿讚譽與同情的詞作。

「甚矣君狂矣」，一開始作者即點出了這位同鄉的特點：狂。而且這「狂」不是一般的狂，而是特別的狂，故以一「甚」（過分）字加以形容。這裡用的又是一個散文化的句子，為全詞定下了一個詼諧的豪放不羈的基調。這位老鄉究竟如何狂法呢？詞人先寫他胸中裝滿了不平之氣（磊塊，通「壘塊」），即使酒澆，也無濟於事。南朝宋劉義慶《世說新語．任誕》載：「阮籍胸中壘塊，故須酒澆之。」此處翻用故實，以強調胸中義憤難平，從而揭示出「狂」的思想根源。以下又接連運用兩個典故比擬他的「狂」態。一是用韓愈〈送窮文〉中的「五鬼」（「智窮」——操行堅正，不為圓滑；「學窮」——探微抉幽，能執鬼神機要；「文窮」——怪怪奇奇，不合時宜；「命窮」——心地善良，得利在眾人之後；「交窮」——對人推心置腹，而人以我為仇）為喻，一是以五代楊凝式行為縱誕因有「風子」之號的故事為比。前者著重褒揚鄉士的剛直、桀驁，讚美他不同凡響的才識，同時又暗示這種性格的不合時宜；後者著重刻畫他不識時務（政治黑暗，言論不自由），行為狂縱。一方面是鄉士的性格怪誕，言論乖忤，另一方面是當政者的獨裁與壓迫，二者之間必然發生尖銳的矛盾，結果是以前者失敗而告終。「怪鳥啾啾鳴未了，被天公、捉在樊籠裡」，便是這一結局的形象寫照，「鳴」聲「未了」，即失去了自由，可見壓迫之深。對此作者感喟道：「這一錯，鐵難鑄。」錯，本指錯刀，此處借指錯誤。錯刀本用鐵鑄成，這裡偏說「鐵難鑄」，是說這個錯誤簡直是個天大的錯誤。實際上，這是正話反說，與其說是作者的深沉感嘆，毋寧說是包含了衷心的讚美。

上闋著重寫題中的「以狂得罪」，下闋則轉寫題中的「餞行」。過片「瀰溪」三句點出鄉士此行的去處。作者的家鄉宜興是山水明秀之地，有荊溪流經縣南注入太湖，瀰溪，為荊溪支流。城南有長橋橫跨於荊溪之上，相傳此處即古代周處為民除害，斬殺江蛟之地，故稱「斬蛟橋」。雖然故鄉山水宜人，令人可親，但鄉士此次歸去並非出於自願，而是被迫離開京城，因此不免懷有無限悵恨，詞人亦為之憤慨不平。「世上恨無樓百尺」三句，即揭露了腐敗的南宋王朝不能容納賢俊，致使有遠見卓識的英才落得棲惶不安。其中的「恨」字，實為三句的領字，表現了作者對現實的清醒認識和強烈不滿，也流露了對朋友生不逢時、懷才不遇的深切同情。「樓百尺」，即百尺樓，劉備曾對求田問舍的許汜說，「（備）欲臥百尺樓上，臥君於地」（《三國志・陳登傳》），以表示對他的鄙薄。此處化用這一典故，以百尺樓比作儲備賢才之所。歇拍是作者對朋友的臨別贈言——請記住我懇切的忠告：還是節制飲食（注意養身），說話謹慎些吧！表面上看，這似乎帶有勸朋友明哲保身的意味，但實際上是他們對黑暗政治的諷刺。

　　這是一首送別的詞，但它的意義卻遠遠超過了送別的範圍。作者著力刻畫鄉士的「狂」，這個狂者的形象正是一個憂愁國事、剛直耿介的愛國者的形象；作者所描繪的鄉士以狂得罪的悲劇，不僅是個人的悲劇，同時也是時代的悲劇，這一時代悲劇已經孕育著南宋覆亡的苦果。它給予人們的歷史啟示是極為深刻的。

　　送別，本是詞中習見的題材，但這首詞寫送別卻獨具特色。不用說，它不同於婉約詞的纏綿悱惻，就是在相類的豪放詞中，它也具有自己的獨特風貌。它既不同於張元幹〈賀新郎・送胡邦衡赴新州〉的悲壯，又不同於辛棄疾〈賀新郎・別茂嘉十二弟〉的沉鬱。它正話反說，語帶調侃，寓欽敬、同情之心於戲謔之內，藏憤激、沉痛之感於嬉笑之中。全詞詼諧成趣，卻又發人深省。詞中運用了大量典故，或翻用，或化用，或借用，除了增加詞的諧趣以外，對刻畫人物性格起了重要作用，加之作者運用生動的口語加以貫串，更顯得揮灑流動，決無獺祭之感。詞中用韻亦較寬，「矣」、「子」、「裡」等與「去」、「處」、「取」等通叶，似不合常規，大約是因方音相近之故。這些地方都體現了詞人創作中豪放不羈的特點。（劉慶雲）

少年遊　蔣捷

楓林紅透晚煙青，客思滿鷗汀。二十年來，無家種竹，猶借竹為名。
春風未了秋風到，老去萬緣輕。只把平生，閒吟閒詠，譜作棹歌聲。

蔣捷出身宜興望族，雖說是宋朝末科進士，畢竟還是少年科第，有一番才人意氣、名士風流的勝概。宋亡之後，時代和他自身的生活，都發生了變化。讀過他的〈虞美人．聽雨〉詞，都會對他少年、壯年、老年生活的巨大變化產生深切的同情。他有不少抒情的作品，外示曠達與玩世，而內抱苦節與隱痛，並非真正消沉，實是排遣苦痛。如果說〈虞美人．聽雨〉是他的生平的最概括的自敘，那麼這首〈少年遊〉則是他的創作的最委婉的自敘。

「楓林紅透晚煙青」，以寫景起調。煙青葉紅，表面上寫得絢爛，但細思之，楓葉深紅，正是經霜長久，「透」了即要飛空落地；「煙青」又是傍「晚」：這都給人以折磨久、凋零近、黃昏逼的悽惻遲暮之感，而這正是一個年老遺民的遭遇的寫照。「客思滿鷗汀」，接以抒愁之句，那是很自然的。「客思」，指作客江湖的亡國飄泊之愁；「鷗汀」，表示人在水鄉，面對閒暇棲息的鷗鳥和平靜空闊的沙汀，還是此愁充滿，一「思」便即景見情。「二十年來，無家種竹，猶借竹為名。」這首詞放在他詞集的末了幾首中，當是晚年之作，「二十年」，應是亡國後的二十多年。他愛竹，故想「種竹」，因為竹節堅硬中虛，在傳統的觀念上，是被當作保持高節與虛心的象徵的，它與松、梅被稱為「歲寒三友」。種竹，寄託亡國遺民的心事；竹的幽雅瀟灑的形象，也適合詞人的審美趣味。要「種竹」而「無家」，正見國破家亡。在這種情況下，還不想改變自己的好尚，而只能「借竹為名」，更加可悲。宜興有竹山，在縣東北六十里的太湖之濱，傳說作者曾隱居於此，故自號竹山；「借竹為名」，主要指此。他愛竹，詞中常以杜甫〈佳人〉中的「日暮倚修竹」為典故寫到了竹，如有三首〈賀新郎〉詞就寫到「空掩袖，倚寒竹」，「空斂袖，倚修竹」，「淚點染衫雙袖翠，修竹淒其又暮」。

下片，「春風未了秋風到」，意味著時間在無所作為的苦痛情況中消逝，只感到季節迅速地變換，其餘是一片空虛。點出「秋」字，與前「楓林紅透」照應，表示寫詞季節。「老去萬緣輕」，與〈虞美人．聽雨〉的「悲歡離合總無情」，同一意境。詞人是熱情的、是非分明的，為什麼要表示這種淡漠、麻木的感情呢？從他的詞中看，包含了失去少年歡樂和豪情壯志的悲哀：「問繁華誰解，再向天公借」（〈女冠子．元夕〉），「計無此、中年懷抱」（〈賀新郎．秋曉〉），「況無情，世故蕩摩中，凋英偉」（〈滿江紅〉）。也包含了對新貴驕橫、庸人得意，以及不能堅持民族氣節者的憤慨：「休羨彼，有搖金寶轡，織翠華裾」（〈沁園春．為老人書南堂壁〉），「擾擾匆匆塵土面，看歌鶯舞燕逢春樂」（〈賀新郎．約友三月旦飲〉），「人道雲出無心，才離山後，豈是無心者」（〈念奴嬌．壽薛稼堂〉）。可見他是用冷漠、麻木來表示對黑暗現實的蔑視的，「輕」彼元初政治、社會的「萬緣」，含有一定的反抗意味。「只把平生，閒吟閒詠，譜作棹歌聲。」亡國後，不能在詞中呼喚救亡，發抒壯志，即使要歌唱這些，也不免「恨無人解聽開元曲」（〈賀新郎．懷舊〉），「怕人間換譜伊涼，素娥未識」（〈瑞鶴仙．鄉城見月〉），那麼，只好以頹唐、閒散、放浪的形態自汙，以山水、漁樵為知音，寫一些只能曲折地表現「平生」的「閒吟閒詠」，讓舟子、漁人，去作「棹歌」歌唱了。「棹歌」又與「鷗汀」呼應，表示寫詞地點。「閒」是被迫的，「閒淡」是被迫養成的；「無悶」、「無愁」正是愁悶大到無可收拾的「假像」。

這首詞，用閒適、淡漠的面貌寫悲痛，筆調出以瀟灑、輕逸，表現了《竹山詞》另一方面的風格。（陳祥耀）

霜天曉角

蔣捷

人影窗紗，是誰來折花？折則從他折去，知折去、向誰家？
簷牙，枝最佳。折時高折些。說與折花人道：須插向、鬢邊斜。

這首詞在宋詞中是一首很別致的作品。它是一首小令，卻像一篇散文、特寫，寫出一段生活情景。它打破宋詞以抒發作者主觀感情為主的傳統寫法，客觀地、不露主觀情感地描寫其他人物的活動和心理。它語言通俗像口語，氣機活潑輕快，不像一般宋詞的追求語言的精工雕琢、氣機的婉約含蓄，使人耳目一新。

詞是透過一個人物的心理活動來反映另一個人物的行動的。主人公看到有個人影映在自己的紗窗上（詞中「影」字作動詞用，是映照影子之意），她想：是什麼人到自家的院子裡來折花呢？她可能考慮過，要不要去喊止；但一轉念間，又覺得用不著，要讓折花人好好折去。接著又想：這人是哪家人，要把花折到哪裡去，做什麼用呢？最後她悟出來了：折花的人是個女性，是會愛花的。既然如此，而家中的花，是靠近簷牙的樹幹高處的最好，要折就得折這上邊的，索性把情況告訴她，並向她叮嚀：要把好花插在鬢髮旁邊，才不會辜負它。折花人的行動，從主人公眼看窗紗影子和一系列的思維中反映出來；主人公的行動、性格，則透過她的向人告語中反映出來。主人公是個女性，從她深居罩著窗紗的閨房，從她的愛花和對女性的同情中反映出來；折花人是個女性，從主人公要她把花「插向鬢邊斜」反映出來。「簷牙」，翹出如牙的屋簷邊的建築裝飾，杜牧〈阿房宮賦〉：「廊腰縵迴，簷牙高啄。」有這種裝飾的，不會是貧民所居的平屋；簷牙下栽著好花，外人來折，不被攔阻，顯示院子裡一片安靜的氣象。主人公和外人談話，並不輕易走出閨房，只在房中輕輕告語。這些，展示了人物活動的環境，又透露了主人公的身分應該是大家閨秀。她性格溫和、善良、愛美，所以對於家中的好花，對於到她家折花的人，關切備至。上下兩片，接連一氣，用字不多，而反映人物的心理活動是細緻的，反映人物的性格是鮮明的。

蔣捷詞風格多樣化，這種小令，表現了他詞風的清新、活潑的一面。它受到當時新興的散曲的影響，吸收了散曲的白描、輕巧的特點，但又保存了宋詞的「騷雅」和疏淡，不像散曲那樣不厭粗放和追求酣暢。在詞中，它繼承李清照〈如夢令〉的「試問捲簾人」的對話手法而有所發展。蔣捷寫的這類詞，還有〈昭君怨·賣花人〉等。毛晉〈竹山詞跋〉說：「語語纖巧，字字妍倩。」「語語纖巧」的批評有片面性；而「字字妍倩」則正好說明這首〈霜天曉角〉以及〈昭君怨·賣花人〉、〈解珮令·春〉一類詞的風格特點。（陳祥耀）

陳德武

【作者小傳】三山（今福建福州）人。生卒年不詳。有《白雪遺音》，詞存六十五首。

水龍吟 陳德武

西湖懷古

東南第一名州，西湖自古多佳麗。臨堤臺榭，畫船樓閣，遊人歌吹。十里荷花，三秋桂子，四山晴翠。使百年南渡，一時豪傑，都忘卻、平生志。

可惜天旋時異，藉何人、雪當年恥？登臨形勝，感傷今古，發揮英氣。力士推山，天吳移水，作農桑地。借錢塘潮汐，為君洗盡，岳將軍淚！

南宋滅亡以後，詞壇上彌漫著一片低沉淒怨的感傷音調。其間有福建三山（今福州）人陳德武，與劉辰翁、文天祥等愛國詞人相應和，寫出了〈水龍吟〉（西湖懷古）這樣豪壯發越的作品。這在他的詞集《白雪遺音》中，堪稱壓卷之作。

詞的上闋為懷古。這裡的「古」，主要是指南宋一百多年妥協、屈辱的歷史。起句「東南第一名州，西湖自古多佳麗」，大處落筆扣題，突兀籠罩，很有氣勢，是從宋仁宗為梅摯出守杭州送行詩句「地有湖山美，東南第一州」（〈賜梅摯知杭州〉）脫胎。「臨堤臺榭」以下六句，承開頭「多佳麗」三字而來，一氣直貫，展開對西湖景致的鋪敘。先寫人遊之樂：堤岸邊，畫船上，臺榭流丹，樓閣聳翠，相互掩映，其間遊人熙攘，歌吹飛揚，呈現出一派繁華的景象。繼又寫湖山之美，「十里荷花，三秋桂子」，移用了柳永〈望海潮〉中的本色俊語，再增以大筆濡染的「四山晴翠」一句，勾勒出西湖景物的特徵。這裡一段鋪敘，只是襯筆，為下面感慨而發。自然界的山水之美，固然可供人賞遊，怡人性情，但也會使人沉溺其中，消磨意志，甚至釀成嚴重的後果。作者正是懷著複雜的感情在這裡吟唱的。至上闋的結末數句，詞人感嘆道：「使百年南渡，一時豪傑，都忘卻、平生志。」自宋室南渡（一一二七）至臨安被占（一二七六），凡一百五十年，這裡的「百年」是約數。陳德武身歷南宋覆亡，這幾句無疑是對南宋百餘年恥辱歷史的沉痛總結，也是對南宋朝廷沉湎享樂、不思恢復，以至釀成亡國之禍的無情鞭撻！

下闋由懷古轉入傷今。換頭兩句：「可惜天旋時異，藉何人、雪當年恥？」「天旋時異」猶言天翻地覆，一語概括了南宋被元所滅的滄桑巨變。「可惜」二字，暗應上文；「借何人」，既是嘆息無人，更是亟盼有人出來扭轉乾坤。以詰問語氣出之，顯得沉痛之極。「登臨形勝，感傷今古」八個字，是全篇的眼目，將上闋的懷古與下闋的傷今連成一片。作者登臨之時，內心感情不禁洶湧奔集，似將傾瀉而出，故有「發揮英氣」一句。這一句，詞情慷慨，筆力遒壯，但又將「感傷今古」之意陡然煞住，從而為下面拓展新的詞境留下了餘地。面對西湖勝景，詞人忽發奇想：「力士推山，天吳移水，作農桑地。」力士、天吳，都是古代傳說中的神人。《蜀王本紀》：「天為蜀王生五丁力士，能徙蜀山。」《山海經．海外東經》：「朝陽之谷，神日天吳，是為水伯。」作者內心的熱烈追求，在這裡變成了超現實的神力，他希望有力士、天吳出來移山填水，把被人稱為「銷金鍋」的西湖改造成為利國利民的農桑之地，這是何等非凡的氣魄，多麼超奇的想像！遙應上面「藉何人、雪當年恥」的詰問，詞人再作一設想：「借錢塘潮汐，為君洗盡，岳將軍淚！」岳飛精忠報國，志在恢復，卻落得父子被害的悲慘結局，此仇此恨，真是神人共憤。鬱積難消的憤懣，在這裡又化成為大自然的力量，作者想借用錢塘江潮水來洗雪亡國之恥，以慰忠臣在天之靈。國家雖亡，人心不死。這一沉鬱悲壯的有力結尾，集中表達了愛國志士和廣大人民的強烈願望。

這首詞，由懷古寫到傷今，由現實寫到幻想，神完氣旺，筆力千鈞，慷慨而不哀怨，悲壯而不淒涼，尤其是下闋，設想出人意表，發前人所未發，充滿浪漫主義的奇情壯采，確是宋末元初詞壇上的一篇力作。（方智範）

張炎

【作者小傳】（一二四八～一三二〇?）字叔夏，號玉田、樂笑翁，先世成紀（今甘肅天水）人，寓居臨安（今浙江杭州）。張俊後裔，樞之子。宋亡，其家亦破，元世祖至元二十七年（一二九〇）北遊元都，失意南歸。晚年在浙東、蘇州一帶漫遊，與周密、王沂孫為詞友。其詞用字工巧，追求典雅。早年多寫貴族公子的優游生活，後期多追懷往昔。又曾從事詞學研究，對詞的音律、技巧、風格均有論述。著有《詞源》、《山中白雲詞》（又名《玉田詞》）。存詞三百零二首。

南浦　張炎

春水

波暖綠粼粼，燕飛來，好是蘇堤纔曉。魚沒浪痕圓，流紅去，翻笑東風難掃。荒橋斷浦，柳陰撐出扁舟小。回首池塘青欲遍，絕似夢中芳草。

和雲流出空山，甚年年淨洗，花香不了?新綠乍生時，孤村路，猶憶那回曾到。餘情渺渺，茂林觴詠如今悄。前度劉郎歸去後，溪上碧桃多少①。

〔註〕①本詞另有別本作：溪燕蹙游絲（一作掠芹根），漾粼粼，鴨綠光動晴曉（一作碎清曉）。何處落紅多，芳菲夢，翻入嫩蘋（一作碎萍）深藻。一番夜雨，一番吟老池塘草。寂歷（一作柳下）斷橋人欲（一作不）渡，還見柳陰舟小（一作還棹漁鄉浪杳）和雲流出空山，甚年年淨洗，花香不了？新綠乍生時，孤村路，猶憶那時曾到。傳觴事杳，茂林應是依然好（一作可憐難詠，蘭亭舊事如今少）。試問清流今在否（一作賦情謾逐王孫去），心碎浮萍多少（一作門外潮平渡小）。

此詞恐為結社題詠之作。吳自牧《夢粱錄》云：「（南宋）文士有西湖詩社，此乃行都搢紳之士及四方流寓儒人，寄興適情賦詠，膾炙人口，流傳四方。」張炎就是這類「西湖詩（詞）社」中的一位著名詞人，人稱他「仰扳姜堯章、史邦卿、盧蒲江、吳夢窗諸名勝，互相鼓吹春聲於繁華世界，飄飄徵情，節節弄拍，嘲明月以謔樂，賣落花而陪笑，能令後三十年西湖錦繡山水，猶生清響……」（鄭思肖〈玉田詞題辭〉，見《山中白雲詞》）這首〈南浦．春水〉詞，就是他在宋亡前馳名詞壇的「成名之作」，還因此而獲得了一個「張春水」的佳名。

「臨安風俗，四時奢侈，賞玩殆無虛日。西有湖光可愛，東有江潮堪觀，皆絕景也。」（宋吳自牧《夢粱錄》）因此，要寫西湖之美，則西湖的一泓湖水，便是詞人們「練筆」、「競技」的好題目。而湖水之美，又特別表現在春季發「桃花水」的當口。其時波光瀲灩，風軟塵香，綠柳飄拂，飛燕輕翔，勾起了詞人們多麼濃郁的才思和多麼豐富的想像。故而，同時的詞人王沂孫寫下了〈南浦．春水〉詞，而張炎也不甘「示弱」地創作了這首同題同調的詞篇，其意即在「爭價一句之奇」（南朝梁劉勰《文心雕龍．明詩》）也。所以此詞的佳處其實並不在於寄託什麼深刻的情志，而在於它文辭的優美、狀物的工巧，以及詞風的婉麗清雅等方面。

詞分四層。首層先詠西湖湖水。起頭五字，即已交代了題目，點出了「春水」二字。試看，湖光粼粼，綠波蕩漾，這裡的一「暖」一「綠」，就透出了春日溫煦之意，寫足了春水溶泄之狀。下二句寫燕歸蘇堤，前者仍補寫「春」字而後者則暗寫湖水（蘇堤在西湖）。「魚沒浪痕圓」一句，則堪稱是體物寫景的妙語，極工細，

張炎〈南浦・春水〉（波暖綠粼粼）

極穩稱，使人如見魚兒沒入湖水、波翻漣漪之狀在目前。杜甫曾有「細雨魚兒出，微風燕子斜」（〈水檻遣心二首其二〉）的名句，深得後人讚賞。張炎此詞則以「燕飛來」勾引起「魚沒」之句，亦有異曲同工之妙。「流紅去，翻笑東風難掃」兩句，「轉換角度」去寫落花與東風，實質仍扣「春水」二字，謂之「形散而神不散」。表面是說：湖水流動，帶走了繽紛狼藉的落花，它（指湖水）當然要嘲笑東風之無法吹淨殘瓣也；但其實還是在形容春光之闌珊與湖水之浩渺，不過是「換種寫法」而已。而在此種春光駘蕩、落紅紛披之際，西子湖裡，遊人如雲，遊舟如織，即使是荒僻冷落的小橋下，斷絕不通的水濱中，也時見有小船從柳陰深處翩翩撐出。周密說「荒橋二句「賦春水入畫」（清馮金伯《詞苑萃編》引《草窗詞選》），是矣。

第二層從湖水拓開，繼詠池水。南朝謝靈運〈登池上樓詩〉：「池塘生春草，園柳變鳴禽。」據說它們得之於夢境，很有些神奇色彩。張炎借用舊典，翻出新意，變為：「回首池塘青欲遍，絕似夢中芳草。」意謂今日池塘四周長滿青草，絕似當年謝氏夢中所得之意境。這種以實比虛的寫法，把眼前所見之實境，引入夢幻所感之虛境，就使詞情增添了若干朦朧的意氛，也使讀者借助於謝靈運的詩意引出了許多美麗的聯想。而「池塘青欲遍」之句，仍暗切「春水」（「池塘生春草」）二字，可謂成句活用，空靈有致。杭城多水，除西湖之外，還多「池塘」。如「湧金池，在豐豫門裡，引西湖水為池」；還有聖母池、白龜池、金牛池、龍母池（《夢粱錄》）等。寫過蘇堤「湖水」之後，再寫「池水」，亦以補足「春水」之無處不盈、無處不綠（青）也。

第三層繼續拓開詞的空間，再詠溪水。西湖之水，本由溪水匯集而成，所以這裡一方面由湖水、池水而上溯其源頭，另一方面又由「湖光」引到了「山色」。湖光山色，打成一片，由此便構成了西湖美不勝收的佳景。你看，詞人下筆是何等的雅麗：「和雲流出空山，甚年年淨洗，花香不了？」它並不直接寫「溪水」，而是「賦水不當僅言水，而言水之前後左右」（清賀裳《皺水軒詞筌》引姚鉉語）地描寫溪水周圍前後的景物：雲、山、花、香，在此類極為優美香茜的意象群中「簇擁」出這一曲可愛的溪水來。它不僅繼續詠寫了春天的雲、春天的水、春天的花，又為下文的睹景生情、回憶舊遊，埋下了伏筆。這是因為，這兩句中嵌有「年年」二字；既云「年年」，則今年之遊已非往年之遊，今年之水載流紅亦非往年之水流花落，由此便生發出了下一層的對景抒情，草蛇灰線，行筆細密。

在上三層寫足湖水、池水、溪水之狀及「春水」之美的基礎上，詞情即轉入第四層的感懷舊遊上來。前已談過，張炎等「西湖詞友」，曾在西子湖畔結社賦詠、四時遊賞。他們或孤村踏青，或郊野觴詠（「茂林觴詠」：晉代王羲之曾與謝安、孫綽等四十一人遊於山陰之蘭亭，其〈蘭亭集序〉有云：「此地有崇山峻嶺，茂林修竹……一觴一詠，亦足以暢敘幽情。」），但現今卻都分散四方，因而作者即由眼前之景而追寫到往日之遊：「新綠乍生時，孤村路，猶憶那回曾到。」但盛時不再，因而又生唏噓感嘆之慨：「餘情渺渺，茂林觴詠如今悄。」感慨之餘，則益發懷念起舊時相聚於其下的碧桃樹了：「前度劉郎歸去後，溪上碧桃多少。」有人認為，此處用一「劉郎歸去」的字面，乃從劉禹錫「玄都觀裡桃千樹，盡是劉郎去後栽」（〈元和十年自朗州至京，戲贈看花諸君子〉）詩中化出，因而寓有家國之感。其實不必作此深解。這是因為，友朋之聚散，本是生活之常事；《紅樓夢》中不就有人於熱鬧歡聚之時就感嘆過「千里搭長棚，沒有個不散的筵席」嗎？所以見韶景而傷感時序之遷移、光陰之易逝，也實是舊時代文人墨客極常懷有的感情。觀之另一版本此末四句為「傷觴事杳，茂林應是依然好。試問清流今在否？心碎浮萍多少」（可能是宋亡後所改，據張惠言手批《山中白雲詞》），則此處的「餘情渺渺」恐指一般的友朋離情（蘇軾〈赤壁賦〉：「渺渺兮予懷，望美人兮天一方。」），而別本的「心碎」云云，才可能指的亡國之痛。此層從「新綠乍生」開始，到「溪上碧桃」結束，又緊扣「春水」二字。

總之，全詞從詠西湖春水起，以追懷往日春遊水濱之情結，處處綰合題目（「春」與「水」），寫得不粘不脫，活靈活現，文辭既美，詞風又雅。特別其觀察之細緻、下字之工巧（如「波暖綠粼粼」、「魚沒浪痕圓」等句），以及巧翻前人典故，都足令人稱道。因而宋末鄧牧評曰：「〈春水〉一詞，絕唱今古。」（〈張叔夏詞集序〉）不過從它的抒情內蘊來看，其實也只平常，並無太多的新意或摯情在內。故而末幾句嚴格些說，似有「補湊」之嫌疑。從今天的眼光看，它主要向我們顯示了作者在寫景、體物、用典、運語等方面的深厚功力和高妙技巧，餘則無足多論也。（楊海明）

高陽臺　張炎

西湖春感

接葉巢鶯，平波捲絮，斷橋斜日歸船。能幾番遊？看花又是明年。東風且伴薔薇住，到薔薇、春已堪憐。更淒然，萬綠西泠，一抹荒煙。

當年燕子知何處？但苔深韋曲，草暗斜川。見說新愁，如今也到鷗邊。無心再續笙歌夢，掩重門、淺醉閒眠。莫開簾，怕見飛花，怕聽啼鵑。

這首詞是作者在南宋滅亡以後重遊西湖所作。詞中抒發了他的亡國之痛。

上片先以景起。「接葉巢鶯，平波捲絮」，開頭兩句用平緩的筆調寫出了春深時的良辰美景。杜甫〈陪鄭廣文遊何將軍山林十首〉其二詩有云：「卑枝低結子，接葉暗巢鶯」，張詞的頭一句就化用杜詩，意謂密密麻麻的葉叢裡，鶯兒正在築巢歌唱。第二句則寫輕絮飄蕩，被微波緩緩地捲入水中。承接著第二句的「平波」，又自然地引出了「斷橋斜日歸船」之句。「斷橋」，一名段家橋，地處裡湖與外湖之間，其地多栽楊柳，「萬柳如雲，望如裙帶」（《欽定古今圖書集成》），是遊覽的好去處。據周密〈曲遊春〉詞小序記載：「蓋平時遊舫，至午後則盡入裡湖，抵暮始出，斷橋小駐而歸。」張炎在這裡寫的，正是「抵暮始出」（故曰「斜日」）的「歸船」。不過，遊船雖仍是舊日所習乘，而「遊人」的心情卻已非往日可比，所以下文就緊轉出新的文情。

「能幾番遊？看花又是明年。」文筆至此，就陡然一轉，我們彷彿覺得詞人的心突然「收縮」了：原來，這樣的良辰美景，卻已是接近「尾聲」的事了；再能遊覽幾番，就要等到明年此時才能重睹芳春！一種對於「春逝」的哀感由此便油然而生，真可謂是「憂從中來，不可斷絕」（曹操〈短歌行〉）。所以接著他又用慘然的口氣挽留春天：「東風且伴薔薇住。」東風呀，你且伴隨著薔薇住下來吧，這是因為，一年花事已經開到了薔薇花；而薔薇花開，則預示著春天即將結束。作者在這裡暗用了周邦彥的幾句詞：「願春暫留，春歸如過翼，一去無跡。為問花何在？夜來風雨，葬楚宮傾國。」（〈六醜．薔薇謝後作〉）因此他又說「到薔薇、春已堪憐」，意謂春光已無幾時，轉眼就要被風風雨雨所葬送。寫到這兒，作者留春不住的情意已經相當酣暢。誰知他筆下又生一個頓挫，接用一個「更」字蕩開一筆，逗出下文：「更淒然，萬綠西泠，一抹荒煙。」儘管春天尚未歸去，但是西泠橋畔，卻已是一片觸目驚心的荒蕪景象了。如果說前面所寫的景致和意緒，仍是一般詞人所常寫的惜春、憐春、傷春情景的話，那麼這句「一抹荒煙」就觸著了亡國之痛的主題了。原來，西泠橋邊，本是一個極為繁華的地方。周密《武林舊事》卷三記載：「都人士女，兩堤駢集，幾於無置足地。水面畫楫，櫛比如魚鱗，亦無行舟之路。歌歡簫鼓之聲，振動遠近，其盛可以想見。」但是而今呢？儘管春光如舊，卻只剩下了一抹（「抹」字用得極好，寫足了一望無際的荒涼煙景）淒涼的野煙。今昔對比的亡國之痛於此便淋漓出焉。

下片起句，又用了一個問句（「當年燕子知何處？」）以之振起下文。張炎《詞源》論詞的作法時曾說：「最是過片不要斷了曲意，須要承上接下。」這裡的「過片」（即下片的首句）就是既承接上片，又引出下片。因為上片結尾已提到西泠的「萬綠」，而在那綠樹叢生而人跡稀少的駘蕩春光中卻自有燕子翱翔，所以下片便很自然地以燕子作為轉接之物。「朱雀橋邊野草花，烏衣巷口夕陽斜。舊時王謝堂前燕，飛入尋常百姓家。」

（〈金陵五題·烏衣巷〉）劉禹錫的詩以燕子作為線索，寫出了昔盛今衰的興亡之感；張炎則襲用了劉的詩意，進一步點明了自己的故國之思。「韋曲」，本是長安城南一個地名，唐時韋氏世居於此。杜甫〈贈韋七贊善〉自註引當時諺語「城南韋、杜，去天尺五」，意謂此地所居的韋、杜世族，門閥甚高。「斜川」，在江西星子縣，陶淵明曾作〈遊斜川〉詩，這裡便借斜川以指西湖邊文人雅士遊覽集會之地。「苔深」、「草暗」，則都是形容荒蕪冷落之狀。也就是說，當年的繁華風流之地，而今只見一片青苔野草；就連昔日曾經飛翔在綺羅叢中、歌吹聲中的燕子如今也已找不到它的舊巢。而且不光如此：「見說新愁，如今也到鷗邊。」甚至像白鷗這樣的悠閒①之物，如今竟也生了「新愁」。詞人在此又暗用了辛棄疾的兩句詞：「拍手笑沙鷗，一身都是愁。」（〈菩薩蠻·金陵賞心亭為葉丞相賦〉）照辛棄疾和張炎看來，白鷗之所以全身髮白（特別是它的「白頭」），似乎都是因「愁」而「白」的，因此作者於此就巧妙地借用沙鷗的白頭來暗寫自己的愁苦之深。張炎在宋亡前本沒有出仕，他基本上只以一個「承平貴公子」和「隱士雅人」的身分自居。所以這兒選用燕和鷗來作比擬，就很恰切地寫出了自己的雙重身分。故而下文接云：「無心再續笙歌夢，掩重門、淺醉閒眠。」這前一句即承他貴公子的身分，後兩句又承他的隱士身分，在錯綜交織的寫愁中仍有清晰的脈理可尋。最後三句，又層層翻出：「莫開簾，怕見飛花，怕聽啼鵑。」「開簾」與「掩門」照應，「飛花」與「捲絮」照應，「啼鵑」與「巢鶯」照應，使全詞首尾呼應，被籠罩在一片飛花濛濛、杜鵑哀啼的淒涼氣氛中。「正銷凝，黃鸝又啼數聲」（秦觀〈八六子〉），「江晚正愁余，山深聞鷓鴣」（辛棄疾〈菩薩蠻·書江西造口壁〉），「正銷魂又是，疏煙淡月，子規聲斷」（陳亮〈水龍吟·春恨〉），前人的詞中很多是以鳥聲作結的。張炎此詞也用此法，這就使詞的結尾響徹淒切哀苦的杜鵑啼泣之聲，留給讀者以裊裊不盡的哀緒餘音。

這首詞在寫法上有幾點值得注意。

一是虛實結合。寫春天的景色（鶯、燕、花、絮）和西湖的荒涼（苔、草、煙、鵑）是實寫，而寫內心的亡國之痛則是虛寫。以實帶虛，虛實結合，在實寫的「景」後隱含著深沉的「情」，這種寫法就被清陳廷焯讚之為「淒涼幽怨，鬱之至，厚之至」（《白雨齋詞話》卷二）。由於感情是粘膠著形象隱約出現的，所以耐人尋味，耐人咀嚼，而不顯得單薄率直。

二是章法上的振起與綰合。一首好詞應該是一個完整的統一體。這首詞共用了兩句問句：「能幾番遊？」「當年燕子知何處？」分別在詞情開展的緊要處振起「詞氣」，使得詞情不顯冗緩，而有「勁氣暗換」之感。又用了「且」、「更」、「也」、「莫」和兩個「怕」字，綰合上下，使得整首詞既具整嚴的章法，又不失自然流動之勢。

三是詞風的柔軟和蘊藉。我們不妨比較一下劉辰翁的一些傷春詞，如「春去，尚來否？正江令恨別、庾信愁賦」（〈蘭陵王·丙子宋春〉），如「春汝歸歟？風雨蔽江，煙塵暗天」（〈沁園春·送春〉），那種追念故國之情便是直接傾瀉而出的。而張炎作為一個傳統的婉約派詞人，他習慣於用一種「欲說還休」的筆法來寫。你看他最後所說「莫開簾，怕見飛花，怕聽啼鵑」，那種既傷亡國而又不忍目睹的痛楚心情不就是透過一種軟弱的語調和含蓄的方式流露出的？張炎這種柔軟、蘊藉的詞風，既反映了他思想、性格方面的軟弱性，又顯示了他在婉約詞的創作實踐中所積累起來的較深學養。（楊海明）

〔註〕①黃庭堅〈演雅〉詩：「江南野水碧於天，中有白鷗閒似我。」陸游〈曾原伯屢勸居城中，而僕方欲自梅山入雲門，今日病酒偶得長句奉寄〉詩亦有「閒似白鷗雖自許」之句。

壺中天　張炎

夜渡古黃河，與沈堯道、曾子敬同賦。

揚舲萬里，笑當年底事，中分南北。須信平生無夢到，卻向而今遊歷。老柳官河，斜陽古道，風定①波猶直。野人驚問，泛槎何處狂②客？迎面落葉蕭蕭，水流沙共遠，都無行跡。衰草淒迷秋更綠，惟有閒鷗獨立。浪挾③天浮，山邀雲去，銀浦橫空碧。扣舷歌斷，海蟾飛上孤白④。

〔註〕①一作「正」。②一作「仙」。③一作「拍」。④本詞另有別本作：御風萬里，問當年何事，中分南北。須信人生無夢到，卻笑如今遊歷。古柳關河，斜陽山海，落雁秋聲急。野人驚見，泛槎何處狂客。　雲外散髮吟商，任天荒地老，露盤猶泣。水闊不容鷗獨占，一棹芙蓉香濕。蟹舍燈深，漁鄉笛遠，醉眼留空碧。夜涼人靜，霽蟾飛上孤白。

這是一首描寫古黃河的詞，並藉以抒懷。「揚舲（音同玲，有窗的小船）萬里」，乃化用屈原《楚辭．九章．涉江》「乘舲船余上沅兮」句意，一開頭就流露出對萬里徵發的消極情緒。下句「笑當年底事，中分南北」，一種「山河破碎」之感就油然而生。昔人曾經感嘆長江把南北隔開（《文選》卷十二郭璞〈江賦〉「壯天地之嶮介」下李善註引《吳錄》：魏文帝臨江嘆曰：「天所以隔南北也。」），張炎在這裡是借長江而言黃河，因為黃河的氣派堪與長江相比。他借「追昔」（六朝時以長江為界分為南北兩方）而「撫今」：當年的金（金亡後是蒙古）與南宋對峙，猶有南北並列之勢，而今卻連這種形勢都不復存在了。因此他選用了一個「笑」字。「笑」，本是喜悅的字眼，這裡卻是無可奈何的苦笑，表達了他那種不可言狀的複雜感情。這兩句看似發問，實則卻是「大局已定」、「無力回天」的哀嘆。

「須信平生無夢到，卻向而今遊歷。」這兩句開始接觸「正題」。看他用了「須信」和「卻向」，就知道他是懷著無可奈何心情北上的。生在江南錦繡之鄉的貴公子，以前是做夢都夢不到這塊荒涼的地方來的，然而現實卻偏偏迫使他長途跋涉至此，所以「遊歷」云云，乃是自己騙自己的遁詞——世上哪有這種滿懷淒涼的「遊歷」！原來，本年上半年，元朝統治者為了給徽仁皇后造福揚名，大興寫經之役，下詔選徵各地能書善畫之士，趕赴大都寫金字《藏經》⑤。張炎本是個多才多藝的文人，這次也在徵召之列。他和同行的沈堯道、曾子敬⑥的心情並不相同，他們或許是想借此機會施展才能，企求得到提拔，而張炎則有其不得已的苦衷在心，所以雖然王命在身，不得不行，然而內心是苦悶的。因此面對著「中分南北」的古黃河，他不由要發出痛楚的聲音來。

「老柳官河，斜陽古道，風定波猶直。」這三句寫出了一個「南人」眼中的黃河面目：「老」、「古」，極寫其古老；「風定波猶直」，極寫其水流之峻急，如昔人所謂「急湍甚箭」。這裡是寫實，也體現出詞人心中的警動。

「野人驚問，泛槎何處狂客？」「野人」原指樸野之人，此處借言河邊的土著居民。他們帶著詫異驚訝的語氣向這群旅行者發問：你們是從何處來的客人，竟然跑到這兒來了？「泛槎」原有一個典故。舊說：天河與海相通。有人某年八月從海上乘浮槎（木筏）竟誤達天河。（事見晉張華《博物志》）這兒以天河比黃河，這是借本地居民的驚訝來反襯此行的出乎常情之外以及路途跋涉的艱辛。

上片主要寫情，以情帶出景；下片則主要寫景，而以景帶出情。「迎面落葉蕭蕭，水流沙共遠，都無行跡」，極寫黃河氣象之蕭疏空闊，令人想起杜甫「無邊落木蕭蕭下，不盡長江滾滾來」（〈登高〉）之句，而「艱難苦恨」之情也就隱寓其中了。

「衰草淒迷秋更綠，唯有閒鷗獨立。」「綠」者，黃綠色也。時值深秋，北地早寒，所以放眼望去，是一派衰草淒迷之狀。這和「青山隱隱水迢迢，秋盡江南草未凋」（杜牧〈寄揚州韓綽判官〉）的南國秋光是大異其趣了。「惟有閒鷗獨立」，既是寫眼前實景（寥廓的河面上唯見孤鷗閒立），又暗露心中之意（茫茫世間只有沙鷗才是自由的，人卻不能獨立自主）。

「浪挾天浮，山邀雲去，銀浦橫空碧。」此三句寫黃河一帶的壯闊氣象，實是警策。當年東坡曾用「亂石崩雲，驚濤裂岸，捲起千堆雪」（〈念奴嬌．赤壁懷古〉）來描繪長江的驚心動魄，而在這幅壯麗的畫面上「推出」了周瑜這樣雄姿英發、儒雅風流的人物；張炎此處也用蒼涼悲壯的筆觸寫出了黃河的驚濤駭浪，卻在這種意境中流露出自己迷惘的心緒。

「扣舷歌斷，海蟾飛上孤白。」寫到這裡，詞人激動的心情達到了「高潮」。他萬感交集，百哀橫生，禁不住敲擊著船舷狂歌浩嘆起來。而尾句「海蟾（指月亮，古人相信月出海底）飛上孤白（一片孤零、淒白的光景）」，更是以海上飛月的下半夜奇絕光景來襯出自己孤寂難禁的痛苦心情。

此詞在寫作上最可注意的一點是它的「詞風」問題。本來，張炎是一個祖述周邦彥、姜夔詞風的婉約派詞人。然而，此時此地，他的遭遇和心情卻發生了巨變。他在這裡，寫的是「渡（黃）河」，而不是「遊（西）湖」，無論是寫情寫景，都帶有古黃河那種蒼勁寂寥的風味。所以，他就十分自然地向蘇、辛詞風靠攏。試看，煞尾的「扣舷歌斷，海蟾飛上孤白」，就多像宋張孝祥的「盡吸西江，細斟北斗，萬象為賓客。扣舷獨嘯，不

知今夕何夕」（〈念奴嬌・過洞庭〉）的氣勢！（楊海明）

〔註〕⑤據《元史・世祖本紀》：「（至元二十七年）繕寫金字《藏經》，凡糜金三千二百四十四兩。」⑥沈堯道：名欽，汴人。曾子敬：疑即曾遇（心傳）。曾遇，華亭人，工書畫，後入仕於元，任湖州安吉縣丞。江昱據張炎〈風入松・久別曾心傳，近會於竹林，清話歡未足，而離歌發，情如之何，因作此解，時至大庚戌七月也〉詞中有「滿頭風雪昔同遊，同載月明舟」之句而認定曾子敬即曾遇。（見《山中白雲詞》卷八）沈堯道與曾子敬此次同與張炎結伴赴元都寫經。

八聲甘州　張炎

辛卯歲①，沈堯道②同余北歸③，各處杭越④。踰歲，堯道來問寂寞，語笑數日，又復別去。賦此曲，並寄趙學舟⑤。

記玉關⑥踏雪事清遊，寒氣脆貂裘。傍枯林古道，長河飲馬，此意悠悠。短夢依然江表⑦，老淚灑西州⑧。一字無題處，落葉都愁。載取白雲歸去⑨，問誰留楚佩，弄影中洲⑩？折蘆花贈遠，零落一身秋。向尋常野橋流水，待招來，不是舊沙鷗。空懷感，有斜陽處，卻怕登樓⑪。

〔註〕①辛卯歲：元世祖至元二十八年（一二九一）。別本一作「庚寅」（至元二十七年）。②沈堯道：名欽，張炎之友。別本一作沈秋江。③北歸：至元二十七年，張炎與沈堯道等人同赴元都（今北京）為元政府書寫金字《藏經》，於次年從北方回歸南方。④各處杭越：沈回南後居住杭州，張居住越州（今浙江紹興）。⑤趙學舟：名與仁，亦赴北寫經之伴。別本一作曾心傳。⑥玉關：玉門關。此處泛指北方。⑦江表：江南。⑧老淚灑西州：西州，古城名，在今南京西。《晉書．謝安傳》說羊曇受到謝安的推重，謝安扶病還都時曾從西州城門而入，謝死後羊曇就避而不走西州路，曾因大醉誤至西州門，發覺後大哭而去。此言自己年歲已晚（時四十四歲），見故國而生悲感，不禁老淚灑落。當然，也可理解為張炎舊曾有一位像「謝安」這樣提攜過自己的人，現在則斯人已逝而生愧疚之淚。但因事實無考，故作前面之解釋。⑨載取白雲歸去：白雲，象徵隱居山林。此言沈氏來訪後又歸隱故居。⑩「問誰留」兩句：屈原《楚辭．九歌．湘君》：「捐余玦兮江中，遺余佩兮醴浦」，「君不行兮夷猶，蹇誰留兮中洲」。此兩句化用上述成句表現自己送別友人時的依戀之情和徬徨之感。⑪登樓：王粲有〈登

樓賦〉，抒其思鄉懷人之情。

〈八聲甘州〉是個聲情既激越又纏綿的高調（五代毛文錫〈甘州遍〉：「美人唱，揭調是〈甘州〉。」揭調，即高調），因上下闋共八韻，故以「八聲」為名。張炎擇用此調來寫他悲中帶壯、淒愴怨悱的亡國之痛，是恰到好處的。全詞一氣旋折，哀緒紛來，令人唏噓生悲，感慨萬分，是他集中的一首佳篇。

詞以一個去聲的「記」字領起，帶出下文五句，顯得氣勢開闊、筆力勁峭。此五句中，概括了他前年冬季赴北寫經的舊事展現了一幅衝風踏雪、長河飲馬的北國羈旅圖。試看，北風凜冽，寒氣襲人，幾匹瘦馬羸騾正馱著三兩個「南人」在那枯林古道上艱難行進，茫茫的大雪隨又蓋沒了他們迤邐前行的足跡……此情此景，何可勝言？這兒，作者僅用了「此意悠悠」來表達他內心無限的憂思。這「悠悠」之意，正是《詩經．王風．黍離》中「彼黍離離，彼稷之苗。行邁靡靡，中心搖搖。知我者，謂我心憂，不知我者，謂我何求。悠悠蒼天，此何人哉」的「黍離之悲」，只是他不便明說而已。舊事提過，又馬上折入自北地回歸後的情景。「短夢依然江表，老淚灑西州」，說自己雖已回到南方故土，前不久那段被迫赴京的屈辱經歷也如惡夢那般過去，但所見故國之地卻早已成了他人的「樂土」，所以仍只能老淚灑落、無歡可言（「西州」本為東晉首都之地，這裡借言南宋故都杭州）。自從回到南方以後，自己與堯道分處杭、越，年來未通音訊。故人或許會怪我何以不致書問候，則答曰：「一字無題處，落葉都愁。」原來自己並非不想借紅葉以題詩贈友（借言通信），但實在是提不起任何興致來。在作者看來，隨那西風而飄落的片片紅葉上，似乎處處都寫滿了「亡國」兩字，處處都觸人以深濃的愁情，因此無法再在上面題詩，這點還得請老友給予諒解。故而上闋實際寫了三層意思：一是回憶同赴元都寫經的淒涼舊事，二寫同返南方後重見故土的悲感，三寫近年來不通訊問的苦衷，真是一氣寫來，越「旋」越深，把自己內心這種種哀緒愁情飽滿而含蓄地托出。在這四韻而三層的詞情中，我們尤須注意的是，開頭這兩韻五句，其意境相當蒼涼闊大，有「唐人悲歌」（清陳廷焯《雲韶集》）的氣概，著實為全詞增添了一點「北國型」的「壯美」之感。但這種「高音調」剛一「拋」起，就像那個「記」字（去聲）聲調的由高而降那樣，下兩韻的聲情馬上就落入了一種低咽的調門中去，「短夢依然江表，……落葉都愁」這四句就顯得多麼纏綿低迴。此中，便不免看出作者把握〈八聲甘州〉詞調音節轉換的「準確性」，以及他善於「一氣旋折」（清譚獻《複堂詞話》）的高妙本領。

下闋則從眼前的「又復別去」寫起。張、沈兩人在回南後一年之內久疏訊問，此次承堯道「來問寂寞，語笑數日」，這曾給作者孤寂的生活帶來了一些慰藉和溫暖。但接著，故人又要回去。面對此景，作者當然又會感慨生悲。「載取白雲歸去」是言堯道將重返「白雲深處」去過他的閉門隱居生活，而「問誰留楚佩，弄影中洲」兩句就寫出了自己與他難捨難分、兩情依依的徬徨之感。由於使用了湘君與湘夫人「捐玦」、「贈佩」的典故，便使這兩位本是同性的友人之離情，顯得分外的纏綿悱惻。這是本闋的第一層。接下來的三韻八句便進入第二層：遙想別後境況。故人別後，自難相見；相思渴念之時，當然會贈物以表情誼。但所贈之物，非復前人常贈之梅花，而只能是一枝蘆花。——從這枯瑟的蘆葦身上，老友也就不難想見贈者零落如秋葉的身世和心情了。張炎好以秋日的殘葉枯葦自比，如其〈聲聲慢〉云「莫向長亭折柳，正紛紛落葉，同是飄零」，〈疏影〉云「石老雲荒，身世飄然一葉」；這兒，他又以蘆花來比己「零落一身秋」的淒況，其中實飽寓著他「生不逢時」、家破國亡的痛感。所以他別出匠心地把前人常用的「折梅贈遠」典故，改為了「折葦贈遠」，這既是抒情的需要，也見其「推陳出新」的技巧。而故人既遠，雖然自己所處的「野橋流水」（喻其境況之差）附近也能招集到三朋二友，但終非沈堯道、趙學舟之類故交了。寫到這裡，他就順便「照顧」了序中所提到的另一位老友（趙學舟）。惆悵寂寞之極，自只能靠登樓遠望（漢樂府〈悲歌〉：「遠望可以當歸。」）來排遣愁情，但他馬上又想到，登樓所見，只能是「斜陽正在、煙柳斷腸處」（辛棄疾〈摸魚兒〉）的傷心景色，所以頓又縮回了腳步！這第二層的八句之中，既把自己對故友（詞中所謂「舊沙鷗」是也）的深情寫得淒清綿邈，更把自己飄零如秋葉的身世之感和愁懷故國的亡國之痛寫得哀哀動人，讀來如聞斷雁驚風、哀猿啼月。所以通觀全首，由壯及悲，由友情而及國仇家恨，均由那一股悲愴迴蕩的「詞氣」所操縱、所左右、所次第展開，因而讀者既可從中感到那種「刀揮不斷」的「行雲流水」之妙，又隨著詞情的發展而越來越沉浸到那種越「旋」越深的感情境界中去。（楊海明）

水龍吟　張炎

白蓮

仙人掌上芙蓉，涓涓猶濕①金盤露。輕妝照水，纖裳玉立，飄飄似舞。幾度銷凝，滿湖煙月，一汀鷗鷺。記小舟夜悄，波明香遠，渾不見、花開處。應是浣紗人妒。褪紅衣、被誰輕誤？閒情淡雅，冶容②清潤，憑嬌待語。隔浦相逢，偶然傾蓋，似傳心素。怕湘皋珮解，綠雲十里，捲西風去。

〔註〕①一作「滴」。②一作「姿」。

長調詠物，總要先有整體的布局安排。怎樣總寫，怎樣分寫，怎樣虛寫，怎樣實寫；或探先一步，或追敘一筆，或補寫過去，或預想未來，手法甚多，須先來個總的規劃，才好下筆。張炎此詞詠白蓮，用〈水龍吟〉長調，在一百零二字中，分合變化，頗有些手法可以汲取。

一起五句，是對白蓮作總體的概括描寫。先用漢武帝金銅仙人承露盤的故事，把蓮花比作仙人掌上的芙蓉，想像它還滴著金盤的玉露。這兩句自然不算特別新奇，因為周密在詠白蓮的詞中，也有「擎露盤深，憶君涼夜，暗傾鉛水」（〈水龍吟〉）之句，但作為一個冒頭，這樣落筆，還是能把蓮花的整體精神攝起的。跟著三句便進一步作具體勾畫：「輕妝」、「纖裳」，寫它的形質；「照水」、「玉立」，描它的姿態；接以「飄飄似舞」，便使蓮花的形象突現眼前。

整體描畫以後，隨即換了角度，從詞人自己身上落筆。「銷凝」是徘徊凝望之意。他說自己也曾幾回在滿湖煙月和一汀鷗鷺之中，徘徊著，凝望著，為的是要充分領略這詩的環境中那白蓮的雅韻。他還記得，在那悄然靜夜之中，乘著一葉小舟，飄泊湖上。可是，眼前看到的只是淡白的湖光，鼻中聞到的只有遠送的香氣，那蓮花卻混在波明月白之中了不可見。這樣來寫照白蓮之白，真是出神入化。

這幾筆寫得輕靈動蕩，化實為虛，很能撩起人的遐思玄想。那蓮花，似有如無，似無還有。那湖水，那煙月，那小舟，那鷗鷺，組成一幅充滿詩情的圖畫；那波光，那暗香，那葉影，也分明閃爍著蓮花的神魂，然而蓮花，你卻捉摸不著。

上面已是一片迷離，到了換頭三句，還不肯就此卸脫，仍然使用猜測想像：大抵是浣紗人（西施）妒忌你太美麗了，讓你把紅衣裳換了下來，只給穿一件素白的羅衫。以為這麼一來，便消減您那動人的魅力。這樣便輕輕把題目的「白」字反挑出來，手法實在高明。

再接下去，白蓮的姿態陡然呈現。這時候，詞人已經和它正面相對了。「閒情淡雅」三句，推出一串特寫鏡頭，同上闋作了強烈的對比。「淡雅」是寫白蓮的神魂，「清潤」是說白蓮的姿態；「憑嬌待語」用李白〈淥水曲〉「荷花嬌欲語」，它似乎忽然發現了「幾度」為之「銷凝」的詞人，好像要開口向他訴說心事。無怪清陳廷焯謂其「若諷若惜，如怨如慕」（《雲韶集》）了。

下面再補足一筆。「隔浦」出自白居易的〈隔浦蓮曲〉：「隔浦愛紅蓮，昨日看猶在。」「傾蓋」借用舊題孔鮒《孔叢子》「傾蓋而語」的成語，恰好和「翠蓋」相關。「心素」即心事。這三句只是把上面意思說足說透，別無太多深意。

寫到此處，眼前要說的都說了，於是到了結拍，便從眼前蕩開，想到未來。「湘皋珮解」用了個典故：傳說鄭交甫在漢皋遇見兩個女子，身上都掛著玉珮，交甫上前求她們相贈，女子把玉珮解下給他。走了數十步，玉珮忽然不見，連兩個女子都消失了。據說她們都是江水女神。這裡的「珮解」是比喻蓮花落瓣。意思是說，只怕不久西風吹來，花瓣紛紛飄落，有如江妃解珮。那時，徒然剩下「綠雲十里」（指荷葉）在西風中飛捲罷了。句中著一「怕」字，是預想，是悼惜，又是無可奈何。這樣結束，自是不盡之盡——話雖完了，又似是還沒有完。

整首詞，有總寫，有分寫，有遠寫，有近寫，有正寫，有側寫，章法頗可玩味。其中的「小舟夜悄」一段，迷離惝怳；「浣紗人妒」三句，想像幽奇；「憑嬌待語」、「似傳心素」，則人花合詠，也都顯出作者的匠心。

（劉逸生）

摸魚子　張炎

高愛山隱居

愛吾廬、傍湖千頃，蒼茫一片清潤。晴嵐暖翠融融處，花影倒窺天鏡。沙浦迥。看野水涵波，隔柳橫孤艇。眠鷗未醒。甚占得蓴鄉，都無人見，斜照起春暝。

還重省。豈料山中秦晉，桃源今度難認。林間即是長生路，一笑元非捷徑。深更靜。待散髮吹簫，跨鶴天風冷。憑高露飲。正碧落塵空，光搖半壁，月在萬松頂。

張炎自北遊南歸後，流寓山陰甚久，曾在鏡湖一帶隱居。高愛山，當在鏡湖附近。

上闋描繪隱居處風景，下闋前半抒述隱居的心情，至後半再度寫景，但時間已從日至夜，境界推進一層，煥然一新了。

「愛吾廬」三字突兀而來，領起全篇，令人精神一振。透過運用晉陶淵明「吾亦愛吾廬」（〈讀山海經十三首〉其二）的詩句，已檃括了其中「與世相違」的深意，為全詞定下了基調。「傍湖千頃，蒼茫一片清潤」，著筆先寫湖水。清潤，既指湖波之清涼朗澈，亦指氣候之爽潤宜人。接下「晴嵐」兩句寫湖中的倒影：白天，晴暖的山光、蒼翠的樹色，還有湖邊參差斑駁的花影，都融融漾漾地映照在這面天然的鏡子裡。以上總述既畢，人們對該湖的寬廣、澄澈及環湖風景之美麗清幽已有了整體印象，作者便及時轉入細部描繪：「沙浦迥」句寫遠處的沙灘。「野水」兩句寫柳陰下的小艇。類似意境前人已寫過，如唐韋應物〈滁州西澗〉詩「野渡無人舟自橫」，又如北宋寇準詩「遠水無人渡，孤舟盡日橫」（〈春日登樓懷舊〉）。化用名句，包蘊豐富，並由此預伏下文「無人」之意。前後暗相照應，針線何等細密。「眠鷗未醒。甚占得蓴鄉，都無人見，斜照起春暝。」「眠鷗」，兼喻隱士幽人，是景、人合寫。「甚」，正也。「蓴鄉」，用晉張翰思吳中故鄉蓴羹、鱸魚膾故事，這裡借指隱逸之鄉。後三句說，在這自由自在的天地裡，闃寂無人，只見一抹斜陽在春天的薄暗中灼灼閃耀。

上片主要描繪「吾廬」的周圍環境，透過作者泛舟湖上，不斷變換觀察角度而寫出。但是從「柳橫孤艇」以下已漸入人事，末句更是以時間推移為線索，成為上下片轉換的關紐。

在夕陽斜照、暮色蒼茫中，詞人感情的暗流卻擾動起來，他收視返聽，沉入深深的思索：「豈料山中秦晉，桃源今度難認。」波瀾驟起。怎麼也想不到，連與世隔絕的山間也難逃時移世易的影響，原來桃源仙境般的地方，已經面目全非了！言下之意是說，在這天崩地解的時代裡，要想找一處「不知有漢，無論魏晉」（陶淵明〈桃花源記〉）、遠離塵世紛擾的「避秦樂土」，實在難哪！與作者〈西子妝〉詞「漁舟何似莫歸來，想桃源、路通人世」，寓意相仿。不過，慨嘆之餘，他隨即又自我慰解起來：山間林下，本是怡情養性、修煉長生的地方，並不是什麼以隱求仕的終南捷徑，我原來就不想出仕當官嘛。於是，繃緊的琴絃又鬆弛了下來。接著，作品以一連串圓轉流美、累累如貫珠的妙句聯翩而下，直貫到底，在高亢、明亮、半透明的音色構成的「令人飄飄有凌雲之意」的高遠境界中結束了整首樂章：「深更靜。待散髮吹簫，跨鶴天風冷。憑高露飲。正碧落塵空，光搖半壁，月在萬松頂。」在萬壑松風、玉宇無塵的月明之夜裡，詞人想像著吹簫跨鶴，凌風飲露，永遠拋撇開那充滿不安和苦難的惡濁的塵世。這裡寫的夜景與上闋日景截然不同：上闋是眼前實景，字字有著落；而這裡則純是因情造景，是虛構的幻象。就如「斜照起春暝」似的，作者的浪漫主義精神在這裡要竭力突破黑暗的重重圍裹，為自己覓得一線光明。

這是典型的「山中白雲」的格調：沒有太多僻詞難句的堆垛和雕琢，沒有濫用炫技性的華彩樂段，而只是以精警、遒鍊的語句一氣盤旋，如赤手掣鯨，如健鶻摩空，全憑氣格、意境取勝。

這種鶴背天風、心遊碧落、「不食人間煙火」的奇思異想，並不是作者的發明，它和屈原的〈遠遊〉、郭璞的〈遊仙詩〉等有著一脈相承的密切關係。東晉郭璞〈遊仙詩〉詩寫道：「翡翠戲蘭苕，容色更相鮮。綠蘿結高林，蒙籠蓋一山。中有冥寂士，靜嘯撫清絃。放情陵霄外，嚼蕊挹飛泉。赤松臨上游，駕鴻乘紫煙。左挹浮丘袖，右拍洪崖肩。借問蜉蝣輩，寧知龜鶴年。」這種作品，正如南朝梁鍾嶸正確地指出的：「乃是坎壈詠懷，非列仙之趣也。」（《詩品》卷中）它們都是有託之言，並不是真的在作白日飛昇的迷夢。張炎這首詞也是如此。既然「來日大難，口燥脣乾」（漢樂府〈善哉行〉），便只好試圖用自拔頭髮離開地球式的「仙遊」夢想，去慰解痛苦、焦灼的心靈，去求得煩懣的暫時解脫。

這既反映了作者對元政權嚴重不滿而抱有敵對情緒的一面，同時，也反映了他無力抗爭，只能躲進自己用詞曲、文字築成的象牙之塔去的軟弱、消沉的一面。（周錫䪖）

解連環　張炎

孤雁

楚江空晚。悵離群萬里，恍然驚散。自顧影、欲下寒塘，正沙淨草枯，水平天遠。寫不成書，只寄得、相思一點。料因循誤了，殘氈擁雪，故人心眼。

誰憐旅愁荏苒。謾長門夜悄，錦箏彈怨。想伴侶、猶宿蘆花，也曾念春前，去程應轉。暮雨相呼，怕驀地、玉關重見。未羞他、雙燕歸來，畫簾半捲。

張炎以詠物詞為最精到。宋末鄧牧說他的〈南浦〉詠春水一首為「絕唱今古，人以『張春水』目之」（〈張叔夏詞集序〉），但從詠物詞的技法、風格和寄意來說，卻不如這一首詠孤雁的〈解連環〉更有代表性。元孔克齊《至正直記》曰：「（張炎）嘗賦孤雁詞，有云『寫不成行，書難成字，只寄得、相思一點』，人皆稱之曰『張孤雁』。」這首〈解連環〉詠物的技法最為出色，對孤雁的刻畫，可以說是窮形盡相，作者的家國之痛和身世之感盡蘊含在對孤雁這一形象的描繪中。

詞作一開始，作者困頓惆悵的情懷，便伴孤雁一起飛來。明寫孤雁，暗寫自身。楚江，與楚天的意思相同，指湖南。因衡陽有回雁峰，又雁多經瀟湘，至衡陽不再南飛，瀟湘、衡陽皆楚地，故用以切雁飛宿之處。頭三句寫長天無際，離群萬里。不只寫雁，且點明「孤」字。「悵」字、「恍然」字、「驚」字，再加首句的「楚江」與「晚」字，寫出了孤雁之遭際，使人分明意識到了作者的淒愴情懷。張炎生當南宋末年，國勢垂危，作為一個詞人，對於時局無能為力，不勝憂憤，所以借用詠物詞體，以寄託一腔幽怨。

「自顧影」一韻，意在顧影，所謂「顧影自憐」，也有深自珍惜之意。以其驚魂恍然，故徘徊欲下，而目光所到之處，唯見枯草平沙，依然一片寂寥。南宋詩詞家的這種寂寥情懷，幾乎是共同的，謝枋得有詩：「十年無夢得還家，獨立青峰野水涯。天地寂寥山雨歇，幾生修得到梅花？」（〈武夷山中〉）雖然詩是抒情，詞是詠物，但他們感情的音響卻同樣都是那一縷家國的哀思。飛自孤飛，落也孤宿。寫孤雁躊躇不決的心境，說牠徘徊顧影，只是為了進一步凸出牠的孤獨。

「寫不成書」，用《漢書》所載蘇武「雁足傳書」事，後人詩詞中常以雁為傳書使者。雁飛有序，呈一字形，或人字形，因孤雁排不成字，所以說「只寄得、相思一點」，用典別出心裁。這種相思之苦與家國之苦，在朦朧之際，已無從分辨。

為了不致使讀者誤會這是一首說相思的情詩，作者在下文又延伸了蘇武「雁足傳書」之說。這一韻的三句，不但是為雁立傳，而且在「詠雁」這層朦朧的面紗下面，可以依稀看到作者思想面貌的完整輪廓。字面上是說孤雁因循，誤了寄書，因而也誤了殘氈擁雪的蘇武託雁寄書的心事。「殘氈擁雪」，蘇武出使匈奴被扣留，不肯降，被置大窖中，不與飲食，「武臥齧雪，與旃（氈）毛并咽之，數日不死」（《漢書》本傳），是一個不屈的愛國者的形象。而作者以孤雁自比，其「故人」當亦是蘇武一類人。聯繫作者所處的時代，南北隔絕，北方「故人」的心事不能達於南方，我們只領會作者意之所指也就夠了。

過片的「旅愁」，照應前文的「離群萬里」。「荏苒」，輾轉或遷延的意思。這一句說：有誰憐念這因時序的遷延流轉而與日俱增的孤獨的旅愁呢？下面兩句，又追加了這層意思。說長門夜悄與錦箏彈怨，不止是用漢武帝陳皇后失寵後孤宿長門宮故事，還兼用杜牧〈早雁〉詩意：「金河秋半虜弦開，雲外驚飛四散哀。仙掌月明孤影過，長門燈暗數聲來。須知胡騎紛紛在，豈逐春風一一回？莫厭瀟湘少人處，水多菰米岸莓苔。」杜牧目睹戰亂使百姓流離的情景，以詩寄託他的同情，這與南宋「胡騎紛紛」，人民流離的情況大致相同，所以這裡化用杜牧詩意是很貼切的。前文拎出殘氈擁雪的「故人」，這裡又拎出「長門燈暗」的宮廷，用一個謾字，把長門、錦箏兩個典故組織到一起，用來渲染孤雁的哀怨。錦箏彈怨，用錢起〈歸雁〉詩意：「瀟湘何事等閒回？水碧沙明兩岸苔。二十五弦彈夜月，不勝清怨卻飛來。」這種用他人詩情為己作傅彩的辦法，在宋人詠物詩中最為常見。一方面借增詞情，一方面為所詠之物生色。但這裡長門的夜悄，錦箏的清怨，除用典之外，還另有用心。

「猶宿蘆花」是孤雁對遠方伴侶的想念，從這裡開始全是想像之辭。首先想的是那麼多夥伴，是否大家依然相守在蘆花叢裡？其次想的是夥伴們「也曾念」春天到來之前，應該回北方去了。回北方，也許大家還能相見。下面是一個飄渺的幸福設想，這個設想支持孤雁，使牠能夠忍受長期的孤苦。玉關春雨，北地黃昏，一聲驚呼之中，將怎樣和旅伴們重見呢？這裡用了唐人崔塗〈孤雁二首〉其二「暮雨相呼失，寒塘獨下遲」詩意，「怕」字含意深微。長期的期待與渴望，一旦相見期近，唯恐至時又不能相見，反怕春期之驟至。但若能相見，雖荒野寒沙，也無愧於寄身畫棟珠簾、不識愁苦的雙雙紫燕了。

這裡的「去程」、「玉關」，都是耐人咀嚼的字面，其中有人，呼之欲出。寄意所歸，正在語言之外。

〈解連環．孤雁〉是南宋詠物詞中的名篇之一。這首詞具有比較完備的詠物詞的特徵與技法，構思精巧，

體物細膩，既能寄意深微，又能窮形盡相。這些地方均能見到南宋詠物詞的特徵，也可概見張炎詠物詞深厚的藝術功力。（孫藝秋）

滿庭芳 張炎

小春

晴皎①霜花，曉融冰羽②，開簾③覺道寒輕。誤聞啼鳥，生意又園林。閒了淒涼賦筆，便而④今、不聽秋聲。銷凝處，一枝借暖⑤，終是未多情。

陽和⑥能幾許？尋紅探粉，也恁忺人。笑鄰娃痴小，料理護花鈴。卻怕驚回睡蝶，恐和他、草夢都醒。還知否，能消幾日，風雪灞橋深？

〔註〕①一作「卷」。②二句一作「掩閤烘晴，開簾借暖」。③一作「今朝」。④一作「如」。⑤一作「苔枝數點」。⑥陽和：源出《史記．秦始皇本紀》「時在中春，陽和方起」，原指春天溫暖之氣，後世往往用它來比擬皇家的恩澤。〈胡笳十八拍〉「東風應律兮暖氣多，知是漢家天子兮布陽和」，即以「陽和」喻君恩。

南宋後期，詞家「詠物」蔚然成風。張炎就是一位善寫詠物詞的名手（他早年以「春水」詞著稱詞壇，後期又以「孤雁」詞擅名詞場），這首「小春」詞就是他描寫節序風光的又一首詠物佳作。

據詞意猜測，這首「小春」詞約作於元仁宗延祐二年（一三一五），其時元朝政府為了籠絡漢族士人，決定重開已經停止了近四十年的科舉。一些生長在元朝的漢族青年，以為「陽和」重布，躍躍欲試。這時，年已六十八歲的張炎，早已看清了元廷一面鎮壓、一面拉攏的真實面目，便借著「小春」的題目，諄諄告誡著這批後生小子：切莫上當。詞的真實意圖，便借著「小春」的乍暖還寒，巧妙而曲折地展開。

「小春」，也就是通常所說的「十月小陽春」。南朝梁宗懍《荊楚歲時記》說：「（十月）天氣和煖似春，故日小春。」南宋吳自牧《夢粱錄》說得更具體：「十月孟冬，正小春之時。蓋因天氣融和，百花間有開一、二朵者，似乎初春之意思，故日小春。」這個時候，本是從秋向冬過渡之際，但因江南地氣偏暖，所以有時也會出現「返秋回春」的跡象；但是這種現象其實卻只是一種假像，因為北方的冷空氣隨時都會南下，嚴寒肅殺的天氣正在後頭呢。

張炎的詞篇，正是緊緊地扣住了這種物候的特點而「不即不離」地寄寓著他的政治感慨。

上片的前五句，先寫天氣的轉暖。「晴皎霜花，曉融冰羽，開簾覺道寒輕」，寫人們（包括詞人）一早捲簾開窗，發覺地上的霜花一片皎白，待會兒紅日東升，這冷如冰、薄如羽的濃霜很快就會融解乾淨，所以都感到了寒意的減退。這起首的兩句，屬對精巧工緻，已顯示了作者善於「狀物」的深湛功力。這是前五句中的第一層意思。但是，憑著作者飽經風霜的老眼看來，這種「寒輕」的感覺實在只是一種騙人的假像，所以下兩句一方面繼續寫「春意」的「重返」園林，一方面又暗暗把這些假像一筆勾銷。這集中體現在他所冠的一個「誤」字上：「誤聞啼鳥，生意又園林」這裡並非講大家的感覺有誤（因為啼鳥確實在叫），而是說這些啼鳥有「誤」，牠們誤以為春天又重新來到了。這種「張冠李戴」的寫法一則凸出了「誤」字（以之放在句首）的「分量」，二則也顯示了他鍊句峭拔（不走軟熟一路）的特色。所以，啼鳥叫得越是歡快，越是顯示出牠們的幼稚無知；「生意」寫得越濃，作者對於那真正的「春天」（南宋）就越是悼念。言婉而意深，言此而意彼，張炎對於元朝重開科舉和士子無知的態度，在這裡含蓄而冷冷地寫出。

此片的後六句寫自己的心情。也分兩層寫：第一層說既然天氣暫時回暖，那就不必再寫歐陽脩〈秋聲賦〉那樣淒涼悲傷的文字了，且讓我也稍微休憩、放鬆一下緊張的心情吧。這是詞情的一個「頓挫」之處，它為下文的重新振起作了一點「休整」。所以接下來的第二層意思便重又展開：「銷凝處、一枝借暖，終是未多情。」「銷凝」，即是「銷魂凝魄」之簡說，意在表明一種感懷傷神的精神狀態。為何要「銷凝」？原來，園中偶爾開放的一兩朵花，在詞人看來，不過是一種「借暖」（並非「真暖」）而已，因此並不能真正引起詞人的興致（「未多情」也），恰恰相反，這反而惹起了他的傷感情緒：要不了多久，你們的「下場」將可悲著呢。

果然，下片就發生了詞情上的轉折。「陽和能幾許？」憑空一轉，就用「反問」的形式把前文的「生意又園林」全部否定。這一句「換頭」，筆力警峭而又轉得空靈，起到了結束上文和轉出下文的「轉接」作用，不愧是善寫「過片」的一個典型例子。所以一句「陽和能幾許」，既指出了「小春」的天氣不會持久，又暗示了元朝廷的「恩澤」只是騙人之舉，言近旨遠，一語雙關，其妙處即在抒情與詠物的巧相浹洽、「不即不離」。但是此句只是寫詞人自己的心理，那輩稚嫩的孩童們是不可能理解的，他們紛紛出動，去尋紅探粉，好不快活（「忺（音同先）人」，使人愜意也），有的還高高興興地在花枝上繫上了「護花鈴」以防鳥啄，似乎春天真正來到一般。所以，作者在這四句的中間，插進了一個「笑」字，以表示他感到可笑，甚至是苦笑之情。然而，幼童的無知還不足令人擔心（因而只是一笑了之），使張炎更感憂慮的是：那輩隱居蟄伏著的「遺民」（這裡用草間睡蝶比之），可千萬不能懵裡懵騰地跟著這批小兒輩一起去上當呀；否則，後果更不堪設想。對於上述兩種人，他發出了一個總的警告：「還知否，能消幾日，風雪灞橋深？」這個警告，以問句提起人們的警惕和深思，揭示嚴酷的後果：可知道過不了幾天，又將是北風猛吹、灞橋雪深的惡劣天氣了；到那時，再到哪裡去尋什麼「陽和」和「春意」呢！整首詞從「寒輕」的景色寫起，又以「寒重」的景色結束，緊扣題目，顯得渾然一體。

從全詞來看，它有兩個顯著的妙處。一是準確地寫出了「小春」天氣的特徵，那就是乍暖還寒（「暖」是實寫；「寒」是虛寫；「暖」是正面寫足，「寒」是背後預示），使人深深地感受到了它的冷暖不定、「暖」後有「寒」。其中寫太陽的融化冰霜，小鳥的啼鳴，孩童的探芳，睡蝶的將醒，都很傳神；與此同時所夾寫的「誤」、「笑」、「怕」、「恐」的心情，以及「風雪灞橋深」的可怕景象，又補充寫出了這只是「小春」而不是「陽春」。既能恰如其分，又能生動形象地描摹出事物的特徵，這本是「詠物」詞首先必須達到的藝術要求；對此，張炎的這首「小春」詞是做到了。二是它在描摹自然界的「小春」氣候時，又巧妙、婉曲地寫出了政治「氣候」的冷暖多變、未可樂觀，從而寄託了自己語重心長的政治告誡。從表面上看，語語都是寫物；從骨子裡看，句句卻都在「言志」。蘇軾詠楊花有云：「似花還似非花」（〈水龍吟・次韻章質夫楊花詞〉）看似花卻又非花，看是詠物，卻是抒情，這首「小春」詞即是如此。（楊海明）

憶舊遊　張炎

登蓬萊閣①

問蓬萊何處，風月依然，萬里江清。休說神仙事，便神仙縱有，即是閒人。笑我幾番醒醉，石磴掃松陰。任狂客難招，採芳難贈，且自微吟。俯仰成陳跡，嘆百年誰在，闌檻孤憑。海日生殘夜，看臥龍和夢，飛入秋冥。還聽水聲東去，山冷不生雲。正目極空寒，蕭蕭漢柏愁茂陵。

〔註〕①一作「登越州蓬萊閣」。

蓬萊閣，在浙江紹興臥龍山下，是江南名勝之一。宋亡後，周密、張炎等常到此處遊覽，皆有詞。紹興西望錢塘江，東南有曹娥江，北對杭州灣，登高眺遠，江天空闊；張炎寫這首詞，已在宋亡之後，不免有「風景不殊，正自有山河之異」（《世說新語．言語》）的感觸。故上片起處，即以機勢直截、情意曲折之筆，寫出「問蓬萊何處，風月依然，萬里江清」。用「問」字直接領起蓬萊閣，領起登閣遊覽的總印象。「風月」句著重從時間上寫人事的變化，不變者只是風月；從大變中見到不變，似是欣慰；從不變中思念大變，更覺痛心；時空結合，今昔結合，是為曲折。「萬里」句著重從空間上寫閣上眼界的空闊，徑接起句，總包上下左右，是為直截。這三句寫景，中夾抒情；後八句抒情，中夾寫景。「休說神仙事，便神仙縱有，即是閒人。」從寫景到抒情，轉得虛靈，是一開。身丁亡國巨變，要追求出世、追求神仙嗎？作者清醒地知道「世」無從「出」，神仙並不存在，不值得追求。他〈滿江紅．己酉春日〉詞中的「天下神仙何處有？神仙只向人間覓」兩句，與這三句正可互相發明。作者從他的遺民身世、孤寂情懷看來，只有放棄一切功名利祿的紛擾，能冥心幽賞故國美麗的自然景物，才是「閒人」，才是真正的「神仙」，也就是不受新朝統治者羈縻、不為名利奔波的人。政治現實不堪涉足，但世上還有蓬萊閣一類景物可供幽賞，這正是「閒人」、「神仙」的「安身立命」之地。這三句憂憤深廣，卻以冷雋、達觀語出之，欲使人讀之，一時不即感到憂憤。「笑我幾番醒醉，石磴掃松陰」是說前後來遊，不止一次，以「醒醉」、「掃磴」的活動來表示，不直截點明「遊」字。「石磴」句是倒文，即「松陰掃石磴」，這是情中寫景，徑接起首三句，從廣泛議論又回到蓬萊閣，由一開到一闔。「任狂客難招，採芳難贈，且自微吟」，從「遊」寫到「獨遊」。「松陰」掃「石磴」以供醉臥，已有「獨」意，這裡更明顯地寫「獨」。沒有「狂客」可招，是「獨」；「採芳難贈」句從〈古詩十九首〉「涉江採芙蓉，蘭澤多芳草。採之欲遺誰？所思在遠道」詩意化出，欲採芳香，並無素心人可贈，當然也是「獨」。詞人感到孤獨，但無法避免它，也只好「任」之，聊且自己借「微吟」以陶寫而已。作者深廣的憂憤，又以婉約的達觀語出之。

過片三句，正如作者在《詞源》上所強調的，不肯「斷了曲意」。「俯仰成陳跡，嘆百年誰在，闌檻孤憑」，總括上片所寫的遊蹤、世事的變化和此行的孤獨。其句意本於晉王羲之〈蘭亭集序〉：「向之所欣，俛（俯）仰之間，已為陳跡。」蘭亭在紹興，詞語即用當地典故，極切當。所云「俛仰」之間，許多世事、景物盡成「陳跡」，又有人物云亡之慨。是不但感物，而且懷人；不但念遠，而且傷逝，在總括中又把憂憤加深一層。這三句，敘事中兼抒情;後七句,寫景中帶抒情。「海日生殘夜,看臥龍和夢,飛入秋冥。」從白天越過夜晚,寫天亮前所見景色。「海日」句,借用唐王灣〈次北固山下〉詩,寫殘夜所見海日將起情狀;「看臥龍」二句,寫殘夜所見臥龍山在朦朧中的盤踞、飛動情狀。以龍擬山,故著「飛」字;並加人化,故著「夢」字。詞筆也在秀淡、峭刻中見「神觀飛越」(張炎《詞源》評姜夔語)之態,是全詞最見氣力之句。「還聽水聲東去,山冷不生雲。」從殘夜寫到天曉,從日色寫到江聲,從山的冥蒙如夢寫到它的形態分明。「不生雲」,不見雲氣起伏,是一片淒冷不動氣象。這兩句又從上三句的恢張飛動轉到冷峭幽寂。「正目極空寒」,倒涵上片的「萬里江清」,下片的山要「飛入秋冥」、「不生雲」等,話雖未了,意已總結上文;「蕭蕭漢柏愁茂陵」,話是接「目極」,意卻向遠處延伸,以單句在最後別開一境,含意無限,是遺民心事的點睛之筆。詞以漢武帝的茂陵,指代紹興南宋諸陵被元江南釋教總統楊璉真伽發掘,及唐珏等收遺骨瘞於蘭亭山事;以松柏指代唐珏植冬青以為埋骨處的標識事。作者對此事的痛心,正如風吹松柏,蕭蕭之聲無法終止,要寫,「怎一個愁字了得」(李清照〈聲聲慢〉)?但這裡的一個「愁」字,卻又能點出「茂陵松柏」與此時、此地、此心的關係。從「目極」領起,以「愁」關連,臥龍山上的遺民,遂與蘭亭山下的「茂陵」聯結起來,使一結離題又不離人,不離人即不離題;離題以開拓新境,曲包餘意,不離人以關合題意,嚴密章法。這句又是一大開,以開作結,具盤旋迴斡之力,但不像「看臥龍」兩句的露出氣力。清陳廷焯《詞則·大雅集》評這首詞:「後闋愈唱愈高,是玉田真面目。」就用情言,是愈來愈激動,「愈唱愈高」;就用筆言,卻是遇高又抑,歸於「愈唱愈沉」。以低抑高,以深沉抑飛動,正是詞筆的婉約幽峭處。

這首詞抑勁直之氣為曲折,抑飛動之力為低沉,而風格歸於清空幽峭,真可代表玉田的「面目」。(陳祥耀)

臺城路 張炎

寄姚江太白山人陳文卿

薛濤箋上相思字，重開又還重折。載酒船空，眠波柳老，一縷離痕難折。虛沙動月。嘆千里悲歌，唾壺敲缺。卻說巴山，此時懷抱那時節。寒香深處話別。病來渾瘦損，懶賦情切。太白閒雲，新豐舊雨，多少英遊消歇。回潮似咽。送一點秋心，故人天末。江影沉沉，露涼鷗夢闊。

張炎大半生流落江湖，潦倒苦悶的境遇，使他更為珍重友情。他曾在〈水龍吟．寄袁竹初〉一詞中說：「幾番問竹平安，雁書不盡相思字……待相逢、說與相思，想亦在、相思裡。」你看，他對朋友有著說不盡的相思，同時，他覺得自己也是生活在朋友的思念之中，友情使他淒涼落寞的心靈尋得了撫慰和寄託。這大概就是張炎寄贈友人的詞為什麼寫得較多的一個原因吧。這首〈臺城路〉是這一類詞中不大為人注意的一首，但也寫得情思濃郁，至為感人。

姚江，在今浙江餘姚。陳文卿，又作陳又新。張炎另有一首〈風入松．陳文卿酒邊偶賦〉，詞中說「嘯歌且盡平生事，問東風、畢竟如何。燕子尋常巷陌，酒邊莫唱〈西河〉」，可以看出兩人是可以互傾心事的朋友。

薛濤，唐代女詩人、樂妓，曾居浣花溪，創製松花小箋，人稱「薛濤箋」，這裡泛指信箋。詞題是寄友人，卻反過來從對方引入，開頭便說，您（陳文卿）那精美的書函上滿是相思的字句，我拿在手中展開——疊好，再展開——又疊好，看了一遍又一遍，一遍又一遍。多麼尋常的語言，不加雕飾的細節，卻使那難以言說的激動之態、欣慰之情，躍然紙上。這不僅為題中的「寄」字交待了原因，也為下文抒情打下了基礎，醞釀了氣氛。接著詞人便向對方傾吐自己的思念，說自從你離去之後，往日載著我們一起飲酒遊玩的船兒就一直空著了，這情景恰如唐代詩人劉商所說的「君去春山誰共遊？鳥啼花落水空流」（〈送王永〉）。那橫在水面上的垂柳也似老了許多，又如杜牧詩所云「楚岸柳何窮，別愁紛若絮」（〈題安州浮雲寺樓寄湖州張郎中〉），引起我心中縷縷離情，不可斷絕。我還常常望著茫茫沙灘上緩緩移動的月色，感慨橫生。「嘆千里悲歌，唾壺敲缺」，用王敦事，南朝宋劉義慶《世說新語．豪爽》記載：王敦醉中輒歌曹操〈龜雖壽〉「老驥伏櫪，志在千里。烈士暮年，壯心不已」，並以鐵如意敲唾壺為節拍，壺口盡缺。從「載酒船空」至此，一氣貫注。「卻說巴山」一轉，把相逢的希望寄託於未來——「何當共剪西窗燭，卻話巴山夜雨時」，這是李商隱〈夜雨寄北〉詩句，我此刻的心情亦如李商隱那時的心情一樣啊！此是寬己，也是慰友，不僅化用得貼切自然，與上文並讀，且有轉接靈活、虛實相生之妙。

上片結尾寄想於未來的重逢，換頭再回憶昔日在菊花叢中依依話別，不論是思前，還是想後，又都是深情所致，似斷還續，意脈相貫。一別之後自己由於疾病纏身，形容憔悴，精力不支，以至於對朋友深切的相思之情，也懶於提筆抒寫了。這與前言「載酒船空」三句相映，繪出了一派物態身境同其蕭然的景象。這是告訴對方自己別後的境遇，也是向對方解釋吟情自減，未能致意的原因。雖說如此，但是朋友依舊在我的心中。太白，山名，即終南山，唐時隱士多居於此，這裡泛指隱居之地。新豐，在今陝西省臨潼。唐初大臣馬周，早年未遇，久困於新豐旅店，這裡泛指流落異鄉。舊雨，杜甫〈秋述〉說：「秋，杜子臥病長安旅次，多雨生魚，青苔及榻。常時車馬之客，舊，雨來；今，雨不來。」范成大再加以引用生發：「人情舊雨非今雨，老境增年是減年。」（〈丙午新正書懷十首〉其四）後來就用「舊雨」喻指老朋友，「今雨」比喻新交。「太白閒雲，新豐舊雨」，意思是說往日的一些舊友有的歸隱了，像閒雲孤鶴一般徜徉於煙霞水石之間，有的則奔走東西，潦倒於羈旅之中。用偶句寫出兩種情況以概一般，所以下面再寫一句加以總括，多少當年英姿勃勃的夥伴，而今飄零四散了。正是「舊雨不來，風流雲散，唯有長相憶」（張炎〈壺中天·懷雪友〉）。為什麼會「英遊消歇」、「風流雲散」呢？此中自然包含著興亡之悲、故國之思，時代的色彩、歷史的變故，往往就是這樣從張炎的一些寄友酬贈的詞作中，隱約地折射出來。

如果說從「寒香深處話別」，至「多少英遊消歇」，是在敘事中兼有抒情，那麼，下面則是借景寄情——潮水漸漸地退了，那聲音像是陣陣嗚咽。遠去的潮水啊，請把我在這秋天裡的一點思友的心意，帶給遠在天涯的故人吧！「故人天末」雖是泛指，當亦有陳文卿在內，因而詞至此，可以說已經完成了題意。然而按照詞牌的要求，下面還須再寫兩句，如此安排，恰好與開頭相互映襯——讀來函，「重開又重折」，書寄詞，似了未了，言難盡意。各以不同的方式和內容，表現了深摯綿綿的相思之情。而更富情韻的還在詞的結尾——月色朦朧，江影沉沉，沙鷗在清涼的夜露中酣睡，那甜美的夢境定是無限的自由，無限的開闊。多麼令人嚮往啊！我亦願成幽夢闊，不辭天涯覓故人。可是，事實卻是山長水遠，憂愁滿腹，寄詞情難盡，愁多夢不成，加之觸景傷情，情更難已。「江影沉沉，露涼鷗夢闊」，似一幅沙鷗夜宿圖，是那麼空曠、寂寥，又是那麼充實、幽邃，愁、思、怨、羨，諸般滋味孕滿其中，而不露圭角，顯示了作者不凡的功力和技巧，也顯示了其詞清空蘊藉的藝術特色。

（趙其鈞）

月下笛 張炎

孤遊萬竹山中，閒門落葉，愁思黯然，因動〈黍離〉之感。時寓甬東積翠山舍。

萬里孤雲，清遊漸遠，故人何處。寒窗夢裡，猶記經行舊時路。連昌約略無多柳，第一是、難聽夜雨。漫驚回淒悄，相看燭影，擁衾誰語。

張緒①，歸何暮。半零落依依，斷橋鷗鷺。天涯倦旅，此時心事良苦。只愁重灑西州淚②，問杜曲人家在否。恐翠袖、正天寒，猶倚梅花那樹。

〔註〕①張緒：《藝文類聚．木部》：「齊劉悛之為益州刺史，獻蜀柳數株，條甚長，狀若絲縷。武帝植於太昌雲和殿前。常玩嗟之曰：『楊柳風流可愛，似張緒。』」按張緒《南齊書》有傳，少有文才，喜談玄理，丰姿清雅。這裡作者是藉以自比。②西州淚：《晉書．謝安傳》載：羊曇為謝安所器重，「安薨後，輟樂彌年，行不由西州路。嘗因石頭大醉，扶路唱樂，大醉，不覺至州門。左右白曰：『此西州門。』曇悲感不已……慟哭而去」。按謝安扶病還都時，曾經過西州門，所以羊曇觸景傷情。西州，晉時揚州刺史官廨，因在臺城之西，故名。故址在今南京西。

南宋滅亡後，以舊王孫而做了遺民的張炎，長期飄泊南北，過著孤獨的羈旅生活。元成宗大德二年（一二九八），他流寓甬東，距南宋滅亡，已經二十年了。但是，亡國破家之痛，並沒有隨時間的流逝而淡忘。

特別是在幽清寂寥的山中，〈黍離〉之感更油然而生，不能自已。「悲歌可以當泣，遠望可以當歸」（漢樂府〈悲歌行〉），〈月下笛〉這首悲涼激楚的詞，便是他那時的心聲。

起首「萬里孤雲」四字，便覺淒愴渺茫，定下了全篇的基調。這「孤雲」，自然是詞人的化身，一片雲飄浮在萬里長空中，益見其孤。陶淵明〈詠貧士〉：「萬族各有託，孤雲獨無依。曖曖空中滅，何時見餘暉！」從這以後，孤雲在詩詞裡喻人，就蘊含了特定的感傷。「清遊漸遠，故人何處。」淒涼的飄泊，沒有一定的方向，漸遠漸離故鄉，迷不知東西，「故人何處？」何等悵惘的呼喚！這一聲呼喚，亡國之痛，身世之悲，種種難堪的往事，一齊湧上心來，日間無法排解，夜裡還形於夢寐。「寒窗夢裡，猶記經行舊時路。」夢裡最分明的景象是「連昌約略無多柳，第一是、難聽夜雨」。唐宮名很多，而連昌宮以元稹寫詩感嘆它的荒涼殘破而著名；用連昌來指代南宋故宮，就見出了銅駝荊棘的意思。詞人在少年時，曾看見宮中的柳樹，「高枝低枝飛鸝黃，千條萬條覆宮牆」（唐劉商〈柳條歌送客〉）。可是此時夢想中，彷佛已衰殘無幾，非復當年意態，而最難堪的是，還聽著蕭蕭的夜雨。樹猶如此，人何以堪。不期然從夢中醒來，自己卻是在異鄉淒涼而寂靜的夜裡，對著搖曳不定的燭光，哪會有人來同我擁衾共話呢？心緒的悲涼，到此已極。上片影影綽綽有「長恨」風情。

過片，詞人以南齊張緒自況，固然是切姓，更多的是比擬自己青年時的風度，以與上片「連昌約略無多柳」相聯繫，意同其〈南樓令‧有懷西湖且嘆客遊之漂泊〉「可是而今張緒老，見說道，柳無多」。戴表元〈送張叔夏西遊序〉：「玉田張叔夏與余初相逢錢唐西湖上，翩翩然飄阿錫之衣，乘纖離之馬。於時風神散朗，自以為承平故家貴遊少年不翅也。」可是，而今的張緒也不像亡國前的宮柳那樣「風流可愛」，已是「早衰蒲柳」了。「歸何暮」！為什麼到遲暮之年還不能回鄉呢？這就不得不勾起下面的傷心事來。「半零落依依，斷橋鷗鷺。」想像著西湖斷橋邊的鷗鷺已零落過半，依依可憐，暗喻舊侶凋殘，前盟難踐。「天涯」二句又一轉折，托起更苦的心事：「只愁重灑西州淚，問杜曲人家在否？」這裡的「西州淚」，實只取不忍重經舊地之意，因為張炎的亡國破家之痛，遠過羊曇生死知遇之悲。「杜曲」，也似連昌一樣，以唐代宋，指高門大族聚居的地方；「人家」，不是別人的，正是張炎自己的家。清人丁丙引《秋崖津言》記載玉田祖父張濡的「別墅在北新路第二橋，顏曰『松窗』。中構水亭，四面檉柳數百株，圍繞若玦環，下臨菡萏一二十頃，三伏銷暑，不減禁中翠寒堂也」。周密《武林舊事》裡也有記載。這的確算得是宋代的「杜曲」名勝。張濡在宋恭帝德祐元年（至元十二年，一二七五）防守獨松關，殺了元兵的使者。第二年初，元兵攻占臨安，立斬張濡，籍沒其家。張炎時年二十九歲，便遭到血淋淋的亡國破家的巨變！他從此漂泊四方，心中留下了永不磨滅的創痛。因此，他在題周草窗《武林舊事》的〈思佳客〉寫道：「銅駝煙雨棲芳草，休向江南問故家。」家國之痛是忘不了的，那相濡以沫、堅持氣節的故人更是忘不了的。所以，煞尾又化用杜甫〈佳人〉「天寒翠袖薄，日暮倚修竹」，回應起首的「故人何處」：「恐翠袖、正天寒，猶倚梅花那樹。」

這首詞是很能代表張炎藝術風格的作品之一。他以深刻而曲折的筆法，抒寫出沉痛而持久的亡國之悲。層層深入，首尾互應，如連環之不可解。用典和設喻，想像和暗示，使詞意含蓄深厚，絕無板滯淺直，正是姜夔一路的「清空」。一些領字和語氣詞，準確地表現了語勢的抑揚，文意的轉折。（徐永年）

綺羅香　張炎

紅葉

萬里飛霜，千林落木，寒豔不招春妒。楓冷吳江，獨客又吟愁句。正船艤、流水孤村，似花繞、斜陽歸路。甚荒溝、一片淒涼，載情不去載愁去。

長安誰問倦旅？羞見衰顏借酒，飄零如許。謾倚新妝，不入洛陽花譜。為迴風、起舞尊前，盡化作、斷霞千縷。記陰陰、綠遍江南，夜窗聽暗雨。

這首詞借詠紅葉以寫亡國遺民的飄零身世和光輝節操。

上片，起二句「萬里飛霜，千林落木」，對偶互文，說萬里、千林，都在飛霜中枝零葉落，總寫秋天大地；「寒豔不招春妒」，收縮到紅葉，紅葉是寒天中唯一的濃豔之色，它與春風、春花不同時，不可能為它們所妒。三句直從秋天寫到紅葉，似乎專在詠物；但秋風橫掃萬里，何嘗非亡國後江山、士林備受摧殘的寫照？紅葉可以象徵遺民，「春」又何嘗不是在新朝的富貴場中得意的人物的象徵？寄託又極分明。這三句，已正面把紅葉說盡。下面又從側面再作生發。「楓落吳江冷」，是唐人崔信明的著名斷句，楓葉經秋變紅，故用這一典故，接以「楓冷吳江，獨客又吟愁句」。「獨客」表面指崔，實際是自指；「又吟愁句」，流露主觀感情，由詠物到寫人。物、人交錯、化合，是晚宋諸家詠物詞的慣用手法，目的是求若即若離，主客融成一氣，不為詠物而詠物。這裡是用這種手法，但脈絡轉接分明：「楓」承「寒豔」；「吳江」二字又引出「正船艤、流水孤村，似花繞、斜陽歸路」兩句。「歸路」中停船於「流水孤村」之旁，正可挨村傍樹；而在「斜陽」映照中遠看似春花圍繞的，又非紅葉莫屬。這是借描寫停舟之景以烘托紅葉。「甚荒溝、一片淒涼，載情不去載愁去」，用唐代宮女紅葉題詩故事以寫眼前紅葉，是熟典活用：不正面承說御溝流紅，有關雙方獲得美滿姻緣的事，而說為什麼「荒溝」內一片淒涼景象，紅葉不載情去，卻載愁去？不再是寫宮女故事，而是自寫當時情境；但典故的影子仍在，紅葉的影子仍在。一經活用，就化熟為生，化板為活，這也是晚宋詞家用典時所常見的推陳出新手法。「載情」句的「情」，是原故事中男女間之情，例如唐孟棨〈本事詩〉所記「聊題一片葉，寄與有情人」之情；但句中「載愁」的「愁」，卻是詞人自己的國亡家破、飄零失路之愁。句中「載情」是賓，「載愁」是主。意謂若欲題於紅葉，託荒溝流水載去的，亦只有無限深愁而已。「載情不去」，為「不載情去」的倒文。從主觀方面說，是今已無「情」可供託載，表現出來卻成為問溝水為何不與我載情去而載愁去，愈婉轉，愈沉痛。

上片從紅葉寫到人，下片則從人寫到紅葉。「長安誰問倦旅」，以一疑問句領起寫人。「長安」，指南宋都城臨安；「倦旅」，自指。「羞見衰顏借酒，飄零如許」，又用自己烘托紅葉。上句用鄭谷〈乖慵〉詩「愁顏酒借紅」，藏「紅」字；加上「羞見」、「飄零」，以增曲折哀嘆之意，便切遺民身世。「謾倚新妝，不入洛陽花譜」，又承上句「飄零」一詞的雙關，轉到寫紅葉，脈絡亦分明；指出秋葉雖紅，終不是花，終不會為只愛春花的常人所賞，不能載入《花譜》。「洛陽」、「新妝」，皆暗指牡丹：牡丹為洛陽名花；李白〈清平調〉詠牡丹，有「可憐飛燕倚新妝」句。不入《花譜》，即是不掛新朝朝籍、不得富貴的隱喻。「謾倚」是對「新妝」的唾棄，即是勉勵紅葉不要去羨慕、效法春花，也即是隱喻遺民們不要去羨慕、效法新貴。紅葉既不能追隨春花，它受秋天「迴風」的吹送，也只能在酒人的樽前「起舞」最為合適，因為酒人的「醉貌」可與紅葉的顏色互相映照，酒人的身世也可能就同於紅葉的遭際。「盡化作、斷霞千縷」，寫風中落葉眾多，一經「起舞」，豔紅的顏色就可化為千縷斷霞，紅葉的這一光彩，也即是遺民們的丹心碧血，他們哀思故國的返照迴光，他們忍受風霜、保持堅貞氣節的光輝節概。紅霞成為「斷霞」，可知無法回天，也即無力復國。那麼，何以自慰呢？「記陰陰、綠遍江南，夜窗聽暗雨」，只好牢記江南聽雨、夏木陰陰的季節，也即只好牢記南宋亡國前尚存半壁河山的偏安時期。著一「暗」字，則當時已入衰殘之境，呼應「斷」字，使結語嗚咽纏綿。自「謾倚」以下，句句寫紅葉，又句句比遺民。

全詞圍繞紅葉，扣緊題目，不避犯「正位」；但人、物關合，義兼比興，寫得不粘不脫，淒惋沉痛，感染力強，清陳廷焯《詞則》評云「情詞兼工，頗近淮海（秦觀）」，自是允當。（陳祥耀）

疏影 張炎

梅影

黃昏片月。似碎陰滿地，還更清絕。枝北枝南，疑有疑無，幾度背燈難折。依稀倩女離魂處，緩步出、前村時節。看夜深、竹外橫斜，應妒過雲明滅。

窺鏡蛾眉淡抹。為容不在貌，獨抱孤潔。莫是花光①，描取春痕，不怕麗譙吹徹。還驚海上燃犀去，照水底、珊瑚如活。做弄得、酒醒天寒，空對一庭香雪。

〔註〕①花光：即僧仲仁，宋衡州花光山長老，與蘇軾、黃庭堅同時。擅畫梅花。黃庭堅〈花光仲仁出秦蘇詩卷，思兩國士不可復見，開卷絕嘆，因花光為我作梅數枝及畫煙外遠山，追少游韻記卷末〉有句云「雅聞花光能畫梅，更乞一枝洗煩惱」，又有〈題花光老為曾公卷作水邊梅〉詩。《冷齋夜話》云：「衡州花光仁老，以墨為梅，魯直（黃庭堅）觀之曰：『如嫩寒春曉，行孤山籬落間，但欠香耳。』」（《黃詩全集》宋史容註引）可見其畫筆之神。

范成大〈梅譜後序〉說，梅「以韻勝，以格高」。張炎的這首詞則超脫了梅的形質本體，專詠梅影，其清空高雅，似在韻格之外。

大凡寫影，尤其是梅影，必寫月，即宋蕭泰來詠梅詞〈霜天曉角〉所說「知心唯有月」。故此詞上片首句便是「黃昏片月」，為梅影的出現準備了條件。接著，精雕細刻，為月下梅影傳神寫照。詞人從七個方面刻畫梅影，這裡姑且稱為「梅影七筆」。初筆「似碎陰」兩句，寫「清絕影」。先以「碎陰」比梅影，但梅影卻又並非一般的「碎陰」，所以緊接著用「還更清絕」逼進一句，抑「碎陰」而揚梅影。「清絕」二字寫出了梅影纖塵不染、絕頂高潔的品格。蘇東坡〈洞仙歌〉、陸游〈北坡梅開已久，一株獨不著花，立春日忽放一枝戲作〉等以「冰肌玉骨」、「雪魄冰魂」詠梅，這裡卻從「雪」、「冰」、「玉」等字眼裡提煉出一個「清」字來，而且是「清」而至於「絕」，以寫梅影，相比之下，頓覺「冰」、「雪」質實，「清絕」空靈，給人留有更多的馳騁想像的餘地。

次筆以「枝北」三句寫「疑似影」。「疑似之跡，不可不察。」（《呂氏春秋．疑似篇》）影既清絕，引起了詞人的把玩之念，但枝北枝南，環繞再三，及至「背燈」而折，卻又不可捉摸。「背燈」，猶言離開燈光。由於屢次（「幾度」）不能折取，故而「疑有疑無」，屢興繞枝之嘆。「幾度」的語法意義應貫串在這三句之中，只是後置於末句而已。由「幾度」，可見詞人對梅影的摯愛，而「疑有疑無」、「背燈難折」，則活畫出了一種疑似難分、迷離惝恍的境界，用以寫「影」，確是神妙之筆。

第三筆，「依稀倩女離魂處，緩步出、前村時節」，是寫「縹緲影」。「倩女離魂」，出於唐陳玄祐小說〈離魂記〉，說衡州張鎰有女倩娘，與鎰甥王宙相戀，後鎰將倩娘另配他人，王宙亦含恨離去。夜間，倩娘的魂趕到王宙船上，隨王宙入蜀。五年後，兩人回家，房內臥病的倩娘聞聲相迎，兩女遂合為一體。詞中引用這個故事，意在以倩女比梅，以倩女的「魂」比梅影。「魂」從倩女出，「影」從梅中來，殊為巧喻。這兩句的重點，只在一個「魂」字，並用「依稀」加以修飾，梅影形態的輕倩縹緲便脫然而出。至於「緩步」云云，似暗用唐齊己〈早梅〉「前村深雪裡，昨夜一枝開」詩意，同時衍述「倩女離魂」的故事，給這首極靜的詞增加一些動態的美。

第四筆，「看夜深、竹外橫斜，應妒過雲明滅」，是寫「竹外影」。這是個旁出一筆的特寫鏡頭。「橫斜」，指梅影，出於林逋〈山園小梅二首〉其一詠梅名句「疏影橫斜水清淺」。「應妒過雲明滅」，是「過雲明滅應妒」的主謂倒裝句，是說忽明忽暗（即「明滅」）飄飄冉冉的雲彩，看到這「竹外橫斜」的梅影，也應該有些妒意吧！這裡以明滅的「過雲」作陪筆，以襯梅影之美；同時又以「竹」為襯，這裡引進「竹」，其意倒不一定在於他們是歲寒三友，而是出於古人的一種多層次的審美觀。蘇軾〈和秦太虛梅花〉就有「竹外一枝斜更好」的詩句，這裡正是效法蘇軾，且又增加了「過雲」，這樣既不單調，又有對比襯托，所以這竹外之影才顯得「更好」。

第五筆，詞的下片前三句，寫「淡潔影」。詞人調換了角度，寫鏡中的梅影，形象更為清絕聖潔。時間正是深夜，窗外的梅，隨著月光的轉移，把她的倩影移進窗內的鏡面上。周密〈疏影‧梅影〉詞，也有類似的寫法：「甚美人、忽到窗前，鏡裡好春難折」張炎則用「窺鏡」包容了窗外的一切。雖輕輕一個「窺」字，卻立即給人一種美人臨窗、飄然欲入的美感。這比周密來得空靈。然後再用「蛾眉淡抹」畢肖鏡中梅影的倩巧情態，並從一個「淡」字上，引發出了「為容不在貌，獨抱孤潔」兩句。「為容不在貌」化用唐杜荀鶴〈春宮怨〉「承恩不在貌，教妾若為容」句意，而詞人卻加上「獨抱孤潔」一句，從而翻出新意，由「貌」而寫神，抑貌而揚神，寫出了梅影「孤潔」的精神品格，「獨抱」，表現了她對這種品格執著的追求。梅花發於春前，雖冰雪欺凌，仍冰姿玉立，懷香抱潔，不易厥素。梅影既是梅魂，而且又是鏡中之影，經過了鏡面的聖化，其孤潔獨抱的品格，自當更進一層。詞人獨獨在寫鏡中梅影時，加這「獨抱孤潔」一句，一定是經過數番爐火，嘔心而得的。這一筆，是全詞的主旨所在，詞人的遭遇，心靈深處的不平與憤懣，以及對自我品格的要求，種種複雜的內心世界，都深深地埋在這一筆的底層。

第六筆，「莫是花光」三句，是沿第五筆的意脈，寫「貞固影」。「麗譙」，即城門上的鼓樓；「莫是」，莫非是，難道是，這裡是故意設問，婉轉其辭，實際上是以疑問的語氣表示肯定的語意。詞人說：這娟娟的梅影，莫非是花光和尚筆下所描取的一痕春色？（張元幹〈卜算子〉詠梅詞云「芳信著寒梢，影入花光畫」，也借花光之畫稱道梅花之美。）她超塵脫俗，貞而不墮，孤潔長存，即使「麗譙」上吹起〈落梅曲〉的角聲（「吹徹」即吹完一遍），她也「不怕」。這一筆，與其說是化用李白「黃鶴樓中吹玉笛」（〈與史郎中欽聽黃鶴樓上吹笛〉）詩意，倒不如說是直接取用了蕭泰來〈霜天曉角〉的精神：「賴是生來瘦硬，渾不怕、角吹徹。」這裡沒有梅花「落」與「不落」的問題，而是硬是不怕。她的鐵骨與幽香，不知激勵了多少志士仁人，這裡，詞人張炎又以她的貞固而自勵了。

第七筆，「還驚海上燃犀去，照水底、珊瑚如活」，寫「玲瓏影」。「燃犀」，用晉溫嶠在牛渚磯（即采石磯）燃犀牛角照水底靈怪的故事（見《晉書．溫嶠傳》）。這三句的重點在於「珊瑚如活」。詞人很注意烘托珊瑚所處的特殊環境：不僅是在「水底」，而且又置於燃犀照耀之下，詞人又用了「驚」「如活」（如，一作疑）加以渲染，這樣一再著筆，就給這本來就「玫瑰碧琳」（司馬相如〈上林賦〉語）的珊瑚染上了神話般的色彩，玲瓏晶瑩，如在水晶龍宮。詞人極盡珊瑚之美，目的在於表現梅影形象之美。

以上梅影七筆，肖形肖神，畢盡其妙，把「影」寫活了。詞的結句，突然拈出「酒醒」二字，這才使讀者從那迷離惝怳的境界裡醒悟過來：原來詞人描畫的那種境界，所表現的那種執著，都有個「酒」字在「做弄」，醉眼矇矓，似真似幻！不過，讀者並不埋怨詞人，因為畢竟在詞人所創造的清幽醇美的藝術境界裡，伴著一位絕妙的梅花神，得到了足夠的美感！而詞人自己呢？一夜的迷離惝怳過去了，眼前只是「空對一庭香雪」！「香雪」，色香俱備，美則美矣，但卻失去了那醉眼中的疑似境界，「空對」之中，包含了詞人惆悵若失的情緒，詞人不由得在結句之前加上了「做弄得」三個字，來表現他的這種情緒。「酒醒」兩句，用了舊題唐柳宗元《龍城錄》中趙師雄的故事：隋開皇中，趙師雄遷羅浮，日暮，於林間酒肆旁，見一美人淡裝素服出迎。與語，芳香襲人。因與扣酒家共飲。師雄醉寢，及至酒醒，始知身在梅花樹下，美人消失，惆悵不已。趙師雄是遇上了梅花神。詞在最後使用了這個典故，我們才又恍然醒悟：原來詞中寫倩女，寫蛾眉淡抹等，已是檃括了這位梅花神的故事，用來寫梅影，是最貼切不過的了。

怎麼樣才能把「影」寫好？讀了這首詞，我們是應該有所領悟了。詞中寫梅，本來是一種常見的題材。到了宋代後期以至元初，由於政治上的原因和審美觀的轉變，不少詞人（尤其是作為遺民的詞人）的眼光，由寫實在的生活內容，轉向了高潔之物，以喻自身品格的高潔，詠物詞多了起來，其中比較凸出的是詠梅。但梅畢竟還是有它的實體，寫多了又覺得質實，於是寫梅影，用特細的工筆對梅影展開具體形象的描繪，用有生命的形象，狀無生命的「影」，比擬、襯托、誇張、渲染、用典，再加上作者的心理感受，創造了一種盡洗鉛華的空靈美。發展下去，由寫地上的影轉進到寫鏡中的影，水中的影，總之是要離開地面了。寫影之作，愈見清幽奇絕，寫作技巧愈來愈高，但也並非純粹寫物，往往有詞人的深沉的寄託，從而形成了宋末詞壇上的一種奇異現象。這是我們在讀這首詞的時候應該注意到的。（丘鳴皋）

湘月①

張炎

余載書往來山陰道中，每以事奪，不能盡興。戊子冬晚，與徐平野、王中仙曳舟溪上。天空水寒，古意蕭颯。中仙有詞雅麗；平野作〈晉雪圖〉，亦清逸可觀。余述此調，蓋白石〈念奴嬌〉鬲指聲②也。

行行且止，把乾坤收入，篷窗深裡。星散白鷗三四點，數筆橫塘秋意。岸觜衝波，籬根受葉，野徑通村市。疏風迎面，濕衣原是空翠③。

堪嘆敲雪門荒，爭棋墅冷，苦竹鳴山鬼。縱使如今猶有晉，無復清遊如此。落日沙黃，遠天雲淡，弄影蘆花外。幾時歸去，剪取一半煙水。

〔註〕①〈湘月〉：即〈念奴嬌〉之鬲指聲，字數、句式均與〈念奴嬌〉同。②鬲指聲：據姜夔〈湘月〉序中說：「予度此曲，即〈念奴嬌〉之鬲指聲也，於雙調中吹之。鬲指亦謂之『過腔』，見晁無咎集，凡能吹竹者，便能過腔也。」③可參王維的〈闕題二首〉其一：「山路元無雨，空翠濕人衣。」

一葉小舟，在蕭瑟的溪上划行。船兒走一會，又停一會，走一會，又停一會，像是要把這天地間的美景，都收進篷窗之內。船中坐著三個讀書人，正在盡情欣賞這天空水寒的冬日風光。只見稀稀落落的三、四隻白鷗，在水面上徘徊。此景活像是一個丹青妙手以疏疏幾筆畫出的水鄉葦塘秋意圖。遠遠望去，尖削的溪岸激濺起水波，籬笆下堆積著枯黃的落葉，一條荒僻小徑正通向村中的集市。這時，淡淡的風迎面吹來，艙內三人的衣服，都被那空濛的水氣打濕了……

上面這段描寫，便是張炎〈湘月〉一詞上闋的內容。那船中的三人，一個是詞人王中仙（沂孫），一個是畫家徐平野，另一個便是本詞的作者張炎。張炎在小序中交代，他曾多次往來山陰道中，往往因事情紛繁，失去暢遊機會，總覺得未能盡興。這次與友人泛舟，始領略到晉人王獻之（字子敬）所說「從山陰道上行，山川自相映發，使人應接不暇，若秋冬之際，尤難為懷」（南朝宋劉義慶《世說新語．言語》）的意境。詞中所描繪的山陰道中景色，較之王獻之的敘述，更為具體生動。

上半闋句句寫景。「行行」三句，先點出是「曳舟溪上」。「星散」二句，寫舟中四望，是從「高遠」著筆。「岸觜（通「嘴」）」三句，則是「平遠」之景。「疏風」二句，開始轉入寫感受，亦景亦情，很自然便轉入以抒情為主的下半闋。

張炎在小序中提到徐平野作〈晉雪圖〉，但未指出此圖內容如何；但既以「晉雪」為題，當是指晉人王徽之（字子猷）雪夜訪戴安道的故事。《世說新語．任誕》載：「王子猷居山陰，夜大雪，眠覺，開室，命酌酒，四望皎然。因起彷徨，詠左思〈招隱〉詩，忽憶戴安道。時戴在剡（今浙江嵊州），即便夜乘小船就之。經宿方至，造門不前而返。人問其故，王曰：『吾本乘興而行，興盡而返，何必見戴。』」由此看來，〈湘月〉上闋，不單句句寫景，還句句寫畫。可以說，上闋亦景亦畫，渾然一體，是一幅極清逸的宋人寒林山水圖。張炎詞長於寫景狀物，於此可見一斑。

下闋即因〈晉雪圖〉而生思古之幽情。過片三句，用了兩個晉人典故。「敲雪門荒」，是用王子猷雪夜訪戴之典；此指戴安道舊宅荒廢。「爭棋墅冷」，用謝安與人弈棋爭勝之典。《晉書．謝安傳》載：淝水之戰前夕，謝安與其侄謝玄在建康山墅中下圍棋，以別墅作賭注。謝玄棋藝平時本高於謝安，此日因牽掛局勢，心神不定，竟以致敗。又謝安先曾隱居會稽東山，亦有別墅。此合二者言之，指謝安會稽之別墅，其庭院已經冷落。一為「門荒」，一為「墅冷」，再加上叢叢苦竹在風中蕭蕭作響，恍似山鬼鳴叫，很自然便使人產生「堪嘆」之感了。山陰道上，曾是晉人清遊之地，但經過戰亂之後，現在一切都變了。正是「風景不殊，舉目有山河之異」！詞作於戊子，即元世祖至元二十五年（一二八八），時宋亡已九年，作者心裡自多感慨。「縱使如今猶有晉，無復清遊如此」二句，便是這種悲哀慨嘆的凝聚。

「落日」以下五句，以景寫情，表達思歸之意：落日的餘暉把沙灘染成金黃的顏色，淡淡的雲影在遠處的天空中飄盪。透過蘆花的間隙，可以看見它們的影子在閃爍。啊，我們什麼時候能把這一江煙水，剪取一半歸去呢！末二句用晉索靖故事：傳說索靖觀賞顧愷之畫時，十分傾倒，讚嘆地說：「恨不帶并州快剪刀來，剪松江半幅紋練歸去。」（唐黃希《補註杜詩》引蘇註）後來，杜甫在盛讚王宰的山水畫時，便把索靖的話，化為「焉得并州快剪刀，剪取吳淞半江水」（〈戲題王宰畫山水圖歌〉）。張炎此詞，以「幾時歸去，剪取一半煙水」作結，合用索、杜二典，既指眼前之景，也指徐平野的〈晉雪圖〉，亦景亦畫，融為一體，真是精妙之極。

此詞上闋句句寫景，亦句句寫畫；下闋則因〈晉雪圖〉而抒發家國之感，借晉說宋，寄慨遙深。末二句把景、情、畫三者融合在一起，更使人回味不盡。《四庫全書總目提要》說：「（張）炎生於淳祐戊申，當宋邦淪覆，年已三十有三，猶及見臨安全盛之日。故所作往往蒼涼激楚，即景抒情，備寫其身世盛衰之感，非徒以剪紅刻翠為工。」這首〈湘月〉，是當得起這個評價的。（梁守中）

聲聲慢　張炎

別四明諸友歸杭

山風古道，海國輕車，相逢只在東瀛。淡泊秋光，恰似此日遊情。休嗟鬢絲斷雪，喜閒身、重渡西泠。又溯遠，趁回潮拍岸，斷浦揚舲。莫向長亭折柳，正紛紛落葉，同是飄零。舊隱新招，知住第幾層雲。疏籬尚存晉菊，想依然、認得淵明。待去也，最愁人、猶戀故人。

張炎入元以後，不仕新朝，以「遺民」自居，所以他的詞中多以東晉的高士陶淵明自比。清人陳澧題《山中白雲詞》有云：「無限滄桑身世感，新詞多半說淵明。」這是符合事實之言。

這首〈聲聲慢〉詞，就是一首「說淵明」的詞。此詞作於元成宗大德二年（一二九八），其時詞人年已五十一歲，正在浙江寧波一帶飄盪。四明，本指四明山，這裡指在它附近的鄞縣。張炎在這裡盤桓過一段時間，結交了一些志同道合的朋友。現在，卻因生計所迫，只得離鄞返杭，所以此詞一開頭五句即交代四明之遊：「山風古道，海國輕車，相逢只在東瀛。淡泊秋光，恰似此日遊情。」鄞地近海而靠山，故首兩句即點明它的「山」、「海」特徵，而第三句的「東瀛」（東海）更點明遊地靠近東海之畔。「秋光」兩句，既說明了時在秋季，又說明了「遊情」（羈旅之情）的淡薄無味——因為從真處說，張炎的「遊」四明，實出於不得已，哪裡是什麼真正的遊山逛水！張炎的朋友戴表元在〈送張叔夏西遊序〉中就這樣說過：叔夏（張炎之字）之所以東遊山陰、四明、天台間，本是迫於生計的無可奈何之舉。張炎本人就說過：「吾之來，本投所賢；賢者貧，依所知；知者死，雖少（稍）有遇，無以寧吾居。吾不得已違（離開也）之，吾豈樂為此哉！」所以在遊情淡泊似深秋的陽光的比喻中，已經透露了自己淒涼的身世之感。故在即將重渡西泠（西泠橋是西湖勝景之一，此處代指杭州）之際，心情是複雜難言的：一方面是「喜」，因為即將回到故鄉去，這對一個久在異地飄泊的遊子而言，畢竟是一件值得高興的事；然而，另一方面，這種「喜」中又是交織混雜著「悲」的情緒的，這又是因為，自己已是「鬢絲斷雪」（鬢髮花白如殘雪）的遲暮之人。兩種意緒交互混織，便形成了一種悲喜交加、百感橫生的心境。他用了「休嗟」這樣的「頓挫之筆」，實以表示他感嗟之曲折層深。「閒身」者，既表明自己有暇能返故鄉，又暗示了自己的「遺民」身分。身「閒」而心不「閒」（煩惱積胸），此意要細味才能品出。「又溯遠」三句則是預寫他的掛帆歸杭，不勞細說。

詞的上片以告別的時刻作為「中點」，分成兩層來寫：「遊情」以前寫他以往的四明之遊，「休嗟」之後則懸揣他即將開始的返杭之行。詞的下片，寫法也同於此。「莫向長亭折柳，正紛紛落葉，同是飄零」，寫眼前將別；「舊隱」以下，懸寫返杭之後的情景。章法整飭，結構勻稱。先說第一層：折柳送別，本是古代風俗，然而作者卻勸朋友們不要去攀折柳枝，因為深秋之際的楊柳落葉紛披、不堪再折，正與我輩一樣，都有著「飄零」可憐的身世。此句推己及柳，又由柳而反縮自己，益見「同病相憐」。

第二層中運筆更為曲折。「舊隱新招，知住第幾層雲」兩句，先說了一種人物：他們原先也隱跡山林，後來卻不耐寂寞而終於應元朝政府之聘出山，現在恐怕早已是「青雲直上」的了。南朝齊孔稚珪在他的著名的〈北山移文〉中曾經這樣帶刺地描寫這些假「隱士」一旦「飛黃騰達」的醜狀：「及其鳴騶入谷，鶴書赴隴，形馳魄散，志變神動。爾乃眉軒席次，袂聳筵上，焚芰製而裂荷衣，抗塵容而走俗狀……」作者在這裡，卻用了一種婉轉的說法：誰知道他們現在正高居在青雲的第幾層上呢？其不滿情緒，妙藏於言語之外。而和此對比，他又寫了自己的景況：「疏籬尚存晉菊，想依然、認得淵明。」想來只有西子湖邊的疏籬殘菊，還記得我這個未曾變節的陶淵明吧。這裡用了一個「晉」字來形容殘菊，顯得特別耀眼。陶淵明由東晉入劉宋，張炎由南宋而入元，兩人都有著易代之慟。所以用一「晉」字，表示著他不忘故國之思；在這種「春秋筆法」中曲折地表露出他甘為「大宋遺民」的思想。而再從它「尚存」的「尚」與「想依然認得」的「依然」來看，那種「國破山河在」（杜甫〈春望〉）的悲感就更充溢於言表了。「待去也，最愁人、猶戀故人」，與其說歸家是喜，不如說歸家（面對故國淪亡的舊址）是愁，所以反而更加留戀此間的友人了。這種「反說」的寫法，使詞的結尾蘊含深摯的餘味。

這是一首描寫離情的詞。張炎《詞源》說：「矧情至於離，則哀怨必至；苟能調感愴於融會中，斯為得矣。」又說：「離情……全在情景交鍊，得言外意。」這首「別四明諸友歸杭」詞就實踐了這種理論。首先，我們看它的「情」表現為兩個方面：一是對四明諸友的感情，二是對故鄉杭州的感情。從「去」與「留」的角度看，這兩種情似乎是矛盾著的；而從「羈遊」的角度來看，這兩種情又是統一著的（因為無論是別四明諸友，抑是回到「物是人非」的故鄉，作者都只能是一個「漂泊者」的身分）。所以在既戀四明、又離四明，既喜重返故鄉、又愁重睹舊地的矛盾心理中，作者寫出了自己失去故國、落拓江湖的無限「感愴」、「哀怨」之情；而這種複雜難言的滋味，又是「融會」在對於景色、時令、聯想……的描寫之中的。一方面是「無端更渡桑乾水，卻望并州是故鄉」（唐劉皂〈旅次朔方〉），把四明當作了不捨得別離的「第二故鄉」；另一方面又是「近鄉情更怯，不敢問來人」（宋之問〈渡漢江〉），愁見真正的故鄉，這兩種感情的交織，便構成了此詞纏綿繾綣而起伏迴旋的感情「旋律」，讀來令人唏噓不已。其次，它的寫情，大多巧妙地附著於寫景之上，深得「情景交鍊」之妙。如「淡泊秋光，恰似此日遊情」，以淡薄的秋日陽光比擬遊情之無味，以「紛紛落葉」寫自己的老態和飄零，都很貼切而工巧。而對於「晉菊」的描寫，更是深寓「言外之意」。（楊海明）

長亭怨

張炎

舊居有感

望花外、小橋流水，門巷愔愔，玉簫聲絕。鶴去臺空，珮環何處弄明月？十年前事，愁千折、心情頓別。露粉風香誰為主？都成消歇。淒咽。曉窗分袂處，同把帶鴛親結。江空歲晚，便忘了、尊前曾說。恨西風不庇寒蟬，便掃盡、一林殘葉。謝楊柳多情，還有綠陰時節。

張炎是南宋初年大將張俊的六世孫。祖父張濡，為獨松關守將時，曾殺元使廉希賢、嚴忠範；恭宗德祐二年（一二七六）三月，元兵破臨安，張濡被斬，並被籍家（見《元史．世祖本紀》至元十三年）。從此，張炎就由一個世家子弟，變為浪跡江湖的遺民了。

張炎故居在臨安（今浙江杭州）。宋亡後，他多次寫了過故居的詞，如〈淒涼犯．過鄰家見故園有感〉、〈憶舊遊．過故園有感〉，這首〈長亭怨．舊居有感〉，也是其中之一，都是從外面悄悄而望之意。上片，「望花外、小橋流水，門巷愔愔，玉簫聲絕」，寫的是從遠處望其舊居：雖花木外邊，小橋流水仍在，但舊時的簫聲已聽不到，當前接觸到的只是「門巷」間的一片「愔愔（音同因，深靜）」寂寞景象。盛衰之概，對比顯然。「鶴去臺空，珮環何處弄明月？」上句仍寫故居的盛衰變化；下句化用杜甫〈詠懷古跡五首〉其三詠明妃詩「環珮空歸月夜魂」的詩句以寫人，這人是作者所懷念的一個婦女，可能就是他的別後生死不明的妻子。「十年前事，愁千折、心情頓別」，指出故居被籍沒後，已歷十年；十年前後，心情大大不同，眼前已是愁心千折了。「露粉風香誰為主？都成消歇」，指故園花木（也可能兼喻園中佳麗），失去原來主人的護惜，芳香繁麗都已消失。上片從當前回憶過去，提到了人，但以寫故居為主。

下片，從回憶過去寫到當前，末了寫景，但以寫人為主。「淒咽。曉窗分袂處，同把帶鴛親結。」寫離開故居前的一個早晨，和一個心愛的婦女訣別。〈憶舊遊．過故園有感〉也曾寫到作者分別前曾和一位婦女共過歡快生活，「記凝妝倚扇，笑眼窺簾，曾款芳尊。步屧交枝徑，引生香不斷，流水中分」，和此篇所寫當是一人。「江空歲晚，便忘了、尊前曾說。」上句寫的是遠望故園的地點和季節；下句寫的是無法實踐過去在酒樽前曾經對談的話，這話是什麼內容呢？詞裡沒有寫出來，大概也是「把帶鴛親結」一類的盟誓之言吧！以上寫人，下面寫景。這裡的景，似乎兼包所處與所望之地，即兼包「空江」附近和故居內外，不限於故居；表面是景，又用比興手法兼以喻人。「恨西風不庇寒蟬，便掃盡、一林殘葉。」「西風」似兼託比元朝統治者，「寒蟬」似兼託比自己，「一林殘葉」似兼託比受摧殘受損害的人。所謂「託」，謂觸物起興，非有意假設；所謂「比」，即興中有所喻指，非泛泛之言。「謝楊柳多情，還有綠陰時節。」說江邊或故居中的楊柳，隨風飄蕩，有著依依不捨的多情之態，這些楊柳還有逢春到夏、重綠成蔭的季節，而浪跡離散的人，卻沒有再盛和重聚的機會了，對此楊柳，只有「輒喚奈何」而已，仍是貌為賦體，實兼比興的寫法。

全詞懷人感舊，情調「淒咽」，結數句的比興之筆，又是從「虛」處生發，從清空中見婉約蘊藉，不落繁縟質實一路，正如仇遠所說的張詞的「意度超玄」（〈山中白雲詞序〉），清鄧廷楨所說的張詞的「返虛入渾，不啻嚼蕊吹香」（《雙硯齋筆記》）一樣。讀這首詞，有助於對作者身世的進一步瞭解。（陳祥耀）

甘州 張炎

寄李筠房

望涓涓一水隱芙蓉，幾被暮雲遮。正憑高送目，西風斷雁，殘月平沙。未覺丹楓盡老，搖落已堪嗟。無避秋聲處，愁滿天涯。

一自盟鷗別後，甚酒瓢詩錦，輕誤年華。料荷衣初暖，不忍負煙霞。記前度、剪燈一笑，再相逢、知在那人家？空山遠，白雲休贈，只贈梅花。

清人周濟評論秦觀〈滿庭芳〉（山抹微雲），說它「將身世之感打併入豔情」（《宋四家詞選》）。此徑一開，後人紛紛仿效。張炎的這首詞就可以說是將家國身世之感「打併入」友情之作。李筠房，即李彭老，浙江湖州人。宋理宗淳祐年間曾任沿江制置司屬官，和張炎父子有著相同的生活志趣與詞學風尚。宋亡之後，大約隱居於龜溪（在今浙江衢州衢江區）一帶。細味詞意，張炎這首詞約作於元兵攻占臨安（一二七六）之後的一、二年內，時間是在深秋。在此之前，張炎和李彭老曾在西湖聚首賦詞，詩酒相酬，誰知一別之後國事頓變，江山易主。漂流他鄉的詞人只能寄詞遠慰隱遁在空山之中的老友，勉以梅花相贈，共保歲寒之貞。這就是本首詞的主要內容。

詞的上片，寫因登臨而生的思友及自傷之情。「望涓涓一水隱芙蓉，幾被暮雲遮」，這裡既是實寫，又是虛寫。實寫是寫水中的荷花被傍晚的暮雲所遮掩，幾乎已看不大清。虛寫是寫所思之人（李氏），在那「暮雲」四起（暗喻元朝的民族壓迫）的時候，已經被迫躲藏了起來。六朝民歌中有這麼幾句：「我念歡的的，子行猶豫情。霧露隱芙蓉，見蓮不分明。」（〈子夜歌〉）其中以「芙蓉」諧「夫容」（丈夫的容貌），以「蓮」諧「憐」。張炎借用這種雙關諧聲的手法，寫出了他望故人而不見的黯淡心情。接下來就進一步抒發自己與故人同病相憐的登臨之感。「正憑高送目，西風斷雁，殘月平沙。」一個「正」字，便與開頭的「望」字呼應，把詞的重心從思友轉到自傷身世上來。舉目所見，唯見西風中失群的孤雁，殘月下大片的沙灘，把「雁落平沙」分成兩句說。從這些淒涼灰暗的意象中，我們不難窺出作者飄泊失伴的悲苦心境。其實，江南的秋景並不全如作者所描繪的那樣蕭颯、敗落。「青山隱隱水迢迢，秋盡江南草未凋」（杜牧〈寄揚州韓綽判官〉）；特別是那一片經霜的楓葉，此時正顯出一片「紅於二月花」（杜牧〈山行〉）的「秋豔」來。然而，由於作者的心情使然，他只在這一派秋光中選擇了令人悲感的景物來寫，因而即使在「未老」的丹楓之中，他已感受到了無限的遲暮、凋零之感。所以「未覺丹楓盡老，搖落已堪嗟」兩句中，就寫出了他心情上的提前衰老。如果我們聯繫到詞人其時正當盛年（三十歲左右），那麼這種借物喻人、亦物亦人的「搖落」感，就更能說明他在經歷亡國巨變之後的心理創傷之深重了。果然，下文即說：「無避秋聲處，愁滿天涯。」一個「無避處」，一個「滿天涯」，即表明了客觀形勢之險惡可怕和主觀感受之抑塞悲悽；不管是自己還是老友，縱使跑到天涯海角，也都不能擺脫此種無所不在之政治壓迫和由之而來的愁苦情緒。自傷身世與思念舊友，又在此融合為一體。

詞的下片，則是直抒其「寄人」之情。

「一自盟鷗別後，甚酒瓢詩錦，輕誤年華」，自己在與李氏分手之後，卻盡在賦詩飲酒的生活中消磨日子，以致白白浪費了許多寶貴的年華。張炎在宋亡之後回憶這些往事時，是帶有幾分懺悔之情的，因此，才產生了「輕誤年華」的反省。但反省也罷，追悔也罷，均屬過去之事，因此作者又面對現實，重新發出思念友人之辭：「料荷衣初暖，不忍負煙霞。」這兩句化用前代詩文①，讚美李彭老在國破家亡之後，馬上披上「荷衣」、陪伴「煙霞」，去做義不臣元的隱士了。但由於兵亂，李氏的具體行蹤已不可得知，故在句前冠一「料」字；而從這「世事茫茫難自料」（唐韋應物〈寄李儋元錫〉）的「料」字中，又自然引出「記前度、剪燈一笑，再相逢、知在那人家」的無窮感嘆。重見既不可預測，在此就只能遙寄相思：「空山遠，白雲休贈，只贈梅花。」②其意為：你我今日既都已經隱遁空山，而山中則盡多「白雲」，所以自今後如欲兩地相贈，以表友情的話，那就贈以梅花吧。梅為「歲寒三友」之一，它素來象徵著不慕榮華、不畏冰霜的高潔品格。以此相贈，即明其不仕新朝之志。詞情至此，主題已出，意未盡而辭已窮，就此收筆③。

張炎的詞風如白雲舒卷，爽氣貫中，自有一種搖曳清空之致。這首詞就很能體現出此種特色。上片起首用一「望」字振起全篇詞情，三句之後又用一「正」字與之呼應承接，即已顯出「騰挪」之妙（因按原意看，「望」下三句本是「憑高」之所見，此處卻先「提前」，這分明是為了使詞情有所頓挫騰挪）；而「未覺」與「已」字相搭配，在這一「退」一「進」之間，又以「退」揚「進」，寫出了「搖落」心理之深。再看其換頭，「一自……別後」，又從上片結尾的「愁」中暫時跳出，轉入對於往事的回憶，有意造成時間上穿插差互，借此又引出了新的內容層次，豐滿了今日之愁感，煞是巧妙自然。下文以「料」字重又振起詞情，推開一層，然後以「記前度」與「再相逢」作往昔與今後之對比，發揮了「東上起下」的作用。最後三句從上文四句的「勢差」中引出，「休贈」後緊接以「只贈」，且一以賓語（白雲）前置，一以賓語（梅花）後置，凡此種種，均見其用筆之老辣多變，於流暢中見挺拔之妙。所以總觀全詞，既不同於某些婉約詞的軟媚爛熟，又不同於某些豪放詞的生硬突兀，而是在空靈流轉的章法中寓有「波瀾老成」之致，在整飭錘鍊的字句中卻又流露出一氣貫注之妙。這種詞風，得力於它的巧妙多變的結構、句式和善於運用虛字，表現出作者既勤於「鍛鍊」、又出之於「自然」（以上均見其《詞源》所論）的詞學功力。（楊海明）

〔註〕① 荷衣：化用屈原〈離騷〉「製芰荷以為衣兮，集芙蓉以為裳」。煙霞：化用南朝齊孔稚珪〈北山移文〉「使我高霞孤映，明月獨舉；青松落陰，白雲誰侶」。② 這兩句暗中化用下面兩首詩。一是南朝陶弘景〈詔問山中何所有賦詩以答〉：「山中何所有？嶺上多白雲。只可自怡悅，不堪持贈君。」二是陸凱〈寄范曄〉：「折梅逢驛使，寄與隴頭人。江南無所有，聊贈一枝春。」③ 張炎後來與李彭老重逢，是在不久之後的一二七九年，他們一起在山陰參加《樂府補題》的詞社活動，共同表達了亡國的哀痛。

清平樂

張炎

候蛩淒斷，人語西風岸。月落沙平江似練，望盡蘆花無雁。
暗教愁損蘭成，可憐夜夜關情。只有一枝梧葉，不知多少秋聲！

這首詞見於《山中白雲詞》卷四，原是張炎贈給他的朋友陸行直（字輔之，又字季道）的。詞的本事，見於明汪砢玉《珊瑚網．名畫題跋》卷八所載陸行直〈清平樂．重題碧梧蒼石圖〉的序，序云：「『候蟲淒斷，人語西風岸。月落沙平流水漫，驚見蘆花來雁。可憐瘦損蘭成，多情因為卿卿。只有一枝梧葉，不知多少秋聲！』此友人張叔夏贈余之作也。余不能記憶，於（元英宗）至治元年（一三二一）仲夏二十四日，戲作碧梧蒼石，與冶仙西窗夜坐，因語及此。轉瞬二十一載，今卿卿、叔夏皆成故人，恍然如隔世事，遂書於卷首，以記一時之感慨云。」叔夏即張炎，冶仙名陸留，卿卿是陸行直的家伎，以才色見稱。序中所引張炎〈清平樂〉，蓋為張炎原作，從「可憐瘦損蘭成，多情因為卿卿」看，確係贈陸行直及其家伎卿卿之作；從「驚見蘆花來雁」句看，此詞可能作於陸行直初納卿卿之時，從至治元年逆數二十一年，為元成宗大德四年，是張炎入元後的作品。可能是在收入詞集的時候，作者在關鍵字句上作了改動，且不記本事，遂使原詞贈友、贈伎的面貌盡失，而成為一首基調沉鬱、感慨蒼涼的懷人抒情小詞。

上片「候蛩」四句，寫秋景秋情。以「候蛩」、「西風」，以及如練的澄江，彌望的蘆花，傳達深秋的消息。

著墨不多，便秋意蕭瑟；且幾句寫景，有近有遠，有極細的工筆，也有潑墨似的寫意，清淡與雄渾並存。而景中有人有情。「淒斷」，固然表示節候之遲（蟋蟀已不能歡暢地叫，如寒蟬之鳴，淒淒咽咽，時斷時續），但又何嘗沒有詞人之情呢？寫景，作者所賦予景的色彩以至感情，是主觀對客觀的反映，而又離不開主觀上的能動作用，所以王國維說，「一切景語，皆情語也」（《人間詞話》）。至「望盡蘆花無雁」句，詞中的人與情，就更加顯豁了。這一句是上片寫景抒情的結穴。蘆花叢中本是雁棲之所，作者〈解連環．孤雁〉中就有「想伴侶、猶宿蘆花」的句子。可是眼前，望盡那無邊的蘆花，也不見雁的影子！雁，自從蘇武之後，就成了約定的傳書報信的小天使。「無雁」就是沒有所盼望得到的音訊。昔人有句云：「江頭數盡南來雁，不寄西風一幅書。」（清況周頤《蕙風詞話》續編卷一引）而這裡卻連雁也望不到了。盼雁，實際上是懷人。結合詞人所寫的特定節候看，他所盼望、懷念的人，可能在北方。在張炎的詞中，曾多次流露了類似的情況，他的心好像懸在北方。這可能與他在至元二十七至二十八年（一二九〇～一二九一）北遊大都有關。他在大都曾與過去熟悉的杭州歌女沈梅嬌相逢，兩人有過某種誓約，關係很深，作有〈國香〉詞記其事。張炎在返回江南二十年之後，有〈阮郎歸．有懷北遊〉詞，所懷之人，很可能也是沈梅嬌。那時，張炎已是六十多歲的老人了，可見其眷念之深。這可能是詞人的主觀的寫作意圖。但欣賞這首詞，卻不必拘泥於此。藝術形象的客觀意義往往要比作者的主觀意圖廣泛得多。這首詞的客觀價值應該在於它暗含的詞人的家國之痛。其實，張炎與沈梅嬌的悲劇正是與家國之痛密切相關的。這從詞的換頭以庾信自比已可見端倪。「蘭成」是庾信的小字。如果照贈給陸行直的原詞理解，則「蘭成」是用以比陸行直的，「瘦損」的原因自然是「因為卿卿」。經過詞人的修改，且不作贈人之用，則「蘭成」顯係作者用以自比。仇遠〈贈張玉田〉詩，有「庾郎白髮徒傷春」句，亦引庾信作比。詞人「愁損」的原因，應是「夜夜關情」；而所「關情」的對象，則應是「望盡蘆花」所期望得到的東西，這既是關於沈梅嬌的音訊，又是詞人渺茫的故國之思。在這裡，情人之思與故國之思交融在一起了。「愁損」以「暗教」形容之，遂使感情色彩轉為幽淒纏綿。最後又透過一個特寫鏡頭——梧葉秋聲的渲染，更把詞人的這種思想感情推入更為深沉的境地。

這首詞以景物描繪作為抒情的手段，所以全詞淒清之情全賴淒清之景表達。而寫景的成功處，又集中表現在詞的結句：「只有一枝梧葉，不知多少秋聲！」這兩句的成功在於：其一，字面上看，是寫景，而實質上卻有其象徵意義，入骨地刻畫了詞人的形象。「梧葉」是詞人形象的寫照，而限以「一枝」，詞人的孤獨之狀可見；而「秋聲」則象徵著詞人的思緒，「不知多少秋聲」，正是寫詞人愁緒如麻，通宵達旦，無止無休，與「可憐夜夜關情」照應。這兩句概括了詞人在亡國之後的生活形象與內心世界。寫「一枝梧葉」，而不是寫「滿樹梧葉」，這正是出於表現詞人形象性格的需要，並非簡單的數字的計較。滿樹梧葉配以滿樹秋聲，所表現的是一種嘈雜的、急風暴雨的情景，適用於表現激烈的甚至發狂的思想；一枝梧葉則是表現孤寂的形象和魂縈夢繞的、細如抽絲的思緒，而這裡的「秋聲」，既是以動襯靜，又是寫思緒之煩，以致長夜不寐、反覆纏綿，大得溫庭筠〈更漏子〉寫梧桐雨「一葉葉，一聲聲，空階滴到明」的意境。詞人為情造景，與他當時的生活處境及其性格極相吻合。其二，意境清空。張炎論詞，主張「清空」，故其《詞源》特立「清空」一境。這是張炎所追求的審美境界。「只有一枝梧葉，不知多少秋聲」，境至空寂、淡遠，意新色雅，神餘言外；用語自然妙造，絕無雕琢之痕，自具一種清水芙蓉般的秀氣。這應是張炎理想的「清空」的句子。但其價值尚不止於此，它更為可貴的是，能以清空之筆寫淪落之感，故國之思，而並非一味清空，空洞無物。這樣，就使清空之中寓有「質實」，有其豐富實在的內涵。

只有高度的藝術性，才能產生深刻的美感。陸行直曾按照詞的意境作〈碧梧蒼石圖〉，並和張炎原韻題詞；

詞人墨客和作者十數篇（詳見《全金元詞》）。清代陳廷焯就曾說過：玉田工於造句，每令人拍案叫絕，如〈清平樂〉「只有一枝梧葉，不知多少秋聲」，此類皆「精警無匹」（詳見《白雨齋詞話》卷二）。（丘鳴皋）

朝中措

張炎

清明時節雨聲譁，潮擁渡頭沙。翻被梨花冷看，人生苦戀天涯。

燕簾鶯戶，雲窗霧閣，酒醒啼鴉。折得一枝楊柳，歸來插向誰家？

「清明時節雨紛紛」（杜牧〈清明〉）。不過這首詞中所寫的「雨」，是譁然大雨。河水暴漲，潮頭向著渡口邊的沙灘急湧而來。詞的首句摹聲，次句寫形，雨聲水勢，氣氛極濃。同時它還意味著詞人此刻不是坐在家中，而是身在郊野，不然怎能見到潮湧沙灘呢。雨灑梨花，本也是極美妙而又難得的一景，可是張炎並沒有照實寫來，而是反過來寫梨花看人，而且是「冷看」，並且從她那冷淡的眼神中，詞人還感受到一種責怪之意——人生於世能像你這樣不思故土，而對他鄉的山水花木如此痴情苦戀嗎！這「遭遇」，這「責怪」，與詞人冒雨出遊之意，真是適得其反，而又有口難辯，上片至此也就戛然而止，可是無限辛酸，無限悲恨，盡在不言之中。這種賦予客觀景物以情知而後翻寫過來，更能收到曲筆深情、宛轉有致的效果，因而在詞中也就成了一種常用的手法。比如「梁間燕，前社客，似笑我、閉門愁寂」（周邦彥〈應天長〉），「風濤如此，被閒鷗誚我，君行良苦」（蔣捷〈喜遷鶯．金村阻風〉）。

冒雨出遊，觀潮、賞花，本想藉以忘憂，誰知「翻被梨花冷看」，沒奈何，只有換個去處。「燕簾鶯戶，雲窗霧閣」，是指歌妓舞女們所在之處。這意思是只有到那鶯啼燕舞的珠簾繡戶，雲裳霧鬢的瑣窗朱閣，在歡歌曼舞中一醉銷愁。然而，醉鄉雖好，難以久留，所謂「多少人間事，天涯醉又醒」（宋陳與義〈雨〉）。下一句便寫酒醉醒來，只聽得歸鴉啼鳴。這聲聲鴉啼，更渲染出那酒醒客散的淒然之境，淒然之情。啊，自己也該歸去，在歸去的途中，他見到家家戶戶門上插著柳枝（古時有清明門上插新柳以祛災的風俗），他也隨手折了一枝楊柳，可是當他走到客舍門前，這才恍然醒悟——此處哪有自己的家門！這手中的柳枝能「插向誰家」？一種天涯遊子欲歸無處的悲哀，猛然襲向心頭。江山易主，國破家亡，而自己又不甘屈節求榮，詞人只能借個人羈旅之愁，抒家國之恨。俞陛雲引古人司馬談、管寧之事以比張炎的境遇，評此詞曰：「司馬周南留滯，貽笑梨花；幼安遼海無家，空攀楊柳，是善於怨悱者。」（《宋詞選釋》）張炎的滿腹怨悱則用一枝無處可插的楊柳，暗暗逗出。詞人用筆舉重若輕，不見著力，是那麼自然融洽，又是那麼言淺意深、幽怨傷懷，其用意之妙，筆墨之巧，也正體現了他《詞源》中「末句最當留意，有有餘不盡之意始佳」的理論。

這首詞在表現上採取遣愁——增愁，也就是幾番銷愁愁更愁的矛盾，步步逼近主題，詞的思路，情感的層次是很有條理的。詞人往往用後面的個別詞語，去暗示、交代前面省略的內容，只有把握全詞，方可融會貫通。比如說，我們只有讀到「酒醒」二字，才可瞭解「燕簾鶯戶，雲窗霧閣」二句的全部含意；只有讀到「歸來」二字，方知上文云云，皆是出門之後的活動；只有讀到「插向誰家」，方知這「歸來」之處，亦非其家，方知全詞所寫乃客中遣愁。這些很不顯眼的詞語，一經詞人的安排、組合，不僅成了前後照應、網絡全篇的暗紐，而且還由此形成了一種以後示前、愈進愈明的結構。從而使那些尋常的題材，平易的語言，增添了婉轉幽深的情韻。清劉熙載說，「張玉田詞，清遠蘊藉，淒愴纏綿」（《藝概·詞概》），確是頗有體會的評論。（趙其鈞）

阮郎歸　張炎

有懷北遊

鈿車驕馬錦相連，香塵逐管絃。瞥然飛過水秋千。清明寒食天。花貼貼，柳懸懸。鶯房幾醉眠。醉中不信有啼鵑。江南二十年。

元世祖至元二十七年（一二九〇）九月，張炎應元朝廷的徵召，與好友曾心傳（遇）、沈堯道（欽）一起由杭州起驛入京（大都），為元宮廷繕寫金字藏經，至次年春天返杭，張炎在京大約半年時間。這就是詞題中所說的「北遊」。這次「北遊」，給詞人留下了極為深刻的印象，以致在他離開京都後很長時間，還念念不忘這段生活，寫下了〈甘州〉（記玉關）、〈長亭怨〉（記橫笛）、〈解連環〉（楚江空晚）等優秀詞章。這首〈阮郎歸〉就是他在離京二十年之後寫的追懷他那次京都生活的小詞。

在這首詞中，張炎所追懷的，是給他印象極深的兩組生活畫面：一是至元二十八年寒食節他在大都所看到的遊女如雲的活動場面。這就是詞的上片內容。在這片中，詞人抓住了清明寒食這個特定節令中的特定場景，以正面層層描述的手法，從視覺、聽覺、感受等方面，真實地描繪了當時的豔遊盛況。前三句，層層臚列，鋪排景象：「鈿車」，飾以金花的輕便小車，女郎所乘；「驕馬」，駿馬，多為士子所乘；一個「錦」字，道出了車馬的豪華；「相連」二字則表現了車馬之多，前後接連，絡繹不絕。起句寫士女歡遊，場面較大，氣象豪華而熱烈。次句用「香塵」、「管絃」進一步描繪遊樂活動之盛，同時也進一步渲染了豪華、熱鬧的氣氛。對於清明寒食節的這種豔遊，張炎在大都時曾寫過〈慶春宮〉詞，其序有「都下寒食，遊人甚盛，水邊花外，多麗環集」諸語，並說這種情況「亦京洛舊事也」。「京洛舊事」，蓋指宋時風俗。對此，南宋孟元老《東京夢華錄》卷七有過詳細記載，他說清明寒食，都人郊遊，禁中車馬是「金裝紺幰，錦額珠簾」，民間轎子以楊柳雜花裝簇頂上，四垂遮映，歌兒舞女，遍滿園亭，攜觴作樂，抵暮而歸。這種情況至元代仍延續不衰，張炎詞中的描述，完全是當時的生活真實。「瞥然」，迅疾貌，轉瞬間一閃而過；「水秋千」，本來是指在秋千架上翻筋斗跳水的遊戲，《東京夢華錄》卷七〈駕幸臨水殿觀爭標錫宴〉條：「又有兩畫船，上立秋千，……一人上蹴秋千，將平架，筋斗擲身入水，謂之水秋千。」是一種「水戲」。在大都，清明寒食跳水，顯然為氣候所不許，這裡或泛指秋千。北方舊俗，寒食節以秋千為戲，以習輕。又五代王仁裕《開元天寶遺事》載：天寶宮中至寒食節競築秋千，令宮嬪輩戲笑以為宴樂，帝（玄宗）呼為半仙之戲，都中士民相與仿之。王維〈寒食城東即事〉有「秋千競出垂楊裡」句，張炎〈慶春宮〉詞也有「罥索飛仙」的描述，可見盪鞦韆也是清明寒食時的特定景物之一。鈿車、驕馬、香塵、管絃和飛動的水秋千，組成了一幅「清明寒食天」的宏觀景象圖。

詞的下片寫的是詞人所追懷的另一組生活畫面，也是他所追懷的中心內容：他在大都與一位女郎的一段纏綿生活。下片能夠表現這種關係的關鍵句子是「鴛房幾醉眠」。「鴛房」是指女子住的房間，「鴛房幾醉眠」，可見詞人與這「鴛房」的女主人關係匪淺。「花」、「柳」兩句，寫了當時的春景實況，但在這裡也未嘗不是這種依戀關係的象徵，「貼貼」、「懸懸」兩疊詞，也正表現了這種關係的纏綿。「醉中不信有啼鵑」，則進一步寫出了詞人與那女郎的相互依戀。在古典詩詞裡，「啼鵑」是悲苦的象徵，有杜鵑啼血之說；同時又是離別的象徵，宋唐慎微《證類本草》說，杜鵑初啼，先聞者主別離。「不信有啼鵑」，即不相信與那女郎會有離別悲苦之事，看來張炎本來是不打算離開她的，可是事與願違，終於還是離開了她，回到了南方，而將深沉的思念留在了京都，以至於在二十年後還寫詞追懷，當時張炎已是六十多歲的老人了，可見其眷念之深。由「醉中不信有啼鵑」到「江南二十年」，兩句之間有一個巨大的轉折與跌宕：在時間上，是二十年之差；在內涵上，前者是美好的歡聚，後者則包含了多少離別之苦。在詞的結構上，最後一句是交代作詞的時間，扣題「有懷北遊」，明確告訴讀者他所寫的是二十年前的舊事。

張炎在大都，曾因一個偶然的機會，見到了過去的老相識、杭州歌女沈梅嬌，有〈國香〉詞記其事，其詞序說：「沈梅嬌，杭妓也，忽於京都見之。把酒相勞苦，猶能歌周清真〈意難忘〉、〈臺城路〉二曲，因囑余記其事。詞成，以羅帕書之。」沈梅嬌是宋亡後流落大都的，與張炎共同經歷了國亡家破之苦。他鄉遇故知，自然別有一番綢繆，故詞中在「相看兩流落，掩面凝羞，怕說當時」之後，又有「丁香枝上，幾度款語深期。拜了花梢淡月，最難忘、弄影牽衣。無端動人處，過了黃昏，猶道休歸」等語，這與〈阮郎歸〉中的「鴛房幾醉眠」如出一轍。可見〈阮郎歸〉中，詞人所追懷的女郎，很可能就是沈梅嬌。

這首紀遊小詞是用回憶的筆調寫成的。詞人在追懷大都的豔遊舊事的時候，那些充滿著異樣光彩的生活片段，像「過電影」似的在腦海中閃閃而過。這首詞就是用那些一個接一個的生活鏡頭連綴而成的，而且把那些生活鏡頭描畫得很美，車是「鈿車」，馬是「驕馬」，塵是「香塵」，飛動的秋千，「貼貼」的花，「懸懸」的柳，等等。顯然這是一種美的回憶，從中表現了詞人對那段美好生活的如醉如痴的留戀之情。張炎本來不是一個甘於沉淪的消極詞人。為了在詞中更好地表現那段生活，他妥善地選擇了〈阮郎歸〉這個調子（此調在張炎三百首詞中僅此一見）。這個調子的特點是：一，上片四句四平韻，下片五句四平韻，可見它幾乎句句入韻，而且全是平韻；二，它的字句分配也比較整齊，全詞幾乎是用七、五字句相間組成的，僅於過片處略作變化。

這兩個特點統一在同一個詞調中，給這詞調形成了一種優美的「節奏流」。這種節奏流正是作者表現回憶性、連綴性的美好生活內容所必需的。內容和形式，在這裡得到了和諧統一。張炎曉暢音律，精於選調，於此可見一斑。（丘鳴皋）

清平樂

張炎

採芳人杳，頓覺遊情少。客裡看春多草草，總被詩愁分了。

去年燕子天涯，今年燕子誰家？三月休聽夜雨，如今不是催花。

本篇首句陡起。「採芳人杳」，把春時人們採摘花草的熱鬧景象一筆掃去，像是舞臺上陡然出現的淨場一樣，但下文卻由此生出，既然採芳人杳然無蹤，可見時令已到了眾芳凋零的春末，郊野呈現一片凋殘淒迷的景象，「頓覺遊情少」。其實詞人「遊情少」還有更深刻的原因，而不單純是因為「採芳人杳」。這裡留下幾分不說，反而更能誘使讀者咀嚼那種欲說還休的滋味。

似乎是由於見到「採芳人杳」百花凋零，詞人又不由得後悔前此錯過了芳時，未能飽覽一年一度的大好春光，「客裡看春多草草」顯然帶有一點遺憾乃至追悔情緒。「草草」說明當初即使有採芳人為伴時，也未能細觀細賞，遊興也並不高。至於如何會如此，句中已吐出了「客裡」二字，繼而又說「總被詩愁分了」，因詩愁而沖淡了看春的興致。但「詩愁」究竟是什麼，也並未明確交待。上片說到這裡為止，給讀者造成了懸念。

「去年燕子天涯，今年燕子誰家？」由上文說自己，轉到說燕子，似是另起一事。然而，作者《詞源》一向主張「最是過片不要斷了曲意，須要承上接下」。這裡變直陳為比興，而曲意絲毫未斷，它借寫燕子把上文欲說而未忍多說的話，又進一步作了一點吐露，前後聯繫起來，才能更深入地體會出詞人的處境、心情。張炎生於南宋末年，本南渡循王張俊的後裔，宋亡後曾於至元二十七年（一二九〇）北上大都，參與繕寫金字藏經，或因政治強迫，或以生計所驅，難於確指，第二年即南歸。他經常以飄蕩無依的燕子自喻，上句「燕子天涯」可能指自己大都之行，下句「燕子誰家」，則指北遊歸來飄泊吳越。既然如此，上文所謂「客裡」、所謂「詩愁」，則又當透過一層去體會了。總之，詞人遭逢不幸，情懷惡劣，實際上無論什麼都不能引起他的遊情詩興。雨已經不是催花的媒劑，而只能澈底葬送一春的殘花。詞人不願聽賞夜雨，語帶雙關，透露著家國身世之痛。

這首詞抒發作者宋亡後飄零失路、孤獨無依之感，而以傷春的口吻出之。首二句「採芳人杳，頓覺遊情少」，一寫客觀環境，一寫主觀感受，端緒已出，以下則層層深入，由「遊情少」而及「看春草草」，由「看春草草」而及「詩愁」。換頭寫梁燕無主，既已由上闋「客裡」暗遞消息，亦緣燕子本是採芳時節惹人關注的事物，詞人因遊客散去，在孤獨寂寞中轉而注意到飄零的燕子，是很自然的事。寫燕子不僅豐富了詞的意境，使詞在過片處顯出波瀾變化，同時仍與上下文保持內在聯繫。至於結尾慨嘆夜雨不是催花，則更與首句「採芳人杳」直接呼應，層層轉入，而又層層翻出，結構是非常細密的。（余恕誠）

思佳客　張炎

題周草窗《武林舊事》

夢裡瞢騰說夢華，鶯鶯燕燕已天涯。蕉中覆處應無鹿，漢上從來不見花。

今古事，古今嗟，西湖流水響琵琶。銅駝煙雨棲芳草，休向江南問故家。

張炎與周密、王沂孫、蔣捷並稱宋末四大詞家；周密是張炎的好友。周著《武林舊事》，成書於宋亡之後，不但記載南宋百餘年間都城臨安的風光掌故，以寄其「盛衰無常，年運既往」（見〈自序〉）之慨，而且記載紹興二十一年（一一五一）十月高宗駕幸張俊府第，張家供應御筵的盛舉，成整整一卷〈高宗幸張府節次略〉，張炎讀了，自然感觸倍加，因而寫下這首詞。

這首詞是圍繞臨安、西湖來寫的。張炎詞寫及臨安、西湖的特別多，多用長調鋪敘，這首詞卻是小令，以簡短閒淡見工。上片「夢裡瞢騰說夢華，鶯鶯燕燕已天涯」，說臨安盛日，已成夢影，《武林舊事》讀起來恍如夢中說夢；往日的歌姬舞妓都已散走天涯。夢華，間接用《列子》黃帝夢遊華胥國的典故，直接用南宋初年孟元老著《東京夢華錄》以記北宋汴都舊聞一事，以指《武林舊事》。《舊事》所記內容，歷歷分明，何以謂之夢？殆如周密〈自序〉所謂「時移物換，憂患飄零，追想昔遊，殆如夢寐」，同是以「夢」表感慨之深、回思之痛。蔣捷〈南鄉子．塘門元宵〉詞「舊說夢華猶未了，堪嗟。才百餘年又夢華」，很能說明他們共同的亡國之痛。鶯燕，借用蘇軾〈張子野年八十五，尚聞買妾，述古令作詩〉的「詩人老去鶯鶯在，公子歸來燕燕忙」句中詞語，代指歌姬舞妓。「蕉中覆處應無鹿，漢上從來不見花。」《列子．周穆王》：「鄭人有薪於野者，遇駭鹿，御而擊之，斃之。恐人之見之也，遽而藏諸隍中，覆之以蕉，不勝其喜；俄而遺其所藏之處，遂以為夢焉。」上句用此典，謂舊歡難拾，盛況難以重現，猶如難向蕉中尋鹿。漢上花，不僅指花，兼以指人：舊題西漢劉向《列仙傳》載周人鄭交甫在漢上遇二神女解珮贈珠，走開數十步，珠亡，二女也不見；曹植〈洛神賦〉「從南湘之二妃，攜漢濱之遊女」，都與詞句有淵源關係。周密〈木蘭花慢．三潭印月〉：「念漢皋遺珮，湘波步襪，空想仙遊。」用典相近。這兩句不但對偶工整，且有哲理意味：蕉下無鹿，尋者即是痴人尋夢；漢上本來無花，凡所記汴京、臨安的「夢華」，實質上豈非都屬「空華」？人對「痴夢」、「空華」而無法排脫其哀感，則情根痛根之深可知。詞句理智上要否定「痴夢」與「空華」，而感情上卻割不斷，所以淡淡兩句，情意無窮，傷痛至深。

下片，「今古事，古今嗟，西湖流水響琵琶。」上兩句以互文說興亡盛衰之事的可以嗟嘆，古今一轍，以申接上片痛苦難以排脫之由。下句可作兩解：一為說西湖水聲，如琵琶聲響，獨奏銷魂之曲，即擬人寫法；一為說湖上猶有彈琵琶者，如杜牧〈泊秦淮〉詩所謂「商女不知亡國恨，隔江猶唱後庭花」，或如作者寫西湖的〈春從天上來〉詞所謂「似荻花江上，誰弄琵琶」。兩解皆可通，依詞意體味，似以後解為近。「銅駝煙雨棲芳草，休向江南問故家。」總結國破家亡、往事不堪聞問，語淡之極，亦痛之極。《晉書．索靖傳》：「靖有先識遠量，知天下將亂，指洛陽宮門前銅駝嘆曰：『會見汝在荊棘中耳。』」故宮銅駝，廢置於煙雨草叢之中，上句用《晉書》典以指國破；下句痛陳國之云亡，則舊家大族亦復何有，「故家」不止一般泛指，又有特指作者自己家族之意，因為它是《武林舊事》所寫到的，也是作者最感切身之痛的。有此特定的痛楚，感情自然不同尋常。

這首詞用典雖多，但不見堆砌晦澀之跡，因為它以哀婉沉痛之情，一氣貫注，故覺辭意蘊藉而又暢達，平淡而又深遠，在張詞中似為最不經意的自然佳作，有如劉熙載《藝概》對張詞的評語：「清遠蘊藉，淒愴纏綿。」

（陳祥耀）

王炎午

【作者小傳】（一二五二～一三二四）初名應梅，字鼎翁，別號梅邊。廬陵安福（今屬江西）人。宋度宗咸淳間，補太學生，元兵攻陷臨安，文天祥被扣元營，炎午作生祭文勉勵他堅持民族氣節。著有《吾汶稿》。元《草堂詩餘》錄其詞一首。

沁園春　王炎午

又是年時，杏紅欲臉，柳綠初芽。奈尋春步遠，馬嘶湖曲；賣花聲過，人唱窗紗。暖日晴煙，輕衣羅扇，看遍王孫七寶車。誰知道，十年魂夢，風雨天涯！休休何必傷嗟。謾贏得、青青兩鬢華！且不知門外，桃花何代；不知江左，燕子誰家。世事無情，天公有意，歲歲東風歲歲花。拚一笑，且醒來杯酒，醉後杯茶。

王炎午的詞，僅存這一首，初見於《元草堂詩餘》卷下。王炎午是文天祥的同鄉（廬陵人），宋理宗淳祐間補太學生。臨安陷落後，他去拜謁文天祥，盡出家資，以助軍餉，並在文天祥幕府參與軍事；文天祥被俘之後，他作了「生祭文」，激勵文天祥死節，自己也成了南宋的遺民。瞭解了作者的這番情況，對理解這首詞很有好處。

這首詞作於宋亡之後，全詞借傷春感懷，表達故國之痛。詞的上片從春景入筆，以較多的文字寫春光駘蕩，金勒寶馬，遊人如醉，而於結處轉折，點明所寫諸般春景皆係往日陳跡；下片則轉寫感慨，抒發目前情懷。兩片雖然境況迥異，時間跨度較大，但卻用「誰知道」三句為橋樑，將兩片緊緊連成一體。全詞結構，骨架意脈，大率如此。

詞的上片，由三層內容組成。起三句為一層，總寫春色明媚。作者選取杏與柳作為描繪春光的代表。杏、柳都含有春的詩意，宋祁名句「紅杏枝頭春意鬧」（〈玉樓春〉），元稹名句「春生柳眼中」（〈生春二十首〉其九），都是最好的說明；尤其是柳，最占春光之先，有唐成彥雄〈柳枝詞〉「東君愛惜與先春」為證。作者用杏的「欲臉」、柳的「初芽」，傳達了早春的氣息。「臉」、「芽」在這裡都作動詞，是說杏花欲露臉，柳眼欲抽芽，正是新春景象。而這番景象，與往年一樣，「年時」即往年，這裡是指南宋滅亡之前。作者在寫春光之前，先著一句「又是年時」，是寓有感慨之意的。照通常的思維順序來說，這一句應當放在杏柳之後，可是作者卻故意提在句首，正是為了要加重表現這種感慨。「尋春步遠」直至「看遍王孫七寶車」，共七句，是第二層。寫人們的遊春、賞春活動。如果說前一層重在寫「自然」的話，那麼，這一層就是側重寫「人事」了。這七句中有一條時間發展的暗線。「尋春步遠」，時為早春，故「春」要「尋」，步（走路）要「遠」；水濱對於春的信息有特殊的敏感，故白居易〈曲江早春〉說「可憐春淺遊人少，好傍池邊下馬行」，這裡則是「馬嘶湖曲」，明寫馬嘶，暗寫遊人——這都是喜遊早春的人，在尋找那種「綠柳才黃半未勻」（唐楊巨源〈城東早春〉）的境界。至「暖日晴煙，輕衣羅扇」，則是暮春，已是「出門俱是看花人」（同上）的境界，作者也可以「看遍王孫七寶車」了。所以，這一層包括了整個春天的遊樂活動。這一層內容很豐富：遠郊的尋春，湖曲的馬嘶，穿街過巷的賣花聲，碧紗窗裡的唱歌人，暖暖的陽光，縹緲的晴煙，輕衣，羅扇以及王孫遊春的七寶車，一句一景，目不暇接，可又全被詞人「看遍」。顯然，詞人也在賞春。這七句，用一個「奈」字領起，把一片一片的場景聯綴成一幅完整的春光圖。「奈」，奈何，古漢語中的常用句式是「奈……何」（譯為「對（把）……怎麼樣」），這裡的意思是說對如此這般的春光，我該怎樣去領受呢？顯然，詞人面對一派昇平歡樂景象，深深地陶醉了。結處筆鋒急轉：「誰知道，十年魂夢，風雨天涯！」從情景極妙處猛然跌入眼前淒風苦雨般的現實中。「十年魂夢」一句，在上述諸多美景與眼前現實之間劃了一道歷史鴻溝，把那諸多美景隔在十年之前，化成了一場空夢，被一場歷史的風雨捲到了海角天涯！「誰知道」云云，是痛心疾首之語，在結構技巧上，它與首句的「年時」相照應，使上片表現出明顯的回憶性，同時也為向下片的過渡設下津梁。

過片緊承「誰知道」三句，抒發詞人十年來鬱結於內心的悲傷感慨。但詞人卻正話反說：「休休何必傷嗟！」（「休休」，猶「罷了，罷了」）詞人好像在作自我寬慰，但他馬上緊接著說：「謾贏得、青青兩鬢華！」從一個「贏」字上，我們看到了詞人不可平復的悲憤。他為了挽救南宋危亡，傾家蕩產，親履戎行，出生入死，到頭來南宋仍歸於滅亡。盤盤皆輸，步步艱難，他主觀上想贏得的，全都落了空，而且再無扳回來的希望！他所「贏得」的，只有「青青兩鬢華」，原來的黑髮已成了花白！這些痛心疾首的事實，作者卻以一個「贏」字出之，並用一個「謾」（通「漫」），「徒然」的意思，秦觀詞〈滿庭芳〉：「謾贏得、青樓薄倖名存」）加以修飾，這正是一種以退為進、翻進一層的筆法，要比正面直說深刻得多，痛心得多。「且不知」四句，「且」，再遞進一層，也是這四句的領字。「桃花」句，暗用唐崔護〈題都城南莊〉「人面不知何處去，桃花依舊笑春風」之典講人事變遷；「燕子」句，化用劉禹錫〈金陵五題‧烏衣巷〉「舊時王謝堂前燕，飛入尋常百姓家」句意，寓有憑弔亡宋（從「江左」句可知）之情。「世事」三句，以「世事無情」收束以上滄桑巨變之意，以「天公有意，歲歲東風歲歲花」呼應起句，筆墨仍轉回到春天上來。「拚一笑」三句，則緊承「歲歲」句意脈，順水推舟，交代作者自己在眼下春光之中極度悲苦的生活情態。我們切不要忘記作者寫這首詞的時候，正是「杏紅」、「柳綠」的春天，而作者的生活內容卻只有酒杯與茶杯了，終日在「醒復醉，醉復醒」中受熬煎，「一笑」須「拚」，痛苦可知。這與上片回憶中的春光行樂圖形成了一個極為強烈的對比，從這個對比中，表現了作者的思想立場，他對故國的魂縈夢繞之情和不知燕子誰家的亡國之痛，就不言而喻了。

南宋遺民詞，由於政治上的原因，多趨向託物言志，思想感情比較隱晦。王炎午的這首詞，在表達思想感情方面，總的看來，用筆比較坦率，在南宋遺民詞中，屬於明快沉穩的類型。在寫作技巧上，也有不少佳處，而過片特精，竟使兩片連接處無隙可尋。詞至南宋，特別是宋末，技巧高妙，清朱彝尊所謂「詞至南宋，始極其工」（《詞綜‧發凡》），大約主要是指寫作技巧而言。技巧之中，又特重過片，所以張炎在《詞源》中說：「最是過片不要斷了曲意，須要承上接下。」（丘鳴皋）

劉將孫

【作者小傳】（一二五七～？）字尚友，廬陵（今江西吉安）人。須溪先生劉辰翁之子，又稱小須。宋末舉進士。做過延平教官，入元後主講臨汀書院。有《養吾齋集》。存詞二十一首。

踏莎行

劉將孫

閒遊

水際輕煙，沙邊微雨。荷花芳草垂楊渡。多情徙倚忽成愁，依稀恰是西湖路。

血染紅箋，淚題錦句。西湖豈憶相思苦？只應幽夢解重來，夢中不識從何去。

劉將孫，是南宋愛國詞人劉辰翁的兒子，宋末在臨安考中進士，入元曾任福建延平教官、臨汀書院山長。這首小詞作於宋亡以後，調下題作「閒遊」，上闋寫閒遊中所見，下闋寫閒遊中所感，於迷惘中表達了故國之思。

詞的起首三句，由遠而近描繪了眼前景色。此刻詞人正在湖畔漫步（也可能是福建某一湖泊），只見絲絲細雨，灑向沙灘，水面上好像騰起一片輕煙。「輕煙」、「微雨」本為一物，唯因遠近高低不同而呈現出不同狀態。詞人能將它們各自的特點表現出來，可見觀察之細，體物之工。接著詞人把目光落在近處，接連描寫了四椿景物：荷花、芳草、垂楊、渡口。荷花灼灼，芳草芊芊，垂楊拂水，古渡無人，分開來看，是一幅幅優美的小幀；總起來看，又組成一個完整的畫面。這樣的寫法，頗類溫庭筠〈商山早行〉詩中的「雞聲茅店月，人跡板橋霜」。基本上是排列名詞，沒有動詞；讓各種物象組成餘味無窮的畫面，並含蓄地表達了自己的幽閒情致。

「多情徙倚忽成愁，依稀恰是西湖路」兩句，如奇峰突起，境界驟變。詞人方才的閒遊似「雲無心以出岫」（陶淵明〈歸去來兮辭〉），至此頓生棖觸，優游之情馬上化成一腔悲恨。細按詞意，這一轉變也是有條件的：其一是客觀上「荷花芳草垂楊渡」這些景物具有與西湖相似的特徵；其二是主觀上詞人有見過西湖的印象和懷念臨安的思想。因此當他在閒遊中睜開雙眼時，面前彷彿呈現出西湖的迷濛景色，胸中立即泛起一股難以抑制的愁情。寫來自然委婉，曲折感人。在這裡，詞人也很注意用字。一個「忽」字，表達了時間之短促。「依稀」二字，則帶有似真似幻的感覺，這兩個字又是疊韻，在聲情上備極吞吐之致，細細涵詠，便覺有遺民之恨蘊藏其中。

過片三句，是全篇感情的高潮。紅箋，通常指信紙，古代蜀箋有十色，紅箋為其中之一。詞中詠離愁，寫閨思，往往用紅箋這樣的字眼，以增其淒豔。如晏殊〈清平樂〉云「紅箋小字，說盡平生意」，便是如此。錦句，猶錦字，語出《晉書》所載蘇蕙織錦迴文故事，前人亦用以形容豔情。可是這裡詞人卻用來抒寫政治感情。紅箋以血染，錦句用淚題，全是傷心之語，可見愁恨之深。下面他不說自己日日夜夜在懷念故都臨安，懷念臨安的西湖，卻以反詰的語氣遙問西湖是否還記得相思之苦。此痴語也，無理語也。前人論詞，以為淡語、淺語、痴語、無理語、沒要緊語，最足表現詞人的感情，也最符合詞情婉曲的特點。「西湖豈憶相思苦」，正是痴情之語，無理之語，然而詞人憶念故國之情，不正是透過這樣的詰問表達出來了嗎？

結尾二句，繳足上闋歇拍，前後呼應，感情又深入一層。前面說眼前景色恰是西湖，然又不是真正的西湖。

可見西湖之遙遠，並不純粹由於地理上的間阻，同時也是由於政治上的限隔。那麼怎樣才能重到真正的西湖呢？詞人唯有託諸夢境。「只應幽夢解重來」，是推想之辭，然亦反映了現實中重到西湖之不可能。接著「夢中不識從何去」一句，又推進一層，意謂西湖只有在夢中才能重到，可是即使到了夢中，他也不知從哪條路前去西湖。秦觀〈浣溪沙〉（錦帳重重捲暮霞）云：「枕上夢魂飛不去。」明沈際飛評曰：「前人詩『夢魂不知處，飛過大江西』，此云「飛不去』，絕好翻用法。」（《草堂詩餘》）這裡則說夢魂能夠重到西湖，但又不知從何而去，也是一個在前人基礎上的翻用法。語言婉曲而又沉痛，隱然含有對新朝統治者的不滿。詞人那種想見西湖、怕見西湖的矛盾心理，在現實生活中莫知所從的迷惘心情，也十分含蓄地流露出來，給人以回味的餘地。

在宋末詞壇上，長調占壓倒優勢，小令為數極少。而在小令中擺脫綺羅香澤之態，反映故國之思、遺民之恨的作品，更是寥寥無幾。劉將孫能繼承乃父的流風餘韻寫出這樣的佳篇，確實為詞史上增添了一抹光彩。（徐培均）

沁園春　劉將孫

大橋名清江橋，在樟鎮十里許，有無聞翁賦〈沁園春〉、〈滿庭芳〉二闋，書避亂所見女子，末有「埋冤姊姊、銜恨婆婆」，語極俚。後有螺川楊氏和二首，又自敘生楊嫁羅，丙子暮春，自涪翁亭下舟行，追騎迫，間道入山，卒不免於驅掠。行三日，經此橋，睹無聞二詞，以為特未見其苦，乃和於壁。復云「觀者毋謂弄筆墨非好人家兒女」。當諒此詞雖俚近，而首及權奸誤國。又云「便歸去，懶東塗西抹，學少年婆」，又云「錯應誰鑄」，皆追記往日之事，甚可哀也。因念南北之交，若此何限，心常痛之。適觸於目，因其詞為賦一詞，悉敘其意，辭不足而情有餘悲矣。

流水斷橋，壞壁春風，一曲韋娘。記宰相開元，弄權瘡痏；全家駱谷，追騎倉皇。彩鳳隨鴉，瓊奴失意，可似人間白面郎。知他是、燕南牧馬，塞北驅羊？啼痕自訴衷腸，尚把筆低徊愧下堂。嘆國手無棋，危途何策；書窗如夢，世路方長。青冢琵琶，穹廬笳拍，未比渠儂淚萬行。二十載，竟何時委玉，何地埋香。

這是一首血淚哀詞。據作者自序稱：在樟樹鎮（今江西樟樹市）的清江橋上，有無聞翁與楊氏女子四首題壁詞，記述了元兵南犯時擄掠婦女的行為。其中楊氏所和〈沁園春〉乃自訴其悲慘遭遇，語尤沉痛。作者遂檃括其事，為賦此詞，以寫其家國淪亡之慟。在兩宋詞壇上，如此深刻、真實地反映下層人民的悲苦命運之作，實不多見。這首詞是值得我們特殊注意的。

一起三句點出留題的地點，意蘊豐富，措語入妙。流水與斷橋，壞壁與春風，這些意相背反的景物，被作者故意扭合到一起，衰敗與新生合參，形成強烈的對比，便使斷壁頹垣的慘象更為凸出，加重了淒苦的意味。「韋娘」句活用劉禹錫〈贈李司空妓〉「高髻雲鬟宮樣妝，春風一曲杜韋娘。司空見慣渾閒事，斷盡蘇州刺史腸」詩意。用以指代楊氏的題詞（〈杜韋娘〉也是詞曲名），並兼有憐其才藝、哀其命運的含意在內。這是一個能夠反射多種光色的棱鏡，它能在我們心頭引發豐富的聯想。「記」下所領四句，筆頗曲折。是用唐代開元、天寶之際的典實來比喻宋末政局，並以之概述楊氏題詞的內容。「宰相」兩句，檃括元稹〈連昌宮詞〉「弄權宰相不記名，依稀憶得楊與李。廟謨顛倒四海搖，五十年來作瘡痏」而成。「瘡痏」，創傷，此比喻戰亂所帶來的民生疾苦。南宋末年，賈似道專國政，賄賂公行，生民塗炭，加速了元兵之南侵。故詞中以李林甫、楊國忠比之。「駱谷」，在陝西周至縣南，為通往巴蜀的要道。安史亂作，人民倉皇避兵，杜甫〈三絕句〉其二云：「二十一家同入蜀，唯殘（剩餘）一人出駱谷。」詞中「全家駱谷」用此。南宋人填詞，不主率直，詠物敘事，尤重比興。為其可以多一番思致，多一層聯想也。接下來六句，則寫其被辱於元兵的苦恨。「彩鳳隨鴉，瓊奴失意」，都是匹非其偶的意思。「彩鳳隨鴉」，語出於武夫杜大中妾〈臨江仙〉詞，見《苕溪漁隱叢話前集》引《今是堂手錄》。妾才色俱美，即以此語忤杜而被毆死。「瓊奴失意」，用南朝齊東昏侯妃潘玉兒事。齊亡，為梁武帝所得，軍主田安啟求為婦，玉兒不肯下匹非類，寧死不辱，見《南史．王茂傳》。蘇軾〈次韻楊公濟奉議梅花〉「玉奴終不負東昏」，指此。瓊、玉義同活用。美人不配俊夫，已是婚姻的不幸，何況家毀國亡，辱於仇手，其悲恨更有甚於佳人之嫁廝養者多矣。「燕南牧馬，塞北驅羊」，喻蒙元的兵士。前面著以「知他是」三字，雖以疑問語氣出之，實有作者深沉悲慨在內。這樣就把一種受制於人，聽憑蹂躪的悲劇寫得曲折盡致了。

下片則夾敘夾議，寫出詞人對弱女子的同情以及作者身世之悲感，進一步深化了主題。「啼痕」二句上承「韋娘」，把楊氏題壁時的心境曲曲繪出。身處亡國賤俘的慘境，故悲啼不已；「下堂」，本指妻子被丈夫休棄的婚變，這裡說被迫失身於元兵，其辱有甚於被休棄者，故云「愧」。「把筆低徊」，則是傳達楊氏題寫詞篇時的心境情態，詞意吞吐，愈見悲抑之深。「國手」二句，暗承「宰相」，指賈似道之誤國，上下相應，鉤鎖甚密。「書窗」二句，則自傷身世之筆。劉將孫以一介書生而身丁世亂，塵揚滄海，劫換紅桑，竟沒有一個安身立命的所在。瞻望前程，怎不慨然以悲？此詞作於元成宗元貞二年（一二九六），將孫時年四十，故有世路悠悠之嘆。「青冢」以下六句，專就楊氏其人、其詞著墨，一氣旋折，愈轉愈深，真有搖蕩心魂、催人涕淚的力量。「青冢琵琶」指王昭君。昭君遠嫁匈奴，常彈琵琶以抒憂思。杜甫〈詠懷古跡五首〉其三「千載琵琶作胡語，分明怨恨曲中論」，即指此事。「穹廬笳拍」，即〈胡笳十八拍〉。東漢蔡琰被擄入匈奴，作此以抒愁苦。在劉將孫看來，這些寫在橋頭的哀苦詞句，要比昭君怨曲、文姬哀詞更為淒苦和更令人同情。因為它是用千萬行血淚寫成的，因為它是民族的哀吟呵。「委玉」、「埋香」，指女子之死。劉將孫此詞之作，上距宋恭帝德祐二年（一二七六）丙子暮春已二十年。這個可憐的被「驅掠」北行的女子怕早已香消玉殞了。那麼哪裡是她埋骨之所呢？是在風沙漫天的朔北？還是在馬蹄迢匝的間關道途？這些都無從尋覓了。用一問作結，便把人們的思緒引向迢遙的遠方。以虛間實，意既沉痛，筆復空靈，益發令人讀後難以為懷了。（周篤文）

徐一初

【作者小傳】生平待考。存詞一首，見於元吳師道《吳禮部詩話》。

摸魚兒　徐一初

九日登高

對茱萸、一年一度，龍山今在何處？參軍莫道無勛業，消得從容尊俎。君看取，便破帽飄零，也博名千古。當年幕府。知多少時流，等閒收拾，有個客如許！追往事，滿目山河晉土。征鴻又過邊羽。登臨莫上高層望，怕見故宮禾黍。觴綠醑，澆萬斛牢愁，淚閣新亭雨。黃花無語。畢竟是西風，朝來披拂，猶憶舊時主。

徐一初，生平里貫不詳。他的詞作流傳下來的僅此一首，卻受到歷代詞論家的注意。元吳師道《吳禮部詩話》引錄全詞，認為這是丙子（一二七六）後「感慨之作」。明陳霆《渚山堂詞話》謂此詞「有感於天翻地覆之事，蓋《谷音》之同悲者也」。

起兩句，用的是重陽習用的典實。「茱萸」，一名越椒，一種芳香植物。相傳重九登高時佩帶茱萸囊，可以避災長壽。「龍山」，在今湖北江陵縣西北。南朝宋劉義慶《世說新語．識鑑》梁劉孝標注引《孟嘉別傳》云：晉孟嘉為征西大將軍桓溫參軍。九月九日溫遊龍山，賓僚咸集。有風吹孟嘉帽落，而孟不覺。後即傳為文士風流的佳話。兩句意謂：一年一度的重陽佳節到來了，強對茱萸，無以為歡，更談不上仿效古人的龍山高會。「今在何處」四字，感慨彌深。國破家亡，早已是登臨無地了。「參軍」以下一段，追懷往哲，發抒幽憤。參軍，指孟嘉。他在桓溫部下，雖然沒有建立什麼豐功偉業，但也能在宴席之間，從容酬對，表現了自己的才華和器度。《孟嘉別傳》載，風吹嘉帽墮落，桓溫戒左右勿言，以觀其舉止。嘉初不覺，良久，溫命取帽還之，令孫盛作文嘲之，嘉即時作答，四坐嗟嘆。嘉嗜酒聽歌，喜酣暢，飲多而不亂。像孟嘉這樣的「魏晉風流」的典型，最為古來失意的文人所激賞。故事只云孟嘉落帽，詞中卻說「破帽飄零」，這已有詞人自況的意味了。陳霆猜測徐一初是「德祐（宋恭帝年號）時忠賢，位不滿其才者」，當據此而發。「幕府」，指桓溫的府署。當年在桓溫的兵帳之中，多少應時得勢的人物，如今已寂寂無聞，想不到有像孟嘉這樣的一個幕客，還能博得名垂千古，這也許就是詞人的夙願吧。上半闋純用孟嘉故事，而作者的形象已隱現其中。

過片後，直接抒寫所見所感，既沉厚，又深折，痛語悲情，全從肺腑中流出。「追往事」，一語歸結上文。「滿目」句，真有唐李嶠〈汾陰行〉「山川滿目淚沾衣」之慨。「晉土」，晉代的疆土。桓溫、孟嘉皆晉人，故云。詞人所追懷的往事，實是前朝之事；眼中的晉土，實是南宋的山河。弔古傷今，表現了遺民的孤憤。「征鴻又過邊羽」，中插一句景語，筆勢便活。秋天，鴻雁從北方邊塞飛來，它帶來了什麼信息？德祐二年（一二七六）正月，謝太后奉表降元，三月，元軍入臨安，宋恭帝被擄北去，降封瀛國公。詞人也許由征鴻而聯想起遠在大都的幼主吧。「登臨」二句，為全詞主旨。怕上層樓，更怕見到生滿禾黍的故宮。《詩經·王風》有〈黍離〉篇。毛詩序云：「〈黍離〉，閔宗周也。周大夫行役至於宗周，過故宗廟宮室，盡為禾黍。閔周室之顛覆，彷徨不忍去而作是詩。」陳霆謂一初此詞與《谷音》同悲，《谷音》為元杜本所編宋遺民詩集。宋亡之後，遺民詩人們或以身殉，或遁跡山林，所作多感傷亡國的憂憤之語。細味此詞，確實是《谷音》諸詩的同調。「觴綠醑」三句，寫出「舉杯銷愁愁更愁」（李白〈宣州謝朓樓餞別校書叔雲〉）之意。「綠醑」，美酒。重陽飲菊花酒，以卻病延年，而詞人借酒澆愁，更是悲從中來，淚如雨下。「新亭」，地名。故址在今南京市南。南朝宋劉義慶《世說新語·言語》載，西晉滅亡後，中原人士過江南來，暇日在新亭飲宴。周在坐中嘆息說：「風景不殊，正自有山河之異！」眾人皆相視流涕。後因以「新亭對泣」為愴懷故國之典。「閣」，同「擱」。擱淚，眼眶中蓄滿了淚水。三句悲慨已極。「黃花無語」，筆勢又一轉折。重陽賞菊，也是古來文人雅士的習尚。可是，此時卻與黃花相對無言，唯有含淚盈盈而已。「畢竟」三句，接寫黃花。清晨的黃菊在西風的吹拂下，俯仰紛披，如有情意——「猶憶舊時主」！末五字真有裂石之聲。前人詠廢圃荒野之花，多用「無主」一語，如杜甫〈江畔獨步尋花七絕句〉其五：「桃花一簇開無主。」而本詞更用擬人手法，謂花能憶舊時之主，中含無限痛思，無怪近人劉承乾要說「閱之惘惘」（《吳興叢書跋語》）了。（陳永正）

鄭文妻

【作者小傳】文，秀州人，太學生。妻，孫氏，存詞一首。

憶秦娥

鄭文妻

花深深，一鉤羅襪行花陰。行花陰，閒將柳帶，細結同心。
日邊消息空沉沉，畫眉樓上愁登臨。愁登臨，海棠開後，望到如今。

這是一個痴情的妻子寄給遊學未歸的丈夫的詞作。作者為南宋太學生鄭文之妻孫氏。相傳這首小令一出，「傳播酒樓，妓館皆歌之」（元李東有《古杭雜記》）。它何以能如此博得廣大群眾的愛賞呢？情感的熱烈深摯，傳情的回互婉轉，表白的樸實無華，正是它具有動人魅力的奧祕所在。

詞一開始即以「花深深」三字寫出百花盛開的濃麗景色，緊接著寫自己獨自徘徊於花陰之下。「一鉤羅襪」，指小巧的雙足，由此可以想見抒情女主人公是一位體態輕盈的妙齡女子。「花陰」二字，一方面補足上句花的繁茂，另一方面也點出這是一個晴和的日子。春和景明，本該夫妻團聚歡樂，攜手共遊，但如今卻良辰美景虛設。不言惆悵，而惆悵自見。第三句「行花陰」重複第二句末三字，是格律的要求，但在這首詞中卻不是單純的重複，而含有徘徊復徘徊之意，以引出下面的行動。「閒將柳帶」二句寫女主人公看到長長的柳條，乃隨手攀折幾枝，精心地編成了一個同心結，以表達對於心心相印的愛情的嚮往。這兩句的「閒」字、「細」字，和蘇軾〈江城子·乙卯正月二十日夜記夢〉「不思量，自難忘」二句中的「不」字和「自」字，實有異曲同工之妙。「閒」為隨便，而「細」卻是仔細、經意。女主人公精細地做著並非特意去做的事，恰恰是蘊蓄心底的深情的自然流露。

如果說上闋是以行動來暗示獨處的悵惘和對堅貞愛情的嚮往的話，那麼下闋便是以直抒胸臆來表達她痛苦的期待和熱切的召喚。下闋著力寫一個「望」字。「日邊」句是說心愛的人老是讓人白等，毫無音信，寫的是自己無數次等待的結果。「日邊」，指皇帝所在地，此指鄭文就讀的太學所在地臨安。因為「日邊消息空沉沉」，故有下句「畫眉樓上愁登臨」。天天「妝樓顒望，誤幾回、天際識歸舟」（柳永〈八聲甘州〉），既想登樓眺望，又害怕再度失望，一個「愁」字，正表達了這種矛盾複雜的心理。「海棠」兩句，說明自己是從海棠開放的仲春時節一直望到夏日將臨。寫盼望時間之長，既表現了思念的深切，又流露出失望的怨懟。但期待的痛苦中卻又飽含著熱情的呼喚。「望到如今」一句，回應上闋。從時間言，「如今」，即上闋所寫之花濃柳暗的暮春時節；從表情言，上闋所寫都是女主人公「愁登臨」時的活動。前後呼應，渾然一體。

〈憶秦娥〉有平韻、仄韻兩體，作者選用的是平韻體。從詞的格律言，一般是很少用三連平的，但平韻〈憶秦娥〉卻多處運用三連平，在音韻上造成一種悠遠、綿長的情調。這種音律的特點使這首詞增添了纏綿悱惻的韻致。（劉慶雲）

無名氏

九張機

無名氏

一張機，採桑陌上試春衣。風晴日暖慵無力，桃花枝上，啼鶯言語，不肯放人歸。

兩張機，行人立馬意遲遲。深心未忍輕分付，回頭一笑，花間歸去，只恐被花知。

三張機，吳蠶已老燕雛飛。東風宴罷長洲苑，輕綃催趁，館娃宮女，要換舞時衣。

四張機，咿啞聲裡暗顰眉。回梭織朵垂蓮子，盤花易綰，愁心難整，脈脈亂如絲。

五張機，橫紋織就沈郎詩。中心一句無人會，不言愁恨，不言憔悴，只恁寄相思。

六張機，行行都是耍花兒。花間更有雙蝴蝶，停梭一晌，閒窗影裡，獨自看多時。

七張機，鴛鴦織就又遲疑。只恐被人輕裁剪，分飛兩處，一場離恨，何計再相隨？

八張機，迴文知是阿誰詩？織成一片淒涼意，行行讀遍，厭厭無語，不忍更尋思。

九張機，雙花雙葉又雙枝。薄情自古多離別，從頭到底，將心縈繫，穿過一條絲。

〈九張機〉，是一組具有濃郁的民歌色彩的抒情小詞。宋曾慥在《樂府雅詞》中把它列入「轉踏」類。「轉踏」又作「傳踏」，是詩詞相間組合起來的敘事歌曲。這是從形式上作出的分類。清陳廷焯在《白雨齋詞話》中說它是「逐臣棄婦之詞」，「〈子夜〉怨歌之匹」，是絕妙的樂府，千年的絕調，這是從內容上作出的評價。以男女悲歡之情，喻君臣離合之感，是詩歌傳統的手法，作者未必定有此意，而讀者未嘗不可以作如是想，見仁見智，固不必執一而論，鑿空以求。但我認為這一組小詞，塑造了一個來自民間的對愛情無比忠貞的織錦少女形象，她對旖旎明媚的春光無比熱愛，對美滿幸福的生活執著追求，從採桑到織錦，從惜別到懷遠，形成一幅色彩繽紛、形象鮮明的生活畫卷，顯然是這個少女春愁春恨、離情別緒的抒寫。

「一張機」透過採桑少女美的感受和心的陶醉，來抒發自己熱愛自然、熱愛生活的美好情意。首句的「一張機」，是民歌中慣用的比興手法，次句的「採桑陌上試春衣」，點明了勞動的對象、地點和時令，「風晴日暖慵無力」，表現了一個少女陶醉在大自然中的嬌態，「桃花枝上」三句，寫她被黃鶯兒的美妙歌聲迷住了，捨不得回去。妙在不說自己留連忘返，樂不思歸，而說鶯言留挽，不讓人歸，把無情的黃鶯，化作有心的女伴，生動地表現了女主人公對美好生活的無限熱愛。這幽靜的原野，嫵媚的春光，嫩綠的桑葉，嫣紅的桃花，配合著那黃鶯的百囀歌聲，一幅江南農村的秀麗圖畫，展現在我們的面前，真是「觸景生情，緣情布景」的妙手。

「兩張機」，透過行人踟躕、女子回頭一笑的離別情景，表現了她對即將遠離的戀人的無限深情。「行人立馬意遲遲」，是從女主人公的眼裡看到行人的遲疑不決，欲行又止，真實地描繪出那種依依不捨的矛盾心情。「深心未忍輕分付」，是寫女主人公的內心活動，刻畫出初戀的少女隱藏著自己深情蜜意的嬌羞心理和矜持態度。「回頭一笑」三句，既是她向對方表示「深心」的一種特有的默契，又是她掩蓋內心祕密的反映。這一富有情趣的細節描寫，使人很容易聯想起唐皇甫松的「無端隔水拋蓮子，遙被人知半日羞」（〈採蓮子〉），不過這是「回頭一笑」，那是「隔水抛蓮」；這是「只恐花知」的猜疑，那是「遙被人知」的現實。

「三張機」，借古代吳王宮女要更換舞衣，寫出初夏蠶老時，少女開始織錦。陳廷焯認為它「刺在言外」，是不無見地的。「吳蠶已老燕雛飛」，點明吳蠶三眠已過，正在吐絲作繭；乳燕雙翮初健，正在離巢試飛，用兩種動物的不同生態來描繪江南蠶鄉的暮春季節，為下文織錦、相思作好鋪墊。「長洲苑」，是吳王夫差遊獵的園囿，「館娃宮」，是吳王夫差建造給西施住的，都在今蘇州市的西南。「輕綃」，是柔軟的絲織品，是「舞衣」的原料。這兩句既揭示了這位女主人公在「催趁」下的緊張心理，也揭露了統治者輕歌曼舞的淫靡生活，是「怨而不怒」的典型體現，陳廷焯說它「高處不減《風》、《騷》」，正是指這些地方。

「四張機」，運用樂府民歌中諧音雙關的手法，表現女主人公飽含深情的思戀之苦。「咿啞」，是象聲詞，織機的聲音；「顰眉」，是皺起眉頭，女子一邊紡織一邊憂思。她並未因相思之苦而停下機杼，卻把相思之意織入了絲錦。所以有下句「回梭織朵垂蓮子」。言織錦的梭子在機上來回飛動，很快織下了一朵下垂的蓮子。這裡的「垂蓮子」，是諧音雙關，即「垂憐於子」，也就是「愛你」的意思，是吳音歌中習見的手法，以「蓮」為「憐」，這裡的「垂蓮子」，正是前文「暗顰眉」的原因。「盤花易綰，愁心難整，脈脈亂如絲」，是說要曲折迴環地織成美麗的花朵是容易的，而要清理心頭的離情別緒則是困難的，這是「淚眼描將易，愁腸寫出難」（唐薛媛〈寫真寄外〉）的詩意點化。後一句是說思念遠人的心緒像亂絲一樣糾纏在一起，這是「剪不斷，理還亂，是離愁。別是一般滋味在心頭」（李煜〈相見歡〉）的胚胎。「盤花」與「愁心」對舉，「易綰」與「難整」反襯，對比鮮明，是十分工整的一聯偶句。透過這樣的細節描寫和形象刻畫，完美地體現這位少女深情脈脈的內心。

「五張機」透過織詩錦上、寄託相思的描寫，表達了女主人公對她心上人的無限深情。「橫紋織就沈郎詩，中心一句無人會。」「沈郎」，就是南朝著名的詩人沈約，他在〈別范安成詩〉中有「夢中不識路，何以慰相思」

之句。這兩句是說，她默默地把相思的詩句織在橫的花紋裡，卻又擔心詩中的命意不被情人所理解。那麼，她織在錦上的詩意到底是什麼呢？「不言愁恨，不言憔悴，只恁寄相思。」「恁」，是「這麼」的意思。在這裡，她重複著兩個「不言」，表明她不願向對方傾訴別後的內心愁苦，也不願透露形容的憔悴，而只是在詩句中寄託著自己的寸寸柔腸，縷縷情絲。「不言」之言，大大地超過了「言」的藝術容量。語言是有限的，而情思是無窮的，這就是人們追求的「言外之意，味外之旨」。

「六張機」，透過錦上的蝴蝶雙飛，窗前的停梭獨看，表現了女主人公豐富的內心世界和復雜的相思情愫。「耍花兒」，意為可愛、有趣的花兒，這是當時流行的方言。另一組〈九張機〉詩也有「中心有朵耍花兒」之句，不過那個「耍花兒」是「嬌紅嫩綠」的花朵，而這裡則是花間雙飛的蝴蝶。錦上添花是美，行行都是可愛的花就更美，以爭妍鬥豔的繁花為背景，配上翻飛花間的雙蝴蝶，那就美得不同凡響了。這象徵著青春幸福的雙飛蝴蝶，對於初戀中的少女來說自然是特別敏感的，所以她情不自禁地「停梭一晌，閒窗影裡，獨自看多時」。第一句是她望著自己織出的雙蝶出神，既為自己精心織成的藝術品感到十分滿意，也引起一番傷感。第二句是以環境的幽靜暗襯她內心的翻騰。第三句以「獨」和「雙」對舉成文，前後照應，讓雙飛花間之蝶，反襯獨坐機畔的人，一種難以言喻的相思之情，在字裡行間流露了出來。

「七張機」，寫女主人公擔心鴛鴦戲水的圖案遭到「輕裁剪」，疑慮青春幸福生活將被毀滅，表現女主人公對前途和命運的無窮隱憂。織成了鴛鴦戲水的圖案，應該是高興的，為什麼反而「遲疑」起來呢？原來是她「只恐被人輕裁剪」，從而引起一場難以排遣的離恨。這是以錦上的鴛鴦，象徵人間的情侶；以遭到「輕裁剪」的鴛鴦，象徵無端「輕別離」的情侶；以鴛鴦的「分飛兩處，無計相隨」，象徵自己的獨處深閨，歡聚無時。聯想豐富而自然，比喻生動而形象。

「八張機」，透過讀遍迴文所產生的苦悶心情，表達了女主人公的無窮幽怨。「迴文知是阿誰詩，織成一片淒涼意。」這裡用了前秦女詩人蘇蕙的故事。《晉書．竇滔妻蘇氏傳》：「滔，苻堅時為秦州刺史，被徙流沙，蘇氏思之，織錦為迴文旋圖以贈滔，宛轉循環以讀之，詞甚淒婉。」明明知道迴文詩是蘇蕙寄給她丈夫的，為什麼偏偏要發出「阿誰詩」的疑問呢？就是因為她的思戀之情，她的淒涼之意，跟蘇氏的迴文詩鎔鑄在一起了。蘇氏的迴文詩表達了她的思想感情，她的思想感情寄託在蘇氏的迴文詩中，合二而一，渾然一體，是難以分辨的。「行行讀遍」，說明讀得仔細。「厭厭無語」，「厭厭」，同「懨懨」，煩惱、愁苦的樣子。說明讀了以後心情沉重。「不忍更尋思」，「尋思」是仔細思量的意思。說明在嚴酷的現實面前，往事不堪回首的傷感，從而使語言的感情色彩得到了加強，環境的淒涼氣氛得到了渲染。

「九張機」，表現了女主人公對美好生活的執著追求，對薄情男子的深切指責。「雙花雙葉又雙枝」，是錦上織成的並蒂花和連理枝。三用「雙」字，加強了「獨」字的反襯作用，既表達了她對「雙花雙枝」的嚮往，又流露了她獨處深閨的苦悶。「薄情自古多離別」是「多情自古傷離別」（柳永〈雨霖鈴〉）的反語，「薄情郎」，「多離別」，是「自古」皆然，然而「多情女」呢？卻要「從頭到底，將心縈繫，穿過一條絲」，就是要用一根飽含著甜情蜜意的絲線，把紅花、綠葉、柔枝都緊緊地串連在一起。這「心」與其說是花心，毋寧說是情侶之心。這「一條絲」，也就是指結同心的相思。語意雙關，意味深長。

這組詞運用了豐富多彩的手法，刻畫了一個多愁善感的少婦形象，既可以獨立成篇，又是一個有機的整體，既可以看作青年男女的閒愁，又可以看作老成憂國的哀嘆。陳廷焯認為「詞至是，已臻絕頂，雖美成（周邦彥）、白石（姜夔）亦不能為」。雖不免有些偏愛，但也不是沒有根據的。（羊春秋）

魚游春水

無名氏

秦樓東風裡，燕子還來尋舊壘。餘寒猶峭，紅日薄侵羅綺。嫩草方抽碧玉茵，媚柳輕窣黃金縷。鶯囀上林，魚游春水。

幾曲欄杆遍倚，又是一番新桃李。佳人應怪歸遲，梅妝淚洗。鳳簫聲絕沉孤雁，望斷清波無雙鯉。雲山萬重，寸心千里。

據宋吳曾《能改齋漫錄》記載：「政和中，一中貴人使越州回，得詞於古碑陰，無名無譜，不知何人作也。錄以進御，命大晟府撰腔，因詞中語，賜名〈魚遊春水〉。」這段話說明了這首〈魚遊春水〉詞的來歷和譜曲、命名經過。政和是宋徽宗的年號，越州就是今天的浙江紹興；看來，這首詞是宋徽宗以前南方的作品。至於確切的創作年代，那就難說了。不過這無關緊要，因為它的內容，並沒有涉及必須弄清的歷史背景。

這是一首閨怨詞，寫的是一位少婦春日懷念遠人的情態、心理，景物描寫和人物刻畫都顯出相當的功力；而且互相映襯，構成了完整的意境。

上片全是寫景。「秦樓東風裡」四句，寫春歸燕回、餘寒猶峭之狀。一開頭就點出「秦樓」，使描寫的環境帶有確定性。秦樓，漢樂府〈陌上桑〉：「日出東南隅，照我秦氏樓。」李白〈憶秦娥〉有「秦娥夢斷秦樓月」

句，皆指閨樓。由此可知，詞中所寫，景是「秦樓」中景，人是「秦樓」中人；於是，人物思想感情的社會性，就有了明白的著落。「東風」輕拂，「燕子」歸來，這都是春回大地的顯著特徵。但是，我們不要輕輕放過了「燕子還來尋舊壘」這句話，要注意它和其他地方的聯繫，它是為人的不歸作反襯的，讀到後面自會明白。詞人手筆，總是這樣地一箭雙鵰。這四句寫的是室內的春景，是「秦樓」人所見所感的春景，並暗示出女主人公慵懶困倦、日高未起之態，帶有淡淡的惆悵情調。

「嫩草方抽碧玉茵」四句，從戶內寫到戶外，描畫出一派明媚的春光。作者攝取了四種景物：地面的嫩草，地上的垂柳，空中的黃鶯，水中的游魚，水陸空三維空間，交織成立體的畫面，傳達出絢麗的色彩。這裡使用了兩個借喻：以「碧玉茵」（像碧玉一樣青綠的毯子）喻嫩草，以「黃金縷」喻新出的柳條，都借聯想而增加了景觀的魅力。四句的動詞也用得很好：嫩草是「抽」出的，「媚柳」（柔媚的柳條）是「窣」（從穴中突然冒出來）出的，黃鶯在鳴「囀」，魚兒在「游」動，可謂各盡其妙，各得其所。「上林」、「春水」，為鳴鶯、游魚布置了適宜的活動環境，相得益彰。

下片轉入寫人。「幾曲欄杆」四句，寫佳人倚遍「秦樓」欄杆，看到桃李又換了一番新花新葉，這意味著一年又過去了，而意中人還沒有回來，這觸起了她的愁思，不覺潸然淚下。「梅妝」用的是壽陽公主的典故。《太平御覽·時序部》引《雜五行書》說：「宋武帝女壽陽公主人日臥於含章殿檐下，梅花落公主額上，成五出花，拂之不去，皇后留之，看得幾時，經三日，洗之乃落。宮女奇其異，競效之，今梅花妝是也。」這裡泛指婦女面部化妝。「梅妝淚洗」即塗了脂粉的臉上流下了眼淚之意。這幾句著重描寫佳人的外部動作，而以「應怪歸遲」點明動作的原因，其悲怨愁苦之態如見。

「鳳簫聲絕」四句，寫對方離去後音信杳然，使佳人思念不已。古代傳說：蕭史善吹簫，秦穆公將女兒弄玉嫁給他，數年後二人昇天而去（見舊題西漢劉向《列仙傳》）。這裡借用這一故事，以「鳳簫聲絕」指男子的離去。「孤雁」「雙鯉」都用了典。前者出《漢書．蘇武傳》，漢使詐稱漢昭帝在上林苑射雁，雁足上有蘇武捎來的帛書。後者出古樂府〈飲馬長城窟行〉：「客從遠方來，遺我雙鯉魚；呼童烹鯉魚，中有尺素書。」因此，這兩個詞都是寄書的代稱。而「沉孤雁」、「無雙鯉」，就是指對方沒有來信。但是，即使男方相隔雲山萬重，佳人的心還是神馳千里之外，縈繞在他的身邊的。這幾句著重描寫佳人的內心活動，濃情厚意，溢於言表。以後劉過〈賀新郎〉（老去相如倦）結云「雲萬疊，寸心遠」，殆出於此。

從藝術上來說，這首詞採取以春景的明媚來反襯離人的愁思的手法。「嫩草方抽」，「媚柳輕窣」，「鶯囀上林，魚游春水」，這不是當日佳人與所歡行樂時所見的美景嗎？如今這一美景又已重現，但是所歡卻已不在身邊；去年的燕子還懂得回來尋找舊壘，而心上人卻一去不歸；這怎能不令她欄杆倚遍，淚洗梅妝呢！這樣寫，效果是動人的。詞的語言明白、樸素（有些地方略顯粗糙），表達方式顯豁；雖有用典，但卻是常見的，具有民間詞的特點。（洪柏昭）

阮郎歸 無名氏

春風吹雨繞殘枝，落花無可飛。小池寒綠欲生漪，雨晴還日西。簾半捲，燕雙歸。諱愁無奈眉。翻身整頓著殘棋，沉吟應劫①遲。

〔註〕①劫：圍棋術語。亦稱「打劫」、「劫爭」。為棋局上緊迫的著數。《水經注．淮水》：「局上有劫亦甚急。」

此詞見宋曾慥《樂府雅詞拾遺》，撰人不詳。

落花，春愁，是唐宋詞中常寫的題材。因為花象徵著青春年華，也象徵著美好事物，一旦遭受風吹雨打，容易引起人們的憐憫和哀愁，對舊時代的女性來說，尤為如此。如溫庭筠〈菩薩蠻〉詞「雨後卻斜陽，杏花零落香……時節欲黃昏，無憀獨掩門」，朱淑真〈謁金門〉詞「十二欄杆閒倚遍，愁來天不管……滿院落花簾不捲，斷腸芳草遠」，都寫女性因見落花而引起的惆悵，與此詞大致相似。然此詞亦有自己的特點，辭旨清婉淒楚，讀之迴腸蕩氣，有一股感人的力量。

「春風」二句起調低沉，一開始就給人以掩抑低迴之感。「春風吹雨繞殘枝」，「繞」字尤為新警，不僅寫出了雨之連綿不斷，無休無止；而且也寫出了這雨對殘枝之糾纏不已。春風吹雨，已自淒涼；而花枝已凋殘矣，風雨仍吹打不捨，景象更為慘淡。「落花無可飛」，寫殘紅滿地，沾泥不起，比雨繞殘枝，又進一層。表面上寫景，實際上滲透著悲傷情緒。兩句為全篇奠定了哀婉的基調。

三、四兩句寫雨霽天晴，按理色調應該轉為明朗，情緒應該轉為歡快；可是不然，詞的感情旋律仍舊脫離不了低調。蓋風雨雖停，而紅日卻已西沉，因此淒涼的氛圍非但沒有解除，反而又被抹上一層暮色。「小池寒綠欲生漪」一句，極為凝練，集中地反映了這種情緒。「小」字寫池塘的面積，「寒」字寫池塘的溫度，「綠」字（一本作「淥」，清澈也）寫池塘的顏色，「漪」字寫池塘的動態，形象鮮明，含義深邃，一腔悲哀之情，似乎傾注池中。目睹小池漣漪，抒情主人公的心房在顫抖。其藝術技巧之高，令人驚嘆。

下半闋由寫景轉入抒情，仍從景物引起。「簾半捲，燕雙歸」，開簾待燕，亦閨中常事，而引起下句如許之愁，無他，「雙燕」的「雙」字作怪耳。其中燕歸，又與前面的花落相互映襯，「落花歸燕，俱是撫景傷情之語」（明李攀龍語，見《草堂詩餘雋》卷二）。所謂「撫景傷情」，實亦帶有見物懷人之意。花落已引起紅顏易老的悲哀；燕歸來，則又勾起不見所歡的惆悵。燕雙人獨，怎能不令人觸景生愁，於是迸出「諱愁無奈眉」一個警句。所謂「諱愁」，並不是真說她想控制自己的感情，掩抑內心的愁緒，而是言「愁」的一種巧妙的寫法。「諱愁無奈眉」，是說對雙眉奈何不得，雙眉緊鎖，竟也不能自主地露出愁容，語似無理，卻比直接說「愁上眉尖」（清陸求可〈一剪梅〉），藝術性高多了。宋詞中透過雙眉的變化寫內心感情的名句很多，如范仲淹〈御街行〉：「都來此事，眉間心上，無計相迴避。」李清照〈一剪梅〉：「此情無計可消除，才下眉頭，卻上心頭。」此句字數比它們少，然五字之中，四層轉折：一是有愁，二是諱愁，三是眉間露愁，四是徒嗟無奈，愈轉愈深，似見肺腑。明卓人月說：「『諱愁』五字，不知費多少安頓！」（《古今詞統》卷六）確為有識之見。

結尾二句，緊承「諱愁」句來。因為愁悶無法排遣，所以她轉過身來，整頓局上殘棋，藉以移情。可是又因心事重重，落子遲緩，難以應敵。「整頓著殘棋」，語意雙關，並與前面的「殘枝」相呼應，使愁悶氣氛縱貫全篇。「沉吟」二字，則繪出著棋時的神情，妙有含蓄。這個結尾透過詞中人物自身的動作，生動而又準確地反映了紛亂的愁緒。因此明楊慎評曰：「『翻身』二句，愁人之致，極宛極真。此等情景，匪夷所思。」（楊慎批《草堂詩餘》）（徐樺）

浣溪沙　無名氏

瓜陂鋪題壁

碎剪香羅浥淚痕，鷓鴣聲斷不堪聞，馬嘶人去近黃昏。

整整斜斜楊柳陌，疏疏密密杏花村，一番風月更銷魂。

這首詞由一位未留名姓的作者用篦刀刻在蔡州（今河南汝南）瓜陂鋪的青泥壁上。大約是詞中流露的真情實感引起了許多過往墨客騷人的共鳴吧，宋人吳曾據友人所述收錄在他的《能改齋漫錄》之中，使它流傳了下來。

詞的上片是追憶與愛人別離時的情景。香羅帕，一般是男女定情時饋贈的信物，現在將它剪碎來揩拭離人的眼淚，真是悲痛之極。從「碎剪香羅」這種決絕的舉動看來，這番別離不是暫時的分手，而是帶有訣別的性質，所以非用如此強烈的動作不足以表達這樣強烈的感情。接下來兩句用景物描寫進一步烘托和渲染別離的悲痛。就在這碎剪香羅，淚眼相看，痛苦訣別之際，那「行不得也哥哥」的鷓鴣哀鳴，和著催人遠行的聲聲馬嘶，又在黃昏的沉沉暮靄中斷續相和，更使得這一對多情的離人肝腸寸斷。

下片寫與愛人別離後的愁思。跟上片不同，他沒有從正面著筆，而只是寫旅途中的一路風光。妙處就在從這一路風光中不難體會這位可憐的朋友的愁思。他一路行來，走過種著或成行或斜出的楊柳樹的道路，穿過傍著或疏或密杏花林的村莊。黃庭堅〈詠雪奉呈廣平公〉「夜聽疏疏還密密，曉看整整復斜斜」之句是詠雪的，這首詞中分用以形容楊柳與杏花，也恰到好處。這些景色不可謂不清美宜人，可是在離開了心上人的男主人公的眼中，它們只能更加勾起他對已經訣別的愛人夢幻般的思戀。待到結束一天的旅途勞頓，投宿到鄉間一所小旅店歇息下來，雖有清風明月，卻丟失了花前月下的愉悅生活，真是感觸萬千，便迫不及待地拿起篦刀（看來他已無暇再去尋找筆墨了），在青泥壁上刻下了內心的這一番感受。詞人在下片短短的三句裡，不僅透過以景寫情的手法烘托、抒發別後的相思，而且還採用「以樂景寫哀」的反襯手法，使詞作產生了「一倍增其哀樂」（清王夫之《薑齋詩話》語）的效果。

這首小令篇幅雖短，但上下兩片的寫法卻隨感情的變化有很大的不同。上片「碎剪香羅」、「鷓鴣聲斷」、「馬嘶」、「黃昏」等詞的連綴，將動作、表情、聲音、色彩都調動起來，繁弦促拍的節奏，層層疊加的形象，將別離的痛苦壓抑得人喘不過氣來的情緒表現得淋漓盡致。跟別時痛苦的強烈不同，別後行旅的愁思，則是綿延不斷的，其特點是深沉。所以下片的景物與環境描寫，著筆於漫長曲折的道途，而經過一路愁思的積澱，到別有「一番風月」的晚間，達到了黯然銷魂的頂點。節奏跟這種情調相適應，「整整斜斜楊柳陌，疏疏密密杏花村」，顯得特別的舒緩、懶散，可以讓你去慢慢回憶，細細聯想，去感受那種「離愁漸遠漸無窮，迢迢不斷如春水」（歐陽脩〈踏莎行〉）的況味。在寫離情別緒一類題材的小令中，表現手法這樣富於變化，是比較少見的。

（程中原）

雨中花 無名氏

我有五重深深願。第一願、且圖久遠。二願恰如雕梁雙燕。歲歲後、長相見。
三願薄情相顧戀。第四願、永不分散。五願奴哥收因結果，做個大宅院。

此詞題為「改馮相三願詞」。南唐馮延巳曾為宰相，故稱馮相。他有一首〈長命女〉詞是為士大夫家之家伎所寫的祝酒辭。其詞云：「春日宴，綠酒一杯歌一遍，再拜陳三願。一願郎君千歲，二願妾身長健，三願如同梁上燕，歲歲長相見。」這首〈雨中花〉採用了馮詞的結構和陳述方式，而內容和意義全然不同了。宋人吳曾引述了兩詞後評論說：「味馮公之詞，典雅豐容，雖置在古樂府，可以無愧。一遭俗子竄易，不唯句意重複，而鄙惡甚矣。」（《能改齋漫錄》卷十七）其實三願詞與馮延巳其他作品比較起來是很平庸的，五願詞則比馮之原詞高明。吳曾對五願詞的鄙薄，僅僅反映了一般文人雅士對俗詞的憎惡態度。北宋以來市民的遊藝場所瓦市在都市里逐漸出現，相應地出現了專業的民間藝人和通俗文藝作者。這首〈雨中花〉可能就是這些作者為民間歌妓們寫的，供她們在瓦市或酒樓茶肆演唱，表達她們脫離風塵的願望。作者將她們從良的願望分為五重來表達。「重」即「層」之意。「五重」即分為五個層次來說明其願望的具體要求。

詞以「我」作第一人稱的表述方式，表達風塵女子的願望。這「深深願」表明是她們深思熟慮、長期以來所熱烈追求的。風塵女子中有許多人是不願過那種朝秦暮楚、供人玩賞的生涯的，她們盼望著有正常而穩定的家庭生活，所以「且圖久遠」是她們首先得考慮的基本之點。馮詞的「如同梁上燕，歲歲長相見」為最後的願望，此詞借用其意，僅作為第二層願望。歲歲雙雙和諧相處，有「燕燕于飛」（《詩經．邶風．燕燕》）之意，希望建立協調的家庭關係。第三願則是對男子提出的要求。「薄情」取其相反之義，即指所信賴的多情男子，希望得到他的顧惜、愛憐。實際生活中風塵女子從良後居於妾媵地位，大都得不到真正的同情和憐愛，總是遭到人們的賤視。所以這層願望或擔心是很有必要一再申明的。「第四願、永不分散」，這也有應予強調的意義。曾有許多女子從良之後，又被遺棄甚至慘死的。宋人筆記中就有關於這類不幸故事的記述。「永不分散」即意味著永遠不被遺棄。以上四願——「圖久遠」、「長相見」、「相顧戀」、「永不分散」，初看時它們意義相似，「句意重複」，但它們卻是從不同的角度提出的要求，其間有聯繫而又有區別。作者熟悉風塵女子的生活和思想，瞭解她們的願望，所以能真實地反映出她們關於從良問題這種周到細緻的考慮，以期不會受人欺騙而致選擇失誤。第五願是最深的一層，是全部願望的關鍵所在，即希望做個普通家庭的女主人，而不是姬妾之類。「奴哥」，對年輕女性的昵稱，這裡是自稱，「哥」字是語尾字，無義。「收因結果」，或作「收園結果」，宋元俗詞，意即為收場、結果。「宅院」也是宋元俗詞，義同宅眷。如柳永〈集賢賓〉寫一歌妓不滿足於與所戀男子「偷期暗會」，要求「和鳴偕老」，說：「待作真個宅院，方信有初終。」這表明風塵女子希望真正從良，結為正常婚配對偶，成為自由的普通人家的女主人。「大宅院」就是指妻而非妾了，這個差別很要緊，故特言之。將五願合並而觀，則她們是要求建立一個正常的、長久的、美滿幸福、自由和諧的家庭生活。這是每個婦女最合理的最樸素的人生要求。

歌妓們唱著五願詞，希望尊前席上有人能理解她們的善良願望，使她們能尋覓到可以依託的男子以拯救她們脫離風塵。通俗歌詞的作者僅僅表達了歌妓們的主觀願望。正因為她們失去了這許多平常卻又寶貴的東西，才苦苦地歌唱和追求。詞的另一方面則深刻地反映了她們不幸和痛苦的精神生活。雖然宋代也確有風塵女子從良而得以實現「五重深深願」的，但這樣幸運的例子真是太稀少了。當我們認真讀懂這首詞，並認識了其現實意義之後，是絕不會感到「鄙惡甚矣」的。（謝桃坊）

眉峰碧　無名氏

蹙破眉峰碧，纖手還重執。鎮日相看未足時，便忍使鴛鴦隻！
薄暮投村驛，風雨愁通夕。窗外芭蕉窗裡人，分明葉上心頭滴。

這首民間詞在北宋甚為流行。相傳詞人「柳永少讀書時，遂以此詞題壁，後悟作詞章法。」（清沈雄《古今詞話》）宋徽宗也認為「此詞甚佳」，還很想知道它的作者（見宋王明清《玉照新志》）。這都足見其影響之深遠了。

由於宋代都市經濟的發展，商品流通領域擴大，商販往來各地，流民和客戶增多。許多人為了營生都拋家別子，奔走風塵，因而在通俗文學中羈旅行役已成為重要主題之一。此詞便是市井之輩抒寫羈旅行役之苦的，但並未直接描述旅途的勞頓，而是表達痛苦的離情別緒。在某種意義上，這種離別之苦比起勞碌奔波是更難於忍受的。當初與家人離別時的難忘情景，至今猶令抒情主人公感到傷魂動魄。「蹙破眉峰碧，纖手還重執」是與家人不忍分離的情形。從「鎮日相看未足時」一句體味，很可能他們結合不久便初次離別，所以特別纏綿悱惻。蹙破眉峰，是婦女離別時的愁苦情狀，從男子眼中看出；纖手重執，即「重執纖手」的倒文，從男子一方表達，而得上句映襯，雙方依依難捨之情，宛然在目。其中當有千言萬語，無可訴說，只以兩個表情動作交代出來，簡潔之至，亦深刻之至。柳永〈雨霖鈴〉詞的「執手相看淚眼，竟無語凝噎」，蓋脫胎於此。以下「鎮日相看未足時，便忍使鴛鴦隻」，是男子在分別即時所感，也是別後心中所蓄。這兩句詞令人想起白居易〈長恨歌〉所敘述的「緩歌慢舞凝絲竹，盡日君王看不足。漁陽鼙鼓動地來，驚破霓裳羽衣曲」和柳永〈西施〉所評說的「正恁朝歡暮宴，情未足，早江上兵來」，雖事有小大之殊，人有平民君主之別，其情之難堪，卻無二致。所同的是歡情未足而變故突生。而不同的是此詞中的「相看」二字：寫所「未足」者僅此，不借外物增飾助情，一心只在眼前這個「人」；其次是不專從男方一己之「未足」落筆，而是兩個人互相看個不夠，寫新婚夫婦濃情蜜意如畫。這是平等的愛情，平民的愛情，與君王的那一份有本質的不同，以樸素無華的語言表出也是恰如其分。正是此「時」，「鴛鴦」分手了。南朝陳代的徐陵在〈鴛鴦賦〉中曾說過：「天下真成長合會，無勝比翼兩鴛鴦。」而現在鴛鴦不雙而「使隻」。「使」字下得好，誰為為之？孰令致之！也是南北朝作家的庾信有詩云：「青田松上一黃鶴，相思樹下兩鴛鴦。無事交（教）渠更相失，不及從來莫作雙。」（〈代人傷往〉）真是慨乎言之，在男主人公心中，也當有這樣的嘆恨了。

離別的情形是抒情主人公在旅宿之時的追憶，詞的下片才抒寫現實的感受。因為這次離別是他為了生計之類的逼迫忍心而去，故思念時便增加了後悔的情緒，思念之情尤為苦澀。「薄暮投村驛，風雨愁通夕」，一方面道出旅途之勞苦，另一方面寫出了荒寒淒涼的環境。旅人為趕路程，直至傍晚才投宿在荒村的驛店裡。一副寒傖行色表明他是社會下層的民眾。在這荒村的驛店裡，風雨之聲令人難以入寐，離愁困惱他一整個夜晚。「愁」是全詞基調，緊密聯繫上下兩片詞意。風雨之夕，愁人難寐，感覺的聯想便很易與離愁相附著而被強化。「窗外芭蕉窗裡人」本不相聯繫，但在特定的環境氛圍中，主體的感受便以為雨滴落在芭蕉葉上就好似點點滴滴的痛苦落在心中。此種苦澀之情，令人傷痛不已。結尾兩句既形象，又很有情感的分量。在上片結句詞情達到高峰之後，又出現了一次高峰，詞意充實，詞情不衰，結構美妙而完整。文人詞中也常將雨聲與愁苦之情相聯繫，如溫庭筠〈更漏子〉的「梧桐樹，三更雨，不道離情正苦。一葉葉，一聲聲，空階滴到明」；李清照〈聲聲慢〉的「梧桐更兼細雨，到黃昏、點點滴滴。這次第，怎一個愁字了得」。但民間詞的「分明葉上心頭滴」，所表達的情感卻更為強烈：雨水滴在葉上，也滴在心頭；更進一步體味，雨水分明不是滴在葉上，而是滴在心頭。「分明」的幻覺是情感過於強烈所造成，在句中起著非常有力的表現作用。這結句即與唐宋文人作品比較，也可稱之為名句。

這首小詞抓住一點羈旅離情表達得充分完滿。它以自我抒情方式傾瀉真摯強烈的內心情感，按照情感發展的順序一氣寫下，善於層層發掘，直至人物內心世界的深層。作者能切實把握富於特徵性的細節，表現手法樸素而簡潔。這些成功的藝術經驗可能也是柳永曾經悟到的。（謝桃坊）

青玉案 無名氏

釘鞋踏破祥符路，似白鷺、紛紛去。試盡襆頭誰與度，八廂兒事①，兩員直殿，懷挾無藏處。

時辰報盡天將暮，把筆胡填備員句。試問閒愁知幾許？兩條脂燭，半盂餿飯，一陣黃昏雨。

〔註〕①八廂兒事：南宋吳自牧《夢粱錄》卷二〈諸州府得解士人赴省闈〉條記：「其士人在貢院中，自有巡廊軍卒齎硯水、點心、泡飯、茶、酒、菜、肉之屬貨賣。亦有八廂太保巡廊事。」南宋制度多承襲北宋，故《夢粱錄》所記也可供參考。

北宋後期賀鑄的〈青玉案〉（淩波不過橫塘路）詞，寫梅雨時節的閒愁情緒，字面優美，流傳甚廣。這首詞當是社會下層文人的作品，它用賀詞原韻描述舉子應試時狼狽可笑的情形，題為「詠舉子赴省」。看來作者對於舉場生活很有體驗，可能是曾屢試不中者，因而對應試舉子極盡嘲諷之能事。

宋代科舉考試制度規定，各地鄉試合格的舉子於開科前的冬天齊集京都禮部，初春在禮部進行嚴格的考試，考試合格者列名放榜於尚書省。這次稱為省試。省試之後還得由皇帝親自殿試。此詞寫舉子參加省試的情形。詞的上片寫考試前的準備階段。祥符縣為北宋都城開封府治所在地，祥符路借指京城之內。宋制三年開科，頭年地方秋試後，各地舉子陸續集中於京都。「釘鞋踏破祥符路」，寫省試開始時，舉子們紛紛前去，恰好雨後道路泥滑，他們穿上有鐵釘的雨鞋，身著白衣，攘攘湧向考場。「踏破」和「白鷺」都有譏笑的意味，表現慌忙和滑稽的狀態。「盝」（音同祿），小匣，「試盝」即文具盒之類的用具。「襆頭」為宋人通用頭巾，以桐木襯裡，加上條巾垂腳，形式多樣。舉子們攜著試盝，戴著不合適的襆頭，形象就更加有點可笑了。宋代的考試制度非常嚴密，「凡就試，唯詞賦者許持《切韻》、《玉篇》（工具書），其挾書為奸，及口相受授者，發覺即黜之」（《宋史》卷一五五《選舉志》）。所以舉子進入考試之時須經搜查，看看有無挾帶。「八廂兒事」即許多兵士，「直殿」指朝廷侍衛武官。進入考場之時，既有許多兵士搜查，又有兩員朝廷武官監督，弄得「懷挾無藏處」，根本無法作弊了。可憐這些舉子本來才學粗疏，考場管理之嚴，就更使他們無計可施了。然而科舉考試又是士人唯一的入仕之路，許多士人仍然懷著僥倖心情進入了考場。

詞的下片寫舉子在考場中的困窘愁苦之態。「凡命士應舉，謂之鎖廳試。」（《宋史》）舉子進入考場之後立即鎖廳考試，自朝至暮，一連數日。作者省略了許多考試的細節。「時辰報盡天將暮」，時間一點點過去，困坐場屋的舉子一籌莫展，文思滯鈍，天色已暮，只得敷衍了事，「把筆胡填備員句」。據北宋王闢之《澠水燕談錄．貢舉》云：「本朝引校多士，率用白晝，不復繼燭。」天黑前必須交卷。他大約一整天都無從下筆，臨到交卷前便只好胡亂寫上幾句充數。這兩句寫出舉子考試時無可奈何的心情和困窘情狀。賀鑄〈青玉案〉中的「若問閒情都幾許？一川煙草，滿城風絮，梅子黃時雨」，為全詞最精彩的部分，為詞人贏得「賀梅子」之稱。作者套改賀詞以表現考場中的「閒愁」。其實哪裡是閒愁，而是困苦難受之情：「兩條脂燭，半盂餿飯，一陣黃昏雨。」宋代考場中，到日暮一般再點兩條蠟燭以待士子。考試既不如意，頭昏眼花，飢腸轆轆，面對暗淡將盡的燭光和難咽的餿飯，苦不堪言。若是小園閒庭或高樓水榭，徙倚徘徊之時，「一陣黃昏雨」倒能增添一點詩情雅趣。可是舉子們此時還有什麼詩情雅趣，黃昏之雨只能使心情更加煩亂，更感淒苦了。在備述舉子奔忙、進入考場、考試情況等狼狽困苦的意象之後，結句忽然來一筆自然現象的描寫，好似以景結情，補足了舉子們黃昏的難堪環境氛圍。這樣作結，頗有清空之效，留下想像餘地，且很有風趣。

這首詞嘲諷那些久困場屋、才學淺陋而又熱衷科舉的士人，用漫畫的誇張手法描繪出舉子赴省試的狼狽可笑形象。這些舉子的表現和後來吳敬梓在《儒林外史》中寫的范進中舉的情形一樣，既可笑又可憐。他們屢試不第，是科舉考試制度下的犧牲者。多次的失敗麻木了他們的思想，扭曲了他們的形象和性格，他們是值得同情的人物。從這首小詞裡，可以看到呻吟在科舉制度重壓之下不幸士人的可笑而可憐的形象。宋代文人詞缺乏諷刺幽默的傳統，而且題材範圍也比較狹窄。這首民間作品使我們耳目一新，見到一種特殊的題材和特殊的表現方法，可惜這類作品保存下來的真是太少了。（謝桃坊）

水調歌頭 無名氏

建炎庚戌題吳江

平生太湖上，短棹幾經過。如今重到，何事愁與水雲多？擬把匣中長劍，換取扁舟一葉，歸去老漁蓑。銀艾非吾事，丘壑已蹉跎。膾新鱸，斟美酒，起悲歌。太平生長，豈謂今日識兵戈！欲瀉三江雪浪，淨洗胡塵千里，不用挽天河。回首望霄漢，雙淚墮清波。

此詞據宋人龔明之《中吳紀聞》卷六記載，是建炎四年庚戌（一一三〇）有人題於吳江（即吳淞江）上的。另據宋曾敏行《獨醒雜志》，高宗紹興年間（一一三一～一一六二）無名氏題此詞於吳江長橋。後來傳入宮中，高宗查訪甚急，秦檜甚至請高宗降黃榜招請，但都沒有找到作者。當時的人們認為作者可能是個隱士，而秦檜請降黃榜則是別有用心的。這首詞慷慨悲涼，唱出了宋室南渡初期志士仁人的心聲，因而受到重視。它之所以引起統治者的關注和恐慌，乃是由於詞中明顯地斥責了他們的賣國政策。據近人考證，它可能出自張元幹的手筆。

此詞係題於吳江橋上，因而全篇緊緊圍繞江水立意。「平生太湖上，短棹幾經過」，這裡的「幾」含有說不清多少次的意思，它與「平生」、「短棹」配合，把往日太湖之遊寫得那麼輕鬆愉快，為下文抒寫愁緒作了鋪墊。「如今重到，何事愁與水雲多」，陡然轉到當前。然而是「何事」使他愁和水、雲一樣多呢？作者並不馬上解釋，接下去的詞句卻是感情的連續抒發。這種方法，一方面留下懸念，啟發讀者想像；另一方面先把感情凸現出來，也易於對讀者產生感染力。「擬把匣中長劍，換取扁舟一葉，歸去老漁蓑」，以劍換舟，暗示報國無門，只好終老江湖。但是這三句用「擬」字領起，分明說只是打算。為什麼不能付諸實際？作者也不立即回答，這是第二個懸念。「銀艾非吾事，丘壑已蹉跎」，銀是銀印，艾是拴印的綬帶，因為用艾草染成綠色，所以叫艾。丘壑指隱士們住的地方。這兩句申足前三句句意：先說自己無意做官，後說歸隱不能。為什麼不能？又設下了一個懸念。上片把出處進退的各個方面都已說盡，全篇似乎可以就此收束；然而作者並沒有說明他何以有進退之想，以及最終是進是退，這又預示著必有新意要說。用這種似收似起的句子結束上片，是填詞家所追求的勝境。

下片起頭「膾新鱸，斟美酒，起悲歌」三個三字句，音節疾促，勢如奔馬，作者的感情從中噴湧而出。膾，把魚肉切細，是一種烹魚方法。鱸，魚名，是吳淞江特產。「膾新鱸」字面上直承「漁蓑」、「丘壑」，不過上邊已說「歸去老漁蓑」未成，「丘壑」之隱也已蹉跎，因而它同上片又好像無關——這種似承似轉的過片法，也是大手筆的絕技。從內容著眼，「新鱸」、「美酒」都是至美之飲食，但後面接上的是「起悲歌」，此所謂以樂襯悲、愈轉愈深者也。「太平生長，豈謂今日識兵戈」，這裡開始回答「何事愁與水雲多」，也呼應「平生太湖上，短棹幾經過」。「豈謂」，是沒有想到、出於意外的意思。全句意謂自己生長太平盛世，萬萬沒有想到今天飽嘗了兵戈之苦。「欲瀉三江雪浪，淨洗胡塵千里，不用挽天河」，三江指流入太湖的吳淞江、婁江、東江；「挽天河」，出自杜甫〈洗兵馬〉「安得壯士挽天河，淨洗甲兵長不用」。杜甫這首詩，是東、西兩京收復後，官軍繼續進擊安、史叛軍時所寫，設想天下大定之後，便如周武王既克殷，可以「偃干戈，振兵釋旅，示天下不復用」（《史記．周本紀》）。詞用這句氣勢磅礴的「挽天河洗甲兵」，移用於「淨洗胡塵」，這是一個改造；接著又說「不用挽天河」，只須「瀉三江雪浪」去「淨洗胡塵千里」，這又是一個改造。以「三江雪浪」這一「本地風光」代替「天河」，構想新奇。南宋愛國詩詞運用「挽天河」這個出典，多只用其字面，要「洗」的已不是「甲兵」，而是蒙了「胡塵」的山河。這首之外，如張元幹詞「欲挽天河，一洗中原膏血」（〈石州慢．己酉秋吳興舟中作〉），陸游詩「要挽天河洗洛嵩」（〈八月二十二日嘉州大閱〉）都是。不過，這三句用「欲」字領起，也分明說只是有此打算。正因為有了這一打算，上片中所說的以劍換舟的打算才未實現，丘壑之隱也才蹉跎。那麼這一打算能否實現呢？「回首望霄漢，雙淚墮清波」，霄漢的本義是天空，這裡暗指朝廷。作者滿懷報國志向，可是面對朝廷只能使濃愁變成傷心的雙淚，作者的一切設想，也都因朝廷的妥協投降而變成了泡影。

這闋詞慷慨悲壯，每個字的後面都激烈跳蕩著一顆被壓抑的愛國心。詞中不斷掀起的波折，反映了在國事不寧的情況下個人身心無處寄託的徬徨和苦悶。千百年後讀之，仍然使人感嘆無已。（李濟阻）

眼兒媚 無名氏①

蕭蕭江上荻花秋，做弄許多愁。半竿落日，兩行新雁，一葉扁舟。
惜分長怕君先去，直待醉時休。今宵眼底，明朝心上，後日眉頭。

〔註〕①此詞作者《陽春白雪》卷三作賀鑄；《古今別腸詞選》卷二作明人鍾惺；《全宋詞》據《于湖先生長短句》作張孝祥，文字有出入。今據《詞綜》卷二十四作無名氏作品，文字亦從之。

這是一首寫離情別緒的詞。

上片以江邊送別所見的景物烘托別離時的愁緒。餞行的酒席大約是設在江畔，只見江上蘆葦都已開滿了白花，在蕭瑟的秋風中搖曳，那無可奈何地隨風晃動的姿態，蕭蕭瑟瑟的淒切的聲響，好像是有意做弄出許多憂愁的模樣，給已經愁腸百結的離人平添了許多愁思。抬眼望去，所見景物無不觸目傷情。那西沉的太陽，懨懨地落下去，只剩半根竹竿那麼高了；那從天際飛來的兩行新雁，愈飛愈遠，飛往南方的老家去了；眼前停靠著的這一條船，就要載著我的朋友（也許是郎君、心上人）別我而去了。

下片進一步分寫別前、別時特別是別後的心理活動。我們之間的別離一直是我擔心的事情，我常常怕你離我先去。眼下，別離無情地來臨了，在這即將分手的時刻，只有拚一醉才能暫時解除心中的煩憂。今天晚上，我的眼前還是一個活潑潑的你；到了明天，你的模樣就只能活在我的心裡；到了後天啊，想你、念你而又看不見你、喊不應你，我只能緊蹙雙眉，忍受無休止的離愁的煎熬了，這怎能不教人心酸腸斷呢！

這首詞沒有採用誇張的手法，基本上用白描，只四十八個字，便將別離的愁緒傾訴得相當充分，很有感染力。透過悲切淒清的愁緒，可以感受到送別人與遠行者之間深摯的感情。圍繞一個「愁」字，詞人用兩種不同的方法寫了別時、別前、別後三個不同時間的情緒。上片寫別時之愁，是從空間落墨、用景物描寫，下片寫別前與別後之愁，則從時間著筆、用心理刻畫。別前的「愁」是透過無限連續的「怕」（怕分別）來表現的，而這種心理體驗，要靠「醉」這種劇烈的刺激來擺脫。至於別後之愁，則全用神態與心理相結合的寫法。愁緒的表現從「眼底」而至「心上」而至「眉頭」，隨著時間的推移，愈來愈強烈。上片的景物描寫採取了「近—遠—近」的方法，下片的心理刻畫則是用了「外—內—外」的方法，手法變化而不落窠臼，足見匠心。

這首〈眼兒媚〉，數量詞和時間詞的運用很有特色。「半竿落日，兩行新雁，一葉扁舟」，數量準確，對仗工整（詞律並不要求這三句對仗，下片末三句亦然），這使我們自然地聯想起蘇軾的名句：「春色三分，二分塵土，一分流水。」（〈水龍吟．次韻章質夫楊花詞〉）還有「今宵眼底，明朝心上，後日眉頭」三句，顯然是化用了范仲淹〈御街行〉的「都來此事，眉間心上，無計相迴避」和李清照〈一剪梅〉的「才下眉頭，卻上心頭」的詞意。但用「今、明、後」寫時間的推移，配以「宵、朝、日」三字，則又有了夜晚、早晨、白天的變化，顯示了作者化用前人成句而頗有創新的精神。（程中原）

青玉案　無名氏

年年社日停針線。怎忍見、雙飛燕。今日江城春已半。一身猶在，亂山深處，寂寞溪橋畔。

春衫著破誰針線。點點行行淚痕滿。落日解鞍芳草岸。花無人戴，酒無人勸，醉也無人管。

這首無名氏的作品，寫的是遊子春日感懷。全篇即景抒情，純用白描，卻能達到「語淡而情濃，事淺而言深」（清徐釚《詞苑叢談》）的境地。

春社，正當每年春分前後，燕子也在此時從南方飛回，再過半個月就是清明節。晏殊〈破陣子〉上片：「燕子來時新社，梨花落後清明。池上碧苔三四點，葉底黃鸝一兩聲，日長飛絮輕。」描繪的就是此際風光。春社又本來是古代祭社神（土地神）的節日，到處迎神賽會，十分熱鬧，婦女於此日都不做針線活計，結伴出外閒遊，稱之為「忌作」。唐代張籍有詩云：「今朝社日停針線，起向朱櫻樹下行。」（〈吳楚歌詞〉）年年社日，大家都是興高采烈，那麼，遊子的心情又是如何呢？「怎忍見、雙飛燕」燕子雙雙，於春社時候飛回舊巢；遊人成雙作對，言笑晏晏；這些都是使他觸景傷神的場面。自己身處異鄉，形單影隻，又將何以為遣呢！「林間戲蝶簾間燕，各自雙雙。忍更思量。綠樹青苔半夕陽。」（馮延巳〈采桑子〉）恐怕只能如馮詞所寫那樣獨遊而又獨悲了。「今日」句，點出目前正當江城春半，百花爭妍。「春滿院，疊損羅衣金線。睡覺水晶簾未捲，簾前雙語燕。」（薛昭蘊〈謁金門〉）想像之中深閨伊人的惆悵之情，大約也彷彿如此罷。「一身」幾句，寫出自己長期飄泊的苦況。「亂山深處，寂寞溪橋畔」，這是遊子眼中的春景，實際上也是他黯淡心情的反映。「已」字與「猶」字呼應，是說不僅已往數年，而且今年仍然流寓他鄉，以後如何，那就只好不作思量了。

過片「春衫」兩句，可與傳為蘇軾作之〈青玉案〉歇拍對看：「作個歸期天已許。春衫猶是，小蠻針線，曾濕西湖雨。」它寫小蠻所縫的春衫曾被西湖之雨沾濕，本詞的春衫亦是伊人所縫，不僅沾滿淚痕而且破舊不堪；兩者都是借此道出穿著春衫之人的相思之情。「誰針線」從首句「停針線」引出，兩用「針線」，意不重複，前者指社日無人做針線，後者是說自己衣破無人縫綻。「著破」言與伊人離別時間之長，破衣之上滿布斑斑淚痕，則遊子內心悲苦之情也就可以想見。

結尾幾句先寫四周景致，旅途小駐，解鞍佇立溪橋岸邊，但見夕陽西下，芳草萋萋，這時他的心情正如柳永〈採蓮令〉中所說：「萬般方寸，但飲恨脈脈同誰語。」接下去連用三個「無人」，用來凸出他內心的苦悶！繁花似錦，無人同賞，只好借酒澆愁，獨酌而又無人相勸，待到醉了，更是無人照看。三句疊用三個「無人」，使語意分三層宛轉道來，也即是採用重複句式令內容逐漸遞進，做到字面重複而句意卻步步深入，有層次地呈現遊子的內心活動。清先著《詞潔》認為這末三句與晁補之〈憶少年〉起句「無窮官柳，無情畫舸，無根行客」同一警絕：「唐以後特地有詞，正以有如許妙語，詩家收拾不盡耳」。這裡指出詩和詞在形式方面各具特點，詞人往往能巧妙地運用詞所獨具的格式，使詞的內容得到充分表達，從而也較為完美地展示了詞的藝術特色。

（潘君昭）

踏莎行　無名氏

殢酒情懷，恨春時節。柳絲巷陌黃昏月。把君團扇卜君來，近牆撲得雙蝴蝶。

笑不成言，喜還生怯。顛狂絕似前春雪。夜寒無處著相思，梨花一樹人如削。

南宋末年趙聞禮編選的《陽春白雪》，顧名思義是收文人雅詞，但也混入了少數流行於民間的無名氏作品。此詞即其中之一。詞寫市井女子赴密約時的期待心情。

在赴密約之時，抒情女主人公的心情是抑鬱而苦悶的。詞起筆以「殢酒情懷，恨春時節」表現出她的情緒非常不好。這應是因他們愛情出現了波折或變故而引起的。「殢酒」是苦悶無聊之時以酒解愁，為酒所病；「恨春」是春日將盡產生的感傷。「情懷」和「時節」都令人不愉快。「柳絲巷陌黃昏月」，是他們密約的地點和時間。青年男女都習慣於「月上柳梢頭，人約黃昏後」（歐陽脩〈生查子·元夕〉）。宋代都市里的坊曲街衢，俗稱巷陌或坊陌。這些街頭巷尾柳枝掩映之處，當黃昏人稀正是約會的好地方。從約會的地點，大致可以推測女主人公屬於市井之輩，富家小姐或宦門千金是絕不會到此等巷陌之地赴約的。這樣良宵好景的幽期密約，本應以歡欣的心情期待著甜蜜的幸福，然而這位女子卻是心緒不寧，對於約會能否成功似乎尚無把握。於是在焦急無聊之時，想著試測一下今晚的運氣。古代婦女習用金釵或繡鞋當卜錢來占卜吉凶休咎，有時蟢子、燈花、烏鵲等物也會帶來某種預兆。「把君團扇卜君來」，即用情人贈給的團扇來占卜。古代婦女攜著團扇可作障面之用。

它既為情人信物，用來占卜可能最靈驗。從詞中所述，可見她是用團扇來撲一物，以撲著預示約會的成功。非常意外，她竟在近牆花叢之處撲著一雙同宿的蝴蝶，驚喜不已。詞情到此來了一個極大的轉折，抒情主人公的心境由苦悶焦慮忽然變得開朗喜悅起來。下片順承上片結句，表述新產生的驚喜之情。

女子性格直率，熱情奔放，無所顧忌，喜怒哀樂都難以控制和掩飾。所以當其喜出望外之時便頗為失態：「笑不成言，喜還生怯。顛狂絕似前春雪。」「雙蝴蝶」的吉兆使她喜悅，也感到有趣而可笑，甚至難以控制喜悅的笑聲。這預兆又使她在驚喜之餘感到羞澀和畏怯，而畏怯之中更有對幸福的嚮往。於是她高興得不知手之舞之，足之蹈之也，自己也覺得有似前春悠揚飄飛的雪花那樣輕狂的狀態了。但占卜的吉兆並不能代替生活的客觀現實，僅僅反映了主體的願望，虛無難憑。隨著相約時期的流逝，逐漸證實預兆的虛妄，因而詞的結尾出現了意外的結局：情人無端失約了。這個結局好似讓她從喜悅的高峰突然跌落到絕望的深淵，對她無異是又一次精神打擊，也許意味著幸福夢想的澈底破滅。作者妙於從側面著筆，用形象來表示。春夏之交的「夜寒」，說明夜已深了；她一腔相思之情有似遊絲一樣無物可以依附，說明那人負心失約了。梨樹於春盡夏初開花，這裡照應詞開頭提到的「恨春時節」。現在她已不再「顛狂」了，依在梨花下痴痴地不忍離去，似乎一時瘦削了許多，難以承受這慘重的打擊。結句含蓄巧妙，深深地刻畫出心靈受傷的女子的情態。

這首小詞只寫了一位女子戀愛過程中的一個細節，貴能充分展開，以一波三折的方式反映了她對愛情幸福的大膽追求和痛苦失望。全詞脈絡頗為隱伏而仍有線索可尋，詞情的發展變化突然而又具有合理性質。這些都足以表現民間詞所達到的較高的藝術水平。（謝桃坊）

一剪梅　無名氏

漠漠春陰酒半酣。風透春衫，雨透春衫。人家蠶事欲眠三。桑滿筐籃，柘滿筐籃。

先自離懷百不堪。檣燕呢喃，梁燕呢喃。篝燈強把錦書看。人在江南，心在江南。

這首詞寫作者對江南的懷念。上片寫景，作者用清麗洗練的語言生動描繪出一幅清新明麗的江南春天的圖畫：暮春時節，春陰漠漠，春風春雨吹透、打濕了輕柔的春衫。此時春蠶已快三眠，養蠶的人家懷著即將收穫的喜悅心情採摘得桑、柘葉滿籃，把蠶餵得飽飽的。這是江南暮春時節所特有的景象，顯得生機盎然。它充分表明了作者善於捕捉自然美的本領，因為明媚的豔陽天固然動人，而斜風細雨中的江南春色卻更富有詩情畫意。上片句句寫景，而景中含情，透過清麗活跳的景色及「酒半酣」的情態描寫和兩個「透」字、兩個「滿」字的點染，不難看出迷人的江南春色使作者產生了賞心悅目和恣情快意之感。

作者在將春色渲染了一番之後，下片換轉筆鋒，折入遊子的懷鄉之情。「先自離懷百不堪」一句，真切地表達了離鄉懷鄉的深沉愁苦，還點明了原來上片所著力描寫的並不是眼前所見之景，而只是記憶中印象最深的江南風景畫，反襯出離人深切的思念。回憶增添了離愁，已經使人不堪；而眼前飛停在船檣上呢喃不休的燕子又勾引起對家中屋梁棲燕的懷思。僅以「檣燕」、「梁燕」兩個形象就表現了旅人思家情感的躍進，筆墨省淨，含蘊豐富，饒有詞味。這兩句上承「離懷」，下啟「錦書」。既不能「如同梁上燕，歲歲長相見」（南唐馮延巳〈長命女〉），則唯有燈下細看那不知讀了多少遍的家書，聊以慰情。信是江南的親人寫來的，作者的心也隨之飛回了江南。「篝燈」，用竹籠罩著燈光，即點起燈籠；兩字詩詞中習見，意為燈下，不必拘泥。「錦書」用前秦蘇蕙織錦為迴文旋圖詩寄丈夫的典，說明信是妻子寄來的。「強」字入妙：蓋此家書，看一回即引起一回別意愁情，心所不欲，但思家時又忍不住要翻出來看，故曰勉強看之，矛盾心情如見。歇拍兩句「人在江南，心在江南」，一則抒發了作者對親人和故鄉的深切眷戀之情，同時呼應了上片的景物描寫，使之帶上了更加濃烈的感情色彩。

此詞上片寫景，下片抒情，這本是詞中常見的章法，但此詞有它的獨到之處。一則所寫之景是虛景，上下兩片是虛實結合；二則上片的樂景與下片的離情形成了明顯的對比，增強了這首詞的感染力。

此詞大量使用了複疊句式，但不是簡單的詞語重複，而是起到了加重語氣，凸現事物特徵，增強表現力的作用，同時收到了一唱三嘆、迴環往復的效果。全詞採用白描手法，以它真摯的懷鄉之情和濃郁的民歌風味動人心弦，引起了讀者的美感和共鳴。它的風格和宋末詞人蔣捷的〈一剪梅·舟過吳江〉很相近，當亦出於晚宋人之手。（張明非）

采桑子　無名氏

年年纔到花時候，風雨成旬。不肯開晴，誤卻尋花陌上人。
今朝報道天晴也，花已成塵。寄語花神，何似當初莫做春。

惜春、尋芳是古詩詞中常見的主題。一般都是感嘆綠肥紅瘦，表達無計留春住的情緒。這些詩詞的作者畢竟欣賞過春的美，從這一點上說，他們是幸運的。這首〈采桑子〉不同，它的作者如痴似狂地等待春花，最終卻連花的影子都沒看到，並且是「年年」沒有看成。從這一點上講，這首詞能在汗牛充棟的惜春詩詞中獨闢蹊徑，所以很值得我們品味。

「年年纔到花時候，風雨成旬」，作者本來要寫今年尋花被誤，可是一開始用的是一個含量更大的句子，這樣寫不僅能罩得住全篇，而且使題旨得到更廣泛的擴充。「不肯開晴」，語意和「風雨成旬」略同。不過這不是多餘的重複，因為如果只是「風雨成旬」，那麼那些痴情的惜花者也許會想：總該有一刻的天晴吧，只要乘這個機會看上一眼春花，也就不枉度得此春！不信，你看那「誤卻尋花陌上人」的人（大概就是作者自己）或者就是這麼想的。不然他明知「風雨成旬」，為什麼還要尋花陌上呢？而正是因為有了「不肯開晴」，「誤卻」二字才更見分量。

但是，詞篇也不是順著一個方向發展下去的。過片的「今朝報道天晴也」就忽如絕路逢生，讀者也為之一喜。然而緊接著又一個大轉折：「花已成塵」上片說「誤卻」，總還是誤了今日仍有明日的希望。現在，一個

「塵」字已經把花事說到了頭，因此對尋花人來說，剩下的便只有懊喪與絕望。讀到這裡，我們回過頭來再看「今朝報道天晴也」，就知道那是專為下句而設計的一個波瀾。清沈雄《古今詞話》說：「詞貴離合。如行樂詞，微著愁思，方不痴肥；怨別詞，忽爾展拓，不為本調所縛，方不為一意所苦，始有生動。」這句詞也用展拓之法，除了使詞篇生動之外，還使下句之苦更苦，地位尤其重要。「花已成塵」，應當是無話可說了，但作者又忽出絕招，用給花神寄語作結。這闋詞上片四句，乃是一意貫下；下片四句，卻採用層層轉折，也頗不俗。「寄語花神，何似當初莫做春」是作者的怨懟語，也是痴想。說他痴想，因為這位無名氏並不是不知道寄語的無用，他也何嘗希望「當初莫做春」，但這裡卻不惜犧牲一切而言之。這種痴，正說明了他的情深；而這種至情，又是至文的必要條件。其所以如此，蓋寄託著作者對社會人生的感喟，詞中埋怨花開不得其時，未嘗沒有作者生不逢時、懷才不遇的感慨吧？

這闋詞語言平易，毫無雕琢痕跡。比如「風雨成旬」、「不肯開晴」、「天晴也，花已成塵」等句，幾乎就是平常口頭言語。但是，「自然不從追琢中來，便率易無味」（清彭孫遹《金粟詞話》）。作者把嘔心瀝血的成果用若不經意的字面表達出來，創造出了美的自然語言。比如「風雨成旬」，別本作「經旬」，強調整整一旬皆有風雨，同尋花人的感情有了更多的聯繫。再如「不肯開晴」的「不肯」，似乎天氣是有意如此，自然凸出了天氣與主人公的矛盾。再說，這種寫法和末二句相呼應，使得天氣、花神如同有知，也令詞筆更加多姿。再如「今朝報道天晴也」，好像是隨意加上了一個虛詞「也」，然而有了它句子立刻活潑輕盈，彷彿可以看到主人公的欣喜神態。又句中用上「報道」，那當然是自己還未出門，下忽接「花已成塵」一句，中間省略掉詞人趁晴陌上尋花、眼見一句風雨後花落盡成泥的情事，使敘述語翻成感嘆語，筆墨省淨，又加強了表現的效果，可見其句外鍛鍊的功夫。（李濟阻）

浣溪沙 無名氏

水漲魚天拍柳橋，雲鳩拖雨過江皋。一番春信入東郊。
閒碾鳳團消短夢，靜看燕子壘新巢。又移日影上花梢。

這是首筆觸細緻而風格明秀的春日之作，作者或題周邦彥。詞中透過細緻的體物寫景，隱約流露出一種細緻的情緒波動。

詞篇幅一開，便春意盎然。「水漲魚天拍柳橋」，水漲，點春汛。以下五字渲染之。春水漲潮，浮起了魚天，不僅水與岸齊，拍打著柳橋而已。「魚天」一詞，好像信手拈來，其實妙不可言。魚游於水，如翔於天，可見當漲潮托起春水之後，那春水仍是空明瑩澈。柳宗元〈至小丘西小石潭記〉云：「潭中魚可百許頭，皆若空游無所依。日光下澈，影布石上，佁然不動。俶爾遠逝，往來翕忽，似與游者相樂。」正是描寫此種魚天之境界。柳橋二字也不容忽過，它帶出的是「江上柳如煙」（溫庭筠〈菩薩蠻〉）的景象。「雲鳩拖雨過江皋」，雲鳩形容墨雲行雨，其色如鳩。這又是一個妙手偶得的好辭。雲鳩這一意象，比起雲師一類詞語，顯然更其形象，更有意趣。再用「拖」字狀墨雲之行雨，也就更加相稱、貼切。江皋即江岸。上句寫春水空明，此句寫春江煙雨，一陰一晴。陰晴不定，正是春天的特徵之一。此二句寫春色，既觀察細緻，又句句如畫。俞陛雲《宋詞選釋》評云：「此詞足當『明秀』二字。起二句頗含畫意，有晚唐詩境佳處。」是個準確的判斷。無論水漲魚天，還是雲鳩拖雨，都是春天的信息，所以下句一筆挽合道：「一番春信入東郊。」春從東來，東郊先得春信。這又是詞人下筆極細緻有味之處。蘇軾〈惠崇春江曉景二首〉其一云：「春江水暖鴨先知。」詞人行筆至此，似乎也有春信之來我先知的言外之意。

過片二句，詞境從江郊轉為室內。「閒碾鳳團消短夢，靜看燕子壘新巢。」上句寫自己沏茶。鳳團是宋時一種名茶，製為圓餅形，上印鳳形圖紋。沏茶時，須先將茶塊碾碎，故曰「碾鳳團」。春日人常渴睡，短夢也是常有的。飲茶之意，在破睡提神。句首雖下一「閒」字，語似不經意，實則方才一晌短夢，竟大有難以遣除、了卻之愁，故須飲茶以消夢後的惘然。下句寫燕子壘巢。燕子不辭辛苦飛來飛去，一次又一次銜泥而來，眼看著就漸漸營造成了新巢。燕子極忙，詞人則靜。句首下一「靜」字，暗示的實是詞人並不平靜的心緒。大好時光白白流逝而不能有所作為的悲哀，隱約見於言外。結句轉為室外。「又移日影上花梢」，時光流轉，不知覺間，日影又已移上花梢。句首下一「又」字，則日日空對春光之意亦隱然可見。挽合下片三句首字所下之「閒」字、「靜」字、「又」字，詞人心頭不忍時光白白流逝的愁怨不難體會。這種淡淡的哀怨，實是一種普遍的人生情緒。而詞中表現得極精微、含蓄。周邦彥〈浣溪沙〉云：「樓上晴天碧四垂，樓前芳草接天涯。勸君莫上最高梯。新筍已成堂下竹，落花都上燕巢泥。忍聽林表杜鵑啼。」正好取來與本詞相互印證發明。兩詞皆寫對春天大自然萬物生生不已的體察，觸動著大好時光白白流逝的哀愁。進一步說，則暗示了有志不獲騁的痛苦。不同的是，「樓上晴天」一首的情緒焦灼，近於美人遲暮、眾芳蕪穢的意思。本詞則表現得更為含蓄，更其細微，幾乎是「羚羊掛角，無跡可求」（宋嚴羽《滄浪詩話．詩辨》語）。

體物的精微與抒情的精微，是本詞最凸出的藝術特徵。詞中觀象體物，精細入微。而正是在這些精微的寫景中，隱約透露出詞人的一份淡淡哀愁。水漲魚天，雲鳩拖雨，燕子壘巢，日影又上花梢，春光每日每時地流逝著，萬物生生不息地運動著，而詞人自己呢，相對照之下，則唯有短夢、閒坐、靜看而已。寶貴年光白白流逝而自己不能有所作為的人生哀愁，自然就見於言外。清代周濟《宋四家詞選目錄序論》云：「耆卿熔情入景，故淡遠。」可以移評此詞。宋詞抒情藝術的優雅細緻，是宋人心靈優雅細緻的體現。（鄧小軍）

如夢令　無名氏

鶯嘴啄花紅溜，燕尾點波綠皺。指冷玉笙寒，吹徹〈小梅〉春透。依舊，依舊，人與綠楊俱瘦。

此詞汲古閣本《淮海詞》、王國維藏顧從敬本《草堂詩餘》以為秦觀作，題作「春景」。陳耀文《花草粹編》則以為黃庭堅詞。疑皆非是。茲依至正本《草堂詩餘》作無名氏詞。

開頭二句，刻意雕琢，造語尖新。鶯嘴啄花，已經很美；綴以「紅溜」，似見花瓣落下，更覺幽雋。燕子從池上掠過，如剪的雙尾點破水面，泛起小小漣漪。二句描寫物態，可謂細緻入微，猶如一幅工筆花鳥圖，纖毫畢現；而且對仗工整，韻律諧婉。其中「溜」、「皺」二字用得極巧，都凸出了一個輕字。溜，是無聲地、迅速地滑下，幾乎不觸及周圍的一枝一葉，其輕可想。皺，是水面漾起微細的波紋，當來源於南唐馮延巳〈謁金門〉詞的「風乍起，吹皺一池春水」；然而給人的感覺似乎比馮詞更為無力，更為纖細，其中人工痕跡也似乎更重。因此明代卓人月評曰：「琢句奇峭。」（《古今詞統》卷三）清代沈雄《古今詞話》引明王世貞曰：「秦少游『鶯嘴啄花紅溜』……的是險麗矣，覺斧痕猶在。」是說詞人在詠物方面過多地追求形似，一味雕鏤，因而沒有達到神似的妙境。

前二句寫客觀景物，到「指冷」二句，始正面寫人。那是一位女子，她正在吹笙，曲子是〈小梅花〉。徹，

無名氏〈如夢令〉（鶯嘴啄花紅溜）——明刊本《詩餘畫譜》

是古代音樂術語，從頭至尾演奏完一支（套）曲子，叫作「徹」。這裡的「小梅花」，有雙關意義，兼指植物，如同李白〈與史郎中欽聽黃鶴樓上吹笛〉詩：「黃鶴樓中吹玉笛，江城五月落梅花。」詞中「春透」二字，極為精練含蓄，它可以讓人感到人間充滿春意，也可以覺得此時她春興正濃。這兩句似從李璟〈山花子〉「細雨夢回雞塞遠，小樓吹徹玉笙寒」詞句化出，但境界不同。從指冷笙寒到小梅開透，有一個感情變化的過程，即從情緒低落到情緒高漲，但詞人寫來流麗婉轉，似乎不費力氣，同前二句相比，要自然得多，因而也雋永得多。詞筆至此，似乎山窮水盡，再無法發展；但到了「依舊，依舊」以下，情緒猛一跌宕，復又別開生面，出現了另一種境界。明代李攀龍說：「聞笛懷人，似夢中得句來。」（引自明吳從先《草堂詩餘雋》卷二）可見這個轉折非常巧妙，完全出乎意料之外，恰又在於繩墨之中。小令篇幅本極短小，寫得如此曲折盡致，雖不及李清照「昨夜雨疏風驟」一闋，但也可稱得上是〈如夢令〉調中的佳品。

「人與綠楊俱瘦」，乃寫主人公因傷春而瘦。本非落花時節，而盛開的鮮花卻因鶯啄而墜落；池中綠波，亦並非微風吹拂，而係燕尾點成漣漪：引起主人公心靈上的波動，她又怎能不瘦呢？一個「瘦」字，包含著許多的憂思與哀感。李清照〈醉花陰〉云「簾捲西風，人比黃花瘦」，程垓〈攤破江城子〉云「人瘦也，比梅花、瘦幾分」，本篇則曰「人與綠楊俱瘦」：雖取喻各不相同，但都善用「瘦」字寫出人物傷情之甚，都是傳神之筆。

（徐樺）

金明池 無名氏

瓊苑金池，青門紫陌，似雪楊花滿路。雲日淡、天低晝永，過三點兩點細雨。好花枝、半出牆頭，似悵望、芳草王孫何處。更水繞人家，橋當門巷，燕燕鶯鶯飛舞。

怎得東君長為主，把綠鬢朱顏，一時留住？佳人唱、金衣莫惜，才子倒、玉山休訴。況春來、倍覺傷心，念故國情多，新年愁苦。縱寶馬嘶風，紅塵拂面，也則尋芳歸去。

此詞見《草堂詩餘》，作者或題秦觀。

金明池，是北宋汴京著名的苑囿。據宋孟元老《東京夢華錄》卷七記載，其地在城西順天門外街北，東西兩岸，皆垂楊蘸水，煙草鋪堤。瓊林苑與金明池相對，兩旁有石榴園、櫻桃園，古松怪柏，風景佳麗。這首詞的特點是採用賦體，充分利用長調篇幅大、容量多的優勢，盡量鋪敘，盡情抒寫，結合風景的描繪寄寓身世之慨，筆觸細膩，委婉動人。整個上闋好像展開一幅畫卷，從汴京的順天門一直鋪向金明池，上有輕雲淡日，穹隆一般的天宇；中有似雪楊花，隨風飄卷，間雜著三點兩點細雨，灑向京城的大道，灑向大道上的遊人。輕塵被細雨浥過，空氣分外顯得清新。而一枝枝鮮花伸出牆頭，綠茵似的芳草鋪滿長堤，風景格外優美。到了近郊，又只見水繞人家，橋當門巷。對對黃鶯，雙雙紫燕，在花叢間飛來飛去。詞人在描繪這些景物時並不是純客觀地摹寫，而是用多種手法加以襯托點染。第一是賦予自然景物以人的感情，即擬人化。宋人沈義父《樂府指迷》說：「作詞與作詩不同，縱是花卉之類，亦須略用情意，或要入閨房之意。」「如只直詠花卉，而不著些豔語，又不似詞家體例。」此詞所寫的「好花枝、半出牆頭，似悵望、芳草王孫何處」便帶有「閨房之意」。花枝出牆，竟似美人一般，懷著惆悵之情，探望王孫公子行蹤，是花枝惹人，還是人惹花枝，幾乎難以分辨。此真豔語也，因此明人沈際飛評此句曰：「花神現身時分。」（《草堂詩餘正集》卷六）第二是以動襯靜。瓊苑金池，青門紫陌，是具體的地點；雲、日、雨，是自然現象；楊花、花枝、芳草、水、橋、人家、門巷，也都是客觀存在的靜景。然而詞人卻說「似雪楊花滿路」、「過三點兩點細雨」、「好花枝、半出牆頭」，於是，這些靜止的景物都動起來了。至上闋結句「燕燕鶯鶯飛舞」，則更以禽鳥烘托花草，整個畫面充滿了生氣。第三是注意色彩的點染。如青、紫、似雪的楊花，已正面寫出三種顏色。至於「好花枝」，當為紅色，芳草與水，當為綠色，這是暗寫。加上下半闋的「綠鬢朱顏」、「紅塵拂面」，遂呈現出一派五彩繽紛的畫面。明人李攀龍說此詞「點綴春光，如雨花錯落」（引自吳從先《草堂詩餘》卷二），確是道出了它的特色。

下半闋轉入抒情。過片以問句形式，緊扣上半闋所寫之春景，轉折之中，意脈不斷。「怎得東君長為主，把綠鬢朱顏，一時留住？」一方面是表示對大好春光的一片留戀之情，一方面是抒發人生無常、青春難久的感慨。至此，整個詞情便由歡樂轉入縱酒聽歌，由縱酒聽歌再轉入悲傷愁苦，結句則宕開一筆，逗出「歸歟」之嘆。起伏跌宕，宛轉曲折，把詞人一腔難言之隱表達得相當深刻。

春日郊遊，本為賞心樂事。然而詞人逞足遊興之後，一股淡淡的哀愁卻不禁襲上心頭，流於筆底。詞人抒寫哀愁時有三點值得注意：一是在上半闋已設下伏筆。「似悵望、芳草王孫何處」，語出《楚辭．招隱士》：「王孫遊兮不歸，芳草生兮萋萋。」意本感愴，詞人融之入詞，且著以「悵望」二字，一股悲涼之氣已隱現於花草之間。至結尾「也則尋芳歸去」，便遙相呼應。二是以樂景襯哀情。清人王夫之說：「以樂景寫哀，以哀景寫樂，一倍增其哀樂。」（《薑齋詩話》）此詞上半闋著重寫樂景，下半闋著重寫哀情，「佳人唱、金衣莫惜，才子倒、玉山休訴」，寫美人唱情歌，才子飲美酒，樂則樂矣，然其中已有及時行樂的頹放思想，沈際飛所謂「人生有幾韶光美，倒盡金尊拚醉眠」（《草堂詩餘正集》卷六），此以表面之樂襯內心之悲，所以下面「況春來」三句把「傷心」、「愁苦」傾瀉出來。三是活用故實，滅盡痕跡。所謂故實，就是歷史故事或古人詩句。如「佳人唱、金衣莫惜」，是指唐人杜秋娘唱〈金縷衣〉：「勸君莫惜金縷衣，勸君須惜少年時。有花堪折直須折，莫待無花空折枝。」「才子倒、玉山休訴」，語出南朝宋劉義慶《世說新語．容止》：嵇康酒醉，「若玉山之將崩」；李白〈襄陽歌〉：「清風朗月不用一錢買，玉山自倒非人推。」詞人用這些故實來抒發感情表達思想，容易引起讀者的聯想，比用一般的語辭更有深度。

南宋詞人姜夔說：「一篇全在尾句，如截奔馬。」（《白石道人詩說》）此詞結尾三句不是通常的以景語作結或情語作結，而是以動態作結。前面說「況春來、倍覺傷心，念故國情多，新年愁苦」，感情已十分消沉；至「寶馬嘶風，紅塵拂面」，係回映前半闋遊賞，本該感情一揚；然著一「縱」字，則變為決絕語，意為即使遊賞金明池再怎麼快樂，我也得回歸故鄉，感情極為沉痛。這三句話的本身就像勒住狂奔的駿馬一樣，非常有力；然而詞意並未到此為止，詞人究竟為什麼寧願撇下這美好的風光歸去，始終未點明。正如清黃蘇所指出的一樣：「至結句尤峻切，語意含蓄得妙。」（《蓼園詞評》）「此詞最明快，得結語神味便遠。」（清周濟《宋四家詞選》）仔細吟味，確有此感。（徐樺）

眼兒媚

無名氏

楊柳絲絲弄輕柔，煙縷織成愁。海棠未雨，梨花先雪，一半春休。

而今往事難重省，歸夢繞秦樓。相思只在：丁香枝上，荳蔻梢頭。

此詞最早見於元至正本《草堂詩餘前集》上，未標作者；其前一闋為王雱的《倦尋芳慢》。明陳鍾秀刊《精選名賢詞話草堂詩餘》誤涉前者作王元澤（雱）詞，以後選本多承其誤，不可從。

從詞的整體所反映的形象看，它的內容，當是觸眼前之景，懷舊日之情，表現了傷離的痛苦和不盡的深思。

上片第一句「楊柳絲絲弄輕柔」，柳條細而長，亦稱柳絲，給人以「輕柔」之感，可見季節是在仲春。「弄」，是寫垂柳嫩條在春風吹拂時的動態。這已是一種易於撩撥人們情緒的景色了。但光是這一句，還看不出這情緒究竟是喜樂還是悲愁來。接下一句「煙縷織成愁」，情緒的趨向就明白了。「煙縷」，是春柳的特點。「織」字應「縷」字及上句的「絲絲」兩字。這樣，「柳」就不但「可織」，而且還能「密織」了。一般寫景抒情之作，「悲落葉於勁秋，喜柔條於芳春」（晉陸機〈文賦〉），這最容易下筆，但寫仲春之愁，究該如何寫法？難道仲春也會使人生愁嗎？可是，作者卻運用了他的特技：海棠未遭雨打，還在枝頭盛放；梨花又似爭先，如雪般的開了，這不是很典型的良辰美景嗎？可要知道，只有九十日的春天，當此時已有一半過去了！好就好在「一半春休」這一句；如果沒有這一句，上面所說的「煙縷織成愁」，就會變成無病呻吟。

若只有眼前景色的憑空觸發，而沒有內在的愁的根源，則即使是再大再多的外因，也起不了作用。正因為有內在的鬱結，所以只要外界稍稍有一絲挑逗，就會引通內部而激起共鳴的。於是，在下片中，就把這個鬱結交代出來了：「而今往事難重省，歸夢繞秦樓。」原來有一段值得留戀、值得追懷的往事；但是，年光不能倒流，歷史無法重演，舊地又不能再到，則只有憑藉回歸的魂夢，圍繞於女子所居的值得懷念的地方了。秦樓，這裡用古樂府〈陌上桑〉「日出東南隅，照我秦氏樓。秦氏有好女，自名為羅敷」之典，以稱所愛的女子的居處。這兩句，寫出了愛情和別離所帶來的痛苦，但又念念不能忘懷，因此接下去寫道：「相思只在：丁香枝上，荳蔻梢頭。」丁香花蕾其形如結，詩人常用來比喻鬱結的情腸。李商隱〈代贈二首〉其一云：「芭蕉不展丁香結，同向春風各自愁。」李璟〈攤破浣溪沙〉：「青鳥不傳雲外信，丁香空結雨中愁。」至於荳蔻，范成大《桂海虞衡志》說，「（紅荳蔻）每蕊心有兩瓣相並，詞人托興如比目、連理」。知道了這兩種花在傳統中的象徵意義以後，這三句詞的含義也就不難理解了：詞人的相思之情，只有借丁香和荳蔻才能充分表達啊！這不是分明在感嘆自己心底的深情正像丁香一般鬱而未吐，但又是多麼希望能和自己心愛的人像荳蔻一般共成連理嗎？當然，丁香和荳蔻的意義也是雙關的：丁香可喻愛人的純潔芬芳，荳蔻可喻愛人的嬌美年輕。整個下片的意思是說，儘管一切的夢幻都已失落，然而自己內心纏綿不斷的情意依然專注在那個可人身上，真是「春蠶到死絲方盡」（李商隱〈無題．相見時難別亦難〉）啊！

這闋詞還有一個特點，就是所描寫到的花木，舉凡柳絲、海棠、梨花、丁香、荳蔻等等，全都是仲春所有的。用作象徵來表現的，也同樣是眼前之景，而且恰如分際地表現了出來，絲毫沒有在別一個月份上去打主意，這也是一種微妙的集中，真可謂「能近取譬」。有人認為這闋詞可能有寄託。我們不排除有美人香草傳統的影響，但在沒有找到充分根據前，最好還是不要附會為是。（劉衍文）

鷓鴣天　無名氏

枝上流鶯和淚聞，新啼痕間舊啼痕。一春魚鳥①無消息，千里關山勞夢魂。無一語，對芳尊。安排腸斷到黃昏。甫能炙得燈兒了，雨打梨花深閉門。

〔註〕①魚鳥：猶魚雁。相傳鴻雁、鯉魚可以傳遞書信，故云。

此詞王鵬運四印齋本《漱玉詞補遺》案語以為秦少游所作，其源蓋出於元人編、明人刻的《草堂詩餘》。其實此書載此詞時，前面一首是秦少游的〈畫堂春〉（東風吹柳日初長）。以後他本《草堂詩餘》便以上一首的作者，帶兼下一首不著撰人的作品，王鵬運大概是沿襲這一錯誤。茲依《全宋詞》作無名氏詞。

詞的上片寫思婦淩晨在夢中被鶯聲喚醒，遠憶征人，淚流不止。「夢」是此片的關節。後二句寫致夢之因，前二句寫夢醒之果。致夢之因，詞中寫了兩點：一是丈夫征戍在外，遠隔千里，故而引起思婦魂牽夢縈，此就地點而言；一是整整一個春季，丈夫未寄一封家書，究竟平安與否，不得而知，故而引起思婦的憂慮與憶念，此就時間而言。從詞意推知，思婦的夢魂，本已縹緲千里，與丈夫客中相聚，現實中無法實現的願望，在夢境中得到了滿足。這是何等的快慰，然而樹上黃鶯一大早就惱人地歌唱起來，把她從甜蜜的夢鄉中喚醒。她又回到雙雙分離的現實中，伊人不見，魚鳥音沉。於是，她失望了，痛哭了。「新啼痕間舊啼痕」一句，把相思時間之長、感情之深，非常精確地概括出來。舊痕未乾，新淚又流，日復一日，以淚洗面，入骨相思，何時方了？

因此前人就此一句評曰：「一字一血！」（明吳從先《草堂詩餘雋》卷一引李攀龍語）誠為知言。

過片三句，寫女子在白天的思念。她一大早被鶯聲喚醒，哭乾眼淚，默然無語，千愁萬怨似乎隨著兩行淚水咽入胸中。但是胸中的鬱懣總得要排遣，於是就借酒澆愁。可是如李白所說：「花間一壺酒，獨酌無相親。」（〈月下獨酌四首〉其一）一懷愁怨，觸緒紛來，只得「無一語，對芳尊」，準備就這樣痛苦地熬到黃昏。李清照〈聲聲慢〉云：「守著窗兒獨自，怎生得黑？」詞意相似。唯李詞音澀，聲情悽苦；此詞音滑，似滿心而發，肆口而成，然無限深愁卻蘊於淺語滑調之中，讀之令人淒然欲絕。

結尾二句，融情入景，表達了綿綿無盡的相思。「甫能」二字，宋時方言，猶今語剛才。辛棄疾〈杏花天〉詞云：「甫能得見茶甌面，卻早安排腸斷。」這裡是說，剛剛把燈油熬乾了，又聽著一葉葉、一聲聲雨打梨花的淒楚之音，就這樣睜著眼睛捱到天明。詞人不是直說徹夜無眠，而是透過景物的變化，婉曲地表達長時間的憶念，用筆極為工巧。明人王世貞把此詞認作秦少游詞，並作了極有見地的評論，他說：「秦少游『安排腸斷到黃昏。甫能炙得燈兒了，雨打梨花深閉門』，則十二時無間矣。此非深於閨恨者不能也。」（《弇州山人詞評》）古人以地支計時，十二時即今之二十四小時。黃庭堅有同調作品云「一日風波十二時」，係明確指整天可證。十二時中，相思不斷，可見感情之深摯。如果對婦女的心理揣度不透，是寫不出這樣維妙維肖的詞句的。

宋人填詞，常常化用唐詩。其法一為襲用成句，檃括入律；一為遺貌取神，化用其意。這兩種手法，本篇都用到了。如此詞的上片，蓋從唐人金昌緒〈春怨〉詩來。金詩云：「打起黃鶯兒，莫教枝上啼，啼時驚妾夢，不得到遼西。」與此頗為類似。然金詩用筆輕靈，其怨較含蓄；此詞用筆刻摯，其怨較深沉。此詞結句，則是徑用唐人成句入詞②，渾成自然，天衣無縫。清沈祥龍對此評價極高，他說：「詞雖濃麗而乏趣味者，以其但作情景兩分語，不知作景中有情、情中有景語耳。『雨打梨花深閉門』、『落紅萬點愁如海』，皆情景雙繪，故稱好句而趣味無窮。」（《論詞隨筆》）梨花潔白，是美好純粹的象徵，但此刻卻在淒風苦雨中損卻芳華。在這如畫的描繪中，似可隱約聽到思婦的嘆息、悲吟與控訴。所謂「情景雙繪」者，即此也。

這首詞還有一個好處，就是因聲傳情，聲情並茂。詞人一開頭就抓住鳥鳴鶯囀的動人旋律，巧妙地融入詞調，通篇宛轉流暢，環環相扣，起伏跌宕，一片宮商。清人陳廷焯稱其「不經人力，自然合拍」（《詞則·別調集》評），可謂知音。細細翫索，不是正可以體會到其中的韻味嗎？（蔣凡、徐樺）

〔註〕②宋吳聿《觀林詩話》：「半山（王安石）酷愛唐樂府『雨打梨花深閉門』之句。」

滿江紅

無名氏

斗帳高眠，寒窗靜、瀟瀟雨意。南樓近，更移三鼓，漏傳一水。點點不離楊柳外，聲聲只在芭蕉裡。也不管、滴破故鄉心，愁人耳。

無似有，遊絲細；聚復散，真珠碎。天應分付與，別離滋味。破我一床蝴蝶夢，輸他雙枕鴛鴦睡。向此際、別有好思量，人千里。

這是一首詠雨詞，曾先後被選入《類編草堂詩餘》、《花草稡編》等詞選，並一再被弄錯主名。這說明它歷來受到人們的喜愛。詞把雨滴聲貫串全篇，敏銳地捕捉住這一聽覺形象，並且別出心裁地聯想出相似的人生感受。

上片寫雨滴聲造境。一頂小帳，形如覆斗，詞人安臥其中。夜，靜悄悄地，本該睡一夜好覺。不料一陣蕭疏帶涼的雨意，進了窗戶，醒了詞人。住處地近城南，此刻聽得城樓上更鼓敲了三響，已是三更天了。室內夜漏滴答、滴答，有節奏地連成一支水滴之聲。窗外雨點瀟瀟陣陣，從楊柳葉尖上滴響，在芭蕉葉片上濺響，奏出一場雨滴的交響樂。樹有遠近，葉有高低，故其聲亦有遠近高下。往遠處普遍地聽，是淅淅瀝瀝，連成一片；往近處仔細地聽，則滴滴答答，點點分明。「不離」、「只在」是強調深夜雨聲唯有植物葉上滴響之音，最為打動人心。這兩句，緊緊銜接上面「漏傳一水」，就把雨滴聲與漏滴聲連接起來，在睡意朦朧的詞人聽來，似乎就感到四面八方有無數的漏滴作響。失眠的人，情何以堪？無情的雨滴，一個勁兒地滴，也不管要滴穿這一雙愁人的耳，要滴破這一顆思鄉的心。滴，是全篇之眼。滴，彷彿是雨滴的有聲特寫鏡頭，凸顯出了雨滴的形象，讓人感受到了雨滴的聲響。

下片抒寫雨滴引起的更多聯想與感傷。雨絲真細，若有若無，飄飛在空中，如縷縷遊絲。雨絲有時也加大而形成雨點，灑在植物葉上匯聚起來，又如顆顆真珠。葉子承受不了而珠落，滴答一響，碎了。雨珠的聚而復散，與人生的悲歡離合，是多麼相似呵！真該是天意吧，讓我從雨滴來咀嚼離別的滋味。再說那雨絲吧，若有若無，又與夢思的飄忽斷續多麼相似。可不是嗎？剛才一晌好夢，就讓雨聲給打破了。「蝴蝶夢」用《莊子．齊物論》「昔者莊周夢為胡蝶，栩栩然胡蝶也」，意指美好的夢。夢一醒，不由人不羨慕那些雨夜雙棲的伉儷。夢，做不成了。可是，在這瀟瀟夜雨中好好想念一番，不也是很美的嗎？讓我的精神飛過無邊的雨絲，與千里之外的人相會吧！無可奈何語，也是痴情語。這樣結筆，仍與全篇妙合無跡。

巧妙地溝通各種聯想，是這首詞的特色。透過雨滴聲，聯想到雨滴柳葉、雨打芭蕉的情景。進一步聯想到雨點聚成水珠又滴落濺碎的細節。這些，表現的都是從聽覺形象化出視覺形象的通感。更為出色的是奇特的相似聯想，他把自然現象與生活現象聯想起來。漏聲、雨聲是相似聯想；從雨絲的若有若無聯想到夢思的飄忽斷續，從水珠的聚散想到人生的離合，是更為巧妙的相似聯想。試取溫庭筠的〈更漏子〉一詞下闋比較，在溫詞中雨滴只是撩起「不道離情正苦」，而在這首詞中，雨珠更象徵人生，就別具清新韻味。（宛敏灝、鄧小軍）

千秋歲令 無名氏

想風流態，種種般般媚。恨別離時太容易。香箋欲寫相思意，相思淚滴香箋字。畫堂深，銀燭暗，重門閉。

似當日歡娛何日遂。願早早相逢重設誓。美景良辰莫輕拌，鴛鴦帳裡鴛鴦被，鴛鴦枕上鴛鴦睡。似恁地，長恁地，千秋歲。這首俗詞是以男性第一人稱的敘述方式，表達青年對愛情的大膽追求和對幸福生活的向往。在藝術表現上很具民間作品真率質樸的特點。

上片表現抒情主人公對女子的相思之情。他難忘當初歡會時她所留下的印象。詞以表示心理活動的「想」字突然起筆，直接進入抒情。關於女性形象，作者沒有具體描繪，只凸出了她給人體態風流的印象，真是「從頭看到腳，風流往下跑；從腳看到頭，風流往上流」（《金瓶梅》）。在他的主觀感受中，其體態「種種般般」，無一不取悅於人，無一不具有女性的魅力，特別的「媚」。從其印象中間接地表現了女性妖嬈的外貌與多情的內在心性相結合的特點。接著，作者又用一個表示心理活動的「恨」字轉入對別後相思的敘述。正因為珍惜當初的歡會，更感而今相思之苦，所以後悔「別離時太容易」，惋惜相聚時間的短暫。「香箋欲寫相思意，相思淚滴香箋字」兩句，反反覆覆，道盡相思之痛苦，眷戀之深情。他本想在信紙上備寫相思之意，而卻淚濕信紙，字跡模糊，思緒煩亂，不能寫下去了。上片結句補敘了痛苦相思的原因：「畫堂深，銀燭暗，重門閉」大約她還是較富人家的女子，自分別之後，其畫堂深遠，門院重重，魚雁難傳，相見無因，所以即使寫下滿紙相思也於事無補。這幾乎陷於絕望了。

下片過變「似當日歡娛何日遂」，承上啟下，一方面補足上片結句相見無因之意，感念後會難期；另一方面又由感念後會難期，決心大膽追求，充滿對未來幸福的遐想。於是作者繼之再以表示心理活動的「願」字使詞意轉折，改變愁苦的情調。「恨別離時太容易」還有一層意義，即當時忘記了以相互的誓約來保證今後的歡會。因而，他唯一的願望就是「早早相逢重設誓」，一定要海誓山盟，鄭重其事。他們的相逢雖有某些困難，但據以往的經驗來看又是有可能的。由於他心性太急，相念情切，希望相逢的日期愈早愈好。他甚至連誓辭的內容都擬好了。這誓辭表現他們對未來愛情生活的憧憬。它可分為三層意思。第一，「美景良辰莫輕拌」，要珍惜美好的青春時光，絕不要虛擲年光，輕易分離。「拌」，捨棄之意。第二，要像鴛鴦一樣結為親密配偶。「鴛鴦帳裡鴛鴦被，鴛鴦枕上鴛鴦睡」，這兩句四次重複「鴛鴦」兩字，造成特深的印象。「鴛鴦」象徵情侶或夫婦，所以民間常在臥室用品上繪織其圖像。帳、被、枕都繡著鴛鴦，他希望他們就像鴛鴦那樣在濃厚的合歡氛圍中享受甜蜜幸福。這兩句和上片表示相思的句子都採用重複連鎖的修辭手段，最有民間文藝的特色。第三，還希望甜蜜的愛情生活就像鴛鴦那樣，而且長久那樣。末尾的「千秋歲」以應詞調名。「千秋萬歲」為古代的祝辭，此處意為幸福的生活長久永遠，綿綿無盡。

北宋以來，新興市民階層隨著社會都市經濟的發展而出現，其新興意識首先透過新的倫理觀念表現出來，而尤其明顯地反映在男女愛情觀念的變化。這首詞讚美了市井青年男女蔑視禮法，克服困難，爭取愛情婚姻自由的願望和要求。應該相信，這樣美好而合理的願望是可能實現的。

這首詞表現的情感率直，其內容也屬桑間濮上之類，文辭不雅馴，然而卻曾是北宋朝廷掌管音樂的機構大晟府所演唱的歌詞之一。宋徽宗政和七年（一一一七）二月，鄰邦朝鮮的使臣請求宋王朝賜給雅樂及大晟府樂譜歌詞，得到了徽宗皇帝的允許。大晟府習用的歌詞早已不傳，有幸在朝鮮《高麗史．樂志》中保存了宋詞一卷，這就是當年宋王朝所贈的大晟府歌詞，其中就有這首〈千秋歲令〉。它為我們留下了值得探究的歷史文化線索。

（謝桃坊）

長相思

無名氏

去年秋，今年秋。湖上人家樂復憂，西湖依舊流。

吳循州，賈循州。十五年間一轉頭，人生放下休。

南宋理宗景定元年（一二六〇），右相賈似道授意沈炎彈劾左相吳潛。結果吳被貶安置循州（今廣東惠陽），賈似道乘機獨攬大權，並命循州知州劉宗申將吳潛毒死。不料事有偶然，恭帝德祐元年（一二七五）賈似道因與元軍作戰失利逃跑，也被貶循州，途中為鄭虎臣錘死於漳州木棉庵。十五年前後之事既有如此戲劇性的巧合，又含辛辣的嘲弄。作者抓住吳、賈二人同貶循州之間的特殊關係，形象地指出弄權者機關算盡，最終卻可悲地走上他為別人設計的死亡之路。詞中的諷刺是極其尖銳的。

這首詞最顯著的特色是成功地使用了迴環複沓的表現手法，讀來有縈迴繚繞的效果。加之題材本身又具有重複循環的性質，所以能夠在形式與內容高度諧和統一的基礎上，有效地實現作者的創作意圖。

詞篇開頭的「去年秋，今年秋」兩句句法相同，有強調時間觀念的作用。然而從「去年」變到「今年」，這不但與下句「樂復憂」配合，說明憂、樂轉化得急速，而且為後片將要揭示的十五年前後的事打下埋伏。「湖上人家樂復憂，西湖依舊流」，兩句說「復」，說「依舊」，雖然並未用複沓手法，但往復環繞的情味不減。賈似道在西湖葛嶺築有「半閒堂」，這首詞是題在堂壁上的，因此作者便就近借西湖以寓意。「樂復憂」指樂憂相繼，言禍福無常。「湖上人家」不是泛指，而是特指賈似道：當年彈劾計成，異己排除，朝政在握，其樂何極！而今官職被削，謫竄南荒，前途黯然，當然只能憂愁。「西湖依舊流」，用水襯人：湖水千年常流，而賈似道從誤國害人中得來的個人之樂卻如此短暫，啟人深思。這句貌似寫景，其實在披露主題的過程中有著重要的地位。

過片的「吳循州，賈循州」仍用同一句式，不過作用卻是在相似中凸出差異。吳潛剛直持重，有抗戰復國的決心，最後落得個「循州安置」；賈似道弄權誤國，殘害忠良，最後也落得個「循州安置」：兩個「循州」正好反映了南宋政局中的主要矛盾，詞句中自然也寄託了作者的愛憎。「十五年間一轉頭」進一步從時間方面立意：本來以先後同貶循州的情事關合吳、賈，揭示的矛盾已經十分集中，現在作者再把十五年歲月比喻成一轉頭的瞬間，這對矛盾因之就更凸出、更顯豁了。「人生放下休」，一方面可專指賈似道，等於說：「那些殘害無辜的生涯還是丟開吧！」因而其中含有懲戒奸佞的意思，錄載這首詞的《東南紀聞》就認為此詞「勸儆尤多」。另一方面，因為事情本身包含有禍福無常、憂樂相隨的哲理，經作者再一發揮，就又有人世間的事還是丟開些的好，免生煩惱的意思。這卻為詞篇增添了消極因素，而且離開了鞭撻賈似道的主題，是應該注意的。

這首詞的另一成功之處是熔含蓄與明快於一爐。比如，前片說「樂復憂」，到底誰樂誰憂？樂和憂的原因是什麼？作者都不加申說。後片直提吳、賈，但也只說到「循州」、「十五年」，這是含蓄處。可是，如果我們瞭解南宋歷史，那麼「循州」和「十五年」所指就是明確的，因而「樂」和「憂」的內涵也是清楚的，這說明本詞又有明快的一面。（李濟阻）

御街行　無名氏

霜風漸緊寒侵被。聽孤雁、聲嘹唳。一聲聲送一聲悲，雲淡碧天如水。披衣起告：「雁兒略住，聽我些兒事。

塔兒南畔城兒裡，第三個、橋兒外，瀕河西岸小紅樓，門外梧桐雕砌。請教且與，低聲飛過，那裡有、人人無寐。」

這是一首懷人詞，表現客居他鄉的遊子對親人的思念。詞中寫道：在霜風淒緊、寒氣襲人、碧天如水的秋夜裡，空中傳來孤雁響亮淒厲的叫聲。那一聲接一聲悲切的哀鳴，牽動了遊子的情懷，他連忙披衣而起，告訴那南飛的雁，請牠飛過城裡橋外河邊的小紅樓時放低聲音，那裡面住著自己的親人，此刻也一定在為想念自己而難以入寐，不要讓她聽到雁叫聲撩起她的愁緒。

詞作所表現的內容，在古典詩詞中屢見不鮮，但它的手法卻頗為新穎別致。作者以獨具匠心的構思和獨特的表情方式打破了傳統的寫法，使之別出新意。

此詞通篇託雁以言情。上片先借秋夜景物渲染懷人的傷感氣氛，繼用孤雁的哀鳴烘托遊子的孤獨淒苦，同時引出對雁的告白。下片寫遊子的告語，全用口語，生動傳神，雖無一字直接刻畫人物，卻十分真切地表達了他內心對親人的懷念。整片只用一個長句作具體細緻的描寫，富有小說、彈詞的意味，在詞中頗少見，而近似「唱尖歌倩意」的民間小調。

這首詞在表達方式上最凸出的特點是全篇沒有使用一個「相思」之類的字眼，只透過對具體事物的娓娓敘述，便表現了十分深切的情意。這主要是由於作者相當準確地把握了人物的內心世界，而且對所寫的事物有著親切的感受，所以他無須再雕琢字句，堆砌詞藻，只用明白淺顯、質樸無華的文字，透過招呼雁兒這一似拙而實巧的方式，便創造出優美動人的意境，收到了比直抒情思更好的效果。

此詞的另一特點是口語化，尤其是下片，純用口語，新鮮活潑，妙趣橫生，有顯著的民歌特色。看得出這位沒有留下姓名的作者，從民歌中不僅吸取了優美的情調，而且吸收了生動活潑的語言，所以使得全詞既有濃郁的抒情意味，又有濃厚的生活氣息，給人以美感。（張明非）

檐前鐵　無名氏

悄無人，宿雨厭厭，空庭乍歇。聽檐前鐵馬戛叮噹，敲破夢魂殘結。丁年事，天涯恨，又早在心頭咽。

誰憐我、綺簾前，鎮日鞋兒雙跌。今番也、石人應下千行血。擬展青天，寫作斷腸文，難盡說。

這首流行於北宋社會的無名氏詞，非常強烈地表現了一位婦女的悲憤。她為了爭取愛情幸福付出了重大代價，結果陷入了痛苦不幸的深淵，無人憐念，造成終身難言的悔恨。這首詞是她感天動地的呼聲。

詞一開始描繪了一個淒涼孤寂的抒情環境，將抒情女主人公置於淒風苦雨、闃寂無人之夜，形象地表現其在現實中的不幸情況。「厭厭」本是形容人的氣息微弱，這裡用來狀寫夜雨綿綿似斷若續，也似人的氣息厭厭，是從愁恨人的心中感覺出來，暗中關合。「空庭」應「無人」，「乍歇」應「雨」。姜夔〈八歸．湘中送胡德華〉詞「庭院暗雨乍歇」，用語相同。姜詞是為友人送行而作，先著此一景語，可以引逗映襯「黯然銷魂」之情；此詞則為自己嗚哀抒恨，襯以一個孤獨愁慘的環境。鐵馬即以薄鐵製成小片，串掛檐間，風起則琮琤有聲。雖然宿雨乍歇，但風卻吹得淒厲，這是由「鐵馬戛叮噹」而知。鐵馬叮噹之聲，驚醒殘夢。作者不用「驚醒」

而用「敲破」，更為生動，似乎還包含人生夢境破滅之意。庭院空寂、宿雨乍歇、鐵馬叮噹，它們所構成的寒夜淒苦之境都是在殘夢驚破之後才清楚地感覺到的。這種情況下，不幸的女子是難以入寐的，喚起了她對往事的痛苦回憶。以上所寫的是抒情環境，以下便展開對其不幸命運和痛苦之情的抒寫了。

作者採用側筆去表達其痛苦的情緒，使聽眾或讀者產生豐富的聯想，引起情感共鳴。詞在涉及她的不幸經過時只透露了「丁年事，天涯恨」。「丁年」即一個人的成年的時候。「天涯恨」即溫庭筠〈夢江南〉詞的「千萬恨，恨極在天涯」，又即〈古詩十九首〉「相去萬餘里，各在天一涯」之意，表示遠離之恨。顯然，她是在青春美好之時，便被負心情人拋棄了，因而無比悔恨。那「事」為她種下不幸之因，使她喪失了人生許多寶貴的東西。寒夜夢醒之後，陣陣悔恨又在心中生起。「心頭咽」三字很有表現力，形象地以喻難言之苦，唯有自己在心裡暗暗哭泣。

下片緊接著表達難言的痛苦情緒。而今她無人憐念，這種悲慘境況在詞開始所描敘的抒情環境已間接反映了：淒涼孤寂，絕無一點家庭的溫暖。「鞋兒雙跌」即跌腳嘆恨之狀。「誰憐我、綺簾前，鎮日鞋兒雙跌」，即是訴說自己極度的悲痛悔恨，且竟無人可憐她在簾前整日地捶胸跌腳。這種情形已非一次，每當記起丁年之事，就會爆發出最大的悲痛。「今番」即當宿雨歇、晚風厲、空庭夢破、回憶往事之時。這時的悲痛遠非捶胸跌腳所能表達得了。悲痛之大，「石人應下千行血。擬展青天，寫作斷腸文，難盡說」。作者連用了石人、血淚、青天、斷腸這四個意象。「石人」即石頭人，無知，無情，它也為我的恨事而感動泣下；流下的不是淚，而是血，而且至「千行」之多。樂府詩〈華山畿〉只說到「將懊惱，石闕晝夜題（啼），碑（悲）淚常不燥」，已經是出奇的想像。這裡的語言強烈得多，說明感情的強烈，又反映出悲恨的強烈。〈華山畿〉緊接著一首又云：「別後常相思，頓書千丈闕，題碑無罷時。」這裡是「擬展青天，寫作斷腸文，難盡說」。以青天作紙，以石人的千行淚血為墨，也寫不盡斷腸之事。並不是說這首詞是襲用〈華山畿〉的意境。本來人情所同，思路有走向一處去的，何況民間文學作品口耳相傳，自有一種潛流散於四方，播於千載，因此構思接近或相同自在情理之中。這些誇張的比喻並不給人失真之感，反而更深刻地表達了其情感，而密集的悲傷意象使這種情感更強烈感人。詞結尾的那不幸婦女的呼聲，使詞情達到高峰，感人肺腑，撕裂人心。

古典文學中自來有一種至情的作品，表現強烈、真實、誠摯的情感。這篇充滿血與淚的文字應是至情之作。真情感人之下，一切文字的表現技巧和華美的詞藻都顯得黯然失色了。（謝桃坊）

吳城小龍女

【作者小傳】姓名字里不詳。《詩人玉屑》卷二十一自《冷齋夜話》錄其詞一首①。

清平樂令　吳城小龍女

簾捲曲闌獨倚，山展暮天無際。淚眼不曾晴，家在吳頭楚尾。

數點雪花亂委，撲鹿沙鷗驚起。詩句欲成時，沒入蒼煙叢裡。

〔註〕①宋魏慶之《詩人玉屑》引：魯直（黃庭堅）自黔安出峽，登荊州江亭，柱間有詞云云（詞略）。魯直讀之淒然曰：「似為予發也。不知何人所作？」所題筆勢妍軟欹斜，類女子，而有「淚眼不曾晴」之句，不然則是鬼詩也。是夕，有女子絕艷，夢於魯直曰：「我家豫章吳城山，附客舟至此，墮水死，不得歸，登江亭有感而作，不意公能識之。」魯直驚寤，謂所親曰：「此必吳城小龍女也。」

這首詞題在荊州江亭柱上，故又名〈江亭怨〉。《冷齋夜話》說是吳城小龍女所作，從而增添了不少的神祕色彩。細味詞意，似是一個寄跡他鄉的少女感物思鄉之作。它的內容既是具體的，又是抽象的；既是有限的，又是無限的。說它是具體的有限的，是它具體地描繪了曲欄內高捲著的珠簾，暮天邊展現著的遠山，雪花驚起的沙鷗，沙鷗出沒的蒼煙。儘管畫面是豐富多彩的，但畢竟是有限的。說它是抽象的無限的，是它所寫的景是情的外化，而寫的情是景的內涵。情景交融，契合無間，把人們的思想引向無際的暮天，引向瀰漫的蒼煙。

詞的上片，寫羈旅異鄉的少女思鄉望遠的情景。她懷著難以言說的哀怨，寂寞而孤獨地斜倚在曲欄杆畔，對著籠罩在蒼茫暮色下的遠山，淚眼未乾，凝視著遙遠的故鄉。這「吳頭楚尾」，就是江西的代稱。宋祝穆《方輿勝覽》云：「豫章之地，為吳頭楚尾。」豫章就是江西，因為它位於吳地的上游，楚地的下游，所以叫做「吳頭楚尾」。透過上述景物的描寫，創造了一種哀怨悲涼、淒楚動人的意境。而構成這種意境的因素，一是自然景物。那無邊無際的蒼茫暮色，那被暮色籠罩著的「吳頭楚尾」，都染上了抒情主人公滿腔哀怨的感情色彩。二是憑欄遠眺的少女。她那流不盡的眼淚，她那難以言說的哀怨，使人與物、景與情，渾成一體。她那日夜思念的故鄉，不就在暮色蒼茫下的「吳頭楚尾」嗎？其所以可望而不可即，有家而不能歸，是「紅顏佳人多薄命」呢？還是「回首鄉關行路難」？

詞的下片，寫那個沉思凝望的少女，看到驚起的沙鷗任意飛翔，而自己卻羈旅異鄉、有家難歸的傷感。「雪花」一作「落花」。「撲鹿」，象聲詞，拍打著翅膀的聲音。這兩句仍是寫少女望中所見之景。表面上似乎沒有寫少女的內心活動，實際上卻把沙鷗的不受羈絆，跟自己的受人羈絆作了對比，表現了她的無限傷感。最後兩句，寫少女想捕捉這個引人深思的景象入詩，轉瞬間那驚起的沙鷗卻拍打著翅膀飛入蒼煙叢中去了。《詩人玉屑》中收有一條詩話：「用意十分，下語三分，可幾《風》、《雅》；下語六分，可追李、杜；下語十分，晚唐之作也。」詞人本來有著十分的思想感情，但她卻只說出了三分、六分，留下了七分、四分給讀者去想像、去補充，從而在有限的形象中，表達了無限的思想感情。（羊春秋）

蕭觀音

【作者小傳】（一〇四〇～一〇七五）遼道宗（一〇五五～一一〇〇年在位）耶律洪基后，樞密使蕭惠之女。清寧初立為懿德皇后。工詩，善談論，能自製歌詞，尤善琵琶。有〈回心院〉詞十首。

回心院

蕭觀音

掃深殿，閉久金鋪暗。遊絲絡網塵作堆，積歲青苔厚階面。掃深殿，待君宴。

拂象床，憑夢借高唐。敲壞半邊知妾臥，恰當天處少輝光。拂象床，待君王。

換香枕，一半無雲錦。為是秋來展轉①多，更有雙雙淚痕滲。換香枕，待君寢。

鋪翠被，羞殺鴛鴦對。猶憶當時叫合歡，而今獨覆相思塊。鋪翠被，待君睡。

裝繡帳，金鉤未敢上。解卻四角夜光珠，不教照見愁模樣。裝繡帳，待君貺。

疊錦茵，重重空自陳。只願身當白玉體，不願伊當薄命人。疊錦茵，待君臨。

展瑤席，花笑三韓碧。笑妾新鋪玉一床，從來婦歡不終夕。展瑤席，待君息。

剔銀燈，須知一樣明。偏是君來生彩暈，對妾故作青熒熒。剔銀燈，待君行。

爇熏爐，能將孤悶蘇。若道妾身多穢賤，自沾御香香徹膚。爇熏爐，待君娛。

張鳴箏，恰恰語嬌鶯。一從彈作房中曲，常和窗前風雨聲。張鳴箏，待君聽。

〔註〕①展轉：津逮祕書本《焚椒錄》作「轉展」。

蕭觀音的〈回心院〉詞，共十首，見於遼王鼎《焚椒錄》。蕭觀音是遼道宗耶律洪基的皇后，工書能詩，善彈箏、琵琶，能自製歌詞，甚得遼道宗的寵愛。後因道宗荒於遊獵，蕭后諷詩切諫，而被疏失寵，遂作〈回心院〉詞。這十首詞，從宴寢歡娛諸方面，聯章鋪敘，反覆詠嘆，組成了一個不可分割的整體，凸出地表現了作者希望重獲寵幸的迫切心情，同時也表現了宮闈失寵的寂寞與苦悶。

這十首詞，幾乎是同一格調，都是在起句從日常生活細節著手，用同樣的結構句式，提出女主人公的一種行動，這行動的受事者，如深殿，象床，香枕，翠被，錦茵等等，又都是最能撩起女主人公愛情之思的事物，然後再以這種事物為感情的觸發點，轉為觸景生情之筆，而以第五句複疊起句，緊接著以第六句點明首句所提出的行動的目的：掃深殿以待君宴，拂象床以待君王，換香枕以待君寢，張鳴箏以待君聽等等，落腳點皆在於「君」（指遼道宗），把一個被疏遠的幽閉深宮的女主人公纏綿悱惻的愛情之思，表現得淋漓盡致。這是我們應當注意的第一點。

第二，這十首詞又具有描繪細膩、抒情淒婉的特點。僅以第一首來說，其描繪的中心只是一個「殿」。作者首先用「深」、「暗」形容其總體形象，然後再用遊絲、塵埃、青苔加以烘托，而且遊絲是「絡網」的，塵埃是「作堆」的，青苔是「積歲」且厚厚鋪滿了「階面」的。透過這樣多層次的細緻描繪，把一座殿堂寫成了荒涼幽暗的世界，這正是「閉久」的象徵。皇后所居，荒幽如此，不言而喻，這皇后是被棄的。顯然，這一首中的景象描繪，意在為女主人公的形象烘托背景氣氛，以顯示其遭遇的不幸和心境的淒涼，同時也為以後的九首詞奠定了基調。其他幾首，每首一物，皆從這種特定遭遇出發，展開描繪，用詞命意，時見佳境。如寫「象床」「香枕」，皆著筆於「半邊」或「一半」，而寫「翠被」，則特別點出被面上的「鴛鴦對」——成對的鴛鴦，本來是美滿愛情的象徵，但作者卻以一個極富心理情態的「羞殺」加以否定，這樣就把曾經做過「鴛鴦對」而今只能獨臥半邊床的棄婦的形象勾勒了一個輪廓。

這十首詞所寫的「物」，除第一首的「深殿」外，其他九首都是瑣細而精巧的，床是「象床」（用象牙修飾的床），枕是「香枕」，被是「翠被」，帳是「繡帳」，茵（墊褥）是「錦茵」，席是「瑤席」，燈是「銀燈」，以至熏香的爐，鳴奏的箏，雖僅一字修飾，卻可見其精，物象羅列，極見其美。這自然是與「皇后」的身分相稱的。但是，盡精盡美之物，所引發出來的情，卻是至悲至淒的。「象床」上，只是一個獨臥半邊的「妾」，而另一「半邊」，本來是留給「君王」（即句中的「天」）的，可是，「敲」而至「壞」，卻不見他的「輝光」。「敲壞」一詞，極見情態，無限的孤獨，急切的期待，都在「敲壞」一詞中。而「香枕」，也是空留一半，作者又用「秋來展轉多」以寫這半枕孤寒之苦，苦不可耐，因而有「雙雙淚痕滲」的痛泣。「滲」，字似俗而意極深，非雙淚長流，不見其「滲」，換句話說，「滲」字中包含了女主人公長夜不眠、孤枕而泣的無限眼淚。這種「愁模樣」自然是不忍自視，也不堪見人的，故「裝繡帳」一首乃有「解卻四角夜光珠，不教照見愁模樣」之說。「剔銀燈」一首，擬情擬景，尤為委曲纏綿。就銀燈本身來說，女主人公明知它無偏無私，是一樣明亮的，但在她的主觀感覺上，卻是君來則明，獨對則暗：「偏是君來生彩暈」，因「君」來臨，不僅格外明亮，而且還能生出「彩暈（彩色的光圈）」來；反之，獨對「妾」時，則好像故意熒熒如青豆一點。這裡把人的感情賦予燈，明寫其燈，暗寫其情。銀燈的「彩暈」，實際上是女主人公燃燒於內心的愛情之光；而熒熒一點，也正表現了女主人公對愛情的難熬的期待。這十首詞的抒情，在細膩淒婉的共性下，又有其多變的一面：不僅有「敲壞半邊」的急切，「雙雙淚痕滲」的悲苦，「獨覆相思塊」的冷寂，同時又有「笑妾新鋪玉一床」這樣含淚的自嘲，「常和窗前風雨聲」的淒涼，而「只願身當白玉體，不願伊當薄命人」、「若道妾身多穢賤，自沾御香香徹膚」，則又如泣如訴，溫柔敦厚，情致纏綿，怨而不怒，女主人公的一顆純正的愛心，躍躍然如在目前。凡此，我們都可以看出作者在描寫與抒情上的高妙手段。

遼國的文學是落後的，詞作更為寥寥，唯有蕭后的〈回心院〉獨占春色，這是蕭觀音一生在學習漢文化進行詩詞創作上的藝術結晶。據王鼎《焚椒錄》記載，蕭后的〈回心院〉，在當時是「被之管絃」，可以演奏的。當時的演奏家趙惟一獨善其曲，而另一善箏及琵琶的宮婢單登，與趙惟一爭能，後來竟與權奸耶律乙辛串通一氣，誣陷蕭后，終於置蕭后於死地。從這裡，我們也可以看到這十首詞在當時的影響。

至於〈回心院〉是詩或是詞，前人頗有爭論。清況周頤《蕙風詞話》卷三斷言：「其詞既屬長短句，十闋一律，以氣格言，尤必不可謂詩；音節入古，香豔入骨，自是《花間》之遺……姜堯章言：『凡自度腔，率以意為長短句，而後協之以律。』懿德（遼道宗即位，立蕭觀音為懿德皇后）是詞，固已被之管絃，名之曰〈回心院〉，後人自可按腔填詞。」況氏並舉徐釚《詞苑叢談》、徐本立《詞律拾遺》均收入此作為證。這個意見很值得重視。（丘鳴皋）

吳激

【作者小傳】（？～一一四二）字彥高，號東山，建州（今福建建甌）人。宋宰相吳栻之子，書畫家米芾之婿。宋欽宗靖康末，使金被留，累官翰林待制。金熙宗皇統初，出知深州。詞風清婉。有《東山集》、《東山樂府》。存詞十首。

人月圓 吳激

南朝千古傷心事，猶唱後庭花。舊時王謝，堂前燕子，飛向誰家？恍然一夢，仙肌勝雪，宮髻堆鴉。江州司馬，青衫淚濕，同是天涯。

在北宋覆亡前後，有一批著名才子如宇文虛中、吳激等，以宋臣而留仕於金，風雪窮邊，故國萬里，內心是很矛盾和痛苦的。

據金劉祁《歸潛志》記載，有一次宇文虛中與吳激在張侍御家會宴，發現一佐酒歌姬原是宋朝宗室女子，曾嫁與宋徽宗生母陳皇后娘家的人，如今卻流落北方淪為歌妓了。宴會諸公感慨唏噓，皆作樂章一闋。宇文首賦〈念奴嬌〉，次及吳激，作上面這首〈人月圓〉。宇文〈念奴嬌〉是這樣寫的：

疏眉秀目，看來依舊是，宣和妝束。飛步盈盈姿媚巧，舉世知非凡俗。宋室宗姬，秦王幼女，曾嫁欽慈族。干戈浩蕩，事隨天地翻覆。

一笑邂逅相逢，勸人滿飲，旋旋吹橫竹。流落天涯俱是客，何必平生相熟。舊日黃華，如今憔悴，付與杯中醁。興亡休問，為伊且盡船玉。

宇文這首詞據事直書，把這位女子的妝束、丰采、出身遭遇，都寫得很具體。又寫宴會上邂逅相逢，見她吹笛勸酒，周旋於賓客之間，不勝今昔之慨。通篇用的全是紀實之筆。再來看吳激這首〈人月圓〉則完全另是一副筆墨，幾乎通篇都是化用唐人詩句，空靈蘊藉，唱嘆有情。杜牧〈泊秦淮〉詩云：「商女不知亡國恨，隔江猶唱後庭花。」〈人月圓〉頭兩句即用小杜詩意，以南朝指北宋，謂北宋之滅亡已成千古傷心事了，今遇故宋皇家女子猶唱舊時歌曲，令人感慨係之。接著「舊時王謝」三句，化用劉禹錫〈金陵五題：烏衣巷〉詩：「舊時王謝堂前燕，飛入尋常百姓家。」劉禹錫用今昔燕子的變化，暗示南朝王謝世家的衰敗。吳激則借用「飛入尋常百姓家」的「王謝燕」的形象，比喻這位皇家女子的淪落，感嘆北宋王朝的傾覆。皇宮倒塌了，覆巢之下，燕子又能「飛向誰家？」這一問，含有多少辛酸的眼淚，詞人不忍直說她如今淪落到何等地步，然而上面「猶唱後庭花」一句已經暗暗透露她的「商女」身分了。

吳激這首詞雖筆致空靈，但也必須有一兩句實寫，才不致使人撲朔迷離。因此，過片幾句推出前面暗示的「商女」形象：「仙肌勝雪，宮髻堆鴉。」她肌膚是那樣的晶瑩潔白，她的髮髻烏黑光溜，猶是舊時宮中式樣。這兩句描寫，不只是單純寫這位歌姬之美，而是從她的容顏梳妝，勾起了詞人對北宋故國舊事的回憶與懷念。所以詞人撫今追昔，有「恍然一夢」之感！

昔日皇家女子，今朝市井歌妓，這個對比太強烈了，不禁觸發了詞人故國之深悲，身世之同感。吳激想自己如今羈身北國，「十年風雪老窮邊」（金劉迎〈題吳彥高詩集後〉），自己和這位歌女不「同是天涯淪落人」麼？這自然使他想起當年白居易潯陽江頭遇琵琶女的情景，想起白居易的悲嘆：「同是天涯淪落人，相逢何必曾相識……座中泣下誰最多，江州司馬青衫濕。」（〈琵琶行〉）吳激在〈人月圓〉結尾三句便融合白詩意境，把自己和眼前這位歌姬，比為白居易之與琵琶女了。

將吳激〈人月圓〉與宇文虛中〈念奴嬌〉比較，高下立見。宇文詞說自己與這位「舉世知非凡俗」的歌女，「流落天涯俱是客」，「興亡休問，為伊且盡船玉（即酒杯）」，直說其事，直抒其情，自是索然寡味。而吳激則巧妙地將「猶唱後庭花」、「王謝堂前燕」、「同是天涯淪落人」諸詩句的意境，剪裁綴輯，融化一體，準確地暗示出所要寫的事，並使之恰如其分地表現自己的思想感情。看去雖用古人句，而能以故為新，「思致含蓄甚遠，不露圭角」（《歸潛志》），渾然天成。《歸潛志》載，當時身為文壇盟主的宇文虛中，本視吳激為後進。自〈人月圓〉一出，刮目相看，自愧不如，從此對他推崇備至。

北宋中葉以後，填詞漸趨工巧，隱括唐人詩句填詞，蔚為風氣。賀鑄、周邦彥、吳文英都擅長此道。吳激這首詞運用古人詩句，渾然天成，如自其口出，能以人巧與天工相吻合，也是一首成功的隱括體。（高原）

春從天上來

吳激

會寧府遇老姬，善鼓瑟。自言梨園舊籍，因感而賦此。

海角飄零。嘆漢苑秦宮，墜露飛螢。夢裡天上，金屋銀屏。歌吹競舉青冥。問當時遺譜，有絕藝、鼓瑟湘靈。促哀彈，似林鶯嚦嚦，山溜泠泠。梨園太平樂府，醉幾度春風，鬢變星星。舞破中原，塵飛滄海，飛雪萬里龍庭。寫胡笳幽怨，人憔悴、不似丹青。酒微醒。對一窗涼月，燈火青熒。

由詞的小序可知，這首詞的創作契機，是因為在會寧府遇見流離在北的南宋歌女，作者重聞承平遺曲，勾起了故國舊君之思和干戈漂流之根。這種寫作背景決定了詞的主旨和全篇的情調。

詞的上片，寫聽老姬鼓瑟的情形。起句「海角飄零」，突兀而沉痛，是寫老姬，也是寫作者自己，有所謂「同是天涯淪落人」（白居易〈琵琶行〉）之意。這四字是全詞情緒生發之根。以下四句，既暗示了徽、欽二帝蒙塵的背景，又表現了故國當年的情思意緒。「歌吹」句以下，乃正面描述老姬鼓瑟的情景。

換頭宕開筆墨。詞人憑藉著宛轉的琴聲，神遊故國，在一瞬間回顧了國家和個人的遭際。老姬彈奏的是「當時遺譜」，承平之曲，眼下卻是二帝被擄，山河破碎，詞人自己和歌姬皆流落敵國，鬢變星星，故無論奏者、聽者，都不免黯然神傷。清陳廷焯《詞則．大雅集》於此數句旁加密圈，批曰：「故君之思，惻然動人。」其實詞人更多的是慨嘆國恥國難。「舞破中原」句，從杜牧〈過華清宮絕句三首〉其二「霓裳一曲千峰上，舞破中原始下來」化出。白居易〈長恨歌〉亦云：「緩歌慢舞凝絲竹，盡日君王看不足。漁陽鼙鼓動地來，驚破霓裳羽衣曲。」從作者的點化造句來看，對風流皇帝宋徽宗不無譴責。「寫胡笳幽怨」三句，是說老姬流落北國，無情歲月和胡地冰霜已使她憔悴，不再是畫中美人般的容貌了。結尾畫面淡出，回到詞人居室，面對青燈涼月，耳邊似還繚繞著老姬的琴聲，而家國之痛，不能自已。

這首詞的章法，渾成而富於變化。過去與眼前，實景與虛景，交錯而出，融為一體。除「海角飄零」一句陳述身世外，其餘全是畫面的疊印。「漢苑秦宮，墜露飛螢」是懸想；「金屋銀屏」是夢境；「歌吹競舉」等句本是眼前實景，但與「梨園太平樂府」相映，實中亦有虛。「舞破中原」一句，驚心動魄，彷彿戰塵彌漫、干戈撞擊，疊印在輕歌曼舞的畫面上。作者用老姬的形象與琴聲作為串連畫面的線索，幻變開合，渾化無跡。結尾處，對過去的聯翩浮想，飄飄漾漾，合了攏來，化入眼前老姬的憔悴面容。結句一線輕飄，又從會寧府歌吹喧闐的場面化出，回到詞人涼月輕燈的住所，於是老姬鼓瑟的情景也成陳跡，恍然一場春夢了。

在這多層次的畫面組合中，詞人著力凸出的是往昔與現實的對比。夢裡是天上人間，金屋銀屏（這種對故國的記憶已經被詞人的感情美化了），現實是國破家亡，二帝被擄，漢苑秦宮，一片蕭索。青春年少的歌女，如今成了憔悴的老嫗；往日的承平之音，如今已是玉樹歌殘的後庭遺曲。這種強烈的對比，傳達了詞人內心的情感波瀾，造成了震撼人心的感染力。（張仲謀）

張中孚

【作者小傳】字信甫，號長谷老人。先世自安定徙居張義堡（屬鎮戎軍，今寧夏固原）。先仕於宋，後降金。曾任參知政事、尚書左丞。金海陵煬王貞元中（一一五三～一一五六）卒，年五十九。喜讀書，能書翰。著有《三谷集》。詞存一首。

驀山溪　張中孚

山河百二①，自古關中好。壯歲喜功名，擁征鞍、雕裘繡帽。時移事改，萍梗落江湖，聽楚語，厭蠻歌，往事知多少？蒼顏白髮，故里欣重到。老馬省曾行②，也頻嘶、冷煙殘照。終南山色，不改舊時青③；長安道，一回來，須信一回老。

〔註〕①山河百二：《史記·高祖本紀》：「秦，形勝之國，帶河山之險，懸隔千里，持戟百萬，秦得百二焉。」此用以形容山川形勢的險固。②老馬省曾行：《韓非子·說林上》：「管仲、隰朋從於桓公而伐孤竹，春往冬反，迷惑失道。管仲曰：『老馬之智可用也。』乃放老馬而隨之，遂得道。」後人概括為成語「老馬識途」。③「終南」二句：劉禹錫〈初至長安時自外郡再授郎官〉詩：「左遷凡二紀，

重見帝城春。老大歸朝客，平安出嶺人。每行經舊處，卻想似前身。不改南山色，其餘事事新。」

張中孚，其父仕宋至太師，封慶國公。中孚以父蔭補承節郎，在宋累官知鎮戎軍兼安撫使。金太宗天會九年（一一三一）降金。由於他一生歷事宋、金和偽齊劉豫，所以史家對他大加譏評，說他和其弟中彥「雖有小惠足稱，然以宋大臣之子，父戰沒於金，若金若齊，義皆不共戴天之仇。金以地與齊則甘心臣齊，以地歸宋則忍恥臣宋，金取其地則又比肩臣金，若趨市然，唯利所在」（見《金史》本傳）。然而，對於自己的生活經歷，張中孚未必就那麼心甘情願和心安理得。從這首詞中，或多或少可以看出他在回憶往事時的辛酸之情。

上半闋是對自己人生旅程的追述。他少壯之時，喜好功名，貂裘繡帽，躍馬橫戈，誠然是一位意氣風發、奮力進取的偉丈夫。但是隨著「時移事改」，作者昔日的激情逐漸消失殆盡。他彷彿浮萍斷梗，隨水飄浮，身不由己。在上半闋的後幾句中，從淪落江湖的「萍梗」這一形象上，從「往事知多少」（本李後主〈虞美人〉詞句）這一言簡意賅的深沉喟嘆中，可以體會到作者對自己後半生的遺憾和悔恨。

下半闋抒發自己重返故里時的心情和感受。傷時嘆老，本是文人詞客的常見心理。但這篇作品中流露的遲暮之感卻又頗不同於他人。暮年回鄉，應該是欣喜的，故里的一草一木，都是那麼熟悉，那麼親切。然而作者於此地出生成長，於此地仕宋守土，又於此地舉軍降金。經過後半生的折騰，此番回鄉，景物依稀似舊，而人已老大，情懷亦不似舊時了。故接著寫老馬雖識途，但見到眼前「冷煙殘照」的景況，也為之不安而嘶鳴。這裡借馬而說自己，轉入自述歸家時心境的不堪。末韻五句連用兩典。「終南山色，不改舊時青」，括用劉禹錫詩意以寄感慨。劉詩「不改南山色」是陪筆，「其餘事事新」才是主意，慨嘆貶離長安二十三年之後重來，朝中又換了一批新貴。此詞借說山色依舊而自己卻日趨老大，不只生理上的、更是心理上的「老」。「長安道」

以下數句，用白居易〈長安道〉詩「君不見：外州客，長安道；一回來，一回老」原句，加以「須信」二字，承認前人所說的話深得吾心。句中充滿了對人事世情變化的複雜感情，借他人言語，說自己心情，可謂不寫之寫，又盡而無盡。

這首詞在藝術技巧上有它的獨特之處。首先，它在構思上採取了山迴溪轉、曲盡其意的手法。詞一開頭，先說自己「壯歲喜功名」時的行為，接著筆鋒一轉，敘述自己如萍梗之落江湖後的經歷，然後用「往事知多少」這一感嘆結束對往事的回憶，轉入對暮年回鄉之時的描寫。如果說上半闋中還只是在時事上跌宕起伏，那麼在下半闋中，他則要作思想感情上的騰挪搖曳了。下半闋先說自己重返故里，為之歡欣。按一般作法，全詞完全可以在一片歡快氣氛中結束。然而出乎意料，在最後幾句，作者筆鋒突然一轉，用「長安道，一回來，須信一回老」的傷感作結。正由於這種構思上的曲折多變，全詞就給人一種峰巒層出之感。作者不同的經歷和不同的感受之所以能在一首中等長度的詞中基本得到體現，也正是憑藉了這種山迴溪轉的構思。其次，清況周頤《蕙風詞話》卷三說：這首詞「以清遒之筆，寫慨慷之懷。冷煙殘照，老馬頻嘶，何其情之一往而深也。昔人評詩，有云『剛健含婀娜』，余於此詞亦云」。我們說，此詞不僅剛健之中含婀娜，而且這種手法的運用，又恰到好處地與作者本人的經歷和心境相結合。當追述少年經歷時，作者的筆觸是剛健的，而一旦敘寫老年的感受，則又略帶陰柔。正因為此詞以清遒之筆寫慷慨之懷，於剛健之中亦含婀娜，故在尊崇蘇軾豪放風格的金人詞作中，讀來別有一番韻致。（徐少舟）

蔡松年

【作者小傳】（一一〇七～一一五九）字伯堅，號蕭閒老人，真定（今河北正定）人。仕金官至尚書右丞相，封衛國公。文辭清雅，與吳激齊名，稱吳蔡體。著有《蕭閒公集》、《明秀集》。存詞八十四首。

念奴嬌

蔡松年

還都後，諸公見追和赤壁詞，用韻者凡六人，亦復重賦。

離騷痛飲，笑人生佳處，能消何物。夷甫當年成底事，空想巖巖玉壁。五畝蒼煙，一丘寒碧，歲晚憂風雪。西州扶病，至今悲感前傑。

我夢卜築蕭閒，覺來巖桂，十里幽香發。嵬隗胸中冰與炭，一酌春風都滅。勝日神交，悠然得意，遺恨無毫髮。古今同致，永和徒記年月。

這首詞的上片，間接表達了詞人對現實的不滿和對官場的厭倦，為下片抒發隱居避世的生活志趣作鋪墊。

開頭三句，說人生最得意事，無如飲酒讀〈離騷〉。「痛」字，「笑」字，相排而出，奠定了激越曠放的基本情調。夷甫是東晉名士王衍的字。顧愷之〈夷甫畫贊〉稱「夷甫天形瑰特，識者以為巖巖秀峙，壁立千仞」。王衍清雅有才氣，而隨時俯仰，唯談老莊為事。後為石勒所殺。死前顧而言曰：「嗚呼，吾曹雖不如古人，向若不祖尚浮虛，戮力以匡天下，猶可不至今日。」（《晉書．王衍傳》）「西州扶病」，用謝安故事。謝安為東晉名臣，文才武略兼備，嘗有天下之志。淝水大捷後命將揮師北進，一度收復河南失地。然終因位高招忌，被迫出鎮廣陵，不問朝政。西州在今南京市區西南面，為晉揚州刺史治所。晉孝武帝太元十年（三八五），謝安扶病輿入西州門，不久病逝。詞中稱引這兩個歷史人物，表現了作者矛盾的心理情緒。他對王衍的迴避現實祖尚浮虛有所不滿，對謝安的齎志以歿深表同情和怨憤。但是謝安所以不能施展才識，乃時勢所限，朝廷中的傾軋排擠，使他不得不急流勇退。作者徘徊在出世與入世、積極與消極的邊緣，他選擇的正是他所不滿的人生道路。飲酒讀〈離騷〉，是消化內心塊壘的手段，而隱居避世，則是作者引領以望的平安歸宿。「五畝蒼煙，一丘寒碧」，蓋指詞人所經營的鎮陽別業。「五畝」、「一丘」，皆借指退隱之所。白居易〈池上篇〉詩序略云於洛陽履道里西北隅營宅為退老之地，詩云：「十畝之宅，五畝之園，有水一池，有竹千竿。勿謂土狹，勿謂地偏；足以容膝，足以息肩。……」故蘇軾〈司馬君實獨樂園〉詩「中有五畝園，花竹秀而野」，又〈六年正月二十日，復出東門，仍用前韻〉詩「五畝漸成終老計」，都用此典。蔡松年〈水調歌頭．送陳詠之歸鎮陽〉，有「共約經營五畝，臥看西山煙雨」之句，同此。「一丘」用《漢書．敘傳》：「漁釣於一壑，則萬物不奸其志；棲遲於一丘，則天下不易其樂。」「蒼煙」、「寒碧」，總寫別業園林山水草木之秀潤。「歲晚憂風雪」是有感於現實的憂患意識。這既是現實的折映，又有歷史的借鑑。這種對家山的懷想，置於兩個歷史人物的中間，彷彿是壓抑不住的潛意識，也正反映了他徘徊歧路的精神狀態。

下片正面抒寫歸隱之志和超脫之樂。換頭借夢生發，一葦飛渡，由京都到鎮陽別墅，也等於由現實到理想。鎮陽別墅有蕭閒堂，作者因自號蕭閒老人。桂花飄香，酒澆壘塊，知己相聚，清談賦詩，人生如此，可謂毫髮無遺恨。（杜甫〈敬贈鄭諫議十韻〉：「毫髮無遺恨。」）這是作者所勾畫的暮年行樂圖。韓愈〈聽穎師彈琴〉詩「無以冰炭置我腸」，宋廖瑩中注引郭象《莊子注》：「喜懼戰於胸中，固已結冰炭於五藏矣。」這兩句詞說胸中雜有相矛盾的喜懼之情，不平之氣，遇酒（「春風」謂酒。黃庭堅〈次韻楊君全送酒〉：「杯面春風繞鼻香。」）都歸於消滅，無喜亦無憂。結句回到諸公相聚唱和的背景上來。勝日神交，古今同致，王羲之〈蘭亭集序〉又何必記「永和九年，歲在癸丑」呢！

這首詞上下兩片，情緒相逆相生。上片悲慨今古，鬱怒清深；下片矯首遐觀，入於曠達自適之境。其實胸中壘塊並未澆滅，不過用理智的醉意暫時驅遣，強令忘卻，故曠達中時露悲涼。

詞的前、中、後三處，提及三個東晉名士，雖非詠史，卻得園林借景之妙。明人計成《園冶》謂，「園林巧於因借」，詩詞用典之妙，與此相通。蔡松年雖然官運通達，畢竟是南人北來者，於現實是非不得不有所規避。「至今悲感前傑」一句，不僅是對謝安的齎志以歿表示痛惜，亦有弔古傷今、古今同愁的悲慨。詞中並不直接褒貶現實，而「隔籬呼取」，寓主意於客位，提示而不露圭角。

元好問《中州集》曰：「此公樂府中最得意者，讀之則其平生自處為可見矣。」蔡松年詞品，有兩大源頭，一是他在詞中反覆道及的「東晉奇韻」，二是東坡樂府的清曠詞風。這首詞用韻追和蘇軾，用典取諸東晉，聯繫整個《明秀集》來看，不是偶然的。這首詞的音調清雄頓挫，有敲金戛玉之聲。「五畝蒼煙，一丘寒碧」，「覺來巖桂，十里幽香發」，淨洗鉛粉，別作高寒境。清況周頤《蕙風詞話》謂「金詞清勁能樹骨」，這首詞不僅可以視為蔡松年的代表作，置諸元好問所編的《中州樂府》，也是很有代表性的。（張仲謀）

相見歡　蔡松年

九日種菊西巖，雲根石縫，金葩玉蕊遍之。夜置酒前軒，花間列蜜炬，風泉悲鳴，爐香蓊於岩穴。故人陳公輔坐石橫琴，蕭然有塵外趣，要余作數語，使清音者度之。

雲間晚溜琅琅，泛爐香，一段斜川松菊瘦而芳。
人如鵠，琴如玉，月如霜。一曲清商人物兩相忘。

這首小令僅有三十六字，卻創造出一個耐人留連品味的境界。這個境界的主要特徵，只是一個字：清。泉水清澈，月光清冽，其清在色，清與濁相對。水流琅琅，琴質如玉，其清在聲，清與雜相對。青松挺立，黃菊離披，其清在骨，清瘦與肥膩相對。爐香裊裊，菊香沁人，其清在氣，清淡與甜俗相對。總之，詞中意象，無一不清。外在的清景與無機心、無名利之想的人的心靈，內外相映，遂覺冰心玉壺，表裡澄澈。

清境之中，詞人又用點示性筆墨，借千古隱逸之祖陶淵明為詩境點綴。「一段斜川松菊」，似用典非用典，稍稍提綴，韻致得來不覺。陶淵明曾「與二三鄰曲，同遊斜川」，並有詩紀其事。這裡提及斜川，一是以眼前摯友相聚，風物情趣不減當年斜川之遊；但更重要的是斜川是與陶淵明的名字聯繫在一起的，提及斜川，就能喚起對陶淵明清曠高古的精神風貌的感知。陶淵明多次詠嘆過松與菊。〈和郭主簿〉其二云：「芳菊開林耀，青松冠巖列。懷此貞秀姿，卓為霜下傑。」這種高潔的風致與〈飲酒二十首〉其五「採菊東籬下，悠然見南山」

的蕭閒心境，是作者心折和讀者熟習的，稍加點示，便如軒窗洞開，清風灑然，不期而至。

和多數詞作不同，這首詞裡幾乎沒有什麼抒情的字眼，純乎寫景。作者沒有表示對擾擾紅塵、名韁利鎖的厭倦，也沒有表述自己的耿介獨立、隱居避世之志，只是淡墨白描，繪出一幅清景，卻使人自覺其中乃陶淵明、林和靖一輩人物。閒雲松菊，非象徵也非寄託，而其中自有意趣。（張仲謀）

鷓鴣天　蔡松年

賞荷

秀樾橫塘十里香，水花晚色靜年芳。胭脂雪瘦熏沉水，翡翠盤高走夜光。山黛遠，月波長。暮雲秋影蘸瀟湘。醉魂應逐凌波夢，分付西風此夜涼。

歷代詠荷詩詞頗多，小荷、豔荷、殘荷、枯荷，都為人詠嘆過。這首詞所寫的是初秋時節、黃昏月下的荷塘景色。

作者用筆極有層次。首二句寫荷塘的總體風貌，作為全詞意境的框架。清疏的樹影（樾，音同越，樹陰），環繞著十里荷塘。「水花」即荷花。《藝文類聚》卷八十二〈芙蕖〉引《古今註》：「一名水花。」入晚的荷花，境靜而香幽，別具一種風致。次句從杜甫〈曲江對雨〉詩化出。杜詩原句為：「城上春雲覆苑牆，江亭晚色靜年芳。」「年芳」猶言一年中最好的光景。此句中暗寓流連光景之意，為下片抒情張本。下面二句，視點由遠而近，一句寫荷花，一句寫荷葉。「胭脂雪」，謂雜紅白之色。蘇軾〈寒食雨二首〉其一云：「臥聞海棠花，泥汙燕支雪。」詞語或本此，既是對荷花紅中有白、白裡透紅色彩的巧言摹狀，又因為胭脂乃女子塗面的化妝品，前代詩詞又有以荷葉比羅裙，以荷花比人面的習慣，所以又使人依稀想見女子皎潔秀美的容顏。「沉水」，沉香的別稱，閨房熏用。謂荷香如熏香，亦從美人生發。翡翠盤是指荷葉。夜光，珠名，這裡借指荷葉上滾動的水珠。

下片換頭，不寫水而寫山，不寫荷而寫月，遠處著墨，情韻四合。山黛空濛，月波流轉，暮雲秋影，倒蘸波間，融成一個清幽朦朧的境界。古人常以黛色的遠山比女子眉峰，以一泓清波比女子眼光，此則似喻非喻，構想似從黃庭堅〈西江月〉「遠山橫黛蘸秋波」化出，讀之恍覺山眉水目，顧盼含情。「瀟湘」和「橫塘」一樣，不是專指地名，而是用來代指水塘，而「瀟湘」二字，卻會憑空給人一種清潤含蓄的語感。末二句是詞人有感於斯景生發的逸想，表現了他對美好年光的眷戀之情。曹植〈洛神賦〉云「灼若芙蕖出淥波」，又「凌波微步，羅襪生塵」，後世因稱荷花為凌波仙子。「分付」，猶言打發、消遣。末二句意謂：荷花香豔，涼夜清風，正當及時品賞；不然年芳逝去，將難追悔。這與歷代賞花詩詞一樣，歸結於留連光景的情意。

這首詞的風格，正如月下荷塘，清虛騷雅，暗香襲人。題為「賞荷」，卻不在荷之本身精雕細刻，而是借天光雲影、山容水態，渲染烘托，淡遠取神，造成一種幽靜溫馨的抒情氛圍。即使正面寫荷的兩句，也是以比為賦，借物傳神，使美女與嬌花疊映，物象與人情一體。在遣詞用字上，作者精揀淘洗，用秀、靜、瘦、遠，力避穠豔肥膩。金王若虛《滹南詩話》謂：「蕭閒樂善堂賞荷詞，『胭脂膚（異文）瘦熏沉水，翡翠盤高走夜光』，世多稱之。此句誠佳，然蓮體實肥，不宜言瘦。予友彭子昇嘗易『膩』字，此似差勝。」王若虛此論實為隔靴搔癢，彭子昇改字亦化玉為石。詩詞皆有別趣，正不必拘泥於物理。（張仲謀）

完顏亮

【作者小傳】（一一二二～一一六一）金海陵王，字元功。金熙宗時任丞相。皇統九年（一一四九）殺熙宗自立。貞元元年（一一五三）遷都燕京，更名中都。正隆六年（一一六一），南下攻宋，為部下所殺。存詞四首。

鵲橋仙　完顏亮

待月

停杯不舉，停歌不發，等候銀蟾出海。不知何處片雲來，做許大、通天障礙。

虯髯撚斷，星眸睜裂，唯恨劍鋒不快。一揮截斷紫雲腰，仔細看、嫦娥體態。

這首詞最早見於宋岳珂《桯史》卷八〈逆亮辭怪〉。完顏亮中秋待月不至，乃賦此詞，極寫其力排障礙以觀嫦娥的心情，抒發了橫厲恣肆不可一世的氣概。

詞的上片寫待月不至，為雲所遮蔽。起句「停杯」三句，寫待月。「停杯不舉，停歌不發」，直寫一個「待」字，靜默之中隱含熱烈，盼望之殷切，等待之焦灼，皆含蘊在字裡行間；「等候銀蟾出海」，是一句解釋性的話，點明杯不舉、歌不發的原因，引出「月」字。「銀蟾」，即月亮。古代神話說月中有蟾蜍，又因月有銀輝，後因以「銀蟾」喻月。唐李中〈思朐陽春遊感舊寄柴司徒〉有「銀蟾飛出海東頭」的詩句。停酒停歌而專等「銀蟾出海」，顯然，作者對銀蟾的期待已勝於對美酒和歌舞的嗜慾。作者繼以「不知何處片雲來」兩句作轉折，謂片雲遮月，遂成「通天障礙」，大煞風景，於是波瀾陡生，熱切的期待化為冰冷的失望。這期待與失望的激蕩，乃產生了這首詞的橫厲恣肆、劍拔弩張的下片。下片寫欲截雲看月，同時也生動傳神地刻畫了作者的自我形象。「虬髯撚斷，星眸睜裂」，寫作者因片雲遮月而引起的憤怒與焦躁，亦極寫待月心情的急切，寥寥八字，其粗豪畢見。「唯恨劍鋒不快」，則由外貌形象轉入心理活動，使「虬髯撚斷，星眸睜裂」的思想內涵由恨片雲之遮月，更進一層轉恨劍鋒之不快，而由恨劍鋒之不快，更見其恨片雲之遮月。同時，這句也有轉出下文的作用，「一揮」兩句即從此句轉出。因此，這一句實為下片起結之間的津梁。結句「一揮截斷紫雲腰，仔細看、嫦娥體態」，是作者的設想之辭，亦極寫其待月、看月心情之急切。「紫雲」，原指祥瑞之雲，古時以為王者之象。這裡字面意思是指月光穿射雲層所形成的彩雲景象。「嫦娥」，古代神話中的月中女神，神話中有「嫦娥奔月」的故事，古代文學作品又把她作為美人的典型。這首詞的結句無疑是殺機畢露的。它語意雙關，字面上是說截雲看月，骨子裡卻有作者對南宋的覬覦。據岳珂《桯史》，完顏亮「遷汴之歲，已弒其母矣。又二日而中秋，待月不至，賦〈鵲橋仙〉」。考完顏亮「遷汴之歲」，在其正隆六年（一一六一）六月；「弒其母」則在同年八月。如此，則此詞之寫作，當在這年的中秋。當時完顏亮正在準備大規模地進攻南宋。中秋之後，九月份，即起兵二十七萬（號稱百萬）分四路攻宋，完顏亮親自率領三十二路總管兵南下，十一月下旬，金兵已集結於揚州瓜洲渡口①。這首詞寫在這種臨戰的背景之下，正是作者運籌帷幄、心潮起伏之時，故於詞中即景抒情，卒章見志，寄意叵測。但其殺機已不可掩飾，似乎可以一戰而滅宋，有「三秋桂子，十里荷花」的江南即在把握之中，正可「仔細看、嫦娥體態」了。

這首詞的顯著特色，在於剗盡浮詞，直抒本色。就語言來說，它語語本色、自然，不著色相，不落言筌，毫無詞中慣見的那種文縐縐、酸溜溜的陳腐氣，更無充斥詞壇的那種綺羅香澤的脂粉氣。就格調來說，它豪橫駿爽，劍拔弩張，桀驁之氣溢於辭表，與旖旎作態、撲朔迷離的所謂傳統格調是絕緣的。這一點，在詞的下片表現得尤為凸出。所以，宋嚴有翼《藝苑雌黃》說它「俚而實豪」（清馮金伯《詞苑萃編》引），清徐釚《詞苑叢談》說它「出語崛強，真是咄咄逼人」。完顏亮的詞，現存四首，大都有這種橫空出世的氣概。這首詞的直抒本色，還表現在它自然地、真實地寫出了作者自己的真面目、真性情。清沈祥龍《論詞隨筆》說：「古詩云：『識曲聽其真。』真者，性情也。性情不可強，觀稼軒詞知為豪傑，觀白石詞知為才人。其真處有自然流出者。詞品之高低，當於此辨之。」完顏亮的這首詞，也同樣是真性情的流露，觀其詞則知其為強橫而進取的霸星。他「為人僄急，多猜忌，殘忍任數」（《金史·海陵紀》），「頗知書，好為詩詞，語出輒崛強慗慗（同「整」），有不為人下之意」（《桯史》）。他在為藩王時，就久懷謀位之心，曾有題扇詩曰「大柄若在手，清風滿天下」（金劉祁《歸潛志》），又有述懷詩曰「等待一朝頭角就，撼搖霹靂震山河」（《桯史》），終以利劍弒熙宗完顏亶而自立。得志之後，又蓄謀侵宋。宋羅大經《鶴林玉露》說：柳永〈望海潮〉詠錢塘之詞流播，「金主亮聞歌，欣然有慕於『三秋桂子、十里荷花』，遂起投鞭渡江之志。」他曾使畫工圖臨安（杭州）城邑及吳山、西湖之勝，而於吳山絕頂「貌己之狀，策馬而立」，並題詩其上，有「提兵百萬西湖側，立馬吳山第一峰」句②。這首〈鵲橋仙〉，均與之同格調、同氣魄，自然而真實地流露了作者的強橫而進取的真形象、真性情。「停杯」、「停歌」云云，已給人以箭在弦上引而待發之感，隱含一股威懾之力；「虯髯」、「撚」而至「斷」，「星眸」、「睜」而至「裂」，其沉雄慓悍的形象性格已和盤托出；「唯恨劍鋒不快」，益見其橫狠；「一揮」兩句，更如驕馬弄環，千里之志，一望而知。文學作品，貴真實，貴自然。這在詞中卻是比較難以做到的，而完顏亮的這首〈鵲

橋仙〉，卻能兼而有之，這正是它的藝術生命力之所在。（丘鳴皋）

〔註〕①這次出兵的結局是：十一月二十六日，完顏亮勒令將士於次日在瓜洲渡江。次日拂曉，將領耶律元宜率將士襲擊完顏亮營帳，完顏亮死於亂箭之下，金兵北撤。②詩見宋徐夢莘《三朝北盟會編》引宋張棣《正隆事跡記》，亦見《程史》。此詩一說由翰林修撰蔡珪代作。

蔡珪

【作者小傳】（?~一一七四）字正甫，真定（今河北正定）人。蔡松年之子。金海陵煬王天德三年（一一五一）進士。官至禮部郎中，封真定縣男。學識淵博，精於考古。著有《續歐陽文忠公集古錄》、《金石遺文》、《古器類編》、《補南北史志書》、《水經補亡》等。詞存一首，附《蕭閒公集》後。

江城子 蔡珪

王溫季①自北都歸，過予三河，坐中賦此。

鵲聲迎客到庭除。問誰歟？故人車。千里歸來，塵色半征裾。珍重主人留客意，奴白飯，馬青芻。

東城入眼杏千株。雪模糊，俯平湖。與子花間，隨分倒金壺。歸報東垣詩社友，曾念我，醉狂無？

〔註〕①王溫季：一作王季溫。

這是首客中送客的佳作。

詞作起筆不平，「鵲聲迎客到庭除」一句便有無限魅力。客來不寫客，卻從吉祥使者喜鵲著筆，由牠那清脆歡樂的聲音引出來客，真是未見客人先聞鵲聲！這鵲聲由遠及近彷彿代主迎客，殷勤十分；牠打破靜謐，渲染出一片歡樂氣氛，又迫使讀者去循聲尋人，同時為客人出場布置好了環境。來者是誰？「問誰歟？故人車」，既是自問自答，又是承前意，接客出場。句間交接如行雲流水，自然圓潤。但此二句，仍然是只見其車，未見其人。「千里」二句已是由車至人，可以清楚地看見來客面貌，但作者卻攝取富有形象特徵的「塵色半征裾」，故友他鄉重逢時的萬語千言都被濃縮壓進這一鮮明形象之中，也正是在這既驚且愕的凝視中，襯托出主人乍喜又疑、「相對如夢寐」（杜甫〈羌村三首〉其一）的特殊心理狀態。經過「鵲聲」、「車」、「征裾」這一由遠及近的過程，客人才緩緩登場。至此，作者不滯留於相見之事，隨即避實就虛，宕開一筆，去寫「留客意」，他也不直寫如何勸客小憩，而用側筆寫殷勤待其侍從：賞奴白飯，餵馬青芻。這裡作者妙用杜甫〈入奏行贈西山檢察使竇侍御〉「為君酤酒滿眼酤，與奴白飯馬青芻」入詞，順手拈來，自然貼切，並由此襯托了主人待客之熱情，留客之意誠。侍從若此，客人如何？

「東城入眼杏千株」，下闋以鋪寫景物發端，巧妙承上啟下：延友遊樂，極盡東道之誼，是上闋「留客意」的繼續，真所謂語斷而意不斷；賞花東城，是介紹時間、地點，為下闋遊樂張本，為分別作鋪墊，真所謂意到而語無痕！「雪模糊」二句繼續寫景，以雪花比杏花，簡單六字，便勾勒出一幅仲春圖畫：杏樹匝匝，白花紛紛，透過那樹間花隙看去，只見一泓春水，滿湖漣漪。在這綺麗春光中，主客開懷暢飲，一觴一觴……這既是主客相會之樂事，又是文人相處之雅致，從而將相留之意正面揭出，也將相得之樂推向高潮。卒章三句，作者筆鋒再轉，文勢隨之一折，由留處之樂，轉入別去之念。東垣（今河北正定），是客人此去的目的地，也是作者的故鄉，親朋很多，故曰「歸報」。是歸報客中送客的惆悵？思鄉懷人的情愫？抑或為官他鄉的孤寂？如此種種愁腸，怎能「歸報」呢？作者用進層寫法故設疑問，又作一振：「曾念我，醉狂無？」不說我念故人，卻說不知故人曾念我否，並順筆照應序中「過」字。筆墨搖曳多姿，情致顯得通脫瀟灑，然而被抑制於作者心中的愁思也就愈濃愈烈了。

全詞首尾圓合，詞意迭變，筆鋒多姿，是金代詞壇上的佳作。難怪元好問說「國初文士如宇文太學、蔡丞相、吳深州……皆宋儒，難以國朝文派論之，故斷自正甫（蔡珪），為正傳之宗」（《中州集》）。（陳順智）

劉著

【作者小傳】字鵬南，皖城（今安徽潛山）人。宋徽宗宣、政間進士。入金歷任州縣。年六十餘，始入翰林，充修撰，終於忻州刺史。詞存一首。

鷓鴣天

劉著

雪照山城玉指寒，一聲羌管怨樓間。江南幾度梅花發，人在天涯鬢已斑。星點點，月團團。倒流河漢入杯盤。翰林風月三千首，寄與吳姬忍淚看。

這首詞從「寄與吳姬」的字面看，當是作者客居北地時的懷人之作。上片狀別離滋味，下片抒思念情懷。寫得情真意摯，清麗綿密而又自然健朗，筆墨別具一格。

「雪照山城玉指寒，一聲羌管怨樓間。」起拍，追懷往日那次難忘的離別場面。山城雪照，一個嚴寒的冬日。山城指南方某地，作者與所愛者分攜之處。「悲莫悲兮生別離」（屈原〈少司命〉），離筵別管充滿了悲涼的氣氛。玉指寒，既點冬令，又兼示離人心上的淒清寒意。羌管，即笛，吹梅笛怨，也許是她在小樓上奏起的一曲〈梅花落〉吧。羌管悠悠，離愁滿目。這兩句自「細雨夢回雞塞遠，小樓吹徹玉笙寒」（南唐李璟〈山花子〉）化出，而景情切合，纏綿哀感，深得脫胎換骨之妙。這一別，黯然銷魂，情難自禁；從此後，相思兩地，再見何年。下面的「江南幾度梅花發」，接得如行雲流水，自然無跡。由笛怨聲聲到梅花幾度，暗示著江南的梅花開了又落，落了又開，情天恨海，逝者如斯。無情的歲月早經染白了主人公的青青雙鬢。追憶別時，恍如昨日。整個上片，讀來已覺迴腸蕩氣。

下片，由當年寫到此夕，感情進一步深化。天涯霜月又今宵。茫茫百感，襲上心頭，除了詩和酒，世上還有什麼能寄託自己的思戀，消遣自己的愁懷！換頭先說飲酒。一片深愁待酒澆。蒼茫無際的天野，有星光作伴，月色相陪，還是開懷痛飲，不管一切吧。這幾句大有「盡吸西江，細斟北斗，萬象為賓客」（張孝祥〈念奴嬌．過洞庭〉）的氣勢，「倒流河漢」，等於說吸盡銀河；更巧妙的是暗中融化了李賀「酒酣喝月使倒行」（〈秦王飲酒〉）的意境，痛飲淋漓，忘乎所以，恨不得令銀河倒流，讓辰光倒轉，把自己的一腔鬱悶，驅除個乾淨。興會不可謂不酣暢了。然而，酒入愁腸，化作的畢竟是相思淚啊！緊接著，一氣呵成的，就是放筆疾書，不可遏止地傾訴，無所顧忌地抒懷，要將那無窮的往事、別後的相思，要將那塵滿面、鬢如霜的感慨，要將那但願人長久、千里共嬋娟的祝願，一齊瀉向筆端。可這些，又豈是有限的篇章、區區的言語所能表達，他只好借助於歐陽脩〈贈王介甫〉的成句，動用一下「翰林風月三千首」了。而竟夕嗚咽、愁情滿紙的詩篇，寄與伊人，將又會帶給她多少新的悲哀呢？「忍淚看」，正是沒法忍淚，唯有斷腸。作者彷彿已感到了她的心弦顫動，看到了她的淚眼模糊。設身處地，體貼入微，心息之相通，一至於此。

魂逐飛蓬，心靈感蕩，「非陳詩何以展其義，非長歌何以騁其情」（南朝梁鍾嶸〈詩品〉）！而在一首短章小令之中，用詞代簡，以歌當哭，包含了如許豐富的感情容量，傳達了如許深微的心理活動，長短句的語言藝術功能也可算得發揮盡致了。

清陳廷焯《詞則．閒情集》說這首〈鷓鴣天〉「風流酸楚」，似嫌泛泛；清況周頤《蕙風詞話》論金詞云「金源人詞伉爽清疏，自成格調」，則較能說出金代的詞風特色。劉著雖是漢人，而由宋仕金，久居北國，筆墨間塞北風沙之氣已漸融入了江南金粉之思，僅從這首小詞看，也是悱惻纏綿、感激豪宕，兼而有之。在當時確乎能自成格調，對後來也遙開滿族詞人納蘭性德的先聲（納蘭詞〈如夢令〉的「萬帳穹廬人醉，星影搖搖欲墜」等作，近於此種風調）。可惜的是，滄海遺珠，我們只能從《中州樂府》中讀到劉著唯一的這篇詞作。（顧復生）

趙可

【作者小傳】字獻之，高平（今屬山西）人。金海陵煬王貞元二年（一一五四）進士。仕至翰林直學士。博學多才，詩詞俱工。著有《玉峰散人集》。存詞十一首。

雨中花慢 趙可

代州南樓

雲朔南陲，全趙幕府，河山襟帶名藩。有朱樓縹緲，千雉①迴旋。雲度飛狐②絕險，天圍紫塞③高寒。弔興亡遺跡，咫尺西陵，煙樹蒼然。

時移事改，極目傷心，不堪獨倚危欄。唯是年年飛雁，霜雪知還。樓上四時長好，人生一世誰閒。故人有酒，一尊高興，不減東山。

〔註〕①雉：古時計算城牆面積的單位，長三丈高一丈為一雉，引申為城牆。②飛狐：飛狐關，一名蜚狐，位於今河北淶源縣北。山道奇險，歷來為兵家必爭之地，戰國時屬趙。作者身在代州南樓，目不及飛狐，故以「雲度」寫之，亦想像之筆也。③紫塞：即長城，泛指

北方邊塞。晉崔豹《古今註》：「秦築長城，土色皆紫，漢塞亦然，故稱紫塞焉。」古長城橫過雁門。

這闋懷古詞，是趙可入仕金朝後所作。作為一個漢族文人，入仕異族，詞人內心深處既有仕金後的重重矛盾，又有山河淪喪的故國之慟，因而詞作不像南宋愛國詞人辛棄疾、張孝祥的作品那樣大江奔流，汪洋恣肆，一瀉無餘，而是將無可發洩的故國之思、民族之情，借著憑弔歷史陳跡，婉曲發之於詞，這就使此詞呈現出特有的悲鬱蒼涼，哀怨纏綿，含蓄蘊藉。

上闋起三句「雲朔南陲，全趙幕府，河山襟帶名藩」，分述代州的地理位置、歷史沿革、河山形勝。雲，雲中郡；朔，朔方郡：皆漢代北邊郡名。而詞題中的「代州」，即宋之雁門郡，金曰代州，治雁門（今山西代縣），在雲朔的南邊，戰國時屬趙。「全趙幕府」即明指代州曾是趙國的管轄範圍。作者身臨趙之舊藩，王朝興替，遺跡在目，自然激起胸中的層層波瀾，這就為下文「弔興亡遺跡」設下了伏筆。「名藩」，重申代州乃歷史勝地。詞人放眼江山，對代州作了全景鳥瞰：重巒疊嶂，滹沱河穿境而過，如襟如帶，一派雄險境界。此三句起筆擒題，大處落墨，將作為滄桑變化標誌的代州橫兀眼前。然後，沿此意脈，用「朱樓」以下四句，推出了一幅幅雄奇畫面，而以「有」字冠領，使這些畫面猶如電影中的一個個特寫鏡頭，撲面而來：歷盡風吹雨打，先朝遺跡朱樓依舊是那麼地高遠，在雲霧中時隱時現；綿綿的古代城牆逶迤延續；飛狐關的絕險處，斷雲正依依飄過；天似穹廬，籠蓋著高大淒寒的古長城。這幾句，筆墨縱橫雄渾，意境蒼茫雄奇，表現了詞人對歷史名藩的憑弔和追懷，所以緊接著寫了「弔興亡遺跡」三句。這三句，既是景物的描繪，也是心情的抒發。西陵，蓋指西陘山，亦曰陘嶺，即雁門山，在代縣西北，古稱天下九塞之一，為北方之險，漢高祖伐匈奴，北宋楊業破遼兵，皆由此進兵。詞人登代州南樓，西陘放眼可望，猶近在咫尺。設此一筆，流露了詞人的故國山河之思，更加豐富了「弔興亡遺跡」的內涵。「煙樹蒼然」是上闋最後一筆寫景，雖為描繪「西陵」而設，卻也為上闋諸景蒙上了一層迷惘神奇的色彩。

下闋轉入抒情。過片三句是目擊自然界的滄桑而引起的對於人事興衰的感觸和哀痛。「時移」、「極目」，皆承上闋而來；「傷心」由「弔興亡遺跡」所致。時過境遷，昔日那些煊赫一時的帝王以及他們的業績，都已成為過去；如今雖然江山依舊，卻早已是山河易主，令人黯然傷神，因而不忍獨自倚欄。「不堪獨倚危欄」係由李後主〈浪淘沙令〉「獨自莫憑欄」句點化而來。由上闋已知詞人在登臨覽勝，這裡偏說「不堪」憑欄遠眺。追懷故國，念世事滄桑，以致滿腹悲哀，且這悲哀又無處可訴，無人會意，此情此境，最為難耐，故曰「不堪」。「唯是」二句，明是寫雁，實為抒情。時值深秋，霜雪高寒，北雁南飛，年年如此，而詞人卻遠離地處晉南的故鄉高平，棲遲北地代州，欲歸不能，竟連大雁也不如！這兩句，將詞人痴痴地、徒勞地悵望北雁南飛的淒愴哀痛表現得格外清晰，也是點題之筆。「樓上」二句，是詞人在嘆雁知還，百般無奈之下，滑出的軟弱無力之筆。春秋代序，光陰荏苒，這代州南樓雖有四時景色，但人生劬勞，終無閒期，畢竟可哀。這是詞人疲憊不堪的嗟傷。結尾三句，是詞人在萬般無奈之下的自我安慰。「一尊」，即一杯酒。「東山」，用謝安隱居東山故事。這三句，從字面上看，既有飲酒之樂，又有退隱之閒，其實，這裡的「一尊高興」，並不是像杜甫「青雲動高興」（〈北征〉）那樣，真的動了高遠的興致，而只能是借酒澆愁，苦中作樂，且這「酒」，也只不過是「故人」的酒。所以「不減東山」也只能是一種虛擬，聊以自慰而已。明明是內心的悲痛，卻出之以達觀曠逸，誦讀之下，遂覺歡樂之句，盡是悲痛之淚。

這首詞最凸出的特點，在於寫景。因其登臨縱目，北國江山，俱收眼底，故筆下多博大之景。「雲朔」、「全趙」、「河山」，皆有大氣包舉之勢。「朱樓」四句，一句一景，且都有極妙的修辭。「樓」用「朱」、「縹緲」

修飾，遂覺壯麗高大，煙雲掩映，如出重霄；「雉」（城牆）用「千」形容，以見其城之廣，再飾以「迴旋」，遂覺氣勢飛動；寫飛狐關用「雲度」烘托，以見「絕險」之勢；寫「紫塞」，前加「天圍」，後綴「高寒」，遂覺高大蒼莽，不可仰視。且樓閣、關塞，本皆靜物，而詞人卻賦予動態特徵，使之神采飛動，構成一種雄渾奇壯的藝術境界。字裡行間，充滿了一種不可控馭的貞剛之氣，讀來給人以鮮明而強烈的「力度」感。（馬以珍）

浣溪沙

趙可

抬轉爐熏自換香，錦衾收拾卻遮藏。二年塵暗小鴛鴦。

落木蕭蕭風似雨，疏櫺皎皎月如霜。此時此夜最淒涼。

這是一首反映愛情生活的小令。詞中的主人公是誰？細細體會詞意，可知主人公是位女性，而且，她和懷念的人不像是正式的夫妻關係。古典詩詞中，妻子懷念離家遠出的丈夫，從來是大大方方、明明白白的，不必像詞中女主人公那樣閃閃爍爍、遮遮掩掩。看來，她很可能是一位特殊身分的人物（如青樓歌妓之類），兩年前，她曾與一位文人有過一段愛情生活，這在古代也是常見的現象。小令由於篇幅限制，只能選取一件事、一個環境來表現，把感情高度濃縮在裡面。

這是秋季的一個夜晚，與兩年前的某天相近，或許就是同一個日子，富於紀念意義。她搬來轉爐，親自換上好香，把錦被整理得乾淨熨帖、香氣馥郁，奇怪的是並不用作鋪蓋，而是把它小心地遮蓋掩藏起來。那錦被上繡的一對鴛鴦，畢竟因過了兩年的時間，積了灰塵，變得暗淡了。轉爐是一種可以轉動的熏香爐，由於構造精巧，無論怎麼移動，香都不會灑出，從考古出土的實物來看，熏被用的轉爐很小，根本用不著詞中的那個小心翼翼的「抬」字。她在整理錦被時親自動手，精心細緻得有些過分，這說明錦被是她極為心愛和珍視的物品。這床錦被是她與戀人當年歡好的見證，而那對「小鴛鴦」，也是他們愛情的寄託和象徵。可以進一步推想，當她「遮藏」錦被時，一定凝眸注視這對灰暗的「小鴛鴦」很久，追昔撫今，而珠淚暗彈——無情的灰塵既蒙在「小鴛鴦」上，更厚厚地蒙在她的心上。這個「二年塵暗」是雙關語，是一種暗示，暗示他們的愛情很難有復萌的希望。因此，暗淡心理便影響了她對周圍景物的感受。

王國維說「一切景語，皆情語也」（《人間詞話》），詞的下闋正是通過景的描寫進一步深化她的心理表現。客觀地看，這本是一個令人心爽神怡的秋夜，皎月當空，天高氣清，金風颯颯，葉落有聲，正是步庭賞月、極富詩意的時刻，而在女主人公的感覺中，卻變成了淒風苦雨的夜晚。「落木蕭蕭」，語出杜甫的「無邊落木蕭蕭下」（〈登高〉），杜甫的詩句悲壯，詞中的意境卻是淒涼。「月如霜」，似從李白的「床前明月光，疑是地上霜」（〈靜夜思〉）化來，李白是思鄉，這裡卻是懷人。總之，風吹葉落，主人公的感覺是風雨交加；月透窗欞，主人公的感覺是冰冷如霜。對比兩年前的此時此夜——那兩相恩愛、情意綿綿的夜晚，這一切使人倍感孤獨、寂寞、惆悵：「此時此夜最淒涼」！這種融情入景的手法，美學上稱作「移情」，即把人物的主觀感情移入客觀景物之中，使客觀事物也帶上強烈的主觀情感。趙可的這首〈浣溪沙〉便是「移情」使用得十分精當的一例。另外，如前所說的象徵和暗示手法也很有特色，使這首小令詩味雋永、言淺而意深。（毛慶）

王寂

【作者小傳】字元老，薊州玉田（今屬河北）人。金海陵煬王天德三年（一一五一）進士，官至中都路轉使。卒於金章宗明昌中（一一九〇～一一九六），年六十七。著有《拙軒集》。存詞三十五首。

采桑子 王寂

十年塵土湖州夢，依舊相逢。眼約心同，空有靈犀一點通。
尋春自恨來何暮，春事成空。懊惱東風，綠盡疏陰落盡紅。

唐人高彥休《闕史》卷上記載，唐文宗大和末年，詩人杜牧客遊湖州，見一十餘歲女子，有奇姿國色，因與其母相約，謂當求守此郡，屆時迎娶此女，待十年不來，乃聽其另嫁，遂筆於紙，盟而後別。後十四年，始得授湖州刺史，則所約之女嫁已三載，有子二人矣。牧悵悵而贈以詩曰：「自是尋春去較遲，不須惆悵怨芳時。狂風落盡深紅色，綠葉成陰子滿枝。」

王寂這首詞是櫽括杜牧詩意而成。他另有〈大江東去〉詞詠美人，亦云「少陵詞客多情，當年曾爛賞，湖州風月。自恨尋春來已暮，子滿芳枝空結」，同用此事。王寂是金之河北人，完顏亮天德三年進士，不可能在南宋的湖州做官，故「十年塵土湖州夢」並非實寫己事。但一再引用杜牧詩事，似乎作者曾經有過與杜牧湖州遭遇相似的情事，故借他人酒杯，澆自己塊壘。文學史上有許多作家用另一種文體，隱括前人詩文，但並不是單純的文字遊戲，其中有自身的情感寄託，也有其創造和特色。

首先，就詞論詞，作者寫男女情事，不是像前代詞人那樣，詠離別，寄相思，而是選擇了一種比較特殊的情境，寫由重逢帶來的感傷。久別重逢，理應使人驚喜歡欣，可是這首詞所寫的卻是一種令人痛苦難堪的重逢。經歷了長期的相思之苦以後，滿懷著美好的憧憬而來，卻因相逢而撕碎了霓虹般的夢影。舊情雖在，人事已非，咫尺相對，只能眉目含情而已。

其次，此詞與杜牧原詩相比，杜牧用的是絕句形式，句式整齊，音節瀏亮，而用來表現這種深沉凝重的意緒，則略顯輕飄。詞作者用長短句形式，參差錯落的音節，加以在體制上「詞婉於詩」（張炎《詞源．賦情》），故寫來更覺哀感頑豔，淒惻動人。杜牧詩妙於比興，宛轉傳情，但是只提供了一個大的情境，一個抒情框架，而這首詞中的「恨約心同」四字，則為人物點睛，神情畢現了。

作者的匠心，更具體地表現在遣詞用字上。詞的首句會使人想起杜牧〈遣懷〉的「十年一覺揚州夢」，「湖州夢」似即仿照此「揚州夢」語式，成為指稱類似杜牧湖州情事的辭語，但作者把「一覺」換成「塵土」，境界更加含渾朦朧。「夢」本來就夠虛幻的了，何況「塵土夢」。「塵土」可以理解為對夢的修飾，煙塵籠罩的夢境；也可以理解為與夢並列的比喻，回首十年人生路，但見滿襟塵土而已。上片末句從李商隱〈無題二首〉（昨夜星辰昨夜風）詩句變化而來。李詩曰「身無彩鳳雙飛翼，心有靈犀一點通」，是說身隔兩地，不能驟然相見，但心裡是相通的；此則近在咫尺，卻是相愛不能相親，甚且不能相認，一個「空」字，多少惆悵，多少怨恨！前日「依舊」，繼言「空有」，對比轉折，準確而強烈地傳達了那種沉重的失落感，那種對時乖命蹇、陰差陽錯的詛咒和無可奈何的情緒，好像一下子從情感的波峰跌到浪谷，從美好的夢幻跌落到無情的現實中來。這些細膩而準確的情感表述，最能見出作者的工力與匠心。（張仲謀）

鄧千江

【作者小傳】臨洮（今屬甘肅）人。生平事跡不詳。存詞一首。

望海潮

鄧千江

雲雷天塹，金湯地險，名藩自古皋蘭。營屯繡錯，山形米聚，喉襟百二秦關。鏖戰血猶殷。見陣雲冷落，時有雕盤。靜塞樓頭曉月，依舊玉弓彎。

看看，定遠西還。有元戎閫令，上將齋壇。區脫晝空，兜零夕舉，甘泉又報平安。吹笛虎牙閒。且宴陪珠履，歌按雲鬟。招取英靈毅魄，長繞賀蘭山。

這是一首在金詞壇上卓著聲名的詞作。詞題原註「獻張六太尉」，金劉祁《歸潛志》記載：「金國初，有張六太尉，鎮西邊，有一士人鄧千江者，獻一樂章〈望海潮〉云云，太尉贈以白金百星，其人猶不愜意而去。」可見作者本人的自負。全詞以歌頌守邊將帥的英雄業績和樂觀精神為主旨，充溢著豪邁氣概，其雄渾壯闊的風格贏得後世激賞，以至明人楊慎在《詞品》中說：「金人樂府，稱鄧千江〈望海潮〉為第一。」

詞從蘭州古城的險固處落筆，開端就顯示出邊塞的雄偉和守邊軍旅的聲威。「雲雷天塹，金湯地險」，既有水氣如雲、水聲如雷的黃河天塹，又加之金城湯池的古城，以雄健的筆力先概寫險要穩固的邊防。緊接著「營屯繡錯，山形米聚」，又取凌空俯看之勢，具體描寫邊塞的守禦如何堅固。一座座營帳好似錦繡之花紋形狀交錯連接，四周綿延起伏的山脈看上去好似軍中研究作戰方案的米聚假山。「繡錯」語本《戰國策．秦策》「秦、韓之地，形相錯如繡」，「米聚」語本《東觀漢記》馬援勸光武伐隗囂，「聚米為山川，指畫地勢，上曰，虜在吾目中矣」。兩個生動的比喻既寫出邊塞疆場的特有風光，更以形象的描寫增強了前句的力度。「喉襟百二秦關」一句有總括以上描寫的作用。《史記．高祖本紀》「秦形勝之國，帶山河之險，懸隔千里，持戟百萬，秦得百二焉」，是說秦地險固，以二萬人足當諸侯百萬之兵。詞人借用「百二秦關」貫通六句，用極為堅定的語氣表現出對雄關如鐵的自豪感情。以下寫激戰後的疆場，詞人有意避開對激烈戰爭的正面描寫，巧闢蹊徑，把重點放在激戰後戰場特殊氣氛的點染上。詞中沒有兩軍對峙殺氣騰騰的場面，但「鏖戰血猶殷」一句卻從戰後的角度，巧妙地表現了一場驚心動魄的惡戰。可以設想，看到漫山遍野的屍體，甚至陣亡者的鮮血還呈殷紅之色，殊死搏鬥的場面不已經歷歷在目了嗎？緊接著詞人抓住兩樣典型的景物具體描寫戰後的場景。一是盤旋取食的雕，一是靜掛樓頭的月，用一「見」字領起。先寫猛雕在戰地煙雲慘淡的天空中盤旋，貪饞地注視著遍野屍骨，正是大戰方歇，戰場尚未打掃的情景，呼應「血猶殷」。再寫彎月，雖然鏖戰已經結束，邊塞已寂靜如無人，而樓頭曉月猶作彎弓狀，暗示戰爭的氣氛依然還在。「曉月」句從李賀〈南園十三首〉其六「曉月當簾掛玉弓」化出，高適〈塞下曲〉也有「月魄懸雕弓」之句。這後五句寫大動蕩後的靜景，靜中仍見動意，符合邊關戰守的態勢。

下片讚頌守邊將帥的功績。以「看看」二字過接，上下二片似有一股豪氣貫通，連而不斷。「定遠西還」，以漢代定遠侯班超喻張太尉守邊的卓著戰功。「元戎閫（音同捆）令，上將齋壇」更力贊張太尉作為軍事統帥超群絕倫的將才。這裡暗用了兩個典故：其一是馮唐在漢文帝前替雲中守魏尚辯解時說，古代帝王委將軍以重任，將行，「跪而推轂，曰：『閫以內者，寡人制之；閫以外者，將軍制之。』」（《史記．馮唐列傳》）其二是蕭何薦韓信於劉邦，就拜韓信為大將的禮儀建言：「王必欲拜之，擇良日，齋戒，設壇場，具禮，乃可耳。」（《史記．淮陰侯列傳》）兩個故事，歷來傳為佳話，用在這裡既說明擇將之重要，強調邊帥之重責，又以魏尚和韓信盛讚張太尉的軍事才幹。「區脫晝空」三句是以上兩句的自然伸發。「區脫」又作「甌脫」，匈奴語，邊界哨所，此指西夏營壘。「兜零」是放置柴薪以備舉燃烽火的籠子，代指烽火。《史記．匈奴傳》載，漢文帝時，匈奴候騎（偵騎）曾深入到長安附近的甘泉。這三句說邊境上白天已不見敵兵，晚上也舉起平安烽火，向內地傳報無事，是用熱情洋溢的詞句具體稱述張太尉守邊拒敵的戰績。全詞最後寫軍中祝捷歡宴的喜慶場面。用杜牧〈道一大尹存之庭、美二學士……〉「戍樓吹笛虎牙閒」詩句形容此時大將的悠閒逸樂。「虎牙」是東漢時將軍的名號。此刻響起了悠揚的笛聲，歌女們應聲歌唱，觥籌交錯，貴賓如雲。寥寥數句，寫出了邊營特有的狂歡場面，它是用鮮血和生命換來的，因而歡快中又有悲壯蒼涼在，很容易使人想到為之付出鮮血與生命的英靈。於是，詞人以「招取英靈毅魄，長繞賀蘭山」作結，祭奠英靈，讚頌以身殉國者的不朽業績，其千古英名定將與賀蘭山長存。

這首詞最大的特點是充溢全篇的豪氣。上片寫景物，著力描寫蘭州古城的險固，而又不停留在自然險阻的描繪上，更以飽蘸情感的筆觸，力讚軍營的雄偉氣象和軍旅的凜凜聲威。字句間，充溢著一種堅如磐石、穩如泰山的自豪感。寫戰場，雖於激戰不著一字，然抓住戰事結束後戰場的特殊氛圍，著力表現一個「壯」字。下片讚頌守邊將帥功績，接連以班超、魏尚、韓信三個歷史名將襯托軍事統帥的英雄才幹和卓著武功，寫得激情蕩漾、氣勢磅礡。把祝捷歡宴與祭奠英靈結合起來寫，更流露出積極樂觀的情懷與必勝的信念。通觀全篇，凜然豪情，一氣貫通，繁縟雄壯，錚錚有力。此外，鑄語鏗鏘，也配合了全詞的雄豪風格。詞中四字句的運用尤有特色，「雲雷天塹，金湯地險」，「營屯繡錯，山形米聚」，「元戎閫令，上將齋壇」，「區脫晝空，兜零夕舉」，四組工整的對偶句，從不同的側面或者從同一個方面加重了語氣，增強表達效果。這些四字句乾淨利落，如金石相擊，錚錚有聲，使全詞呈現出豪放、悲壯的美來。（李家欣）

劉迎

【作者小傳】（?～一一八〇）字無黨，號無淨居士，東萊（今山東萊州）人。金世宗大定十四年（一一七四）進士，除豳王府記室，改太子司經。著有《山林長語》。詞存四首。

烏夜啼　劉迎

離恨遠縈楊柳，夢魂長遶梨花。青衫記得章臺①月，歸路玉鞭斜。翠鏡啼痕印袖，紅牆醉墨籠紗②。相逢不盡平生事，春思入琵琶。

〔註〕①章臺：本為戰國時秦國宮名。漢代在此臺下有章臺街，張敞曾走馬過此街。唐人許堯佐有〈柳氏傳〉載「章臺柳，章臺柳！昔日青青今在否？」後人便以章臺為歌妓聚居之處。②醉墨籠紗：此用「碧紗籠」故事。唐代王播少孤貧，寄居揚州惠昭寺木蘭院，為諸僧所不禮。後播貴，重遊舊地，見昔日在寺壁上所題詩句已被僧用碧紗蓋其上。見《唐摭言》卷七。

這首詞從內容來看，並不新奇：上片描寫作者對於一位歌妓的懷念和對於往昔冶遊生活的回憶，下片描寫那位歌妓在他走後的不忘舊情以及兩人重聚時的百感交集，表達了這對戀人之間的綿綿深情。然而在讀它時，卻並不覺得有陳舊爛熟之感，反覺得「很美」，這是什麼原因呢？第一，它得力於意象之美和色彩之麗；第二，它得力於句式的整齊和語勢的流貫。

先說前一點。「離恨遠縈楊柳，夢魂長遶梨花」，這本是寫作者對於那位歌妓的懷念。然而它卻並不直接點明「歌妓」的字面，而是別致地改用「楊柳」、「梨花」這兩個形象優美、比喻巧妙的意象來取代。柳者，「留」也。古人常用折柳來贈別。而且「人言柳葉似愁眉，更有愁腸似柳絲」（白居易〈楊柳枝詞〉）、「蘇小門前柳萬條，毿毿金線拂平橋」（溫庭筠〈楊柳枝〉），那依依裊裊的柳枝形象，一以使人牽惹起撩亂不禁的離愁別緒，二以使人聯想到那歌妓娉娉婷婷的細腰，所以放在「離恨遠縈」之後以代指歌妓，就收到了一箭雙雕之功。「梨花」句亦同：白居易曾以「梨花一枝春帶雨」（〈長恨歌〉）來形容楊玉環流淚的美容，李重元又以「欲黃昏，雨打梨花深閉門」之句來描寫「萋萋芳草憶王孫」（〈憶王孫〉）的纏綿情思。所以把「梨花」放在「夢魂長遶」之後，也顯得十分哀豔。加上「縈」與「遶」（前面還冠以「遠」與「長」的形容）這兩個動詞用得得當，就使我們感到詞人的一勾離魂彷彿始終長遶在那位如花如柳的倩娘身邊而不肯須臾別去！再說下兩句「青衫記得章臺月，歸路玉鞭斜」，這是追憶他當初「走馬章臺」的冶遊生活。他在這裡，用了一個「青衫」（唐時九品小官之服飾）與「玉鞭」相對舉，再把這二者置之於紅樓（章臺街自然多的是紅樓翠館）夜月的環境之下，既顯示了自己的風流倜儻，又賦予了這種冶遊生活以「詩」的美感。色澤的美麗，意境之清雅，不能不使人為之讚嘆。

下片首兩句「翠鏡啼痕印袖，紅牆醉墨籠紗」，本是寫他舊地重遊的聞見：那位歌妓在他走後念念不忘舊情，終日啼泣，竟至在對鏡梳妝時把啼痕抹到了衣袖之上；還小心翼翼地用碧紗把詞人分別時醉題在牆上的詩句（墨跡）蓋好。但由於用了「翠鏡」、「紅牆」這樣色彩鮮妍的字面，再用了「啼痕印袖」、「醉墨籠紗」，這些既香豔旖旎、又帶書卷氣的字句，就使它顯得格外淒婉醇厚。所以，這首詞可謂是寫得「好色而不淫」，深得「豔而不靡」之妙。此詞內容雖仍不過是一般的男女戀情，然而由於作者精心地擇取了一些美麗精緻的詞藻，加以「裹織」（此亦即〈花間集序〉所謂「織綃泉底」、「裁花剪葉」的功夫），這便使它煥發出特異的豔美色澤來。

次說第二點。此詞一共八句而每兩句構成一層。「離恨遠縈楊柳，夢魂長遶梨花」與「翠鏡啼痕印袖，紅牆醉墨籠紗」四句，用的是對仗句法，很覺整齊工緻。而「青衫記得章臺月，歸路玉鞭斜」與「相逢不盡平生事，春思入琵琶」四句，則用長短參互句式，讀後深覺有流走貫注之妙。比如「青衫」兩句中用了「記得」這樣一個動詞，就把往事用回憶的手法倒敘出來，而仍顯得文氣連貫。「相逢不盡平生事，春思入琵琶」兩句則寫兩人重聚，百感交集，悲喜難言，於是那女子便把滿腔情思統統注入她所彈奏的琵琶聲去，讓那「弦弦掩抑聲聲思」的琵琶語去「說盡心中無限事」（白居易〈琵琶行〉）。這在詞情內容上既有所發展（寫別後重逢時的暢談衷曲），即在語勢上也顯得有「由整而散」的變化感。所以總觀全詞，四句對仗句形成了「整齊」的印象，另外四句參差不齊的句子則又留給人以「流貫」的印象。兩者疊合，便產生了舒徐抑揚、頓挫流轉的美感。特別是末尾以琵琶聲作結，更使人如有碎若明珠走玉盤的奇妙音響迴旋耳畔，生出不盡之聯想於言外。

作者劉迎是一位金國的作者。照理來講，金國詞風頗多「深裘大馬」（清賀裳《皺水軒詞筌》）的伉爽之氣，然而此詞卻絕似宋朝的婉約詞作，或許正如賀裳所說的：「惟劉迎〈烏夜啼〉最佳……才人之見，殆無分於南北也」。（楊海明）

党懷英

【作者小傳】（一一三四～一二一一）字世傑，號竹溪，祖籍馮翊（今陝西大荔），後徙泰安（今屬山東）。少與辛棄疾同師亳州劉瞻，稱辛党。金世宗大定十年（一一七〇）進士。官至翰林學士承旨。能詩文，兼工書法。修《遼史》。著有《竹溪集》。詞存五首。

青玉案　党懷英

紅莎綠蒻春風餅，趁梅驛，來雲嶺。紫桂巖空瓊竇冷。佳人卻恨，等閒分破，縹緲雙鸞影。

一甌月露心魂醒，更送清歌助清興。痛飲休辭今夕永。與君洗盡，滿襟煩暑，別作高寒境。

詠物之作，最忌呆滯死板，而貴遺形取神。這首詠茶詞，以其製作、轉運、品嘗為線索展開，卻又依其形狀、效用，結合賞月，藉以聯想，新巧構思，旁生他意。

上闋首三句追寫茶餅的包裝轉運。「紅莎綠蒻春風餅」，先詠其如月之形及其封裹之精：紅莎包茶，色彩絢目，綠蒻（即香蒲）相裹，以見其香；紅綠相間，兼有暗香誘人，其精美可知。精美之物，來之不易，它是透過驛站輾轉相運、翻山越嶺而來。「趁梅驛，來雲嶺」，便概括出轉運之艱難。稱驛為梅驛，因劉宋陸凱有「折梅逢驛使」詩句之故。另一方面，以「梅」、「雲」形容驛、嶺，能給讀者以某種直接的感觀而將艱難的過程變成兩幅畫面，使之昇華為富於詩意的形象表現。「紫桂」句由追寫轉入賞月品茗的現實之境：皓月當空，銀輝紛紛，寒光淡淡。作者借用瓊竇巖穴和傳說中群仙居食的紫桂林（見東晉王嘉《拾遺記》）來描繪這一幅清幽的環境，從而為下三句展開的想像奠定基礎。由於茶餅貴重稀有，北宋時皇家偶或以賞賜大臣，也只是「中書、樞密院各賜一餅，四人分之」（歐陽脩《歸田錄》卷二）。作者由團團的茶餅透過相似性聯想，寫到明鏡，又將分擘的茶餅與南朝陳樂昌公主「破鏡重圓」故事聯繫起來，言煮茗佳人怨恨隨便「分破」那象徵著親人團聚的明鏡般的茶餅。由手中茶，到典故中的鏡，以及分離的故事，作者層層聯想，巧用典故，並把意象重疊在「分破」這一基點上，而將它們融為一體，筆墨奇幻。

下闋側重寫品嘗和清興。「一甌」句直寫品茗，進而說飲茶增神益志，令人心魂清醒的效果，品嘗之意自在其中。詞作句句寫茶，句句有月。作者即景取喻，以「月露」代茶，既形容了茶味清醇可口，又緊扣團團茶餅之形。有滿月清茗，恰逢「清興」盎然，更有美人「清歌」相助，此是何等的賞心樂事！自然逗出下面勸人之辭：痛痛快快，開懷暢飲吧，哪管他花枝露重、夜深月高呢！「清興」在此表現得淋漓盡致。不止於此，作者筆頭一探，揭出「與君」三句，忽如柳暗花明，另是一種神情，一種境界。「煩暑」，明指自然節候，與「心魂醒」一脈相通，而暗含詞人對政治、社會、人世的百般感慨；飲此一甌，可益氣爽神，消溽解煩，亦可令人超塵脫俗，臻於「高寒」之境。「高寒境」暗用蘇軾〈水調歌頭〉「又恐瓊樓玉宇，高處不勝寒」詞意，是飲茶所至的精神境界，也是花下賞月的即景之語，品茶與賞月在此又被完美地統一起來。這三句彷彿信手寫來，毫無裝腔作勢之態，而詞意清挺勁健，故清況周頤評曰：「以松秀之筆，達清勁之氣，倚聲家精詣也。」（《蕙風詞話》卷三）

全詞雖為詠茶，然以雙關筆法將賞月品茶交融來寫，奇想迭出：上闋將茶餅與鏡之圓缺貼合，寫出美人離情，下闋則將飲茶特效與月之高寒聯繫，引出文士境界，想像特出，筆力不凡，堪稱詠物詞中的上乘之作。（陳順智）

鷓鴣天

党懷英

雲步凌波小鳳鉤，年年星漢踏清秋。只緣巧極稀相見，底用人間乞巧樓。
天外事，兩悠悠，不應也作可憐愁。開簾放入窺窗月，且盡新涼睡美休。

本詞借詠織女、牛郎七夕相會的神話故事，抒發了詞人曠達、高朗的情懷。

詞的首句先描寫織女的輕盈體態，借用「凌波微步，羅襪生塵」（曹植〈洛神賦〉）的典故，精心描繪出一幅美人出行圖，且領出下句「踏」字。詞人雖然並未正面描寫織女的絕世美貌，仍似乎讓人能看到女子丰神絕世、含情脈脈、飄飄若仙的身影。所謂「神龍雲中露一鱗一爪」，這裡正體現此等技法。繼而，詞人示意：女子的出行，與一般的仕女遊春不同。她是赴一年一度的「七夕」之會，與心上人在銀河聚首的。牛郎、織女相會時的纏綿之情，詞人卻略而不寫，只用「踏清秋」三字輕輕帶過，既點明了相會的時令，也渲染出周圍環境的沉靜，用筆甚簡。牛郎、織女七夕相會的優美神話傳說，歷來為人們所樂道。《月令廣義・七月令》引《小說》謂：「天河之東有織女，天帝之子也。年年機杼勞役，織成雲錦天衣，容貌不暇整。帝憐其獨處，許嫁河西牽牛郎，嫁後遂廢織紝。天帝怒，責令歸河東，但使一年一度相會。」而且漢代已經有了「烏鵲填河成橋而渡織女」（南宋陳元靚《歲時廣記》卷二六引《淮南子》），使其夫婦相會的說法。七月七日，在古代被視作吉祥如意的日子，婦女於夜間向織女星乞巧，故稱七夕為乞巧日，七月為巧月。晉周處《風土記》云：「七月七日，其夜灑掃於庭，露施几筵，設酒脯時果，散香粉於筵上，以祈河鼓（牽牛）、織女。言此二星當會……見者便拜而願，乞富乞壽，無子乞子。」貴家則結彩樓於庭，謂之乞巧樓。而詞人党懷英則以「只緣巧極稀相見，底用人間乞巧樓」予以否定，認為織女與牛郎的「稀相見」，原因在於她的「巧極」，即由於巧織雲錦而得嫁牛郎又嫁後廢織所致，那麼，人間的婦女們，還向她乞「巧」幹什麼？「底用」一詞，使詞意一轉，由描繪天上的高遠世界，轉而將筆觸伸向身邊的現實，作者見解新穎，一改前人之觀念。

「天外事，兩悠悠，不應也作可憐愁」，換頭三句轉出新意，是抒寫詞人對牛女情事的感想，也是他個人情懷的流露。「悠悠」一詞多義，須貫串前後文選擇最恰當的義項解釋，這裡當作遙遠義。「兩悠悠」，連上片末句的「人間」與下片首句的「天外」，是說兩者相互之間悠悠遠隔，天孫之巧，人間不必乞取，人們也不必為天外牛女雙星的「稀相見」一事而作出可憐的愁態。這個把天上、人間關係撇清的意念，從「底用」一句已露端倪，至此更作明白的表述。天上雙星儘管長期寂寞相思，卻與我有什麼相干，我且開簾玩月，盡享新涼睡美之樂吧。末二句直吐心聲，表現了曠達脫俗的情懷。「開簾放入窺窗月」句，由蘇軾〈洞仙歌〉「繡簾開，一點明月窺人」句化用而來，又妙在增出「放入」二字，化被動為主動，頓然透出人物精神境界，添出許多情致。清況周頤《蕙風詞話》評價末二句：「瀟灑疏俊極矣。尤妙在上句『窺窗』二字。窺窗之月，先已有情。用此二字，便曲折而意多。意之曲折，由字裡生出，不同矯揉鉤致，不墮尖纖之失。」所言甚是。

這首詞在畫面的設置上，很注意剪裁。古人常常以螓首蛾眉、齒如編貝等形容女子之美，而這裡僅以「雲步」、「鳳鉤」寫織女的步履輕盈、纖足弱小，正是從側面烘托其美，恰可見詞人著筆別具隻眼。以景語抒情，也是本詞的一個特色。詞人是懷著某種情感和意向去觀察、體驗和攝取周圍景物的，以景寓情，融情入景，使詞人的主觀激情貫注到目力所及的客觀景物之中，收到很好的藝術效果。「開簾放入窺窗月」二句，正是這一特徵的體現。（趙興勤）

月上海棠

党懷英

傲霜枝裊團珠蕾。冷香霏、煙雨晚秋意。蕭散繞東籬，尚彷彿、見山清氣。西風外，夢到斜川栗里①。

斷霞魚尾明秋水，帶三兩飛鴻點煙際。疏林颯秋聲，似知人、倦遊無味。家何處？落日西山紫翠。

〔註〕①斜川栗里：斜川是陶潛曾遊之地，在今江西星子、都昌二縣間；栗里是陶潛經行之地，在今江西九江市西南。當其故里柴桑與廬山之半途。《宋書》本傳載：「潛嘗往廬山，（王）弘令潛故人龐通之齎酒具於半道要之。」

党懷英是金代中期的文壇領袖，詩文書法俱享盛名，詞作亦頗臻妙境。此詞是他的一篇名作。寫作時地雖無記載，但據其中「夢到斜川栗里」和「倦遊無味」等語，很可能作於金世宗（完顏雍）大定十五年（一一七五）前後任汝陰（今安徽阜陽）縣令時。因為金朝雖重視縣令的地位和作用，獲此職者頗有前程，但軍國賦役苛繁，有司督責嚴急，像作者這樣有點清高思想的文人，在任期間必然有勞神於簿書塵務之感，也難免興「折腰向鄉里小兒」（南朝梁蕭統〈陶淵明傳〉語）之嘆。此時遠慕陶令風流，思欲辭官歸隱，自是情理中事。而在此以前則尚處卑微，似不當以陶潛自況；在此以後則漸居清顯，又不至以陶潛自況了。

上片以景語起：「傲霜枝裊團珠蕾。冷香霏、煙雨晚秋意。」十五個字畫出一幅清新淡雅的菊叢煙雨圖。「傲霜枝」指菊，本於蘇軾〈贈劉景文〉詩「菊殘猶有傲霜枝」。青枝綠葉間綴著一顆顆帶雨珠的花蕾，秋風吹來，花枝輕輕搖擺，把幽冷的芳香散發到輕煙微雨中，使晚秋風光更富有詩意了。二句雖寫景，然景外有人，景從人的眼中看出，「晚秋意」三字便是他對此一景物觀感的概括。至「蕭散繞東籬，尚彷彿、見山清氣」二句，正在賞菊的作者於是乎出現。陶潛〈飲酒二十首〉其五「採菊東籬下，悠然見南山。山氣日夕佳，飛鳥相與還」，與〈歸鳥〉詩「日夕氣清，悠然其懷」，並是詞語所本。情境俱合，故有意承用陶詩語言情味以寫之，「彷彿」二字，即自表有似陶潛當日「悠然」自得的心懷。而寫山氣清佳，也借陶詩暗中點出此時正當「日夕」，為下文說「落日」預作伏筆。開篇至此，由賞菊而及於愛菊之陶潛，流露了對這位高人的追慕之意。「西風外，夢到斜川栗里」，繼續抒寫慕陶之情，但意蘊更加深入一層，在此黃花畔，西風裡，夢想也能如陶潛在「歸休」之後，「與二三鄰曲，同遊斜川」（〈遊斜川并序〉）。栗里是連類而及。「西風外」之「外」字有多義。今人王鍈《詩詞曲語辭例釋》「外」字條云：「外，方位詞，在詩詞中運用極為靈活，可以表示內中、邊畔、上、下等方位。」所舉「內中」義諸例中，尤以《百花亭》雜劇第一折之「楊柳映，杏花遮，東風外，酒旗斜」，與此詞「西風外」最近，可以參證。

過片又回到寫景。「斷霞魚尾明秋水，帶三兩飛鴻點煙際」，乃由煙雨轉寫晚晴，用蘇軾〈遊金山寺〉詩「斷霞半空魚尾赤」語意，影寫秋江晚景。片片晚霞被殘陽染成魚尾一樣緋紅的亮色，把一江秋水照得分外澄明，天邊霏微的煙靄中隱隱移動著三兩點飛鴻的影子。造境高遠，寫象清麗，微露蒼茫之感，掩映思歸情緒。「疏林颯秋聲，似知人、倦遊無味」，則暗用南朝宋劉義慶《世說新語．識鑑》所記西晉張翰故實。張翰為齊王東曹掾，在洛陽見秋風起，因思吳中菰菜、蓴羹、鱸魚膾，曰：「人生貴得適意爾，何能羈宦數千里以要名爵！」

遂命駕便歸。作者另有〈黃彌守畫吳江新霽圖〉詩云「借問張季鷹，西風幾時還」，也借秋風起以寓思歸之興，此則明用。歷來詩詞用此事者甚多。此詞中寫作疏林發出颯颯秋聲以示秋風吹起，且此「秋聲」又似知人倦宦思歸，則是作者的變化增益，語婉曲而味深永，顯示了詞體的長處。「倦遊」同於辛棄疾〈霜天曉角〉所說的「宦遊吾倦矣」，「無味」取「雞肋」之喻。四字平淺而蘊積實深，從胸臆間流出。結尾承倦遊思歸意，而苦於薄宦羈身，實未能歸，遂有「家何處」一問，似轉得突兀而實自然；兼以「落日西山紫翠」句，深得唐崔顥〈黃鶴樓〉詩「日暮鄉關何處是？煙波江上使人愁」的神理。

這首詞情景渾融，意象豐美。起筆、過片、結束皆景語，中間用情語連接，由景入情，因情出景，情景交映，詞中有畫。正如清況周頤《蕙風詞話》卷三評此詞後段所云：「融情景中，旨淡而遠，迂倪（元代水墨山水畫家倪雲林）畫筆，庶幾似之。」同卷又論党氏詞風，屢以「疏秀」、「松秀」、「瀟灑疏俊」等稱之，可謂允當。

（羅忠族）

王庭筠

【作者小傳】（一一五六～一二〇二）字子端，號黃華山主、黃華老人，熊岳（今遼寧蓋州）人。金世宗大定十六年（一一七六）進士。官至翰林修撰。精書畫，學米芾，亦能詩詞。著有《黃華集》。存詞十二首。

謁金門　王庭筠

雙喜鵲，幾報歸期渾錯。盡做舊愁都忘卻，新愁何處著？

瘦雪一痕牆角，青子已妝殘萼。不道枝頭無可落，東風猶作惡。

詞寫閨怨。選取的雖為傳統題材，但由於作者將思婦獨處的深深相思和重重愁恨表現得極其淒婉蘊藉，因而令人思索玩味，百讀不厭。

起筆二句以喜鵲錯報歸期襯托閨中人盼望丈夫歸來的急迫而又失望的心情。靈鵲報喜是古老的民俗，「時人之家聞鵲聲者，皆為喜兆，故謂靈鵲報喜」（五代王仁裕《開元天寶遺事》）。然而這畢竟只是一種美好願望的寄託，在現實生活中又有多大的可靠性呢？作者就有意選擇了這樣一幕生活場景：當聞聽靈鵲陣陣悅耳的叫聲，久守空房，孤寂難捱的少婦是何等的驚喜，這無疑是丈夫歸來的吉兆，待她喜盈盈開門迎接——哪裡有夫君的身影！

唯見枝頭雙鵲唶唶喁喁。一瞬間，滿懷的喜悅陡轉悲愁。一、二句正是以鵲兒幾度「錯報」來表現少婦聞鵲而喜，繼而失望復悲的心理過程。一「幾」字，凝聚著閨中人急切盼望親人歸來的痴情。「雙」字反襯閨中人的形孤影單，「雙喜鵲」更觸動閨中人的深深相思，甚至挑起她的妒意，自己的命運竟連禽鳥也不如啊！開篇即將閨中人的相思和愁苦表現得含蓄細婉，淒淒楚楚，令人同情。與敦煌曲子詞〈鵲踏枝〉「叵耐靈鵲多謾語，送喜何曾有憑據」二句相比，手法相同，思路相近，而多用一「雙」字反射，意蘊又較豐富。但初期作品有樸拙之美，後起者見增飾之能，藝術上又未易論其高下了。「盡做」兩句，意為即使能把心中的舊愁忘卻（實未能忘卻。這是退一步說），而眼前撩起的新愁又已多得無處容納得下。「著」為多義詞，這裡作安、置、容解。宋李清臣失調名詞「苦恨春醪如水薄，閒愁無處著」，吳淑姬〈小重山〉詞「心兒小，難著許多愁」，並可證（見張相《詩詞曲語辭匯釋》）。寫愁之多，這兩句詞又添了一種新的境界。用婉曲的設問，一退一進，把舊愁新愁表現得纏綿盡致，與辛稼軒〈念奴嬌．書東流村壁〉的「舊恨春江流不斷，新恨雲山千疊」可謂南北並秀。

過片轉入景物描寫。古代女子因禮教的重重束縛，終日生活在狹小的天地裡，鎖在深閨中，一切都是那麼單調、沉悶，故對季節的轉換異常敏感。因而，古典詩詞中，就有從季節的變化來表現女子相思之情及流水年華之嘆的。「瘦雪一痕牆角，青子已妝殘蕚」即詞中女主人對自然景物的觀察：牆角的梅花已被風吹落，凋謝了；梅樹的枝頭，幾點青而小的梅子妝點著花的殘蕚。這是典型的暮春景色。雪，指白色的梅花，「雪」字之前冠以「瘦」字，傳神地寫出了凋零衰敗的梅花狀貌，更染上了思婦的主觀感情色彩，這何嘗不是思婦自己愁顏憔悴的形象寫照！清人況周頤欣賞「瘦雪」之說，讚其「字新」（《蕙風詞話》）。「一痕」，狀寥落孤獨，暗蘊空漠無依之痛。「牆角」，既見出環境的冷落，更映襯女主人公的孤單。觸景傷情，不能不產生青春易逝，紅顏將老的深婉嘆息。「不道」兩句，寫景抒情，承上作結。眼前雖然已是繁花凋謝，淒殘不堪入目，但是東風無情，仍然繼續肆虐。從筆法上講，「瘦雪」二句借落花虛筆側寫風惡，「不道」二句則轉實筆正寫東風無情。「東風」不盡，惜花自憐，無處不生悲，無處不生愁，內心的痛楚也不言而喻了。

這首詞運思深婉。上闋重在女子的心理刻畫，可以理解為閨中人的自述，她在向遠方的愛人遙訴著種種相思之苦，情深婉轉，如泣如訴。下闋重在景物描繪，狀花喻人，處處相關而無牽強之感，猶如一幅暮春閨怨圖。詞人在構思上是苦心孤詣的。況周頤說：「金源人詞，伉爽清疏，自成格調。唯黃華（王庭筠號）小令間涉幽峭之筆，綿邈之音。」〈謁金門〉正是體現詞人這種風格的代表作之一。（馬以珍）

鳳棲梧 王庭筠

衰柳疏疏苔滿地。十二欄杆，故國三千里。南去北來人老矣，短亭依舊殘陽裡。

紫蟹黃柑真解事，似倩西風、勸我歸歟未。王粲登臨寥落際，雁飛不斷天連水。

全詞主要抒發作者深沉的故鄉之思，隱約透露出侘傺失志的情緒。詞作一開始便流露出悲秋思鄉的愁緒。「遵四時以嘆逝，瞻萬物而思紛」（晉陸機〈文賦〉），面對蕭疏殘柳、滿地青苔，淹留他鄉的詞人怎不思念故鄉？不過他沒有泛泛而說，而是選取家中最有代表性的庭院回廊以寄意。樂府古題〈西洲曲〉有「欄杆十二曲，垂手明如玉」之句，作者引用它也許還隱含思念閨中人的意思。「故國三千里」固然是極言家鄉之遙，同時其中也寓有較濃重的哀愁情緒。此句語出唐代張祜〈宮詞〉：「故國三千里，深宮二十年。一聲〈何滿子〉，雙淚落君前。」原作是抒發宮女離家別親，禁錮深宮的痛苦，語意悲切。王庭筠借來抒發自己的鄉思，可見其情之深切。此時聯想自己一生宦遊，南北顛沛，盛年不再，華髮滿顛，更產生了「鳥倦飛而知還」的情緒。「南去」一句，用杜牧〈漢江〉詩「南去北來人自老」，謂南北羈宦，寓不盡感慨，「矣」字尤其增加了感嘆的分量，一種年光過盡、無可挽回的心情包含其中。「短亭」一語流露出歸意。古代路邊，五里一短亭，十里一長亭，供行人休憩，又為餞送親友之所；而「依舊」一語，不僅是說「亭」，也暗示出人尚在羈旅之中。

下片依然是圍繞「歸思」展開，不過表達的思想情感更深沉。他移情於物，不說自己思歸，而說蟹柑解事（而且用一「真」字來強調），好像請西風勸我歸來，這是更深一層的寫法。方岳詩云：「白魚如玉紫蟹肥，秋風欲老蘆花飛。」（〈月下大醉星姪作墨索書迅筆題為醉矣行〉）黃庭堅詩云：「坐思黃柑洞庭霜。」（〈次韵子瞻題郭熙畫秋山〉）均寫秋令節物。同時這裡活用晉代張翰見秋風起，思故鄉的蓴羹鱸膾而辭官歸里的典故，增加了思鄉之情的內涵。顯然，詞人思歸不僅僅是出於對故鄉的眷戀，而是別有深衷的，「王粲」一句便透露出此中消息。「寥落」二字實有雙關之意，既切王粲，也關自己。漢末王粲羈留荊州，不為劉表所重，因此他登樓所抒發的除思鄉之情外，更多的是懷才不遇、侘傺失意的情感。聯繫王庭筠的經歷看，因金章宗頗不喜其文，不久以罪罷職，卜居彰德（今河南安陽）。後起為翰林修撰。金章宗承安元年（一一九六），又因趙秉文上書事牽連，「削一官，杖六十，解職」（《金史·王庭筠傳》），後貶鄭州防禦判官，可知他仕途並不暢通，因而亟欲歸去。詞中說王粲，不過是借他人酒杯，澆自己心中塊壘。結句更含有思歸不得、人不如雁的感嘆，和宋代陸游〈枕上偶成〉的「自恨不如雲際雁，來時猶得過中原」，意旨雖別，機杼卻同。從上可見，這首詞自始至終圍繞著「故國」（故鄉）二字抒寫，而表達的情思則愈來愈深厚。

從藝術手法看，這首詞的特點是寓情於景，以景襯情，情景相生。本來「景無情不發，情無景不生」，這是文學作品中常見的手法，這首詞表現得較為凸出。上闋以寫景起，以寫景結，都很好地烘托出羈旅愁思；下闋結語更是一幅寥廓悠遠的秋水雁飛圖，把思歸之意表達得深沉綿渺，悠悠不盡。可以說全詞寫景見於始終，而在這些「衰柳」、「短亭」、「殘陽」、「西風」之中，又無不融入了詞人的主觀情感，確使情和景達到渾然交融的境界。這種情景相生的寫法，使這首詞頗具詩情畫意，耐人吟味。此外，詞人還善於鎔鑄前人詩句，工於用典，使詞意更加蘊藉含蓄。（何念龍）

完顏璹

【作者小傳】（一一七二～一二三二）本名壽孫，字仲實（《中州集》作子瑜），號樗軒老人。金宗室，封密國公。少學詩於朱臣觀，學書於任君謨，多藏法書名畫。自刻詩三百篇、樂府一百首，趙秉文為序。集名《如庵小稿》。存詞九首。

朝中措

完顏璹

襄陽①古道灞陵橋，詩興與秋高。千古風流人物，一時多少雄豪。

霜清玉塞，雲飛隴首，風落江皋。夢到鳳凰臺上，山圍故國周遭。

〔註〕①襄陽：疑咸陽之音訛。

完顏璹是個「酷愛東坡老」（〈自題寫真〉）的頗具才華的詞人。為詞勁健凝重，委婉多致。本詞則追昔傷今，寄寓了他對國家前途的深切憂思。

詞的首句，以灞陵古道起興，儼然有大氣包舉之勢。李白〈憶秦娥〉詞稱：「年年柳色，灞陵傷別」，「咸陽古道音塵絕。音塵絕。西風殘照，漢家陵闕」。本句雖是由此化用而來，但所表達的感情色彩卻迥然有別。

灞陵橋，即霸橋。《三輔黃圖》載：「霸橋在長安東，跨水作橋。漢人送客至此橋，折柳贈別。」作者採此地名入詞，當然無意於寫離愁別緒。而是因為，在歷史上，這一帶曾發生過無數次爭城奪池的鬥爭，湧現出許多叱咤風雲的英雄人物。建都於咸陽的秦始皇，「揮劍決浮雲」，「大略駕群才」（李白〈古風五十九首．秦皇掃六合〉），完成了統一大業，被許為蓋世英傑。「按劍清八極，歸酣歌〈大風〉」的漢高祖劉邦，曾朱旗遙指，回定三秦，戰敗剛猛勇烈的楚霸王項羽，削平軍閥勢力，建立了漢王朝，定都長安。另外，如漢初功臣蕭何、張良、韓信，漢武帝時抵禦匈奴、屢立奇功的名將衛青、霍去病，射虎南山的飛將軍李廣，文武兼具、才氣橫溢的唐太宗李世民，唐朝開國功臣李靖、李勣、魏徵……他們在這裡，都留下了許多可歌可泣的事跡。詞人緬懷英雄業績，聯想到金朝國勢日衰，無人能隻手撐天，扭轉時局，自然興起無限感慨，不禁詩興大發，寄意揮毫。「千古風流人物，一時多少雄豪」，雖沿用蘇軾〈念奴嬌．赤壁懷古〉詞句，但卻如由肺腑中流出，有一瀉千里之勢，極為豪邁雄放，抒發了他深切追念前代英豪的真摯情感。同時，也流露出他對金朝前途的憂慮。他的極高的賦詩興致，是起之有因的。

繼而，詞人又以「玉塞」、「隴首」、「江皋」諸名目入詞。這三句是寫秋景，緣「秋高」意而來，但也可能寓有詞人的「秋懷」。玉塞，即玉門關，又稱玉關。「雲飛隴首」兩句，出南朝梁柳惲〈擣衣詩〉「亭皋木葉下，隴首秋雲飛」。詞人雖貴為王孫，卻為朝廷防忌，如入縲紲，行動不得自專（見金劉祁《歸潛志》），且生活困窘，「客至，貧不能具酒肴」（《金史》本傳）。這三幅不同地域的畫面上，正融進了他抑鬱、冷淒、酸楚、憤懣等各種複雜的情感，是他積鬱已久的難言之隱的曲折表露。末尾幾句，則化用李白〈登金陵鳳凰臺〉以及劉禹錫〈金陵五題：石頭城〉「山圍故國周遭在，潮打空城寂寞回」詩句，寓有強烈的傷時之感，表明了詞人對故都燕京的深沉追念。此類情感，在其詩作中亦屢見，如「悠然望西北，暮色起悲涼」（〈城西〉）、「縱使風光都似舊，北人見了也思家」（〈梁園〉）均是。以目下的冷落、悲涼，「鳳去臺空」，與往日的雄豪輩出、事業興旺相對照，更反襯出詞人的焦灼、悲苦心理。

一般的感今追昔之作，往往膠結於一時一地一物，而本作不然。筆勢跳蕩，縱橫多變，忽東忽西，忽南忽北，借助於地域景物的轉換，來透露其蘊含於內心的感情潮水的跌宕起伏，「凡身世之感，君國之憂，隱然蘊於其內，斯寄託遙深，非沾沾焉詠一物矣」（清沈祥龍《論詞隨筆》）。詞人儘管憂念國事，但由於政治環境的險惡，一腔心事不能徑直道出，只能婉曲地透露其幽懷，故多感愴傷痛之語。其用典使事亦以意貫串，渾化無痕，意深而筆曲，耐人尋味。（趙興勤）

春草碧　完顏璹

幾番風雨西城陌，不見海棠紅、梨花白。底事勝賞匆匆，正自天付酒腸窄。更笑老東君，人間客。

賴有玉管新翻，羅襟醉墨。望中倚欄人，如曾識。舊夢回首何堪，故苑春光又陳跡。落盡後庭花，春草碧。

遊賞之作，在古代作品中屢見。但是，每個作家筆下所描繪的畫面，都帶有其各自的主觀感情的色彩。本詞則以感嘆春色已逝入筆，藉以抒發詞人深切追念「故苑春光」之沉摯情感。

春，是美的象徵。人們歌頌她，讚美她，留戀她，以穠詞麗語，描繪出一幅幅絢麗多姿的畫面。而本詞不然。詞人無意於寫「萬紫千紅總是春」（元蔣清谷〈示沈二首〉其一）的生機勃勃的景象，也無有「傍花隨柳過前川」（宋程顥〈偶成〉）的尋春雅興，即使「吹面不寒楊柳風」（宋釋志南〈詩〉），也不能使其精神振作。突現於詞人筆下的卻是，「幾番風雨」過後，百花凋謝，春色已逝的冷落景象，流露出詞人對春光流逝的悵惋，也有對美好歲月的追懷，鎔鑄了詞人各種複雜的思緒。詞首句寫「幾番風雨」，提出摧殘春光的原因；「不見」兩句，寫尋春，詞人將歲歲占春風、不借胭脂色的海棠與晶瑩如雪的梨花特別提出，融進了詞人留戀春色的一往深情，下語凝重而沉鬱。正因為詞人極力捕捉足以賞心悅目的春天景物，所以，當呈現於眼下的是暮春景色時，無盡的惆悵便自然而然湧上心頭。「不見」一句，反映的便是這種心理。「底事勝賞匆匆」的問句，「酒腸窄」的自怨之詞，均緣此而發。繼而，又嘲笑司春之神猶如匆匆來去的人間過客，瞬息即逝。真有點怨天尤人了。明明是不可名狀的憂慮和煩惱填滿胸臆，詞人卻以「笑」字傳達，「強顏作愉快語。怕斷腸，腸亦斷矣」（清譚獻《複堂詞話》）。

詞的下片，筆鋒繼續剖示其心理情態。謂滌濾心志，蕩除煩憂，有新翻笛曲，醉墨揮灑，以及那望中的似曾相識的「倚欄人」。從「賴有」一詞看，詞人似乎尋找到了驅逐胸中愁雲的力量。然而，他那不時而望的游移目光，恰透露出其一腔心事。在春色已去的落寞之時，他要尋覓知音，對面長話，以慰愁懷。可是，「倚欄人」只是似曾相識，剛剛點燃起的希望之火，又一次熄滅了。詞的末數句，則為點睛之筆。金的後期，不堪蒙古的壓迫，遷都汴梁，故都燕京往昔的繁華，已為荒冷蕭條所替代；後宮的纏綿樂曲，也早已為雜草亂木所掩沒，宮苑中無限春光只存留在記憶中，這則是詞人傷春的真正含意。「舊夢回首何堪」以下幾句，一氣貫下，淒惋哀絕。亡國之君李煜〈虞美人〉詞「小樓昨夜又東風，故國不堪回首月明中」，是抒發國土淪喪的隱痛，而這裡則是為國勢不振而慨傷。詞人曾在詩中寫「悠然望西北，暮色起悲涼」（〈城西〉），「誰知剝落亭中石，曾聽宣和玉樹花」（〈書龍德宮八景亭〉），反映的正是這種思想情調。在國家危難之時，詞人追念往昔的昌盛，感嘆繁華一去不歸，則是很自然的。

詞人儘管在政治上不得意，但他對於國家的興衰卻甚為關切。元好問稱其「文筆亦委曲能道所欲言」（《中州集》），本詞便能體現這一特色。其寫景抒情，用筆落欲不落，看去亦「只如無意，而沉著在和平中見」（清周濟《介存齋論詞雜著》評歐陽脩詞）。他的傷春，不僅是感嘆似海繁花的飄墜，而且寄寓了對往日昌明盛世的深切追念。他縱然為社稷的風雨飄搖而憂心忡忡，但由於朝廷猜忌同宗，此種心情，他不敢彰露，只能以傷春為題，寄寓感慨。以淺近語言，出之以沉摯之思，徹骨之痛。狀難狀之景，達難達之情，而出之以自然，這正是詞家運筆的妙處。清人況周頤《蕙風詞話》評價其詞：「姜、史、辛、劉兩派，兼而有之。〈春草碧〉云『舊夢回首何堪，故苑春光又陳跡。落盡後庭花，春草碧』，〈青玉案〉云：『夢裡疏香風似度。覺來唯見、一窗涼月，瘦影無尋處』，並皆幽秀可誦。〈臨江仙〉云『薰風樓閣夕陽多。倚闌凝思久，漁笛起煙波』，淡淡著筆，言外卻有無限感愴」，則道著了完顏氏詞的藝術特徵。（趙興勤）

王磵

【作者小傳】（?～一二〇三）字逸濱，祖籍臨洺（今河北永年），徙家汴梁（今河南開封）。金章宗明昌中，任鹿邑主簿。存詞一首。

浣溪沙 王磵

夢中作

林樾人家急暮砧，夕陽人影入江深。倚闌疏快北風襟。

雨自北山明處黑，雲隨白鳥去邊陰。幾多秋思亂鄉心。

思鄉念遠是詩詞的傳統題材。古人因種種原因而遠離鄉土，羈旅生活的不如意事，常常勾起遊子濃重的鄉愁，加上詩人詞家才情際遇各不相同，故傳統思鄉詩詞不僅數量極多，而且往往顯示出殊光異彩。金詞人王磵的這首〈浣溪沙〉，就是一首別具特色的思鄉詞。

詞人託言於夢，將尋常景物展現於羈旅之人目下，使自然界物換星移、風流雲走的景象無不染上一層淡淡哀愁的色彩，從而委曲地表達逆旅中的孤寂苦悶和急切思歸心情。詞中沒有過多的鋪陳和渲染，幾乎全用白描手法，著眼於眼前的景物，這些景物又都是生活中習見的，因而也就最容易引起讀者的共鳴。請看：在一片濃郁的林樾（音同越，樹陰）下，依稀幾幢田家村舍，炊煙在暮靄中裊裊升起。繞著村落緩緩流過的江畔，是誰又掄起了木槌？那陣陣急切的擣衣聲，是閨中少婦思念遠遊丈夫的脈脈愁緒，還是白髮老嫗盼望離鄉遊子的拳拳深情？夕陽把最後一道金輝灑向江面，粼粼波光中，只留下隱約晃動的人影……這便是開首兩句勾勒的圖景。這裡不僅有樹林，有村舍，有流水，有落日，更有替遠遊親人殷勤擣衣的村婦。淡淡兩筆，已勾描出一幅撩動鄉愁的水墨畫。「倚闌疏快北風襟」一句，轉寫沉湎於眼前景色的詞人自身。這裡，詞人並不直接抒寫自己的感受，只是客觀地描繪一個斜靠著欄杆，任憑北風掀動衣襟而入神佇望的人。然而，默默無語的主人公一經融入這特殊的畫圖之中，就使人感到此刻悄然凝神的詞人，心頭正牽動著一縷綿綿的鄉愁。那聲聲入耳的暮砧，不正是家鄉親人的殷切思念？他們一定也在為遠行之人準備冬衣了吧，而異鄉遊子只能在夢中遙想而已……

下片進一步狀寫撩動鄉愁的景物，表達獨處他鄉的孤寂思歸心境。遠山中忽而過來一陣秋雨，夕陽漸收起餘暉，遙望中明亮的天際變成一片暗黑，亂雲隨著歸鳥的羽翼似乎也在尋找自己的「巢」。雨來了，夜來了，人們歸家了，鳥兒也紛紛入巢，一切又將在大自然的懷抱中安享團聚的溫暖與歡樂，只有樓頭遊子，風雨中空念著家園……全詞至此，雖無一字言鄉情愁緒，然眼前景象的層層鋪寫，卻似乎處處寓含著倦遊不歸的詞人思鄉懷土的耿耿情懷。於是，以「幾多秋思亂鄉心」一句作結，便顯得極為自然、貼切。一方面，它可看作是全篇景物描寫的總結和意境的深化，猶如一根主線，一下子把前面所有的景物緊緊地收束到它的周圍，全詞的主旨因之而頓然明晰若揭。另一方面，由眼前景撥動的心中情，又反過來增添了眼前景感人的力度，使充溢全篇的濃郁鄉愁，染上一層無可言傳的悵惘韻味。

這首詞記夢中所見，景物的描寫，既有親切可感的一面，又有變幻迷離的一面。詞人寄寓其中的深摯細膩的思鄉情懷，因託言於夢境而顯得更為親切動人。乍看，似乎全篇寫景；細味，卻句句關情。清李漁《窺詞管見》「說景即是說情，非借物遣懷，即將人喻物。有全篇不露秋毫情意，而實句句是情，字字關情者」，正是指的此類詞。從內容上說，這首詞看似「不關情意」的景語，或許還寄寓著失意文人倦於宦遊的孤寂感吧？從寫作上說，這首詞淡雅而有韻味，通篇自然流暢，明白如話，只是抓住幾個尋常小景，從容描寫。這些看似尋常的小景中，卻自然流出了鬱結不解的情懷，顯示出親切動人的美學魅力。（李家欣）

趙秉文

【作者小傳】（一一五九～一二三二）字周臣，號閒閒居士。磁州滏陽（今河北磁縣）人。金世宗大定二十五年（一一八五）進士。累官禮部尚書兼侍讀，同修國史，知集賢院。著書甚多，詞風高古簡淡。著有《滏水集》，詞有今輯本《滏水詞》，存十首。

水調歌頭　趙秉文

四明有狂客，呼我謫仙人。俗緣千劫不盡，回首落紅塵。我欲騎鯨歸去，只恐神仙官府，嫌我醉時真①。笑拍群仙手，幾度夢中身。

倚長松，聊拂石，坐看雲。忽然黑霓落手，醉舞紫毫春。寄語滄浪流水，曾識閒閒居士，好為濯冠巾。卻返天台去，華髮散麒麟。

〔註〕①一作「醉時嗔」。

這是一首很有特點的遊仙詞。作者趙秉文在金代頗有名氣，他的一些朋友見他處世高潔，仙骨傲然，曾多次以神仙或前代才人相許。他便寫了這首詞，表明自己所嚮往和追求的並不是做上界神仙，而對下界「謫仙」或地仙倒很感興趣。詞題下原有序文：「昔擬栩仙人王雲鶴贈予詩云：『寄與閒閒傲浪仙，枉隨詩酒墮凡緣。黃塵遮斷來時路，不到蓬山五百年。』其後玉龜山人云：『子前身赤城子也。』予因以詩寄之云：『玉龜山下古仙真，許我天台一化身。擬折玉蓮騎白鶴，他年滄海看揚塵。』吾友趙禮部庭玉說，丹陽子謂予再世蘇子美也。赤城子則吾豈敢，若子美則庶幾焉，尚愧辭翰微不及耳。因作此以寄意焉。」

這首詞以奇幻的神仙境界表現自己超脫塵俗、潔身自好的精神追求，浪漫色彩十分濃厚。開端四句首先借用李白被時人稱為「謫仙人」之典，既暗與朋友對自己的稱譽相合，又為全篇造出一種高古的格調。「四明狂客」即唐賀知章，四明人，自號四明狂客。據說李白初入長安，賀知章見其文，十分驚嘆，稱之為「謫仙人」。這個故事傳為文壇佳話，後人每談及此，便能自然聯想到李白一身傲骨、蔑視權貴的精神氣質。詞人以此發端，借「四明狂客」來指自己的朋友，以「謫仙人」自比。「俗緣千劫不盡，回首落紅塵」，承上意申說仙人之謫墮凡間，是「俗緣未盡」，帶有自嘲意味。接下來「我欲騎鯨歸去」三句，似泉流迴環，曲折地寫出欲脫俗仙去而有所躊躇的複雜心理。傳說李白死後騎鯨歸去，李白也曾自稱「海上騎鯨客」。詞人再借用李白「謫仙」事，說自己雖有欲追隨先賢而去的思想，脫謫重歸仙班，又「只恐神仙官府，嫌我醉時真」。唐顧況〈五源訣〉云：「番陽仙人王遙琴子高言：下界功滿方超上界，上界多官府，不如地仙快活。」「神仙官府」即本此。詞意謂神仙亦受拘管，並不自在，不如謫去仙籍，反得逍遙。為什麼？「嫌我醉時真」就是一項。據《金史．趙秉文傳》載，秉文任翰林知制誥時，上書論宰相胥持國可罷，宗室完顏守貞可大用，被認為「上書狂妄」，因此罷廢甚久。「嫌我醉時真」一句，實是有感而發。以上從「謫仙」二字一路說下來。「笑拍群仙手，幾度夢中身」，也是以「謫仙」身分，對還列仙籍的人們說：（像你們這樣）我已經是「幾度夢中身」了。《莊子．齊物論》說：「覺而後知其夢也。且有大覺而後知此其大夢也。」覺後方知過去的生活是夢，且對未覺者指出其仍屬「夢中身」，可謂悟道有得之言。

下片承上意再進一步發揮。既然是「上界多官府，不如地仙快活」，於是對地仙生活馳騁想象。「倚長松，聊拂石，坐看雲」，以輕快流宕的節奏展開清淨明麗的仙境圖。倚松拂石而坐看雲，三個帶動作的短語其實只寫一件事，綜合優美的環境、閒適的意態、遐想的心情於一體，確是「快活似神仙」了。「忽然黑霓落手，醉舞紫毫春」，詞情由恬靜轉向飛動。詞人抓住天上的黑霓作墨，飽蘸紫毫之筆，乘醉大書，表現了仙家狂誕不羈的一面。「寄語」以下，詞人袒露胸懷，抒寫自己真正的嚮往與追求。《孟子．離婁上》載：「有孺子歌曰：『滄浪之水清兮，可以濯我纓；滄浪之水濁兮，可以濯我足。』」這裡化用古謠之意，把自己厭世避俗、高潔超脫的理想寄予古老的滄浪流水，希望以滄浪流水來洗淨塵俗汙穢，遠離人間煙火。「卻返天台去」兩句，以飛離人間、又不受上界「神仙官府」羈勒，而返回天台做地仙的決心作結，自然收束全詞。「華髮散麒麟」，借用韓愈〈雜詩〉「指摘相告語，雖還今誰親？翩然下大荒，被髮騎麒麟」之意，將離俗出世的意念顯明而形象化了，讓人從空靈飄忽之中感受到一個閱盡世態、倦於塵囂的詞人追求清淨境界的心弦震盪之聲。韓愈〈奉酬盧給事……〉詩結語所寫「上界真人足官府，豈如散仙鞭笞鸞鳳終日相追陪」的思想，似乎對全詞的立意有所影響。

全詞充溢著濃厚的浪漫氣息，不論時間空間，都顯得久遠闊大。古往今來，天上地下，渾然一體，氣勢雄偉壯闊。詞人充分發揮想像，盡情表現自我的狂放精神，如「嫌我醉時真」、「笑拍群仙手」、「醉舞紫毫春」、「華髮散麒麟」等都寫得極為生動，富於個性。（李家欣）

青杏兒　趙秉文

風雨替花愁。風雨罷，花也應休。勸君莫惜花前醉，今年花謝，明年花謝，白了人頭。

乘興兩三甌。揀溪山好處追遊。但教有酒身無事，有花也好，無花也好，選甚春秋。

古代遊春詞的內容不外乎「刻意傷春復傷別」（李商隱〈杜司勳〉）的情思，春歸和人老連類而及，詩與酒結下了不解之緣。在眾多的悵春買醉、行樂及時的詠嘆調當中，趙秉文這首〈青杏兒〉另有一種清新脫俗的韻味。開頭就講「替花愁」，用倒裝句表現惜餘春之情。抒情主人公是那麼關切著花的命運，設身處地，替花擔心著雨橫風狂的襲擊。這個「替」字，是感同身受的。更能消幾番風雨？他的腦海中已經具體浮現出那一幅綠肥紅瘦的淒慘畫面。待得夜來風雨聲停住，遍地殘紅，花期也該成為過去了。怕紅萼、無人為主，早開早落，這是惜花的一層；而多情善感的賞花人呢，也就在這花飛花謝、春去春來的不歇流程中，等閒地白了少年頭。這又是自慨的一層。「今年花謝，明年花謝」，年年歲歲，人面桃花，流光難駐，莫負陽春。「勸君莫惜花前醉」的原因就在這裡。前人「尋芳不覺醉流霞」（李商隱〈花下醉〉）、「花開堪折直須折」（無名氏〈金縷衣〉）的解釋也就在這裡。

按照一般騷人墨客的心態推衍下去，詞的下片可能會更濃重地渲染惆悵無限的遲暮感、衰颯意吧，「拚一醉，而今樂事他年淚」（朱服〈漁家傲〉），痛飲狂歌銷永晝，只將沉醉遣悲涼。然而〈青杏兒〉的作者卻不想用更多的悵惘悲傷的情緒感染我們，他的一曲新詞，曲包餘味，傳達出的是獨特的生活興味。「乘興兩三甌」，筆調由深沉的苦惱轉向了明徹的曠達。「兩三甌」，勾聯上片，而只須這三杯兩盞淡酒，已盡夠「花前醉」了；「乘興」，更是「莫惜」的自然深化。「莫惜」，只從消極面著眼，是說除了酒兵，愁城無計可破；而「乘興」，則進一步提示積極方面，點出興會，生活的主人應當創造生活的境界，美景良辰要靠自己去發現，賞心樂事要由自己去追尋。「揀溪山好處追遊」，江上清風、山間明月，「耳得之而為聲，目遇之而成色」（蘇軾〈赤壁賦〉），造物者的無盡藏是取之無禁、用之不竭的。花柳無私，溪山有待，隨人揀取，儘管追遊。大自然的懷抱對她的赤子一視同仁地敞開著。「無花無酒過清明，興味蕭然似野僧」（王禹偁〈清明感事〉），大可不必。只要胸襟爽朗，手腳輕健，有美酒可飲，無俗事纏心，那就自得歡愉，莫尋煩惱。「有花也好，無花也好，選甚春秋」！蘇東坡「菊花開時乃重陽，涼天佳月即中秋，不須以日月為斷也」（〈江月五首引〉），觸處生春的人生哲學，在〈青杏兒〉裡得到了更加豁達通脫的體現。春天永遠在這裡。風光誰是主？好日屬詩人！

至於這首詞語言藝術上的本色天然，流利疏快，實在可以說已經「絕類離倫」，進入白描聖手的一流行列。清況周頤《蕙風詞話》評曰：「閒閒（作者自號「閒閒居士」）之作，無復筆墨痕跡可尋。」元好問〈題閒閒書赤壁賦後〉也曾以「絕去翰墨畦徑」論趙秉文詞。純憑天籟，一片神行，到了明白如話的地步，若再多費筆墨尋繹痕跡，確乎是多餘的了。（顧復生）

大江東去

趙秉文

用東坡先生韻

秋光一片，問蒼蒼桂影，其中何物？一葉扁舟波萬頃，四顧粘天無壁。叩枻長歌，嫦娥欲下，萬里揮冰雪。京塵千丈①，可能容此人傑？回首赤壁磯邊，騎鯨人去，幾度山花發。澹澹長空今古夢②，只有歸鴻明滅。我欲從公，乘風歸去，散此麒麟髮。三山安在，玉簫吹斷明月！

〔註〕①千丈：一作「十丈」。②今古夢：一作「千古夢」。

〈大江東去〉即〈念奴嬌〉，因蘇軾赤壁詞〈念奴嬌．赤壁懷古〉有「大江東去」句，故名。「用東坡先生韻」，就是採用蘇軾赤壁詞的原韻。蘇軾的詞對金朝詞人有很深的影響。趙秉文極慕東坡，他的詞作現存共九調十首（據唐圭璋編《全金元詞》），追和東坡詞原韻者，除〈大江東去〉外，還有〈缺月掛疏桐〉（即〈卜算子〉，東坡〈卜算子〉有「缺月掛疏桐」句，故名）。

東坡謫居黃州（今湖北黃岡），曾夜遊黃州城外的赤壁（即赤鼻磯），寫下了千古名作赤壁詞和〈赤壁賦〉。

趙秉文的這首和韻之作，隱括了東坡這詞與賦的語意，對當年屈謫黃州的蘇軾表示了深切的懷念與同情；同時也表現了自己的消極出世思想。

詞的上片，以問月起句。以「桂影」代月，以「秋光」襯「桂影」，且以「蒼蒼」形容之，於是，一片高潔蒼涼之氣，橫空而降。詩詞中以「問月」起筆，頗多先例。如李白詩〈把酒問月〉起句「青天有月來幾時？我今停杯一問之」，蘇軾詞〈水調歌頭〉起句「明月幾時有？把酒問青天」，皆係百代名句。但秉文問月，卻特有新意。他問「蒼蒼桂影，其中何物」，而答案已巧寓其中：「桂影」之中，桂影而已。「桂影」既代月，又實指月中的桂影。所以，他的問月，不是在於探求，而是在於借問月，點明作詞的時間：秋季的月明之夜，這也正是東坡遊黃州赤壁的時間。然後，詞筆由月及人，想到當年「縱一葦（扁舟）之所如，凌萬頃之茫然」（蘇軾〈赤壁賦〉）的夜遊赤壁的蘇東坡。這就自然產生了「扁舟」以至「叩枻（音同意，船槳）長歌」等句。這幾句用筆雖無新奇，只是隱括〈赤壁賦〉語意，但這寥寥文字，卻收盡東坡夜遊赤壁的景象與情態，正是頗見筆力之處。「京塵」二句，轉入感慨，對蘇軾的屈謫黃州以至於他坎坷終生的不幸遭遇，深表同情；對於當時的官場（「京塵」）深表憤慨。這兩句在作詞技法上的妙處，不僅在於由對客觀景象的描述轉入主觀感情的抒發，從而為上片綰結；而且有啟下之功，為寫好過片作好了鋪墊。過片承上片「人傑」不得見容，寫到「騎鯨人去」，思想內容上既與上片意脈不斷，而又能宕開一層新意，轉入自抒懷抱。「騎鯨人」本指李白，這裡是借指蘇軾，與上片「人傑」相應，透露了對蘇軾的景仰。秉文〈跋東坡四達齋銘〉曾說「東坡先生人中麟鳳也」，在其〈東坡赤壁圖〉詩中又稱蘇軾為「百世士」，此皆「人傑」之意；他在〈題東坡書孔北海贊〉中，盛讚東坡「雄節邁倫，高氣蓋世」，此即「人傑」的註腳。「幾度山花發」則明寫東坡去世之後時間的流逝，暗含東坡去世之後的寂寞（東坡卒後七十年始謚「文忠」，時秉文已十多歲了），而其影響卻時有表現，如山花之開放。這兩句中，也滲透著秉文弔古傷今之情。於是化用杜牧〈登樂遊原〉詩句「長空澹澹孤鳥沒，萬古銷沉向此中」申說此意，「澹澹長空今古夢，只有歸鴻明滅」，以「今古夢」兩句表露自己的悲感。蘇軾亦屢言「古今如夢」（〈永遇樂〉）、「不用思量今古，俯仰昔人非」（〈八聲甘州〉）、「君看今古悠悠，浮幻人間世」（〈稍遍〉），他這種消極的人生態度以高明的藝術筆墨表現出來，使趙秉文在思想上產生共鳴。秉文晚年，時值金朝將亡之際，他深為國憂，但又無力挽救其危亡，思想上的入世與出世，矛盾激烈，而終於轉向升仙求道。他想隨蘇軾仙去。「從公」三句，由「騎鯨人去」、「今古夢」幾句激出，語意決絕。但決絕之中，又深含悲慨。這層意思在他的古詩〈東坡赤壁圖〉中說得很清楚：他要與蘇軾「相期遊八表，一洗區中愁」。秉文此時的思想與東坡在黃州時期極為相似，這也可能是他作這首和詞的原因之一。但是，畢竟仙山難尋，只有徘徊月下，把滿腔心事寄託於玉簫而已。

這首詞始以秋光桂影，結以玉簫明月，雖其間輾轉變化，而終能渾然一體。雖詞中多有「仙語」（元好問〈題閒閒書赤壁賦後〉），但從全詞遣詞造語、寫景抒情以及所創造的藝術氛圍上看，卻是「詞氣放逸」（同上）的，清代徐釚也說它「壯偉不羈，視『大江東去』信在伯仲間」（《詞苑叢談》）。秉文善書法，曾將此詞大字寫在〈赤壁賦〉後，據說寫得「雄壯震動，有渴驥怒猊之勢」（同上）。由此也可以想見這首詞的氣勢和作者的心情。

東坡作詞，喜檃括前人作品。後人習之，遂成詞中一格。秉文的這首詞，顯然是屬於這一「格」的作品。它檃括前人（尤其是蘇軾）之作，幾乎做到了無一字無來歷。如上所說，詞的上片，主要由〈赤壁賦〉化來；其他句意，又多取蘇軾詞〈念奴嬌·中秋〉。但檃括、化用，多能自然妥帖，如同己出。這也是這首詞的一個特點。（丘鳴皋）

許古

【作者小傳】（一一五七～一二三〇）字道真，河間（今屬河北）人。金章宗明昌五年（一一九四）進士。後以左司諫致仕。存詞二首。

行香子 許古

秋入鳴皋，爽氣飄蕭。掛衣冠、初脫塵勞。窗間巖岫，看盡昏朝。夜山低，晴山近，曉山高。

細數閒來，幾處村醪。醉模糊、信手揮毫。等閒陶寫，問甚風騷。樂因循，能潦倒，也消搖。

這是一首表現掛冠歸隱閒散自適生活情趣的好詞，歷來為詞論家所推崇。許古是金代中後期著名的諫官，金章宗明昌五年（一一九四）舉進士，曾任左拾遺、監察御史、右司諫等職，多所補陳。後辭官歸隱於伊陽（伊水之北）。這首詞是他從官場返歸山林時所作。

古人說：「詩本性情。若係真詩，則一讀其詩，而其人性情，入眼便見。」（明江盈科《雪濤詩評》）這首詞正是如此，它首先展現了一位瀟灑閒適、任真自然、不拘形跡的詞人自我形象。你看，秋天來到了鳴皋山（在河南嵩縣東北，傳說古有鶴鳴於此）。這位剛從繁冗的官場生活中解組而投入大自然懷抱的詞人，心情是愉悅的。「初脫塵勞」已流露出對官場的厭倦和離開之後如釋重負的感受；而憑窗倚欄，細觀峰巒，由朝至暮，看盡明暗變化，不僅表達了他對大自然的喜愛，同時也可使我們想見其凝神專注之態和閒適自得的雅致。「看盡昏朝」，宛如李白「相看兩不厭，只有敬亭山」（李白《獨坐敬亭山》）的境界，這裡不僅是寫山，更是襯人。正因為他觀察得入微，故能有「夜山低，晴山近，曉山高」的感覺。這三句是前面「看」的註腳。夜黑山影模糊，故覺其低；晴天山色明朗，所以覺得如在目前；清晨霞映雲繞，故顯其高。清況周頤《蕙風詞話》認為這三句「尤傳山之神，非入山甚深，知山之真者，未易道得」。其實還可補充一點，這三句不僅寫出了山，也寫出了觀山的人。詞人那種悠然心會、神與物遊的情趣，不也隱約可見麼?下片詞人的自我形象表現得更直接、更凸出。他得閒即出，遇村輒飲。「醉模糊」逼真地描繪出酩酊醉態，而且這三字是下闋的關目，以下便由此生發。因為醉，忘懷了一切羈絆，更顯出任真自適的個性。「信手揮毫」三句，表現了他毫無拘束，縱橫騁才的創作特徵，他揮毫只是為了抒發性靈，哪管什麼風騷之旨。最後三句既是其優游生活的簡要概括，也是他思想志趣、情感性格的集中反映。「樂因循」，說明他純任自然；「能潦倒」，表現他自甘淡泊；「也消搖（同「逍遙」）」，傳達出他對閒適生活自得其樂的態度。「樂」、「能」、「也」充分地展示了他的情操。據《金史・許古傳》載：「古性嗜酒，老而未衰，每乘舟出村落間，留飲或十數日不歸，及溯流而上，老稚爭為挽舟，數十里不絕，其為時人愛慕如此……平生好為詩及書。」可見此詞確是他個性的真實寫照。至於他為什麼會表現出這樣一種超然物外的思想情緒，這實在和他身處日益衰落的金末季世及其仕途多舛有關。

其次就藝術特色看，信手揮灑，凝鍊自然，是這首詞較凸出的特點。無論寫景抒情，均是「信手揮毫」，表現得流利暢達、無拘無礙。全詞從入山、觀山和詩酒生活逐層寫來，都如清泉自然湧出，似不經意，一切十分明朗真率。然而這信手揮毫又絕不失於淺俗。作者在用語上頗注意凝鍊。如「爽氣飄蕭」四字，就概括出秋日山中的總印象和觀感；「夜山低」三句則更是異常準確精練地描繪出不同時刻、不同條件下的山的特色；而下闋的「樂」、「能」、「也」三字也用得恰切精妙。看似不經意中頗多錘鍊，這種雕飾而歸於自然的境界，說明許古確有很高的藝術修養。

讀這首詞，使人感到許古很像陶潛一流人物；此詞也如同一篇〈歸去來兮辭〉。那種辭官歸隱的喜悅，陶醉於自然的佳趣，優游閒適的生活，詩酒遣興的雅致，及其一片天籟、清新自然的文風，與陶均有相似之處。（何念龍）

完顏璟

【作者小傳】（一一六八～一二〇八）即金章宗。大定二十九年（一一八九）即位。在位二十年。詞存二首。

蝶戀花　完顏璟

聚骨扇

幾股湘江龍骨瘦。巧樣翻騰，疊作湘波皺。金縷小鈿花草鬥。翠條更結同心扣。

金殿珠簾閒永晝。一握清風，暫喜懷中透。忽聽傳宣須急奏，輕輕褪入香羅袖。

這是一首小巧玲瓏的詠物詞，所詠之物是「聚骨扇」，即摺疊扇，或稱聚頭扇，宋時由高麗傳入。據金劉祁《歸潛志》說，這是金章宗完顏璟的一首題扇詞。它以工細之筆，描繪了聚骨扇的形象，同時也流露了作者逍遙閒適的心情。

詞的上片，寫聚骨扇的形象。起句寫製造聚骨扇所用的材料。「湘江龍骨」，是指湘妃竹。造扇之竹，隨地可取，而作者卻獨寫湘竹，且以「龍骨」形容之，正是為了著意顯示扇的華貴；從一個「瘦」字裡，我們又看到了這扇的小巧玲瓏。「巧樣」兩句，寫扇子式樣新穎，張開疊攏時有如水波起伏之美。前有「湘江」，後有「湘波」，意脈一貫，前後照應。「金縷」句是寫扇骨修飾之美，用金線在竹骨面上嵌出爭奇鬥妍的花草，「鬥」字用得傳神，把花草寫活了，扇的精美度亦由此倍增。「翠條」句則轉寫扇的聚頭形象，以「翠條」應首句的「湘江龍骨」，以「同心扣」寫「翠條」的聚頭紐結。「同心扣」猶「同心結」，在文學形象上往往用以比喻愛情。這裡的「同心扣」雖不一定表示愛情，但這個詞用得新穎婉媚，不僅寫扇之形——翠條聚頭，其形如「扣」，同心同軸；而且能傳扇之神——精巧玲瓏，聚頭會面，心眼相連，脈脈含情。上片著意詠物，畢寫扇的形態，下片則由扇及人，因物抒情，寫作者展扇把玩，欣然自樂。「金殿珠簾」一句，意在展現作者身分，帝王的雍容華貴，逍閒自適，皆顯露於字裡行間。「一握清風」兩句，「握」為量詞，說扇起來風量甚小，只「一握」之微；「透」字應「清風」，正入懷中，涼而且「透」，自然喜不自勝。這兩句，寫扇寫人，物我交融。結處「忽聽」兩句，筆鋒急轉，宕開一層，由詠物而至賦事。忽聽傳宣謂有「急奏」之事，把扇清玩，自不可得，只得暫時把它「褪入香羅袖」。「輕輕」二字，真情真景，畢肖神態，作者對扇的珍愛之情，亦暗寓其中。最後兩句可能是實寫其事，這在帝王來說，是常有的。金章宗完顏璟是位有作為的帝王，自然不會以清玩誤事。

這首小詞，無疑是一件玲瓏剔透的藝術珍品。作者寫扇，擺脫了以往借扇興嘆即所謂「常恐秋扇捐」之類的模式，巧樣翻騰，別鑄新詞，詠物抒懷，給人面目一新之感。作者寫扇之形，巧設比喻，連用「湘江龍骨」、「湘波」、「同心扣」等作比，又以「金縷小鈿花草鬥」等光彩豔麗的詞藻修飾之，直將這把小扇寫得高雅而又嫵媚；且「湘江」、「湘波」、「同心扣」等，又各自以其特定的含義，喚起讀者的聯想，那湘妃的故事，那同心扣中的愛情之思，皆不期而至，再配上那精美的扇子裝飾，都給讀者展開更加廣闊的天地。寫扇而不止於扇，詞體小而蘊涵富，這是作者的高招。全詞用辭著意，皆精美華貴，但讀之卻又只覺得精巧秀雅，美不勝收，而絕無濃妝豔抹、雕金鏤玉之感。

完顏璟的詞，今僅存兩首，都是詠物詞，除這首〈蝶戀花‧聚骨扇〉外，尚有〈生查子‧軟金杯〉一首，均見《歸潛志》。從這兩首詞技巧熟練程度上看，完顏璟無疑是詠物詞的大手筆，而其詞作也絕不止兩首。文獻散佚，北國尤甚，令人浩嘆！（丘鳴皋、秋如春）

辛愿

【作者小傳】（約一二三一年以前在世）字敬之，自號女几野人，晚號溪南詩老，福昌（今河南宜陽）人。隱居女几山下，躬耕自給。金末流離顛沛，與元好問友善。詩作甚多。詞存一首。

臨江仙　辛愿

河山亭留別欽叔、裕之

誰識虎頭峰下客，少年有意功名。清朝無路到公卿。蕭蕭茅屋下，白髮老書生。邂逅對床逢二妙，揮毫落紙堪驚。他年聯袂上蓬瀛。春風蓮燭影，莫問此時情。

此詞作於金宣宗元光元年（一二二二）。欽叔即李獻能，裕之即元好問，二人皆辛愿忘年摯友。詞人在孟津（今河南）的河山亭道別二友，撫今追昔，感慨倍增，懷一腔之幽愴，寫下了這首留別詞。

詞的發端既不傷情，更不敘別，而是凌空飛來一筆，直泄胸中的隱痛。「虎頭峰」位於河南鞏義，「虎頭峰下客」乃詞人自稱。「誰識」，這突兀的反問，撼人肺腑。原來當詞人青春年少，風華正茂時，就有仕途功名的願望。據史載，辛愿才高學博，精於《春秋》三傳而熟諳杜詩韓文。以他這樣的才識是不難金榜題名的。那麼，為什麼會有「白髮老書生」的境遇呢？《金史．隱逸傳》稱他「雅負高氣，不能從俗俯仰」，原來是與當路者格格不入。「清朝無路到公卿」，說出了他不得仕進的真諦。既是「清朝」，何故「無路」？顯然，「清朝」二字是極含諷意的，與柳永〈鶴衝天〉詞「明代暫遺賢」的「明代」意味相同。正因為朝政的腐敗，官場的黑暗，詞人才不得不捨棄了少年時代的功名之念。此句既滿懷憤慨地揭露了時弊，也體現了詞人不阿附世俗的剛正品性。這種現實與理想的尖銳矛盾引起詞人強烈的精神苦悶。所以，當他臨別二位志同道合的朋友時，這種感情猶如岩漿噴發，勢不可擋。「誰識」生動地顯示出詞人鬱結之深、憂憤之烈，一個憂憤滿懷、孤高出塵的詞人形象躍然紙上。

「蕭蕭茅屋下，白髮老書生。」狀景繪人，反映了詞人暮年的潦倒淒涼。「白髮老書生」意謂到老功名未就。河山亭臨別前，元好問、李獻能二人曾設宴為辛愿餞行，辛愿當時無限嘆喟：「平生飽食有數，每見吾二弟必得美食。明日道路中，又當與老饑相抗去矣。會有一日，辛老夫子僵臥柳泉、韓城之間，以天地為棺槨，日月為含襚，狐狸亦可，螻蟻亦可耳。」（元好問《中州集》）這番令人惻然的話，道出了詞人生計的極端貧困。「茅屋」本足以顯示生計之貧，而其前又特加「蕭蕭」一詞，就將環境的淒寒描繪得更加逼真、具體。「白髮」則讓人想見一個枯槁憔悴的老人形象。

換頭二句「邂逅對床逢二妙，揮毫落紙堪驚」，筆鋒陡轉，照應題意。古時常將才華匹配的兩人稱為「二妙」，《晉書．衛瓘傳》：「瓘學問深博，明習文藝，與尚書郎敦煌索靖，俱善草書，時人號為一臺二妙。」詞中的「二妙」自然是指李獻能、元好問二人。「對床」一詞，表現了作者與李、元的親密友誼，「邂逅」則表現了摯友意外相逢的驚喜。「揮毫落紙」出自杜甫〈飲中八仙歌〉「揮毫落紙如雲煙」句，本指題詩作畫揮灑自如，這裡是讚美李獻能、元好問驚人的詩文才華。「他年」三句，轉入對二人的鼓勵與期望。「聯袂」即攜手；「蓬瀛」，本指神話傳說中的仙山蓬萊、瀛洲，這裡借指翰林院。「蓮燭」，御前所用的蠟燭，取典於《新唐書‧令狐綯傳》：「（綯）為翰林承旨，夜對禁中，燭盡，帝以乘輿、金蓮花炬送還院。」結句意為：你們將來一起進入翰林院①，受到朝廷的重視，請不必多惦念今日的歡聚吧！辛愿是位很曠達的詩人，雖潦倒一生，但對以「道」得之的功名，還是推崇的，況且李、元已名重當時，故勉勵他們努力前程，而不必以朋友聚散為念。

不過，元好問一直惦念著辛愿，後來他曾在夢中重遊河山亭，作〈江城子〉詞，中有「白髮故人今健否？西北望，一潸然」，懷念的故人就是辛愿。

這首詞的布局有獨到之處。詞題為「留別」，但上闋卻既不寫相逢，也不提離別，而是大抒感慨。「誰識」三句，劈頭發問，一吐胸中鬱結已久的強烈精神苦悶，筆勢如高山墜石，由眼前而直溯少年時代，而「蕭蕭」二句，又把筆墨攏回眼前貧困潦倒的現實中來。於是，少年意氣與暮年蕭瑟，交織成詞的上闋，充盈著一股哀怨、拗怒之氣。

至下片換頭二句，仍不從正面寫離別，反而從相逢著筆，然後轉寫期望，為「二妙」憧憬將來。這樣，全詞終不言離別，但卻透過寫相逢與祝願，已暗寓離別之意。欲言此而故說彼，融此於彼，這正是一種出奇制勝的筆法。

所表現的感情複雜多變，是此詞的又一特點。「誰識」二句，鬱怒之中隱含一縷少年豪氣；「清朝」句則轉為哀怨壓抑；「蕭蕭」二句，再轉為淒楚蒼涼，悲不自勝；「邂逅」二句，以摯友重逢，故陡見驚喜，英風豪氣颯然而至；「聯袂」、「春風」，則於輕鬆愉快之中透出靈秀之氣；末句轉為深沉、淒婉，得劉禹錫〈酬樂天揚州初逢席上見贈〉「沉舟側畔千帆過，病樹前頭萬木春」句意。可以看出，這首詞雖然只是寫一次餞別，

題材單純，但意蘊豐富，構思多變，是一首較好的作品。（馬以珍）

〔註〕①作此詞時，元好問三十三歲，已於前一年中進士，但未就選；李獻能三十一歲，已於金宣宗貞祐三年（一二一五）登第。

王渥

【作者小傳】（一一八六～一二三二）字仲澤，太原（今屬山西）人。金宣宗興定二年（一二一八）進士。居軍中，連任三府經歷官。金哀宗正大七年（一二三〇）使宋，有「中州豪士」之稱。歸為太學助教，充樞密院經歷官。天興元年（一二三二），從軍抗元戰死。工詩賦，善言談。存詞一首。

水龍吟

王渥

短衣匹馬清秋，慣曾射虎南山下。西風白水，石鯨鱗甲，山川圖畫。千古神州，一時勝事，賓僚儒雅。快長堤萬弩，平岡千騎，波濤卷，魚龍夜。

落日孤城鼓角，笑歸來、長圍初罷。風雲慘淡，貔貅得意，旌旗閒暇。萬里天河，更須一洗，中原兵馬。看韃櫜①嗚咽，咸陽道左，拜西還駕。

〔註〕①韃櫜（音同肩高）：馬上盛放弓箭、盔甲的袋子。

這是一首氣勢磅礴的獵詞。作者王渥是金著名文士，曾出使宋朝，應對敏捷，有「中州豪士」之稱。可惜其詞流傳下來的僅此一首。詞題下原註云：「從商帥國器獵，同裕之賦。」商帥國器，是金鎮守商州的完顏斜烈（字國器）。商州，治所在今陝西商縣。「同裕之賦」者，此時元好問亦參與同獵，有〈水龍吟·從商帥國器獵於南陽同仲澤鼎玉賦此〉一詞，「仲澤」即王渥之字。詞人描述了跟隨商帥的一次大規模射獵，並借此讚頌金朝強大的武裝力量，抒寫自己的豪情和理想。

全詞從出獵到歸途，完整地表現了射獵的全過程，著意描寫了盛大壯闊的圍獵場面和威武雄壯的軍容。開端兩句入手擒題，先以李廣射虎之典讚頌商帥是射獵老手。接下來連續六個四字句，極寫圍獵的盛大壯觀場面。「西風白水，石鯨鱗甲」是環境襯托。據說昆明池中有石刻鯨魚，每至雷雨，魚常鳴吼，鬐尾皆動（見舊題晉葛洪《西京雜記》）。這幅肅殺的秋景，既點出出獵時節（古人秋天出獵），同時也給出獵增添了雄奇的氣氛。「千古神州」，顯出久遠的時間力度；「一時勝事」，體現當日壯舉的盛大規模。「千古」與「一時」對舉，力讚此舉乃千古勝事，加上從獵者都是中州文雅之士，這樣大規模的官方出獵，自當激發從獵者的豪壯情懷。以上幾句，獵隊尚未出發，僅環境、人物、氣氛的描寫已見出赫赫威風、虎虎生氣。接下來具體描繪千軍萬馬勢如捲席的獵隊奔騰馳騁的雄偉氣勢。以「快」字統領，在迅疾的速度中包孕了強悍的力量。「長堤萬弩」用吳越王錢鏐射潮之典，顯示射獵的壯闊氣象。據說錢鏐曾築捍海塘，怒潮湍急，乃命水犀軍架強弩以射潮（見宋錢儼《吳越備史》）。「平岡千騎」化用蘇軾〈江城子·密州出獵〉「千騎卷平岡」句，也是顯示壯闊的氣象。再以洶湧的波濤比喻席捲茫茫秋原的龐大獵陣，寫得筆力雄健，氣象恢宏。讀此，似有千軍萬馬奔騰眼底。

下片寫歸途，著力描寫隊伍的威武和從容。「落日孤城鼓角」，渲染出蒼涼激壯的環境氣氛。夕陽的金輝映襯著荒原孤城，鼓角聲聲迴蕩在黃昏的郊野上。詞人描繪的背景，顯示著古樸蒼勁的美，和滿載而歸的獵隊交織成一幅壯麗的圖畫。以下「風雲慘淡」三句以重墨點染歸獵隊伍，造語舒緩自然、從容不迫。「貔貅得意」側重寫隊伍的英英豪氣，「旌旗閒暇」則表現出經過緊張激烈的圍獵後輕鬆舒適的神情。寥寥數字，把從獵者此刻的心理感受刻畫得細緻入微。這種豪邁的自我欣賞，正是詞人對中原武裝力量充滿自信的讚美。因此，詞人自然發出了「萬里天河，更須一洗，中原兵馬」的豪言壯語。據說武王伐紂時，天降大雨，武王認為「天灑兵也」（見西漢劉向《說苑》）。這裡，借武王之典，一吐由射獵激發的宏大理想。古時官方射獵帶有練兵的性質，詞人王渥又久居軍中，幻想憑藉強大的武力建功立業，所以他的勃勃雄心正是抑制不住的感情流露。結尾三句讚頌商帥。是說商帥異日必能建不世之功，得勝榮歸，入朝之日，必能受到盛大歡迎。咸陽，秦京，這裡代指金都。

縱觀全詞，上片如疾風狂瀾，迅猛奔騰；下片如安然退潮，閒暇自得。而全篇以豪邁奔放的激情一氣貫通，體現了雄闊壯美的風格。和蘇軾膾炙人口的〈江城子．密州出獵〉比較，兩首都寫大規模出獵，且同屬抒寫豪氣一類的詞，然所表現的情感基調卻有所不同。蘇詞以狂放不羈的氣質抒發自己老來愈堅的建功熱望和愛國激情，但由於詞人的身世際遇，在狂放的豪氣中隱隱透露出蒼涼的情懷。而王渥此詞卻體現了一個春風得意的詞人正欲大展宏圖的豪邁激情。故蘇詞下片以抒情為主，筆力集中於表現自我狂態；而此詞幾乎全篇描寫射獵場面和陣容，筆端始終沒有離開獵隊。全詞雖不及蘇詞以淋漓酣暢的筆墨，盡情抒寫胸中抱負，但由氣勢博大的射獵自然激發的「一洗中原兵馬」的理想，也使全詞雄壯豪邁的基調有了堅實的基礎和更高的境界，讀來激情蕩漾。（李家欣）

李俊民

【作者小傳】（一一七六～一二六〇）字用章，號鶴鳴老人，家澤州（今山西晉城）。金章宗承安五年（一二〇〇）進士第一，應奉翰林文字。卒謚莊靖先生。著有《莊靖集》。存詞七十九首。

感皇恩

李俊民

出京門有感

忍淚出門來，楊花如雪。惆悵天涯又離別。碧雲西畔，舉目亂山重疊。據鞍歸去也，情悽切！

一日三秋，寸腸千結。敢向青天問明月。算應無恨，安用暫圓還缺？願人長似，月圓時節。

這是作者離開京都告別親友時所寫的一首小詞，詞題中的「京門」，蓋指燕京（今北京）。金曾建都於此。

上片抒寫傷別之情，用筆質樸，感情袒露。起句「忍淚出門來」，開口見喉嚨，抒情寫事，一筆抖出，惜別、傷別，種種感觸，皆從「忍淚」二字中隱約可見。「楊花如雪」，既是交代離京的暮春時間，又是渲染離別時的氣氛，用楊花的紛亂如雪，來象徵離京時心緒的煩亂。第三句是在前兩句實寫與渲染的基礎上，進一步明確交代「忍淚」云云的原委，凸出「又離別」，而以「天涯」作渲染，張其聲勢，從而掀起感情波濤，以「惆悵」表明作者在這離別之際的感情，同時又與起句的「忍淚」相應。「碧雲」兩句，是別時舉目所見，也是他要去的方向，「亂山」云云，是實寫，同時也寓有「行路難」的意思，作者另有「舉目關山行路難」的詩句。「據鞍」二句，寫別後淒然登程，總結上片。下片是預寫別後的思念和為擺脫這種思念而作的美好祝願。過片兩句，由上片的離別轉寫離愁與相思。「一日三秋」，出於《詩經．王風．采葛》「一日不見，如三秋兮」，「寸腸千結」，則更轉進一層，兩句均以誇張之筆，極寫離愁之重，思念之苦，從而也可以看出作者與在京親友們情誼之深。因此，作者鼓起勇氣，向青天而問明月：算來天上月應無恨事，何以暫圓而復缺？「圓」而曰「暫」，說明月圓時少而缺時多，與人事上的情況正復相同。作者借月比興，渴望月圓，亦即渴望人「圓」，故結云「願人長似月圓時節」。在離別之際，不僅感受到離別之苦，而且迫切希望月長圓，人亦長聚。這樣正反用筆，離別時的傷感情緒就表現得淋漓盡致了。

這首詞，化用前人詩詞，自然妥帖，如同己出。「楊花如雪」，這裡自然是寫暮春景物。以柳絮擬雪，東晉謝道韞已開其端。至蘇軾〈少年遊〉詞，既說「飛雪似楊花」，又說「楊花似雪」，循環互比，又有發展。作者此處，並用《詩經．小雅．采薇》「昔我往矣，楊柳依依」詩意和蘇軾「楊花似雪」字面，同樣地以帶感情的景物，表述人事離別時令，亦足動人。下片「敢向」以下五句，粗看似全用蘇軾〈水調歌頭〉中秋詞的下片句意，細看乃知別有新意。蘇軾問月：「不應有恨，何事長向別時圓？」而李俊民則問月：「算應無恨，安用暫圓還缺？」前者責其於人之已別時而「圓」，後者則怨其於人之暫聚時而「缺」，正是反用蘇意；蘇詞以「人有悲歡離合，月有陰晴圓缺，此事古難全」作寬慰、解脫，李俊民則絕無這層意思，而是直截了當地提出個人願望：「願人長似，月圓時節。」意思又比蘇軾詞執著。作者的這層「新意」，正是在行將天涯離別、親友分袂之際所自然產生的，與蘇軾的兄弟長期分別不得不強作寬慰者有所不同。所以這裡雖借筆較多，卻貌似近而神不同，並沒有什麼蹈襲之弊。李俊民熟於宋詞、唐詩，故在作詞的時候，往往將柳永、蘇軾、賀鑄、李清照等人的詞句以至於唐人詩句攝入筆端。凡所借筆，大都用得自然妥帖，至於其上乘，如用在本詞的兩例，則又達到了水乳交融、如同己出的程度。（丘鳴皋、秋如春）

元好問

【作者小傳】（一一九〇～一二五七）字裕之，號遺山，太原秀容（今山西忻州）人。金宣宗興定五年（一二二一）進士。官至尚書省左司員外郎。博通經傳，工詩文，在金、元之際頗負重望。金亡不仕，以故國文獻自任。能詩詞，詩多記述時事，慷慨悲涼，有「詩史」之稱。詞近蘇、辛，風格沉鬱。著有《遺山集》，編有《中州集》、《中州樂府》，金人詩詞多賴以傳。自存詞三百八十一首。

水調歌頭　元好問

與李長源遊龍門

灘聲蕩高壁，秋氣靜雲林。回頭洛陽城闕，塵土一何深。前日神光牛背，今日春風馬耳，因見古人心。一笑青山底，未受二毛侵。

問龍門，何所似，似山陰。平生夢想佳處，留眼更登臨。我有一卮芳酒，喚取山花山鳥，伴我醉時吟。何必絲與竹，山水有清音。

在《遺山樂府》中，寫遊覽蹤跡者不少，或著力於寫景，給人美的感受；或景與情交替出現，又互為包容，增加了景物表現的內涵。本詞則借景敘情，以煙霞泉石的真淳古淡，反襯出塵世的汙濁紛擾，寄託了詞人蓄之已久的「塵泥免相涴，夢寐見清潁」（〈出京〉詩）的情趣。

詞人善於以雄傑之筆，寫闊大氣象。首先攝入其筆底的，是「灘聲」之壯，「雲林」之靜。龍門，又稱伊闕，在今河南洛陽市南二十五里處，以有龍門山（西山）和香山（東山）隔伊河夾峙如門，故稱。伊水至龍門陡遇挾制，激流迴旋，浪花飛濺，景色壯麗可觀。在龍門山奉先寺前，伊水又打了個急轉彎，流過八節灘。灘中原有九峭石峙立，險如劍稜，經唐代大詩人白居易倡議，籌款經營開鑿，始通舟楫（見〈開龍門八節石灘〉詩并序），然以河底不平，故水勢峻急，水聲鬱怒，震盪山壁。詞人在〈龍門雜詩〉中說：「灘聲激悲壯，山意出高寒。」白居易亦曾有詩寫道：「六月灘聲如猛雨。」（〈香山避暑二絕〉）「自從造得灘聲後，玉管朱絃可要聽？」（〈灘聲〉）詞人先以灘聲之筆，點出了洛陽龍門的特有景色，確乎起到了先聲奪人的藝術效果。「蕩」字為傳神之筆，寫出了水急聲喧的非凡景象。「靜雲林」也寫出了秋日風和、雲止林靜的特有畫面。詞人寫景，用筆甚簡，以短短二句，包容龍門山水之勝，一動一靜，有聲有色，相映成趣，其間融進了詞人對祖國河山的由衷熱愛。下面筆鋒陡轉，以「回頭」一語領起，將遠在北面的古都洛陽的「塵土一何深」重重提出，恰與此地明潔的雲林景色形成鮮明的對照。對照的不單是自然景色，還有關於仕與隱，爭競與安恬，以及對其間苦與樂的觀感、評價，都隱寓於中，表達了詞人厭棄利名追逐、世俗擾攘的情操。繼而，詞人又緊扣人事，連用兩個典故，來比況其摯友李長源的情懷高朗，卓爾不群。「神光牛背」，典出南朝宋劉義慶《世說新語·雅量》，說晉人王衍為族人所辱，以肴盒擲其面，不以為意，「盥洗畢，牽王丞相（王導）臂，與共載去。在車中照鏡語丞相曰：『汝看我眼光，乃出牛背上。』」劉孝標註云：「蓋自謂風神英俊，不至與人校（計較）。」「春風馬耳」，見李白〈答王十二寒夜獨酌有懷〉：「世人聞此皆掉頭，有如東風射馬耳。」比喻對外界議論漠然無所動心。李長源，名汾，太原平晉人，為元好問「三知己」之一（按：元好問編《中州集》卷十「三知己」為辛愿、李汾、李獻甫），「喜讀史書，覽古今成敗治亂，慨然有功名心」，然「為人尚氣，跌蕩不羈。頗褊躁，觸之輒怒，以是多為人所惡。」（劉祁《歸潛志》卷二）李長源亦自言「只因有口談時事，幾被無心觸禍機」（〈西歸〉）。詞人借古人之事對摯友激勵，勸勉，寬慰，語意委婉，而真情可見。「一笑青山底，未受二毛侵」，二句似承似轉，由不計較世俗人議論得失，說到徜徉山水，怡然自得的心理情態。棄軒冕，臥松雲，以自然界的靈秀之氣，蕩滌怫鬱之懷，無所憂慮，白髮自不易生。這裡既寫出自己的志趣與認識，又用以進勸友人。上片由景物推向人事，又從人事兜回景物，終於二者融會於青山一笑之間，轉折開合，嚴緊自然，確是大家手段。下面，自然地轉入龍門登覽的情狀抒寫。

龍門勝景，美不勝收。自北魏迄晚唐，先後建有古陽洞、賓陽洞、奉先寺、萬佛洞、香山寺等。在短小的詞篇裡，若具體稱述，難免顧此失彼。故而，詞人於下片中以一問句發端，運用《世說新語・言語》「從山陰道上行，山川自相映發，使人應接不暇。」的典故，總說龍門景色的豐富多彩，既補充了詞人筆下的畫面，回應了上片首二句，又使詞意含蓄蘊藉，耐人回味。如此風光，夢中亦所嚮往。「留眼」句本於杜甫詩「船經一柱觀，留眼共登臨」（〈渝州候嚴六侍御不到先下峽〉），本意謂沿途被佳景留住眼光，遂登臨遊覽。詞人此次與李長源是專程遊龍門，用「留眼」字亦表出此處景物極吸引人，大可留連賞覽。正由於有上文對龍門景色的渲染作鋪墊，所以，下文的抒情自然流出。詞人聲稱要在此酣飲長歌，喚取山花山鳥相伴，欣賞天籟之音，在飛瀑流泉、鳥鳴花放的優美環境中陶冶性情，並感染對方，使其同自己一樣遠離塵俗，潔身自好。這裡一方面表現出詞人對和平、安定、寧靜生活的嚮往以及對汙濁的黑暗現實的否定，同時，也是儒家達則兼濟天下、窮則獨善其身的傳統思想在其身上的體現。「喚取」二句，化用杜甫「一重一掩（指山）吾肺腑，山鳥山花吾友于（兄弟也）」

山水有清音」（〈岳麓山道林二寺行〉）詩意。末二句寫龍門山上泉聲泠泠，清美動聽，直用左思〈招隱〉詩「非必絲與竹，山水有清音」成句，承接自然，正是清人鄒祗謨所謂「詩語入詞，詞語入曲，善用之即是出處，襲而愈工」（《遠志齋詞衷》）之一例。

本篇詞句清麗自然，命意又古樸渾雅。除首二句稍加潤飾外，通篇幾乎不見經營之跡。深摯真切之情感，以平易曉暢的語言出之，而表達感情卻委婉多致，詞人對現實世界的觀感，以及規勸友人的用意，均蘊含其中。元好問在〈遺山自題樂府引〉中說：「樂府以來，東坡為第一，以後便到辛稼軒。」對蘇辛詞作推崇備至，不僅對他們的豪放詞風有所繼承，表現方法也有所吸收。此詞語言的散文化寫法，顯然亦受辛詞影響。（趙興勤）

水調歌頭　元好問

賦三門津

黃河九天上，人鬼瞰重關。長風怒捲高浪，飛灑日光寒。峻似呂梁千仞，壯似錢塘八月，直下洗塵寰。萬象入橫潰，依舊一峰閒。
仰危巢，雙鵠過，杳難攀。人間此險何用，萬古祕神姦。不用燃犀下照，未必佽飛強射，有力障狂瀾。喚取騎鯨客，撾鼓過銀山。

詞人以如椽巨筆，寫天地奇觀。起句高唱而入，有「黃河落天走東海」（李白〈贈裴十四〉）之氣勢。接著，詞人潑灑濃墨，信手繪出一幅幅壯人情懷的景物：黃河激浪，三門險關，中流砥柱。這幅幅壯景，交替出現，層次井然。畫面的設置也由遠及近，由大到小，有遠景的攝取，也有特寫鏡頭的推現，凸出了畫面的主體，烘托出景物的立體感、空間感和環境氣氛。

黃河在歷代文人墨客的筆下，呈現出千姿百態。李白〈將進酒〉的「黃河之水天上來，奔流到海不復回」詩句，更成為千古傳誦的絕唱。這類題材，雖然古來文人多所拈及，但是，詞人卻在古人寫黃河詩作的基礎上翻出新意，確乎不易。詞人先以「長風怒捲高浪，飛灑日光寒」，粗線條地勾勒出黃河怒濤翻捲、浪花飛濺的逼人氣勢，繼而，又以「峻似呂梁千仞，壯似錢塘八月」幾句，具體地、形象地描繪出黃河浪峰高捲、奔騰洶湧的雄姿。《莊子．達生》：「孔子觀於呂梁，懸水三十仞，流沫四十里。」呂梁所在地諸說不一，總之是河水落差甚大處，勢如瀑布者。詞中用千仞呂梁和八月錢塘江潮，寫黃河水浪之高險、壯闊，可謂形神俱備，創造出前人多未涉足的佳境。

三門津是黃河中十分險要的地段，河面分人門、鬼門、神門，水流湍急，僅人門可以通船。砥柱即黃河急流中的砥柱山，在黃河咆哮奔湧、天地萬物都被沖決的奇險畫面中，只有它「依舊一峰閒」，這就烘托了詞人藉以抒情的景物主體，活畫出砥柱山傲視風浪、昂然挺立的偉姿，也映襯出詞人神采飛揚、勇於征服困難的闊大胸襟和非凡抱負。

「仰危巢」三句，反用蘇軾〈後赤壁賦〉「攀棲鶻之危巢」句意，是上片景物描寫的承接。鳥兒在山的高處做窩，悠悠飛動的雙鵠從山旁穿過。高峻的砥柱山，望之而令人生畏，更何談登攀？「人間此險何用」之問，下句作了回答，是「萬古祕神姦」。「神姦」一詞出於《左傳．宣公三年》。傳說夏禹將百物的形象鑄於鼎上，「使民知神、姦」，就是辨識神物和惡物的模樣。祕，閉也。說這奇險的砥柱之下，是遠古以來用以禁閉神異怪物的地方。唐李公佐《古嶽瀆經》還記有夏禹鎖禁淮渦水神無支祁於龜山腳下的傳說。因此詞人設想三門津水下會潛藏著很多有本領的怪物。接著說不用像東晉溫嶠在牛渚磯那樣「燃犀下照」，窺探怪異，若惹怒了它們，掀起狂波巨瀾，縱然是善射的佽（音同刺）飛的強弓勁弩也未必抵擋得住。（春秋時楚國勇士佽飛曾仗劍入江刺殺兩蛟，西漢時的射士因以此勇力之人命名。）這裡並參用蘇軾〈八月十五日看潮五絕〉其五「安得夫差水犀手，三千強弩射潮低」句意。以上多方面、多手法地把黃河三門津的險惡形勢寫足，然後結以極占身分的兩句：「喚取騎鯨客，撾鼓過銀山。」三門津縱是如此驚險，他要喚取像李白（騎鯨客）那樣的志同道合的高士，擊鼓穿過浪峰，壓平千頃怒濤。表現了詞人不可抑勒的昂揚奮發、積極向上的進取精神。

本詞謀篇布局，上下回應，環環相扣，轉折跌宕，曲盡情致。前數句極力寫黃河之險：河水自上游而來，猶如從天上瀉下。一個「瞰」字，不僅賦予黃河以人格化，而且也回應了首句的「黃河九天上」。「直下洗塵寰」，不僅是「峻似呂梁千仞，壯似錢塘八月」的進一步描述，也與首句意義相牽，用詞非常準確，字字俱含深意。詞人以濃墨鋪寫黃河之「怒」，更反襯、烘托了砥柱之閒，一動一靜，相映生趣，展示了詞人立志有所作為的不凡懷抱。寫景抒情，渾然一體，不露筋骨，可謂「舒寫胸臆，發揮景物，境皆獨得，意自天成」（清葉燮《原詩》「外篇」上）。以奇橫之筆勢，寫雄闊之壯景，抒博大之情懷，清況周頤稱本詞「崎崛排奡」（《蕙風詞話》），可謂得其神理。（趙興勤）

摸魚兒

元好問

問世間、情是何物，直教生死相許？天南地北雙飛客，老翅幾回寒暑。歡樂趣，離別苦，就中更有痴兒女。君應有語，渺萬里層雲，千山暮雪，隻影向誰去？橫汾路，寂寞當年簫鼓，荒煙依舊平楚。招魂①楚些何嗟及，山鬼②暗啼風雨。天也妒，未信與，鶯兒燕子俱黃土。千秋萬古，為留待騷人，狂歌痛飲，來訪雁丘處。

〔註〕①招魂：《楚辭．招魂》序：「宋玉憐哀屈原，忠而斥棄，愁懣山澤，魂魄放佚，厥命將落，故作〈招魂〉，欲以復其精神。」

②山鬼：《楚辭．九歌》篇名，有「東風飄兮神靈雨」之句。

這是一首詠物詞。作者用擬人等手法，緊緊圍繞「情」字，對大雁殉情的故事展開了深入細緻的描繪，塑造了一個忠於愛情的大雁的形象，譜寫了一曲悽惻動人的戀情悲歌，寄託了作者對殉情者的哀思。

情因景而生，詞為情而作。作者在詞前小序中說：「（泰和五年，一二〇五）乙丑歲，赴試并州，道逢捕雁者云：『今旦獲一雁，殺之矣。其脫網者悲鳴不能去，竟自投於地而死。』予因買得之，葬之汾水之上，累石為識，號曰『雁丘』。時同行者多為賦詩，予亦有〈雁丘詞〉。」這就是說，雁殉情而死的事，強烈地撥動了作者心靈的琴絃，使其揮筆寫下了這首充滿激情的詞。

這首詞的主旨是讚美雁情堅貞專一。詞的開頭三句，陡然發問，奇思妙想，破空而來。作者本要詠雁，卻從「世間」落筆，以人擬雁，賦予雁情以超越自然的意義，想像極為新奇。「情是何物」，這似乎是一個人盡皆知的問題，事實上許多人只是從形骸上看待男女之愛，並不懂得什麼是「至情」，作者劈頭提出這個問題，顯然是要喚起世人對「至情」的關注，為下文寫雁的殉情預作張本；同時也是為了點出「情」字，並用它貫穿全詞。古人認為，情至極處，「生者可以死，死可以生」（明湯顯祖《牡丹亭》）。「生死相許」，是互愛著的雙方可以生死與共。情是何物而至於以生死相許！這是因大雁殉情一事引起的普遍的感嘆，同時也是對「至情」的力量的謳歌。在「生死相許」之前加上「直教」二字，便補足了「情」這個「物」的魔力之大。這樣開篇，中心凸出，氣健神旺，猶如盤馬彎弓，為下文寫雁之殉情蓄足了筆勢。

接著，作者便憑藉著豐富的聯想和想像，對雁的生活、雁的心理活動和鴻雁殉情的原因，層層深入地展開描寫。「天南地北」二句寫雁的生活。大雁秋天南下越冬而春天北歸，雙宿雙飛，這本來是一種自然現象，而作者卻稱牠們為「雙飛客」，賦予牠們的生活以人格化理想化的色彩。「天南地北」，從空間落筆，「幾回寒暑」，從時間著墨，用高度的概括，寫出了大雁的相依為命，一往情深。其實，雁的殉情絕不是簡單的「深情」二字所能概括得了的，故作者接下去又用抒情的筆調描繪雁的痴情，指出牠們在長期的共同生活中，既有團聚的歡樂，也有離別的酸辛，但沒有任何力量能把牠們分開。「痴兒女」三字，使用擬人的手法，表現了這對「雙飛客」的心心相印與感情的深摯專一。然後寫孤雁的心理活動。君，指殉情的大雁。當「網羅驚破雙棲夢」（楊果〈摸魚兒·同遺山賦雁丘〉）之後，作者認為孤雁心中必然會產生生與死、殉情與偷生的矛盾。而且牠肯定是想自己雖然獲得了一線生機，但情侶業已亡逝，自己形孤影單，前途渺茫，即便能苟活下去，還有什麼意義呢？於是痛下決心，追舊侶於九泉之下，「自投於地而死」了。「萬里」、「千山」，寫征途之遙遠，「層雲」、「暮雪」，渲染征途之艱險，用烘托的手法，揭示了大雁心靈的軌跡，交代了牠殉情的原因，動人心弦。在這裡，作者調動了形象描寫、心理刻畫和抒情議論多種手段，塑造了大雁的形象，再現了一個完整的內心世界，一條奔湧的思想和感情的流程，用具體事實坐實了「情」字。

過片以後，作者又借助對自然景物的描繪，襯托出大雁殉情之後的淒苦。在孤雁長眠的地方，當年漢武帝渡汾河祀汾陰的時候，簫鼓喧天，棹歌四起，是何等熱鬧；而今平林漠漠，荒煙如織，簫鼓聲絕，一派蕭條冷落的景色。古與今，人與雁，形成了鮮明對比，更加使人感到鴻雁殉情後的淒苦與孤寂。但是，雁死不能復生，招魂無濟於事，山鬼也枉自悲啼，死者已矣，而人也就無可奈何了。說景即是說情。在這裡，作者把寫景同抒情融為一體，用淒涼的景物襯托孤雁的悲苦生活，增強了作品的悲劇氣氛，表達了作者對殉情大雁的強烈而真摯的哀悼與惋惜。

詞的最後，寫對殉情大雁的禮讚。作者認為，孤雁之死，其感情價值之高，上天也應生妒；雖不能說「重於泰山」，但也不會與鶯兒、燕子之死一樣同歸黃土而了事。牠的美名將永世長存，萬古長青。「千秋萬古」，從正面歌頌；「鶯燕黃土」，從反面襯托。相反相成，從不同方面共同闡明了大雁殉情的不朽。

心有靈犀一點通。雁之殉情事實上就是無數青年男女為追求幸福美滿的愛情、婚姻和家庭生活而不惜獻出青春甚至生命的投影，而作者對雁之殉情的讚美，就是他對無數青年男女堅貞專一愛情的歌頌，也是對他們愛情遭受梗阻、破壞的嘆息。

總之，這首詞圍繞開頭兩句發問，一層一層地寫出了一段動人的情事，用事實回答了什麼是「至情」。全詞情節雖然並不複雜，而行文卻騰挪多變，有大雁生前的歡樂，也有死後的淒苦，前後照應，上下勾連，寓纏綿之情於豪宕之中，寄人生哲理於淡語之外，清麗淳樸，溫婉蘊藉。（薛祥生）

摸魚兒　元好問

泰和中，大名民家小兒女，有以私情不如意赴水者，官為蹤跡之，無見也。其後踏藕者得二屍水中，衣服仍可驗，其事乃白。是歲此陂荷花開，無不並蒂者。沁水梁國用，時為錄事判官，為李用章內翰言如此。曲以樂府〈雙蕖怨〉命篇。「咀五色之靈芝，香生九竅；咽三危①之瑞露，春動七情」，韓偓《香奩集》中自敘語。

問蓮根、有絲多少，蓮心知為誰苦？雙花脈脈嬌相向，只是舊家兒女。天已許。甚不教、白頭生死鴛鴦浦？夕陽無語。算謝客煙中，湘妃江上，未是斷腸處。

香奩夢，好在靈芝瑞露。中間俯仰今古。海枯石爛情緣在，幽恨不埋黃土。相思樹②，流年度，無端又被西風誤。蘭舟少住。怕載酒重來，紅衣半落，狼藉臥風雨。

〔註〕①三危：一作「三清」。四部叢刊本《香奩集》序作「三危」。三危，神話中的仙山，見《山海經．西山》。②相思樹：晉干寶《搜神記》卷十一：宋康王舍人韓憑娶妻何氏，美。康王奪之。憑自殺，妻投臺而死。里人埋之，二冢相對，一夕之間便有大梓木生於二冢之端，旬日而大盈抱，屈體相就，根交於下，枝錯於上。有鴛鴦雌雄各一，恆棲樹上，交頸悲鳴，音聲感人。宋人哀之，遂號其木曰「相思樹」。

這首〈雙蕖詞〉是〈雁丘詞〉的姊妹篇，都是馳名千古的佳作。〈雁丘詞〉是寫雁的殉情，悲雁即是悲人；而這首〈雙蕖詞〉卻是直筆寫人，寫民間青年男女殉情的悲劇。作者在詞序中以同情的筆調詳細交代了這個悲劇產生的時間、地點、人物以及故事的始末，哀豔動人。這首詞，則是就這個悲劇故事抒發作者自己的感受，向為爭取愛情自由而犧牲的青年男女表同情。

詞的上片，寫並蒂蓮的形象，並揭示這形象的底蘊，表達作者同情與痛惜的心情。詞以「問」字起句，一個「問」字，領起「蓮根」、「蓮心」兩句。「絲」諧「思」，男女雙雙殉情，沉於荷花塘，化身為並蒂蓮，蓮根（藕）之「絲」，自然就是他們的愛情之思；而「蓮心」，亦即人心，他們生不得結為伉儷，被迫而死，其冤其苦，可想而知。一「絲」一「苦」，是兩句的核心，而且貫串全詞。劈頭以領字發問，表現了詞人不可按捺的激動情緒，筆勢一如連弩。在詞中，起句用領字，多是用以寫回憶題材或鋪敘眼前景物，抒發感慨，而以領字發問，卻不太常見。這種起句，多是在詞人對所詠的對象深有感觸，情緒激動，要議論，要質問，醞釀再三，至不可按捺時，衝口而出，其發問的內容，往往是作者思考的核心問題，這一出口，便如水決長堤，一發而不可收。作者的〈雁丘詞〉也是這種起句法。「雙花脈脈嬌相向」以擬人的筆法寫花，更是以擬物的筆法寫人，僅此一筆，就寫出了「雙花」亦即這對「痴兒女」相互依戀的形象與情態。然後用「只是」一句，明確點出了這「雙花」原來就是那「大名（今屬河北）民家小兒女」。元好問詞中用「舊家」一詞不少，都是「從前的」、「原來的」的意思。以上幾句，字裡行間都流露著作者對這民家兒女的同情。「天已許」兩句，作者的感情進一步激烈，指出這對痴情兒女，在人間不能結合，而死後卻能化作並蒂蓮，他們生死不渝的愛情已得到「天」的同情與首肯。那麼，這樣的一對青年，為什麼不讓他們白頭偕老？這一問，筆鋒猛轉，作者的思想昇華到一個新的高度，閃出了向整個古代禮教抗爭的火花。「鴛鴦浦」非實指，而是虛構的一個充滿愛情和歡樂的場所，詞人是希望這對青年能「白頭生死」於這樣的環境裡。作者寫的是愛情，用「鴛鴦」字樣，也自然有一種映襯的作用。作者的質問，未能得到什麼回答，唯見「夕陽無語」而已。「夕陽」句，有著濃厚的感情渲染，看來，「夕陽」也在沉思，也在悲痛，而作者的感情也隨之轉入深沉，以至於「斷腸」了。「謝客」三句，就是表達這種「斷腸」的感情。「謝客」即南朝宋謝靈運，靈運小字「客兒」，時人因稱「謝客」。他曾作過〈傷己賦〉，所寫皆傷感之境，傷感之情，其中有「播芬煙而不熏，張明鏡而不照，歌白華之絕曲，奏蒲生之促調」諸語，「謝客煙中」，或指此。「湘妃」，指傳說中的娥皇、女英，舜的二妃，舜南巡，死於蒼梧之野，二妃尋而不得，遂死於湘水。凡此，本來都是至傷至悲之境，但詞人卻說，這些都「未是斷腸處」，顯然，「斷腸處」就是這民家兒女殉情的荷花塘了，這裡曾沉下殉情者的肉體，而眼下正開著他們魂魄化成的並蒂蓮花。這三句引古喻今，而又抑古揚今，意在著力表現作者痛心疾首的悲傷情緒。

下片過片引唐韓偓《香奩集》自序語，用神話般的靈芝、瑞露映襯這對青年愛情的聖潔。這樣的愛情，卻似夢般很快消失了。「俯仰之間，已為陳跡」，這是大可嘆惜的。但是，「海枯石爛情緣在」，他們的愛情是不滅的，他們的「幽恨」，也是「黃土」所掩埋不掉的。兩句盛讚其愛情的堅貞永固。元好問是金元間的赫赫大儒，能對這民家兒女的「私情」，唱這樣的贊歌，作出這樣的評價，實在是難能可貴！「相思樹」三句，仍屬借古喻今，以古代的韓憑夫婦比擬眼前的民家兒女，把韓憑夫婦的冤魂化成的「相思樹」，比擬眼前的並蒂蓮。「相思樹」是古代愛情悲劇的象徵，而隨著時光的流逝，到現在「又被西風誤」者，則是指這對青年，他們被「誤」，以至於死，罪在那充滿殺氣的「西風」。「西風」顯然是當時禮教的代名詞。「無端」二字用得極好，它既確切地表現了作者的正義立場，同時用以歸罪「西風」，鞭撻「西風」，勝似千乘之師。「蘭舟」以下四句，抒寫作者對並蒂蓮憑弔與珍惜的感情。這幾句的筆勢，似在收束全詞，但卻收而不束，反給全詞再泛一層漣漪。要「蘭舟少住」，意在憑弔。由於前面對並蒂蓮著墨甚多，故結處乃興憑弔之意。作者料到，若不及時盡情憑弔，那麼，以後再來的時候，恐怕就要「紅衣半落」，甚至於「狼藉臥風雨」了。「紅衣」指荷花。一個「怕」字，極見詞人感情，他對這青年男女用生命結成的並蒂蓮十分珍惜，因而生怕其凋零。同情之心，珍愛之意，情真意切，掬之可出。一對青年，死而化蓮，已屬不幸，若再被風雨欺凌，狼藉池塘，豈非更悲！這自然是詞人根據當時社會形勢所作出的預料：美好事物將再次被惡勢力摧毀！顯然，這一預料給全詞更增添了悲劇氣氛，作者寫愛情悲劇的使命，也就此完成了。

透過以上的分析解剖，我們可以看到，這首詞的凸出特點是以情見勝，富有一種純情之美。全詞句句有情，在以淒婉憤懣為主要特徵的基調下，又能時作變化，或同情，或痛惜，或珍愛，或抗爭，以至於憤然高呼，種種感情錯雜其間，從而形成了一種起伏多變的感情潮。在寫作上，他運用了議論、抒情、寫景、敘事等多種筆法，交互錯雜，熔於一爐，且借典用事，皆有助於感情的表達。值得注意的是，在現存元好問三百餘首詞中，愛情詞所占比例很小。但一經涉筆，便臻絕唱，而且所寫多是悲劇，除了〈雙蕖詞〉、〈雁丘詞〉外，還有〈江梅引〉（牆頭紅杏粉光勻）、〈小重山〉（酒冷燈青夜不眠）等。在他的這些詞中，大多充滿著悲壯貞剛之氣，與其他一些慣寫柔靡愛情的詞人絕不同調。元好問之所以這樣，蓋與其所處的特定時代有關，這些詞很可能都暗寓著一種殉國之思或故國喬木之痛，並非泛泛敷衍故事。

關於這首詞的寫作年代，詞序中有「沁水梁國用，時為錄事判官，為李用章內翰言如此」云云。梁國用，未詳；李用章即李俊民。看來作者能寫這首詞，其故事素材當取於李俊民，蓋由李氏轉述而來。而元好問之認識李俊民，蓋在金宣宗貞祐四年（一二一六）之後不久。據李俊民〈莊靖先生遺集：一字百題〉詩序，俊民於貞祐三年（一二一五）秋七月南遷，僑居於河南福昌縣「廳事之東齋」。次年丙子，元好問避兵南渡，寓於福昌縣之三鄉鎮（見《遺山集．故物譜》）。兩人相識，蓋在此時。俊民為之轉述雙蕖故事，遺山因有是作，上距「泰和」（一二〇一～一二〇八）中，已十餘年了。其時，金國危在旦夕，以此，益知詞中寄意遙深，非徒用事鍊句敷衍故事而已。（丘鳴皋、秋如春）

水龍吟　元好問

素丸何處飛來，照人只是承平舊。兵塵萬里，家書三月，無言搔首。幾許光陰，幾回歡聚，長教分手。料婆娑桂樹，多應笑我，憔悴似，金城柳。

不愛竹西歌吹，愛空山、玉壺清晝。尋常夢裡，膏車盤谷，拏舟枋口。不負人生，古來唯有，中秋重九。願年年此夕，團欒兒女，醉山中酒。

這首詞寫作的具體時間難以確考。但詞中提到的「盤谷」、「枋口」二地，皆在河南濟源縣，於登封為近，因此可大致斷定，此詞寫作時間約在金宣宗興定三年（一二一九）至哀宗正大二年（一二二五）之間，某一年的中秋之夜。這時已是金朝的末期，因受蒙古的軍事壓迫，遷都汴梁，僅保有河南、陝西之地。元好問在汴京任國史院編修，眷屬則在河南登封。

詞的上片是對過去離亂生活的回顧與感慨。元好問自金宣宗貞祐元年（一二一三）以來，因避兵幾經轉徙，顛沛流離，哥哥元好古死於兵亂之中。移家登封後稍微安定下來，但在汴京為官，仍是單身生活。北邊烽火未熄，自己孤身一人，是這首詞的抒情背景。開頭一句，「素丸何處飛來」，突兀發端，筆勢飄逸，卻原來又到中秋了。這輪明月，和承平時候一樣圓，一樣亮，而今國家破碎，故鄉淪陷，孤獨的詞人，只有「無言搔首」而已。「幾許光陰，幾回歡聚，長教分手」，是對過去多年離亂生活的回憶和概括，讀來沉摯悲涼。上片結句仍回到對月情境，以月亮作鏡子，照出自己憔悴的容顏。這是多年離亂的結果，也是前面回憶的一個收束。

詞的過片，以否定句式，逆接上片，強調了自己不愛繁華、獨喜幽靜的情操。繁華之地每伴隨著榮利追逐，而清幽之處則遠離塵囂，這是詞人寫這幾句的真意所在。「玉壺」，以其清冷明潤之質象徵朗月，「清晝」則表月明如晝。空山明月之夜，是詞人所嚮往的境界，每每夢寐以求之。盤谷為唐李愿隱居之地。韓愈〈送李愿歸盤谷序〉末云：「膏吾車兮秣吾馬，從子於盤兮，終吾生以徜徉。」詞人括成「膏車盤谷」一句，也有追隨之意。集中另有同調詞一篇，題為「同德秀遊盤谷」，編次此詞之後，當是後來實地往遊時作。其中有云：「野麋山鹿，平生心在，長林豐草。婢織奴耕，歲時供我，酒船花灶。把人間萬事，從頭放下，只山中老。」抒寫同樣情懷，可以參看。「枋口」，據《新唐書．地理志》，孟州濟源縣有枋口堰。唐文宗大和五年，河陽節度使溫造於此疏浚古秦渠，以灌溉濟源等四縣田。水邊拏舟，亦閒暇適情的事。不過山水之情，只存夢想，詞人接著感嘆，在現實生活中，只有中秋、重九親人的團圓，才能給人一點生之歡樂。因此，他只願能返回家中，年年中秋，享受一點天倫之樂。宋道原《景德傳燈錄》卷八載襄州龐居士偈曰：「有男不婚，有女不嫁，大家團欒頭，共說無生話。」作者概括為「團欒兒女」句，含意是非常蘊藉的。

詞中化用前人成句和典故處，除以上已舉出的之外，「家書三月」，是杜甫詩句「烽火連三月，家書抵萬金」（〈春望〉）的節縮，利用讀者的心理積澱，以更簡括的字句，傳達了同樣的感受。「金城柳」出自南朝宋劉義慶《世說新語．言語》：「桓公（溫）北征，經金城，見前為琅邪時種柳，皆已十圍，慨然曰：『木猶如此，人何以堪。』攀枝執條，泫然流淚。」還有一個「竹西」，在揚州城北。竹西本身不算有名，自杜牧〈題揚州禪智寺〉詩「誰知竹西路，歌吹是揚州」以後，遂為文人所稱道，姜夔的〈揚州慢〉至稱為「淮左名都，竹西佳處」。作者用很少的字句調動起讀者的記憶，增強了詞作的感情厚度。（張仲謀）

沁園春　元好問

除夕

再見新正，去歲逐貧，今年送窮。算公田二頃，誰如元亮；吳牛十角，未比龜蒙。面目堪憎，語言無味，五鬼行來此病同。齏鹽裡，似揚雄寂寞，韓愈龍鍾。何人炮鳳烹龍，且莫笑先生飯甑空。便來朝看鏡，都無勛業；拈將詩筆，猶有神通。花柳橫陳，江山呈露，盡入經營慘淡中。閒身在，看薄批明月，細切清風。

元好問於金亡後擺脫政治，過起遺民生活，立志著述。除搜集資料準備編寫金史外，還匯輯金人詩詞編成《中州集》十卷附樂府詞一卷。其自作詩，反映現實生活，沉摯悲涼，與杜甫詩風一脈相承；所為詞，《金史》本傳稱「揄揚新聲以寫恩怨者又數百篇」。這首〈沁園春〉，借除夕之夜的冷落，抒發其政治失意後專心致意於文學創作的情懷。用精神生活的富贍來抵消物質生活的貧寒和政治生活的困窘。寫「貧」和「窮」，全用故事，寫自己的文學生涯則化用前人詩句以抒胸臆，兩闋之間，珠聯璧合，構思精巧。

「再見新正，去歲逐貧，今年送窮。」開門見山，平中見巧。一個「再」字，不僅帶出了下文的「去歲」和「今年」，也帶出了「逐貧」和「送窮」。揚雄有〈逐貧賦〉，韓愈有〈送窮文〉，此概括其意。在古代，「貧」指經濟拮据，「窮」乃政治失意。此處互文見義，兼而有之：去歲逐貧送窮，今年依舊逐貧送窮，見其失意時間之長，貧寒歲月之久。兩「逐」字連用，又造成行文上的緊湊感。這個開頭，為下文的展開總攬一筆。

「算公田二頃，誰如元亮；吳牛十角，未比龜蒙。」元亮，即陶潛，晉代著名詩人。其所作〈五柳先生傳〉自言「環堵蕭然，不蔽風日，短褐穿結，簞瓢屢空」，可見其貧。但他為彭澤令時，還有公田二頃，其中一頃五十畝種秫，以便釀酒；又五十畝種秔，作為口糧（見《晉書》本傳）。晚唐著名詩人陸龜蒙，他也是一位因「困倉無升斗蓄積」而常忍饑捱餓，不得不「躬負畚鍤」耕種的貧士。但陸龜蒙在〈甫里先生傳〉中，自謂「有牛不減四十蹄」，則知這裡的「吳牛十角」為助耕種的水牛。南朝宋劉義慶《世說新語．言語》劉孝標註：「今之水牛，唯生江淮間，故謂之吳牛。」元好問在「公田二頃」之後加「誰如」二字，在「吳牛十角」之後加「未比」二字，說明自己的貧有甚於陶淵明和陸龜蒙，用尋常字眼來深化詞的含義。

「面目堪憎，語言無味，五鬼行來此病同。」韓愈〈送窮文〉說智窮、學窮、文窮、命窮和交窮為「五鬼」，「凡此五鬼，為吾五患，饑我寒我」，「使吾面目可憎，語言無味」。元好問借韓愈的語言，形象地刻畫了貧寒失志者的窘態，借他人之陳言，抒自己胸中的積憤。

「齏鹽裡，似揚雄寂寞，韓愈龍鍾。」揚雄是西漢末年人。哀帝時，丁氏、傅氏、董賢等擅權，依附他們的人多起家發跡，而揚雄正埋頭寫他的《太玄經》，淡泊自守。有人嘲笑他，因作〈解嘲〉以明志，其中有「爰清爰靜，游神之廷；唯寂唯寞，守德之宅」等語。韓愈於貞元末年貶竄南荒，五、六年間投閒置散，自稱「跋前躓後，動輒得咎」，「冬暖而兒號寒，年豐而妻啼饑」（〈進學解〉），頭童（光禿）齒豁，也是一副龍鍾失意之態。齏乃細切的鹹菜。韓愈的〈送窮文〉中有「太學四年，朝齏暮鹽」的話，是說終日以鹹菜下飯，生活清苦，元好問說他也過著這樣的生活。這幾句的好處，全在一個「似」字。「似」字與上文的「誰如」、「未比」相映帶，把經濟上的貧窮和政治上的失意聯在一起，承接著開頭的「逐貧」、「送窮」。上面說己之貧，境況不如猶有薄產的兩位古人；此處言己之窮，遭際又正似失意狼狽的兩位古人，兩者相反相成，構成了行文的緊密和內容的深刻。

上片引古事以抒懷，下片則述現實以寄慨。「何人炮鳳烹龍」，宕開一筆，從他人落墨，似乎是節外生枝，其實，正是用新春佳節富貴人家炮鳳烹龍，堆盤滿案，來襯出「先生飯甑空」的淒涼況味，「炮鳳烹龍」語出於李賀〈將進酒〉「烹龍炮鳳玉脂泣」；「甑空」暗用東漢范冉貧居絕糧，「甑中生塵」的典故（見《後漢書．獨行列傳》），表明先生的貧寒。但是「莫笑」！先生的物質生活和社會地位雖貧且窮，精神生活卻是極為豐富的。「便來朝看鏡，都無勛業；拈將詩筆，猶有神通。」「便」字領起兩組四句：第一組化用杜甫〈江上〉詩「勛業頻看鏡」句，是陪筆；第二組用蘇軾出御史臺獄後詩句「試拈詩筆已如神」（〈十二月二十八日，蒙恩責授檢校水部員外郎黃州團練副使，復用韻二首〉其二），是主意。下文進一步鋪寫他「詩筆如神」的種種：「花柳橫陳，江山呈露，盡入經營慘淡中。」「花柳」兩句暗用杜甫〈後遊〉詩「江山如有待，花柳自無私」，說他的詩篇內容，盡多美景；「盡入」一句用杜甫〈丹青引贈曹將軍霸〉「意匠慘淡經營中」，說他的創作態度，極用苦心。這幾句就貧富之間，「有」、「無」之事，隨宜抑揚，極占身分。最後再就富貴家「炮鳳烹龍」之事，再申抗衡之意：「閒身在，看薄批明月，細切清風。」蘇軾早就說過：「江山風月，本無常主，閒者便是主人。」（《東坡志林．臨皋閒題》）況且「清風朗月不用一錢買」（李白〈襄陽歌〉），貧而閒，正可占盡風流。取眼前「風月」批而抹之（薄切為批，細切為抹），做成肴饌。富家娛客，炮鳳烹龍；貧家娛客，抹月批風，未必不敵，且尤勝之。蘇軾又說過：「清風初號地籟，明月自寫天容。貧家何以娛客，但知抹月批風。」（〈和何長官六言次韻五首〉其四）元詞正是用此。

元好問這首詞，嘆「貧」誇「富」，牢騷滿紙；用典用事，雋語盈篇。〈沁園春〉格局本宜於鋪陳，調性也適於諧謔。以此調寫此心，可謂「得其所哉」。（湯貴仁、陳長明）

青玉案　元好問

落紅吹滿沙頭路。似總被、春將去。花落花開春幾度。多情唯有，畫梁雙燕，知道春歸處。

鏡中冉冉韶華暮。欲寫幽懷恨無句。九十花期能幾許。一卮芳酒，一襟清淚，寂寞西窗雨。

本詞用賀鑄〈青玉案〉（凌波不過橫塘路）詞原韻，借描繪暮春景色，抒發了詞人孤獨、冷寞的情懷。首先將最能體現晚春景物特徵的「落紅」攝入筆底，這就為全詞定下了基調，隱寓著詞人低沉幽怨的情感。故而，下句很自然地過渡到抒情。以花擬人，似乎滿路的狼藉落花，也和詞人心境一樣。「未肯放春歸」，正表明詞人對美好生活的嚮往，使情與景得到巧妙融合。

春去夏來，循環往復，花開花落，年復一年，這是自然的法則，非人力所能回轉。燕子是候鳥，秋去春來，執著地追逐著春光，翻飛於花叢柳林，對春色寄愛最深。這裡以燕擬人，寄意深婉。淒秀之詞，味亦雋永，寄寓了詞人高遠的奇想。

古人每每以春色的凋謝，比喻人容顏衰老。下片中，詞人筆鋒陡轉，由目下的「落紅」，聯想到自身的「韶華暮」，感嘆年華易逝，暮年將至，花期無多，這正是其「恨無句」傳寫的「幽懷」。再者，詞人畢竟是個壯懷磊落的志士，金亡前，曾「愁裡狂歌濁酒，夢中錦帶吳鉤」（〈木蘭花慢〉），欲作名臣賢相，以拯救日衰的國勢。然而，朝廷昏暗，仕路風波，他又為歲月蹉跎、壯志未酬而悵惋。金朝的一旦覆亡，這大大出乎他所預料：「只知灞上真兒戲，誰謂神州遂陸沉。」（〈癸巳四月二十九日出京〉）本想有待而為，乘時而動，不料大勢已去，難圖恢復，又有「棋中敗局從誰復，鏡裡衰容只自羞」（〈送仲希兼簡大方〉）的嘆喟之語。時光飛逝，而功業無成，這或許也是詞人難抒之「幽懷」。還有，遺山四十二歲時，髮妻張氏身亡，這給他心靈帶來慘重創傷。他曾在〈三奠子·離南陽後作〉詞中慨嘆「悵韶華流轉，無計留連」，「閒衾香易冷，孤枕夢難圓。西窗雨，南樓月，夜如年」，表達了對亡妻的深沉追念之情。細揣詞意，本處的「一襟清淚，寂寞西窗雨」，似乎正含有傷逝之意。他眼見落花紛墜，紅消香斷，很可能聯想到人生無常，思及過早地拋他而去的亡妻，故而情懷憂傷，倍感寂寞，才道此斷腸語。他的「幽懷」，或許還深蘊著此類的內容。這裡，詞人極力描摹自身的孤獨憂淒之狀，寫得哀感頑豔，感人至深。且用語警拔而含意深邃，正可見其用筆之妙。

這首詞，以婉轉曲折之筆調，寫語意難傳之「幽懷」。全篇以描寫晚春落花起調，導入感情的抒發，以人擬花，又借花寫人。繼而，又寫春燕對春色的執著追求，以寄託個人的懷抱。然後才寫及本人對自身境況不佳的感嘆。轉而又寫花，感傷好花不常開，再轉及自身的描寫。詞意層層轉折，愈轉愈深。詞人所採取的筆法與他所表達的思想內容，正密相契合，互為表裡。將憐花、惜春、傷懷、悼亡、相思、追念等各種複雜的情感交錯來寫，悱惻纏綿，淋漓曲折。使外界的自然景物的轉換，與詞人內部感情潮水的跳蕩互為包容，準確地傳達出詞人蘊含心底的思緒和憂傷。與一般的傷春悲秋之作相比，就其內容的含量而論，也高出許多。儘管本詞有寄託，但它含而不露，幻化無跡。「有難狀之情，令人低迴欲絕」（清況周頤《蕙風詞話》評元詞〈木蘭花慢〉語）。（趙興勤）

臨江仙　元好問

自洛陽往孟津道中作

今古北邙山下路，黃塵老盡英雄。人生長恨水長東。幽懷誰共語，遠目送歸鴻。
蓋世功名將底用，從前錯怨天公。浩歌一曲酒千鍾。男兒行處是，未要論窮通。

由詞題可知，這首詞作於由洛陽赴孟津的途中。元好問自金宣宗興定二年（一二一八）移家河南登封，此後一段時間行跡多在河南。其赴孟津事，據所編《中州集》卷十辛愿小傳有云：「元光初，予與李欽叔在孟津。」又〈送欽叔內翰送欽叔內翰並寄劉達卿郎中白文舉編修〉詩：「六月渡盟津，十月行汜水。」可能就是這一次。元光只二年（一二二二），元好問三十三歲，前一年登進士第。他「少日有志於世，雅以氣節自許」（《南冠錄》引），一直抱著收復失地重返家園的希望。可是他也清楚地看到了當國者無恢復之謀，遇事因循苟且，「或有言當改革者，輒以生事（好生事端）抑之」（《金史・完顏奴申傳》），同自己匡時濟世的抱負不相合。因此，現實與理想，希望與失望的矛盾，交織在他胸中，構成情緒的兩極。這就是這首詞的寫作背景和內在動機。

這是一首述懷之作。作者觸景興感，弔古傷今，上片言情，下片說理。既表現了他以英雄自許、渴望建功立業的豪邁情懷，又反映了他面對現實無可奈何，聊作曠達的苦悶。

北邙山在河南洛陽城北，過山即是孟津。洛陽背邙面洛，為九朝古都。「北邙山下」即指洛京。「黃塵」

連「北邙山下路」，其意同於賀鑄〈將進酒／小梅花〉的「黃埃赤日長安道」，〈行路難／小梅花〉的「白綸巾，撲黃塵」，歷代有多少英雄豪傑，奔走於京城九陌黃塵之間，為功名自少壯而老死。這裡的「老盡」，含有感慨英雄不遇、空老京華之意。「人生長恨」，是對以上感慨的更深一層的概括。此懷無人共訴，更增加了感情的幽抑。下片詞情一轉，對上片的「長恨」忽作自我寬解之語。「蓋世」二句，意亦頗曲折。作者原以為英雄不得志，乃因「天公憒憒無皂白」（庾翼與兄庾冰書中語，見《宋書．天文志》），及知雖得蓋世功名，亦無所用，始覺是從前錯怨天公也。作者有〈飲酒〉詩頗能道出其中旨趣。詩是在他幾年後授職國史院編修、第二年即辭官回登封隱居時寫的：「利端始萌芽，忽復成禍根。名虛買實禍，將相安足論？驅驢上邯鄲，逐兔出東門。離官寸亦樂，里社有拙言。」意為如邯鄲道上的盧生，夢中雖極富貴，終遭讒害下獄；秦丞相李斯被殺前對兒子說：「吾欲與若復牽黃犬俱出上蔡東門逐狡兔，豈可得乎！」（《史記．李斯列傳》）末引晉人俚語言離開官場一寸即是樂事，顯然是針對當時官場的黑暗混濁而發。這種思想，在這首〈臨江仙〉詞中即已透露，所以詞的結尾說但須高歌飲酒，休論窮通了。

元好問的詞，多數是言志之作，其風格逼近蘇辛，更參以老杜詩品。這些詞在結構上呈現出一種大致相近的模式：上片或觸景生情，或即事興感，多是慷慨激烈，但到了下片，這種陡漲的心潮逐漸下落，如駿馬啣環，不得已而就範。可以說，上片是英雄本色，下片是模擬的頹唐；上片是一時忘情的理想迸發，下片是以理節情，酒澆塊壘，使傾側的心靈獲得暫時的平衡。對於熟悉時代背景和作者為人的讀者來說，不會誤解他的憤激之詞，反覺曠達之處，愈增悲涼。這首詞粗看上去和前代文人一樣，也是頹廢自放，但讀來卻有「壯士拂劍，浩然彌哀」（唐司空圖《二十四詩品．悲慨》）之感。這和蘇軾的〈念奴嬌．赤壁懷古〉的情形相似，字面意思似乎消沉，但情思意趣卻是清峭健爽，催人感奮的。

元好問的詞，喜歡化用前人成句。如「人生長恨水長東」，出自李煜〈相見歡〉（林花謝了春紅）。但李煜是亡國之音哀以思，元好問是志士之慨悲而壯，隱然有「老冉冉其將至兮，恐修名之不立」（屈原〈離騷〉）的意緒。又上片結句「幽懷誰共語，遠目送歸鴻」，是嵇康〈贈秀才入軍五首〉其四中的「目送歸鴻，手揮五弦」和「郢人逝矣，誰與盡言」（嵇又本於《莊子·徐無鬼》）的熔鑄。但這也不是簡單的挪借鑲嵌。嵇康是嘆其兄嵇喜遠去他方，無人可共談玄論道，而元好問則是前不見古人，後不見來者，有蒼茫六合，英雄獨立的悲慨。元好問的同時人李治說他作詞長於「用俗為雅，變故作新」（〈遺山先生集序〉），這首詞可以說是一個例證。（張仲謀）

臨江仙　元好問

李輔之在齊州，予客濟源，輔之有和。

荷葉荷花何處好？大明湖上新秋。紅妝翠蓋木蘭舟。江山如畫裡，人物更風流。

千里故人千里月，三年孤負歡遊。一尊白酒寄離愁。殷勤橋下水，幾日到東州！

李輔之，名天翼，固安（今屬河北）人，金宣宗貞祐二年（一二一四）進士。蒙古下汴梁，為濟南漕司從事。據《金史．地理志》，金濟南府即宋齊州（今山東濟南），而濟源縣則在金河東南路孟州，今屬河南。據元遺山《濟南行記》，乙未（一二三五）秋七月，「以故人李君輔之之故」而至濟南，與李輔之兩次暢遊大明湖，「漾舟荷花中十餘里」。當時，「秋荷方盛，紅綠如繡，令人渺然有吳兒州渚之想」。次年丙申三、四月間，遺山遊泰安，道出濟南，又與輔之歡聚。這首詞的上片，便是回憶暢遊大明湖的情景。當時正是「新秋」，湖上荷花初展嬌容，綠葉田田，一如翠蓋。詞以「荷葉荷花」起調，正是抓住了當時大明湖上「新秋」的景物特徵，與《濟南行記》正合。第三句以「紅妝」應「荷花」，以「翠蓋」應「荷葉」，再點大明湖新秋景色，可知前次歡遊印象之深；「木蘭舟」則寫到遊人，其間當有元、李二人之舟。「木蘭舟」點綴於「紅妝」「翠蓋」之間，使整個湖面變得更加妖嬈多姿。而詞人寫景的美好，也正是為了寫人的風流，因而上片結句說：「江山如畫裡，人物更風流。」風流人物，指自己與李輔之等文人雅士。這兩句，「江山」與「人物」並寫，總結上片。從「如畫裡」、「更風流」兩個詞組上，我們可以看到作者對此遊的得意。

詞的下片，一反上片歡聚融洽的氣氛，轉寫與李輔之的分別和作者所寄予的深沉的懷念。「千里故人千里月」和「孤負歡遊」，顯然是寫分離。「千里」，極言相距之遠。「三年」則明確點出與李輔之分別時間之長。從丙申濟南相會順推至第三個年頭，即為戊戌（一二三八）。戊戌蓋為本詞的寫作時間。這時元遺山正準備攜家由濟源回太原，與濟南相隔更遠，故詞中用「千里」形容之，而輔之的和詞中，也有「無窮煙水裡，何處認并州」句，顯然輔之寫和詞時，遺山已遠在「并州」（太原）了。遺山對輔之的思念之情，離別之愁，無以表達，乃浮想聯翩，竟想借「一尊白酒」來「寄離愁」，但橋下的流水，儘管殷勤，怎奈路程遙遠，何時才能將這「離愁」「寄」到「東州」呢？東州，指濟南，濟南位於當時的山東東路，故以「東州」代指。作者透過這樣一種假想的「尊酒寄離愁」的行動，把對輔之的思念之情深刻而形象地表現了出來。借流水寄言、寄淚以表達思念之情，不乏先例。李白〈秋浦歌十七首〉其一說：「寄言向江水，汝意憶儂否？遙傳一掬淚，為我達揚州。」蘇軾〈江城子．別徐州〉說：「欲寄相思千點淚，流不到，楚江東。」遺山則是借流水以寄送寄託著「離愁」的「一尊白酒」，雖筆法略似前人，但婉轉綢繆，實有過之。

這首詞以情取勝。它所表達的感情是純真的。這裡既有團聚的歡快，也有天各一方的離愁。歡快與離愁，皆出於純真。在表現形式上，全詞用筆自然純樸。從整體結構上看，上片回憶與友人的歡聚，其景其情，均秉筆直書，無一假借；下片寫分別之後的思念，娓娓而談，不動聲色，卻深情厚誼，溢於言表。兩片所寫，既不同時，又不同地，時隔三年，人距千里，卻以真摯的友情，一線貫通，遂使兩片之間，渾然無跡。從遣詞造句上看，全詞字句，略無藻飾，更無矯揉造作楚楚作態之處。這種形式上的自然純樸，與詞中所包含的純真感情，表裡一致。（丘鳴皋、秋如春）

小重山　元好問

酒冷燈青夜不眠。寸腸千萬縷，兩相牽。鴛鴦秋雨半池蓮。分飛苦，紅淚曉風前。

天遠雁翩翩。雁來人北去，遠如天。安排心事待明年。無情月，看待幾時圓！

這是一首搖曳多姿的戀情詞。

上片六句描述了一對戀人由不忍分離到終於分離的全過程。前三句是寫戀人在分離前夕的相互依戀，是上片的第一個層次。起調寫他們的不眠之夜，而以「酒冷」、「燈青」烘托其內心的悲涼和長夜的難耐。這裡的「酒」，顯然是餞別酒。有酒而「冷」，看來停杯不飲，擱置已久。而青燈猶在，可見主人公確實是「夜不眠」了。由「酒冷」亦可見夜之深。這一句中，顯然有「人」，其心情已見，但面目未露。緊接著，作者以「寸腸」兩句推出一對情腸牽惹、愁苦悲傷的戀人。詞的指事抒情，趨於明朗，讀者始知「酒冷」云云，正是他們在離別前夕內心極度痛苦的物象反映。由此益知起句用筆在渲染氣氛、烘托感情方面，極見詞人匠心獨運之妙，戀人的全部情緒，都已總攝在起句之中，這首詞的搖曳多姿之妙，起首便露端倪。上片後三句是寫這對戀人的分別，時間已是次日清晨。這一層，作者仍然是從羅列物象開始：用「鴛鴦」、「秋雨」、「半池蓮」三種足以使人觸景生情的物象，進一步為戀人的離別寫照。首先是鴛鴦、秋雨、半池蓮都同是在池塘中。秋雨入池，池蓮帶雨，若含紅淚，為鴛鴦分飛而苦。「分飛苦」屬鴛鴦，「苦」字連「紅淚」又屬蓮。「紅淚」之「紅」從蓮來，「淚」又從雨得。「紅淚曉風前」，是風雨中池蓮姿態，滴雨搖風，可憐又可愛，以象徵送別的女主人公。「曉風」又點出分別時間。由物象襯意象，而且是一襯再襯，主客相形，虛實相宜，正面神采由此倍增。這種用筆，正是兼用了前人所稱道的「主客相形法」和「背面傅粉法」。從這裡，讀者再次領略了這首詞「搖曳多姿」的妙處。

下片承上片結句「分飛苦，紅淚曉風前」的意脈，寫女主人公目送戀人遠去，並默默地預卜團圓之期。曉風之中，戀人北去，天高地遠；而北雁南來，顯然是深秋了。作者用「雁來人北去」再次渲染離別時的悲涼氣氛，同時表明戀人的去不當時：此時此刻，連雁都知道歸來，而人卻偏偏去了，而且是「北去」，何況又是「遠如天」！

這三句在排列上，由雁而人，由雁的漸近到人的漸遠，層層具體，逐句加深，極見層次。最後三句，別出新意，由眼前的分離而轉寫盼望團圓之期。這是本詞「搖曳多姿」的最後一現。古代往往是由於徭役、謀生等等原因，離鄉背井，而又往往是生離如同死別。自然，這種離別是悲哀的。但本詞卻又不止於悲哀，而是及時地深入一層，轉入期待。女主人公「安排心事待明年」，只是「待」而已，能否在明年團圓，還很難說。期待無定，轉而為幽恨，故結句云：「無情月，看待幾時圓！」月圓即人圓，故女主人公見缺月而責以「無情」，其盼望月圓亦即盼望與戀人團聚的迫切心情，就躍然於字裡行間了。

元好問的詞，具有豐富的社會內容。尤其是反映了當時社會的動亂和他在遭遇國變之後的「神州陸沉之痛，銅駝荊棘之傷」（清況周頤《蕙風詞話》），風格直追稼軒。

他寫愛情的詞不算多，但偶一涉筆，便成佳構。這首詞，在取材、主題方面，雖然沒有突破男女離別相思之類題材的樊籬，但在結構藝術上，如上所述，賓主虛實，渲染映襯，搖曳多姿，一往情深，確如張炎所說，「遺山詞深於用事，精於鍊句，有風流蘊藉處，不減周、秦」（《詞源》卷下），表現了一位大詞人題材、風格的多樣性。

（丘鳴皋、秋如春）

鷓鴣天 元好問

候館燈昏雨送涼，小樓人靜月侵床。多情卻被無情惱，今夜還如昨夜長。
金屋暖，玉爐香，春風都屬富家郎。西園何限相思樹，辛苦梅花候海棠。

這是元好問以「鷓鴣天」詞調所寫「宮體八首」的第一首。元好問於詞，似有集大成之意。《遺山樂府》中有傚花間體、東坡體、朱希真體、俳體、離合體、獨木橋體等多種。這八首宮體詞，並不像過去的宮體詩那樣，偎玉倚香，剪紅刻翠，不過偏重於寫男女相思之情而已。這本是詞的擅場，元好問所以標上「宮體」二字，大概與老杜〈風雨看舟前落花〉一詩標題曰「戲為新句」的用意相近，乃不敢偭背大雅或矜重自許之意，且與其他抒寫身世情懷之作，聊示區分。

這首詞主要是寫別情。「候館」是行人寄住的旅舍，昏燈涼雨是此時與他作伴的淒清景物。「小樓」是居人所在的閨樓，明月照床襯托出她靜夜無侶的孤棲境況。兩者對舉，構成一種典型的傷別懷人的抒情背景，由此決定了全詞的情調氛圍。「多情卻被無情惱」、「今夜還如昨夜長」，分別借用蘇軾〈蝶戀花〉和賀鑄〈采桑子／羅敷歌〉詞原句，巧成對仗。在這裡，多情的是人，無情的是前邊兩句所描寫的自然之物。歐陽脩〈玉樓春〉詞曰「人生自是有情痴，此恨不關風與月」，然而傷情之時，怪涼雨侵膚，明月撩人，此等痴語，無理而有情。柳永〈雨霖鈴〉「多情自古傷離別，更那堪冷落清秋節」，姜夔〈齊天樂〉「候館迎秋，離宮弔月，別有傷心無數」，這種蕭索的時令和孤獨的環境，最容易喚起人的離愁別緒。「今夜還如昨夜長」一句，看似說得無謂，卻告訴讀者兩層意思：一是受著相思的煎熬，耿耿難眠，故覺夜長；二是夜夜相思，不止一天了。

下片不再怨天，卻轉而尤人。「金屋暖，玉爐香」，與候館、小樓清境相對，不僅標明是富家器物，而且又有金屋藏嬌典故潛在的暗示，使人想到富家男女終日廝守，這和詞中主人公的孤獨況味形成強烈的對比。結尾二句寓情於景，謂將像梅花那樣熬過寒冬，迎來海棠開放的春天。然而海棠開時，梅花也就凋零了。在自我寬慰中，希望與悲感交織，一線亮色中仍不免憂鬱的灰青。

這首詞在寫法上有幾點令人稱賞。在構思上，打破了柳永等人寫羈旅愁思常用的今、昔、今的三段式，目光專注於眼前情景，把回憶的畫面處理到幕後。這樣就避開了往日相偎相依耳鬢廝磨的一般化描寫，少了點曲折，卻更顯得單純懇摯。其次，詞的結尾以景結情，語淡情深。景又不似實景，乃近於詩的比興，置於結尾，淡宕渾涵。其三，這首詞摛詞造語，素樸清新，力避綺靡甜膩字面。若「金屋暖，玉爐香，春風都屬富家郎」數句，直是樂府民歌之俊語。凡此諸方面，構成了質樸清純的風格，依稀晚唐小詞風味。（張仲謀）

鷓鴣天 元好問

只近浮名不近情，且看不飲更何成。三杯漸覺紛華遠①，一斗都澆塊磊平。醒復醉，醉還醒。靈均憔悴可憐生。〈離騷〉讀殺渾無味，好箇詩家阮步兵！

〔註〕①遠：他本作「近」，張石洲陽泉山莊刻何義門校本《遺山新樂府》作「遠」，姑從之。

這是一首借酒澆愁感慨激憤的小詞，蓋作於金國滅亡前後。當時，元好問作為金國孤臣孽子，鼎鑊餘生，棲遲零落，滿腹悲憤，無以自吐，不得不借酒澆愁，在醉鄉中求得片刻排解。這首詞就是在這種背景和心境下產生的。

詞的上片四句，表述了兩層意思。前二句以議論起筆，為一層，是說只近浮名而不飲酒，也未必有其成就。「浮名」即虛名，多指功名榮祿。晉陶潛〈飲酒〉詩云：「道喪向千載，人人惜其情。有酒不肯飲，但顧世間名。」古人有以酒敗德（名）之說，故屢有酒禁、酒誡。但飲酒者卻反是而立論，以酒為賢愚之同好，人之常情（即此詞所說的「情」）；他們一方面排斥「浮名」，另一方面更極力頌揚酒德、酒功。故晉劉伶「以酒為名」（詳《晉書．劉伶傳》），李白甚至說「古來聖賢皆寂寞，唯有飲者留其名」（〈將進酒〉）。而對於不飲酒者，則以不飲而無成相譏，如孔融說「屈原不餔醩醊醨，取困於楚」（〈與曹操論酒禁書〉），北宋朱翼中《北山酒經》亦說屈原「高自標持，分別黑白，且不足以全身遠害，猶以為唯我獨醒」，因而有人以沉湎於酒來「反騷人之獨醒」（唐皇甫湜〈醉賦〉）。元好問以此二句總結了前人飲與不飲的爭論，表明了自己的態度，亦隱含對於屈原的批評，從而為下文打好了基礎。元好問在金亡前後，憂國憂民，悲憤填膺，既無力挽狂瀾於既倒，乃盡棄「浮名」②，沉湎於醉鄉。其〈飲酒五首〉其二說：「去古日已遠，百偽無一真。獨餘醉鄉地，中有羲皇淳。聖教難為功，乃見酒力神。誰能釀滄海，盡醉區中民。」〈後飲酒五首〉其四又說：「酒中有勝地，名流所同歸。人若不解飲，俗病從何醫？」因而稱酒為「天生至神物」（〈此日不足惜〉）。此詞上片第二層意思，便是對酒的功效的讚頌：「三杯漸覺紛華遠，一斗都澆塊磊平。」「紛華」，指世俗紅塵。詞人說，三杯之後，便覺遠離塵世。然後再用「一斗」句遞進一層，加強表現酒的作用和自己對酒的需要。「塊磊」，指鬱結於胸中的悲憤、愁悶。南朝宋劉義慶《世說新語·任誕》說：「阮籍胸中壘（磊）塊，故須以酒澆之。」「斗」是古代一種特大的酒杯，或稱「羹斗」。詞人說，用這種特大的酒杯盛酒，全部「澆」入胸中，才能使胸中的鬱憤平復，也就是說，在大醉之後，才能暫時忘憂，而求得解脫。這兩句，兼用陶潛〈連雨獨飲〉「試酌百情遠，重觴忽忘天」、〈飲酒二十首〉其七「泛此忘憂物，遠我遺世情」和唐賈至〈對酒麴〉「一酌千憂散，三杯萬事空」等句意。過片醉醒兩句，緊承「塊磊」句意而作渲染，酒味更烈，悲憤更重。蘇軾（一說王仲父）有「醉醒醒醉」一曲（〈醉落魄〉），認為醉醉「猶勝醒醒，惹得閒憔悴」，白居易〈勸酒〉詩更有「心中醉時勝醒時」句，此皆元詞所本。詞人就是要在這種「醒復醉，醉還醒」即不斷澆著酒的情況下，像阮籍那樣連日連月地大醉如泥，才能在那個世上生存。「靈均」以下三句，將屈阮對比，就醉與醒、飲與不飲立意，憫屈原之憔悴而贊阮籍之沉醉，從而將滿腹悲憤，更轉深一層。「靈均」即屈原；「憔悴」「可憐」（「可憐生」即可憐，「生」是語助詞），暗扣上片「且看」句意。《楚辭·漁父》說，「屈原既放，遊於江潭，行吟澤畔，顏色憔悴，形容枯槁」。但屈原卻不去飲酒，仍是「眾人皆醉我獨醒」。以其獨醒，悲憤太深，以致憔悴可憐，如朱翼中《北山酒經》所說，「飢餓其身，焦勞其思，牛衣發兒女之感，澤畔有可憐之色」。這裡詞人對屈原顯然也是同情的，但對其雖獨醒而無成，反而落得憔悴可憐，則略有薄責意。因而對其〈離騷〉，儘管「讀殺」，也總覺得全然（渾）無味了。「渾無味」，並非真的指斥〈離騷〉無味，而是因其太清醒，太悲憤，在詞人極其悲痛的情況下，這樣的作品讀來只能引起更大的悲憤；而詞人的目的，不是借〈離騷〉以寄悲憤，而是要從悲憤中解脫出來，這個目的，是「讀殺」〈離騷〉也不能達到的。「何以解憂？唯有杜康！」（曹操〈短歌行〉）所以只有像阮步兵（阮籍）那樣去飲酒了。以「好箇詩家」獨贊阮籍，顯然，詞人在屈阮對比亦即醒醉對比之中，決然選中了後者，詞人也走了阮籍的道路。

在元好問的詞中，寫酒者約在大半以上，寫出了許多關於酒的名句，如「慷慨一尊酒，胸次若為平」（〈水調歌頭．汜水故城登眺〉），「人間更有傷心處，奈得劉伶醉後何？」（〈鷓鴣天．隆德故宮〉），「舉手謝浮世，我是飲中仙」（〈水調歌頭．緱山夜歌〉）等等。但寫得最好的，還是這首〈鷓鴣天〉。詞人把深重的大悲巨痛，寄託於酒，欲借助於酒的神力，「御魑魅於煙嵐，轉炎荒為淨土」（《北山酒經》李保序語）；他要像阮籍那樣，酣放自肆，託於麴糱以逃世網。全詞短短九句，全就名與酒、醒與醉立意，縱筆抒寫，頗見層次。顧浮名而不飲酒為一層，遠紛華而澆塊磊為一層，憫靈均而讚阮籍為一層，且層層對比，而又層層轉進，詞人的悲憤亦隨之愈轉愈深。至誦讀再三，乃知詞人之痛，俱在酒中，而酒即詞人之痛，非寫酒無以見其痛，因知全詞措意構思，皆根於一個「酒」字。（丘鳴皋）

〔註〕②浮名：元好問詞中斥「浮名」者凡十數見，如「拋卻浮名恰到閒」（〈鷓鴣天〉）、「得來無用是虛名」（〈浣溪沙〉）、「身外虛名一羽輕」（〈鷓鴣天〉）、「身外虛名將底用，古來已錯今尤錯」（〈滿江紅〉）等，而絕無羨慕浮名者。

鷓鴣天　元好問

薄命妾辭

顏色如花畫不成①，命如葉薄可憐生。浮萍自合無根蒂，楊柳誰教管送迎。
雲聚散，月虧盈。海枯石爛古今情。鴛鴦隻影江南岸，腸斷枯荷夜雨聲。

〔註〕①可參考唐高蟾〈金陵晚望〉：「世間無限丹青手，一片傷心畫不成。」唐韋莊〈金陵圖〉：「誰謂傷心畫不成？畫人心逐世人情。」

「薄命妾」即「妾薄命」，樂府雜曲歌詞名，見《樂府詩集》。曲名本於《漢書．外戚傳》孝成許皇后疏「妾薄命，端遇竟寧前」（竟寧，漢元帝年號）。李白等曾用這個樂府舊題寫過樂府詩，蘇軾寫過〈薄命佳人〉詩，有「自古佳人多命薄，閉門春盡楊花落」句，皆詠嘆古代社會婦女的不幸。元遺山取樂府舊題之意，譜入〈鷓鴣天〉詞，也表現了同樣的主題。詞中首先用「如花」寫女性的「顏色」美，而以「畫不成」加以強調和補充描繪「美」的程度。元遺山大概對「畫不成」很欣賞，在他的詩詞中曾多次重複使用，如「一片傷心畫不成」（〈懷州子城晚望少室〉）、「一段傷心畫不成」（〈雪香亭雜詠十五首〉其四）等。清趙翼《甌北詩話》曾摘錄遺山重複句多種，從而認為遺山「複句最多」。作者在略一交代「顏色」之後，即以逆筆用比喻的手法，一連三句描述這女性的「薄命」。三句三個層次。「命如葉薄可憐生」，總寫薄命，用「如葉」形容其薄，扣題。因其命薄，所以可憐，「生」，語助詞。第三句，再取「浮萍」作比，寫身如飄萍。「無根蒂」，即生活無定，且毫無社會地位，「自合」，是說命運注定，語似平常，而作者對這種命運憤懣之情，卻暗含其中。第四句又取「楊柳」作比，寫其送往迎來的身世。楊柳是離別的象徵，古人折柳贈別，故劉禹錫〈楊柳枝詞〉有云：「長安陌上無窮樹，唯有垂楊管別離。」楊柳還有「迎來」的一面，故李商隱〈離亭賦得折楊柳〉云：「為報行人休盡折，半留相送半迎歸。」這一句，意在顯示這女性的身世，從以楊柳喻其送往迎來的特質看，她可能是個妓女，這與上句的「無根蒂」正合。詩詞中妓女以楊柳作比，頗著先例。〈敦煌曲子詞．望江南〉有「我是曲江臨池柳，這人折了那人攀，恩愛一時間」語，顯然是寫妓女。而過片兩句所說的聚散如雲、虧盈如月的情況，正是這「恩愛一時間」的形象說法。詞人把這位女性推到如此地步，正是為了極寫其「薄命」。「誰教」一詞，用得很好，既表現了這女性對自己「薄命」身世的哀怨，同時也表現了她的覺醒，這自然也是作者的覺醒。劉禹錫說「唯有垂楊管別離」，而這裡則以「誰教」提出質問，其鋒芒似乎已指向當時的社會。其思想感情較上句的「自合」顯然濃烈而明朗得多了。下片後三句轉入抒情。言這女性命運雖薄，而情卻深。「海枯石爛」，極言其情深而執著。但是，由於命運不好，不得與心目中的情人團聚，如同鴛鴦不能成對，孤身隻影，淒然於「江南岸」。這裡也是再次寫她的「薄命」。遺山另有〈西樓曲〉云「海枯石爛兩鴛鴦，只合雙飛便雙死」，在元遺山看來，是鴛鴦情侶，就應該（「只合」）雙飛雙棲，以至於雙死，他筆下的〈摸魚兒〉（問世間、情是何物）、〈摸魚兒〉（問蓮根、有絲多少）、〈江梅引〉（牆頭紅杏粉光勻）等，就是這種思想的具體體現。在這首詞中，則是「鴛鴦隻影江南岸」，是極痛苦悲慘的，故結句乃有「腸斷枯荷夜雨聲」之說。這一句是就前句意思加以渲染烘托。夜雨淅瀝，敲打著枯荷，形成了一種極為淒涼的境界，身在其境的「鴛鴦隻影」，怎麼能不「腸斷」呢？這一句，繪形繪聲，再次為薄命人的悲慘遭遇傳神寫照。

這首詞，幾乎句句運用比喻，把「薄命」這樣一個很抽象的概念，寫得有形有色，化抽象的意識為具體的形象，這是本詞用筆的高招。另外，這首詞似有其寄託意義，寓有作者的自我身世之感。從「鴛鴦隻影江南岸」看，此詞似作於詞人南渡之後，時值金朝垂危，國運和詞人命運皆如飄萍。正如他在南渡後寫的一首〈臨江仙〉中所說：「自笑此身無定在，風蓬易轉孤根。」同調詞又云：「自笑此身無定在，北州又復南州。」金亡之後，詞人命運更慘，國破家亡，無所附麗，俯仰由人，以浮萍楊柳，以至於「薄命妾」自喻，於情於理，皆無不可。而「顏色如花」「命如葉薄」則是作者懷才不遇的憤慨之詞。作者思國念家，情緣不斷，正是詞中所說的「海枯石爛古今情」。明湯顯祖評《花間集》說：「〈楊枝〉、〈柳枝〉、〈楊柳枝〉，總以物託興。前人無甚分析，但極詠物之致，而能抒作者懷，能下讀者淚，斯其至矣。」所論極是。再者，香草美人，也正是古代詩詞中常用的比興手法。（邱鳴皋、秋如春）

人月圓 元好問

玄都觀裡桃千樹，花落水空流。憑君莫問，清涇濁渭，去馬來牛。

謝公扶病，羊曇揮涕，一醉都休。古今幾度，生存華屋，零落山丘。

元好問以哀樂中年，遭遇國難，既不肯隨風偃仰，又無力回天，一腔怨憤，往往寄託於詞。這種強烈灼人的情感，又往往透過放浪麴糵、潦倒狂笑的形象表現出來。清醒而作醉語，悲涼而作快語，更增其悲慨。鬱鬱塊壘，凜凜英氣，不是酒能澆化、醉能忘卻的。

詞的起句，係借用劉禹錫〈元和十年自朗州至京，戲贈看花諸君子〉詩的原句。玄都觀，在長安朱雀街西第一街。元好問十九歲時曾去長安應試，但這首詞情調蒼老，不可能出於少年元好問之手。在這裡，玄都觀不必落實於長安，元好問只是借用這一句，表達其舊地重遊感慨滄桑之意。「清涇濁渭」兩句，字面出杜甫〈秋雨嘆三首〉其二「去馬來牛不復辨，濁涇清渭何當分」。然杜詩亦有所本。「清涇濁渭」語本《詩經．谷風》：「涇以渭濁，湜湜其沚。」孔穎達疏：「言涇水以有渭水清，故見涇水濁。」「去馬來牛」，杜詩用《莊子．秋水》：「秋水時至，百川灌河，涇流之大，兩涘渚崖之間，不辨牛馬。」杜詩這兩句用典，只取其江河水漲本義，以說明「闌風長雨秋紛紛」的結果。元好問加上「憑君莫問」一句，意旨頓別，化實為虛，變成了「管不得許多黑白是非」那樣的牢騷語，自是有感於世事不堪聞問而發。不必究其指何種事，含蓄些更有深味。

整個下片，隱括了一段歷史故事。謝安是東晉名臣，不甘局促江左。淝水大捷後命將率軍北進，一度收復河南失地。因位高招忌，被迫出鎮廣陵。太元十年，謝安扶病乘肩輿入西州門，不久去世。羊曇感念舊情，行不由西州路。嘗大醉不覺至州門，左右告之，曇悲感不已，以馬鞭扣扉，誦曹植詩曰：「生存華屋處，零落歸山丘。」（〈箜篌引〉）因慟哭而去。這一歷史故實，宋、金詞人多用。蘇軾〈八聲甘州・寄參寥子〉有「西州路，不應回首，為我沾衣」，蔡松年〈念奴嬌〉曰：「西州扶病，至今悲感前傑。」在元好問這首詞中，既對懷抱王佐之才而齎志以歿的謝安寄予深切的同情，又間接表現了他對國土淪亡、志不得伸的怨憤。

這首詞的主要特色，用清人劉熙載的話說，就是「疏快之中，自饒深婉」（《藝概》評元好問詞）。字面意思若潦倒頹傷，而「神州陸沉之痛，銅駝荊棘之傷」（清況周頤《蕙風詞話》），有見於言外者。「花落水空流」一句，一個「空」字，無限悲涼，使人想到李煜「流水落花春去也，天上人間」（〈浪淘沙令〉）。「憑君莫問」、「一醉都休」等句，以退為進，愈掃愈生，傳達了作者沉重的失落感和無可言說的悲哀。（張仲謀）

清平樂　元好問

泰山上作

江山殘照，落落舒清眺。澗壑風來號萬竅，盡入長松悲嘯。
井蛙瀚海雲濤，醯雞日遠天高。醉眼千峰頂上，世間多少秋毫！

蒙古滅金之後，元好問感慨故國淪亡，不願為官。理宗端平三年（一二三六），他暫居冠氏（今山東冠縣）。這年三月，一位友人將赴泰安，約元同行。在時達三十天的旅行中，他遊覽了東嶽泰山並寫下了〈東遊略記〉、〈遊泰山〉詩和這首〈清平樂〉詞。在詞中，元好問表達了他對自然偉景的讚嘆和對世事得失的閒淡心情。

詞一開篇，便展現了一派蒼莽景象。夕陽的餘暉照遍了眼前的山巒河流，詞人在泰山上極目遠望，四周景物歷歷在目。落落，清晰的樣子。此句全從杜甫〈次空靈岸〉詩中的「落落展清眺」一句來，概括了所見到的總印象，給人以開闊而清麗的視覺感受。接下來不再寫「舒清眺」的具體景物，而是另起一筆，從視覺範圍轉入對聽覺形象的描寫，以風聲來表現泰山的壯偉氣勢。萬竅，是指眾多的山洞樹穴。《莊子‧齊物論》：「夫大塊噫氣，其名為風。是唯無作，作則萬竅怒號。」詞句便是由此脫胎而出。峽谷間的山風吹來，大小洞穴中都發出聲響。下句進一步加強風聲效果，風入松林，林間響起陣陣悲壯的呼嘯聲。這又暗用《莊子‧齊物論》中「山林之畏佳」（畏佳，風吹物動貌）之意。兩句一從山谷中寫風，一從松林間寫風。風不可見，借物而知，一「號」一「嘯」，極為雄壯，富於表現力。「悲」字又具有詞人的主觀色彩，同時開啟後片的抒情。

《孟子．盡心上》說，孔子「登泰山而小天下」。泰山以其高聳特立，視野開闊，歷來為登臨的人們所讚嘆。詞人登泰山而縱覽，自比於井蛙見到了大海上如雲的波濤，醯（音同西）雞見到了遙遠處的太陽、高高的天，大開了眼界。「井蛙」出於《莊子．秋水》：「井蛙不可以語於海者，拘於虛也。」井底之蛙，由於受所處狹小環境的局限，不知道有個大海，因此也不可能去談論大海。詞中以井蛙與瀚海、雲濤並列，不用動詞連接，憑登高攬勝的感受，自然地就發展了原出典的意思。「醯雞」也用《莊子》的典，見〈田子方〉篇。孔子求見老聃問道後，出來告訴顏回說：「丘之於道也，其猶醯雞歟！微（沒有）夫子（指老聃）之發吾覆也，吾不知天地之大全也。」醯雞是醋甕中的蠛蠓，一種小蟲，甕子有蓋，不見天日；一旦揭去蓋子（發覆），它就見到了天了。詞人登上泰山，也有這種感受。下句「醉眼千峰頂上」，就寫出了如同井蛙臨海、醯雞見天所到達的那種境界，正是他〈遊泰山〉詩中所說的：「孤雲拂層崖，青壁落落雲間開。眼前有句道不得，但覺胸次高崔嵬。」當此身之所處，眼之所見，心之所感，湊泊筆端，於是便有「世間多少秋毫」的頓悟之句。這一句是反用《莊子．齊物論》「天下莫大於秋毫之末，而大山為小」的命意。莊子主張萬物齊一，不是從形式上看待世間萬物的大小，而是從各適其性、各守其分這個根本點上來看待事物的大小差別。秋天野獸新生的毫毛本小，而自安其為小；泰山本大，而自得其為大，這就在適性守分上有了一致性，因而大非大，小非小，甚至小即是大，大即是小了。元好問登上泰山千峰頂上，俯身下視，「積蘇與累塊，分明見九垓」。（〈遊泰山〉詩。意為九州土地上的宮殿臺榭宛如層疊的土塊、堆積的柴草。語本《列子．周穆王》「王俯而視之，其宮榭若累塊積蘇焉」。）這兩句與此詞同時所作的詩可以為「世間多少秋毫」句作註腳。但是詞人無意於同莊子辯論泰山、秋毫的大小問題，他登泰山而說秋毫，不過是借用《莊子》的字面，他的所謂「世間」，也不限於指說「醉眼」中所見的房屋樹木之類實在之物。其本意只是要說，世上的種種情事也不過如秋毫一般渺小，包括功名得失、人事悲歡等等。詞人此刻正當故國淪亡之後，避難異鄉之時，心情是悲傷、慘淡的。他不能如杜甫那樣吟出「會當凌絕頂，一覽眾山小」（〈望嶽〉）的顯示自信心和積極進取精神的詩句，所吐露的倒是有些接近李白「曠然小宇宙，棄世何悠哉」（〈遊泰山六首〉之二）的心聲，所以他〈遊泰山〉詩結尾說：「徂徠山頭喚李白，吾欲從此觀蓬萊。」（李白〈遊泰山〉詩有「登高望蓬瀛，想象金銀臺」之句。）「世間多少秋毫」一句的含意，實是以曠放掩其苦悶，與上片末句的「長松悲嘯」的意境是相通的。

全詞短短八句，四處化用《莊子》中的語句，卻不向老莊思想中討生活，自有他自己的精神面貌。中間也並非枯燥地說理，而是以形象語言抒發情懷，顯得自然而精練。風格清曠沉鬱，與稼軒詞可謂在伯仲之間。（馬承五、陳長明）

清平樂 元好問

離腸宛轉，瘦覺妝痕淺。飛去飛來雙語燕，消息知郎近遠。
樓前小雨珊珊，海棠簾幕輕寒。杜宇一聲春去，樹頭無數青山。

凡大作家都不止一副筆墨。元好問生長雲朔，其天稟本多豪健英傑之氣，發而為詞，清雄沉鬱，風格逼近蘇、辛。但他也有一些寫兒女柔情的小詞，風態綽約，楚楚可人。這首詞就是一個例子。

這是一首相思之詞，文字清通，內容亦無須多加分析，這裡著重談談作者的藝術手法。

首先是觀察點的選擇運用。詞的開頭二句，交代抒情主人公的身分，點明相思題旨。我們可以看到孤獨寂寞的女主人公，慵倦無聊，形容憔悴。以下的描寫，全以女主人公為觀察點，用電影術語說就是「主觀鏡頭」。這個女子看著飛去飛來軟語呢喃的燕子，心中不禁發出痴想：「牠們會知道郎君的行蹤嗎？」下片由室內轉向室外，隔著簾幕，看到珊珊的小雨，細細的雨絲，織成一片迷惘的愁緒。海棠花在雨中寂寞地開著，水珠晶瑩如淚光。遠處傳來杜鵑的啼叫，尋聲望去，不見郎蹤，只有平林外的一抹青山，籠罩在茫茫煙雨之中。這種主觀的觀察點，如同一根潛隱的情絲，把一個個意象連成一體，讀者次第讀來，會不自覺地移就主人公，更直接也更深切地感受到那孤獨冷清的心理氛圍。

其次，是即景傳情。這首詞除開頭一句外，幾乎全是寫景。然而由於主觀鏡頭的運用，以「我」觀物，故景物皆著女主人公之情緒色彩。暮春微雨，孤獨庭院，是婉約詞的典型意境。一個年輕的女子，獨處閨房，其心情是可想而知的。那成雙的燕子飛去飛來，更襯托出她的孤獨和淒涼。杜宇就是杜鵑，這是歷來詞人傾注情感最多的一種生靈，因為關於牠有那美麗傷感的傳說，因為牠那悲切的啼叫，也因為牠總是出現在花事凋零的暮春時節。作者利用這些積澱著特定情感的審美意象，使相思之情，見於言外。

這首詞的特色，還在於文心的細膩，這和所要表現的細膩的情思是相應的。女主人公因相思而消瘦，容光頓減，鉛華蓋不住黯然之色，故曰「瘦覺妝痕淺」。聽燕子呢喃而想問訊郎君行蹤，正足以見出女子的痴情。結尾一句，「樹頭無數青山」，顯然是樓上遠眺之景。作者空間意識的準確把握，使讀者如臨其境，增強了真切感。（張仲謀）

點絳脣　元好問

長安中作

沙際春歸，綠窗猶唱留春住。問春何處，花落鶯無語。

渺渺吟懷，漠漠煙中樹。西樓暮，一簾疏雨，夢裡尋春去。

元好問〈古意〉詩云：「二十學業成，隨計入咸秦。」又有〈蝶戀花〉詞，題為「戊辰歲長安作」。元好問十九歲時，隨叔父官隴城（今甘肅天水），因參加秋試，在長安住過八、九個月；二十一歲時扶叔父喪由隴城還鄉里，其後未再到秦中。此詞大約作於金章宗泰和八年戊辰（一二〇八），是年元好問十九歲。詩中曰「二十」，蓋舉其成數。

這首詞所表現的是傳統的傷春主題。但不是濃重的感傷，而是淡淡的悵惘。詞人是年輕的，情調也是健康而執著的。

詞中沒有著意渲染殘春景色，而是旁處落筆，側筆取妍。起句「沙際春歸」，語似直露，而畫面見於文字之外。「沙際」猶言水邊。為什麼說春從水邊歸去呢？春來先遣楊柳青，是春在柳梢頭；而暮春時節，春色似乎和柳絮一道隨著流水漂走了。故吟詠「沙際春歸」四字，乃覺無字處有意，空白處皆是畫。次句「綠窗猶唱留春住」，詩思奇妙。不說自己思春、戀春，卻說旁人春歸而不知，猶自痴情挽留。詞牌有〈留春令〉，綠窗中人或是歌妓之流。或許不必定有此人此唱，不過是作者設置的一種境界，借說綠窗少女的歌聲以表達自己惜春的情懷，這是詞體幽微宛轉處。

「問春何處，花落鶯無語」二句，鎔鑄前人詞中意象，而翻進一層。歐陽脩〈蝶戀花〉：「淚眼問花花不語，亂紅飛過秋千去。」王安國〈清平樂〉：「留春不住，費盡鶯兒語。」黃庭堅〈清平樂〉：「春無蹤跡誰知？除非問取黃鸝。百囀無人能解，因風飛過薔薇。」上述諸作，或問花，或問鳥，不論是落花還是鶯啼，總還有點春天的影子。在這首詞中，不僅是問而無答，乃更無可問訊。「花落鶯無語」，春光老盡，連點聲息都沒有了。

詞人對春天的深情眷戀，在詞中表現為一種徒勞的追尋。起句既說「春歸」，已是無可置疑，然而還要「問春」。問而無答，則繼之以遠眺、尋覓。「漠漠煙中樹」，意象似從謝朓〈遊東田〉「遠樹曖阡阡，生煙紛漠漠」、李白〈菩薩蠻〉「平林漠漠煙如織」化來，是高樓遠眺之景，又彷彿「渺渺吟懷」的物化形態。極目遠望，不見春之蹤影，只有在日暮歸樓後，隔簾疏雨聲中，求得好夢，夢中去尋覓了。結句「夢裡尋春去」，語淡情深。現實之春確已逝去，而詞人不作絕望頹唐之想，還要到夢境中去追尋。這種對美好事物的執著追求，也正反映了詞人年輕的心理情緒。（張仲謀）

摸魚兒 元好問

樓桑村漢昭烈廟

問樓桑、故居無處，青林留在祠宇。荒壇社散烏聲□①，寂寞漢家簫鼓。春已暮。君不見、錦城花重驚風雨。劉郎良苦。儘玉壘青雲，錦江秀色，辦作一丘土！

西山好，滿意龍盤虎踞。登臨感愴千古。當時諸葛成何事，伯仲果誰伊呂？還自語。緣底事、十年來往燕南路？征鞍且駐。就老瓦盆邊，田翁共飲，攜手醉鄉去。

〔註〕①「烏聲」下空格，《遺山先生新樂府》原作「喧」字。按律此字應仄，作「烏聲喧」則連三平聲，更不宜。今依《全金元詞》據張調甫南塘本《遺山樂府》作□。

樓桑村是蜀漢昭烈帝劉備的故鄉，在今河北涿州市。據《三國志·蜀志·先主傳》：先主（劉備）舍東南角籬上有桑樹，高五丈餘，遙望童童如車蓋，先主少時，常與族中諸兒戲於樹下，後因稱樓桑里。劉先主死後，鄉人曾建廟以作紀念。據《吉金貞石志》王庭筠〈涿州重修漢昭烈帝廟碑〉，廟在涿州西南十里。遺山於癸卯（一二四三）九月客燕京（今北京）。這年冬天，由燕京回太原，道出范陽（即今涿州）。這首詞，可能作於此時。如是，則金亡已十年，遺山五十四歲。由於這種特定的歷史背景，所以作者在詞中，撫今追昔，弔古傷今，感慨傷懷，銅駝荊棘之感，充盈於字裡行間。後人曾將本詞刻於昭烈廟壁，盛傳一時。

詞的上片從向樓桑村詢問劉備故居起調，引出劉備的「祠宇」。緊接著以「荒壇」兩句直筆描述眼前祠宇的蒼涼與寂寞，轉入詠嘆。「烏聲」，是「社散」之後的自然之景。人們於社日（從「春已暮」看，似是春社）祭神散場之後，烏鴉飛來，爭食殘留的祭品，景象與辛棄疾〈永遇樂·京口北固亭懷古〉「佛狸祠下，一片神鴉社鼓」略同。著「烏聲□」（意當是鴉聲喧鬧）一景，並非寫祠宇中的熱鬧，相反，正是為了渲染其蒼涼，上應「荒壇」，下照「寂寞」。人跡盡，簫鼓絕，這片天地就成了烏鴉的樂園。這裡是寫祠宇的荒涼，同時也未嘗不是金亡之後的時代縮影。「春已暮」，特寫節候，開啟「錦城花重驚風雨」一層。錦城，即錦官城，成都的別稱，劉備稱帝建都於此。「花重」，因「風雨」而來，花因帶雨而加重。杜甫〈春夜喜雨〉有「曉看紅濕處，花重錦官城」句，但這裡卻不像杜詩寫得那樣柔和，而用了一個「驚」字，是驚「風雨」，也是驚「春暮」。暮春風雨，錦城花重，不僅時序驚心，亦暗指時代政治的「風雨」可驚。劉備和他的蜀漢政權，就沒有經受住那時代風雨的襲擊。「劉郎良苦」，劉郎指劉備。「玉壘」、「錦江」云云，取杜甫〈登樓〉「錦江春色來天地，玉壘浮雲變古今」句意。玉壘、錦江，一山一水，皆在四川境內。儘，「聽任」的意思，這幾句說劉備歷盡辛苦，據有西川，終於還是不保，聽任那戴著青雲的玉壘山和秀麗的錦江水，為他「辦作一丘土」，埋葬了。言辭之中，明顯地流露著作者的同情、惋惜、悲悼的思想感情，極盡撫今追昔弔古興嘆之意。遺山另有〈蜀昭烈廟〉

詩，中有「荒祠重過為淒然」、「錦官羽葆今何處？半夜樓桑叫杜鵑」等句，意與情均較顯豁，可作理解此詞的借鑑。詞的下片，先以「西山好」兩句轉寫眼前現實。這裡的「西山」，蓋指北京西郊的西山，此山起伏綿亙，連接太行，為太行山支脈。遺山癸卯在燕，曾登臨，作品中也幾次提到這裡的「西山」，如〈鷓鴣天〉「八月蘆溝風路清，……只有西山滿意青」，〈出都詩〉其二「留在西山盡淚垂」，其文〈臨錦堂記〉「可以坐得西山之起伏」等，皆是。這裡的「西山」云云，帶有回憶的意味，且詞人雖身在樓桑，但出都未遠，西山如在目前。在遺山看來，西山是很好的（可以「滿意」的）「龍盤虎踞」之地，可是金朝已遭焦土之變，物是人非，故有「登臨感愴千古」之慨。「諸葛」兩句，即是詞人「感愴千古」的內容：由自己的國變而想到蜀漢的滅亡，悲憤感愴，不禁對諸葛亮的功績與評價，也產生了疑問。杜甫對諸葛亮早有「伯仲之間見伊呂，指揮若定失蕭曹」（〈詠懷古跡五首〉其五）的評價，至於諸葛沒能完成國家的統一，杜甫歸結為「運移漢祚」。遺山則不以為然，他以「成何事」責問諸葛，而以「伯仲果誰伊呂」動搖杜甫的結論，「果」字不僅表示了強烈的質問，而且也具有明顯的否定語氣。這是遺山由自己的國變而引起的激憤之詞。憫蜀即憫金，責諸葛即責金朝諸權臣。「還自語」兩句則轉為自詰。「十年」，似指癸巳（一二三三）至癸卯（一二四三）間。如上文所說，遺山於癸卯秋至燕京，冬天離京回太原，上推十年，即為癸巳國破。這期間，遺山僅此一至燕京，復睹故國，感到痛心疾首，所以要以「緣底事」自詰自責。悲痛無以排解，只得就田翁痛飲，遁入醉鄉以求片刻解脫而已。這裡貌似曠達，實際上正是悲痛已極的表現。末三句取杜甫〈少年行二首〉其一「莫笑田家老瓦盆……共醉終同臥竹根」句意。

宋元間的張炎說元遺山的詞「深於用事，精於鍊句」（《詞源》）。這首詞很符合張炎的這一論斷。這首詞用事引典較多，僅以杜詩來說，就直接引用了〈春夜喜雨〉、〈登樓〉、〈詠懷古跡五首〉其五等。本來，像劉備、諸葛亮這些歷史人物和與之有關的歷史事件，正史皆有記載，但詞人並不去直接取之於史，而是取之於詩，這樣，它既借用了詩中所反映的史實，又兼採了這些詩的藝術精華，再融進自己的思想感情和時代意識，進行再一次藝術加工，從而鑄為新詞，這是一種積極的引用法。詞人在引用杜詩時，重新鑄造的痕跡相當明顯，如杜詩「花重錦官城」，花受春夜喜雨的滋潤，「重」中充滿欣喜，而元詞中加一「驚」字，而且凸出了「風雨」，把原詩中的欣喜一掃而光，融進了時代氣質和詞人特定的思想感情，一字之變，境界全異。至於引用〈詠懷古跡五首〉其五，則是變肯定為否定，從而否定了杜甫的結論。從這些地方，也都可以看出遺山的「精於鍊句」。

（丘鳴皋、秋如春）

玉樓春 元好問

驚沙獵獵風成陣，白雁一聲霜有信。琵琶腸斷塞門秋，卻望紫臺知遠近。深宮桃李無人問，舊愛玉顏今自恨。明妃留在兩眉愁，萬古春山顰不盡。

借詠史以抒懷，本是詩人家數，昭君出塞，又是傳統的詩歌題材，如杜甫的〈詠懷古跡五首〉其三，王安石的〈明妃曲〉等，都是膾炙人口的名作，但元好問不畏前賢，推陳出新，突破了體裁和題材本身的局限，拓寬和加深了同類作品的內涵。

朔風驚沙，白雁掠霜，詞人面對荒涼蕭瑟的北地風光，俯仰千古，引入昭君出塞的歷史畫面。「白雁」在這裡，不僅點明了時令，而且渲染了情境，杜甫〈九日五首〉其一云：「舊國霜前白雁來。」白雁一聲，報道了霜天的降臨，物候真是準時呵！昭君就是在這揪心的悲秋時節去國出塞的。「琵琶腸斷」二句，是懸想昭君出塞的情景。晉石崇〈王明君辭序〉：「昔公主嫁烏孫，令琵琶馬上作樂，以慰其道路之思，其送明君亦必爾也。」石崇本是因類揣測之辭，後代傳說，謂昭君戎裝騎馬，手抱琵琶，一路彈奏著思歸的曲調，則更把昭君的形象詩意化了。「紫臺」，即紫宮，指長安宮廷。杜甫〈詠懷古跡五首〉其三云：「一去紫臺連朔漠，獨留青冢向黃昏。」

詞人思想的深刻性，主要表現在下片。過片二句說昭君當初寂寞宮中，無人過問，直到決定嫁給呼韓邪單于，臨行之時，「昭君豐容靚飾，光明漢宮，顧影徘徊，竦動左右，帝見大驚，意欲留之，而難於失信，遂與匈奴」（《後漢書．南匈奴列傳》）。「舊愛」句言昭君一向顧惜自己的美豔容顏，「入宮數歲，不得見御，積悲怨，乃請掖庭令求行」（引同上），因此而致遠嫁匈奴，故翻自恨其有此「玉顏」也。元好問不像前代詩人或後世戲劇家那樣，停留在同情或怨憤的情調，而是透過一層，把目光轉向那些沒有出塞、因而也不為後代詩人注意的千百宮女。言「深宮桃李」，自不只謂昭君一人，不妨理解為：廣大的閉鎖深宮的女子，雖然豔如桃李，卻只能空自凋謝。年復一年，花開花落，她們只能伴隨著遲遲鐘鼓、耿耿星河，終此一生。她們並不比王昭君更幸福，而是同樣可悲。正如〈明妃曲〉云：「君不見咫尺長門閉阿嬌，人生失意無南北。」結尾兩句，詞人筆鋒又轉。從黛青的遠山，想到昭君含愁蹙恨的雙眉；因為有了前兩句的鋪墊，昭君就成為當時及後代所有宮女的代表，「萬古春山顰不盡」，揭示了昭君悲憤之深，也揭示了這種悲劇的歷史延續性。作者所指斥的不是一個漢元帝，他所同情的也不是一個王昭君，他憑著詩人的直覺意識到，宮女的悲劇乃是專制王朝的一種社會病，後人復哀後人，此恨綿綿，有如萬古春山。

這首詞寫作的具體時間不可確考，連繫當時整個時代背景來看，可以說它也反映了元好問內心的愁苦。歲月流逝，風物依舊，離井懷鄉之情亦復相似。白雁驚心，青山含愁，不僅基於對昭君的同情，也是詞人心態的外化。故弔古與傷今，憐人與自傷，實不可分。

詞作得力於作者對歷史的宏觀把握和深刻透視，以及不囿於前人窠臼的勇氣。從表現來看，作者深廣的憂憤和沉重的悲涼，並不靠誇張的叫囂和慨嘆，而是借玉顏桃李、青山眉黛這些詞的傳統意象表現出來的。瀏亮宛轉的音節，卻能造成沉鬱頓挫的氛圍；綺麗溫潤的字面，卻能傳達出震撼人心的力量，可謂寓剛健於婀娜，變溫婉成悲涼。和那些以字面色調、音節韻味等感性因素取勝的詞相比，它的感染力是訴諸理性、更為內在的。

（張仲謀）

木蘭花慢 元好問

遊三臺

擁岧岧雙闕，龍虎氣，鬱崢嶸。想暮雨珠簾，秋香桂樹，指顧臺城。臺城，為誰西望，但哀絃淒斷似平生。只道江山如畫，爭教天地無情。風雲奔走十年兵，慘淡入經營。問對酒當歌，曹侯墓上，何用虛名。青青，故都喬木，悵西陵遺恨幾時平？安得參軍健筆，為君重賦蕪城。

詞人寫有〈木蘭花慢．遊三臺二首〉，此為其一。三臺，唐徐堅《初學記》卷八引陸翽《鄴中記》：「魏武於鄴城西北立三臺，中臺名銅雀臺，南名金獸臺，北名冰井臺。」曹操為魏王時都於鄴，三臺連屬而立，巍然奇觀。然而，北周大象二年（五八〇），相州總管尉遲迴討伐自居大丞相總知中外兵馬事的楊堅，兵敗，堅焚毀鄴城。千年名都，化為廢墟。

詞人在〈朝散大夫同知東平府事胡公神道碑〉一文中謂：「歲丙午，某過彰德。」彰德府治所在安陽（今屬河南），臨漳是其屬縣。鄴城故址在今河北臨漳縣西南鄴鎮東，距安陽較近。本詞蓋寫於此時。金都汴梁失陷後，詞人於哀宗天興二年（一二三三）四月被蒙古軍押解出京，羈管聊城。以後又輾轉生活於冠氏一帶。以金朝遺民而憑弔魏都，必然觸目興感。他的懷古寄慨，與一般文人的「望先帝之舊墟，慨長思而懷古」（漢張衡〈東京賦〉），自然不能同日而語。他要將愛國的熱忱、亡國的遺恨，一寄之於詞。

一般的懷古詞，往往是詞人先將目睹之景物攝入筆底，然後再追昔念舊，抒發感慨。王安石的〈桂枝香〉、蘇軾的〈念奴嬌．赤壁懷古〉、周邦彥的〈西河．金陵懷古〉、姜夔的〈揚州慢〉等，莫不如是。元好問畢竟是個不願「俯仰隨人」的詞家，他避開前人之蹊徑，先逆筆蓄勢，濃墨飽蘸，塗抹出鄴城往日之壯景。筆力勁健，橫空而出，首句就突兀不凡，極力渲染了鄴城的王都氣象。白居易謂「破題欲如狂風捲浪，勢欲滔天」（唐白居易〈金針詩格〉），這一句正收到石破天驚的效果。繼而，又以「想」字領起以下幾句，既補敘了上文畫面的現實根據，即來自主觀的推想，又以細小景物的工筆描繪，彌縫了壯觀畫面的疏曠，使畫面更為秀麗壯美。其間，也融進了詞人對往日盛世的追慕，以及對曹操創立基業的雄才大略的敬仰。「臺城」一詞的迭出，既加強了表述語氣，又使詞意騰挪頓宕，由推想中的主觀意象，自然地過渡到眼下的耳目所及。「為誰西望」的問句再次蓄勢，如大壩截江，激流迴旋。詞人對這一問句不作正面回答，以「哀絃淒斷」委婉地透露出個中消息。追念古昔，恰恰是為了寄慨當前。魏武帝曹操酷愛音樂，《三國志》注稱他「登高必賦，及造新詩，被之管絃，皆成樂章」，「好音樂，倡優在側，常日以達夕」。當年，這裡必定是管絃齊鳴，不絕於耳。而今，儘管絃音猶在，但它分明彈奏的是哀怨淒惋的亡國之音。蓄勢於前，力見於後。因有前面的鋪墊渲染，故而逼出上片的末尾二問句。「只道」一詞使詞意再次轉折，進而否定了壯麗景象的客觀存在，也為下片的蕩開筆勢、抒發弔古之幽思又設伏筆。「爭教天地無情」，則吐露出詞人的一腔心事，他既為隨著歲月的遷延江山易色而嘆惋，又為金王朝的一朝覆亡而悵恨。在〈癸巳四月二十九日出京〉一詩中，他寫道：「只知灞上真兒戲，誰謂神州遂陸沉……興亡誰識天公意，留著青城閱古今。」這即是悵恨「天地無情」的真正內含。

魏武帝曹操曾被譽作「非常之人，超世之傑」（《三國志．魏書．武帝紀》），為統一大業戎馬倥偬，歷盡艱辛。他自漢獻帝建安九年（二〇四）擊敗袁尚等軍閥，奪得鄴城，至建安十八年受封魏公，建魏社稷宗廟，整整經歷了十年。詞人將曹操一生業績，濃縮在「風雲奔走」寥寥數字中，極具概括力，暗示出「經營」如畫江山非易，很自然地過渡到對曹操墓地的正面描寫。以西陵雜草叢生的荒冷場面，與開首所描寫的鄴城的繁盛氣象進行強烈對比，以抒發難平之「遺恨」，下語深沉凝重，有力透紙背之工。弔古往往意在傷今，與其說是曹操「遺恨幾時平」，倒不如說詞人自身。隨著筆勢的轉折騰挪，詞意亦漸趨顯豁。南朝宋鮑照寫〈蕪城賦〉，以名城廣陵的古今盛衰的對比而借古諷今，詞人何嘗不是如此？本詞即是又一〈蕪城賦〉。此時，雖金亡已有五年，但他的愛國之心並未泯滅。他要將對故國的追念和痛悼的深情，融注入筆端，「淚泉和墨寫〈離騷〉」（元末倪瓚〈題鄭所南蘭〉）。這正是詞作中時隱時現的作者秉筆之旨。

本詞以健筆壯語寫悲懷，寄深於淺，寄曲於直。元遺山中年遭遇國變，「南冠二十餘稔。神州陸沉之痛，銅駝荊棘之傷，往往寄託於詞」（清況周頤《蕙風詞話》卷三）。然而，他畢竟是一個生活於蒙古統治下的金朝遺民，感情不便直接表露，這便促成了詞風的形成。詞雖題作〈遊三臺〉，但它不是瀏覽風物的記錄，而是刻下了詞人難以按捺的對於國土淪喪的悲鳴。詞人落筆不膠著於眼前的客觀事物，而是以描摹追憶中的鄴城繁盛畫面發端，於雄闊高朗的意境中，寄託了無限的感慨。憶昔愈切，傷今愈痛。詞人將王勃〈滕王閣詩〉的「畫棟朝飛南浦雲，珠簾暮捲西山雨」、李賀〈金銅仙人辭漢歌〉的「畫欄桂樹懸秋香」檃括入詞，固然增加了畫面的美感，同時，也不能排斥它對人們憶起「閣中帝子今何在，檻外長江空自流」和「三十六宮土花碧」，有一定的啟示作用。這正是詞人用筆的妙處。詞人唯恐人們誤解了他的良苦用心，將追憶中的畫面誤認作現實的存在，一再以「想」、「只道」、「蕪城」諸詞加以提示，亦足見其構思之綿密。

詞的上片側重於寫景，情緣景而生，末句又歸結於情。下片則以敘事入筆，轉而抒情，又繼之以寫景。情、景交替出現，互相融合，詞意則上下勾連，層層遞進。清劉熙載《藝概》謂：「一轉一深，一深一妙，此騷人三昧。倚聲家得之，便自超出常境。」本首詞意便一層深一層，猶如剝繭抽絲，縷縷不絕，將詞人難言之深隱、對故國之懷戀，借助於畫面的對比而表述出來，妙在言與不言之中。劉熙載稱元好問詞「疏快之中，自饒深婉」，本詞亦體現了這一風格。（趙興勤）

段克己

【作者小傳】（一一九六～一二五四）字復之，絳州稷山（今屬山西）人。金末登進士，入元不仕，與弟成己避地龍門山中。有《遯庵樂府》，又與《菊軒樂府》合刻，名《二妙集》。存詞六十七首。

滿江紅　段克己

遯庵主人植菊階下，秋雨既盛，草萊蕪沒，殆不可見。江空歲晚，霜餘草腐，而吾菊始發數花，生意淒然，似訴余以不遇，感而賦之。因李生湛然歸，寄菊軒弟。

雨後荒園，群卉盡、律殘無射。疏籬下，此花能保，英英鮮質。盈把足娛陶令意，夕餐誰似三閭潔？到而今、狼藉委蒼苔，無人惜。

堂上客，頭空白。都無語，懷疇昔。恨因循過了，重陽佳節。颯颯涼風吹汝急，汝身孤特應難立。謾臨風、三嗅繞芳叢，歌還泣。

段克己是金末元初著名詩人，自幼有才，與弟段成己皆以文章擅名，被時人目為「二妙」。金朝末年，政治衰敗，社會動亂。他懷著對金王朝的忠心，既悲悼它的崩潰，又深感自己生不逢時，無力回天。於是寄情於歲晚菊花，希望能夠在嚴峻的政治環境中，孤標特立，保持晚節。從這首詞的序言可見其並非單為菊花而發，而是以花喻人，寄意遙深，聊以自勉並勸慰其弟。

發端三句，首先展示了一幅秋天雨後的荒園圖。「律殘無射（音同夜）」，點明時令為秋九月。《禮記．月令》說：「季秋之月，律中無射。」秋天是肅殺的季節，歷代文人墨客詠秋之作往往淒涼悲愴，多有身世之慨。試看這幅圖畫：秋風蕭瑟，秋雨無情，百花為之凋零，荒園雜草叢生。讀此三句，似有冷風鑽袖，涼意入心。以此開端，既深曲委婉地透露了詞人悲涼淒苦的情懷，又使人自然聯想到風雨飄搖的政治形勢不正像凜冽的秋風，一陣緊一陣地向詞人心頭襲來嗎？這幾句，不僅交代了花的生活環境，也為全詞定下了淒清的基調。接下來，輕輕一轉，寫初開菊花的鮮嫩可愛。「英英鮮質」，既寫出了它豔麗的色彩，嬌嫩的質地，又活現了它生機盎然、蓬勃向上的神態，形象十分生動。風雨摧殘了百花，可疏籬下，無人顧惜的菊花卻偏偏開在此時，而且開得如此嬌豔。這和「雨後荒園」的環境氣氛形成鮮明的對照。「此花能保」四字，除了流露出對花不逢時尚能自保的欣慰外，更隱含著對歲月無情、寒風何急的擔憂。細細品味，這「欣慰」和「擔憂」與其說是在花，毋寧說是在人。作者正是借花寫人，表達出在險惡的政治環境中潔身自保的追求和對形勢的憂慮。接下來「盈把」二句，由菊花而想到陶淵明和屈原，這本是十分自然的。陶淵明一生愛菊，「嘗九月九日出宅邊菊叢中坐，久之，滿手把菊」（南朝梁蕭統《陶淵明傳》）。屈原在《楚辭》中也多次贊菊，「夕餐」即據其〈離騷〉「夕餐秋菊之落英」句而來。但這裡詞人卻絕不僅僅是因花懷人，而是借古代高潔之士來表達自己的精神追求。陶淵明、屈原生活的時代去詞人已遠，可是，他們與詞人所處的政治環境卻有許多相似的地方。動亂的社會、嚴酷的形勢對孤傲正直的知識分子無疑是極為沉重的壓力。他們卻並沒有屈服於壓力，而以各自不同的方式反抗險惡的現實，留下了千古英名。這裡，段克己顯然是以他們高尚的節操來激勵自己，追求一種與他們一樣的理想和精神境界。上片最後三句忽又一收，由懷古自勉回到淒冷的現實之中。「到而今、狼藉委蒼苔，無人惜」，花開花落本是平常的自然現象，多情的文人卻常常由此生發許多聯想，藉以表達種種不可名狀的自傷之情。此處便是如此，看似惜花，實則自惜，出語雖極簡淡平易，卻又自然流露出生不逢時的無限哀惋。綜觀上片，處處寫菊花，但卻無處不寄寓著詞人的身世之感。

下片全從杜甫〈秋雨嘆三首〉的第一首化出，由花寫到人。「堂上客，頭空白」，即杜詩「堂上書生空白頭」句意。在這裡，詞人首先哀嘆歲月匆匆，少年書生已成白髮衰翁。往事如煙，功名未就，自然容易引起對已逝時光的追懷。以下幾句便以無限悵惘的心情追懷疇昔。「都無語」是把花和人放到一起來寫，二者互相比擬、映襯，渾然一體，頓覺花似乎有了人的情感，而人也正和花一樣，被迅速逝去的時光潮流拋置於無人顧惜的荒灘。往下「恨因循過了，重陽佳節」兩句，用一「恨」字領起，寫盡了對已逝黃金年華的懷念和對時光虛擲的無限遺憾和惋惜。重陽是菊花全盛之日，這裡當是指自己風華正茂的青年時代。段克己青年時代充滿豪氣，曾經幻想以自己的才智效力於朝廷，但是腐敗的金王朝此時已分崩離析，蒙古大軍壓境，覆滅只在旦夕之間。撫今追昔，詞人自然情不能已。此刻，他默默懷舊，思緒萬千，卻無言道出個中悲涼。這難以言傳的苦衷，透過極樸實的語言含蓄蘊藉地表現出來，顯得更加淒涼悲愴，委婉動人。「颯颯涼風吹汝急，汝身孤特應難立」即杜詩「涼風蕭蕭吹汝急，恐汝後時難獨立」句意，杜詩中的「汝」，是指決明，這首詞中則指菊花，「颯颯涼風吹汝急」包含有對世事變遷的慨嘆，對時不我待的哀惋，憐花惜人的深情，與杜詩有所不同。詞人好像在對菊花說話，仔細品味，又像在對自己說話；結合序言和「汝身」句看，更像在勸慰弟弟段成己：生逢亂世，定要自重自保。史書載，金亡後，段克己兄弟二人都不仕元。據此可知，他們兄弟正是以孤傲特立、潔身自好來相互勉勵的。全詞至此，情緒最為激昂，情感內涵也最為複雜、豐富。清況周頤《蕙風詞話》評論這兩句「情深一往，不辨是花是人，讀之令人增孔懷之重」，正是指出全詞至此，菊花的高潔品性與詞人的精神追求，菊花的零落憔悴與詞人的身世之慨已完全融為一體。「謾臨風、三嗅繞芳叢，歌還泣」，即杜詩「臨風三嗅馨香泣」句意。這三句寫得纏綿幽深。詞人徘徊於花叢之中，顧花懷人，一種無可奈何的憂傷之情在留連徘徊的動作中表露無遺。「歌還泣」更是悲不堪言，情動於中必發之於外，長歌當哭，餘情不盡。

這首詞語言簡淡樸實，節奏舒緩流暢，通篇以常語言深情，緩緩道來，意緒淡遠含蓄而不顯露奔放。化用杜詩亦如同己出，體現了清微婉約的風格。在用韻方面，與傳統的〈滿江紅〉一樣，押入聲韻。入聲字短促激越，詞人的感情也因之在輕緩的節奏中，時有起伏跌宕。此外，以花寫人，借物言情也表現得極有特色。上片字字寫花，而又處處不離人；下片既寫花也寫人。通觀全篇，花與人渾然一體，含蓄蘊藉，一往情深。（李家欣）

段成己

【作者小傳】（一一九九～一二七九）字誠之，號菊軒，克己之弟。金哀宗正大間進士。元世祖召為平陽儒學提舉，不赴。有《菊軒樂府》。存詞六十三首。

江城子

段成己

階前流水玉鳴渠。愛吾廬，愜幽居。屋上青山，山鳥喜相呼。少日功名空自許，今老矣，欲何如。

閒來活計未全疏。月邊漁，雨邊鋤。花底風來，吹亂讀殘書。誰喚九原摩詰起，憑畫作、倦遊圖。

這首詞的主旨是寫隱居之樂。段成己金末曾中進士，官至宜陽主簿。不久金亡，與兄克己隱居龍門山。詞的上片寫居室周圍的環境，下片寫自己的日常生活。「閒」字是一篇之眼。景閒，人閒，心閒。階前溪水濺玉，屋後山鳥相呼，萬物無心任性，陶陶然，熙熙然，是之謂景閒。詞人月下垂綸，雨中鋤地，看山聽鳥，栽花讀書，是之謂人閒。既不須奔競仕途，勞形案牘，也不須防人傾軋，終日焦慮，是之謂心閒。有此三閒，何樂不為？故詞中曰「愛吾廬，愜幽居」，這裡的「愛」、「愜」，不僅表現了作者歡悅的情緒，而且表明了作者的志趣；不僅是愛自己的居室環境，更是對自己行為的充分肯定，顧盼自喜。然而，從「少日功名空自許，今老矣，欲何如」這幾句看，其中又隱藏著辛酸味，有一種「萬不得已」的心情。他在一首〈木蘭花〉中，對此表露得更為明白：「蓴鱸江上秋風早，四海狂瀾驚既倒。明知不是入時人，閉戶十年成卻掃。」由於時移世變，又不甘奉事新朝，他只能閉戶隱居，以「閒」自樂了。功名事自是免談，何況「老矣」！這種心情，在他的作品中多次表達，如〈行香子·書舍偶成〉說：「眼底浮榮，身外虛名，儘輸他、時輩崢嶸。得偷閒處，且適閒情。」他樂隱愛閒的背景，大體上就是這樣。而寫「閒情」，這一篇又是比較集中的。

假如全篇只寫一個「閒」字，亦未免浮淺。作者不說這是一篇「閒居賦」，卻稱之為「倦遊圖」。「倦」與「閒」相對而又相伴。「倦」是對世事而言，「閒」是指歸隱之樂。詞中主要筆墨是寫「閒」，但上、下兩片結尾透露「倦」意。「倦」是思「閒」的促進劑。有了「倦」字相映照，這個「閒」字就有了豐富深刻的思想內涵。其中包含著對干戈擾攘的逃避，對功名利祿的否定，也包含著安貧樂道、淡泊自守的人格理想。這是作者對半生經驗痛苦反思的結果，也和文化傳統的積澱有關。結句謂欲起摩詰於九原，將自己的生活畫作「倦遊圖」，當然想到過王維是個山水畫大名家，但更主要的是因為王維也曾隱居於藍田輞川，與作者為同調，句中含有「微斯人，吾誰與歸」（范仲淹〈岳陽樓記〉）的意思。作者另有〈醒心亭〉詩，略云：「窗前流水玉泠泠，窗下高人酒半醒……說似功名場上客，倦遊時節一來聽。」可與此詞互參。擬議中的「圖」何以以「倦遊」為名，由此詩而更覺清楚了。

詞中所寫情景，看上去非常單純，實際處處隱含著對比：少日志在功名，今日樂在歸隱；人世之紛亂，與自然之和諧，等等。不僅今與昨是對立的，眼前的和諧之中也潛伏著內心的衝突。以陶淵明之曠達，中夜不眠時尚不免作「日月擲人去，有志不獲騁」（〈雜詩十二首〉其二）的慨嘆；詞人在自得自賞之餘，想起少年時的志向，因世變而中止，止水般的心裡也不免蕩起感傷的微瀾。不然的話，對目前生活既愛且喜，還提那少日之事做什麼？只是這個生活的大彎兒無法轉回去，作者乃注目於眼下的自適，以維持內心的平衡。但是這種種對立，依然表現了作者複雜的心態，構成了作品內在的張力，比那種情感單純的一邊倒的作品，更具有思想的深度。（張仲謀）

問世間，情是何物：唐宋詞鑑賞辭典（第五卷）
南宋、遼、金

作　　者　宛敏灝、周汝昌、葉嘉瑩、唐圭璋、繆鉞、俞平伯、施蟄存等
封面設計　陳玟秀、江麗姿（二版調整）
內頁排版　藍天圖物宣字社
編輯企劃　劉文雅
行銷企劃　黃羿潔
業務發行　王綬晨、邱紹溢、劉文雅
資深主編　曾曉玲
特約總編輯　趙啟麟
發 行 人　蘇拾平

出　　版　啟動文化
Email：onbooks@andbooks.com.tw

發　　行　大雁出版基地
新北市新店區北新路三段207-3號5樓
電話：(02)8913-1005　傳真：(02)8913-1056
Email：andbooks@andbooks.com.tw
劃撥帳號：19983379
戶名：大雁文化事業股份有限公司

二版一刷　2024年03月
定　　價　990元
ISBN　978-986-493-170-5
EISBN　978-986-493-169-9(EPUB)

※本書為改版書，原書名：《【每日讀詩詞】唐宋詞鑑賞辭典（第五卷）：問世間，情是何物——南宋、遼、金》

國家圖書館出版品預行編目 (CIP) 資料

問世間,情是何物：唐宋詞鑑賞辭典. 第五卷, 南宋、遼、金/宛敏灝等著. -- 二版. -- 新北市：啟動文化出版：大雁出版基地發行, 2024.03
面；　公分

ISBN 978-986-493-170-5(平裝)

833.5　　　113000383

圖書許可發行核准字號：文化部部版臺陸字第108007號
出版說明：本書係由簡體版圖書《唐宋詞鑑賞辭典》以正體字在臺灣重製發行，期能藉引進華文好書以饗台灣讀者。